AF279790

# BURNING HOUSE

Beate Zeller

Bibliografische Information der Deutschen Nationalbibliothek: Die Deutsche Nationalbibliothek verzeichnet diese Publikation in der Deutschen Nationalbibliografie; detaillierte bibliografische Daten sind im Internet über http://dnb.dnb.de abrufbar.





Umschlaggestaltung: Larissa Subotic

Verlag: BoD · Books on Demand GmbH, In de Tarpen 42, 22848 Norderstedt, bod@bod.de  Druck: Libri Plureos GmbH, Friedensallee 273, 22763 Hamburg

ISBN: 978-3-7597-8348-6

„When you're born in a burning house,
you think the whole world is on fire.
But it's not.“

Richard Kadrey, *Aloha from Hell*

# 1

„Nein, das werde ich nicht! Bitte lass mich damit in Ruhe!", stöhnend legte ich auf und warf das Telefon beinahe über den Couchtisch.

„Sie bleibt hartnäckig, oder?" Marina lachte leise und goss Kaffee nach. „Hast du schon einmal in Betracht gezogen, dass es deine Mutter einfach gut mit dir meint? Du bist ihre einzige Tochter, ich fürchte das ist normal."

„An unserer Beziehung ist gar nichts normal", brummte ich in meine Tasse, missmutig auf deren dampfenden Inhalt pustend.

„Ich würde mir heute noch mehr Aufmerksamkeit von meinen Eltern wünschen, wo es mir doch längst egal sein sollte. Ist das nicht verrückt?", fragte Marina grinsend. Ich lächelte zurück, mit einem Augenaufschlag, welcher hoffentlich die bagatellisierende Fröhlichkeit vermittelte, die Marinas Frage zur Antwort verlangte.

Marina tat stets so, als sei es schon in Ordnung, dass sie wenig Rückhalt von ihrer Familie erfuhr. Das typische Verhalten eines Kindes, welches seine eigenen Wünsche zurückgestellt hatte, um den Eltern keine zusätzliche Last zu sein. Diese hatten ihr gesamtes Leben nach den Bedürfnissen ihres schwerbehinderten Sohnes ausgerichtet und gingen davon aus, dass die vernünftige ältere Tochter sie nicht mehr brauchte. Dabei übersahen sie, wie dieser Pragmatismus lediglich Marinas nackten Überlebenswillen verschleierte.

Meine Mutter war auf verquere Weise das Gegenteil. Sie klammerte sich eisern an mir fest, aber ich hatte lange gebraucht damit ich von ihr loskomme. Es hatte mich zu viel gekostet, um nun wieder auf sie zuzugehen.

Ich umarmte meine Freundin in einem plötzlichen Anfall von Mitleid für uns beide. „Danke", murmelte ich in Marinas helles Haar, das zu fein war für richtige Locken und deshalb immer in einem Schwebezustand zwischen schlichtweg ungekämmt und lässig gewellt verharrte.

„Ach, wofür denn? Ich wünschte ich könnte dir mehr anbieten, als auf meiner lausigen Couch zu schlafen", winkte Marina sofort ab. Sie würde in absehbarer Zeit zu ihrem neuen Freund ziehen. Das winzige Wohnklo, in dem Marina seit dem Studium lebte, gehörte in meiner Realität so sehr zu ihr, wie die unzähmbaren Haare und war trotzdem bereits nachvermietet. An das nächste hoffnungsvolle Erstsemester, welches glaubte in der Großstadt auf dreißig Quadratmetern mit Küchenzeile aus den Achtzigern, die Freiheit der weiten Welt besser spüren zu können, als im doppelt so großen Kinderzimmer, draußen im idyllischen Vorort bei Mutti und Vati.

Ich sah mich um, in der vollgestellten Bude einer ehemaligen Philosophiestudentin, die Kant und Sartre schon lange den Laufpass gegeben hatte, weil diese ihr nicht helfen konnten am Ende des Monats die Rechnungen zu bezahlen. Marina arbeitete stattdessen mit Herzblut bei einer Hilfsorganisation, in deren Arme sie aus langer Arbeitslosigkeit gestolpert war. Zwischen den zerknitterten Fotos von längst vergangenen WG-Partys lagen Flyer herum, die für Sammelaktionen und Straßenfeste warben, um Geld in die Kassen von Marinas karitativen Vorhaben zu spülen. Überall fanden sich Secondhand Kleidungsstücke. Der intensive Geruch von Räucherstäbchen ließ mich um die Kaution meiner Freundin fürchten, da sie ihre Aromen derart in den Putz gebrannt hatten, dass selbst jahrelanges Lüften kaum mehr etwas daran ändern würde. Die Regale standen voll mit Yogaratgebern und veganen Kochbüchern. Marina verbreitete ganz ernst gemeint die moderne, aufgeklärte und gleichzeitig uneingestanden esoterische Wokeness, die man unserer Generation gerne vorwarf.

Marina würde diese gemütliche Höhle also bald verlassen um mit Stefan, einem Mann wie Raufasertapete - mit Kontur, aber trotzdem blass und aus der Zeit gefallen - eine Lebensgemeinschaft zu gründen, wie sie es so gerne beschrieb.

Solange hatte ich also noch Zeit. Meine Uhr tickte in diesen vier Wänden genauso wie Marinas. Nur würde für mich nichts Neues beginnen. Kein vielversprechender Lebensabschnitt, sondern höchstwahrscheinlich ein Dasein als Wohnungslose unter der nächstbesten Brücke, oder noch schlimmer: im Haus meiner Mutter.

Ich war bereit fast alles zu tun, um beide Optionen abzuwenden. Seit Wochen suchte ich händeringend nach einer Bleibe, war gewillt jede noch so schäbige Abstellkammer als Wohnung zu bezeichnen und selbst die astronomischsten Kaltmieten mit einem starren Lächeln zu akzeptieren. Während der aufgetakelte Makler, welcher keine Ahnung von der Immobilie zu haben schien, eine Provision einstrich von der andere wahrscheinlich ihr Eigenheim anzahlen würden. Längst war ich bereit das alles hinzunehmen und mir im Ernstfall einen Nebenjob zuzulegen, wenn es nur bedeutete, dass ich nicht auf die Mildtätigkeit meiner Mutter angewiesen war. Doch zu meiner grenzenlosen Frustration schienen alle Opfer unzureichend. *Ohne Moos nix los*, war eine bittere, klischeebehaftete Einsicht, die ich hatte machen müssen.

Mein neuer Arbeitsplatz war ein Kompromiss, aber ich war entschlossen daran festzuhalten. Immerhin bedeutete er im Moment die einzige Konstante in meinem Leben.

Dumm nur, dass sich Elias die ganze Sache mit unserer Beziehung von heute auf morgen anders überlegt hatte. Darum saß ich überhaupt erst in diesem Schlamassel. Er war alleine in den schicken Neubau gezogen, für den er Hauptmieter und ehrlich gesagt auch Hauptfinanzier darstellte. Ich hätte letztendlich nur einen lächerlichen Anteil zur Miete beisteuern können. Elias hatte sich immer in der Rolle des Gönners und unterstützenden Partners gefallen, auch in Gelddingen.

*Hatte* war das bezeichnende Verb. Jetzt behielt Elias den Fischgrätparkett, die smarte Klimaanlage und die Walk-in-Dusche für sich. Oder eine andere Frau. Ich war mir auf nüchterne Art sicher, dass mein Exfreund bald die Neueroberung einer Anderen sein würde. Jemand wie Elias blieb nicht lange alleine. Dafür war er zu charismatisch, zu intelligent, zu attraktiv. Zu gut in einfach allem, was sich eine ambitionierte junge Frau mit einer festen Vorstellung von ihrer strahlenden Zukunft, wünschen konnte. So eine Frau, wie ich es gewesen war. Noch vor zwei Monaten.

Marina riss mich aus diesen finsteren Gedanken. Sie verabschiedete sich bereits, da sie über das Wochenende bei Stefan bleiben würde.

Marina und Stefan, das war eine Verbindung die ich genauso wenig verstand, wie meine Trennung von Elias. Stefan stellte das absolute Gegenteil der quirligen, unangepassten Marina dar. Stefan war Bänker und trug in seiner Freizeit einfarbige Polohemden. Freiwillig.

Stefan war groß, blond und langweilig. Etwas anderes fiel mir nicht zu ihm ein, denn ich hatte es bisher kaum geschafft mehr als ein paar Sätze mit ihm zu wechseln, bevor mir die Ideen ausgingen. Mein Witz, Stefan könne mir einen Kredit verschaffen, indem er den Safe seiner Bankfiliale zufällig offenstehen ließe, hatte er nur mit verständnislosem Kopfschütteln quittiert. Humor war also auch eine Fehlanzeige.

Ich räumte das Sofa frei - ab heute meine Bett - und verscheuchte dabei Thetis, jenes lebende Fellknäuel, welches Marina ihre Katze nannte. Das Tier fauchte empört und verzog sich auf ein Bücherregal.

„Ja, du hasst mich, ich weiß! Aber du wirst noch an mich denken, wenn Stefan dich wegrationalisiert!", schimpfte ich zu der Katze hoch und wunderte mich dabei, ob ich noch alle Tassen im Schrank hatte? Im Augenblick war ich in etwa so auf die Gunst anderer angewiesen, wie Thetis. Ein menschliches Haustier, nicht mehr.

Mein Smartphone erinnerte mich vibrierend daran, dass ich eigentlich schon zu spät für meine Wohnungsbesichtigung am heutigen Nachmittag war. Duschen wäre zwar dringend nötig gewesen, der Terminwecker auf dem Display hatte aber andere Ansichten. Also schnell in Marinas Bad die Bürste ausgeliehen und die dunkle Mähne möglichst adrett am Hinterkopf verknotet. Ich wusch mein Gesicht mit kaltem Wasser, weil es ewig gedauert hätte bis die altersschwachen Leitungen warmes Nass spuckten und rubbelte mich nachlässig trocken.

Als ich das Handtuch sinken ließ verfing sich mein Blick versehentlich mit dem der Frau, welche aus dem beschlagenen Spiegel zurück starrte. Ich hatte es vermeiden wollen sie anzusehen. Das Gesicht hätte hübsch sein können, war aber blass und müde. Dunkle Augen schwammen traurig in ihren tiefen Höhlen. Die mir hier entgegenblickte, war eine Enttäuschte. Ich sah eine Frau Ende zwanzig, deren glänzende Pläne sang- und klanglos den Bach hinuntergegangen waren.

Die perfekte Wohnung in der schillernden Großstadt. Der gut bezahlte Job. Die Beziehung mit dem Traummann - der sie nach fünf Jahren aus seinem Leben sortierte hatte, wie einen Mantel, der ihm nicht mehr passte. Ich war im Altkleidercontainer gelandet und fühlte mich wie ein muffiges Teil, das keiner mehr wollte. Ich war alles andere als brandneu, hatte Flecken die sich keinesfalls spurlos auswaschen ließen, aber das verzieh man seinem Liebling doch? Ich war an den Nähten ausgeleiert, konnte aber noch warm halten, konnte präsentabel sein. Elias hatte diese Qualitäten nicht mehr in mir entdeckt. Elias hatte gesagt *es passt einfach nicht mehr*, doch was er meinte war *Du* passt nicht mehr. Er war mir entwachsen und würde bald etwas Besseres haben.

Mein Gesicht zeigte deutlich, wie hoffnungslos ich war. Es wirkte wie ein ausgeblichenes Werbeplakat für einen Film, den die Kritiker zerrissen hatten. Jetzt flatterte das Bild vergessen in einem Hinterhof, wo niemand daran gedacht hatte es endlich zu entfernen, um die Schmach zu vergessen.

Marinas Wohnung war ein dringend benötigter Schutz vor dem unerbittlichen Sturm des Lebens, aber sie lag am anderen Ende der Stadt, maximal weit von meinem Arbeitsplatz entfernt. Eine tägliche Odyssee mit den öffentlichen Verkehrsmitteln stand mir bevor und die barg so viele Tücken aus verspäteten Bussen und gesperrten S-Bahn Strecken, dass mir jetzt schon schlecht wurde.

Darum musste ich zu dieser Besichtigung! Ich straffte mich, warf das Handtuch ins Waschbecken und starrte der mitleiderregenden Reflexion wütend entgegen. Reiß dich zusammen! Ich klopfte auf meine Wangen, um ein bisschen Farbe zu bekommen und beschloss zum Äußersten zu greifen. Meine Wimpern waren bereits lang und dunkel, aber verzweifelte Zeiten verlangten eben nach verzweifelten Maßnahmen! Also bediente ich mich schamlos an Marinas Mascara.

Mit mutig geschwellter Brust, verließ ich gerade noch rechtzeitig die Wohnung und stapfte die Stufen zur U-Bahn hinunter, als wäre ich auf dem Weg einen neuen Kontinent zu erobern. Am Gleis roch es ohne ersichtlichen Ursprung nach Erbrochenem. Ich lächelte meinen Mitmenschen in der stickigen Bahn aufmunternd zu, erntete aber nur sich abwendende Gesichter, von Leuten die kein Bedürfnis nach sozialen Kontakten hatten, inmitten von so vielen Körpern in eine Blechdose gesperrt, die durch ihr enges Tunnelsystem kroch, wie ein Kaninchen in seinem Bau.

An der richtigen Haltestelle angekommen, wartete eine böse Überraschung auf mich, die keinen Schirm mit in den trüben Novembernachmittag genommen hatte. Regen. Platzregen.

Ächzend trat ich, mit hochgeschlagenem Kragen, meinen Weg an. Mir blieb keine Zeit auf besseres Wetter zu warten.

Die Häuserschluchten sahen alle gleich aus. Altmodische Fassaden in grau gewordenen Bonbonfarben. Schmale Fenster ohne Balkon, oder sonstige Vorzüge.

Das Viertel war mir unbekannt darum verlor ich mich bald zwischen Straßennamen die mir allesamt nichts sagten. Es wurde spät, die schwache öffentliche Beleuchtung konnte die Dämmerung kaum in Schach halten. Ich bekam es mit der Nervosität zu tun. So würde ich den Termin nie einhalten können! Noch eine vertane Chance. Mir brach der kalte Schweiß aus, welcher meine Jacke nun auch noch von innen durchnässte. Mit eiskalten Fingern tippte ich die Adresse in mein Smartphone. So musste sie doch zu finden sein! Zwei Ecken weiter führte mich die Navigationsapp endlich zum richtigen Hauseingang.

Ich flüchtete in das schummrige Treppenhaus und betrachtete prüfend die durchscheinende Spiegelung in der Glastür. Nun sah ich aus wie ein begossener Pudel. Der Mascara war vom Regen verwischt worden wie Wasserfarbe. Ich hätte mich besser gar nicht schminken sollen. Mit dem Ärmel putzte ich mein Gesicht trocken, so gut es ging. Gegen meine patschnassen Haare konnte ich im Augenblick wenig ausrichten, außer die Tatsache tapfer wegzulächeln und so zu tun als würde es sicher niemandem auffallen. Wenn ich es nicht sehe, sieht es auch sonst keiner.

Es gab keinen Aufzug. Der Altbau war sicher seit der Wende nicht renoviert worden. Also kletterte ich vier Stockwerke die

Treppe aus beigem Marmor hinauf, meine Finger hilfesuchend in den glatt geriebenem Kunststoffhandlauf gekrallt. Die ganze Zeit fürchtete ich, der Vermieter welcher mir hier selbst die Wohnung zeigen würde, sei schon weg weil ich längst zu spät war. Doch eine der drei Türen im obersten Stockwerk war nur angelehnt. Dottergelbes Licht drang daraus hervor. Leeres Klingelschild. Das musste sie sein. Ich steckte den Kopf durch die Tür und rief ein unsicheres „Hallo?" in den einsamen Flur dahinter.

„Hier hinten", antwortete die sonore Stimme eines älteren Herrn. Ich hörte ihn auf dem knarzenden Dielenboden näherkommen. In den Schein der nackten Glühbirne trat ein beleibter Mann in Strickjacke und Cordhosen, beides in undefinierbaren Farbtönen. Dazu passend trug er einen drahtigen grauen Backenbart, der das Bild des großväterlichen Vermieters, dieser etwas verlebten Wohnung, perfekt machte.

„Frau Dowa?", fragte er vorsichtig, als wäre mein Name ein unbekannter Begriff, vor dessen Bedeutung er sich fürchtete.

„Kowar", berichtigte ich unangenehm berührt. Ich machte Fremde ungern auf die richtige Aussprache aufmerksam, was nicht selten dazu führte, dass ich mich ungerührt mit „Dowa" oder schlimmeren Verballhornungen ansprechen ließ, nur um nicht unhöflich zu sein. Der sorbische Nachname war leider kein Pluspunkt bei der Wohnungssuche. Ich wollte es nicht schlimmer machen, indem ich berechtigterweise darauf hinwies, wie man ihn aussprach. Eine Angewohnheit die schwer abzulegen war, egal wie oft ich schwor es nicht mehr hinzunehmen.

„Ah ja", antwortete der Vermieter in einem Ton der klarmachte, dass er meinen Namen im selben Augenblick wieder vergessen hatte. „Ich bin schon reingegangen und habe die Thermostate kontrolliert, während ich gewartet habe." Sein väterlicher Gesichtsausdruck ließ offen ob er sich entschuldigen wollte, oder es eine Spitze gegen mein spätes Erscheinen war. Ich nahm Letzteres an.

„Ich kenne die Gegend nicht, tut mir leid."

„Na, wenn Sie erst hier wohnen, werden Sie sich schnell zurechtfinden. Es ist eine schöne Nachbarschaft", beruhigte der Alte.

Ich hätte gerne seine Definition von *schön* hinterfragt, quittierte die unterschwellige Annahme, ich würde bald hier wohnen, aber mit einem Lächeln. Es war immerhin gut für mich, wenn er sich Philomena Kowar in diesen vier Wänden vorstellen konnte.

„Sie sind ja ganz durchnässt! Legen Sie die Jacke doch ab", bot er an. „Das Wetter ist wirklich unberechenbar. Um diese Jahreszeit sollte man einen Schirm dabei haben."

Ich biss die Zähne zusammen, ob dieses gut gemeinten Rates und folgte seiner Aufforderung. Immer schön freundlich bleiben und nette Angebote annehmen. Nur so kam man an eine Wohnung. Ich hängte die klamme Jacke an eine altertümliche Garderobe, die noch vom Vor-, Vor-, Vor-, Vor-, Vor-, Vormieter übrig sein musste und bereute das sofort, denn es war erschreckend kühl. Soviel zu den Thermostaten.

„Nun, kommen Sie. Ich führe Sie herum", der Vermieter winkte mich zu sich und wir schritten die zweieinhalb Zimmer ab.

Es dauerte nicht lange. Die Räume waren klein und absolut kahl, wie es ein Leerstand eben so an sich hatte: Wenig einladend, aber offen für Inspirationen. Die vergilbte, klebrig wirkende Küche war kein Glanzlicht, aber wenigsten existent. Der Vermieter ließ mir stets gönnerhaft den Vortritt und folgte auf dem Fuß. Er lamentierte fortwährend über die angeblichen Vorzüge der Behausung. Lag es an den engen Zimmern, oder war ich einfach empfindlich? Denn der Alte kam für meinen Geschmack zu nah. Er rückte nicht ab, wenn ich demonstrativ auswich. Schloss sofort auf, sobald ich einen Schritt zur Seite tat. Er sagte nichts Ungewöhnliches, zählte nur die Eigenschaften der Küchengeräte auf, pries den originalen Holzboden und sprach von der guten Dämmung. Trotzdem kam es mir vor als gäbe es noch mehr, was er viel lieber diskutieren wollte. Ich ertappte mich mehrfach dabei, wie ich hilfesuchend aus den Fenstern zu sehen versuchte, aber die Scheiben waren nur schwarze Rechtecke in hartem Kontrast zur gelben Raumbeleuchtung, man erahnte kaum die Umrisse der Nachbardächer. Draußen brach die Nacht an. Da war niemand, außer ihm und mir.

Die Stimmung entwickelte sich seltsam, in der brachliegenden Wohnung, die einem unbeschrieben Blatt glich, blass und ohne Anhaltspunkt. Ich fühlte mich als solle ich lernen darauf zu schreiben. Der Vermieter hielt dabei meine Hand. Zwang mich den Stift zu führen, wie er es für richtig hielt.

Zuletzt im Bad fand ich mich regelrecht eingeklemmt zwischen dem Waschbecken und seinem vorstehenden Schmerbauch. Um an ihm vorbeizukommen hätte in die gefliese Wanne steigen müssen. Ich schluckte und hoffte, dass wir gleich fertig sein würden. Die Situation bekam von Minute zu Minute einen bedrängenderen Anstrich. Sein Aftershave stach aufdringlich in der Nase. Ob er es extra für seine junge Kundin so großzügig aufgetragen hatte? Tatsächlich waren wir am Ende angekommen, doch der Mann machte keine Anstalten das Bad zu verlassen.

„Und, gefällt es dir?", fragte er neugierig. Ich wunderte mich, wann wir per du geworden waren und verschränkte schützend die Arme vor der Brust. Meine Jacke hätte ich anbehalten sollen, nun fühlte ich mich nackt in dem dünnen Sweatshirt.

„Oh, gut... ähm die Warmmiete beläuft sich auf tausend Euro?" Ich versuchte das Gespräch auf neutralen, geschäftlichen Bahnen zu halten.

„Das ist dann wohl ein Flüchtigkeitsfehler, es ist die Kaltmiete", wurde ich berichtigt.

„Aber... ich war mir sicher...", stotterte ich überrascht von der Tatsache, dass die Wohnung wesentlich teurer war als gedacht und eingeschüchtert von der Präsenz des Mannes.

Das väterliche Lächeln des Alten wurde immer breiter, verzerrte sich mehr und mehr zu einem unverschämten Grinsen. Er bleckte regelrecht die Zähne und raunte: „Für eine so hübsche junge Dame kann ich natürlich einen Sonderpreis machen, sofern sie mir auch entgegen kommt."

Jetzt war es raus. Das was ich schon die ganze Zeit zwischen den Zeilen vermutet hatte. Mir wurde eiskalt bei diesen Worten. Ich zog die Schultern hoch und schluckte wieder angestrengt. Diese Besichtigung nahm eine Wendung, mit der ich nicht gerechnet hatte. Natürlich hatte ich mich gewundert als der Vermieter diesen Einzeltermin versprach, anstatt einer Gruppenbesichtigung, bei der man wie Herdenvieh durch das Gatter eines Schlachtbetriebs gescheucht wurde. Ich hatte geglaubt es läge daran, dass er eben kein Makler sondern ein Privatanbieter war. Nun stellte sich heraus, warum er spätabends weibliche Interessentinnen ohne Zeugen in die kuschelige Privatsphäre dieser Wohnung einlud. Ich lächelte versteinert, wusste nicht was ich antworten sollte. Verstand ich ihn falsch? Meinte er eigentlich etwas völlig Unverfängliches, oder konnte ich meinem Gefühl vertrauen, welches mir zuschrie ich solle abhauen? Die Gedanken rasten, bis meinem verzweifeltem Hirn die letzte Rettung einfiel.

„Gerne, aber wir haben ja noch gar nicht den Keller inspiziert", regte ich an. Hoffentlich klang mein Ton so verschwörerisch wie beabsichtigt.

Der Alte schien erfreut und zog sich endlich aus dem Badezimmer zurück. „Das stimmt natürlich, der Waschkeller darf nicht vernachlässigt werden", merkte er süffisant zwinkernd an. Ich schlüpfte sofort hinter ihm aus dem Raum, nur um festzustellen dass er bereits die Wohnungstür mit seinem feisten Körper verstellte. Ich atmete unterdrückt durch, griff nach meiner Jacke, die eine kleine Lache Regenwasser auf dem Boden hinterlassen hatte und zog sie sofort über, als wäre das ein magischer Schutzschild gegen den übergriffigen Mann.

Dieser schritt leise keuchend vor mir die Treppe hinab. Ich musste ihm notgedrungen folgen. Die Stiege war zu schmal um sich an ihm vorbei zu drücken. Stufe für Stufe starrte ich auf die kahle Stelle an seinem Hinterkopf und fragte mich: Passiert das hier wirklich gerade? Ich las die Namen der Klingelschilder auf jedem Stockwerk und überlegte fieberhaft, ob sich hinter Zborek und Schindmair Menschen verbargen die mir helfen würden, wenn ich mich traute zu klingeln. Sofern jemand zu Hause war. Was würde ich dann überhaupt sagen? Bitte helfen Sie mir, der Mann hier will mir den Keller zeigen!?

Ich tat nichts dergleichen und schlich dem Alten ergeben hinterher. Im Erdgeschoss angekommen wandte er sich nach rechts zur Kellertür und da sah ich meine Chance. Der Hauseingang lag linkerhand, er war schon daran vorbei geschlurft.

Gerade als sich der Vermieter nach mir umdrehte, zweifellos um erneut eine unangenehme Bemerkung zu machen, nahm ich die Beine in die Hand und schlüpfte nach draußen. Ich wartete nicht ab, hastete den Weg welchen ich gekommen war zurück und machte erst einige Straßen weiter, neben einer Reihe am Straßenrand geparkter Autos, halt. Der Regen hatte aufgehört, dafür war es bitterkalt geworden. Mein panischer Atem stieg als weiße Wölkchen in die eisige Abendluft auf. Kaum zu fassen was gerade passiert war! Ich sank gegen den Parkscheinautomaten auf dem Gehsteig und rutschte daran herab auf den Boden. Davon würde ich mir sicher eine Blasenentzündung holen, aber im Augenblick war das egal. Ich war zu schwach um zu stehen. Die Arme fest um meine Knie geschlungen blieb ich sitzen und dachte an nichts.

Wie lange ich dort so verharrt hatte, konnte ich nicht mehr wiedergeben als mein Telefon klingelte. Ich zuckte zusammen und starrte einen Moment entsetzt auf das Display. Überzeugt es sei der Vermieter, der sich darüber echauffierte warum ich einfach abgehauen war. Doch da verstand ich was das Gerät anzeigte: Eva. Auch das noch! Ich stöhnte leise und wischte über die feuchte Oberfläche um den Anruf meiner Mutter anzunehmen.

„Hallo.“

„Du klingst seltsam, was machst du gerade?“, kam es vorwurfsvoll aus der Leitung.

Mein Po war längst gefühllos. Ich hörte leises Lachen hinter mir und bemerkte drei Männer in meinem Alter vor einem türkischen Café stehend. Halb gerauchte Zigaretten wippten in ihren Mundwinkeln, während sie sich unterhielten. Sie hatten mich wohl beobachtet und grinsten mir zu.

„Ich amüsiere die Massen mit meinen Kapriolen“, antwortete ich meiner Mutter und feixte entschuldigend zu den Kerlen hinüber. Einer hob seine Zigarettenschachtel, als Angebot mich für eine Fluppe zu ihnen zu gesellen. Ich winkte ab und zeigte stumm auf mein Telefon. Alle drei lächelten wissend, nickten und drehten sich weg. Ich hörte ein paar türkische Wortfetzen und konzentrierte mich wieder auf das Telefonat.

„Verschon mich mit deinen Scherzen!", forderte Eva. Sie ließ mir keine Zeit etwas zu erwidern. „Du hast heute Vormittag einfach aufgelegt!"

Ich verdrehte die Augen. „Ja. Und?"

„Wie steht es um deine Wohnungssituation?"

„Schlecht", ich hatte nicht vor ihr zu berichten, was eben geschehen war.

„Wenn du dich ein bisschen mehr engagieren würdest, hättest du sicher schon etwas gefunden!"

Ich rieb mir den Nacken, rappelte mich auf und streunte den Gehsteig hinunter. Der Vermieter hätte sich auch über eine ganz bestimmte Art von Engagement gefreut. Doch das würde ich Eva ebenfalls nicht erzählen.

„Wie lange willst du Marina denn noch zur Last fallen?", kam der nächste Hieb.

„In zwei Wochen zieht sie aus", brummte ich angefressen.

„Und dann landest du auf der Straße?"

„Genau, habe gerade probegesessen."

„Wie bitte?"

„Vergiss es. War das alles was du mir sagen wolltest? Denn wenn es dir nur um Vorhaltungen ging, dann sind wir jetzt fertig." Ich lauschte genau auf ihre Antwort. Normal kam jetzt der springende Punkt zur Sprache.

„Ich sehe schon, deine Laune ist so gut wie immer. Ich wollte dir nur sagen, dass Elias hier war. Er hat deine Sachen vorbeigebracht."

Elias. Ich fror in der Bewegung fest.

Elias.

## 2

Ich ließ die Tür erleichtert hinter mir zufallen und schlich durch Marinas dunkle Wohnung, ohne das Licht anzuschalten. Es gefiel mir, ich war allein und hatte den Eindruck die ruhige Stimmung in den vier Wänden nicht stören zu wollen. Ich warf mich auf das Sofa, starrte aus dem Fenster, auf die nächtliche Stadt.

Es war noch nicht einmal besonders spät, aber um diese Jahreszeit blieben die Tage so kurz und diffus, dass sie kaum vom Blau der Nacht zu unterscheiden waren. Es gab keinen Morgen oder Abend mehr, nur eine tiefhängende düstere Wolkendecke, die alles einheitlich grau färbte.

Marina hatte mir ihr Bett angeboten, solange sie bei Stefan blieb, aber ich wollte mir keine Behaglichkeit gönnen. Ich spürte eine masochistische Zufriedenheit darin, mich auf dem formlosen Polster des Sofas herumzuwälzen. Es tat gut meinen Körper zu spüren.

Den Arm über die Augen gelegt, atmete ich tief durch. Ganz ruhig, nicht heulen. Nicht schon wieder. Es reichte, dass mich die Penner mitleidig betrachtet hatten, während ich mit rotzverschmiertem Gesicht und wenig tapfer schluchzend, auf die U-Bahn gewartet hatte.

„Elias war hier", diese Worte hatten die Welt erschüttert. Der Asphalt war unter mir aufgeplatzt, das rohe Innere der Erde hatte sich aufgetan und nach mir geschnappt. Ich hatte eine Treppenstufe verfehlt, war umgeknickt und hatte mich stolpernd gefangen, um nicht in den U-Bahn-Schacht zu stürzen.

„Meine Sachen?"

„Na, deine Umzugskisten."

Stimmt. Meine Habseligkeiten, die in Karton versiegelt an das Umzugsunternehmen ausgehändigt und in Elias' neue Wohnung geliefert worden waren. Er hatte mich nicht angerufen, nicht ausgemacht ob ich sie holen konnte. Kein Kontakt, keine Nachfrage. Ich hatte Elias nirgends blockiert, keine Schritte unternommen, um ihn davon abzuhalten, auf mich zuzugehen. Er versuchte nichts dergleichen. Stattdessen hatte er die Kisten zu meiner Mutter gefahren. Und die sie angenommen. Natürlich. Eva vergötterte Elias. Unsere Trennung war meine Schuld, daran gab es für sie keinen Zweifel. Meine Mutter hatte Elias bereits als ihren perfekten Schwiegersohn gesehen. Ich war das Missgeschick, welches diese Zukunft verhinderte. *Du bist nicht fähig einen Mann wie ihn zu halten*, um Eva zu zitieren. Dagegen fiel mit kein Argument ein.

Die Aussicht darauf meine Mutter notgedrungen besuchen zu müssen, wenn ich meine Bücher, den Laptop und einen Großteil meiner Garderobe wiederhaben wollte, hob meine Stimmung keinesfalls. Sie wohnte am grünen Rand der Stadt, etwas außerhalb. Ich würde mir ein Auto leihen müssen, um die Kisten evakuieren zu können. Vorerst warteten sie akkurat verwahrt in Evas Keller. Diese wachte darüber, wie ein Drache auf seinem Berg aus Gold, wissend dass es der perfekte Köder war, um mich in ihre Höhle zu locken. Bis auf Weiteres ließ sich dieser Bußgang noch hinausschieben, denn solange ich keine eigene Wohnung hatte, machte es wenig Sinn die Dinge abzuholen.

Ich rappelte mich auf und wankte müde in die Dusche. Wenigstens hatte mich Eva davon abgelenkt, was bei der Besichtigung vorgefallen war, wenn auch nur um diesen Schreck mit Gedanken an Elias zu ersetzen. Pest oder Cholera, ich hatte die Auswahl.

Das restliche Wochenende verbrachte ich, Pizza bestellend und im Schlafanzug vor mich hin gärend, unter einer dicken Decke. Der Fernseher und Thetis leisteten mir ungefragt Gesellschaft. Als mir Marina am Sonntagabend schrieb, dass sie gleich zu Hause sein würde, bewegte ich mich zum ersten Mal seit zwei Tagen schneller als in Zeitlupe und räumte notdürftig das Chaos weg, welches ich in meiner antriebslosen Faulheit verbreitet hatte.

„Bin daha, wer nohoch?", rief Marina energiegeladen, als sie die Tür aufwarf und  regenschirmschüttelnd hereintrat. Wir waren zwei Pole desselben Magneten. Marina hatte sichtbar beste Laune und strahlte, als habe Stefan die Lichter in ihren Augen gegen Xenonscheinwerfer ausgetauscht. Beneidenswert. Ich dagegen starrte ihr muffig und blass entgegen, mit einem verfilzten Haarknäuel auf dem Kopf, für das sich selbst die Katze schämen würde, wenn sie es hätte hochwürgen müssen.

„Ah", quittierte Marina das Bild, nachdem sie einen Blick auf mich und meine Umgebung geworfen hatte. Sie verstaute Schirm und Mantel, dann zog sie mich auf das Sofa. „Na, hast du es dir schön gemütlich gemacht? Wie war die Besichtigung?"

„Wie geht's Stefan?", fragte ich nüchtern zurück. Marina hob kurz die Augenbrauen und erzählte im Plauderton von ihrem Wochenende.

Dass ich ihre Frage umging, nahm sie zur Kenntnis und bohrte nicht weiter nach. Wie ich gegen ihren Freund stichelte ebenfalls. Marina kannte mich, sie wusste wann sie etwas auf sich beruhen lassen musste. Ich erzählte ihr in Umrissen von der Besichtigung, ließ die unangenehmen Details aber aus. Letztendlich war ich mir ein paar Tage später nicht mehr sicher, ob ich das Verhalten des Vermieters richtig gedeutet hatte. Vielleicht unterstellte ich dem armen Mann Tatsachen, die sich meine angespannten Nerven nur eingebildet hatten. Schwamm drüber, ich hatte beschlossen es zu vergessen.

„Dann hast du morgen deinen ersten Arbeitstag, oder?" Marina wechselte das Thema, von ihren glücklichen Pärchenunternehmungen, zurück zu meiner deprimierenden Existenz. Ich spürte genau, wie sie meine Stimmung ausloten wollte. Sie lächelte aufmunternd und legte  jedes Wort vorsichtig auf die Waagschale, um mein Interesse an diesem Gespräch nicht mit einer Menge harter Realität zu ersticken.

„Hast du schon überlegt, was du anziehst? Ich kann dir etwas leihen." Marina schielte unauffällig auf meinen fadenscheinigen Jogginganzug, als fürchte sie ich habe nichts anderes. Ich war nur mit einer kleinen Reisetasche bei ihr aufgeschlagen und verstand diese Sorge. Sie war berechtigt.

„Du musst nicht, ich finde schon was", brummte ich. Ich wollte mich bitten lassen, keine Ahnung warum.

„Ach komm, ich habe eine Blazer den ich quasi noch nie getragen habe, der passt dir bestimmt!"

„Nachdem Elias den Inhalt meines Kleiderschranks bei Eva deponiert hat, bleibt mir wohl nichts anderes übrig", grummelte ich. Natürlich war das nur der Wink mit dem Zaunpfahl, durch den ich noch mehr von Marinas Mitleid abmelken wollte. Leider lag diese Leitung bei ihr trocken und das hätte ich wissen müssen.

„Der Kerl ist einfach unfassbar! Er hat was genau gemacht!?" Marinas Miene verfinsterte sich.

„Naja, meine Umzugskisten... Er hat sie zu Eva gefahren."

„Und das hast du ihm durchgehen lassen? Warum bringt er sie dir nicht persönlich?"

„Ich hatte keine Ahnung davon", gab ich kleinlaut zu.

„Ach so, er hat mit deiner Mutter kollaboriert, damit er dir nicht in die Augen sehen muss? Typisch!" das letzte Wort spuckte Marina aus.

„Naja..."

„Kein naja, Phil! Das ist seine Masche! Elias weiß doch genau wie sehr es dich nerven muss, wenn er alles zu Eva bringt!"

„Ist jetzt auch schon egal", versuchte ich abzuwiegeln. Marina war wirklich sauer geworden. Sie ächzte empört und rieb sich über die Augen. „Du weißt was ich von ihm halte und ich bin gottfroh, wenn dieser Mann endgültig Geschichte ist."

„Danke", knurrte ich. Die Ungerechtigkeit von Marinas Ablehnung gegen Elias war ein Dorn, an dem unsere Freundschaft die letzten Jahre ab und zu hängen geblieben war. „Das werde ich mir für Stefan merken", knirschte ich nun meinerseits.

„Du weißt wie ich es meine! Werd jetzt nicht unfair!", grollte Marina. Wir musterten einander für einen Moment unnachgiebig. Da waren wir wieder, stritten über ein Thema, das uns eigentlich peinlich hätte sein sollen. Unsere Freundschaft hatte das nicht nötig, wir kannten uns seit der dritten Klasse und hatten uns nie wegen einem Mann überworfen.

Bis zu Elias.

„Agree to disagree, weißt du noch?" Der Klügere gab nach und Marina war immer schon schlauer gewesen als ich. Sie hatte schon früh dafür plädiert das Thema lieber zu begraben, anstatt uns daran aufzureiben. Meine Freundin strich mir eine borstige Strähne ungewaschenen Haars hinters Ohr und lächelte so lieb, wie nur sie es konnte. Mein Zorn schmolz sofort und ließ das Durcheinander in meinem Kopf klamm und elend zurück, wie nasse Handtücher die man in der Waschtrommel vergessen hatte.

„Ok, dann zeig mir diesen Blazer", murmelte ich versöhnlich und folgte Marina ins Schlafzimmer. Den Rest des Abends verbrachten wir mit einer Modenschau aus ihren Kleidungsstücken, wie wir es als Teenager gern gemacht hatten. Es fühlte sich an wie damals. Ein albernes Spiel, dass irgendwann Ernst werden würde und zwar ganz konkret in knapp zwölf Stunden. Wir kicherten wie früher, ich probierte mich durch ihren halben Schrank, bis wir ein passendes Ensemble zusammengestellt hatten. Dass Marina die übrigen Hosen und Blusen nicht mehr zurück hängte, sondern in den bereitstehenden Umzugskarton packte, hinterließ einen bitteren Geschmack in meinem Mund. Alles war plötzlich so endlich geworden, selbst der größte Spaß warf einen Schatten auf das Morgen. Marinas Kistenpacken bedeutete ein Déjà-vu für mich. Gerade eben war ich selbst  noch in der Postion gewesen, die sie nun ausfüllte. Ich hoffte inständig, das Abenteuer Zusammenziehen möge für Marina besser ausgehen, als für mich.

Bei Tagesanbruch gefiel ich mir nicht mehr in dem dunklen Blazer, wie noch am Abend zuvor, aber nun war es zu spät. Marina empfing mich mit einem aufwändigen Frühstück und starkem Kaffee. Sie plapperte enthusiastisch davon, wie aufregend mein beruflicher Neuanfang doch war, huschte dabei in ihrer winzigen Küche herum, während ich keinen Bissen hinunter bekam und mich hilfesuchend an meiner Tasse festhielt. Entweder Marina bemerkte meinen Horror vor der Situation nicht, oder sie ignorierte meine Sprachlosigkeit, um mir keine Möglichkeit für Ausflüchte vor der Arbeit zu bieten.

Letztendlich bugsierte sie mich aus der Wohnung, mit einem Lunchpaket und der stolzen Verzückung einer Mutter, die ihrem Kind am ersten Schultag nachwinkt.

Ich stakste wie ferngesteuert aus dem Haus. In der U-Bahn löste ich mich mühelos zwischen den Fluten seriös gekleideter Arbeitnehmer auf und schwappte am Ziel mit ihnen zurück an die Oberfläche, wo wir uns verteilten und in den Bürogebäuden versickerten.

Ich fror vor dem abweisenden Kubus aus Waschbeton fest, der ab jetzt von Montag bis Freitag mein Ziel sein würde. Achtunddreißigkommafünfstunden.

Ich versuchte zu schlucken, aber mein Mund war staubtrocken. Es kam mir vor, als müsste jeder auf dem sauber gepflasterten Vorplatz sehen können, wie mir zumute war. Der piekfeine Herr mit der edlen Ledertasche, in der sicherlich wichtige Akten, oder ein sündhaft teures Notebook steckten, sollte eigentlich mit aufgerissenen Augen in meine Richtung starren und die Hände schockiert vor den Mund schlagen. Meine Angst müsste sichtbar für ihn sein, wie ein kolossaler dämonischer Umriss, der schwarz und bodenlos um mich waberte. Stattdessen nahm er keine Notiz von mir, machte einen letzten Schluck aus seinem Coffee-to-go Becher und warf ihn achtlos weg, ehe er in jenes Gebäude stiefelte, vor dem mir so graute.

Was ich hier tun würde? Abrechnungen von Krankenhäusern überprüfen. Akten durchforsten, nach winzigen Dokumentationsfehlern, welche die Krankenkasse berechtigte Gelder zu kürzen und Vergütungen zurückzufordern. *Oh, es wurde nicht auf die Minute genau notiert, wann der Beatmungsmodus des Patienten geändert wurde, weil die Pflegekraft im Stress war? Schade, dann bekommt Ihre Klinik für dessen Behandlung ein paar hundert Euro weniger. Sorry. Ehrlich.*

Ich durfte meinen kleinen, aber essenziellen Beitrag dazu leisten, den Niedergang des Gesundheitssystems voranzutreiben. Feste Arbeitszeiten, betriebliche Altersvorsorge und Corporate Benefits, ein solides Gehalt. Herrliche Aussichten, davon abgesehen, dass ich bisher in einer Krankenhausverwaltung und somit auf der anderen Seite des Spielfeldes verbracht hatte. Es fühlte sich an als müsste ich ab jetzt Eigentore schießen.

Der Job war begehrt, ich hatte Glück ihn bekommen zu haben. Damit hatte Elias Recht gehabt. Wie so oft wusste er es besser als ich.

Ich löste meinen Fuß vom Boden und machte einen ersten Schritt. Der Nächste war dann schon leichter und plötzlich sah ich mich entschlossen auf das Gebäude zugehen und durch die gläserne Drehtür eintreten.

Es war ein Büro wie nach einer Schablone entworfen. Dunkler Teppichboden, praktische Schreibtische in regelmäßiger Anordnung, moderne PCs und viel zu helle, energieeffiziente LED-Beleuchtung. Ein unglücklicher Gummibaum verbog sich am Fenster. Dumm nur, dass der Raum auf einen schmalen Innenhof schaute, der kaum Sonne hereinließ.

Mein neuer Vorgesetzter hatte mich bereits im Eingang freundlich empfangen, was zugegebenermaßen sehr angenehm war. Michael, wie er genannt werden wollte, *denn wir sind hier eine Familie,* war tatsächlich ein sympathischer Endfünfziger mit tiefen Geheimratsecken und großen warmen Händen, die meine klammen Finger beinahe zerquetschten, während wir uns begrüßten.

„Der Arbeitsplatz dort hinten ist deiner", erklärte Michael mit Fingerzeig auf den einzig leeren Schreibtisch. Er stelle mich reihum meinen vier neuen Kollegen vor, mit denen ich das Büro teilen würde. Ich hatte alle Namen sofort wieder vergessen, was mich absolut nicht wunderte. Ohne Namensschilder war ich in einer Gruppe Unbekannter verloren. Gesichter konnte ich mir gut merken, aber nicht wie die dazugehörigen Personen bezeichnet werden wollten. Ich biss die Zähne zusammen und spürte mein Achseln feucht vom Angstschweiß werden. Die folgenden Wochen musste ich meine Ohren offenhalten, sobald die Anderen miteinander redeten. Jeden genannten Namen würde ich sofort aufschnappen und mir einprägen. Es gab nichts Peinlicheres, kaum etwas machte einem den Start mit neuen Kollegen schwieriger, als sie falsch anzusprechen.

Die zwei Männer und zwei Frauen lächelten höflich, wünschten mir einen guten Einstand und arbeiteten geflissentlich weiter. Nur die Jüngste von ihnen, etwa in meinem Alter, schenkte mir weiterhin ihre Aufmerksamkeit. Michael winkte sie heran.

„Rebecca, ich denke es ist am besten, wenn du Philomena einarbeitest."

„Ok", war alles was diese dazu sagte, dann rollte sie ihren Drehstuhl herüber und setzte sich zu mir.

„Lass dir erst einmal das Wichtigste an Programmen zeigen und ich hole dich Mittag für die große Führung", versprach mir Michael mit einem Augenzwinkern, als spräche er von Disneyland statt über ein dröges Versicherungsgebäude. Rebecca wartete artig bis er weg war, bevor sie die Augen verdrehte.

„Er ist wirklich in Ordnung, aber Michael sollte seine Prioritäten mal überdenken. Der ist mit seinem Job verheiratet und auch noch glücklich damit", flüsterte sie mir verschwörerisch zu. Ich glaube, ich mochte Rebecca sofort. Sie war schön, hatte lange schwarze Locken und leuchtend grüne Augen. Meine neue Kollegin erinnerte mich an ein trickreiches Fabelwesen aus den irischen Märchen, welche mir Eva als Kind vorgelesen hatte.

„Also Philomena, womit hast du bisher gearbeitet?", wollte sie wissen.

„Bitte sag Phil", bat ich sofort. Niemand sprach mich mit vollem Namen an, außer meiner Mutter und das war schlimm genug.

„Nur wenn du mich niemals Becci nennst", beschwor Rebecca todernst.

„Abgemacht", wir grinsten und machten uns daran, mir die Grundzüge meiner Aufgaben beizubringen. Ihren Namen würde ich schon Mal nicht vergessen.

„Angie ist nett, aber stinkfaul. Pass bloß auf, sie spannt gerne die Neuen für ihre Arbeit ein. Ich habe Wochenlang ihre Drecksarbeit gemacht, während sie in der Kaffeeküche Frauenzeitschriften gelesen hat." Rebecca wedelte abfällig mit der Hand, während sie mir von ihrem Anfängen im Büro erzählte. Sie hatte eine scharfe Zunge und keine Skrupel diese einzusetzen. Während der letzten acht Stunden hatte sie mich auf den aktuellen Stand gebracht, was den firmeninternen Klatsch anging und von meinen Kollegen je die deutlichsten Charakteristika und heimlichen Schrullen aufgezählt.

Ich hatte das Gefühl, bis hinauf in die Chefetage, zu jedem einzelnen Mitarbeiter Pros und Contras nennen zu können. Rebecca war ich dankbar, dass sie dieses unsichtbare zwischenmenschliche Gewebe für mich entwirrte und die Fallstricke darin aufzeigte. Das machte es leichter für jemanden wie mich, die sich problemlos ausfragen ließ, aber kaum den Mut besaß, beim Smalltalk dem Gegenüber persönliche Fragen zu stellen.

Diese Schwachstelle hatte Rebecca sofort sondiert und mir das nötige Werkzeug gegeben, um sie auszubessern. Nicht ohne mich zu ihrer sozialen Landkarte hinzuzufügen. Sie hatte den grob schraffierten Fleck, als der ich heute morgen darauf aufgetaucht war, sofort mit Farbe gefüllt.

Rebecca interessierte sich dafür, was mich hierher verschlagen hatte. Ich erzählte bereitwillig von der schmerzlichen Trennung, meiner Wohnsituation und der anstrengenden Mutter, als hätte sie nur danach fragen müssen, um einen undichten Damm zu brechen.

„Das kriegst du schon wieder auf die Reihe! Ich höre mich nach einer Wohnung um. Du wirst sehen, bald sind diese Schwierigkeiten passé", versprach sie mir.

Wir schlenderten zum Feierabend erleichtert Richtung Aufzug. Rebecca und ich waren die Letzten unserer Abteilung, die es für heute gut sein ließen. Sie hatte mir noch eine eigene private Führung versprochen. „Michael kennt nur die offiziellen Höhepunkte, ich zeige dir was wirklich interessant ist."

Rebecca drückte den Knopf für die oberste Etage.

„Haben wir da wirklich etwas verloren?", fragte ich unsicher. Rebecca grinste teuflisch und zog einen Schlüssel aus ihrer Tasche. „Nein, das ist schließlich der Spaß daran."

Auf besagtem Stockwerk öffnete sich der Lift geräuschlos und entließ uns in einen weiteren Flur mit Teppichboden, nur war dieser dick, cremefarben und sauber, als wäre er neu verlegt worden. Anstelle von einheitlichen grauen Türen zwischen Industrietapete, reihten sich Glasfronten aneinander. Hinter jeder warteten elegante Möbel und dekadent viel Platz.

Wir befanden uns in einer anderen Welt. Der Aufzug kam dem Wurmloch zu einer neuen Dimension gleich. Der Gegensatz war so disruptiv, dass ich kurz blinzeln musste und beinahe den Moment verpasste, als sich die Aufzugtüren wieder schlossen. Rebecca ging voraus, ich hechtete hinterher.

„Das ist offensichtlich über unserer Gehaltsebene, können wir wieder gehen?", fragte ich kleinlaut. Mir war die Situation nicht geheuer. Es war zu still hier, zu verboten. Selbst die Putzkolonne schien schon weg zu sein. Alle Papiereimer waren geleert und mit schimmernden, frischen Abfalltüten ausstaffiert.

Rebecca winkte mich wortlos weiter und steuerte zielstrebig auf die Milchglastür am Ende des Ganges zu. Dort angekommen zückte sie wieder den Schlüssel und sperrte auf. Ich schnappte nach Luft, als ich nach ihr eintrat. Dies war zweifellos das Büro unserer Direktionsleiterin, der Frau welche an der Spitze dieser Pyramide balancierte, an deren äußerstem Zipfel Rebecca und ich brav werkeln mussten. Sicher sollten wir nicht nach Feierabend hier sein.

„Ok, wir haben alles gesehen, lass uns wieder gehen", bat ich erneut.

„Nein, hast du nicht", bekräftigte Rebecca und öffnete eine Kommode unter der breiten Glasfassade, welche über die Dächer der umliegenden Häuser blicken ließ, bis hinunter zum Fluss, der seelenruhig die Stadt durchschnitt.

Rebecca hatte plötzlich eine Flasche in der Hand. Ich verstand erst nicht was sich vor meinen Augen abspielte, als meine Kollegin zwei niedrige Gläser auf den blankpolierten Schreibtisch platzierte und sich dahinter in den Stuhl setzte, als wäre das hier ihr Reich und sie die Königin. Dann wurde mir klar, dass es Alkohol war, den sie uns ausschenkte.

„Was zum...?", ich konnte kaum in Worte fassen, was ich sagen wollte. Eigentlich wusste ich auch nicht was ich dachte, warum es also überhaupt versuchen?

„Reg dich ab", Rebecca prostete mir mit der hellbraunen Flüssigkeit zu und nahm einen Schluck. „Cheers." Sie lehnte sich zurück, mit dem zufriedenen Grinsen einer satten Katze.

„Ich dachte das hier ist ein passender Einstand für dich, besser als schlechter Kaffee."

„Wenn man uns hier erwischt, ist es auch gleich mein Ausstand!", zischte ich. Bis hierher war ich Rebecca arglos gefolgt, wie ein braves Lämmchen, hatte nichts Böses vermutet. Immerhin hatte sie mich zuvorkommend behandelt und sich wirklich Zeit genommen, aber jetzt schlug meine Laune deutlich um. Sie riskierte unser beider Jobs.

„Bitte, die Chefin hat das Zeug nicht um Geschäftspartner zu becircen. Das hier ist schließlich eine Krankenkasse und kein Start up aus dem Silicon Valley. Die Alte hat ein kleines Alkoholproblem und das weiß insgeheim jeder. Selbst wenn sie jetzt höchstpersönlich hereinspazieren würde, wären wir fein raus. Der ist nichts wichtiger, als ihre Sauferei unter den Teppich zu kehren."

Rebecca lächelte nachsichtig und wackelte mit dem Glas. Ihre grünen Augen verfolgten entzückt die Bewegung des Schnapses darin. Mir blieb der Mund offen stehen. Diese Frau war faszinierend und gefährlich, wie ein seltenes Raubtier in Gefangenschaft, das wurde mir jetzt klar. In meiner Kollegin steckte mehr als ich gedacht hatte.

„Woher hast du den Schlüssel?", fragte ich lahm. Rebecca schob mir mein Glas entgegen, ich stand noch immer wie angewurzelt vor dem Schreibtisch. Zögernd nahm ich es an, konnte ob ihrer Selbstsicherheit nicht unhöflich sein. Plötzlich ergab ich mich ihrer Autorität, als säße Rebecca berechtigt in dem Chefsessel. „Beziehungen", flüsterte diese und ließ die Augenbrauen dabei spielen. Ich schwieg, wollte es nicht zu genau wissen. Etwas sagte mir, dass es besser so war.

„Also, auf deine strahlende Karriere!", Rebecca hob ihr Glas. „Wir werden viel Spaß zusammen haben, da bin ich mir sicher."

Tatsächlich verließ ich das Gebäude an diesem Tag ohne meine Anstellung wieder los zu sein. Niemand hatte uns entdeckt, Rebecca und ich gingen nach Hause, als wären wir nur besonders fleißige Mitarbeiterinnen, die ein paar Überstunden gemacht hatten. Ich war angeschwippst, Rebecca hatte mich dazu gebracht gleich zwei Gläser von dem Whisky zu trinken, obwohl er wie flüssiges Lagerfeuer schmeckte. Die halb leere Flasche hatte Rebecca mit Leitungswasser aufgefüllt. „Das fällt dem alten Schluckspecht sowieso nicht auf."

Überwältigt von den Eindrücken des Tages, alkoholisiert und müde traf ich bei Marina ein und war davon schockierter, als vom Anblick des Chefbüros. Die Wohnung sah aus, als wäre sie ausgeraubt worden. Alle Regale leer, überall lagen Häufchen aus Büchern oder anderen kleinen Gegenständen auf dem Boden. Marinas Fernseher war verschwunden, nur der Staub, in dem er jahrelang gethront hatte, lag noch auf seiner Kommode und ein paar einsame Kabel ragten nutzlos in die Luft.

„Oh, da bist du ja endlich!" Marina tauchte hinter einem Stapel Küchengeräte auf, die sie gerade herbeischleppte. Da fiel mir wieder ein, dass sie sich heute frei genommen hatte, um mit dem Packen anzufangen und Himmel war sie weit gekommen! Die Wohnung war bereits halb leer. Marina kam lächelnd auf mich zu und begann sofort mich auszufragen, aber ich starrte über ihre Schulter auf die Schachtel, welche sie gerade befüllt hatte. Deren vier Deckelteile standen wie Flügel ab, bereit abzuheben. Dieses Stück Karton verhöhnte mich. Ich hatte es kurz vergessen, aber die Uhr tickte. Die Zeit lief ab.

## 3

So sah mein Leben also aus.

Eine Mischung von Reminiszenz über jeden Gegenstand, der nach und nach aus Marinas Wohnung verschwand, diese zusehends leer und hallend hinterließ, genau wie mich und dem sich Hineingraben in meinen neuen Job, der dank Rebeccas Anwesenheit erstaunlich interessant geworden war. Nicht zu vergessen die unaufhörliche, desillusionierende Suche nach einer Wohnung.

Ah ja, und Elias. Der mich gedanklich begleitete wie ein Ohrwurm, den ich nicht loswurde. Wir schrieben uns nicht, beäugten einander durch das Fernrohr von social media und schwiegen still. Er postete Bilder seiner Wohnung, die ich bisher nur von unserer einen gemeinsamen Besichtigung kannte. Ich fand seinen schwarzen Lieblingssessel im Wohnzimmer am bodentiefen Fenster stehend, als wäre er für einen Ikea Katalog fotografiert worden und erinnerte mich daran, wie gern ich darin gesessen hatte. Seufzend wollte ich mein Smartphone gerade wieder in der Handtasche verschwinden lassen. Ich hatte es heimlich unter dem Schreibtisch hervorgeholt und ein wenig darin gescrollt.

Michael war ein Kind seiner Zeit und der festen Meinung, seine Mitarbeiter sollten das Internet nur an ihren Arbeitscomputern und ausschließlich für professionelle Zwecke nutzen. Unsere privaten Geräte hatten im Büro nichts zu suchen. Ich hielt mich so gut ich konnte daran, nahm mir aber immer mehr ein Beispiel an Rebecca, die eine regelrechte Künstlerin darin war, diese Regel zu umgehen.

Als ich mein Telefon nun wegstecken wollte fiel mir auf, dass es einen verpassten Anruf anzeigte. Unbekannte Nummer, von einem Mobiltelefon.

„Na, spionierst du wieder deinen Ex aus?" Zu Tode erschrocken drehte ich mich verschwörerisch zu Rebecca um, die sich über meine Schulter gebeugt hatte. Sie grinste mir wissend zu und spähte auf den Bildschirm in meiner Hand.

„Wenn du es genau wissen willst, ja", brummte ich.

„Hat er dich etwa angerufen?"

Ich zuckte mit den Schultern. „Falls er eine neue Nummer hat. Die hier kenne ich nicht."

„Ruf doch zurück."

Ich verzog das Gesicht. „Wozu? Da hat sich bestimmt nur jemand verwählt."

Mit fremden Leuten zu telefonieren hasste ich, selbst wenn ich wusste wen ich in der Leitung haben würde. Völlig ins Blaue hinein eine Nummer anzurufen, war mir ein Graus.

„Und was, wenn es um die Besichtigung heute geht?", gab mir Rebecca zu denken.

„Das glaube ich nicht." Ich hatte keine Lust weiter zu spekulieren und warf das Smartphone in meine Tasche.

„Das ist ein Gruppentermin, da ruft mich sicher keiner an. Entweder du bist da, oder nicht", beschloss ich. Rebecca hob skeptisch eine ihrer schwarzen Augenbrauen, die elegant geschwungen waren wie Messerklingen.

„Das werden wir dann schon sehen." Sie hatte angeboten mich zu begleiten. Rebecca war der Überzeugung, dass ich einfach zu nett war und jemanden brauchte der sich für mich durchsetzte. Eine Entourage welche Konkurrenten im Ernstfall mittels Ellenbogen aus dem Weg räumte. Dafür war sie definitiv die Richtige, ich hatte nicht abgelehnt.

Am selben Nachmittag standen wir bei genau diesem Termin, in einer langen Schlage vor dem Gebäude und warteten darauf, dass die nächste Gruppe in die Wohnung gelassen werden würde. Ich schaute mich müde um und rechnete meine Chancen gering aus.

Es waren mindestens fünfzig Personen anwesend und sie alle wirkten monetär stabiler als ich mich einschätzte. Hinter uns befand sich ein Pärchen in meinem Alter. Ganz klar beide Produkte des modernen urbanen Lebens. Sie waren so lässig, wirkten als wäre jedes Kleidungsstück fair gehandelt, biologisch abbaubar und gleichzeitig verdammt teuer und hochwertig. Ich kam mir ignorant und dumm vor, in meinem Fast-Fashion-Outfit.

Die Beiden unterhielten sich lautstark darüber, wie ärgerlich es sei, dass es keinen Stellplatz gab. Ich wunderte mich, was gerade diese Zwei in der Stadt mit einem Auto anfangen wollten? Ich hatte noch nie ein eigenes besessen und musste scharf nachdenken, um mich zu erinnern, wann ich überhaupt das letzte Mal hinter dem Steuer gesessen hatte.

Rebecca verdrehte die Augen in meine Richtung, um mir wortlos mitzuteilen, dass sie ebenso dachte. Ich musste grinsen, als sie sich demonstrativ umdrehte und einen langen, abfälligen Blick auf das Pärchen warf. Die fingen ihn auf und verstummten sofort, als hätten sie im Unterricht geschwätzt und fürchteten eine Strafe von ihrer Lehrerin. Rebecca hatte diese Wirkung auf Menschen, wenn sie es wollte. Sie konnte überhaupt jede Wirkung haben, welche sie beabsichtigte. Ich bewunderte meine Kollegin dafür und wegen ihrer durchdringenden grünen Augen.

Ich lehnte mich an die feuchte Außenmauer und blickte an den erwartungsvollen Bewerbern vorbei in den kleinen Innenhof, wo die Wohnungstür hinter einem gemauerten Torbogen versteckt lag. Das hier würde noch ewig dauern und mich nicht weiterbringen. Ich sollte Rebecca lieber zum Essen einladen und ihr so viel Wein ausgeben, wie ihre Unterstützung in den letzten Tagen wert war. Ich wollte es mir lieber gut gehen lassen und das leidige Thema Wohnung ignorieren.

Ein Klingelton erscholl laut und blechern. Zuerst schaute ich fragend in die Runde der Wartenden, bis mir klar wurde dass das Geräusch aus meiner Jacke kam.

„Geh schon ran!", forderte mich Rebecca auf.

Ich zog mein Telefon hervor und stelle verdutzt fest, dass es dieselbe unbekannte Nummer war, wie am Vormittag. Wer oder was wollte mich so hartnäckig erreichen? Ich bemerkte aus den Augenwinkeln die Blicke der Leute. Sie fragten sich weshalb ich grübelnd auf das Gerät starrte, anstatt abzuheben. Gute Frage, ich wusste selbst nicht warum es mich so anstrengte einen unbekannten Anruf anzunehmen. Egal worum es ging, ich konnte schließlich wieder auflegen. Rebecca beobachtete mich tadelnd, ich zeigte ihr die Nummer auf dem Bildschirm, sie zuckte wegwerfend mit den Schultern und verschränkte die Arme.

Ich kniff ergeben die Augen zu und hob das Telefon ans Ohr. „Hallo?"

Statisches Rauschen antwortete mir, ich wollte erneut fragen, doch da erklang die Stimme eines Mannes, wie von weit entfernt. Die Verbindung war miserabel.

„Hallo? Philomena?" Die Stimme war mir nicht bekannt, aber mein Name war es diesem Mann offenbar. Ich runzelte die Stirn, biss mir auf die Lippe.

„Wer ist da?"

„Tom", es klang als müsse ich ihn kennen, oder hatte ich ihn falsch verstanden? Der Ton in der Leitung schwoll an und ebbte ab, verzerrte die Worte. Ich fing Rebeccas skeptischen Blick auf.

„Wie bitte?" Ich wurde ungeduldig und das hörte man. Entnervt schritt ich aus der Warteschlange heraus und stapfte die Straße hinunter, in der Hoffnung dass sich die Verbindung verbessern ließ. Scheiß auf die Besichtigung! Rebecca folgte mir kommentarlos.

Nervöses Räuspern erklang aus dem Hörer, oder zumindest deutete ich das Geräusch so.

„Tom, der Bruder deiner Mutter", erklärte er sich.

Ich überquerte gerade eine Kreuzung und blieb mitten auf dem Zebrastreifen stehen. Rebecca stieß mit mir zusammen, sie zischte einen Fluch.

„Was?", fragte ich wie eine Idiotin. Seine Antwort hörte ich nicht, weil das Hupen des abrupt neben uns bremsenden Autos ihn übertönte. Ich wirbelte erschrocken herum und wurde durch beleidigende Gesten des Autofahrers, von der Straße gewunken. Rebecca schimpfte ungeniert zurück und schob mich auf den Gehsteig. Erst da konnte ich mich wieder auf die Stimme des Mannes konzentrieren, der behauptete mein Verwandter zu sein.

„Alles in Ordnung?", fragte er. Das Hupen hatte er sicher gehört.

„Ja, Entschuldigung. Nochmal von vorne. Wer ist da genau?" Ich konnte kaum glauben was er behauptete, denn die Person die er vorgab zu sein, war nicht mehr als ein Gerücht für mich, eine Fußnote am Rande meiner Erinnerung. Und nun plötzlich lebendig, in Form einer Stimme am Telefon. Er wiederholte seinen Namen und erklärte sich noch einmal.

„Woher hast du meine Nummer?", das *Du* kam mir nur schwer über die Lippen, aber es wäre noch abstrakter gewesen ihn zu Siezen. Hatte er etwa nach mir gesucht? Meine Kontaktdaten über Freunde, oder die sozialen Medien herausgefunden? Diese Vorstellung bedrückte mich. Es wäre unheimlich, wie leicht es gewesen sein musste, wie angreifbar man sich selbst machte.

„Eva hat sie mir gegeben." Das war wesentlich schockierender, als mich wie ein Psychopath zu stalken. Ich wusste nichts darauf zu sagen. Sprachlosigkeit hatte mich erfasst.

„Bist du noch dran?", vergewisserte er sich, als meine Antwort länger ausblieb. Ich hustete trocken, um meine Stimme wiederzufinden.

„Ja", krächzte ich. „Was willst du?" Das klang so unfreundlich, wie man es sich nur vorstellen konnte, aber ich war nicht fähig mir eine diplomatischere Formulierung auszudenken. Rebecca war näher getreten und legte den Kopf schief, als wolle sie mithören, was mein Gesprächspartner von sich gab.

„Ich bin momentan in der Stadt und habe vorgeschlagen, dass wir beide uns treffen könnten. Eva hat nichts dagegen." Es war eine vorgeschobene Entschuldigung, gepaart mit der ultimativen Absolution durch meine Mutter. Sie hatte ihm meine Nummer gegeben und erlaubt, dass er mich treffen durfte? Das war ungeheuerlich. Er konnte nicht dieselbe Eva meinen wie ich. Das wäre, als hielte Rapunzels Stiefmutter dem Prinzen die Tür zum Turm freiwillig auf und begrüße ihn mit einer herzlichen Umarmung.

„Nur wenn du nichts dagegen hättest...", fuhr er fort.

Ich starrte wie eine leere Hülle vor mich hin, bis Rebecca in meinem Gesichtsfeld auftauchte und sich mein Blick auf ihr schärfte. Ihre Züge waren gespannt auf mich gerichtet, wie mit dem Messer geschnitzt. Ich merkte dass mein Mund offen stand, schloss ihn, schluckte und formte einen Satz damit.

„Ich, äh... ok vielleicht", immerhin waren es Worte, wenn auch ohne Sinn und Verstand.

„Gut, ich schreibe dir, ja?", versicherte er sich und nach einem kaum überzeugenden „Mhm" von mir, legten wir beide auf.

Rebecca musterte mich wie eine fremde Spezies, mit der Neugierde einer Forscherin.

„Was war das? Du bist weiß wie eine Wand", stellte sie fest.

Ich stierte auf mein Telefon und ließ die Hand langsam sinken. „Mein... ich meine der Bruder meiner Mutter."

„Ah ja, klar. Ich reagiere auch immer, als hätte ich einen Geist gesehen, wenn mich mein sehr lebendiger Onkel anruft", bemerkte Rebecca. Sie verzog ihre Lippen dabei so übertrieben sarkastisch, dass ich hätte lachen wollen, wen mir nicht so übel gewesen wäre.

„Hör zu", begann ich und wischte mir die Haare aus dem Gesicht, um besser denken zu können. „Das ist nicht so einfach. Meine Mutter hat einen jüngeren Bruder, aber ich habe ihn noch nie gesehen, in meinem ganzen Leben, verstehst du?"

„Du kennst ihn also gar nicht?"

„Das war gerade das erste Mal, dass wir miteinander gesprochen haben."

Rebeccas Mund formte ein erstauntes kleines O, ihre Augen wurden dabei genauso rund.

„Phil, Phil, Phil, ich dachte du bist eine Unschuld vom Lande, aber es stellt sich heraus, dass du interessante, dunkle Geheimnisse hast", sie grinste durchtrieben, als gäbe es nichts Besseres als das.

„Wow, danke. Ich deute das jetzt mal als Kompliment", brummte ich zurück.

„Tu das und dann erzähl mir mehr", Rebecca lächelte weiterhin.

Ich nahm noch einen beherzten Schluck von meinem Sauvignon Blanc und wartete, bis sich das wohlige Gefühl des Kontrollverlustes in meinem Magen ausbreitete. Ich brauchte es jetzt. Wir saßen an einem winzigen Tisch direkt am Fenster. Draußen war es dunkel geworden. Die spärliche Beleuchtung der Bar warf unsere

Spiegelbilder in satten Gelbtönen an die Scheibe. Rebecca beobachtete mich über den Rand ihres Glases. „Also, der verschollene Onkel ist wieder aufgetaucht?", fragte sie. Ich schüttelte den Kopf, stellte mein Glas etwas zu nachdrücklich ab.

„Niemand war verschollen, es war Absicht."

„Von wem?"

„Meiner Mutter."

„Hat sie euch den Kontakt verboten?"

Darüber grübelte ich kurz, denn mir kam etwas, worüber ich noch nie nachgedacht hatte. „Ich weiß nicht was er darüber denkt, aber mir musste nie etwas verboten werden. Tom war einfach nicht existent. Genauso wenig wie der Rest meiner Familie. Da waren nur Eva und ich. Das musste reichen."

Rebecca lehnte sich zurück, schwenkte nachdenklich ihr Weinglas. „Sie hat dich also alleine großgezogen?"

Ich nickte und nahm einen weiteren Schluck.

„Und dein Vater?"

Darauf zuckte ich die Schultern, bevor ich mein Glas in einem Zug leerte. „Der ist *ein* Grund für die ganze Misere. Meine Mutter hat sich wohl wegen ihm mit ihren Eltern zerstritten und mit ihnen gebrochen. Was meinen Vater nicht davon abgehalten hat, sich danach für immer aus dem Staub zu machen, oder meine Mutter daran gehindert hätte an ihrem Groll festzuhalten. Ich kenne meine Großmutter nur von Fotos und ein paar wenigen Anrufen ihrerseits, während meiner frühesten Kindheit. Fragen nach unseren Verwandten hörte Eva nicht gern und darum habe ich irgendwann aufgehört sie zu stellen."

„Klassisch totgeschwiegen", formulierte Rebecca es um.

„Exakt", ich prostete ihr mit dem leeren Glas zu.

„Und was hat es nun mit dem ominösen Onkel auf sich?", raunte sie und kippte ihren Wein ebenso rücksichtslos hinunter.

„Von dem weiß ich nur, weil meine Großmutter ihn einmal am Telefon erwähnt hat. Es war mein Geburtstag, ich glaube da wurde ich zwölf oder so... Eva war auf jeden Fall stinksauer. Als ich fragte wer Tom sei, hat sie mir den Hörer aus der Hand gerissen und aufs Telefon geknallt, dass ich dachte es zerspringt. Sie hatte ihn nie auch nur mit einem Sterbenswörtchen erwähnt. Die hormonelle Verwirrung der Pubertät hat mich mutig genug gemacht, sie mit Fragen zu quälen. Eva hatte zur Feier des Tages etwas getrunken und war redselig." Ich seufzte leise.

„Lass mich raten, was sie dann erzählt hat, hat dir den Geburtstag erst recht vermiest?"

Rebecca traf genau ins Schwarze.

„Richtig. Meine Mutter ist kein Einzelkind, wie sie mich bis dahin hat glauben lassen." Rebecca reckte den Hals und beugte sich über den Tisch zu mir herüber

„Interessant", raunte sie.

„Ihr Bruder ist fünfzehn Jahre jünger als meine Mutter und scheint noch Kontakt zu ihrer beider Mutter zu haben, mehr hat mir Eva zu meinem Onkel nicht erzählt."

Ich brachte diese Verwandtschaftsbezeichnung kaum heraus. Es war irrational eine Stimme am Telefon, zu der ich nicht einmal ein Bild hatte, als Onkel zu bezeichnen. Ich hatte keine Beziehung zu diesem Mann, also wollte ich es auch nicht wie eine benennen.

„Dann ist sie von ihrem Bruder wohl nicht begeistert", bemerkte Rebecca ironisch.

„Darauf kannst du Gift nehmen! Eva war fast noch ein Teenager, als sie von zu Hause ausgezogen ist. Es konnte ihr nicht schnell genug gehen. Sie hat keinen Kontakt zu meiner Großmutter, mein Großvater ist längst gestorben und ihren Bruder hat sie verleumdet."

„Erkennst du das Muster?", fragte Rebecca spitz. Ich hatte ihr bereits erzählt, dass ich auch mit siebzehn schon Reißaus genommen hatte, weil ich es bei Eva nicht mehr ausgehalten hatte.

„Verschon mich", brummte ich.

„Woher kommt das alles? Was ist das Problem deiner Mutter? Sind deine Verwandten alle blutrünstige Monster, oder so?" Rebecca war interessierter an meiner Familiengeschichte, als ich selbst.

„Frag sie. Vielleicht erzählt sie dir mehr als mir", gab ich zurück.

„Ah, das Leben schreibt doch die besten Geschichten", flüsterte Rebecca begeistert und winkte dem Kellner.

„*Mein* Leben, meinst du", berichtigte ich eingeschnappt. Der Kellner brachte uns zwei volle Gläser. Rebecca schob mir meines über den Tisch zu.

„Hey, ich kann gerne etwas dazu beitragen, aber meine Eltern sind eben noch verheiratet. Auch wenn sie sich hassen wie die Pest, aber sie bleiben brav innerhalb der Grenzen dessen, was man ihnen als richtig beigebracht hat. Keine Seitensprünge, keine Scheidung, keine verschwiegenen Familien. Alle Abneigungen offensichtlich, aber sicher eingezäunt."

Wir schwiegen uns einen Moment an, nicht abweisend, sondern einträchtig. Jede beschäftigt mit den Gedanken an ihre eigene kaputte Sippe.

„Und was ist nun mit diesem Tom?", fragte Rebecca. „Wirst du dich mit ihm treffen?"

„Ich weiß nicht."

„Warum? Das ist deine Chance die Geschichte mal aus einer anderen Perspektive zu hören! Außerdem ist es doch spannend! Der dubiose Bruder, der unbekannte Keil, der die Familie auseinander getrieben hat. Das ist so schön dramatisch."

„Du hast zu viel getrunken", witzelte ich.

„Oder du zu wenig", grinste Rebecca. Wir stießen an und lachten. Während ich die kühle Flüssigkeit in meinem Mund behielt, dachte ich darüber nach, was sie gesagt hatte. Rebecca hatte Recht mit der Perspektive. Ich kannte nur die Ansichten meiner Mutter, was wenn mir Tom etwas anderes erzählen würde? Immerhin traute ich Eva alles zu, warum hatte ich ihr Bild von der Vergangenheit dann nie ernsthaft hinterfragt? Warum hatte Tom nach meiner Nummer fragen müssen und nicht anders herum? Ich bekam das schlechte Gefühl, dass ich mich zwar körperlich längst aus Evas Bannkreis entfernt, sie meine Gedanken aber immer noch im Griff hatte. Mein Weltbild war von der Frau geprägt worden, der ich am wenigsten glaubte und doch hielt ich es bis heute für bare Münze. Was war nur kaputt in meinem Kopf?

Ich bemerkte den besorgten Text, den mir Marina geschickt hatte. Ich war weder zu Hause aufgetaucht, noch hatte ich mich gemeldet. Sie fürchtete ich hätte mich, nach einer weiteren ergebnislosen Besichtigung, in den Fluss gestürzt.

„Ich glaube wir gehen besser", schlug ich Rebecca vor. Doch die hatte längst den raubtierartigen Ausdruck aufgelegt, den ich schon kannte und der nichts Gutes im herkömmlichen Sinne bedeuten konnte.

„Was?", fragte ich misstrauisch.

„Es ist Donnerstag, wir gehen sicher noch nicht nach Hause."

„Nein!", entgegnete ich schwach. Ich wusste was sie vor hatte, aber mir war nicht wirklich nach einer durchzechten Nacht zumute.

„Doch! Wir müssen schließlich feiern, dass du Kontakt zur Vergangenheit geknüpft hast!"

Ich stöhnte ergeben und schrieb Marina, dass sie nicht auf mich warten sollte. Wenn Rebecca einen Entschluss gefasst hatte, konnte ich ihr kaum widersprechen. Sie riss einen mit, ob man wollte oder nicht. Ihre Augen flackerten so unwiderstehlich, dass niemand nein zu ihr gesagt hätte.

„Mir nach!", ordnete sie euphorisch an. Rebecca drückte dem verdutzten Kellner einen Schein in die Hand. Ich nahm meine Jacke und tat wie mir geheißen.

## 4

Der nächste Tag begann erwartungsgemäß schlecht. Ich war über Nacht mit der Couch verschmolzen und befreite mich zum Klang meines Weckers draus, wie eine Untote von ihrem feuchten Grab. Der Kater traf mich hart und machte den Weg ins Bad zu einem schwankenden Hindernislauf, um die verbliebene Einrichtung.

Sobald ich mich über das Waschbecken beugte, wurde der Drang mich zu übergeben beinahe überwältigend. Es dauerte seine Zeit, bis ich es geschafft hatte zu duschen und mich ungefähr präsentabel herzurichten. Als ich aus dem Bad kroch, kam mir Stefan entgegen. Ich wusste nicht, dass er auch hier geschlafen hatte und war dezent schockiert über die Möglichkeit, dass er mitbekommen haben könnte, wie zerstört ich am frühen Morgen in die Wohnung gestolpert war. Er trug bereits ein strahlend weißes Hemd. Sein helles Haar lag vor der Begegnung mit einer Bürste besser, als meines es überhaupt jemals tun würde.

„Guten Morgen", grüßte er mich höflich. Ich starrte ihn kurz an, bis mir klar wurde wie angeekelt mein Ausdruck sein musste, riss mich zusammen und lächelte.

„Dir auch."

Er nickte und verschwand im Bad, seine gerümpfte Nase entging mir nicht. Ich wusste, was er über mich dachte und Stefan war klar, was ich von ihm hielt. Wir tarnten unsere gegenseitige Abneigung unter steifer Höflichkeit, Marina zuliebe.

In der Küche bemühte ich mich darum anständigen Kaffee zu kochen. Ich spülte unsere Becher von gestern ab, die noch im Becken einweichten und ließ den Letzten erschrocken zurück ins Wasser fallen, als mich jemand von hinten umarmte.

„Du hast eine Fahne", murmelte Marina glucksend an meiner Schulter.

„Und du einen Todeswunsch, ich hätte dir fast eine gewischt!", ächzte ich. Mein Herz raste, mir wurde sofort wieder schlecht.

„Du warst lange unterwegs", bemerkte Marina. Sie trug noch ihren Schlafanzug. Ich nickte nur und schenkte uns Kaffee ein, hoffte dass mich das Gebräu geradeziehen und glattstreichen würde, wie ein vormals zerknülltes Papier.

„Ist doch sonst nicht deine Art unter der Woche einen drauf zu machen."

Damit hatte Marina Recht. Ich war weniger pflichtbewusst als Stefan, aber normalerweise vernünftig genug mich nicht zu betrinken, wenn ich arbeiten musste.

„Rebecca hatte keine Gnade", sagte ich zwischen zwei Schlucken und beobachtete Marinas Augenbrauen nach oben wandern.

„So, so. Die musst du mir wirklich mal vorstellen", meinte sie und nahm sich ebenfalls eine Tasse. Ich hatte Marina erzählt, wie froh ich um Rebecca war und wie leicht sie mir den Einstieg in die Firma gemacht hatte. Die Whisky-Episode im Chefbüro hatte ich dabei wissentlich ausgelassen. Genauso wie ich die Heerscharen an Männern verschweigen würde, die Rebecca gestern in jedem Club um uns gesammelt hatte. Marina machte sich aktuell genug Sorgen meinetwegen, das hätte nur noch dazu beigetragen.

„Na, was schnattert ihr Mädels so früh schon?" Stefan kam blank poliert hereingeschlendert und küsste Marina auf die Stirn, während er ihr die Tasse entwand und selbst daraus trank.

Oh, wie ich ihn für solche Sprüche hasste! Marina kicherte, ich hätte sie am Liebsten in Grund und Boden gestarrt. Stefan war nicht lustig, oder sonst irgendwie positiv konnotiert! Stefan war scheiße! Ich war zu verkatert, um etwas Freundlicheres zu denken.

Trotzdem setzten wir uns für ein schnelles Frühstück zusammen. Als Stefan seine Mails durchsah, fragte ich mich zum ersten Mal an diesem Morgen, wo mein Smartphone eigentlich lag?

Ich fand es unter dem Sofa, wohin ich es nach dem Weckton verbannt hatte und entdeckte eine Vielzahl von Nachrichten darauf. Das Meiste war unwichtig. Einer der Typen von gestern hatte mir geschrieben, ich konnte mich nur vage daran erinnern ihm meinen Nummer gegeben zu haben und löschte seine Kontaktdaten sofort. Nein danke, ich war so betrunken gewesen, dass ich nicht mehr wissen wollte mit wem ich mich da eingelassen hatte.

Ich seufzte hörbar, dann blieb mir der Atem weg als mein Daumen die letzte Nachricht öffnete.

Sie war von Elias. Vor lauter Erstaunen konnte ich zwar die Buchstaben erkennen, aber ihren Sinn nicht entziffern. Ich las den Chatverlauf mehrfach, um zu verstehen was er bedeutete, dann wollte ich meinen Kopf auf die Tischplatte rammen, bis ich das Bewusstsein verlöre. Nicht er hatte mir geschrieben, sondern ich Elias. In meiner trunkenen, selbstmitleidigen Verzweiflung hatte ich ihm mitgeteilt, dass er mir fehlte.

 Oh nein.

Ich spürte wie mir der Kaffee wieder hochkam, zusammen mit einigen Getränken von gestern und entschuldigte mich. Sobald sich nichts mehr in meinem Mund sammelte, außer ein bisschen Galle und sich die Magenkrämpfe gelegt hatten, schlich ich peinlich berührt zurück zu Marina und Stefan.

„Alles in Ordnung?", fragte Marina besorgt. An Stefan schaute ich vorbei, ich wusste dass er alles andere als Mitgefühl für mich hatte.

Ich schüttelte den Kopf und hielt Marina mein Telefon hin. Sie las die unheilvolle Unterhaltung und atmete tief durch, ihr Lippen schlossen sich zu einem harten Strich.

„Ich hab dir doch gesagt, lösch seine Nummer endlich, dann würde so etwas nicht passieren!"

Ich fühlte wie der Ärger über die eigene Dummheit das flaue Gefühl in meinem Magen ersetzte. Es war ein harter, unnachgiebiger Klumpen und jetzt wisperte er Marinas Namen.

„Oh danke, das hilft mir wirklich!", zischte ich.

„Es hätte geholfen, wenn du einmal auf mich hören würdest! Du wirst unzurechnungsfähig, sobald der Kerl ins Spiel kommt!"

„Da redet die Richtige!", gab ich mit einem bösen Lachen zurück und schwenkte die Augen demonstrativ zu Stefan. Der sah aus, als wäre er im Augenblick lieber auf ein Gleis gefesselt, mit einem nahenden Schnellzug in unmittelbarer Entfernung, als hier.

„Komm wieder runter! Nur weil dir mein Partner nicht passt, heißt es noch lange nicht, dass ich krankhafte Abhängigkeitsbeziehungen führe, wie du!" Marina war erstaunlich schnell auf dem

Siedepunkt angekommen, aber wenn wir beide eines genau wussten, dann dass niemand so sehenswert emotional eruptieren konnte wie ich.

Der Kaffeebecher lag in Scherben, bevor ich wusste was ich tat. Ich hatte keine Erinnerung daran den Knall gehört zu haben, den es sicher gegeben haben musste, als er auf dem Fliesenboden zerstob. Stefan war geistesgegenwärtig zur Seite gesprungen, sonst hätte ich seinen Fuß damit getroffen. Trotzdem war seine zuvor makellose Hose jetzt mit Kaffeespritzern besudelt. Marinas Gesicht wurde weiß, die Pupillen zu wütenden Stecknadelköpfen verengt. „Raus!", raunte sie in einem Ton, der meinen eigenen Zorn plötzlich abdrehte, als gäbe es einen Schalter dafür, den Marina umgelegt hatte. Ich sah die Sauerei und wurde mir bewusst, was ich angerichtet hatte, schämte mich zu Tode, konnte es aber nicht zugeben. Ich beugte mich Marinas Befehl, griff nach meiner Jacke und verschwand ohne Entschuldigung aus der Wohnung.

Rebecca hatte sich krank gemeldet und so saß ich den Vormittag über zwischen meinen weniger interessierten Kollegen und fühlte mich elend. Körperlich, wie gefühlsmäßig. Ich starrte auf meine Tastatur, ohne zu schreiben und überlegte ob ich Marina anrufen sollte. Dann dachte ich an Stefans Gesichtsausdruck, so angewidert wie entsetzt über mein Verhalten, dass ich es nicht fertigbrachte klein beizugeben.

Im Nachgang wusste ich nie woher meine Explosionen gekommen waren und warum. Mir blieb nur die Scherben aufzuheben, im wahrsten Sinne des Wortes und zu hoffen dass es nicht so bald wieder passierte. Generell war ich eine freundliche und eher zurückhaltende Person, niemand der gern im Zentrum der Aufmerksamkeit stand. Ich würde mich nicht als nachtragend oder wankelmütig beschreiben, aber manchmal zerriss es irgendwo in meinem Kopf ein Ventil, alles was dahinter aufgestaut war platze heraus und stellte meine Umwelt auf den Kopf. Ich sah es nie kommen, konnte es kaum einschätzen, oder abwenden. Sicher war nur, dass es mich mit dem unguten Gefühl hinterließ, dass ich mich weniger gut kannte, als ich glaubte.

In solchen Momenten erinnerte ich mich selbst an meine Mutter. So wie sie gewesen war, wenn ich als Kind etwas kaputt gemacht hatte, oder ungehorsam war. Dann war Eva in die Luft gegangen, nicht selten in Einklang mit einer ausrutschenden Hand Richtung meines Gesichtes. So wollte ich nicht sein, diesen Spiegel wollte ich nicht vorgehalten bekommen.

Auch Marina hatte diese Seite von mir erst selten gesehen und ihre Reaktion war nur allzu verständlich, ich würde mich auch rausschmeißen.

Schlimmer als das alles war nur Elias' Antwort auf meinen dummen Text:

*Du mir auch.*

Mein Herz machte einen Satz, verlor das Gleichgewicht und stürzte in den Abgrund, an dessen Rand es seit unserer Trennung vorsichtig balanciert hatte. Der ganze Schmerz war wieder da und die Fragen, welche sich in meinen Gedanken drehten. Nun da das Ventil schon kaputt war, hatten sie leichtes Spiel mit mir.

„Philomena, kannst du mir kurz mit dem Drucker helfen? Du kennst dich doch damit aus?" Ich schaute in Angies hoffnungsvolles Gesicht und biss die Zähne zusammen. So viel schlechtes Karma konnte selbst ich nicht verdient haben. *Angie und der Drucker* war eine unendliche Geschichte, die laut Rebecca vor allem von Angies Inkompetenz und Faulheit herrührte. Immerhin ein Problem welches meine Aufmerksamkeit eine Zeit lang in Beschlag nehmen würde.

„Natürlich, gerne."

In der Mittagspause traute ich mich mit meiner Mutter zu telefonieren. Sonst vermied ich es wie der Teufel das Weihwasser und ignorierte mindestens die Hälfte ihrer wöchentlichen Anrufe. Doch jetzt gab es etwas zu klären. Ich zog angespannte Kreise durch den bepflanzten Innenhof und lauschte auf das Freizeichen.

„Philomena?", sie sparte sich jegliche Grußformel.

„Hast du in letzter Zeit mit deinem Bruder gesprochen?" Auch ich hielt mich nicht mich Floskeln auf.

„Er hat dich also endlich angerufen." Sie klang weder überrascht, noch schuldbewusst.

„Hattest du vor, mir davon zu erzählen?"

„Ich bin nicht davon ausgegangen, dass er sich wirklich meldet. Das solltest du gleich über ihn wissen: Er bringt nichts zu Ende, ist unzuverlässig wie kein Zweiter."

„Ah und das weißt du, weil du ihn so gut kennst, oder was?"

„Ich kenne *dich*, also mach dir kein Illusionen."

Ich brachte nur ein abschätziges Geräusch zu Stande, mir blieben die Worte im Halse stecken.

„Ich weiß, dass ich dich kaum mehr davon abhalten kann, aber ich rate dir, stochere nicht in der Vergangenheit! Davor habe ich versucht dich zu schützen."

Sie legte auf ohne sich zu verabschieden. Ich blieb wie eine vergessene Marmorbüste zwischen den kahlen Büschen des Gärtchens zurück.


„Uhhh... warum weckst du mich auf?" Rebecca klang so zerknittert, wie ich mich fühlte.

„Hast du mal auf die Uhr geschaut?", fragte ich zurück. Der Nachmittag war nicht mehr jung, ich saß auf einer Bank in der Innenstadt, die Verpackung meines Falafel Dürüm noch in der Hand. Mir war eiskalt, feine gefrorene Feuchtigkeit schwirrte durch die Luft wie Aschestaub. Immerhin war ich satt und hatte den Großteil des Tages überlebt, das führte allerdings auch dazu, dass ich einen Unterschlupf für die Nacht brauchte.

„Sag bloß, du warst in der Arbeit?", grunzte Rebecca.

„Sag bloß, du nicht?"

„Haha, selber schuld, wenn du so brav bist."

„Kann ich heute bei dir schlafen?" Ich rückte damit heraus, ohne ihr vorher Honig um den Mund zu schmieren. Ich kannte Rebecca gut genug um zu wissen, dass sie es nicht verlangen würde.

„Das überrascht mich zwar, aber klar, kein Problem." Ich hörte sie grummeln und das Rascheln ihres Bettzeugs. „Wann willst du vorbeikommen?"

„Quasi jetzt?" Ich hatte keine Lust auf der Bank festzufrieren.

„Gut, gib mir eine halbe Stunde um wen auch immer loszuwerden, der gerade in mein Kissen sabbert, dann ist die Bahn frei."

Ich spürte wie ich rot anlief, bei dem Gedanken, dass Rebecca wirklich einen ihrer Verehrer von gestern mit nach Hause genommen hatte und dieser immer noch anwesend war. Sie ließ wirklich nichts anbrennen und gab einen feuchten Kehricht darauf, was ich davon halten könnte. So abgebrüht wäre ich gern.

„Ich schreib dir meine Adresse. Nimm die S-Bahn über den Ring, das geht am schnellsten."

Länger als nötig beschäftigte ich mich damit, einige Schaufenster zu studieren und mir einen Kaffee zu gönnen, bevor ich mich ernsthaft auf den Weg machte. Ich wollte keinem verschlafenen Liebhaber an Rebeccas Tür begegnen.

Dieses Schicksal blieb mir erspart. Das Treppenhaus des Altbaus war verlassen. Als ich im zweiten Stock klingelte, öffnete meine Kollegin alleine. Allerdings im Nachthemd, oder dem kaum existenten Stück Stoff, dass sie dafür hielt.

„Sieh an was aus der Kälte hereingekrochen kommt", scherzte sie breit lächelnd. Mir fiel zum ersten Mal die Lücke zwischen ihren Schneidezähnen auf. Sie scheuchte mich in ihre Küche, dort wartete schon heißer Tee auf uns.

Im Stillen bewunderte ich die klare Einrichtung. Alles ausgewählte Stücke, geschmackvoll arrangiert, in perfekt passenden Schattierungen von schwarz, weiß, grau und creme. Nichts davon wirkte billig, oder als wäre es das Überbleibsel aus einer Studentenbude. Solide Ordnung herrschte vor. Kurz gesagt war Rebeccas Wohnung das Gegenteil von Marinas Höhle.

Rebecca hatte sich einen Bademantel umgelegt und saß mir mit überschlagenen Beinen gegenüber. „Also?", begann sie neugierig, „Wenn du spontan bei mir Unterschlupf suchst, dann hast du irgendwelchen Mist gebaut."

Ich versteckte mich hinter der übergroßen Teetasse und schlürfte schuldbewusst.

„Sag nicht, du hast diesen Typen mit in die Wohnung deiner Freundin genommen?", riet Rebecca mit schmalen Augen.

„Wen?"

„Der dir gestern im Club seine Nummer gegeben hat, wie war sein Name? Arif, oder so ähnlich."

Das war also der Kontakt, den ich gelöscht hatte. Dumpfe Erinnerungen an einen großen dunkelhaarigen Mann, ein ansteckendes Lachen. Diese Begegnung tat jetzt nichts zur Sache. Ich stelle die Tasse ab und starrte darauf, während ich die Geschehnisse des Morgens für Rebecca wiederholte. Die beobachtete aufmerksam meine Hände auf ihrem Geschirr, als hätte ich vor es ebenfalls durch die Gegend zu schleudern. Ich ließ die Tasse schnell los und schob die Hände unter meine Oberschenkel. Rebecca schüttelte langsam den Kopf, ich wartete auf eine Moralpredigt, aber als ich in ihr Gesicht blickte, glaubte ich darin eher Anerkennung zu finden.

„Du bist wirklich erstaunlich! Beseitigst jeden Tag wortlos den Papierstau, den Angie durch ihre provokante Blödheit verursacht und bist dabei so nett zu ihr, dass selbst der Drucker nicht anders kann, als vorschriftsmäßig zu funktionieren und dann attackierst du deine beste Freundin mit ihrem eigenen Porzellan, weil sie ehrlich zu dir ist."

Das war schlimmer als jede Ermahnung. Rebecca brachte perfide auf den Punkt, wie ungerecht und irrational ich mich verhalten hatte. Anstatt Anstalten für eine Versöhnung zu machen, war ich davongelaufen und versteckte mich in der letzten Bastion, die mir noch eingefallen war.

Rebecca grinste wie ein sehr hübscher Haifisch in einem Satin-Negligé.

„Du bist so schön vielseitig, es wird nie langweilig."

Ich wusste nicht wie sie das meinte und hatte keine Möglichkeit nach der Ernsthaftigkeit ihrer Aussage zu fragen, denn Rebecca war schon aufgesprungen und bestellte Pizza, um unseren Mädelsabend anständig zu beginnen, wie sie sagte.

Später lagen wir gemeinsam in ihrem riesenhaften Bett. Ich traute mich zu fragen, wie sie sich drei Zimmer inklusive der Einrichtung leisten konnte (ihre Herdplatte hatte einen dieser integrierten Dunstabzüge, die ich nur aus der Werbung kannte und nicht für echt gehalten hatte).

„Ah, ich habe so meine Mittel und Wege", war die kryptische Antwort. Wie immer beließ ich es dabei, weil ich einfach keinen Mumm hatte den Finger auf Stellen zu legen, wo es vielleicht weh tat.

„Lass es", murmelte Rebecca müde während sie mich dabei beobachtete, wie ich auf Elias' Nachricht starrte. Ich warf ihr einen unsicheren Blick zu.

„Egal wie glücklich du vielleicht warst, er hat dich weggeworfen und er wird niemals aufheben was auf dem Boden liegt."

„Sehr philosophisch."

„Aber wahr. Glaub mir, du erniedrigst dich nur und am Ende lässt er dich wieder fallen. Gib ihm nicht die Möglichkeit dazu."

„Das klingt als wäre er ein berechnender Irrer."

„Sind wir doch alle, oder?" Rebecca sagte es ohne Doppeldeutigkeit. Ich erschauderte kurz.

„Außerdem warst du betrunken."

„Und wer war schuld daran?"

„Hey, ich hab dich zu nichts gezwungen." Über meine schmollendes Miene musste sie lachen.

„Soviel zu Personen, mit denen du *nicht* kommunizieren solltest, nun zu diesem Tom."

Rebecca war die Königin des Themenwechsels.

„Was soll mit dem sein?", fragte ich dröge zurück.

„Na, ich dachte ihr wolltet euch treffen?"

„Er hat sich noch nicht wieder gemeldet."

Rebecca rollte mit den Augen und bewarf mich mit einem Kissen.

„Und dagegen lässt sich nichts machen, oder wie? Deinem bescheuerten Ex kannst du ungefragt schreiben, aber der Onkel, der ernsthaftes Interesse hat und dich kennenlernen will, muss den ersten Schritt machen?"

„Äh ja, das ist die Definition von Interesse?", motzte ich zurück.

„Wie schade, dass du keine erwachsene Frau bist, die die Dinge selbst in die Hand nimmt, anstatt darauf zu warten, wie die Prinzessin auf der Erbse."

„Ja, ja ich verstehe schon!", entgegnete ich frustriert und suchte nach Toms Nummer in meinen Kontakten.

„Du willst ihn doch treffen, oder?"

„Ja, natürlich." Ich tippte frenetisch auf den Bildschirm, runzelte angestrengt die Stirn und hielt Rebecca triumphierend das Ergebnis entgegen, nachdem ich auf senden gedrückt hatte.

„Zufrieden?"

„Absolut." Rebecca schielte auf den Text. „Obwohl du es ein bisschen enthusiastischer hättest formulieren können."

„Ach leck mich!", schimpfte ich lachend.

„Das hättest du gerne."

„Ah, Rebecca!", kreischte ich beschämt und rollte mich auf die Seite. Rebecca gluckste belustigt hinter mir, räusperte sich dann aber ankündigend. Ich schielte unter der Decke hervor, die ich mir über den Kopf gezogen hatte.

„Wo wir bei dem Thema sind", begann sie mit wippenden Augenbrauen, „du kannst heute gerne hier bleiben, aber ich betreibe keine Pension, ok? Ich brauche meine Privatsphäre, wenn du verstehst was ich meine."

Ich dachte daran, wer wohl vor mir hier übernachtet hatte. Meine glühenden Wangen blieben unter der Decke versteckt, aber ich nickte.

„Gut, dann versöhn dich wieder mit deiner Marina!", tadelte Rebecca großmütig und schaltete das Licht aus. Es war spät, ich schlief sofort ein, obwohl ich viele Gedanken wälzte, die mich hätten wach halten müssen.

## 5

Die Wohnung war leer. Nichts erinnerte mehr an Marina, außer der Farbe an den Wänden. Diese wirkten nackt und schmutzig, mit braunen Streifen und Kratzern, dort wo die Möbel gelehnt hatten. Der Vermieter war auch schon hier gewesen, hatte die Türrahmen mit Kreppband abgeklebt, um sie vor der weißen Farbe zu schützen, mit der er Marinas bunte Spuren auslöschen wollte.

Ich fand meine Tasche direkt neben dem Eingang und hob sie mit einem traurigen Seufzer auf. Ein letzter Blick. Ich schloss hinter mir ab, warf den Schlüssel in den Briefkasten und trabte die Treppe hinunter, zu Rebecca, die vor dem Haus wartete.

Marina hatte mir geschrieben, ich solle meine Sachen holen, bevor sie der Vermieter entsorgte. Ich hatte nicht geantwortet. Man würde meinen ich wäre maximal darauf erpicht mich mit Marina zu versöhnen, aber zu diesem Zeitpunkt passierte so viel auf einmal, dass ich weder die Zeit, noch die Kraft aufbrachte, um es anzugehen.

„Und wann trefft ihr euch?" Rebecca stolzierte mit unnachahmbarer Eleganz neben mir her. Eingehüllt in einen neuen schwarzen Mantel, der so verdächtig samtig schimmerte, dass ich nur hoffen konnte, es sei kein echter Pelz.

„In einer Stunde." Mir war nicht wohl dabei, aber die Verabredung stand. Rebecca sah auf die Uhr und machte ein zufriedenes Geräusch mit der Zunge.

„Gut, ich bin dann auch weg. Du bist nicht die Einzige mit einem Date." Sie zwinkerte mir zu und war schon halb über die Straße getänzelt. Ein kleines Winken über die Schulter, dann verschwand sie im Gedränge an der Haltestelle. Ich schleppte die Sporttasche mit meinen wenigen Habseligkeiten in Richtung Innenstadt. Obwohl ein schneidender Wind zwischen den Häuserschluchten hindurchfuhr, hatte ich beschlossen zu Fuß zu gehen. Es war noch Zeit, wir hatten früh Feierabend gemacht.

Mehrere Bettler säumten meinen Weg, der Anblick gab mir das großkotzige Gefühl jetzt zu wissen wie es war, wenn man frierend mit kaum mehr als einem Bündel Kleidung, auf der Straße stand.

Mein Gewissen erinnerte daran, dass ich sehr wohl in einem Hotel schlafen konnte, auch wenn es mich auf lange Sicht ruinieren würde. Ich steckte einem der Männer ein paar Münzen zu und stapfte grußlos weiter, seine dankbaren Worte und das Kläffen seines Hundes im Rücken.

Das Café, welches Tom vorgeschlagen hatte, lag in einer Gegend die für meine Geldbörse nicht erschwinglich war. Es duckte seine moderne Fassade zwischen die kalten, hohen Bürogebäude und Glastürme, welche Banken und Aktienunternehmen gehörten.

Ich schlüpfte dankbar in das warme Innere und bestellte mir den größten Cappuccino, den die Karte bereithielt. Der Raum war fast leer, nur zwei Damen saßen auf der anderen Seite. Es war zu früh für einen After-Work-Drink. Ich war froh, dass es noch nicht von angehenden Investmentbankern wimmelte, die sich hier ihren obligatorischen Whisky Sour gönnten, bevor sie genug gefachsimpelt und sich gegenseitig gelobt hatten, um endlich zu ihren Model und Influenzer Freundinnen nach Hause zu gehen.

Nervös fragte ich mich, was das hier sollte? Das Telefonat mit Eva hatte es nicht besser gemacht. Ich fühlte mich irgendwie von beiden belogen. Sie hatten hinter meinem Rücken über mich geredet. Was blieb mir, als mich jetzt mit Tom zu treffen? Worüber sollten wir sprechen? Ich hatte keine Ahnung.

Mein Telefon vibrierte, ich las seine Nachricht mit Angst und Erleichterung.

*Mir ist noch ein Termin dazwischen gekommen, ich schaffe es nicht.*

Puh, ich kam darum herum und konnte mich beglückwünschen, es zumindest versucht zu haben. Trotzdem stach die Versetzung. Es vibrierte erneut.

*Wenn es für dich ok ist, schicke ich dir Joon runter. Er zeigt dir die Lobby. Warte bitte dort auf mich. Es dauert noch.*

Das war nicht nach meinem Geschmack. Wer zum Teufel war Joon?! Und nein, ich wollte in keiner Empfangshalle irgendeines Unternehmens auf Tom warten! Auch wenn ich weder Termine, noch ein Zuhause besaß, zu dem ich gemusst hätte.

*In Ordnung,* tippte ich, bezahlte hastig und schlüpfte in meine Jacke. Die nächsten zehn Minuten saß ich steif wie ein Brett an meinem Platz und starrte auf den Ausgang des Cafés. Die Tür ging auf, der wahrscheinlich faszinierendste Mann, den ich je sehen durfte, trat herein.

Er blickte streng in die Runde. Breite schwarze Augenbrauen trafen sich ernst über seinen dunklen Augen, deren Lider in perfekten Aufwärtsschwüngen endeten. Er scannte zügig die beiden Damen, welche ihn unverhohlen anstarrten, befand diese nicht als seiner Aufmerksam würdig und entdeckte mich. Energisch kam er herüber und baute sich vor dem Tisch auf. Sein Gesicht aus der Nähe zu betrachten, war wie eine Ohrfeige zu bekommen und sich eine Zweite zu wünschen. Es war perfekt. So symmetrisch, dass Euklid seinen goldenen Schnitt bei dessen Betrachtung sofort verworfen hätte.

„Frau Kowar?", begrüßte er mich freundlich, aber forsch. Seine Stimme passte zu der makellosen Haut und dem kohlschwarzen Haar, welches seinen Schädel umspielte, wie gemalt. Er trug dunkelblaue Anzughosen und eine schlichtes, weißes Hemd. An ihm wirkte es wie das Edelste, was je von Menschenhand produziert worden war. Ich nickte sprachlos, wie ein Schulmädchen und schüttelte seine dargebotene Hand. Ehrfürchtig ließ ich seine langen Finger los und starrte ungläubig auf meine eigenen, ordinären Greifwerkzeuge.

„Mein Name ist Joon. Ich soll Sie in die Lobby bringen, bis Tom Zeit für Sie hat."

Ich erwiderte nichts, nickte nur erneut. Joons Augenbraue formte eine skeptische Welle. Wahrscheinlich fragte er sich, ob ich stumm, oder dumm war. Oder beides.

Ich folgte dieser Erscheinung von einem Mann über die Straße, in eines der abweisenden Gebäude, das wirkte als wäre es aus Asche und Eis geformt. Joon trug keine Jacke, aber der Weg war kurz und selbst der Wind schien sich nicht zu trauen, diese Halluzination eines Menschen zu behelligen.

Er parkte mich im Empfangsbereich auf einem tiefen Ledersofa. Ich drückte meine peinliche Sporttasche eng an mich. Über mir schwang ein ästhetisches Gebilde aus Silberdraht, das dezentes Licht verströmte. Joon verschwand kurz, kehrte mit einer winzigen Glasflasche voll teurem Mineralwasser und einem Espresso, in einer noch fragileren Tasse, zurück. Er hatte mich mit keiner Silbe gefragt ob, oder was ich trinken wollte. Ich würde mich nicht beschweren. Joon hätte mir Reißnägel servieren können und ich hätte fröhlich zustimmend darauf gekaut.

Ein zweiter Wartebereich war exakt gespiegelt, auf der anderen Seite der weiten Halle vorhanden. Dazwischen führte der dicke Teppich zu einer Rezeption aus poliertem Holz. Hinter dieser befand sich, neben Joon, noch ein weiterer junger Mann. Beide beobachteten mich jetzt aus der Ferne. Joons Blick war einschüchternd, trotzdem konnte ich mich kaum abwenden. Der Mann neben ihm verblasste in dessen Orbit, ich könnte nicht eine markante Eigenschaft seines Gesichtes rekapitulieren. Er verschwand hinter Joons strahlender Physiognomie.

Ich verhielt mich möglichst unauffällig. Schlürfte langsam meine Getränke und merkte irgendwann, dass ich bald auf die Toilette musste. Trotzdem bewegte ich mich keinen Millimeter, sondern beobachtete stumm die ein- und ausgehenden Menschen.

Das Zeitgefühl war mir längst verloren gegangen, als ich Joon lachen hörte. Ein kaum beschreibbares Geräusch, auf das eine weitere Stimme antwortete. Die kam mir bekannt vor, darum wendete ich den Blick zur Rezeption.

Ich wollte aufspringen und weglaufen, kaum dass ich ihn auf mich zukommen sah. Er traf mich wie ein Schlag, aber kein Angenehmer, wie bei Joon. Wären wir uns jemals zufällig über den Weg gelaufen, vielleicht beim Einkaufen, oder im Restaurant, ich wäre tot umgefallen vor Schreck.

Tom war das exakte Abbild meiner Mutter. Die welligen braunen Haare, über der etwas zu niedrigen Stirn. Darunter dunkle Augen, die neugierig in meine Richtung blickten. Das prominente Kinn, der schmale Mund und als er nun einladend lächelte, die auffällig geraden Zähne. Er wirkte wie frisch von der Sonne gebräunt, obwohl es November war. Genau wie Eva. Auch sie sah stets aus, als käme sie eben aus dem Italienurlaub.

Sogar wie er sich auf mich zubewegte, die Geste mit der er den Kragen seines Hemdes im Gehen richtete. Wie er aufgeregt mit seinen Händen spielte, als er sich mir gegenüber setzte. Das alles ähnelte, abzüglich der Nervosität, Eva so gravierend, dass er in mir sofort die typische Reaktion hervorrief: Ablehnung.

Ich sank noch tiefer in meine Sitzgelegenheit, als dürfe ich dann verschwinden. Den Kloß in meinem Hals konnte ich nicht hinunterschlucken, das wusste ich. Das Einzige, was er seiner Schwester an Äußerlichkeit nicht gestohlen zu haben schien, war seine Körperform. Tom war groß und schlank, während meine Mutter kleiner war als ich und immer schon eher rundlich proportioniert.

Außerdem passte die Wirklichkeit kaum in den engen Rahmen, den meine Phantasie für sie gezimmert hatte. In meinem Kopf teilte der Bruder meiner Mutter automatisch deren Jahrgang, obwohl ich es besser wusste. Ein Mann im mittleren Lebensalter hatte mir vorgeschwebt. Um die Fünfzig, mit ergrauendem Haar und deutlichen Mimikfalten. Wie Eva eben. Nichts davon traf zu. Ich hatte vergessen, dass mein Onkel wesentlich jünger war als seine Schwester. In Gedanken überschlug ich die Zahlen und erkannte zum ersten Mal, dass Tom mir vom Alter sogar näher war, als Eva.

„Hallo Philomena, schön dass du gewartet hast", begann er lächelnd. Ich fletschte die Zähne und räusperte mich krampfhaft.

„Kein Problem."

Der Mantel aus geschäftsmäßiger Freundlichkeit bröselte von ihm ab und ließ einen unsicheren Mann zurück, der nach Worten suchte. Ich war ihm keine große Hilfe, biss mir selbst nur auf die Lippe und musterte ihn sprachlos. So sauber und glatt wie Joons Kleidung, so nachlässig und deplatziert erschien Toms. Das Hemd war ihm mindestens eine Nummer zu groß, seine graue Hose hätte alles gegeben, für ein Bügeleisen. Er wirkte insgesamt, als passe er nicht in das vornehme Interieur. Als versuche er sich zu verkleiden, damit er niemandem auffiel, aber sein Kostüm war unzureichend. Ich durchschaute die Maskerade. Wir fühlten uns beide unwohl, in dieser Umgebung und der Anwesenheit des jeweils anderen. Dieses Verständnis schlug eine Brücke, über die ich gehen konnte.

„Ähm, du arbeitest hier?" Die peinlichste und unnötigste Bemerkung, welche ich hätte machen können. Nein, wir trafen uns nur in der Lobby dieses Unternehmens, weil hier der Espresso so gut war! Ich hätte mir am Liebsten die Zunge abgebissen. Doch Tom hob den Kopf und strahlte, als habe er sehnlichst darauf gewartet, dass ich eine so bescheuerte Frage stellte.

„Zur Zeit, ja. Ich bin für ein paar Monate hier tätig, darum dachte ich, wenn ich schon mal in der Stadt bin, dann treffen wir uns endlich." Er sah so hoffnungsvoll aus, dass ich mich fragte, ob es vielleicht doch eine gute Idee sein könnte sich kennenzulernen.

„Ich war ein bisschen überrascht, ehrlich gesagt", gab ich zu. Tom fuhr sich unsicher durch die Haare und richtete seinen Oberkörper auf. Er schien nicht stillsitzen zu können, positionierte sich immer wieder neu, während ich stocksteif an der Lehne des Sofas klebte.

„Ich hoffe es macht dir nichts aus. Ich habe eigentlich damit gerechnet, eine Absage zu bekommen", er grinste entschuldigend. „Es ist schon seltsam, seiner erwachsenen Nichte aus heiterem Himmel zu schreiben. Eva wollte mir nicht helfen. Sie meinte, ich solle mich selbst darum kümmern."

„Dachtest du etwa, sie vermittelt ein Treffen?" Ich wollte kaum glauben, wie er so naiv sein konnte zu erwarten, dass meine Mutter etwas derartiges für ihn tun würde. Er zuckte nur hilflos die Schultern, als habe er selbst eingesehen, wie dumm die Idee gewesen war.

„Dann habt ihr regelmäßigen Kontakt?", verdächtigte ich ihn überrascht. Ich hatte nie vermutet, dass Eva und er miteinander sprachen. Sie hatte mir gegenüber immer so getan, als sei ihr Bruder tot, oder noch besser, nie geboren worden.

„Nein, nur selten. Ich würde mir ja mehr wünschen, aber Eva sägt mich regelmäßig sehr wirksam ab."

Nun lächelte ich auch, das Gefühl war uns also beiden bekannt. „Immerhin haben wir noch eine Mutter, über deren Versorgung wir uns ab und zu austauschen müssen, also kann sie mich nicht komplett ignorieren", fügte Tom hinzu.

Das gab mir Stoff zum Nachdenken, wahrscheinlich für mehrere durchwachte Nächte. Eva und er hatten einen Grund miteinander zu sprechen. Diese Mutter, die er so nebenbei erwähnte, war meine Großmutter, welche ich ebenso wenig persönlich kannte wie ihn bis gerade. Ich wollte Tom am Liebsten sofort über sie ausfragen: Was er damit meinte, dass sie versorgt werden musste? Wo sie lebte, wie es ihr ging? Ob ich sie sehen könnte und so weiter, aber ich hatte Angst vor diesen Fragen. Eines nach dem Anderen, ich musste kleine Schritte mit der Vergangenheit machen, sonst würde ich stolpern und fallen.

„Eva meinte, du hast auch gerade einen neuen Job angefangen?", fragte Tom.

Ich starrte ihn schockiert an. Meine Mutter hatte mit ihrem verhassten Bruder Smalltalk über mich gehalten? Ich wollte mich aufregen, riss mich aber zusammen und umschrieb Tom kurz meine Tätigkeit. Er hörte aufmerksam zu und musterte meine Gesicht dabei unverhohlen. Sein interessierter Blick verursachte mir Unwohlsein. Ich fühlte mich, wie im Scheinwerferlicht stehend und hatte Lampenfieber. Eine kleine Pause entstand.

„Du siehst ihr ähnlich", platzte Tom dann heraus.

„Wem?", entgegnete ich schwerfällig.

„Na, Eva."

Da sprach der Richtige! Ich besaß in manchen Punkten eine entnervende Ähnlichkeit mit meiner Mutter, aber wenn man nicht so genau hinsah, ließ es sich ignorieren. Tom hingegen hätte sich einem Schönheitschirurgen vorstellen mussen, wenn er diese Attribute loswerden wollte.

Ich erspähte den Mitarbeiterausweis, der an seinem Gürtel baumelte. Das Firmenlogo in kühlem blau, darunter stand *Tom Karg* und die hochtrabende Berufsbezeichnung *Consultant*. Ich schaute an ihm hoch und fand den kurzen, harten Namen wenig passend, für einen Mann der seine Stimmung so offen zur Schau trug. Tom hielt nicht hinter dem Berg mit seiner Anspannung. Ich konnte seine Körpersprache lesen, wie ein offenes Buch. Er freute sich mich zu sehen, hatte Angst was ich von ihm halten würde, stand unter Zeitdruck und wollte es mir trotzdem so angenehm wie möglich machen. Das alles wäre sympathisch gewesen, wenn es nicht auf dem Spiegelbild meiner Mutter stattgefunden hätte. Ich konnte die ganze Zeit Eva in ihm sehen. Wenn er nachdenklich die Stirn runzelte, zuckte ich automatisch zusammen, in Erwartung einer scharfen Antwort und ließ erleichtert den Atem los, wenn stattdessen eine freundliche Frage folgte.

Wir sprachen etwas gekünstelt über dies und das, bis Tom irgendwann auf seine Armbanduhr schaute und sich nach Joon umdrehte. Der deutete vorwurfsvoll auf sein eigenes Handgelenk und ruckte mit dem Kopf, als wolle er sagen Tom solle sich beeilen. Ich folgte dessen Blick und spürte, wie der sofort wieder an Joon hängenblieb.

„Pass auf, wenn du ihn zu lange anschaust, dann stiehlt er deine Seele."

Ich wandte mich peinlich berührt wieder Tom zu. Der lächelte wissend.

„Mich hat er schon komplett unter Kontrolle, wie du siehst", sagte er scherzhaft. „Joon hat diese Wirkung auf so ziemlich jeden." Er zwinkerte mir zu.

„Ich muss dann los, Joon bringt mich um, wenn ich zu spät komme. Er taktet meine Termine auf die Sekunde genau und nimmt es sehr persönlich, wenn ich ich mich nicht so sehr darum kümmere."

Ich wollte Tom nicht aufhalten, griff bereits nach meiner Tasche, doch er hob die Hände, um mich zurückzuhalten.

„Hast du schon eine Wohnung gefunden?", fragte er so nebenbei, als hätte ich davon erzählt. Aha, noch etwas, das Eva ihm gesteckt hatte. Das Thema Elias kam mir in den Sinn und löste ein Stechen in Magennähe aus. Ich hoffte inständig, dass Eva nicht ihre Meinung darüber mit Tom geteilt hatte. Ich schüttelte nur vage den Kopf und machte keinen Kommentar dazu, wie er darauf kam. Dann lernte ich etwas über meinen Onkel, was typisch für ihn war, wie ich in Zukunft noch feststellen sollte.

„Dann bleib doch bei mir", schlug er vor.

„Wie bitte?"

„Die Firma stellte mir eine Wohnung, solange ich hier bin, da ist genug Platz für zwei."

Ich glaubte mich verhört zu haben und widerstand dem Drang, mir die Augen vor Verwunderung zu reiben. Er bot einfach so an, bei ihm unterzukommen. Wir kannten uns seit dreißig Minuten, aber ihm kam nichts Besseres in den Sinn, als sofort seine Wohnung mit mir teilen zu wollen.

„Ähm, danke aber..." Ich konnte den Satz nicht vervollständigen, denn ein genervtes „Tom!" erscholl vom Empfangstresen herüber. Der Genannte zog den Kopf ein, wir beide schielten zu Joon. Dieser gestikulierte wütend herüber und wirkte dabei wie ein unwiderstehlicher Racheengel. Ich wollte ihm sofort gehorchen und auch Tom sprang auf.

„Ok, ich muss leider, sonst beißt er mir den Kopf ab", scherzte er, holte sein Telefon aus dem Anzug und tippte darauf herum. In meiner Tasche vibrierte es.

„Ich hab dir meine Adresse geschrieben, das Angebot steht. Kannst jederzeit vorbei kommen!" Er lächelte mir noch einmal zu. „Bis bald!" Tom hastete zu Joon hinüber, der scheuchte ihn unbarmherzig in einen Aufzug und sie waren verschwunden.

Ich blinzelte verwirrt auf mein Smartphone. Da stand die Adresse, ich kannte die Straße.

Langsam fiel die Anspannung der letzten halben Stunde von mir ab. Ich rappelte mich müde hoch. Was für eine seltsame Begegnung. Mein Eindruck von Tom war positiv, er schien in Ordnung zu sein, auch wenn es mich gruselte sobald ich ihn ansah, aber sicher würde ich nicht bei ihm meine Zelte aufschlagen.

Das kam keinesfalls in Frage.

## 6

Mein Tag endete also im Hotel. Eines von der Sorte, die es in jeder Stadt gab. Solche die Wert darauf legten sich derart gleich zu sehen, dass man beim Aufwachen nicht wusste wo man sich befand, weil es überall auf der Welt hätte sein können. Ich war zu müde und faul gewesen, um weit genug raus zu fahren, damit die Zimmer billiger wurden. Also zahlte ich Innenstadtpreise für mein Bett inklusive Retorten-Frühstück.

Lange vor meinem Wecker wurde ich wach und starrte an die reinweiße Decke. Der Feuermelder blinkte in rhythmischen Abständen, wie der langsame Herzschlag einer wechselwarmen Echse. Irgendwann schaffte ich es mich davon loszureißen und aus den Laken zu klettern. Ich steckte alle Hygieneprodukte ein, die im Bad bereitlagen, zog die Sachen von gestern an, ekelte mich ein wenig darüber und brachte das Frühstück hinter mich. Hunger hatte ich keinen, aber es war bezahlt, also rein mit den Aufbackbrötchen. Während dem Weg zur Arbeit sperrte ich meine Tasche in ein Schließfach am Bahnhof, um nicht wieder den ganzen Tag damit herumlaufen zu müssen.

Ich kam zu spät ins Büro, alle waren schon fleißig. Angie stand bereits am Drucker und schaute überfordert drein. Ich blickte absichtlich an ihr vorbei, mir war noch nicht danach. Rebecca tippte ohne Unterbrechung, folgte meiner Gestalt aber mit skeptischen Blicken durch den Raum. Sie würde mir in der Mittagspause ein Loch in den Bauch fragen, das war sicher.

Tatsächlich fand sie schon früher eine Gelegenheit. Als ich kurz auf die Toilette verschwand, stand Rebecca am Waschbecken, sobald ich aus der Kabine kam.

„Also, erzähl!" Sie stützte sich mit einem Arm auf das Becken, während ich meine Hände wusch.

„Gibt nicht viel zu erzählen. Er war nett."

„Nett." Rebecca musterte mich tadelnd, wie einen Teenager der versuchte Zigaretten zu klauen.

„Ja, haben ein bisschen geredet, er hatte wenig Zeit."

„Und das ist alles?"

„Jup."

„Du weißt schon, dass du eine beschissene Lügnerin bist, oder?"

Ich wollte etwas einwenden, aber Rebecca griff bereits nach der Türklinke.

„Schon gut, wenn du mir nichts verraten willst, dann eben nicht", flötete sie, als wäre es ihr gleich. Das Gegenteil war der Fall, aber ich wollte mein Gespräch mit Tom lieber für mich behalten, auch wenn Rebecca beleidigt war. Erst musste ich selbst verstehen, was ich darüber dachte.

Das Schicksal wollte es, dass ich mir dessen sehr schnell klar wurde. Rebecca würdigte mich keines Blickes mehr und verschwand kurz vor Feierabend aus dem Büro. Ich schlich mit hängendem Kopf auf die Straße und suchte online nach einer billigen Pension, als mein Telefon es sich anders überlegte. Statt der Liste an Unterkünften, bot mir der Display einen Anruf. Tom.

Ich zögerte nur eine Millisekunde. „Hallo", grüßte ich einfallsreich.

„Hey", gab Tom ebenso unsicher zurück. Pluspunkt für ihn. „Hast du Hunger?", fragte er dann rundheraus.

Und wie! Ich hatte seit meinem Styropor-Brötchen vom Frühstück kaum etwas gegessen, da mich Rebecca nicht wie üblich mit in die Stadt genommen hatte. Den anderen Kollegen in die öffentliche Kantine des Finanzamtes gegenüber zu folgen hatte ich vermieden.

„Ich könnte etwas zu Essen vertragen", formulierte ich meine Antwort elegant um.

„Sehr schön! Hast du Lust mich auf eine anständige Pizza zu treffen? Ich lade dich ein."

Das war ein Angebot, welches ich im Augenblick kaum ausschlagen konnte. Mein Magen knurrte hörbar, bei dem Gedanken an eine Calzone.

„Gerne, wo denn?"

Wir einigten uns auf eine Pizzeria, die wir beide kannten. Tom bat mich ihm noch eine Stunde Zeit zu geben, dann legten wir auf. Es war erstaunlich einfach gewesen sich zu unterhalten, solange ich nur seine Stimme hörte, ohne das Phantom meiner Mutter in ihm zu sehen. Auch wenn das vielleicht wieder ein Problem werden würde, sobald ich ihm gegenüber saß, freute ich mich jetzt auf das Essen.

Ich stand bereits in der S-Bahn, als ich eine Nachricht erhielt, die sämtliche Pläne aus meinem Kopf radierte.

Elias. Ich hatte ihn weder gelöscht, noch blockiert, wie Marina es mir geraten hatte, aber zumindest der Versuchung ihm erneut zu schreiben erfolgreich widerstanden.

*Willst du vorbei kommen?* Mehr nicht. Er wusste, dass es reichte. Ich rang mit mir, aber nur für einen Moment. Die andere Phil, welche Elias nicht vergessen konnte, gewann mühelos und erstickte alle Einwände. Ich sprang an der nächsten Haltestelle aus der Bahn und nahm einen Bus in seine Richtung.

Der luftige Neubau war noch nicht begrünt worden, es hätte Ende November auch keinen Sinn gemacht. Ich lief durch die Anlage aus mehreren Gebäuden, die den zukünftig entstehenden Park ringförmig umschlossen. Bisher waren ein paar junge Bäume in hölzernen Wuchshilfen gepflanzt worden. Der Rest blieb rohe Erde, gemischt mit Kies und Sand, die von den Bauarbeiten übrig waren. Ein kleiner Bagger stand vergessen mitten im Hof. Ich stolperte im Halbdunkel über irgendetwas. Die Außenbeleuchtung bestand aus nackten Kabeln, die von der Fassade hingen, auch das würde wohl erst nächstes Jahr fertiggestellt. Bei den Mietpreisen eigentlich eine Beleidigung. Naja, nicht mehr mein Problem, ich wohnte nicht hier.

Ich klingelte an der massiven Glastür, dort wo mein Name ebenfalls hätte stehen sollen. Mir war klar, dass Elias mein rotnasiges Gesicht durch das schwarze Fischauge der integrierten Kamera würde sehen können. Egal. Alles egal.

Das Schloss summte und ließ mich herein. Ich kannte mich aus. Im vierten Stock hielt der sanft schnurrende Aufzug, dessen Touchscreen mich wahnsinnig machte, weil er meine kalten Finger erst beim dritten Versuch erkennen wollte.

Der Bewegungsmelder im Flur reagierte, indem er mich in warmes Licht tauchte. Die Akustik des Gebäudes war hervorragend. Das Treppenhaus hallte kaum, es war ruhig als stünde man bereits in den eigenen vier Wänden. Vor mir öffnete sich die Tür zu der Wohnung, in welcher ich zuhause sein sollte.

Elias lächelte sein Lächeln. Mein Verstand kapitulierte.

Er winkte mich herein, nahm mir die Jacke ab. Es war kuschelig warm, roch nach neuem Holzboden und nach ihm. Elias so nahe zu wissen, nachdem ich mich monatelang nur gedanklich mit ihm beschäftigt hatte, war atemberaubend.

„Du siehst verfroren aus, Tee?", fragte er mitfühlend. Der Mann kannte mich. Er hatte schon meine liebste Sorte vorbereitet, ich beäugte die Schachtel auf der Küchenzeile. Stammte sie noch aus den Rückständen meiner Besitztümer, oder hatte er sie ernsthaft neu gekauft? Hinter uns schmiegte sich der Wohnraum übergangslos an den Essbereich. Die indirekte Beleuchtung ließ alles heimelig wirken, obwohl Elias ohne meinen Einfluss, seiner Vorliebe für komplett schwarze Möbel freien Lauf gelassen hatte. Da stand auch der Lesesessel, mein früherer Liebling. Die Vorhänge waren zugezogen, hinter der breiten Glasfassade wären nur finstere Nacht und die Lichter der gegenüberliegenden Wohnung zu sehen gewesen.

Wir setzten uns auf das Sofa. Mir wurde unangenehm bewusst, dass wir alleine und unbeobachtet waren. Elias machte einen jovialen Eindruck, als wäre es völlig unverfänglich seine Exfreundin einzuladen. Er trug einen schwarzen Pullover, der seinen Oberkörper elegant umhüllte und es schwer machte im Kontrast zu unterscheiden, ob seine Haarfarbe nun als dunkelblond oder hellbraun galt. Seine Augen waren tiefblau, da gab es keine Frage. Elias schaffte es mühelos so zu wirken, als habe er gerade eine Million am Aktienmarkt verdient, nebenbei ein paar Hundewelpen gerettet und dabei kaum mit der Wimper gezuckt.

„Wie geht es dir?" Er stützte den Kopf auf seine Hand und den Ellbogen auf die Lehne des Sofas. So beobachtete er mich von der Seite. Ich schlürfte befangen an meinem Tee.

„Gut." Meine Eloquenz war beispiellos. Elias lächelte milde.

„Bist du mit der Arbeit zufrieden?"

„Absolut, ich komme zurecht und habe tolle Kollegen", brabbelte ich drauflos. Derweil hoffte ich, Rebecca noch als gute Kollegin und Freundin bezeichnen zu dürfen.

„Das freut mich. Ich wusste doch, dass es dir gefallen würde und du verdienst wesentlich mehr. Es wäre doch idiotisch gewesen in dieser winzigen Kreisklinik außerhalb des Stadtgebietes zu bleiben."

Das war immer sein Argument gewesen. Wir hatten entlegen gewohnt, fast schon ländlich. Dort hatte es Elias nie gefallen. Er hatte zurück ins Zentrum gewollt, in den Ballungsraum wo mehr geboten war, als frische Luft und das Ende einer Ausfallstraße. Ich hatte mich gefügt und dem Umzug zugestimmt. Zu meinem Nachteil, wie sich dann herausstellte. Ich merkte wie sich mein Kiefer angespannt hatte und lockerte ihn wieder, lächelte.

Keine arglistigen Gedanken, keine Vorwürfe. Das war alles vorbei.

„Wo wohnst du jetzt?" Er fragte so unbedarft, als hätte er nicht Schuld daran, dass ich mich auf Wohnungssuche befand.

„Aktuell bei einer Freundin, aber ich habe schon etwas in Aussicht", schwindelte ich. In der Hoffnung, dass Rebecca Unrecht hatte und ich einigermaßen überzeugend log. Ich würde Elias meine effektive Obdachlosigkeit garantiert nicht auf die Nase binden. Das war zu erniedrigend. Er schien mir zu glauben und rückte näher.

„Du bist also doch in der Lage dein Leben alleine zu regeln", komplimentierte er mich. Das war ein weiterer alter Streitpunkt. Ich zuckte unmerklich zusammen. Elias hatte mir vorgeworfen ohne ihn aufgeschmissen zu sein und leider fühlte es sich gerade so an, als habe er damit Recht gehabt. Aber das brauchte er nicht zu wissen. Ich lächelte tapfer.

„Lass uns etwas essen, ich bin am Verhungern." Elias erhob sich. Ich folgte ihm zur Kücheninsel, nahm auf einem der Barhocker Platz und erinnerte mich erst jetzt, dass ich eigentlich schon verabredet gewesen war. Mein Telefon steckte in der Jacke, sollte ich es schnell holen und Tom absagen? Elias trat in mein Blickfeld.

„Woher kommt der grübelnde Blick?" Er reichte mir ein Glas Wein und stieß schmunzelnd mit mir an. Das helle Klingen des Glases untermalte das Leuchten seiner Augen, als wäre es der dazugehörige Soundeffekt. Worüber hatte ich eben noch nachgedacht?

„Ach nichts", ich trank den Wein, der verdammt gut war und ließ mich von Elias' Erzählungen einlullen. Er breitete Antipasti auf der Theke aus, ich griff hungrig zu. Es fühlte sich an wie früher, als wir noch zusammen waren. Elias nahm die Dinge in die Hand, der Regisseur unseres gemeinsamen Lebens. Ich saß dabei und ließ ihn machen, sah zu wie er mit geschickten Händen Dolma auftürmte und dabei Witze machte. Genau wie früher, nur dass wir uns in der Gegenwart befanden, die einem ganz anderen roten Faden folgte, aber keiner von uns sprach das große Tabuthema an.

„Probier die Oliven", sagte er und schob mir unaufgefordert eine in den Mund. Mit der selben Bewegung wischte er einen Tropfen Öl von meiner Lippe. Grinsend leckte er seinen Daumen ab und schaute mir genau in die Augen.

Bitte nicht. Es war beinahe grausam, wie er mich gegen meine eigenen Gefühle ausspielte. Ich wollte diesem Mann weiterhin gefallen, mehr noch: gehören. Das Gefährliche daran war, dass er es genau wusste. Wenn mich Marina sehen könnte, sie hätte uns beide vor Wut aus dem Fenster gestoßen. Ich dachte an ihre Worte bezüglich Elias. Dass er mich manipulierte, ich ihm folgte wie eine Marionette. Wahrscheinlich hatte sie Recht, aber ich wollte es nicht einsehen. Dafür fühlte es sich zu gut an, von ihm ferngesteuert zu werden.

Wir sprachen dem Wein zu, ich vielleicht mehr als Elias und die Stimmung wurde gelöster. Ich lachte zu viel und zu laut, er berührte mich beiläufig am Arm, dann an der Hüfte. Elias führte mich durch die Wohnung, damit ich die Einrichtung bestaunen konnte. Dabei hielt er meine Hand. Es war zu schön um wahr zu sein, bis wir im Schlafzimmer ankamen. Es war das selbe Bett. Unser Bett.

Ich schluckte und war auf der Stelle ein kleines bisschen nüchterner. Elias war verstummt. Ich wollte mich umdrehen und das Zimmer verlassen, aber er stand im Weg. Also verharrte ich wo ich war, als gäbe es keinen anderen Ausweg für diese Situation. Elias nahm mir das leere Weinglas ab und stellte es auf eine Kommode. Ich wollte etwas sagen, aber mein Mund blieb nutzlos offen stehen. Er lächelte. Seine Augen waren weit, wie offene Fenster zu einem blauen Sommerhimmel. Elias verringerte den Abstand zwischen uns. Sein Körper fühlte sich warm und fest an, als er sich an mich lehnte und meinen Mund schloss. Mit seinem. Er hielt mich fest. Es gab kein Entrinnen. Ich war kraftlos, machtlos gegen den Strudel in welchen er mich stieß. Ich ertrank darin, wie schon so oft zuvor. Als er einen Moment innehielt, um Luft zu holen, schaffte ich den schwachen Versuch mich zu wehren.

„Ich muss gehen", japste ich.

„Nein", flüsterte er schlicht. Sein Haar war durcheinander, das lag an meinen Händen die darin wühlten, als gäbe es einen Schatz zu finden.

„Doch, ich muss", wiederholte ich, mit welcher Kraft auch immer ich es schaffte, mich zu widersetzen. Sein Griff wurde kurz lockerer, sein Blick dafür hart.

„Wenn du meinst."

Ich schaffte es aus der Tür und über den Flur, zurück in den Wohnbereich. Elias war dicht hinter mir. Er schwieg, aber ich spürte seine Blicke in meinem Rücken. Bloß nicht hinsehen, diese Augen waren gefährlich! Er bräuchte sie nur auf meine zu richten und ich wäre wieder verloren. Mit zitternden Fingern nahm ich meine Jacke vom Kleiderbügel und drehte mich zuletzt doch zu Elias um.

„Ich..."

Er ließ mir keine Zeit mich zu erklären. Elias drückte mich gegen die Tür, seine Fäuste fest um meine Handgelenke geschraubt. Seine Zunge schmeckte salzig in meinem Mund. Er presste unsere Hüften aneinander, bewegte sich. Ich spürte seine Erektion deutlich durch unsere Kleidung. Es brauchte nicht viel und ich erschauderte stöhnend.

Er führte meine Hand zu seinem Schritt, sie gehorchte und glitt unter seinen Hosenbund. Elias' Gesicht lag in meiner Halsbeuge. Ich massierte ihn, bis sein Orgasmus warm und klebrig in meiner Hand endete. Das triumphale Gefühl, welches ich dabei hatte, ließ meine Brust eng werden. Es steckte rau in meiner Kehle fest.

Elias richtete sich auf, ich nahm die Hand aus seiner Hose und machte den grandiosen Fehler ihm ins Gesicht zu sehen, bevor ich endgültig aus der Tür schlüpfte und floh, als wäre der Leibhaftige selbst hinter mir her.

Diesen Blick hätte ich lieber meiden sollen. Er sagte mir, dass es noch nicht vorbei war. Es fing gerade erst an.

## 7

Meine Knie waren zu weich, um anständig zu laufen. Die Panik schüttelte mich am am ganzen Körper, als würde ich bitterlich frieren. Es war tatsächlich eiskalt, der November zeigte anschaulich, dass er seinem Folgemonat kaum nachstand, aber daran lag es nicht.

Ich stolperte orientierungslos durch die nächtliche Stadt, vor einem Mann fliehend, der sich meiner ermächtigt hatte. Ein Déjà-vu von der ganz besonders schlechten Sorte. Ich hatte nicht erwartet, dass ich dieses Verhalten zu einer Regelmäßigkeit würde werden lassen.

Tada.

Ich blieb stehen und versuchte zu begreifen, was geschehen war. Warum ich seiner Einladung gefolgt war, warum ich mir das antat? Keine Antwort verfügbar. Mein Gehirn verweigerte die Kooperation, wie immer, wenn ich Elias auf den Tisch brachte.

Hinter mir ertönte ein klagender metallischer Laut. Ich spähte den Kirchturm hoch, auf die römischen Zahlen an dessen Uhr. Es war gerade erst elf, ich war nicht lange bei Elias gewesen und doch fühlte es sich an, als habe sich mein Leben in dieser Zeit gedreht.

Ich kramte mein Telefon hervor. Tom hatte mir geschrieben. Erst fragend, dann enttäuscht. Danach hatte er versucht mich anzurufen. Ich vergrub das Gesicht in den Händen. Wie sollte ich das wieder gutmachen? Sein Anruf lag erst eine halbe Stunde zurück, es war noch nicht zu spät, um das zu klären. Wenigstens eine richtige Entscheidung für heute. Ich drückte auf Rückruf und wartete, in der vagen Hoffnung, dass Tom nicht ranging. Tat er aber, sofort.

„Philomena?", allein mein Name klang schon, als hätte er sich Sorgen gemacht. Ich biss die Zähne zusammen. Ich Idiotin hätte ihm wenigstens absagen müssen.

„Entschuldige, mir ist etwas dazwischen gekommen und... ah..", hier versickerten die Worte plötzlich. Meine treulosen Stimmbänder fanden, dass ich zu traurig war, um weiter reden zu dürfen, dass das Loch in mir drin tief genug klaffte, um meine Worte ungehört verhallen zu lassen.

„Bist du in Ordnung?" Eine einfache Fragen von Tom, auf die ich keine Antwort hatte.

„Kannst du bitte irgendetwas sagen?", hakte er in meine Stille hinein nach.

Ich räusperte mich angestrengt und brachte ein wenig überzeugendes „Ja, alles gut" heraus. Das hätte niemand geglaubt und Tom ließ sich nicht abwimmeln.

„Wo bist du?"

Ich sah mich noch einmal nach der Kirche um, die jetzt stumm und dunkel hinter mir aufragte. Vorwurfsvoll, als wisse sie was ich sträfliches getan hatte.

„Ich stehe vor St. Antonius, glaube ich."

„Der Kirche?"

„Äh, ja."

„Wie bist du da hingekommen?"

„Weiß nicht."

Ich hörte Tom ächzen und durch die Wohnung laufen, oder wo auch immer er war.

„Bleib da! Ich hole dich ab!" Sein Ton war so überzeugend, dass ich zusagte und auflegte. Auf einer steinernen Bank vor der Kirche nahm ich Platz und stierte in die leergefegten Straßen ringsum. Alles war in oranges Licht aus den alten Straßenlaternen gehüllt. Der Asphalt glitzerte vom beginnenden Bodenfrost.

St. Antonius schlug Viertel nach. Das lang anhaltende Klirren der Glocke weckte mich aus der Trance, in welcher ich gesteckt hatte.

Er holt mich ab? Wie bitte? Mir wurde da erst bewusst, was das bedeutete. Wollte ich gerettet werden, wie die Jungfer in Nöten? Oder sollte ich froh darum sein, denn was hatte ich für eine Option? Keine, nicht wirklich.

Ich war zu gelähmt, um es bis zum Bahnhof zu schaffen, meine Tasche zu holen und ein billiges Hotel zu beziehen und zu stolz, um Marina, oder Rebecca heute noch zu einer Versöhnung zu drängen.

Ich schaute mich um und konnte keine Haltestelle entdecken. Das hier war ein kleines Wohngebiet, welches noch zu Großteil aus Einfamilienhäusern besserer Zeiten bestand und gerade erst in der Gentrifizierung begriffen war. Hier hielten keine öffentlichen Verkehrsmittel, die nächste U-Bahn-Haltestelle lag sicher einige Straßen entfernt.

Er holt mich hier ab? Wie denn? Kaum dass ich weiter überlegen konnte, hörte ich ein tiefes Motorengeräusch, das dazugehörige schwarze Auto bremste am Gehsteig. Es verstummte. Tom stieg aus, blieb stehen und warf mir über das Wagendach einen auffordernden Blick zu. Ich erhob mich in Zeitlupe und stolperte ungläubig auf den riesigen Mercedes zu. Tom entging mein schockierter Ausdruck nicht, denn er hob abwehrend die Hände.

„Das ist nicht meiner", er machte eine indifferente Handbewegung, als wäre ihm dieses elegant schimmernde Monstrum unangenehm. „Firmenwagen", fügte er hinzu. Ich nickte nur vielsagend und plumpste auf den Beifahrersitz, der viel zu tief lag und mich auffing, wie eine intime Umarmung.

„Huch", entfuhr es mir. Tom grinste. „Warte bis du versuchst auszusteigen."

Tom erweckte das Auto wieder zum Leben, was man im Innenraum kaum bemerkte, so leise wie es schnurrte, dann lenkte er es auf die Straße und wir fuhren schweigend los. Tom trug einen grauen Jogginganzug und sah müde aus. Obwohl der Weg frei und viele Ampeln ausgeschaltet waren, fuhr er entspannt, fast vorsichtig.

„Ganz schön glatt", murmelte er mehr zu sich selbst, dann schaute er mich an, „Das Ding hat noch Sommerreifen drauf."

Ich nickte stumm und fühlte mich schlecht dabei, vom strahlenden Helden mit seinen stählernen Pferdestärken errettet zu werden. Ich hätte gerne einmal selbst einen Weg aus der Misere gefunden, die ich mir geschaffen hatte.

„Schade, dass aus unserem Essen nichts geworden ist", warf Tom in die Stille, als wir an einer Ampel hielten. Das Signallicht färbte sein Gesicht rot und vertiefte die Schatten im schummrigen

Innenraum des Autos. Ich ächzte in Gedanken. Er wollte also ausdiskutieren, dass ich ihn sitzengelassen hatte.

„Ich hätte mich bei dir melden müssen, das tut mir ehrlich Leid."

„Es hat mich nicht gestört, dass du es dir anders überlegt hast. Ich war nur unsicher, weil du nicht erreichbar warst." Die Ampel schaltete auf Grün, er gab Gas. Ich wurde in meinen Sitz gedrückt und sah die Kreuzung im Seitenspiegel verschwinden.

„Ich habe es mir nicht anders überlegt...", versuchte ich zu erklären, froh dass er darauf verzichtete nachzufragen womit ich mir die Zeit verrieben hatte. Ich dachte an die Olive und biss mir auf die Lippe.

„Ich hatte schon überlegt, ob ich Eva Bescheid geben muss, dass mir ihre Tochter abhanden gekommen ist."

Ich wusste, es sollte ein Scherz sein. Ich verstand, dass er sich gewundert, vielleicht gesorgt hatte wo ich steckte, aber ich war kein Kind und er nicht verantwortlich für mich.

„Ich kann tun was ich will, es geht weder dich noch Eva etwas an, wo ich mich aufhalte!", knurrte ich. Es wurde wieder still. Ich fragte mich, woher die Schärfe in meiner Stimme plötzlich kam. Warum fühlte ich mich angefasst, in meiner Autonomie eingeschränkt, wenn er sich zurecht Gedanken um mich machte? Tom sagte eine Weile nichts, lenkte nur besonnen den Wagen. Der Wechsel von Licht und Schatten auf seinen Zügen verriet mir nur, dass er starr geradeaus schaute. Erst da erinnerte er mich, zum ersten Mal an diesem Abend, wieder an Eva. Davor hatte ich sie kaum in ihm entdeckt.

Wir hatten das Wohngebiet verlassen und bogen auf eine der Hauptverkehrsadern ab, welche die Stadt durchschnitten.

„Wohin fahren wir?", traute ich mich zu fragen, nachdem sich Tom wohl nicht zu meinem Angriff äußern wollte.

„Wohin soll ich dich bringen?", fragt er ruhig zurück und warf mir einen kurzen Seitenblick zu, bevor er sich wieder auf die Straße konzentrierte. Das war eine gute Frage. Schnell zwang ich mein müdes Hirn, sich eine halbwegs glaubwürdige Lüge auszudenken.

„Die Freundin, bei der ich wohne, schläft sicher schon und ich habe keine Schlüssel dabei", begann ich und fragte mich, wohin diese unausgegorene Satzhülse führen sollte.

Tom blinkte, der Mercedes summte und trug uns im Handumdrehen die nächste Straße hinab. „Das macht nichts, ich habe dir doch gesagt, du kannst bei mir schlafen", wiederholte er sein Angebot von vor ein paar Tagen. Mich durchfuhr der Schock, wie ein elektrischer Schlag, ich bemerkte in welche Richtung er das Auto sprinten ließ. Wir waren bereits auf dem Weg zu seiner Wohnung.

„Das muss nicht sein, mach dir keine Umstände! Ich kann meine Freundin herausklingeln, das macht nichts!", stotterte ich drauflos. Tom schüttelte nur milde den Kopf und lehnte sich an der folgenden Ampel lächelnd zu mir herüber. „Keine Angst, ich fresse dich nicht", gurrte er übertrieben und bleckte seine gleichmäßigen Zähne. In diesem Moment hatte Tom keine Ähnlichkeit mehr mit meiner Mutter. Ich musste schmunzeln, obwohl mir nicht danach war.

Gerade erst hatte ich einen Wolf im Schafspelz in die Flucht geschlagen und fürchtete mich doch, den selben Fehler zweimal hintereinander zu machen. Was war Tom schon, als ein völlig Fremder, mit dem mich nichts verband, außer einer zufälligen Reihe von Chromosomen? Was wusste ich über ihn, außer seinem Beruf und Adresse? War es nicht naiv und gedankenlos ihm zu vertrauen, nur weil unsere Verwandtschaft mir automatisch eine Beziehung zu diesem Menschen vorgaukelte?

Ich hatte Elias vertraut, aber Tom wollte ich auf Abstand halten. Die Zukunft sollte zeigen, dass ich es von Anfang an andersherum hätte machen sollen.

„Wenn du glaubwürdig sein willst, dann pack dieses bescheuerte Grinsen wieder ein", riet ich ihm schnippisch, ohne es ernst zu meinen.

Tom lachte leise und ließ das Lenkrad kreisen. Kaum einen Augenblick später, waren wir angekommen. Eine nichtssagende relativ moderne Siedlung, aus Mehrparteien-Häusern mit schmalen Gärten, in denen sich Trampoline und Schaukeln, nebst Kugelgrills drängten.

Sah nach jungen Familien aus. Nicht was ich erwartet hatte. Kurz durchfuhr mich die Panik, Tom könne mich gleich seiner Frau und den drei Kindern vorstellen. Dass es diese Möglichkeit geben konnte, fiel mir jetzt erst ein. Was wenn ich ungebeten in sein heiles Familienglück hereinplatzte, die Kinder aufweckte und der Ehefrau auf den Zeiger ging? Ich war so weit aus meiner Komfortzone entfernt worden, ich konnte nicht mehr linear denken. Es brauchte einen Moment mich daran zu erinnern, dass die Wohnung ein Provisorium war, welches er kurzfristig von seiner Firma bereitgestellt bekam. Kein Eigenheim, keine Familie.

Wir schälten uns aus dem Auto. Tom winkte mich über die Straße, zu einem der Hauseingänge. Ich folgte ihm vorsichtig und fand die Ruhe der Siedlung gespenstisch, aber es war fast Mitternacht, mitten unter der Woche, in einer konservativen Wohngegend. Was hatte ich erwartet?

Tom klimperte mit einem Schlüsselbund und sperrte die schmucklose Tür auf. Kein Name am Klingelschild, oder am Briefkasten. Wieder etwas unheimlich, aber wahrscheinlich ließ er sich alle Post in die Arbeit schicken. Wäre das ein Horrorfilm, dann würde ich das naive Ding darstellen, welches dem Killer unbedarft an den Ort ihrer Tötung folgte. Ich hoffte inständig, dass die Realität mehr Mitleid mit mir hatte.

Tom ging voran und betätigte den Lichtschalter. Ich trat misstrauisch über die Schwelle und schaute mich um. Als erstes fiel mir auf, wie sehr es hallte. Der Wohnungseingang klang hohl, die spiegelnden Oberflächen der hellen Fliesen blendeten beinahe. Alles wirkte kühl und leer. Nur ein kleines Grüppchen verschiedener Herrenschuhe bevölkerte den Flur, einige Sakkos und Jacken hingen an der Garderobe.

Tom streifte seine Sneaker mit der Fußspitze ab und drehte sich zu mir herum.

„Willkommen in meiner bescheidenen Behausung", scherzte er und nahm mir die Jacke ab. Ich folgte ihm tiefer in das Haus und fragte mich, ob ich dazu verdammt war immer wieder das Gleiche zu erleben, wie in *täglich grüßt das Murmeltier*, denn erneut besichtigte ich die Wohnung eines Mannes, in die ich nicht gehörte.

Doch in Toms Fall hätte der Kontrast nicht schärfer ausfallen können. Die Küche war ein generisches Katalog-Modell, mit offenbar komplett ungenutzten Geräten und noch dazu eng und schmal geschnitten. Das Wohnzimmer dominierte eine hässliche Couch aus dem letzten Jahrhundert mit einem banalen Tisch davor. Leere Regale, kein Fernseher. Mir wurde bewusst, dass es eine fertig möblierte Wohnung war. Nichts hier gehörte Tom, nichts konnte mir etwas über ihn verraten.

„Gemütlich", bemerkte ich, unsicher welche Tonlage ich dabei anschlagen sollte.

Tom machte einen Schmollmund und zuckte mit den Schultern. „Ich weiß, aber besser als monatelang in einem Hotel zu schlafen. Hier kann ich mir wenigsten einbilden, dass ich ein Zuhause habe".

Das Argument verstand ich nach meinen aktuellsten Erfahrungen sofort.

„Wie lange bleibst du in der Stadt?"

„Etwas länger als sonst. Wahrscheinlich drei, vier Monate. Mein Chef war einverstanden, die Wohnung zu mieten. Das bin ich ihm nach so vielen Jahren dann doch wert. Ist vielleicht sogar günstiger als ein Hotel und es bewahrt mich davor wahnsinnig zu werden. Wenn ich noch einmal ein Zimmermädchen verscheuchen, oder den Beziehungsstreit des Pärchens im Nachbarzimmer beenden muss, um meine Ruhe zu haben, dann begehe ich einen Mord."

Er verdrehte scherzhaft die Augen, aber seine Schultern zog Tom so verspannt nach oben, dass ich zu befürchten hatte, wie nah an der Wahrheit seine Aussage war. Mir reichte es nach zwei Wochen hin und her schon gehörig. Ich wollte nicht wissen wie es sein musste, wenn einen die Arbeit mehrmals im Jahr an einen anderen Ort verpflanzte.

Wie pflegte man Freundschaften? Wie führte man eine Beziehung? Was für ein Privatleben hatte man überhaupt, wenn so der Alltag für einen aussah? Hatte er irgendwo doch eine Frau und Kinder? Wie lange lebte er schon so? Ich nahm mir vor ihn demnächst dazu zu befragen.

„Hier ist das Bad", Tom öffnete die Tür auf der anderen Flurseite. Ich erhaschte eine Blick auf eine Badewanne voller Wäschestücke und eine einsame Zahnbürste, vor zwei Waschbecken die gerne geputzt werden wollten.

„Schau lieber nicht so genau hin", riet er und zog die Tür schnell wieder zu. „Das ist mein Schlafzimmer, er deutete auf den geschlossenen Raum neben dem Bad. „Und das da ist frei", sein Zeigefinger schwenkte auf die Tür gegenüber, das Gesicht eine stumme Aufforderung. Also nahm ich mir die Freiheit den Raum zu betreten und stellte fest, dass er nur einen klobigen Schrank mit einer Front aus Spiegelglas beherbergte. Tom beobachtete mich aufmerksam.

„Dann schlafe ich auf der Couch?" Wenn ich nun schon hier war, dann konnte ich auch wirklich bleiben. Es war zu spät und ich zu müde, um mir noch eine andere Option zu überlegen.

„Gerne, brauchst du irgendetwas?"

Eigentlich brauchte ich so ziemlich *alles*. Außer dem was ich trug, hatte ich quasi nichts dabei. Ratlos schaute ich an mir herunter.

„Warte, ich finde ein Shirt für dich", versprach Tom und hechtete in sein Schlafzimmer. Ich erhaschte dabei einen Blick auf das größte Chaos, welches meine Augen je beleidigen durfte und musterte das ausgeleierte Bandshirt, welches er daraus hervorholte skeptisch.

„Ich schwöre, das ist frisch gewaschen!"

„Gnade dir Gott, wenn nicht."

Wir grinsten dämlich, der Humor half uns über die seltsame Situation hinweg, welche sonst schnell peinlich hätte werden können. Tom fand auch noch eine angeblich neue Zahnbürste und eine Wolldecke. Während er verzweifelt Kissen für mich suchte, putzte ich mir also die Zähne mit seiner Zahnpasta (*extra white*, so, so) und schlüpfte in das übergroße T-Shirt, welches ich als Zelt hätte benutzen können. Ich wusch mir gründlich die Hände. Danach hatte ich mich insgeheim gesehnt, ich versuchte zu verdrängen warum.

Ich hatte keine Vorstellung davon, was sich Tom wohl über meinen Verbleib zusammenreimte, war aber froh dass er es dabei bewenden ließ und nicht nachbohrte. Noch etwas, das ihn von seiner Schwester unterschied. Vielleicht lag es aber auch an meinem so freundlichen Ton im Auto, als er ebendiese erwähnt hatte.

Meine muffigen Kleidungstücke ausziehen und ordentlich gefaltet auf dem Rand der Badewanne stapeln zu können, war so angenehm, dass es mir fast nichts ausmachte ein fremdes Hemd zu tragen, welches nach einem unbekannten Waschmittel roch.

Ich tapste in Socken zurück zum Wohnzimmer, wo Tom ein Häufchen kleiner Zierkissen mit der Decke auf dem Sofa bereit gelegt hatte. Er kehrte mir den Rücken zu, während er sich an der Heizung zu schaffen machte.

„Ich habe den Raum bisher nicht genutzt und fürchte die Heizung hat auch etwas dagegen, dass ich das jetzt ändern will", grummelte er. Es war nicht sonderlich kalt, aber Tom wollte es mir offenbar möglichst angenehm machen. Ich verkroch mich unter der Decke, bevor er eine Chance bekam meine nackten Beine zu bemerken und winkte gönnerisch ab. „Schon gut, ich finde es ok."

„Wirklich?" Er drehte sich um und schien unzufrieden mit seinem Werk. „Ich habe leider nur diese Dinger da", er zeigte auf die Zierkissen.

„Auch das reicht mir, danke", beschwichtigte ich. Auf die Art wie er den Raum vorwurfsvoll beäugte, als wären die Möbel persönlich Schuld dran, dass sie nicht ausreichten, bereitete mir Tom das Gefühl, die Wohnung vor ihm verteidigen zu müssen. Ich spürte etwas ähnliches wie Übelkeit, eine Anspannung in Brusthöhe, die sich nicht benennen ließ.

„Es ist wirklich alles in Ordnung, mach dir keine Umstände", versuchte ich ihn nachdrücklich zu überzeugen. Mein Herz pochte, als müsse ich Konsequenzen fürchten, sofern Tom anderer Meinung war. Er entspannte sich aber und lächelte. Erst als seine Gesichtszüge entzerrt waren, löste sich auch meine Nervosität und mir wurde bewusst warum. Toms ärgerlicher Ausdruck hatte Eva imitiert. Darauf reagierte ich intuitiv, wie ich es gelernt hatte.

„Wann musst du morgen los? Ich nehme dich mit", bot Tom an
und lenkte mich damit erstmalig auf den Gedanken, dass ich ja
würde arbeiten müssen und keine frische Kleidung dabei hatte.
Ich konnte nicht den dritten Tag in Folge mit derselben Bluse im
Büro auftauchen.

„Weck mich einfach auf, ich geben dann in der Arbeit Bescheid,
dass ich später komme."

Tom nickte und zog sich zurück. „Gute Nacht."

Es wurde still. Fast hätte ich mir einbilden können alleine in
diesen vier Wänden zu sein. Aber mir war sehr deutlich bewusst,
dass Tom hier war. Nur durch eine Tür und den Flur getrennt,
nachdem wir zuvor Jahrzehnte nichts voneinander gewusst hatten.

Seltsame Vorstellung.

Tom hatte es vermieden sich aufzudrängen. Er hielt auffällig
viel Abstand, darauf bedacht mir nicht zu nahe zu kommen, mich
nicht in die Ecke zu drängen. Als fürchtete er mich sonst zu verja-
gen, wie eine scheues Tier. Mit dieser Herangehensweise lag er
definitiv richtig.

Ich befand mich in dem fast leeren dunklen Raum, unter einer
Decke die weder Tom noch mir gehörte, in seinem Shirt und versuchte zu vergessen, was dazu geführt hatte, dass ich hier war.

Doch jetzt kam genau diese Szene hoch und spielte sich vor
meinem inneren Augen immer und immer wieder ab.

Elias. Elias. Elias. Seine Zunge, sein Becken, meine Hand.

Er verfolgte mich in den Schlaf.

## 8

Tom rumorte in der Wohnung, als wäre eine ganze Fußball-
mannschaft anwesend. An Schlaf war nicht mehr zu denken. Ich
schielte mit einem Auge auf mein Smartphone und drehte mich
stöhnend herum. Sechs Uhr morgens war nicht meine Zeit, egal
unter welchen Voraussetzungen. Ich vergrub das Gesicht tief zwischen den Kissen und hoffte, er würde mich einfach hier vergessen. Dann könnte ich mich krank melden, ausschlafen und irgendwann ungesehen verschwinden.

Das unverkennbare Gurgeln einer Kaffeemaschine hinderte
mich daran wieder in Halbschlaf zu sinken. Der dazu passende
Duft folgte auf dem Fuß. Na gut, davon ließ ich mich dazu hinrei-
ßen beide Augen zu öffnen und meinen Körper grunzend zu erheben. Ich wickelte die Wolldecke um meine Hüften und schlurfte in
die Küche.

Tom war erstaunlicherweise fertig angezogen und sehr wach.
Im Gegensatz zu mir. Er hatte die Joggingsachen gegen Anzug
und Hemd getauscht und sah sofort wesentlich ernstzunehmen-
der aus. Trotzdem war ihm beides wieder dezent zu weit und ließ
an Perfektion zu wünschen übrig, anders als ich es bei Joon erlebt
hatte, dessen Bügelfalten man mit dem Lineal hätte nachziehen
können.

„Guten Morgen!", strahlte Tom und hielt mir den heißersehnten
Kaffee entgegen. Ich runzelte die Stirn, angewidert von so viel
Fröhlichkeit am Morgen.

„Willst du etwas frühstücken?"

Ich schüttelte den Kopf. Wie kam er auf die perverse Idee, sich
so früh schon Nahrung zuzuführen? Mein Metabolismus war
noch nicht aktiv, ich hätte keine Essen hinunterwürgen können,
selbst wenn es um mein Leben ginge.

„Gut, ich habe nämlich überhaupt nichts da", gab Tom zu und
setzte sich zu mir an den winzigen Thekentisch, der kaum Platz in
dem Raum fand. Ich ließ einen Schluck Milch in meinem Kaffee
verschwinden. Tom trank seinen offenbar schwarz und mit ungefähr fünf Stück Zucker, wenn ich richtig gezählt hatte. Kein Wun-

der, dass er schon so enthusiastisch war, da hätte er sich auch gleich eine Dose Energy Drink aufmachen können.

Ich versuchte in den beengten Verhältnissen seine Füße unter dem Tisch nicht zu berühren und schlürfte meinen Wachmacher.

„Danke nochmal", brummte ich. Tom machte nur eine wegwerfende Handbewegung.

„Ich muss leider zeitig los, Joon hält mich an der kurzen Leine. Er lässt mich das doppelte Pensum wegarbeiten, ohne dass es mir negativ auffällt." Er lachte in seinen Kaffee.

„Joon wirkt sehr organisiert", pflichtete ich ihm bei. Tom hob die Augenbrauen.

„Du hast ja keine Ahnung. Ich hatte noch nie einen solchen Assistenten. Joon ist einzigartig."

Ich machte eine bejahende Grimasse. „Das würde ich sofort unterschreiben."

Tom schmunzelte. „Er ist nicht nur hübsch. Joon nimmt meine Arbeit ernster als ich, sein Chef hat keine Ahnung, was er an ihm hat."

„Hübsch?", fragte ich entgeistert. Tom rollte mit den Augen.

„Ich weiß, ich weiß. Er ist der Beleg, dass Gott Koreaner sein muss."

Ich stimmte erneut zu. Ich würde mich jeder Religion anschließen, der Joon vorstünde.

Tom ließ die Tasse sinken, blinzelte auf seine Armbanduhr und warf mir einen schiefen Blick zu. „Schaffst du es, dass wir in fünfzehn Minuten fahren?"

Protestierend in mich hinein murmelnd schlich ich mit meinem Decken-Kokon zum Bad. Den Kaffee nahm ich mit.


Er wartete mit laufendem Motor vor dem Haus. Es dämmerte nicht einmal. Ich hätte mir einbilden können, es wäre noch immer gestern Abend.

Mich vor meiner getragenen Kleidung ekelnd, stieg ich zu Tom ins Auto, der sein Smartphone zwischen Ohr und Schulter klemmte, während er sich umständlich anschnallte. Ich verfolgte das Schauspiel, wie er versuchte den wehrhaften Gurt über seine

Brust zu führen und dabei das Telefonat nicht zu unterbrechen. Er sprach so schnelles Business-Englisch dass ich kaum etwas verstand, es hätte genauso gut Suaheli sein können. Ich beschäftigte mich währenddessen damit meine Nachrichten zu kontrollieren und war enttäuscht und erleichtert zugleich, dass sich Elias nicht gemeldet hatte.

Irgendwann hatte Tom beides geschafft, seine Sicherheit zu gewährleisten und das Gespräch zu beenden.

„Die Kiste hier hat sicher mehrere Möglichkeiten, um dir das Erlebnis eines freisprechenden Telefonats zu erlauben", belehrte ich Tom gönnerhaft. Er bedachte mich mit einem Blick aus schmalen Augen. Mein Puls schnellte sofort unangenehm in die Höhe. War ich nun doch zu weit gegangen?

„Wahrscheinlich. Aber ich habe keine Ahnung wie und wenig Lust es herauszufinden." Tom zuckte die Schultern und startete den Motor.

Ich war froh, dass er meine Stichelei nicht ernst nahm und wunderte mich über ihn. Wie schaffte Tom es in seinem Job zu überleben, wenn er nicht einmal eine Bluetoothverbindung einrichten konnte? Er brachte den Mercedes auf Touren, das Automatikgetriebe schien sich regelrecht über seinen Bleifuß zu freuen, wie ein Rennpferd dass man auf die Piste lässt. Anders als gestern hatte er es eilig, das war klar. Ich verhielt mich ruhig und hoffte, dass ich Tom nicht zu sehr aufgehalten hatte.

Sein Telefon kannte kein Gnade. Er hatte es achtlos auf die Mittelkonsole geworfen, dort vibrierte und summte es jetzt ungeduldig. Tom versuchte während voller Fahrt, mit einer Hand nach dem Gerät zu fischen. Das Auto schlingerte, ein Assistenzsystem piepte wütend und brachte uns auf Kurs, ohne das Auto auf der Nebenspur zu touchierten. Toms Hände umklammerten wieder das Lenkrad. Ich beschloss atemlos den Anruf anzunehmen, bevor er uns deswegen umbrachte. Laut Anzeige war es Joon und den traute ich mir gerade so als Gesprächspartner zu. Ich grapschte kommentarlos nach Toms Telefon.

„Hallo Joon, hier ist Phil", begann ich in der Hoffnung, dass er noch den Hauch einer Erinnerung an die unscheinbare Frau aus der Lobby hatte.

„Wer – was machst du in dieser Leitung!?" Joon war wenig erfreut und dachte nicht mehr dran mich höflich zu siezen. Meine Unverfrorenheit an dieses Telefon zu gehen, hatte mich zum schnöden Du degradiert, aber immerhin zweifelte er meine Identität nicht an.

„Tom fährt Auto." Hui, ein Satz mit gleich drei Worten. Ich war stolz auf meine Grammatik.

Der Genannte warf mir einen fragenden Blick zu und versuchte gleichzeitig auf den Verkehr zu achten. Ich konzentrierte mich auf Joons wohlklingende, aber genervte Stimme.

„Gut, ich hoffe er ignoriert das Tempolimit und schlägt hier pünktlich auf!"

„Ich versichere dir, das tut er bereits und ich werde es ihm ausrichten."

„Versuch ihn dabei nicht weiter aufzuhalten!", zischte Joon. Das Smartphone beendete unser Gespräch mit einem leisen *Pling* in meinem Ohr. Er hatte einfach aufgelegt. Nicht ohne vorher ganz richtig zu mutmaßen, dass ich der Grund für seinen Ärger war. Ich holte Luft, um brav zu rekapitulieren was mir Joon aufgetragen hatte, aber Tom stöhnte angestrengt.

„Sag nichts, ich ahne es."

Wir hielten kurz am Bahnhof, wie ich es gewünscht hatte und ich sprang aus dem Auto. Tom hob grüßend die Hand, dann brauste der Mercedes wie ein schwarzer Lichtschweif davon.

Jetzt gewann die Sonne endlich Oberhand, es wurde hell am Horizont. Ich mischte mich unter die kreuz und quer vorbei hastenden Pendler, um meine Tasche aus dem Schließfach zu holen. Dabei schrieb ich Rebecca, ob sie mich krank melden könnte.

*Bist du wirklich krank, oder hast du nur wieder etwas angestellt?* Kam es augenblicklich zurück. Sie war also schon wach und in der Laune mir zu antworten. Ich packte die Gelegenheit beim Schopf und gab eine Antwort, der Rebecca nicht würde widerstehen können: *Letzteres.*

Rebecca beschloss, dass wir beide nicht arbeiten würden und ließ mich bei sich duschen. Ich war heilfroh, als ich im feuchtwarmen Dunst ihres Badezimmers eine Leggings aus meiner Sporttasche kramte und mich endlich wieder frisch und sauber fühlte. Mein Haar taktierte ich mit der Bürste, bis es frei von Knoten war und ich einen dicken schwarzen Zopf damit binden konnte. Ich betrachtete erleichtert mein rotwangiges Gesicht, dass mir ungeschminkt immer wie neu und ganz jung erschien. Hinter mir, in der Waschmaschine, drehte sich der Großteil meiner Kleidung schäumend im Kreis.

Rebecca erwartete mich im Wohnzimmer. Ich überlegte, wie viel ich ihr erzählen wollte. Ich konnte Elias überspringen und nur zugeben, dass ich Toms Angebot angenommen hatte. Genau, das würde ihr nicht auffallen.

Sie aß Himbeereis direkt aus der Packung, im Schlafanzug um neun Uhr morgens. Ich gesellte mich dazu und erwähnte diese Frühstücksgewohnheiten nicht. Ein Wunder, dass sie so dünn war. Mein Vorhaben, die pikanten Details des gestrigen Abend nicht zu erwähnen, fuhr ich selbstverständlich sofort gegen die Wand.

„Erzählst du mir jetzt endlich alles?", fragte Rebecca vorwurfsvoll und zeigte mit dem rosa schimmernden Löffel auf mich.

Tat ich. Ohne Lücken. Die Worte purzelten aus mir heraus, wild durcheinander, unaufhaltsam. Ich berichtete von Toms Einladung, Elias' Nachricht und unserem Zusammentreffen. Davon wie ich zuletzt auf Tom zurückkam und bei ihm Schutz suchte. Erst während ich es nacherzählte verstand ich, wie viel Wahrheit darin steckte.

Rebecca hatte die leere Packung zur Seite gelegt und saugte weiter an ihrem Löffel, während sie sich meine Geschichte anhörte.

„Zusammengefasst, kannst du deinen Ex nicht Ex sein lassen, hast aber zumindest das Angebot deines Onkels angenommen", folgerte Rebecca als ich fertig war.

„So ungefähr."

„Ersteres ist ausgesprochen dämlich, du bist viel zu nett, um mit so einem Typen umzugehen. Er wird dir weh tun, das weißt du so gut wie ich. Andererseits klingt es ja, als sei da noch ganz schön viel Dampf zwischen euch und wenn es das ist, was du willst, tja..." Rebecca ließ den Rest des Satzes unausgesprochen und fixierte mich herausfordernd. Ich schaute zur Seite, weil meine Wangen brannten.

„Nein, so ist das nicht", widersprach ich.

„Red dir das ruhig ein", zwitscherte sie. „Bleibst du dann jetzt bei deinem Onkel?"

Ich zuckte mit den Schultern.

„Eine gratis Wohnung auf Kosten seiner Firma auszuschlagen wäre ziemlich bescheuert! Sie ist gut gelegen und du hättest ein paar Monate Zeit, dir etwas Eigenes zu suchen. Vielleicht hat dein Onkel auch Kontakte, wer weiß?" Rebecca war begeistert von der Idee, ich war noch immer unsicher, musste ihre Argumente aber akzeptieren.

„Ich kenne ihn ja kaum, ist das nicht unverschämt?"

„Es war seine Idee. Warum hast du bedenken? Er hat sich doch nicht daneben benommen, oder?" Rebeccas Augenbrauen sanken bedrohlich nach unten.

„Nein, nein!", wehrte ich ab. „Er war absolut höflich."

„Dann sage ich dir: mach das!", drängte Rebecca.

„Jaaa... wahrscheinlich hast du Recht", murmelte ich bereitwillig.

„Natürlich! Aber lade Elias nicht zu ihm ein, wobei das stelle ich mir interessant vor", grinste sie.

Ich ergab mich also den Umständen und schrieb Tom, ob ich wiederkommen dürfte. Rebecca diktierte mir den Wortlaut, weil ich vor lauter Scham nicht wusste, wie ich es formulieren sollte. Alles was mir in den Sinn kam, klang zu sehr nach: *Ich habe Angst im Park schlafen zu müssen, bitte rette mich.* Tom antwortete erstaunlich schnell und versicherte mir, er würde sich sehr freuen.

Rebecca schleppte mich triumphierend in das nächste Einkaufszentrum. Dort besorgte ich alles, was ich für meinen provisorischen Unterschlupf brauchen würde.

Zuerst einmal anständige Pyjamas. Ich hatte nicht vor noch einmal, nur in einem alten Shirt bekleidet, durch Toms Wohnung zu laufen. Anschließend neue Kosmetikartikel, inklusive einer Bürste, da ich in Toms Bad keine gefunden hatte und seine Haare nicht aussahen, als bekämen sie mehr Aufmerksamkeit, als das gelegentliche Glattstreichen mit der Hand. Zu guter Letzt stromerten wir durch einen Laden für Sport- und Outdoorbedarf. Ich wollte mir ein aufblasbares Bett kaufen, so eine dicke Luftmatratze mit kleinem Motor, der sie aufpumpte. Rebecca betrachtete sämtliche Modelle angewidert.

„Ich weiß nicht, warum du so ein Ding, einem anständigen Möbelstück vorziehst", brummte sie.

„Erstens hast du seine Couch nicht gesehen, zweitens steht sie mitten in der Wohnung und drittens habe ich schon Lust auf ein bisschen Privatsphäre, in meinem eigenen Zimmer."

„Kauf dir doch ein Bett."

„Sehe ich so aus, als ob ich mir das momentan leisten könnte? Außerdem wäre das schon sehr dreist Tom gegenüber."

Rebecca stöhnt übertrieben. „Du machst dir zu viele Gedanken."

Vielleicht hatte sie Recht. Ich durfte das leere Zimmer zu meinem machen und brauchte etwas, das einem Bett nahe kam. Da die Preisspanne beträchtlich war, wir uns aber nicht auskannten, wo die Vor- und Nachteile der Exemplare lagen, suchte ich nach einem Verkäufer, welche mich aber alle geflissentlich ignorierten. Der Kerl in meinem Alter am Serviceschalter, tat nur so als ob er ein wichtiges Telefonat führte. Das hätte ich schwören können.

Ich stapfte missmutig in die Regalreihe, wo ich Rebecca zurückgelassen hatte, nur um festzustellen, dass sie sich einen der Mitarbeiter, in seinem hässlichen roten Hemd, geangelt hatte. Er demonstrierte ihr gerade mit größtmöglichem Eifer zwei Modelle, die er extra ausgepackt zu haben schien. Ich kam staunend hinzu, während ihm Rebecca mit einem Ausdruck zusah, der dem einer Katze glich, die mit einer Maus spielte und überlegte wann sie ernsthaft zupacken würde.

„Für so eine schmale Person wie sie, würde ich auf jeden Fall diese hier empfehlen." Der mittelalte Mann zeigte auf eine der

Matratzen. „Die hat auch eine beflockte Oberfläche, das ist viel angenehmer und quietscht nicht."

Er lächelte siegessicher, Rebecca schenkte ihm ein gnädiges kleines Nicken. Er hatte seine Sache gut gemacht, die Königin war zufrieden mit ihrem Lakai.

„Dann nehmen wir die", beschloss Rebecca und ließ mein Veto nicht gelten, als ich den Preis sah. Der Mitarbeiter schulterte mit leuchtenden Augen eine der großen Schachteln und trug sie für uns, oder besser gesagt für Rebecca, an die Kasse.

Ich erstand noch eine Reisedecke und ein passendes Kissen dazu. Somit verließ ich das Geschäft mit einem vollen Einkaufswagen.

„Ich muss dann jetzt auch los", verkündete Rebecca mit einem Seitenblick auf meine vielen Taschen und die klobige Schachtel. „Kann meinen Verehrer nicht warten lassen", fügte sie in spielerischem Singsang hinzu, hauchte mir zum Abschied einen Kuss auf die Wange und war schon auf dem Sprung, ließ mich stehen wie sie es immer tat.

Ich blieb mit meinen neuen Besitztümern auf dem grauen Parkplatz übrig und sah ihr nach, wie ein begossener Pudel. Das Shoppen hatte ihr gefallen, aber den unangenehmen Teil ließ Rebecca geflissentlich aus. Wie sollte ich das ganze Zeug alleine bis zu Tom schleppen?

Rebecca verriet mir nie mit wem sie sich traf. Ich hatte zwar den Verdacht, dass es ein bestimmter Mann sein musste, aber sie ließ keine Details fallen und ich war zu verklemmt, um sie zu fragen. Mein eigenes Intimleben packte ich vor ihr aus, aber ich traute mich nie ihr die selben Fragen zu stellen, wie sie mir.

Ich schaute mich verstohlen um und beschloss kurzerhand, den Einkaufswagen zu entwenden. Mit der Hand konnte ich kaum alles in die S-Bahn tragen, also würde ich zu Fuß gehen und den Wagen schieben, wie eine Pennerin. Es machte mir nichts aus, redete ich mir ein.

Niemand interessierte sich in dieser riesigen Stadt für seine Mitmenschen. Besonders wenn sie sich seltsam verhielten. Dann schaute man erst recht weg. Außerdem war es nicht allzu weit. Ich schätzte, dass ich ungefähr vierzig Minuten brauchen würde.

Also ratterte ich mit dem Einkaufswagen los und hoffte bis zur ersten Straßenbiegung, dass mich niemand aus dem Geschäft aufhalten würde. Aber ich kam davon und eierte durch die weniger belebten Seitenstraßen, um der vollen Peinlichkeit meiner Aktion zu entgehen.

Es war milder geworden, seit Monatsbeginn und ich schwitzte leicht von der Anstrengung die altersschwachen Räder über rissigen Asphalt und starrsinniges Kopfsteinpflaster zu quälen. Während einer kurzen Pause wischte ich mir die Haare aus dem Gesicht und schaute in den hellgrauen Winterhimmel.

Ob wir wohl weiße Weihnachten bekommen würden? Ich wusste nicht, wie ich ausgerechnet jetzt darauf kam, aber es erfüllte mich mir einem warmen, satten Gefühl. Etwas, dass der Gedanke an das Fest immer in mir auslöste. Ich blinzelte auf den Inhalt meines Wagens. Würde ich den Jahreswechsel dann bei Tom erleben? Die letzten Jahre hatte ich die Feiertage stets mit Elias verbracht, davor gezwungenermaßen mit Eva.

Wie würde es dann diesmal werden? Etwas so privates wie Weihnachten, in einer Wohnung mit meinem Onkel, den ich kaum einschätzten konnte. Was waren seine Traditionen? Hatte er welche? Mit wem würde er feiern? Wäre ich dann vielleicht im Weg?

Ein Fußball knallte scheppernd an die Seite meines Einkaufswagens und ließ mich vor Schreck fast vom Gehsteig springen.

„Tschuldigung", rief ein kleiner Junge, hinter dem Gartenzaun neben mir. Sein Gesicht ragte nur halb darüber hinweg und so sah ich eine dicke Strickmütze und darunter zwei große blaugraue Augen, die ehrlich entschuldigend dreinblickten.

„Macht nichts", ich hob den Ball auf und reichte ihn über den Zaun.

„Was machst du mit dem Wagen? Hast du den geklaut?", fragte der Kleine fasziniert.

Ich freute mich über die Bewunderung eines Kindes, ob meiner kriminellen Energie, welche eigentlich keine war, denn ich hatte vor den Wagen zurückzubringen.

„Hab ich", prahlte ich grinsend.

„Cool!", zischte der Junge durch den Zaun. „Warte, ich hole meinen Bruder!", er rannte in den Garten davon. Ich schaute dass ich wegkam, bevor er seine halbe Familie heranschleppen konnte.

Tatsächlich brauchte ich fast eine Stunde, bis ich die friedvolle Siedlung erreicht hatte. Ein paar von Toms Nachbarn beäugten mich durch ihre hell erleuchteten Fenster, wie ich in der einfallenden Dämmerung die Straße entlang ratterte und dabei ihre Blicke ignorierte.

Toms Auto stand vor der Tür. Ich war einerseits erleichtert, dass ich nicht draußen auf ihn warten musste, weil ich keinen Schlüssel hatte. Gleichzeitig war mir mein Aufzug unangenehm. Er musste mich erwartet, oder das blecherne Geräusch des Wagens gehört haben, denn er kam mir entgegen, als ich das Haus erreichte. Tom trug die gleichen Sachen wie am Morgen, also war er noch nicht lange zu Hause. Lachend betrachtete er die Show, welche ich bot.

„Was ist das denn?"

„Mein Umzugswagen", spottete ich und stemmte schnaufend die Arme in den Rücken. Ich hatte keine Kondition und war völlig kaputt. Tom schielte auf das Emblem des Geschäftes am Einkaufswagen.

„Hast du das Ding den ganzen Weg geschoben?"

„Ja. Und?", entgegnete ich selbstsicherer, als ich mich fühlte. Bloß nicht zugeben, wie beschämend es war.

„Respekt", grinste Tom und steuerte den Wagen für mich bis an die Tür. Seine Wohnung hatte einen eigenen Eingang abseits des Treppenhauses, so konnten wir meine Sachen bequem direkt in den Flur schaffen.

„Du weißt, dass ich dich abgeholt hätte, oder?", fragte Tom, während er die monströse Schachtel mit der Luftmatratze durch den Türrahmen hievte.

„Selbst ist die Frau", erwiderte ich stolz und folgte ihm. Natürlich hätte er mich gefahren, aber ich hatte noch daran zu knabbern, dass er mich letzte Nacht erst abholen musste, als wäre ich ein Kleinkind, das im Kindergarten vergessen worden war. Einkaufswägen durch die Stadt schieben, war nicht unbedingt die Definition von Female Empowerment, aber ich fühlte mich besser damit.

Ich zog die Tür hinter uns zu und lauschte dem gedämpften Geräusch des einrastenden Schlosses, mit dem erlösenden Gefühl angekommen zu sein.

Die Dunkelheit des Abends, an diesem zweiten Dezember, sperrte ich guten Gewissens aus. Sie sollte neiderfüllt herein spähen, auf das Licht und die Wärme im Inneren. Etwas das jetzt mir gehörte, weil ich hierher gehörte.

## 9

Wie auf Wolken schlief ich in dieser ersten Nacht, dank meiner unförmigen grauen Luftmatratze. Tom nannte sie einen gestrandeten Wal und schaute mir, amüsiert im Türrahmen lehnend, zu während ich sie aus ihrer Verpackung schälte, das steife Plastik umständlich in meinem neuen Zimmer auffaltete und dann zufrieden beobachtete, wie die infernalisch kreischende, integrierte Luftpumpe mein Bett in Zeitlupe insuflierte.

Tom hatte mir eine Nachttischlampe aus seinem Schlafzimmer überlassen, diese stand nun auf dem Boden und warf ihr einsames Licht über die Matratze und den Schrank, der meine neuen Habseligkeiten enthielt und einen eifersüchtigen Eindruck machte, weil ich sein bisher leeres Reich nun besitzergreifend bevölkerte.

Es war ein Provisorium und machte mich doch so glücklich. Endlich ein Ort, wo ich bleiben konnte. Auch nicht für immer, aber zumindest lang genug, um sich heimisch zu fühlen. Tom wollte mich hier haben, ich war kein Störfaktor. Er ließ mich in Ruhe, hielt sich im Hintergrund, als wäre er der Gast, nicht ich. Er wollte es mir leicht machen und das funktionierte.

An diesem Freitagmorgen sprang ich fröhlich aus den Federn und stellte fest, dass ich die Einzige zu sein schien, als ich fertig angezogen die dunkle Küche betrat. War Tom etwa schon weg? Ich spähte aus dem Fenster. Das Auto wartete treu ergeben draußen in der Dunkelheit, mit der es verschmolz.

Hatte er verschlafen? Unsicher was ich tun sollte, tigerte ich in der Küche herum, trank kaum von meinem Kaffee, hielt die Tasse nur als Requisite in der Hand.

Ich wollte Tom nicht aufwecken. In sein Schlafzimmer einzudringen und ihn zu stören, aus der privaten Verletzlichkeit des Schlafes zu reißen, das war zu viel für mich. Es wäre das Gegenteil dessen, wie wir bisher miteinander auskamen.

Ich überlegte hin und her, wie sich das Problem lösen ließ. Vielleicht ein lautes Geräusch, das ihn wecken würde? Ich musste los, wenn ich die Bahn erwischen wollte. Die Zeit lief mir davon.

Eine Tür knarrte, Toms Erscheinen erlöste mich aus meinem Zwiespalt. Er war barfuß und sah so zerknautscht aus wie die Werbeprospekte, die sich im Flur stapelten. Kein Vergleich zu dem agilen Geschäftsmann, denn ich gestern zur selben Zeit in der Küche vorgefunden hatte. Wir hatten die Rollen getauscht.

„Morgen", murmelte er, trottete an mir vorbei und goss sich ein Glas Wasser aus dem Hahn ein. Ich wich zur Seite, um ihm Platz zu lassen. Die Küche fühlte sich manchmal an wie ein Schraubstock, so eingezwängt war man zwischen Spülbecken und Tisch. Während er langsam trank, befriedigte ich meine Neugier.

„Musst du nicht ins Büro?"

„Freitags remote", bekam ich einsilbig von seiner Rückenansicht zur Antwort. Ich konnte mir in etwa vorstellen, was er damit meinte und schulterte meine Tasche. Ich hatte nicht das Privileg, von zu Hause aus arbeiten zu dürfen und musste nun wirklich gehen. Mich gut gelaunt verabschiedend, erntete ich einen unglücklichen Blick unter gerunzelter Stirn von Tom. Ich wusste er war noch gar nicht wach und kaum fähig meinen Worten zu folgen, trotzdem drängte mich diese finstere Miene rückwärts aus der Tür. Ich war froh das Haus zu verlassen. Die kühle Luft linderte mein Unbehagen Evas ungnädigen Blick auf mir zu spüren, obwohl sie nicht anwesend war.

Die nächste Überraschung war Rebeccas Abwesenheit im Büro. Sie hatte sich nicht bei mir gemeldet, keiner unserer Kollegen wusste Bescheid. Unentschuldigt von der Arbeit fern zu bleiben sah ihr kaum ähnlich und war gar nicht nach Michaels Geschmack.

„Sie geht nicht an ihr Telefon, hat sie sich bei dir gemeldet?", wollte er von mir wissen.

„Nein, ich habe keine Ahnung."

Michael beäugte mich, als würde er mich gerne auf einen Lügendetektor schnallen. So viel zu *wir sind hier eine Familie.* Er glaubte mir kein Wort, aber für mich war es ebenso ein Mysterium.

Michael ließ von mir ab, aber bis zur Mittagspause machte ich mir ernsthafte Sorgen, weil Rebecca unauffindbar zu sein schien.

Ich spielte mit dem Gedanken meine Pause zu Opfern, um in ihrer Wohnung nachzusehen, ob sie vielleicht bewusstlos im eigenen Flur lag und Hilfe brauchte. Gerade als ich nach der besten Busverbindung zu dieser Uhrzeit suchte, kam Angie herein, die ihre Jacke vergessen hatte und warf mir einen beiläufigen Blick zu.

„Brauchst dir keine Sorgen zu machen, Michael hat sie wohl erreicht", ließ mich Angie mit ihrer langsamen, getragenen Stimme wissen. Sie hatte keine Ahnung von moderner Bürotechnik und war stinkfaul, aber Angie war besser informiert als ich. Sie hatte genau geahnt was in mir Vorging. Ich nickte dankbar und schwor mir, Angie gegenüber vorsichtiger zu sein, vielleicht war ihre Inkompetenz nur ein Deckmantel für sehr offene Augen und Ohren.

Es änderte wenig daran, dass Rebecca meine Nachrichten nicht beantwortete. Ich hatte das sichere Gefühl, dass mehr dahinter stecken musste und wischte stöhnend zu einer weiteren Nachricht, die auf meinem Handydisplay aufgetaucht war.

Statt Rebecca meldete sich Marina. Sie hatte mir geschrieben, aber ich fand gerade nicht die Energie mich damit auseinanderzusetzen. Bestimmt war es ein Friedensangebot. Aber was wenn nicht?

Ich ließ mein Telefon im Büro und ging in die Pause.

Die Zeit bis zum Feierabend zog sich endlos dahin, aber schließlich begann das Wochenende und ich atmete erleichtert auf, als ich zu Hause war. Dabei freute ich mich über den Gedanken, dass ich es mein Zuhause nennen konnte.

Bis ich feststellte, dass es leer war. Alles dunkel und still. Ich machte Licht, um die Empfindung zu verscheuchen, dass ich aus den Schatten heraus beobachtet wurde und klopfte an Toms Tür. Keine Antwort, keine Anzeichen für eine andere Person im Haus.

Heute ließ mich also auch er unentschuldigt alleine, aber es machte mir nichts, ich war müde und genoss meine Ruhe mit einer langen Dusche und frühem Zubettgehen. Der Luxus der Langeweile.

Die Rollos hatte ich vergessen. Sie waren nur halb geschlossen und ließen das Licht des Wintermorgens fahl, aber unnachgiebig in mein Zimmer. Ich verfluchte mich dafür, dass ich mich selbst um meinen Schlaf betrogen hatte, streifte ein Sweatshirt über den Pyjama und stand auf.

In der Küche behauptete die Digitalanzeige des Ofens, es sei schon elf. Trotzdem nicht richtig hell draußen. Typisch Dezember.

Der Kühlschrank war so leer, wie mein Kopf in diesem Augenblick. Ich starrte einen Moment auf die offene Milchpackung und den einsamen Joghurt, dessen Mindesthaltbarkeitsdatum mich verhöhnte und beschloss, dass ich Lebensmittel in diesen Haushalt einführen musste. Wovon ernährte sich mein Onkel eigentlich?

Ein kalter Luftzug, der nicht aus dem Kühlschrank stammte, ließ mich aufmerken. Ich folgte dem Gefühl ins Wohnzimmer. Die Tür zur Terrasse stand einen Spalt breit offen, daher die Kälte. Ich erstarrte.

War sie die Nacht über offen gewesen? Konnte jemand eingedrungen sein, während ich geschlafen hatte? Aber die Wohnung war so gut wie leer, was sollte man hier schon stehlen? Der Fluchtreflex brannte in meinem Hinterkopf. Was, wenn sich ein Einbrecher noch hinter mir im Haus versteckte? Dann lieber schnell raus hier, bevor ich gefangen wäre!

Mutiger als ich mich fühlte trat ich auf die Terrasse, die eine Ecke des Hauses L-förmig umarmte. Ein winziges Stück quadratischen Rasens lag dahinter, eingefasst von akkuraten Hecken, die die Parzellen abtrennten. Die Kälte des Wintermorgens beruhigte mich. Der irre Gedanke, mit einem Kriminellen im Haus eingesperrt zu sein, fiel von mir ab.

Der Garten war leer, zeigte offensichtlich, dass Tom ihn nicht nutzte. Ich schlich an der Hauswand entlang und erspähte ein paar alte Sitzmöbel, die sich von links in mein Blickfeld schoben. Mit einem großen Schritt umrundete ich die Hausecke, in der Hoffnung alles verlassen vorzufinden. Doch dem war nicht so.

Tom saß tief in einen der Liegestühle versunken, die langen Beine auf einem weiteren Stuhl abgelegt. Mein Füße froren in den dünnen Hausschlappen am Boden fest. Der Pullover half nicht viel gegen die niedrigen Temperaturen, aber Tom schien es nichts auszumachen, obwohl er nur Jeans und T-Shirt trug. Der graue Himmel verhielt sich wie ein Farbfilter, der alles in gebleichten Tönen auf mich wirken ließ. Die orange Glut der Zigarette, an der Tom gerade zog, war die einzig lebendige Farbe. Rauch stieg auf und waberte mir entgegen. Tom hatte seinen Kopf in den Nacken fallen lassen, darum bemerkte er mich erst, als ich den Schwaden auswich um mich ebenfalls zu setzten. Er richtete sich auf und drückte die Zigarette auf dem Fensterbrett aus.

„Entschuldige, ich habe es mir eigentlich längst abgewöhnt."

„Schon ok, du hättest sie nicht ausmachen müssen."

Diese zwei Sätze konnte man kaum ein Gespräch nennen und trotzdem folgte ihnen nichts mehr. Wir saßen sprachlos in der Kälte und betrachteten beide die zerdrückte Zigarette, wie ein Sinnbild für alles, was wir plötzlich nicht in Worte fassen konnten.

„Warum sitzt du bei diesen Temperaturen draußen?"

„Bin gerade heim gekommen, wollte den Kopf frei kriegen", Tom rieb sich die Stirn und gab mir keine Chance zu erraten, was darin herumspukte.

„Ich dachte schon jemand sei eingebrochen", versuchte ich zu scherzen, aber er ging nicht darauf ein. Wo er die Nacht verbracht hatte, würde ich auf keinen Fall fragen. Tom mischte sich nicht in meine Angelegenheiten und ich würde im Umkehrschluss ähnlich verfahren.

Irgendwo in der Nachbarschaft krähte ein empörtes Kind, da bekam wohl jemand nicht, was er oder sie wollte. Ich musste lächeln und Tom spiegelte meine Mimik automatisch. Er wirkte verändert, so wie gestern Morgen. Müde, nie ganz wach geworden, starrte zerstreut ins Nichts und lächelte nur, weil ich es tat. Ich sah die Gänsehaut auf seinen bloßen Armen, ihm selbst schien es kaum aufzufallen.

„Ist dir nicht kalt?"

„Nein", wehrte er ab, „aber ich habe Hunger, du auch?"

Es war fast Mittag, ich hatte gestern wenig gegessen, aber ich hätte es nicht als Hunger definiert, nur wie ein weißes Rauschen in der Körpermitte.

„Ja, ziemlich", log ich, weil ich wusste, dass Tom es von mir erwartete.

„Dann lass uns etwas bestellen!" Tom zückte sein Smartphone und hatte den Lieferservice bereits in der Leitung, bevor ich verstand was er meinte.

„Du magst doch indisch? Deren Chicken Tikka ist eines der Besten!"

Er bestellte selbiges anschließend. Ich wollte nicht ahnungslos wirken und warf ihm das erste Gericht zu, an welches ich mich erinnerte.

„Malaj Kofta."

Tom nickte und bestellte auch das, zusammen mit Nan Brot und Samosas. Er hatte also wirklich Hunger.

„Eine Stunde!", empörte sich Tom und legte auf. Wir mussten noch auf unser Festmahl warten. Ich hatte kein Problem damit.

„Lass uns reingehen." Tom zog sich hoch und wir stapften ins Haus. Ich warf der Zigarette einen Blick über die Schulter zu. Er hatte sie entweder vergessen, oder es war Tom egal, dass sie dort liegen geblieben war. Ich beschloss nichts zu sagen, das war seine Wohnung, es ging mich nichts an.

Tom verschwand im Bad um sich zu duschen. Ich beschäftigte mich mit Aufräumen, was sehr einfach war. Mein Onkel hatte die Post von mehreren Wochen offenbar die wenigen Meter, vom Briefkasten zum Küchentisch getragen und dort sich selbst überlassen. Es waren nur Werbebriefe und Anzeigenblätter, keine direkt an ihn adressierten Briefe. Ich ließ alles ausnahmslos im Schlund der Papiertonne, neben der Einfahrt verschwinden.

Aus dem Badezimmer hörte ich das gleichmäßige Rauschen der Brause. Es begleitete mich bei meinem Streifzug durch das Wohnzimmer. Auf der Jagd nach allen Tassen, die mit verschiedenen Mengen an kaltem Kaffee befüllt, überall vergessen worden waren. Eine fand ich halb unter das Sofa geschoben, eine weitere auf dem leeren Bücherregal. Ich musste auf einen Stuhl steigen, um sie zu bergen. Kopfschüttelnd räumte ich meine gesammelten Werke in die bislang leere Spülmaschine.

Es klingelte an der Tür. Erschrocken entdeckte ich den Lieferanten durch das Küchenfenster. Er war früher da, als erwartet. Ich griff nach meinem Geldbeutel und hastete ihm entgegen. Mit einem freundlichen Lächeln hielt mir der Mann zwei hauchdünne Plastiktüten hin, deren Henkel schwer an ihrer Last trugen. Ich bestaunte heimlich seinen kunstvoll gewundenen tintenblauen Turban, der ihn als Sikh auswies, während ich nach der Summe kramte, die er mir nannte. Peinlich berührt hielt ich inne, mein Bargeld reichte nicht annähernd.

„Geht auch Karte?", fragte ich kleinlaut und erntete ein bestimmtes Kopfschütteln.

„Nur online, oder Bar", belehrte er mich. Ich bemerkte Zweifel an meiner Zahlkraft, in seinen dunklen Augen aufsteigen. Mir war schon lange nichts mehr so unangenehm gewesen, aber es sollte noch schlimmer werden.

„Ist das Essen schon da?", rief Tom aus den Tiefen der Wohnung hinter mir.

„Ja, aber ich habe nicht genug Bargeld!" Was für eine Erleichterung, Tom hatte sicher welches da.

„Mein Portemonnaie liegt im Auto."

„Wo ist der Schlüssel?" Ich sah mich hektisch im Flur um, entdeckte ihn aber nirgends. Bei Toms Ordnung konnte der Autoschlüssel überall sein. Der Turban des Lieferanten neigte sich leicht, als dieser mich skeptisch beäugte, wie ich kopflos nach einem Gegenstand suchte, der offensichtlich nicht präsent war.

„In meiner Jeans! Warte, ich komme gleich!", tönte es aus dem Badezimmer.

Nein, ich wollte das hier hinter mich bringen!

Also lächelte ich entschuldigend und stapfte zu Toms Zimmer. Ich drückte die Türklinke, als hätte ich es schon hundertmal getan und betrat den kleinen Raum, der von nur einem Bett und einem Schrank bereits vollgestellt wirkte. Das Fenster zeigte nach Osten und war halb hinter einem dunklen Vorhang verborgen. Aus der Nähe war das herrschende Chaos noch betäubender.

Die Flut von achtlos herumliegenden Kleidungsstücken, wirren Ladekabeln, weiteren vergessenen Kaffeetassen, herrenlosen Papieren und andrem Kleinkram, fügte sich im Halbdunkel zu einem überwältigenden Wimmelbild zusammen.

Seine Jeans hatte Tom mitten auf das ungemachte Bett geworfen. Gut für mich, sonst hätte ich auch noch danach suchen müssen. Ich stieg vorsichtig über den am Boden liegenden Laptop und hielt die Luft an, als wäre ich eine Diebin, die versuchte einen Safe zu knacken, während ich zaghaft mein Hand in die Gesäßtasche der Hose schob. Ich hatte Glück, der Autoschlüssel ließ sich daraus hervorzaubern. Das Markenlogo glänzte mir vielversprechend entgegen. Puh, fast geschafft.

Darauf bedacht auf nichts Wichtiges zu treten, drehte ich mich herum und entdeckte den Fernseher, der mehr schlecht als recht dem Bett gegenüber, auf einer für ihn zu schmalen Kommode balancierte. Ein überschüssiges Kabel, welches unter ihm heraushing, weckte in mir den Verdacht, dass er ins Wohnzimmer gehörte, wo Tom ihn abmontiert und hier her verfrachtet hatte. Und ich hatte schon geglaubt, er wäre so vielbeschäftigt und intellektuell, dass profane Unterhaltung nichts für ihn war.

Ich erinnerte mich an den Lieferanten und rettete den Schlüssel schnell in den Flur. Mich mehrfach entschuldigend, bat ich den Mann mit zum Auto zu kommen, fischte dort in der Mittelkonsole nach Tom Geldbeutel und bezahlte unser Essen, mit schwitzenden Fingern und dem Gedanken daran, was der Lieferant seinen Kollegen erzählen würde, wenn er endlich hier weg kam.

Erleichtert stellte ich die Tüten auf den frei geräumten Küchentisch und atmete durch. Was für ein Theater. Ich wollte die noch warmen Styroporbehälter auspacken, als ich realisierte, dass ich Toms Geldbörse mit ins Haus genommen hatte. Sie war aus dunklem Leder. Die Oberfläche von der häufigen Berührung durch bloße Hände, glatt und glänzend gerieben. Ich hatte, ohne richtig hinzusehen, einen Schein herausgezogen und kein Rückgeld verlangt, was dem Lieferanten für seine Umstände ein königliches Trinkgeld eingebracht hatte, aber jetzt mustere ich das Portemonnaie mit wachsender Neugier.

Ich lauschte. Kein Wasserstrahl mehr, dafür das Klappern von Kleiderbügeln und der frische Duft von Duschgel, welcher durch den Flur in die Küche kroch. Tom suchte sich offenbar gerade etwas zum Anziehen, ich hatte nur noch einen Moment Zeit.

Schnell klappte ich seinen Geldbeutel auf und fuhr mit der Fingerspitze über die Kanten der Karten, die dort in ihren Fächern warteten. Ich fand was ich suchte, Führerschein und Personalausweis. Letzteren zog ich mit Nachdruck hervor, er steckte fest, war wohl schon lange nicht mehr herausgenommen worden. Ein jüngerer Tom blickte mir mit neutralem Ausdruck, von dem biometrischen Foto entgegen. Sein Haar war kürzer, seine Züge weicher und trotzdem unverwechselbar mit denen meiner Mutter. Aus dem Augenwinkel hätte ich es beinahe für ein Bild von ihr halten können.

Hastig überflog ich die angegeben Daten. Wir hatten den selben Geburtsort, hier in unserer Heimatstadt, in die wir beide wieder gezogen waren. Erst auf den zweiten Blick fand ich sein Geburtsdatum und blinzelte überrascht. Der vierundzwanzigste Zwölfte. Tom war ein Christkind. Ein interessantes Detail, das zwar nichts über ihn als Mensch aussagte, mir aber das Gefühl gab, etwas persönliches über Tom erfahren zu haben. Ich hörte Schritte. Etwas Persönliches, wonach ich ihn offen fragen sollte, anstatt heimlich in seinen Sachen danach zu suchen. Trotzdem inspizierte ich hastig noch die Rückseite. Fast eins neunzig groß, braune Augen, braune Haare. Das war mir nicht neu, schließlich hatte ich Augen im Kopf. Mit einer ungelenken Bewegung ließ ich das Portemonnaie im letzten Moment zuklappen und warf es auf den Tisch, als hätte es plötzlich Feuer gefangen.

Tom trug wieder den Jogginganzug und ein Handtuch um den Nacken, mit dem er gerade noch seine Haare getrocknet haben musste, denn die fielen ihm wild in die Stirn.

„Hast du noch nicht angefangen? Wird doch nur kalt", bemerkte er überrascht. Ich starrte ratlos auf das Essen und suchte nach einer passenden Erklärung, die nicht lautete *ich musste vorher noch meine Nase in deine Privatsphäre stecken.*

„Ich wollte nicht unhöflich sein", stotterte ich. Tom lachte und setzte sich zu mir. Er riss die Alufolie von dem Container, der mit einer Dreiunddreißig beschriftet war, das Chicken Tikka. Er schob mir mein Malaj Kofta hin und ich griff brav zu. Dass das komische weiße Rauschen in meiner Körpermitte, mittlerweile einem verdächtigen Ziehen gewichen war, was mich unmissverständlich vor meiner anstehenden Periode warnte und mir leider den Appetit verdarb, sagte ich ihm natürlich nicht. Genauso wenig, wie ich meine Tampons im Bad deponieren würde. Das waren persönliche Details über *mich*, die Tom nicht zu erfahren brauchte. Ein Geldbeutel war feuchter Kehricht, gegen die Intimität weiblicher Tatsachen.

Damit tröstete ich mein schlechtes Gewissen und sah Tom in Windeseile sein Essen vertilgen.

„Wovor bist du denn auf der Flucht?", fragte ich und bereute es sofort, eine Phrase benutzt zu haben, mit der mich Eva als Kind vorwurfsvoll ermahnt hatte, wenn ich zu schnell aß.

Tom verschluckte sich und hustete erstickt in seinen Reis. Ich spürte meine Nackenmuskeln steif werden, meinen Kiefer der sich anspannte, wollte mich gerade entschuldigen und erkannte, dass Tom ein Grinsen unterdrückte.

„Das hat meine Mutter auch immer gesagt", lachte er und zeigte mit der Gabel auf mich, als hätte ich einen besonders guten Witz gerissen. Seine Mutter. Meine Großmutter.

Daher musste Eva diesen Spruch also haben, nur dass Tom ihn positiv auffasste. Einen sarkastischen Kommentar zu seinen schlechten Manieren, keine ernst gemeinte Rüge. Schon seltsam, wie dieser Satz über die Generationen weitergereicht worden war.

Es wurde still, ich entspannte mich etwas und bemerkte, dass Tom mich aufmerksam musterte. Ich hatte leer in mein Essen gestarrt und versuchte jetzt mich zusammenzureißen. Ich räusperte mich. „Liegt dann wohl in der Familie".

„Mhm, das und unser unwiderstehlicher Humor." Tom zwinkerte mir zu und stopfte sich dabei die nächste Portion in die Backen. Ich starrte ihn sprachlos an und spürte das Lachen in mir aufsteigen, wie Kohlensäure in einer geschüttelten Flasche. Woher kam diese gute Laune plötzlich? Als hätte er sich auch seine seltsame Stimmung von vorhin abgewaschen, war wieder der Tom aus dem Bad gekommen, der mich ganz leicht aus der Reserve locken konnte. Ich genoss es und fühlte mich zum ersten Mal befreit, anzusprechen was mir auf der Zunge brannte.

„Du meintest ich sähe meiner Mutter ähnlich, dabei schießt du selbst den Vogel ab, was das angeht."

Tom verzog eingeschnappt den Mund. „Was soll das heißen?" Er fuchtelte erneut mit dem Besteck vor meiner Nase herum. Ich lächelte, es war so einfach. Er mimte den Beleidigten, aber nur sein Gesicht machte das Schauspiel mit. Es hätte mich wieder einschüchtern müssen, meine Erinnerung an Eva triggern, aber genau wie bei unserem ersten Zusammentreffen, war seine Körpersprache jetzt so unmissverständlich einladend, dass ich ruhig bleiben konnte. Toms Schultern zuckten verdächtig, seine Hände langen offen auf dem Tisch. Er machte nur Spaß, wollte mich ärgern und wartete auf meine Reaktion.

„Du und Eva könntet fast eure Identitäten tauschen, wie Hanni und Nanni", ich trieb es auf die Spitze. Tom schmunzelte „Das würde ich Joon nicht antun."

Wir lachten beide, über die Vorstellung eines Treffens der Beiden. Tom legte die Gabel beiseite, er hatte den Behälter komplett geleert, kein einziges Reiskorn war mehr übrig.

„Ich fürchte die Gene unserer Mutter sind ziemlich dominant, sogar ich erkenne die Ähnlichkeit zu meiner Schwester und das will etwas heißen." Wieder kam meine Großmutter zur Sprache, ohne dass es direkt um sie ging.

„Ich finde das ein bisschen unheimlich", gestand ich und schob mir ein Stück Naan in den Mund, um davon abzulenken, wie ich mich dabei fühlte. Tom hatte gerade ein Samosa verschlingen wollen und hielt in der Bewegung inne. „Was meinst du?" Er saß nach vorne gebeugt, so nahe, dass ich keinen Ausweg wusste.

Ich schluckte hart, der Reis kratzte in meinem Hals wie Sägespäne. „Dass du Eva so ähnlich siehst", krächzte ich und schaute erneut in mein Essen, um seinem prüfenden Blick zu entgehen.

Er antwortete nicht, also hob ich doch den Kopf und versuchte es zu erklären. „Wir haben ein schwieriges Verhältnis, Eva und ich. Ich versuche ihr eigentlich permanent aus dem Weg zu gehen und jetzt wohne ich zusammen mit einem Spiegelbild von ihr."

„So schlimm?" Tom legte den Kopf schief und zeigte einen so ehrlich bedauernden Ausdruck, wie ihn Eva nie im Leben haben könnte. Dazu waren ihre Gesichtsmuskeln nicht fähig. Ich grinste.

Tom hatte seine Eigenheiten, die nichts mit Eva zu tun hatten. Unter der Oberfläche entdeckte ich kaum Übereinstimmungen, das beruhigte mich und machte neugierig.

„Die Ähnlichkeit, oder meine Mutter?", fragte ich zurück.

„Beides."

„Nein und ja", antwortete ich vielsagend.

„Sie macht es einem nicht einfach", bestätigte Tom und biss endlich in das Samosa. Wir schüttelten einträchtig die Köpfe. Das war die Stimmung, welche ich mir erhofft hatte. Ein entspanntes Beisamensein, ohne ihn mit Gewalt auf etwas festnageln zu müssen. So könnte ich ihn nebenbei endlich fragen, warum er Kontakt aufgenommen hatte, mich von der Straße holte und wie zum Teufel, er es dafür an Eva vorbei geschafft hatte.

Aus meinem Schlafzimmer tönte das Klingeln eines Smartphones. Ich legte das Besteck weg und horchte auf. Wer rief mich am Samstag Mittag an? Es gab nur eine Möglichkeit.

„Wenn man vom Teufel spricht." Ich stand auf, um abzuheben.

## 10

Schnee waberte anmutig durch die Luft, beinahe schwerelos, wie Daunen. Er wob ein eiskaltes weißes Leinen, mit dem er die Erde zart bedeckte. Herrlich anzusehen. Der erste Schnee des Jahres war immer etwas Besonderes. Er weckte die heimeligen Erinnerungen an vergangene Winter.

Es hätte so schön sein können, wenn ich nicht den Eindruck gehabt hätte, als ob mich das Wetter umbringen wollte. Die Scheibenwischer waren keine große Hilfe gegen das unaufhörliche Wirbeln. Ich starrte angestrengt auf das bisschen Asphalt, welches ich vor der Motorhaube erkennen konnte. Meine Umwelt verschwand in einem heimtückischen Tunnel aus Winterwunder.

Ich fluchte leise vor mich hin. Tom hatte mich fahren wollen und im Moment wünschte ich mir nichts mehr, als dieses Angebot angenommen zu haben, aber die Konsequenz wäre es kaum wert gewesen.

Ich wollte nicht zugeben, dass ich Elias abholte. Also hatte ich erzählt, der Anruf käme von einer Freundin und Tom damit abgewimmelt. Natürlich überließ er mir das Auto. Für ihn schien es ebenso selbstverständlich den Mercedes mit mir zu teilen, wie seine Wohnung. Was ihm genau genommen beides nicht gehörte. Ob es das besser machte? Nein.

Ich selbst hätte mir den Schlüssel sofort wieder abgenommen, als ich einstieg und  unmissverständlich bewies, wie lange ich kein Auto gefahren war.

„Nein, du musst diesen Hebel einmal nach unten drucken, siehst du?" Tom beugte sich über mich hinweg, in die Fahrerkabine und demonstrierte was er meinte. Das Display zeigte *Drive* an und blinkte aufmunternd, als wolle der Wagen mir Mut zusprechen. Gegenstände personifizieren war schon immer eine Marotte von mir gewesen. Ein Geheimnis das ich mit ins Grab nehmen würde.

Tom ging in die Hocke, er erklärte mir die wichtigsten Anzeigen, als die ersten Flocken herabrieselten und auf seinem dunklen

Schopf liegenblieben. Ich starrte schockiert darauf. Das konnte nicht wahr sein!

„Keine Sorge, ich habe Winterreifen aufziehen lassen", winkte Tom ab, als würde das für mich irgendetwas ausmachen.

Elias steckte an einem Bahnhof zwei Kuhkäffer weit vor der Stadt fest. Die Bahn war wie immer vom Schnee im Dezember überrascht worden und fuhr nicht weiter. Ich hatte keinen Schimmer, warum er ausgerechnet mich anrief und wollte mir auch keine Gedanken darüber machen. Wichtig war nur *dass* Elias mich angerufen hatte. Ich war sofort bereit alles stehen und liegen zu lassen und bat Tom mir das Auto leihen zu dürfen.

Hier saß ich also in dem Ledersitz, dessen Heizelemente mir jetzt schon den Hintern grillten und merkte wie mir Schweiß ausbrach, welcher nichts mit der Wärme zu tun hatte.

„Soll ich mitfahren?" Toms Hand auf meinem Arm erinnerte mich daran, dass er noch da war. Er studierte mein verunsichertes Gesicht und blinzelte sich den dichter werdenden Schneefall aus den Augen.

So weit würde es noch kommen! „Nein, ich schaff das schon."

Tom nickte bekräftigend. „Der Meinung bin ich auch."

Ich war erstaunt wie überzeugt er klang, als gäbe es keinen Zweifel daran, dass ich fähig war dieses Zwei-Tonnen-Ungetüm sicher durch einen nahenden Schneesturm zu manövrieren. Na gut, wenn er es für möglich hielt, dann wollte ich das auch tun!

Knapp eine Stunde kriechender Fahrt, über die kaum sichtbare Landstraße später war ich mir nicht mehr so sicher, ob ich die Situation wirklich im Griff hatte. Scheinbar war außer mir niemand so verrückt sein Leben derart aufs Spiel zu setzen. Seit der Stadtgrenze war mir kein anderes Fahrzeug mehr begegnet.

Das Navigationssystem erschreckte mich, als es in meine Gedanken hinein den Befehl gab, ich solle hier abbiegen. Anscheinend musste irgendwo linkerhand, hinter der Schneemauer, mein Ziel liegen. Ich schlug das Lenkrad vorsichtig ein, gleich hatte ich es geschafft.

Ein unangenehmes Knirschen von Seiten des Autos brachte mich an den Rand eines Herzinfarktes. Der Wagen schlingerte kurz, als ich das Lenkrad verriss, aber der pure Überlebenswille brachte mich zu Räson und das Auto wieder in die Spur. Das Display blinkte frenetisch. Ich betete im Stillen, dass ich nichts Schlimmes angerichtet hatte und fuhr mit zitternden Händen am Bahnhof vor.

Als ich mich aus dem Mercedes hangelte, kam sofort das Gefühl auf, vom Schnee restlos verschluckt zu werden. Ich hatte keine Mütze dabei, die Flocken bedeckten mein offenes Haar und erstickten alle Geräusche. Stille steckte in meinen Ohren wie Watte.

Eine Gestalt verfestigte sich in meinem Blickfeld, knirschende Schritte kamen näher und tatsächlich war es Elias, der sich mit hochgeschlagenem Kragen auf mich zubewegte.

„Da bist du ja", sagte er, als hätte er nach mir gesucht, nicht anders herum.

„Ja", antwortete ich überflüssigerweise. Er lächelte. Der Schnee bildete winzige Spitzendeckchen an den Rändern seiner Wimpern.

Wir verschwendeten keine Zeit damit in der Kälte herumzustehen und krabbelten ins Auto. Ich versuchte entspannt zu wirken, während ich losfuhr. Dabei ging ich im Kopf jedes Wort von Tom noch einmal durch, um mich nicht vor Elias zu blamieren. Doch alles lief wie am Schnürchen, wir kamen gut voran. Elias rieb sich den Schnee aus den Haaren.

„Wem gehört das Auto?", fragte er als erstes. Mir natürlich nicht. Auf den Gedanken kam Elias nicht, aber das wäre auch utopisch gewesen. Er kannte mich und wusste, dass ich es mir nie leisten hätte können, oder wollen.

„Marinas Freund hat es mir geliehen", log ich. So war es einfacher und ich brauchte kaum zu befürchten, dass Stefan Elias je begegnete, denn ich würde einen Teufel tun und Marina hiervon erzählen.

„Die gute alte Marina hat also auch endlich einen Fang gemacht", validierte Elias.

„Er ist Bänker." Warum brachte ich ausgerechnet das zur Sprache?

„Sowas, na dann braucht sie ja nicht mehr eifersüchtig auf deinen Freund zu sein." Elias lächelte abschätzig.

Eifersüchtig. Das hatte er Marina genannt, wann immer ich ihm von ihren Zweifeln an unserer Beziehung erzählt hatte. Elias hatte Marina für missgünstig gehalten.

*„Eine gute Freundin würde nicht versuchen, dir deinen Partner auszureden!"*

Es stimmte, Marina war damals viele Jahre Single gewesen und hatte von Anfang an ihre Skepsis an Elias geäußert, genauso wie er an ihr. Sie taten es beide bis heute und ich wusste lägst nicht mehr, wem ich glauben sollte.

Aber jetzt waren wir kein Paar und zu Marina herrschte noch Funkstille, also war es im Moment einerlei.

„Warum hast du mich angerufen?" Ich wollte es wissen, auch auf die Gefahr hin, dass mich diese Unterhaltung gefährlich vom Straßenverkehr ablenken könnte.

„Weil ich mich auf dich verlassen kann."

Ich schaute kurz zu ihm hinüber. Egal ob ich uns damit umbrachte, dann hatte ich wenigstens noch sein Gesicht während dieser Aussage gesehen, bevor es zu Ende war. Elias lächelte sein Lächeln. Die Sorte, die seine Augen wie zwei Halbmonde über den Wangen aufgehen ließen. Meine Wahrnehmung bestand aus schwarz und weiß. Armaturen, Ledersitze und Schneetreiben, aber diese Augen waren zu jeder Jahreszeit blauer als der Himmel.

Das Auto piepte wütend, Elias griff mir erschrocken ins Lenkrad. Der Mercedes wackelte mit dem Hintern, aber es war nichts passiert.

„Bitte schau auf die Straße, ok?" Diesmal kontrollierte ich seinen Gesichtsausdruck nicht und folgte der Bitte.

Vor Elias' Wohnhaus hätte man einen Film über die Apokalypse drehen können. Einen dieser Sommer-Blockbuster, die zu dick auftrugen. Es war die perfekte Kulisse für den archetypischen breitschultrigen Helden, der sich durch ein ausgestorbenes, lebensfeindliches Terrain kämpfen musste, um die Welt und sein Love Interest zu retten.

In unserem Fall war es eine hereinbrechende Eiszeit und ich durchpflügte sie mit einer geliehenen Luxus-Karosse, um meinen Ex nach Hause zu bringen. Ja, das klang auch in meinen Ohren lächerlich.

„Du kommst doch mit?" Elias hatte die Hand schon auf dem Türgriff und drehte sich zu mir herum.

Ich sollte was? Meine Vorstellung davon, wie dieser Ausflug enden würde, unterschied sich eventuell ein wenig von seiner. Dass Elias mich bat zu bleiben, hatte ich nicht einkalkuliert. Erst jetzt wurde mir klar, dass ich nicht weit genug gedacht hatte. Natürlich nicht.

„Es ist ein Wunder dass wir es ohne Unfall bis hier her geschafft haben, du willst doch nicht wirklich noch weiter fahren?", antwortete er auf meine Sprachlosigkeit.

„Das geht schon", wiegelte ich ab.

Elias schaute skeptisch drein. „Es ist ja nett von diesem Stefan, dass er dir das Auto leiht, aber auch ein bisschen gedankenlos. Du hättest dich bei dem Wetter damit locker umbringen können, so wenig wie du sonst fährst."

„Hat doch gut geklappt", ich wollte mir meinen Triumph jetzt nicht nehmen lassen. „Und wie hätte ich dich sonst holen sollen?" Wieso fühlte ich mich jetzt schlecht dafür, ihm einen Gefallen getan zu haben?

„Na, komm. Bleib bei mir." Er nahm meine Hand. So engelsgleich konnte dabei nur er aussehen. Ich schüttelte den Kopf.

„Ich muss das Auto zurückbringen."

„Er kann es doch eine Nacht lang entbehren, oder?" Elias sprach nicht mehr von dem Wagen, das war mir klar. Er meinte mich.

„Elias..."

„Mhm?"

Mir gingen die Worte aus, aber ich wusste ich konnte nicht bei ihm bleiben. Tom wartete auf mich, mal ganz abgesehen von seinem Auto. Ich würde ihn nicht wieder wegen Elias im Ungewissen lassen. Trotzdem fehlte mir die Kraft, um vollends zu widerstehen. Unter dem drückenden Schweigen des Winterabends fühlte es sich wirklich an, als wären wir die einzigen Menschen auf der Welt. Und wenn dem so wäre, dann konnte es mir doch egal sein, oder?

In der Enge des Fahrzeuginneren brauchte ich nur die Hand nach Elias' Gesicht ausstrecken. Ich konnte mit dem Daumen vorsichtig über diese Wimpern streichen. Er schloss lächelnd die Augen und ließ mich gewähren.

Nein, er sollte sie offen lassen! Ich wollte sie sehen!

Ich zog ihn zu mir herüber und er sank bereitwillig in meinen Kuss. Das war das Ende für meine Selbstbeherrschung. Das urzeitliche Verlangen nach diesem Mann würgte jedes Denkvermögen ab. Phil war nicht länger die vernunftbegabte Person, sondern ein triebgesteuertes Säugetier.

Wir küssten uns, bis meine Lippen taub waren, also wollte ich ihn anders spüren. Seine Hände schlüpften unter meine Kleidung. Ich riss ungeduldig den Mantel auf, um es ihm einfacher zu machen. Die Mittelkonsole war im Weg, also stieg ich darüber und setzte mich in Elias' Schoß.

Der Schneesturm verschluckte das Auto am Straßenrand. Wir waren sicher in dieser Kapsel. Niemand würde uns davon abhalten, zu tun was wir unbedingt wollten.

Mein Pullover war hochgeschoben, seine Hose bereits offen. Ich glitt auf ihn und seufzte seinen Namen, weil ich wusste, wie sehr es ihn anmachte. Er schaute mir dabei direkt in die Augen, weil er wusste, dass ich darauf stand. Dieses Blau durchrang mich schärfer als sein Schwanz.

Wir passten immer noch zusammen wie früher. Ein Schloss und sein Schlüssel. Zwei Teile eines Ganzen, die sich mühelos verhakten und festhielten.

Dass wir kaum Platz hatten uns zu bewegen, machte es nur noch intensiver. Ich scheuerte mir die Knie am Interieur wund. Egal. Elias' Hände suchten etwas zum Festhalten und gruben sich schmerzhaft in meine Hüften. Egal. Wir fanden dennoch unseren

Rhythmus, waren leise, als müssten wir fürchten, dass uns jemand hören könnte.

Ich kam zuerst und ließ nicht locker, bis er ebenfalls entspannt unter mir zusammensackte. Ich versuchte zu Atem zu kommen und mein hämmerndes Herz zu beruhigen. Elias umarmte mich, als ich zu zittern begann.

„Schwindelig?", flüsterte er. Ich nickte stumm. Vor Aufregung hatte ich hyperventiliert. Das passierte mir manchmal beim Sex. Elias kannte mich, er war vertraut damit, dass es mich postkoital manchmal regelrecht umwarf.

„Langsam atmen", riet er mir und küsste meine Brust. Ich ließ meine Hand durch das kurz rasierte Haar an seinem Hinterkopf streichen, das kitzelnde Gefühl half mir mich zu erden. Mein Kopf wurde wieder klar. Zeit sich zu schämen.

Wir lösten uns voneinander, ich fiel umständlich zurück auf den Fahrersitz. Jeder richtete im Stillen seine Kleidung.

„Du bleibst bei deinem Entschluss?"

Ich hielt das Lenkrad fest und nickte. In seiner Wohnung würde es nur so weitergehen, dumm genug, dass ich ihm einmal nachgegeben hatte.

Elias öffnete die Tür, Winterkälte schlug unbarmherzig in die feuchtwarme Luft unseres Versteckes. Er beugte sich noch einmal herunter und lächelte. „Ich rufe dich an." Damit warf er die Tür zu, der Schnee brach durch den Ruck von der Scheibe und ich sah ihn davon stapfen. Ja, er würde sich bei mir melden und ich würde wiederkommen.

Ich starrte auf den Sitz neben mir, wo wir es gerade getrieben hatten, als gäbe es kein Morgen mehr. Plötzlich ekelte ich mich vor mir selbst und dem Gedanken, dass ich Tom niemals verraten konnte, was wir auf dem Ledersitz seines Autos getan hatten.

Er würde mich weiterhin damit herumfahren, ohne zu wissen wie sehr ich es entweiht hatte.

Ich klingelte wie eine Bettlerin, frierend in meinen Mantel gekrümmt. Tom hatte mir längst einen Schlüssel überlassen, aber der lag natürlich im Haus. Ich war so überstürzt aufgebrochen, dass ich nicht ans Heimkehren gedacht hatte.

Tom öffnete in Sweatshorts und T-Shirt. Ich starrte auf seine behaarten Beine und bloßen Füße, während ich mich wie ein Eiszapfen fühlte. Er grinste.

„Hab die Heizung endlich zum Laufen gebracht", verkündete er stolz.

„Hab das Auto angefahren", antwortete ich lahm. Besser gleich damit herausrücken.

Seine Augen verfinsterten sich innerhalb einer Millisekunde. Das fröhliches Glänzen verschwand daraus, sie wurden dumpf und undurchsichtig. Seine Lippen komprimierten das Grinsen, zu einem schmalen Strich in seinem Gesicht. Er fixierte mich. Mein Kältezittern verstärkte sich durch das Adrenalin, das plötzlich kribbelnd aus der Körpermitte in meinen Kreislauf strömte und bis in die Peripherie aller Glieder gepumpt wurde.

Ich kannte diesen Ausdruck und mein Nervenkostüm war gerade dünn genug, damit es mich in die Panik versetzte, welche alle Sinne schärfte, damit ich mir jede Einzelheit genau einprägen konnte, um sie noch jahrelang Bild für Bild zu wiederholen, wann immer ich drohte zu glauben, dass ich glücklich sein könnte...

...die Hand meiner Mutter, welche aus den Augenwinkeln kaum sichtbar herabschnellt und mich an der Schulter herumreißt. Kein Schmerz, als ihre andere Handfläche meine Schläfe trifft. Die Angst ist viel stärker, sie übertönt alles was mein kleiner Körper spüren könnte.

Gefühle sind mächtiger als die Realität, sie tun mehr weh als Schläge.

Evas Gesicht läuft immer rot an vor Anstrengung, wenn sie mich anbrüllt, aber ich verstehe ihre Worte nie, weil es in meinen Ohren rauscht. Vielleicht versucht das Blut in den winzigen Gefäßen meiner Gehörgänge mich zu schützen. Es dreht die Lautstärke so hoch, dass ich die schrecklichen Dingen nicht hören kann, die mir meine Mutter an den Kopf wirft. Meine Haut und meine Knochen halten mehr aus, als das kleine Stückchen Persönlichkeit das darin wohnt. Die Rippen schützen das Herz und die Lunge, stand in meinem Kinderlexikon. Ich schlug es extra nach. Die Leute, die das Buch geschrieben hatten, waren sicher sehr schlau, alle Erwachsenen waren das. Aber hier hatten sie einen Fehler gemacht, etwas vergessen. Mein Äußeres schütze nicht nur meine Organe vor Umwelteinflüssen, es bewahrte mich davor, dass meine Mutter mich dort berühren konnte, wo es unabänderlichen Schaden angerichtet hätte. Mein Körper war meine Rüstung...

Tom griff nach meiner Schulter, ich bemerkte es durch den Nebel der Erinnerung und wich reflexartig aus, hob meinen Arm zum Schutz, weil ich ernsthaft glaubte er wolle mich schlagen. Aber er blieb stehen, die Hand noch in der Luft zwischen uns hängend.

„Hey, hey, langsam." Jetzt hob Tom die Handflächen, wie zu einem Friedensangebot. Ich starrte weiter darauf, als hielte er mir eine geladene Waffe entgegen.

„Philomena, geht es dir gut? Ist dir was passiert?" Ein Teil meines Verstandes registrierte seine Anteilnahme, die andere Hälfte zuckte zurück vor meinem vollen Namen, den nur meine Mutter benutzte. *Philomena* wirkte wie ein Betonpfeiler, der den Eindruck von Evas Zorn in Toms Gesicht stützte.

Tom erreichte meine Schulter erneut und diesmal strengte ich mich an, um ihn gewähren zu lassen. „Alles in Ordnung?", fragte er vorsichtig.

„Sag nie wieder meinen Namen", presste ich hervor.

„Wie bitte?" Tom runzelte verwirrt die Stirn. Ich senkte den Blick auf seine Hand, die groß genug war, um meine Schulter komplett zu bedecken. Noch war mir nicht wohl dabei, dass sie mich festhielt.

„Phil. Nenn mich Phil, ok?" Ich konnte nicht fassen, dass wir diesen Umstand nicht längst geklärt hatten, aber bisher hatten wir es vermieden uns direkt anzusprechen. Den Namen einer Person zu nennen, war als nähme man sie bei der Hand. Eine Geste die wir uns nicht trauten. Zumindest bist jetzt. Wurde auch langsam Zeit.

„Ok, *Phil*, aber jetzt sag was los ist, du machst mir ein bisschen Angst."

Die Panik ließ nach, ich musste selbst kurz überlegen was geschehen war. Tom hielt mich an beiden Schultern fest und betrachtete mich noch immer ernst. Er war gar nicht wütend auf mich, viel mehr sah er aus, als wolle er jeden Zentimeter von mir auf Verletzungen scannen.

„Mir ist nichts passiert", versuchte ich ihn zu beruhigen. Zumindest nicht *mit* dem Auto, dachte ich insgeheim. Nur *darin*.

„Hattest du einen Unfall?", Toms Blick schweifte zum Mercedes hinüber, der unbeteiligt am Straßenrand parkte.

„Nein, also... zumindest nicht wirklich. Ich bin glaube ich nur an etwas hängen geblieben."

„Puh, Gottseidank." Tom drückte meine Schultern und ließ die eigenen erleichtert sinken. „Du warst eine halbe Ewigkeit weg. Ich war mir zwischenzeitlich nicht mehr sicher, ob es so eine gute Idee war, dich bei dem Wetter fahren zu lassen." Jetzt lächelte er wieder. Das Phantom meiner Mutter verschwand endgültig.

„Du hast mich ganz schön erschreckt", fügte er hinzu.

Ich ihn? Seine finstere Miene war also nur Besorgnis gewesen? Mir wurde bewusst, wie seltsam ich mich verhalten hatte, vor allem in Toms Augen und spürte die Hitze der Blamage meinen Nacken hochsteigen.

Tom stieg derweil in ein altes paar Sneaker und spazierte, in dem was ich mittlerweile für einen Schlafanzug hielt, zu seinem Auto. Wozu eine Jacke anziehen? Es herrschten ja nur ungefähr minus zehn Grad. Offenbar besaß er einfach kein Kälteempfinden.

Ich blieb an der Tür stehen, hatte weiterhin zu viel Angst davor, was er von dem Schaden hielt. Gleich würde er mir doch an den Hals springen.

Tom umrundete den Wagen mit fachmännisch gespitzten Lippen, was wirklich bescheuert aussah in seinem Aufzug und knöchelhohem Schnee. Ich hatte fast Lust zu schmunzeln.

„Oh-oh", äußerte Tom, als er das Problem entdeckte. Ich hatte es beim Aussteigen sofort bemerkt. Ohne einen Elias der mich ablenkte, sah auch ich das zerkratzte, verbogene Blech neben dem Reifen.

„Das war dann mal ein Kotflügel", stellte Tom schulterzuckend fest und ging kurz in die Hocke, um die Stelle zu inspizieren. Ich wartete gespannt auf seine Vorwürfe, aber er erhob sich nur, putzte ungeniert die Hände an seinen Shorts ab und stapfte entspannt zu mir zurück.

„Welchen bemitleidenswerten Felsen hast du damit von der Straße rasiert?", fragte er und legte mir freundschaftlich den Arm und die Schultern. Jetzt fühlte es sich wirklich tröstlich an, nicht mehr bedrohlich. Der Schaden war ihm anscheinend völlig einerlei.

„Bist du nicht sauer, dass ich das Auto ruiniert habe?"

„Ruiniert? Mach mal langsam, das lässt sich reparieren", lachte Tom über meine entgeisterte Frage.

„Außerdem ist das Ding über die Firma versichert, das geht mich nicht mal was an. Hauptsache du bis noch ganz", fügte er hinzu. Das war schön zu hören. Das tat gut. Auch wenn er nicht wusste, auf welche Weise ich den Beifahrersitz *ruiniert* hatte.

„Aber Ärger macht es dir trotzdem, dein Chef ist sicher wenig begeistert."

„Glaub mir, der hat andere Probleme, den tangiert das nicht." Tom grinste. „Der Einzige der sich ärgern wird ist Joon, denn er darf sich um diese Misere kümmern. Er wird dir sehr dankbar sein." Ich machte ein übertrieben erschrockenes Gesicht. „Ich bin erledigt!"

„Du sagst es." Wir lachten beide und Tom zog mich ins Haus. Wir standen schon lang genug draußen, ich sah die Mutti von nebenan neugierig durch ihr Küchenfenster herüber stieren. Zeit sich endlich aufzuwärmen.

## 11

Während Tom ein wichtiges geschäftliches Telefonat führte, auf das er den ganzen Samstag gewartete hatte, verzog ich mich ins Bett. Für heute reichte es mir.

Ich ließ meinen Onkel also im Wohnzimmer zurück, wo er barfuß auf und ab lief, während er in gebrochenem Spanisch mit seinem Gesprächspartner diskutierte.

Der Schirm meiner Nachttischlampe warf einen hellen Kreis an die Decke, auf den ich geraume Zeit lang starrte, ohne etwas zu denken. Kaum zu Hause angekommen, hatte ich mich auf die Toilette geflüchtet. Denn die Krämpfe, welche ich seit Tagen zu ignorieren versuchte, mündeten endlich in einer Blutung. Immerhin musste ich mir jetzt kaum mehr Gedanken um die fehlende Verhütung machen. Außer wenn sich wiederholen sollte, was im Auto geschehen war.

Ich brauchte Ablenkung. Die Luftmatratze knisterte unter mir, als ich mich schließlich umdrehte und mein Smartphone betrachtete, welches am Boden darauf wartete, dass ich ihm endlich Aufmerksamkeit schenkte. Sein Bildschirm leuchtete pulsierend auf. Ein kleiner Briefumschlag bedeutete mir, dass ich eine neue Nachricht hatte.

Ächzend griff ich nach dem Telefon und stellte mich dem Unvermeidlichen. Aber es war nicht Elias, wie ich befürchtet hatte. Marinas Nachricht hatte ich noch immer nicht gelesen und jetzt sendete sie mir eine weitere. Und da versetzte mir das schlechte Gewissen einen Stich in die Seite. Ich verhielt mich wie die Prinzessin auf der Erbse, dabei war Marina diejenige, die beleidigt sein durfte. Ich öffnete unseren Nachrichtenverlauf und las mit gespannten Nerven, was sie zu sagen hatte. Es waren nur zwei kurze Sätze.

*Ruf mich an.*

Und dann gerade eben:

*Phil, bitte.*

Uff, ich war ein Arsch. Ein riesengroßer, verachtungswürdiger Arsch von einer schlechten Freundin, aber ich würde es sofort wieder gut machen. Marina ging nach dem ersten Signalton ran.

„Phil?", fragte ihre Stimme ruhig.

„Hey... tut mir leid, dass ich so blöd war."

„Schon gut, so kenn' ich dich ja", scherzte Marina.

„Ich meine es ernst, Marina."

„Ich auch, Phil", antwortete sie mit sanftem Nachdruck. Ich hatte Marina einfach nicht verdient.

„Liegst du auch gerade im Bett und schaust an die Decke?", fragte sie anschließend.

„Absolut. Aber ich habe auch Grund dazu. Was ist mit dir?"

„Bin allein daheim. Stefan ist zu seinen Eltern gefahren, seine Mutter ist krank."

„Oh, das tut mir leid, ist es ernst?"

Marina machte eine kurze Pause. „Mittelernst, sie war ein paar Tage im Krankenhaus und erholt sich jetzt zu Hause."

„Warum bist du nicht bei ihm?"

„Stefan wollte alleine fahren." Die Enttäuschung war deutlich zu hören.

„Du hast seine Eltern noch nicht kennengelernt, oder?"

„Nein, und jetzt ist nicht der richtige Zeitpunkt dafür."

„Meint Stefan", folgerte ich.

„Mhm."

Marina war so freundlich und sozial, für sie bedeutete es ein Manko an ihrer Beziehung, nach fast einem Jahr mit Stefan, noch immer nicht seinen Eltern vorgestellt worden zu sein. Nicht aus Geltungssucht, oder Besitzanspruch. Das Schlimme war, Marina hatte wirklich Interesse an der Familie ihres Partners, sie wollte seine Eltern ehrlich kennenlernen. So war Marina. Für den Vater ihres letzten Freundes hatte sie dessen fünfzigsten Geburtstag geplant und eine riesige Party geschmissen, obwohl wir uns damals mitten im Abschlussstress fürs Abitur befunden hatten.

„Sobald seine Mutter wieder fit ist, trefft ihr euch bestimmt endlich", versuchte ich zu trösten.

„Bestimmt", schnaufte Marina, „aber was ist eigentlich mit dir? Habe ich dich deinem Schicksal überlassen und du schläfst jetzt wirklich auf der Straße?"

„Schlimmer. Auf einer Luftmatratze", entgegnete ich trocken und verkniff mir ein Grinsen.

Marina gluckste. „Wie und wo? Erzähl!"

„Pass auf, du hast ganz schön was verpasst!", warnte ich und erläuterte ihr lang und breit, was seit meinem Rauswurf aus ihrer Wohnung geschehen war.

„Du meinst, den geheimen Bruder gibt es wirklich?", rief Marina erstaunt, sobald ich auf das Thema Tom kam.

„Jap. Sie hat ihn sich nicht ausgedacht. Er befindet sich gerade leibhaftig im Wohnzimmer."

Natürlich hatte ich als Teenager meiner besten Freundin von dem Onkel erzählt, dessen Identität ein Mysterium war. Marina und ich teilten alle Geheimnisse. Damals zumindest.

Unsere zwölfjährigen Ichs stellten die phantasievollsten Theorien auf. Er war Evas böser Zwilling, der im Keller eingesperrt blieb. Er war entstellt, oder krank und wurde darum versteckt gehalten. Er war berühmt und machte ein Geheimnis aus seiner Familie, um sie zu schützen. Er war ein irrer Massenmörder, der im Gefängnis saß. Und so weiter.

Eine unserer späteren Vermutungen, als wir schon etwas mehr Verstand besaßen war, dass er vielleicht als Kind gestorben war und meine Großmutter das nie verwunden hatte, während Eva es einfach hinunterschluckte und ignorierte. Alle Versuche die Wahrheit aus meiner Mutter herauszukitzeln, endeten garantiert im Streit und ich hatte zu viel Angst vor ihrem Jähzorn, um sie weiter zu drängen, also lies ich es damals vorsichtshalber.

„Und du wohnst jetzt einfach so bei ihm?" Wunderte sich Marina.

„Mehr oder weniger."

„Weiß Eva das?"

„Natürlich nicht!" Ich hielt die Luft an. Meiner Mutter das zu gestehen war eine Horrorvision.

„Und, wie ist er?" Marina brannte darauf alles zu erfahren.

„Sehr nett." Es entstand eine Pause in der Leitung.

„Das ist alles? Phil, du nimmst mich auf den Arm, oder? Der große leere Fleck in deiner Familie ist real geworden und du beschreibst ihn mir als *nett*?!"

Da war was dran. Aber mir fiel es schwer jemanden in Worte zu fassen, mit dem man zusammenlebte, obwohl er fast noch ein Fremder war.

„Wir haben bisher kaum Zeit miteinander verbracht. Morgens gehen wir beide in die Arbeit, er ist meistens erst spät zu Hause und dann kaum mehr zu etwas fähig. Dieses Wochenende sind wir zum ersten Mal den ganzen Tag gemeinsam hier", berichtete ich.

„Und? Worüber habt ihr geredet? Hat er dir gesagt wie und warum er dich überhaupt kontaktiert hat?"

„Öhm...nein."

„Nein, was?"

„Wir haben nicht geredet", gab ich zu.

„Weil?"

Weil ich stattdessen meine Zeit mit Elias verbracht hatte, aber das konnte ich Marina beim besten Willen nicht erzählen!

„Es ist nicht so einfach irgendwie", plapperte ich stattdessen und berichtete Marina von meiner Spionage seines Ausweises. Sie lachte darüber.

„Oh, das bist so sehr du, Phil! Vorsichtig um ihn herumschleichen und zu versuchen durch Osmose etwas zu erfahren, anstatt einfach zu fragen."

„Ich weiß", stöhnte ich ergeben, „aber Tom ist nicht besser, er fängt auch kein Gespräch an und lässt mich die meiste Zeit komplett in Ruhe."

„Klingt als wärt ihr euch da ähnlich. Oh je, dann wir das nie was."

Damit mochte sie Recht haben.

„Weißt du was, ich habe ja sturmfrei, wir unternehmen morgen etwas zusammen, wir drei!"

„Spinnst du?" Ich war schockiert, die Vorstellung löste akuten Schrecken aus.

„Was denn? Wir reden ein bisschen und ich helfe dir ganz nebenbei das Gespräch dorthin zu führen, wo es interessant wird." Einen solchen Satz hätte ich sicher von Rebecca erwartet, aber von Marina?

„Dir ist wirklich langweilig, oder?", fragte ich sarkastisch. Marina stöhnte theatralisch.

„Ja, ich weiß nichts mit mir anzufangen und denke den ganzen Tag nur darüber nach, warum er mich nicht mitgenommen hat."

Auch Marina und Stefan waren also nicht vor Beziehungsproblemen, die aus Kleinigkeiten entstanden, gefeit. Ich rühmte mich, dass es eine regelrecht gute Tat wäre, wenn ich ihren Vorschlag annahm. Dann war Marina auch geholfen, indem sie sich mit meinen verkorksten Verwandtschaftsverhältnissen beschäftigen konnte, anstatt ihren eigenen Problemen.

„Na gut, was schlägst du vor?"

„Wofür interessiert er sich denn?"

„Woher soll ich das wissen, Marina?", knurrte ich genervt zurück.

„Stimmt. Also ich würde ja gerne die aktuelle Ausstellung in der Kunsthalle der Kulturstiftung sehen." Ich hatte Marina schon einmal davon reden hören und überlegte.

„Warte mal, ist die nicht über feministische Kunst der Moderne, oder so?"

„Exakt", stimmte Marina zu.

„Marinaaaaaaaa", jammerte ich, „Das ist doch nicht dein Ernst?"

„Warum? Dann weißt du gleich, ob er ein Kulturbanause und ein Macho ist. Damit sind zwei negative Eigenschaften auf einen Streich abgehakt!"

Ich vergrub das Gesicht in den Händen. „Ok, ich werde mich bis auf die Haut blamieren und ihn fragen." Marina meinte es definitiv gut und ich wusste, sie hatte einen so natürlichen Umgang mit Jedermann, sie würde Tom nicht verschrecken. Wahrscheinlicher war, dass er absolut verzückt von ihr sein würde.

„Ausgezeichnet, dann sehen wir uns morgen. Ich freue mich!"

In Marinas Auftrag schlich ich also noch einmal aus dem Bett und lauschte in den Flur hinaus. Toms Stimme war deutlich zu hören, er telefonierte noch immer. Ich folgte seinen Worten, nahm den Umweg durch die dunkle Küche, um mir vorher Mut zuzusprechen und steckte den Kopf ins Wohnzimmer. Tom stand am Fenster und schien zu lauschen was am anderen Ende der Leitung gesagt wurde. Er bemerkte mich aus dem Augenwinkel.

„Un momento por favor", bat er und legte die Hand auf das Telefon. Er schaute zu mir herüber und hob auffordernd die Brauen, als wollte er sagen: *Spuck's aus, ich hab hier noch was vor.*

Schnell räusperte ich mich und fragte leise: „Hast du Lust morgen eine Ausstellung zu besuchen?"

„Klar", sagte er und nickte, dann wandte sich Tom wieder seinem Gesprächspartner zu und entschuldigte sich für die Störung. Ich wurde nicht mehr beachtet und zog mich zurück. Das war erstaunlich einfach gewesen. Ich stand einen Augenblick perplex in der Dunkelheit, bevor ich mich wieder in mein Bett verzog.

Tom frühstückte bereits, seinen zur Hälfte aus Zucker bestehenden Kaffee, als ich am nächsten Morgen aus dem Bad kam. Ich war mit klopfendem Herzen aufgewacht und hatte mich gefragt, was mich gestern geritten hatte. Aber es war zu spät, um sich darüber Gedanken zu machen.

Der Kühlschrank war noch immer leer. Ich hatte, entgegen meiner guten Vorsätze, nichts eingekauft. Wir aßen eben beide auf dem Weg zur Arbeit, in der Arbeit, oder auf dem Heimweg davon. Im überbordenden Angebot des Großstadtgetümmels war es tatsächlich möglich zu überleben, ohne je Lebensmittel im Haus zu haben.

Also bot mir Tom wie immer Kaffee an, den schaffte er absonderlicherweise zu bevorraten.

„Und wohin genau gehen wir heute?", lautete seine erste Frage an mich. Ich öffnete die Homepage der Kulturstiftung und hielt ihm mein Smartphone hin. Tom nahm es mir ab und scrollte sich durch die Seite über die Ausstellung. Ich beobachtete ihn dabei genau, aber sein Gesicht blieb neutral.

„Ok", meinte er dann und gab mir das Telefon zurück, „Wann sollen wir los?"

„Ähm, ich wollte eine Freundin dort treffen, wenn das in Ordnung ist? Sie meinte gegen elf würde ihr passen, vorher ist die Kunsthalle am Sonntag nicht offen."

Tom warf dem Ofen einen Blick zu. Der zeigte an, dass es kurz nach Zehn war.

„Passt. Sollen wir das Auto nehmen, oder lieber die Öffis?", fragte er. Wir schauten beide aus dem Fenster und versuchten die Schneehöhe und das Ausmaß an Verkehrsbehinderung, das diese auslösen würde, einzuschätzen.

„Geben wir der U-Bahn eine Chance", beschloss ich. Die war im Winter am zuverlässigsten. Das Auto wollte ich nach gestern lieber schonen und vor allem den Beifahrersitz nicht sehen.

„Abgemacht, dann aber los! Könnte ein bisschen dauern, bis wir es in die Innenstadt schaffen."

Wir stapften durch den trüben Wintermorgen, die Sonne hatte scheinbar nicht vor sich heute zu zeigen, nur dicke Wolken hingen tief über unser unseren Köpfen. Das Auto war ein weißer Hügel am Fahrbahnrand, wir ließen es links liegen uns wateten knirschend durch das Viertel. Plötzlich herrschte wieder diese Sprachlosigkeit zwischen uns, in der man regelrecht spüren konnte, wie der jeweils Andere verzweifelt nach einem Gesprächsthema suchte. Aber nicht heute! Nein, heute war der Tag der Aussprache, das hatte ich mir fest vorgenommen! Also nahm ich all meinen Mut zusammen und sagte das Nächstbeste, was mir passend erschien:

„Ich hoffe du kommst nicht nur aus Höflichkeit mit, ich habe dich gestern damit überfallen." Und da war ich wieder, im Entschuldigungs-Modus. Als wäre er die einzige Tonspur, auf der meine Stimme hörbar wurde.

Tom hatte beide Hände tief in die Taschen seiner Jacke gesteckt, zumindest ein Zugeständnis an die Temperaturen, aber eine Mütze hatte er nicht für nötig gehalten. Seine Ohren färbten sich bereits empört rot, von der Kälte. Er schaute auf mich herunter und lächelte ein wenig verloren.

„Es ist nicht so, als hätte ich sonst etwas vor. Ich bin froh, dass du mich dabei haben willst, andernfalls hätte ich ja doch wieder nur gearbeitet."

„Viel Freizeit hast du nicht, oder?" Ich lugte aus meiner dicker Schutzschicht von Winterkleidung und diversen wollenen Accessoires hervor und versuchte mit ihm Schritt zu halten. Tom machte verflixt große Schritte, mit seinen unerhört langen Beinen, während ich auf meinen plumpen Stummeln neben ihm her stolperte.

„Ich werde nicht fürs Entspannen bezahlt. Es geht darum in möglichst kurzer Zeit, effektive Fortschritte zum Ziel des Klienten zu machen, um dann schnellstens den nächsten Kunden zu beraten."

Ich verzog den Mund, als hätte ich auf etwas ungenießbares gebissen. Mein breiter Schal versteckte zwar Großteile meines Gesichtes, aber Tom musste es bemerkt haben, denn er schmunzelte still. „Ich weiß, ich weiß. Ich bin ein Workaholic und diene dem schnöden Mammon", rezitierte er aufgesetzt.

„Solange es dir Freude macht", warf ich schulterzuckend ein. Tom schaute in den Himmel, als fände er dort die Antwort. „Auf eine ungesunde Art, irgendwie schon. Joon sagte mir letztens erst, ich würde mich eines Tages tot arbeiten und dann mit einem Lächeln im Sarg liegen."

„Ah, die weisen Worte eines Engels", scherzte ich. Wir grinste einhellig und eilten über eine kaum befahrene Kreuzung.

„Machst du deinen Job nicht gerne?", fragte Tom anschließend zurück. Da hatte ich den Salat, nun musste ich ihm auch etwas erzählen. Dieses Gespräch war leider keine Einbahnstraße.

„Du meinst Zahlen drehen bei der Krankenkasse? Nicht wirklich", prustete ich abfällig.

„Warum machst du's dann?" Tom blinzelte unschuldig, aber die Frage stach trotzdem. Ja warum machte ich es?

„Weil es eine profitable Stelle ist. Mein Ex hat mich dazu gedrängt, aber er meinte es nur gut." Was blubberte ich da für einen Mist? Warum schnitt ich ein Thema an, das haarscharf an Elias vorbeischlitterte und verteidigte ihn im selben Satz dafür, dass ich mich von ihm hatte beeinflussen lassen?

„So, so", meinte Tom und machte große Augen, „und dieser Exfreund arbeitet auch dort?"

„Äh, nein er ist in der Baubranche", wich ich aus, nicht sicher wohin die Frage führen sollte.

„Woher wusste er dann, dass der Job so gut für dich ist?"

Ich verdrehte die Augen und wedelte mit den Händen in Toms Richtung, als wolle ich ein störendes Insekt verscheuchen. „Ja, reib du es mir auch noch unter die Nase. Als reiche es nicht, dass mich Marina damit quält, wie maßlos blöd das war."

Tom rieb sich die feuerroten Ohren. Aha, also doch kalt.

„Marina?", fragte er.

„Die Freundin, die wir gleich treffen werden", erklärte ich.

„Klingt als wäre sie eine intelligente Frau."

„Darauf kannst du Gift nehmen", warnte ich und wedelte wild mit dem Zeigefinger.

Wir hatten die U-Bahn erreicht und setzten uns gemeinsam auf eine freie Sitzbank, im fast leeren Waggon. Das Wetter hielt die Leute wohl in ihren warmen Wohnungen gefangen, wir gehörte zu den wenigen Kulturbegeisterten, die sich hinauswagten.

Erst einmal ins Reden gekommen, erzählte ich während der Fahrt plötzlich von meiner besten und ältesten Freundin. Wie wir uns in der Schule kennengelernt hatten, und erst nicht mochten und dann doch anfreundeten, weil wir uns vom selben Lehrer ungerecht behandelt fühlten und darüber merkten, wie ähnlich wir tickten. Wie wir in den Ferien gemeinsam auf einer Berghütte arbeiteten und uns die Hände beim Kartoffeln schälen und Almdudler ausschenken wundgearbeitet hatten, um genug Geld zu verdienen, für eine Reise nach Island.

Tom hörte so aufmerksam zu, dass die Worte wie von selbst aus mir heraus plätscherten, als hätte ich einen Wasserhahn geöffnet. Er stellte Fragen und lachte über meine Anekdoten. Ehe wir uns versahen, hatten wir bereits auf dem Weg zu unserem eigentlichen Ziel und ganz ohne Marinas Hilfe, sehr viel von einander erfahren.

## 12

Marina erwartete uns vor der Kunsthalle. Die Innenstadt war erstaunlich belebt, das jährliche Rennen um die Weihnachtgeschenke nahm bereits Geschwindigkeit auf. Trotzdem erkannte ich meine Freundin, durch das Wimmeln von dick eingepackten Bürgern mit vollen Einkaufstaschen sofort. Ihr exaltierter roter Mantel war ein fröhlich leuchtender Punkt, im verwaschenen Grau der Umgebung. Marina strahlte mit der Weihnachtsbeleuchtung um die Wette und schloss mich sofort fest in ihre Arme.

„Hey, du Blödian", flüsterte sie mir ins Ohr, bevor sie mich losließ. In meiner Brust glühte die Erleichterung darüber, dass unser Streit einfach verflogen war. Ich sah mein Spiegelbild in der Glastüre hinter Marina grinsen, wie das sprichwörtliche Honigkuchenpferd.

Tom war an unserem Gefühlsausbruch selbstverständlich nicht beteiligt und stand etwas fehlplatziert daneben. Marina wirkte dem sofort entgegen und trat lächelnd auf ihn zu. Ich verfolgte die Szene gespannt.

Darum entging mir das winzige erschrockene Flackern, welches über Toms Züge huschte nicht, als Marina ihn ebenfalls herzlich begrüßte, dafür aber nur ihre Hand entgegenstreckte. Ich verstand seine Regung, er hatte befürchtet Marina würde ihn auch überschwänglich packen wie mich, es wäre ihr zuzutrauen gewesen. Die beiden stellten sich einander namentlich vor und tauschten Floskeln darüber, wie erfreulich es doch war, sich kennenlernen zu dürfen. Bla, bla.

Ich war währenddessen aufgeregt wie ein Schulmädchen, dass hoffte zwei neue Freundinnen würden sich gut verstehen, damit wir uns in Zukunft auf dem Schulhof in der selben Ecke treffen konnte. Bisher wurde ich nicht enttäuscht. Marina war bezaubernd und offen wie immer, Tom strahlte zwar noch formelle Höflichkeit aus, die an einen Geschäftstermin denken ließ, aber ich konnte es ihm kaum verdenken.

Marina nahm die Sache in die Hand, wie sie es versprochen hatte und winkte uns in die Eingangshalle des historischen Altbaus, wo die Kulturstiftung untergebracht war.

Wir gaben unsere Mäntel ab, als würden wir ins Theater gehen und bekamen auch die winzigen rosa Nummernzettel die dafür typisch waren. Ich wusste, egal wie fest ich den in meinen Geldbeutel stecken würde, er wäre am Ende unseres Besuches garantiert verschwunden.

Marina fragte Tom dabei über seine Arbeit als Unternehmensberater aus. Er nannte ihr die Details, welche ich bereits wusste.

„Also arbeitest du ständig an anderen Orten", fasste Marina zusammen, während wir uns in die Ausstellungsräume fortbewegten. „Ist dann aber schwierig eine Beziehung zu führen?"

„Nicht, wenn man keine hat", antwortete Tom, halb vom ersten Gemälde abgelenkt, das eine nackte Frau, in anatomisch unmöglich verrenkter Pose darstellte.

„Wartet nirgendwo eine Freundin auf dich?", bohrte Marina nach, was ihr einen peinlich berührten Blick vorn mir einbrachte. Musste sie so direkt werden?

Tom schüttelte lachend den Kopf, während er sich von dem Bild abwandte. „Keine Zeit für sowas. Die Einzige, die auf mich wartet ist Phil, damit ich sie mit zur Arbeit nehme."

Die Nennung meiner Person in diesem Zusammenhang ließ mich rot anlaufen, ich drehte mich schnell zu der Skulptur hinter uns, die erneut eine nackte Frau abbildete. Für Marina war mein Name aber nur der Aufschlag gewesen, den sie gebraucht hatte, um dieses Spiel richtig auf Touren zu bringen.

„Eure WG ist wirklich ein Glücksfall für Phil, aber wie seid ihr überhaupt soweit gekommen?", Marina schaute mit großen Augen zu Tom auf. Sie vermittelte die Harmlosigkeit eines Welpen, als wäre das hier nicht von langer Hand geplant. „Ich meine, versteh mich nicht falsch, aber ich kannte deinen Namen nur gerüchtehalber, als den geheimnisvollen Onkel, über den wir nie etwas Konkretes erfahren haben."

Ich spähte über die Schulter zu den Zweien, es entstand eine kleine Pause. Tom hatte die Hände in die Taschen seiner Jeans geschoben und wirkte jetzt distanziert. Er musterte Marina, als müsste er abwägen, was er preisgeben dürfe und was nicht. Hatte sie den Ball ins Aus geschossen? Pfiff Tom die Partie hier ab?

Stattdessen streiften seine Augen kurz an mir vorbei, als müsste er sich absichern, dass ich noch da war, dann antwortete er ganz ruhig.

„Ich war seit Jahren nicht mehr in der Stadt. Als das Angebot kam hier zu arbeiten, habe ich mich gefreut in die alte Heimat zu kommen." Tom nahm die Hände aus den Taschen und schlenderte zum nächsten Exponat. Wir folgten ihm, bedeutungsvolle Blicke wechselnd und positionierten uns gemeinsam vor der großformatigen Malerei.

Eine weiße Calla, wunderschön eingefangen. Die Perspektive so gewählt, dass das Auge des Betrachters ins enge Innere des Blütenkolbens gelenkt wurde. Eine Allegorie auf das weibliche Geschlecht.

Marina und ich warteten darauf, dass Tom weitersprach, aber er ließ sich Zeit das Bild zu betrachten. „Das gefällt mir", sagte er vielleicht mehr zu sich selbst, als zu uns. Dennoch bemerkte er, dass unsre Aufmerksamkeit ihm galt. Er lächelte entschuldigen. „Ich habe Eva angerufen, um ihr davon zu erzählen. Ich wusste, sie wäre sauer gewesen, wenn sie erfahren hätte, dass ich in *ihre Stadt* komme, ohne sie vorzuwarnen. Ich fürchte sie ist sehr zufrieden damit, dass ich mich normalerweise weit weg, in der Weltgeschichte herumtreibe."

„Klingt nach meiner Mutter", bestätigte ich trocken. Marina grinste. „Du kommst also auch nicht gut mit ihr zurecht?", richtete sie das Wort an Tom. Der zuckte mit den Schultern. „Wir haben von je her kaum Kontakt, aber wenn, dann hole ich mir die übliche Abfuhr von Eva. Ich frage wie es ihr und Phil geht und sie schneidet mir das Wort ab, mit der Drohung dass es mich nichts angeht, ich solle sagen was ich von ihr wolle."

„Klassisch Eva", ich nickte zustimmend. Wir drehten uns unisono zu einer raumgreifenden Installation aus Damenschuhen, die von Deckenstrahlern frenetisch ausgeleuchtet war und laut Informationsschild aussagen sollte, wie uns die Mode unterdrückt. Also die Frauen.

„Aber dieses Mal war etwas anders?" Marina hielt an dem Thema fest.

„Eva hat mir tatsächlich verraten, dass Phil auch in der Stadt ist und sich schwer tut eine Wohnung zu finden. Ihr könnt euch vorstellen, wie verblüfft ich war. So viel hatte sie mir noch nie erzählt. Da wurde ich dann mutig und dachte, jetzt oder nie!"

„Du hast sie nach meiner Nummer gefragt?", warf ich erstaunt ein.

„Verrückt oder?", lachte Tom. „Ich habe angeboten, behilflich zu sein. Sie hat tatsächlich kein Wort darüber verloren, dass es eine Kontaktaufnahme zwischen uns bedeuten würde." Dabei schaute er mich so positiv überrascht an, als hätte er etwas wiedergefunden, dass verloren geglaubt war.

„Du hättest Phil doch einfach über social Media finden können?" Marina war so ahnungslos. Tom und ich starrten sie an, als hätte sie verkündet die Erde sei eine Scheibe.

„Bist du wahnsinnig?", fragte ich ehrlich schockiert. Tom schüttelte mitleidig den Kopf. „Das wäre nie gut gegangen. Eva hat mir schon vor zwanzig Jahren klar gemacht, dass ich mich aus ihrem Leben und von ihrer Familie fernhalten soll. Ich hatte nicht vor den Zorn der Inquisition auf mich zu lenken."

Tom inspizierte die Installation, dann fügte er hinzu: „Außerdem war ich jung, dumm und mit meiner Karriere beschäftigt. Evas Ablehnung war eine gute Ausrede, um mich nicht mit meiner Familie auseinandersetzen zu müssen."

Das ließen Marina und ich unkommentiert. Wir wollten weiter gehen, doch Marina stupste einen der High Heels in dem Kunstwerk an und meinte: „Na, die hätte ich gerne." Worauf ein wütend zischender Aufseher herangeeilt kam, um sie dafür zu schelten. Wir huschten alle drei prustend in den nächsten Ausstellungsraum.

Die fröhliche Stimmung blieb uns im Halse stecken, als wir die dortigen Exponate sahen. Wir waren nicht allein, zwei weitere

Personen betrachteten still die schwarz-weiß Fotografien, welche hier gezeigt wurden.

Es waren ausnahmslos Aufnahmen von Kriegsgebieten, Kampfschauplätzen, Naturkatastrophen und anderen Tatsachen, die man sonst lieber ignoriert. Sie zeigten als zentrales Motiv Frauen. Bewaffnete Soldatinnen mit der Entschlossenheit der Verzweiflung im Gesicht. Hungernde Mütter mit beinahe skelettierten Kindern im Arm. Alte Frauen zwischen Trümmern. Und sie alle sahen uns aus großen, klaren Augen entgegen, als könnten sie ihre Betrachter auf der anderen Seite der dünnen Bilderrahmen erkennen.

Sie klagten uns an.

Unser lockeres Gespräch erstarb, es hatte hier nichts zu suchen. Tom ging voran, ich blieb mit Marina zurück und fischte nach ihrer Hand. Der vielseitige Schmerz, der aus den Fotos entgegen schaute, spiegelte sich in ihren Augen, Marina biss sich auf die Lippen.

„Willst du lieber rausgehen?", fragte ich leise. Marina nickte. „Ich warte auf euch", wisperte sie und drückte meine Hand, bevor sie sich abwandte.

Marina war zu mitfühlend für so etwas, zu empathisch, zu weich. Ihr gingen die Bilder nah. Ich hätte nicht behauptet, dass es in mir nichts auslöste, aber ich konnte mich davon abgrenzen. Konnte hinsehen, ohne etwas zu fühlen. Darin war ich gut.

Tom war bereits am andern Ende des Raumes angekommen. Ich folgte ihm zu einem besonders großen Bild, eines verstörend hübschen Mädchens, das mit einem kleineren Kind auf dem Rücken gebunden, über einen zerfetzten Stacheldrahtzaun kletterte. Sie wandte sich dabei nach der Kamera um und zeigte uns die blanke Todesangst, die sie fühlte. Wirklich schwere Kost.

Tom stand sehr gerade aufgerichtet vor dem Bild und betrachtete es mit neutralem Ausdruck. Nur eine kleine Falte zwischen den Augenbrauen ließ darauf schließen, dass er mit dem was er sah haderte. Ich blieb einfach nur neben im stehen. Es gab nichts zu sagen, die Atmosphäre im Raum verbot es.

Der Moment verstrich und wir schauten einander abwartend an. „Ich mag Marina", stellte Tom fest, „aber hast du sie dabei, damit sie mich ausfragt?" Er traf genau ins Schwarze und brachte mich beinahe aus dem Gleichgewicht. Normalerweise hätte ich mir jetzt eine schillernde Lüge aus den Fingern gesaugt, aber das rohe Leid der Frauen um uns herum zentrierte mich. Ich brauchte nicht zu lügen. Es war, was es war.

„Stimmt", antwortet ich leise und sah nicht weg. Tom blinzelte angestrengt.

„Du kannst mich doch selbst fragen."

„Hab mich nicht getraut."

„Dachte nicht, dass ich so beängstigend bin." Er grinste halbherzig. Mein eigenes Lächeln ging schief, ich spürte wie es entgleiste. Es war beruhigend, ohne doppelten Boden mit ihm zu sprechen, aber ich hatte trotzdem Angst vor dem, was wirklich zur Sprache kommen könnte.

Ich wollte alles über meine Familie wissen und befürchtete gleichzeitig, dass ich damit die Büchse der Pandora öffnete. Was man einmal erfahren hatte, konnte man schwer wieder vergessen und Unwissenheit bedeutet oft auch Unbeschwertheit.

Tom wandte sich wieder dem Foto zu. „Denkst du das Kind ist ihres, oder ein Geschwisterkind?", fragte er abwesend.

„Macht das wirklich einen Unterschied?", fragte ich zurück. Das Mädchen auf dem Bild war viel zu jung um Mutter zu sein, aber das hieß nichts. Egal wen sie da auf dem Rücken trug, es war fast noch ein Baby und sie hatte beschlossen, dass es bei ihr am sichersten war. Was Mütter und große Schwestern eben so taten. Oder auch nicht.

Ich erschrak, als mich plötzlich die Wärme von Toms Arm umfing. Er legte ihn um mich, genau wie gestern. „Lass uns etwas essen gehen." Er schaute weiter auf das Bild.

Wir gabelten Marina im Foyer auf. Ausnahmsweise hatte ich meinen Abholschein noch, dafür begann Tom hektisch in seinen Hosentaschen zu kramen. Die Garderobiere bemerkte es und trat unkommentiert mit seinem Mantel an die Theke.

„Das ist doch Ihrer?", fragte sie scheu und hielt ihn Tom hin. Der warf einen prüfenden Blick darauf, nickte und bedankte sich freundlich.

Ein schwarzer Herrenmantel, wie tausend andere und es war der Richtige. Ich musterte die rosigen Wangen der Dame, die halbwegs in Toms Alter zu sein schien und bestätigte meinen Verdacht mit einem Blick zu Marina, die mir verschmitzt zuzwinkerte. Wir hatten also den selben Eindruck. Nur Tom war ahnungslos. Er schenkte der Frau, die ihn so offensichtlich anschmachtete, dass ihre Augen beinahe funkelnde Herzchen sprühten, keine weitere Beachtung und drängte stattdessen uns zur Eile, weil er am Verhungern war. Nicht zu glauben.

Wir wanderten in eine Bar gegenüber. Marina studierte die Auswahl an Tapas und bestellte für uns mit, da Tom und ich nicht fähig waren eine Entscheidung zu treffen, weil alles gut klang. Ein Kellner schlängelte sich durch den vollbesetzten Laden, an unseren kleinen Tisch, um den wir dicht gedrängt saßen. Der Ärmste hatte einen dünnen Schweißfilm auf der Stirn, lächelte aber trotzdem tapfer und hielt Block und Stift bereits erwartungsvoll gezückt.

Marina zählte auf, was wir alles essen würden.

„Getränke?", fragte der Kellner eilig, nachdem er versucht hatte mit seinem Kugelschreiber Marinas Worte einzuholen. Wir Frauen einigten uns auf Wein, Tom schloss sich an.

Während wir uns darum stritten, wer die meisten Albondigas ergattert hatte und wer die restlichen Pimientos verputzen musste, fragte Tom seinerseits Marina aus und war beeindruckt von deren Job.

„Deine Arbeit ist eigentlich das Gegenteil, von dem was ich so mache", philosophierte Tom mit vollem Mund. Marina zeigte mit einem Zahnstocher auf ihn, der gerade noch eine Dattel im Speckmantel aufgespießt hatte. „Sehr richtig, aber ich mag dich trotzdem."

„Tom und Stefan", bemerkte ich in Hinblick auf deren Berufe. Mit Vollgas in das nächste Stefan-Gate, ich hatte nichts gelernt. Aber Marina zeigte wie so oft Größe.

„Lass meinen Mann da raus, der darf das", säuselte sie und schwärmte Tom von ihrem Freund vor, was sie absichtlich tat und ich musste es mir brav anhören, weil ich es verdient hatte.

Wir amüsierten uns königlich und stellten im Laufe des Essens fest, dass alle drei einen aktuellen Bestseller gelesen hatten, über den wir allerdings sehr verschiedene Ansichten hatten.

„Ich bitte dich, das war so vorhersehbar!", rief Tom echauffiert und schlug mir der Flachen Hand auf den Tisch, als ich eine Stelle erwähnte, die ich spannend gefunden hatte. „Von wegen! Das kann man hinterher immer behaupten! Marina, hilf mir!", forderte ich lachend.

„Naja, ich muss ihm da fast zustimmen, wenn man ein bisschen aufgepasst hat, war das schon irgendwie klar." Marina wedelte meinen Einwand weg, wie ein Rauchfähnchen.

Ich fasste mir theatralisch an die Brust. „Du auch Brutus?", röchelte ich.

Tom hustete daraufhin in sein Glas und lief rot an. Er hatte sich angesichts meiner Darbietung verschluckt und wir klopften ihm wohlwollend, aber zu fest, auf den Rücken.

„Entschuldigt mich kurz", japste er, als er wieder Luft bekam und verschwand Richtung Toiletten.

Marina und ich stießen zufrieden lächelnd an. Wir hatten schon ganz dezent einen sitzen, wie mir in dem Moment auffiel, weil mein zweites Glas längst leer war.

„Soll ich ihn noch mehr aus der Reserve locken?", gurrte Marina verschwörerisch. Ich schüttelte langsam den Kopf, damit mir nicht schwindelig werden konnte.

„Er hat's gemerkt. Lass es gut sein."

„Du machst dir nur zu viele Gedanken. Ich dachte, er sei vielleicht ein humorloser, verstockter Trottel, aber du hattest Recht, er *ist nett*." Wir grinsten.

„Aber Mama Mia! Du liegst ebenfalls richtig damit, dass er deiner Mum ähnlich sieht! Ich meine, ich habe sie bestimmt zehn Jahre nicht getroffen, aber hättest du mir gesagt, dass sie jetzt als Mann lebt, ich hätte es dir abgekauft!"

Wir bogen uns vor Lachen. Von den umliegenden Tischen ernteten wir bereits pikierte Blicke, aber es war uns egal. Einer ungesunden Angewohnheit folgend, kontrollierten wir beide unsere Telefone und ich fand gleich zwei Treffer. Rebecca hatte mir geschrieben. Sie würde Montag wieder im Büro sein und hoffte auf Neuigkeiten. Sie habe selbst welche. Oha, da war ich ja gespannt und auch froh von ihr zu hören. Ihre Abwesenheit hatte mich beunruhigt. Das war Nummer eins und als Zweites hatte sich natürlich Elias bei mir gemeldet.

*Ich bin nächste Woche zu Hause.*

Nun wurde mir doch schwummrig und ich schmeckte den schalen Wein in meinem Mund. Mein Unterleib krampfte sich zusammen, als wüsste er worum es ging. Ich hoffte, das Tampon würde dem standhalten.

Er war also zuhause. Was sollte mir das sagen? Naja, was schon. Ich wusste es, wollte es aber nicht zugeben.

„Alles in Ordnung?" Marina riss mich aus meinen Gedanken.

„Mhm, alles ok." Ich lies das Smartphone vom Tisch verschwinden.

„Du bist plötzlich ganz blass, schlechte Nachrichten?" Marina spürte sofort was los war.

„Ach, nur meine Kollegin Rebecca. Sie hat sich endlich bei mir gemeldet. Ich hatte mir ein bisschen Sorgen um sie gemacht." Das war immerhin nur halb gelogen.

„Die musst du mir unbedingt noch vorstellen. Ich hoffe es geht ihr gut?" Marina sah ehrlich interessiert aus, an einer Person von der ich mir nicht sicher war, ob es eine gute Idee wäre sie mit ihr zusammen zu bringen. Nicht nur, weil Rebecca sicher ausplaudern würde, dass ich wieder mit Elias anbandelte. Ich fürchtete einfach, dass Marina wenig eingenommen von ihr wäre. Die beiden waren so grundverschieden, das konnte kaum gut gehen.

„Sie war nur ein bisschen krank", schob ich das Thema beiseite.

Tom kam zurück an den Tisch und verkündete, dass er uns einladen würde. „Damit hast du dir deinen eigenen kleinen Fanclub geschaffen", lobte Marina und stieß mit ihm an. Nicht dass er einen gebraucht hätte, ich dachte an die Garderobiere.

„Dafür fehlen euch aber noch diese wuscheligen Dinger", überlegte Tom amüsiert.

„Pompoms!", schalten Marina und ich sofort.

Tom winkte lachend den Kellner herbei, bezahlte anstandslos und gab ein saftiges Trinkgeld.

Ich war in bester Laune und wollte den schönen Nachmittag noch nicht enden lassen, aber Marina hatte es plötzlich eilig, nachdem sie der Uhrzeit gewahr wurde. Natürlich, Stefan würde heute nach Hause kommen. Marina konnte es kaum erwarten.

Wir verabschiedeten sie vor der Bar und machten uns ebenfalls auf den Heimweg. Es wurde bereits dunkel und auch wenn die allgegenwärtige Weihnachtsbeleuchtung alle Straßen heimelig glänzen ließ, war ich froh nicht allein durch die Stadt zu laufen, wie sonst.

Mit Tom an der Seite, brauchte ich nicht ängstlich in jede dunkle Gasse spähen und die Umgebung nach möglichen Fluchtpunkten absuchen, für den Fall dass mir jemand auflauerte. Ich konnte mich einfach bei ihm einhaken und gedankenlos fröhlich durch den Schneematsch auf dem Gehsteig hopsen, als gäbe es nichts worüber ich mir Sorgen machen müsste. Oh ja, ich war wirklich angetrunken. Wir redeten nur noch wenig, bis wir in der Bahn saßen, aber ich war mir sicher, die selbe zufriedene Stimmung von Tom wahrzunehmen.

Das gleichmäßige Ruckeln des Zuges verbündete sich mit dem Alkohol in meinem System und der mentalen Erschöpfung, die ich selbst kaum wahrgenommen hatte. Ich bemerkte nicht, dass ich einnickte. Auch das wäre mir nie passiert, wenn ich alleine unterwegs gewesen wäre. Der Horror, die richtige Haltestelle zu verpassen, oder in Gegenwart eines aufdringlichen Typen wach zu werden, war stärker als jeder Kaffee.

Tom rüttelte mich vorsichtig wach und zog meinen schlappen Körper aus der U-Bahn. „Na komm, die paar Meter musst du noch schaffen, ich werde dich nicht tragen!", warnte er feixend. Ich war plötzlich so müde, dass es mir nicht einmal vor ihm peinlich sein konnte.

Zu Hause angekommen fanden wir einen Zettel an der Haustür. Tom knibbelte ihn ab und las die Nachricht eines anonymen Nachbarn vor, der uns darauf aufmerksam machte, doch bitte unserer Aufgabe nachzukommen, den Gehsteig von Schnee freizuräumen.

„Was für eine passiv-aggressive Scheiße!", knurrte Tom und zerknüllte den Zettel. Tatsächlich hatten die anderen Parteien des Wohnhauses ihren Anteil an Schnee entfernt. Das Stück vor Toms Hauseingang und die Auffahrt, waren noch unberührt weiß.

Passiv-aggressiv, in der Tat.

„Besser ich bringe das gleich hinter mich", schimpfte Tom, stieg mühelos über den Gartenzaun zur benachbarten Familie, schnappte sich deren Schneeschaufel, die dort neben einem blinkenden Deko-Rentier an der Hauswand lehnte und kletterte zurück.

„Was?!", fragte er, die Hände verteidigend erhoben, als er meinen kugelrunden Augen begegnete. „Ich werde mir sicher keine kaufen!"

„Hoffentlich hat dich niemand gesehen, sonst gibt es Krieg", warnte ich belustigt.

„Mit Vergnügen", grollte Tom und stellte sein bestes Eva-Gesicht zur Schau, was mir einen kalten Schauer über den Rücken jagte. Für mich war es ein Scherz, ich nahm diese Kleingarten-Spießer nicht für voll, aber ich war mir plötzlich nicht mehr sicher, wie ernst es Tom vielleicht sein könnte.

„Ich geh duschen", wechselte ich also schnell das Thema und trat den Rückzug an, während Tom in der einfallenden Dämmerung begann, Verwünschungen murmelnd, den Schnee zu schippen.

„Versuch nicht zu ertrinken", rief er mir spöttisch nach, als ich gähnte. Ich zeigte ihm frech den Mittelfinger und schlüpfte ins Haus, bevor mich die Hand voll Schnee traf, die er mir nachwarf.

Das heiße Wasser weckte meine Lebensgeister wieder und mein flauschiger Jogginganzug war so muckelig warm, dass ich beschloss ihn nie wieder gegen ein anderes Kleidungsstück zu tauschen. Ich nahm mir vor Tee zu kochen und beobachtete Tom durch das Küchenfenster, wie er sich mit dem Schnee abmühte.

Er war fast fertig. Seine Silhouette war in der Dunkelheit kaum mehr auszumachen. Ich versenkte einen Teebeutel in meiner Tasse und schaute ihm beim Untergehen zu, da hörte ich Tom draußen sprechen und sah auf, in der Annahme es sei vielleicht an mich adressiert.

Der schwache Abglanz des Lichts, welches aus der Küche in den Vorgarten fiel, ließ mich die Szene gerade so erkennen. Tom hatte aufgehört zu arbeiten. Er stand steif da, eine Hand ans Ohr gepresst, die Schneeschaufel fast vergessen in der anderen baumelnd. Er telefonierte. Ich sah sein Gesicht nicht, Tom befand sich halb vom Fenster abgewandt. Was er sagte, war kaum zu verstehen, aber der Ton verhieß nichts Gutes.

Da drehte er sich abrupt um und stapfte zur Haustür. Ich blieb wie angewurzelt stehen und lauschte auf seine polternden Schritte, als er herein trat, sich die Stiefel von den Füßen kickte und durch den Flur stampfte.

„Was soll das heißen?", bellte er gereizt ins Telefon, während er sich an irgendetwas klappernd zu schaffen machte. Ich traute mich keinen Millimeter von meinem Standort weg, verhielt mich einfach ruhig und hoffte, dass der Sturm an mir vorüber zog. Holz quietschte schmerzhaft auf, etwas leichtes fiel zu Boden. „Scheiße!", fluchte Tom und dann war er auch schon durch das Wohnzimmer gerauscht. Er riss die Terrassentür auf. Ich sah ihm durch die offene Küchentür zu, wie er hinaus ging, ohne mich zu beachten. Da die Luft fürs Erste rein zu sein schien, traut ich mich auf den Flur.

Die Schubladen der kleinen Kommode neben der Eingangstür, waren allesamt aufgerissen und hingen schief in den Angeln. Am Boden lagen Zigaretten, das war also was er gesucht hatte. Schweigend hob ich diese auf und steckte sie in die offene Schachtel, welche aus der untersten Schublade herauslugte. Ich brachte die Kommode wieder in Ordnung und stand dann unentschlossen daneben.

Am Liebsten wollte ich mich in meinem Zimmer verstecken, solange er in dieser Laune war und ich nicht wusste, was den Grund
dafür bot. Aber ein Teil von mir wollte genau das erfahren. Ich
schlich also, wider besseren Wissens, ins Wohnzimmer und sah
den roten Punkt der glimmenden Zigarette draußen auf und ab
hüpfen, während Tom scheinbar wild damit gestikulierte. Die Terrassentür stand halb offen.

„Dann tun Sie etwas dagegen!", hörte ich ihn ins Telefon herrschen. „Nein, das ist ganz und gar nicht akzeptabel! Hören Sie, ich
komme vorbei, sobald ich kann und bis dahin lassen Sie sie gefälligst in Ruhe!"

Ich konnte mir nicht im Geringsten zusammenreimen, worüber
er sprach und erschrak, als ich Zeuge wurde, wie er das Telefonat
offenbar beendete und sein Smartphone anschließend mit Genug-
tuung in den Schnee pfefferte. Es landete sicher weich, aber das
war ein Wutanfall, der mich nicht an meine Mutter erinnerte, sondern an mich selbst. Das konnte ich auch, das verstand ich irgendwo sogar.

Seine Zigarette flog gleich noch hinterher und dann verharrte
Tom eine Zeit lang unbewegt in der Dunkelheit. Ich traute mich
näher heran, jetzt wo sein Gefühlsausbruch verraucht schien und
stellte mich vorsichtig in die Tür.

„Was ist los?", fragte ich zögernd. Tom zuckte zusammen und
schaute sich nach mir um. Er hatte wohl völlig vergessen, dass es
mich auch noch gab. Er stand ohne Mantel, nur in Socken auf der
Terrasse und war verschwitzt, ob nun vom Schneeschippen, oder
der hitzigen Diskussion. Auf diese Weise würde sich sogar er den
Tod holen, da war ich mir sicher. Tom zitterte, aber ich konnte
nicht sagen, ob vor Kälte, oder Zorn, oder beidem. Sein Ausdruck
wechselte von erschrocken zu unpersönlich.

„Nichts, vergiss es!", raunte er, hob sein Telefon aus der kleinen
Mulde im Schnee, wo es gelandet war und schob sich kommentarlos an mir vorbei ins Haus. Tom verschwand kurz in seinem
Schlafzimmer, dann hörte ich Schlüssel klimpern und die Eingangstür hinter ihm zufallen. Das Auto röhrte draußen auf, erst

noch etwas verschnupft, dann gleichmäßig wummernd, schließlich wurde es unheimlich still. Er war weg.

Mir blieb nichts anderes übrig, als das Haus abzusperren, die Lichter zu löschen und mich hinzulegen, auch wenn ich jetzt nicht mehr schlafen würde.

## 13

Die U-Bahn war so voll, wie ich sie selten erlebt hatte. In einer Sardinenbüchse hätte ich mehr Bewegungsspielraum gehabt und einen weniger intensiven Geruch. Schneematsch tropfte von hunderten dicker Winterstiefel und zerlief zu einer unansehnlichen Suppe, auf dem Wagonboden. Die meisten Passagiere öffneten notgedrungen den Kragen, oder lockerten ihre Schals, um den plötzlichen Kontrast von trockener Kälte zu stickig feuchter Wärme auszuhalten.

Ich dagegen befand mich in einer Vierer-Sitzgruppe, am Ende des Abteils und versuchte so tief wie möglich in meiner dicken Daunenjacke zu verschwinden. Nicht dass mich jemand hätte ansprechen wollen, alle Fahrgäste blickten gestresst in ihre Endgeräte, oder stirnrunzelnd aus dem Fenster durch die bodenlose Dunkelheit des U-Bahnschachtes. Trotzdem ging ich auf Nummer sicher und machte mich unsichtbar. Ich wollte alleine in meiner trüben Stimmung ziehen, wie ein Teebeutel in lauwarmem Wasser.

Tom war nicht nach Hause gekommen, da war ich mir sicher. Ich hatte kaum geschlafen und auf jedes Geräusch gelauscht. Ich konnte mir keinen Reim darauf machen, wer ihn angerufen hatte. Sicher war nur, dass es ihn ziemlich aus den Fugen gehoben hatte.

Ich wiederholte immer wieder die Erinnerung an den Moment, als Tom sein Telefon in den Schnee schleuderte. Spulte gedanklich zurück und sah es mir noch einmal an.

Ein kurzes Zögern, Anspannung die sich entlädt und zack – ein schwarzes Rechteck, das in sekundenschnelle geräuschlos unter der jungfräulich glänzenden Schneedecke verschwindet. Warum ich mich ausgerechnet daran aufhing, konnte ich selbst kaum einschätzen.

Obwohl es ein Akt des Kontrollverlustes war, eine sinnlos gewalttätige Handlung, gegen dieses tote Objekt, spürte ich so etwas wie Empathie für Tom. Ich verstand nichts von dem, was auf der Terrasse vorgefallen war, bis auf diesen einen Moment. Darin fand ich mich wieder. Ich wollte wissen, was ihn so weit brachte. Ob es das Gleiche war, wie bei mir.

Rebecca war tatsächlich im Büro, wie angekündigt. Ich scharwenzelte mit vielsagendem Blick an ihrem Tisch vorbei und erntete ein breites maliziöses Grinsen. Die Zeit bis zur Mittagspause würde sich heute lange anfühlen.

Wir kauerten uns unter einen Heizpilz, vor dem französischen Café um die Ecke. Drinnen war alles voll, aber Rebecca hatte darauf bestanden hier zu essen. Sie tauchte ihr Croissant in den dampfenden Kaffee und ich beobachtete kopfschüttelnd, wie sie am aufgeweichten Zipfel des Gebäcks lutschte.

„Du kannst froh sein, dass da drin kein echter Franzose arbeitet, sonst würden wir jetzt mit Fackeln und Mistgabeln davongejagt."

Rebecca zeigte ihr typisches Katzenlächeln, ihre Augen blitzen, unter den dick mit Mascara beschichteten Wimpern.

„Wo warst du?!", fragte ich, in meinen Muffin beißend.

„In Paris."

„Bitte, wo?!" Ich ließ mein Gebäck fassungslos sinken.

„Die Hauptstadt von Frankreich? Da wo sie einen für Croissant-Missbrauch lynchen?", witzelte Rebecca.

„Willst du mir sagen, du bist unentschuldigt von der Arbeit weggeblieben, um heimlich ein verlängertes Wochenende in Paris zu verbringen?"

Rebecca verzog unwillig den Mund und versenkte ihr Croissant erneut in der Tasse.

„Michael hätte kein Fass aufmachen müssen, das war alles geregelt", brummte sie. Ich achtete nicht auf ihre Beschwerde über unseren Vorgesetzten, was mich viel mehr interessierte, war der zweite Teil ihrer Aussage.

„Was soll das heißen, geregelt? Von wem?" Ich wusste längst sie hatte eine Beziehung, oder etwas in der Art, mit einem Mann dessen Identität sie mir gegenüber stets überging. Bisher dachte ich sie wird mir schon sagen um wen es geht, sobald es ernst genug wird, aber nun hatte ich ein schlechtes Gefühl bei der Sache.

„Sagen wir es ist derselbe, von dem ich den Schlüssel für die Chefetage habe", orakelte Rebecca mit einem koketten Augenaufschlag.

Mein Muffin kullerte über den kleinen Stehtisch und ging zu Boden. Ich starrte erschrocken auf seine bröseligen Reste, die zwischen Schnee und Streusplitt auf dem Gehsteig liegen blieben.

„Phil, du bist so ein Schussel", schalt Rebecca.

„Lenk nicht ab", unterbrach ich und versuchte sie mit Blicken festzunageln, was sich schwer umsetzen ließ, weil mir Rebecca in taktischer Gesprächsführung weit überlegen war.

„Du hast also einen Liebesurlaub mit jemandem aus der Geschäftsführung gemacht?"

Rebecca grinst nur vielsagend. „Zum jetzigen Zeitpunkt verweigere ich dazu jegliche Aussage."

„Warum kannst du es mir nicht sagen?"

„Es ist kompliziert, darum."

Ich stöhnte frustriert. Und diese Frau gab mir ernsthaft Ratschläge zu meinem Liebesleben?

„Rebecca, du machst doch keinen Scheiß, oder?" Ich war ehrlich besorgt. Die Kombination aus Vorgesetztem und Heimlichtuerei ließ mich Böses ahnen. Sie lachte vergnügt, als habe ich einen urkomischen Witz gerissen.

„Ich weiß was ich tue, zerbrich dir da mal nicht den Kopf." Rebecca klopfte sich ein paar Brösel vom Kragen ihres *wahrscheinlich-wirklich-echter-Pelz* Mantels, den ich mich nicht getraut hatte zur Sprache zu bringen und der mir jetzt wie ein grelles Warnschild erschien.

„Erzähl mir lieber, was du so getrieben hast", sie musterte mich prüfend über den Rand ihrer Tasse. *Getrieben* hatte ich einiges, das war nicht zu leugnen. Weil ich es niemandem außer ihr erzählen konnte und es in mir rumorte, wie eine Magenverstimmung, berichtete ich ihr von meinem Tête-à-Tête mit Elias.

„Dann erzähl du mir nichts vom Mistbauen!", belehrte sie mich lächelnd. Ich schaute verschämt in meine leere Tasse.

„Im Auto deines Onkels! Ich habe fast so etwas wie Respekt, für deine Unverfrorenheit." Rebecca genoss es sichtlich, sich über mich lustig zu machen.

„Ist ja nicht so, als ob ich das vorgehabt hätte", brummte ich beleidigt.

„Aber dein Ex bringt dich dazu. Der weiß genau welche Knöpfe er drücken muss, er kennt dich viel zu gut."

Damit hatte sie leider Recht. „Wir waren fünf Jahre zusammen, natürlich kennt er mich", argumentierte ich sinnloserweise dagegen.

„War er eigentlich dein erster Freund?", wollte Rebecca wissen.

„Natürlich nicht, aber der Erste mit dem ich eine richtig erwachsene Beziehung hatte. So mit Zusammenziehen und gemeinsam wichtige Entscheidungen treffen. Oder vielleicht eher, Elias der Entscheidungen traf und ich, die ihm dafür dankbar war, dass sie sich auf ihn verlassen konnte."

„Du hast ihm das Ruder gerne überlassen?"

„Ehrlich gesagt ja, aber ich weiß nicht, ob es anders überhaupt funktioniert hätte."

„Das bezweifle ich auch", meinte Rebecca, „hat er eine neue Freundin?"

Über diese Möglichkeit hatte ich auch nachgedacht, obwohl er ständig den Kontakt zu mir suchte.

„Nicht das ich wüsste", gab ich ehrlich zu.

„Meinst du er will dich zurück?" Rebeccas Blick wurde bohrend. Sie zwang mich zu sagen was ich dachte, ich hatte keine Möglichkeit irgendeine Ausrede zu erfinden.

„Es fühlt sich nicht so an." So ehrlich zu mir selbst sein zu müssen, war hart.

„Hmh, ich bin ja gespannt wo das noch hinführt."

„Das könnte ich genauso zu dir sagen." Ich warf einen Blick auf die Uhr im Schaufenster gegenüber.

„Wir müssen langsam zurück", machte ich Rebecca auf die Zeit aufmerksam. Wir zurrten die Schals fest und wagten uns unwillig unter dem Schirm des Wärmepilzes hervor.

Kaum ein paar Meter weiter vibrierte es in meiner Tasche. Eva rief an. Ich resignierte und nahm ab, drückte das kalte Gerät an meine aufgeheizte Wange.

„Du bist bei ihm eingezogen?!" Die Stimme meiner Mutter war das kalte Knirschen, wenn Gletschereis bricht.

Ich spürte, wie mir alles Blut aus dem Gesicht wich. Ade, du schöne Wärme. Der Teil des Muffins, den ich hatte essen können, drückte in meinem Magen, als wolle er wieder ans Tageslicht befördert werden und sich zu seiner bessern Hälfte auf den Gehsteig gesellen. Ich war im selben Augenblick entgeistert und wusste gleichzeitig worauf Eva hinauswollte.

„Antworte mir gefälligst!", zischte sie, weil ich schwieg. Ich bewegte ratlos die Lippen und brachte kein Wort heraus. Rebecca kam ganz nah und drückte ihr Ohr an die Rückseite meines Telefons, um mithören zu können. Ich hinderte sie nicht daran, ihre Neugierde war jetzt das kleinste Problem und die Nähe gab mir das trügerische Gefühl nicht alleine zu sein.

„Ich... er hat es angeboten", stotterte ich schuldbewusst. Es war kein schlauer Schachzug, Tom auf diese Weise die Schuld zuzuschieben.

„Oh, er hat es angeboten! Und ich habe, was genau, anders gemacht?! Ich habe dir wochenlang vorgeschlagen nach Hause zu kommen!"

„Du lebst so weit draußen und seine Wohnung kostet nichts." Ich war so dumm, versuchte irgendwelche fadenscheinigen Argumente in diesen Streit einzubringen, wohl wissend, dass es sinnlos war.

„Ich hätte dir mein Auto gegeben, das weißt du genau und habe ich je erwähnt, dass ich Geld von dir will? Glaubst du ich hätte den Kühlschrank abgesperrt und dich hungern lassen?"

„Nein, natürlich nicht", ich versuchte die Wogen zu glätten.

„Warum ziehst du dann lieber zu einem Fremden? Philomena, du kennst ihn doch gar nicht!"

Eben. Das war ja das Problem. „Genau das möchte ich ändern."

Eva gab ein frustriertes Knurren von sich. „Ich wusste es war ein Fehler, ich hätte nicht zulassen dürfen, dass er dich anruft! Natürlich mischt er sich jetzt ein, obwohl er weiß, dass ich dagegen bin und du bist so naiv und lässt dich auf ihn ein!"

„Du redest von deinem Bruder, als wäre er ein polizeigesuchter Krimineller", hielt ich dagegen, langsam wurde es mir zu bunt. Sie war es, die sich einmischte und keine Ahnung zu haben schien. „Lass mich in Ruhe damit, es geht dich nichts an!", setzte ich nach.

Es wurde still in der Leitung, ich dachte kurz die Verbindung wäre abgebrochen und wollte schon auflegen, da sagte Eva doch noch etwas.

„Ich habe dein Leben lang versucht, dich von diesen Leuten fernzuhalten, damit sie mit dir nicht das Gleiche machen, wie mit mir und das ist der Dank dafür." Evas Stimme war beängstigend ruhig. Sie hatte alle Emotionen heraus gewrungen.

„Dann sag mir endlich, was du damit meinst", bat ich nun auch ganz ruhig. Vielleicht war das der Moment, in dem Eva endlich zugeben konnte, was sie umtrieb.

„Am Wochenende kannst du deine Sachen holen. Du hast ja jetzt Platz dafür." Damit legte Eva auf und lies mich mit bleiernen Schuldgefühlen zurück.

Ich blickte hilflos auf das Display. 2:30 Minuten Gesprächsdauer. Mehr brauchte es nicht, um mein Inneres nach Außen zu drehen.

„Das war... intensiv", murmelte Rebecca und hakte sich bei mir unter. Ich bemerkte erst da, dass sie noch anwesend war.

„Das ist sie immer."

„Klingt, als hättest du jetzt ein Problem mehr."

„Danke, ist mir gar nicht aufgefallen."

Rebecca zog mich weiter, wir hatten es eilig, auch wenn es mir jetzt eigentlich egal war. Eine Verspätung im Büro war ein Witz, gegen Evas Groll.

„Woher weiß sie überhaupt, wo du wohnst?", fragte Rebecca berechtigterweise.

„Ich habe keine Ahnung", murmelte ich und dachte an Toms Ausraster vom Abend zuvor. Er hatte doch nicht mit Eva gesprochen? So hatte es nicht auf mich gewirkt. Aber ich konnte mich täuschen.

An meinem Schreibtisch angekommen, hörte ich das rhythmische Klappern der Tastaturen meiner Kollegen, wie durch tiefes Wasser. Die Gedanken rauschten in meinem Kopf, als Fluss der mir keine Antworten gab.

Zum ersten Mal seit wir uns kennengelernt hatten, schickte ich Tom eine Textnachricht. Unser Chatverlauf bestand bisher nur aus seiner Adresse, die er mir mitgeteilt hatte. Ich überlegte nicht lange. Entgegen meiner sonstigen Art schrieb ich von der Leber weg und drückte auf Senden, ohne den Text zu korrigieren.

*Warum hast du es Eva gesagt? Dir war doch klar, wie sie darauf reagiert?!*

Im Prinzip hätte ich auch das Cäsar-Zitat bezüglich Brutus wiederverwenden können. Die Nachricht ging raus, aber er las sie nicht sofort. Kein Wunder, Tom arbeitete sicher noch. Tat er doch oder? Mir wurde klar, dass ich keine Ahnung hatte, wo er war und was er tat. Nach dem gestrigen Abend war eigentlich alles möglich.

Ein Radiergummi landete hüpfend vor mir auf dem Tisch. Ich sah auf und erkannte Rebecca als die Schuldige. Sie hatte ihn herüber geschmissen, um auf sich aufmerksam zu machen. Rebecca zwinkerte mir zu und zeigte auf den Monitor ihres PCs.

Ja, ich sollte arbeiten, das würde von meiner Misere ablenken und verhindern, dass Michael mich zu einem seiner grotesken Mitarbeitergesprächen einlud, weil ich meine Ziele nicht einhalten konnte. Er machte dazu heiße Schokolade und redete wie ein Vertrauenslehrer. Michael hatte manchmal ganz komische Vibes.

Ziemlich müde und noch rest-traurig, trottete ich von der U-Bahn nach Hause und blieb irritiert am Gehsteig stehen. Da parkte wieder ein Auto in der Einfahrt, aber nicht das Übliche. Entweder, der Mercedes hatte sich durch Zauberei in einen grauen SUV mit E-Kennzeichen verwandelt, oder ich litt unter Halluzinationen.

Vorsichtig ging ich daran vorbei, als könne es mich angreifen und stockte an der Haustüre erneut. Eine breite Spur aus Fußabdrücken führte durch den neu gefallenen Schnee zum Haus. Drinnen glaubte ich Stimmen zu hören.

Ich atmete tief durch und schloss auf. Wer auch immer da war, es mussten irgendwelche Bekannten von Tom sein. Halb so schlimm, ich würde leise in mein Zimmer schleichen, um Ruhe zu haben. Tom hatte meine Nachricht bis zu diesem Zeitpunkt nicht gelesen und eigentlich tat sie mir mittlerweile fast leid. Falls er auch im Haus war, wovon ich ausging, wollte ich ihm jetzt nicht begegnen.

Im Flur schlüpfte ich leise aus meinen Sachen und lauschte mit gespitzten Ohren auf die Stimmen aus der Küche. Zwei Männer unterhielten sich, während die Dunstabzugshaube ohrenbetäubenden Krach machte, darum verstand ich nichts, aber eine Stimme kam mir bekannt vor. Ich folgte dem Duft von Ingwer und Sojasoße und spähte nun doch neugierig in den Raum, um zu sehen was dort vor sich ging.

Keine Spur von Tom. Dafür stand ein großer, mir unbekannter Mann, am Herd und schwenkte etwas in einer Pfanne. Das erste Mal, dass ich hier jemanden ernsthaft kochen sah. Hinter ihm, an dem kleinen Bistrotisch, saß eine weitere Person, welche mir den Rücken zuwandte. Diesen makellosen Hinterkopf und die elegant überschlagenen Beine, hätte ich überall auf der Welt sofort wiedererkannt. Joon. Ich schlüpfte schnell aus der Tür und drückte mich an die Wand im Flur. Joon segnete unsere Küche mit seiner Anwesenheit. Warum? Und wer war dieser andere Kerl mit dem breiten Bauchansatz und der rotblonden Stoppelfrisur?

Ich fühlte mich, als habe sich eine Gottheit in meinem armseligen Heim materialisiert. Ich war ganz und gar nicht darauf vorbereitet, wie man sich in so einer Situation verhielt. Mal abgesehen davon, dass sich Joon und seine Begleitung sehr heimisch zu fühlen schienen. Wo war Tom, verflixt noch mal? Ich konnte Joon nicht alleine unter die Augen treten.

„Phil, wir wissen, dass du da draußen stehst", erklang eben dessen Stimme und zwang meine Wenigkeit, mittels ihrer engelsgleichen Klarheit, mich sichtbar zu machen. Ich schluckte hart und betrat lächelnd die Küche.

„Hallo, was macht ihr denn hier?", fragte ich unsicher und blickte zwischen den beiden Männern hin und her.

Der große Kerl hatte ein rotes Gesicht von der Hitze am Ofen und hielt die Pfanne in seiner Pranke, wie ein Spielzeug. Er lächelte breit, als freue er sich wahnsinnig mich kennenzulernen. Sommersprossen tanzten dabei auf seinem Nasenrücken.

Joon drehte sich mit verschränkten Armen halb nach mir um und beehrte mich mit einem abschätzigen Blick aus seinen dunklen Augen.

„Arnaud kocht, ich denke das ist offensichtlich", bemerkte er trocken. Ich lächelte entschuldigend.

„Warum?", fragte ich perplex.

„Damit ihr nicht verhungert, du und Tom", antwortete mir besagter Mann, wischte sich die Hände an einem Geschirrtuch ab und reichte sie mir.

„Hallo, ich bin Arnaud, Joons Partner." Er grinste so glücklich, dass ich mich fragte, ob er schon jemals einen anderen Gesichtsausdruck gehabt hatte. Arnaud ließ mich los und widmete sich wieder dem Essen. Joon musterte mich noch immer skeptisch. Ich verglich fassungslos die beiden Männer und fragte mich, wie sehr sich Gegensätze eigentlich anziehen konnten?

„Gibt es ein Problem?", fragte Joon spitzt. Er hatte meine Gedanken gelesen.

„Nein, nein, aber wo ist Tom?", plapperte ich schnell drauf los.

Joon winkte nur frustriert ab, dann maß er Arnaud mit einem entsetzten Blick.

„Mach nicht wieder so viel von der Austernsoße hinein!", schimpfte er und stand auf, um Arnaud die Flasche abzunehmen. Der lachte laut und ließ sich vom Herd verdrängen.
Ich beobachtete das Paar, während sie sich um das Rezept stritten und fragte mich, in welche Parallelwelt ich da aus Versehen getreten war, in der sich Joon mitten in Toms Küche von Austernsoße aus der Fassung bringen ließ?

## 14

Joon aß seine Reisnudeln mit Stäbchen, die er mitgebracht haben musste, wie alle Zutaten, denn wir hatten nichts davon im Haus gehabt. Arnaud und ich versuchten erst gar nicht Joon damit zu beleidigen, es ihm nachzumachen und steckten brav unsere ordinären deutschen Gabeln in das Essen.

Arnaud sprudelte nur so vor Gesprächsbereitschaft und erzählte mir gerade, wie er Joon vor Jahren an der Uni kennengelernt hatten. Joon selbst steuerte nichts zu der Unterhaltung bei, außer tadelnden Blicken für das Geplapper seines Freundes und meiner Unfähigkeit, das koreanische Essen selbst mit einer Gabel unfallfrei in meinen Mund zu bugsieren.

Ich saß wie ein wohlerzogenes Kind zwischen den beiden und traute mich kaum etwas zu sagen, als wäre ich hier der Gast. In einer seltenen Atempause von Arnaud, ergriff endlich Joon das Wort.

„Was hast du mit dem Auto angestellt?", fragte er mich rundheraus, während er seine Stäbchen akkurat über den leeren Teller legte. Joon verschränkte die Arme und fixierte mich prüfend. Ich bemühte mich hinunterzuschlucken, um ihn beim Antworten nicht mit Krümeln zu besprühen.

„Es tut mir wirklich leid! Ich habe irgendetwas damit gestreift."

„So wie der Kotflügel aussah, muss es ein großes Etwas gewesen sein."

Schuldbewusst ließ ich den Kopf hängen und stocherte ziellos in meinem Teller.

„Sei doch nicht so", beanstandete Arnaud den scharfen Ton und legte mir aufmunternd die Hand auf die Schulter. „Joon ist nur sauer, weil er sich darum kümmern musste, aber es ist halb so wild. Stimmt doch?", raunte er an Joon gewandt.

Der seufzte tatsächlich nachgiebig und lehnte sich zurück. „Ende der Woche ist er wieder in Ordnung, versuch bis dahin nicht den Ersatz zu zerstören."

Neugierig sah ich auf. „Ist das der Graue da draußen?"

Joon nickte, setzte sich auf und tippte mit seinem kerzengeraden Zeigefinger mahnend an meine Stirn. „Und sag *ihm*, er soll pfleglich damit umgehen! Ihr habt keine Steckdose, also müsst ihr euch die Ladung der Batterie gut einteilen, bei den Temperaturen heißt das keine unnötigen Spazierfahrten!"

Ich nickte eifrig. Ein Elektroauto war ich noch nie gefahren, ich nahm Joons Anweisung ernst. Die Berührung seines Fingers kam einem Ritterschlag gleich. Nun hatte er aber auch angesprochen, was mir am meisten auf der Zunge brannte.

„Wo ist eigentlich Tom?", fragte ich erneut. Dieses Mal schien Joon gewillt eine Antwort zu geben, aber Arnaud war schneller.

„Der Arme schläft sich aus", erklärte er mit spürbarem Mitgefühl. Joon verdrehte genervt die Augen, etwas das ich in seinem kontrollierten Gesicht kaum für möglich gehalten hätte.

„Es ist erst neunzehn Uhr", brachte ich mein Erstaunen zum Ausdruck. Sonst blieb Tom immer bis in die Puppen wach, das sah ihm nicht ähnlich.

Arnaud zog ein trauriges Gesicht. Joon seufzte erneut. „Arnaud hier, hat leider eine Faible für hoffnungslose Fälle und einen Retter-Komplex." Joon gestikulierte zu seinem Partner hinüber. Der faltete die Hände, als wolle er ein Dankgebet zum Himmel senden und bekam glänzende Augen.

„Als ob es dir anders ginge!", entgegnete er. „Du musst wissen", Arnaud beugte sich verschwörerisch zu mir herüber, „Es war Joons Idee, Tom einmal die Woche zu uns zum Essen einzuladen, damit er nicht völlig verkommt und sich irgendwann an einer Überdosis Glutamat, von dem ganzen Take-away Essen vergiftet, von dem er sich sonst ernährt."

„Ich wollte ihm schlichtweg einen Gefallen tun, aber du hast beschlossen ihn zu adoptieren!", bemerkte Joon trocken.

„Ach hör auf!", Arnaud winkte grinsend ab. „Wenn wir schon das Pech haben, dass er so hetero sein muss, wie ein Republikaner, dann lass mir doch wenigstens das Vergnügen, mich ein bisschen um Tom zu kümmern."

Ich schaute erstaunt von Einem zum Andern, was war das denn für eine Dynamik?

„Joon ist nur eifersüchtig, weil ich deinen Onkel so mag, verstehst du?" Ein breites Lächeln teilte Arnauds Gesicht von Ohr zu Ohr. „Aber wie könnte ich auch nicht?"

Ich war unsicher was ich von alledem verstand, nickte aber wieder artig, um mich nicht in die Bredouille zu bringen.

„Warum habt ihr *hier* gekocht?", wagte ich zu fragen.

„Glaub mir, das wollte niemand", ächzte Arnaud mit Blick auf unsere armselige Küche. „Es war ganz einfach den Umständen geschuldet."

„Die da wären?"

„Dass dein Onkel heute in Jeans und so verbeult und ungewaschen, wie das Auto dass er gefahren hat, im Büro ankam!", schimpfte Joon. Er nahm es als persönliche Beleidigung wahr, das spürte ich sofort.

Arnaud hatte sich unterdessen daran gemacht, unser Geschirr wegzuräumen. Er zeigte hinter Joons Rücken ein empörtes Gesicht, als höre er gerade erst davon, dann zwinkerte er mir spielerisch zu. Ich verzog keine Miene, Joon durfte es keinesfalls bemerken.

„Hast du eine Ahnung, was vorgefallen ist?", bohrte dieser. Ich schüttelte verzagt den Kopf. „Ich hatte gehofft, du weißt was los ist. Er ist gestern Abend weggefahren und nicht wiedergekommen."

Joons dunkle Augen scannten mich intensiv, fanden aber kein Anzeichen für eine Lüge. Ich fror auf meinem Stuhl fest, bis er endlich wegschaute.

„Tom stand den ganzen Tag neben sich und ist beinahe am Schreibtisch eingeschlafen, es war nichts mit ihm anzufangen", grollte Joon. „Ich hatte alle Hände voll zu tun, damit es keine Wellen schlägt, nachdem ihn die halbe Firma in diesem desolaten Zustand gesehen hatte."

„Joon hat Tom in seinem Büro festgehalten, bis nach Feierabend und dann heim gefahren", flüsterte Arnaud belustigt. „Und ich bin zur Hilfe geeilt", fügte er stolz hinzu, während er die Essensreste in unseren Kühlschrank räumte.

Joon hob das Handgelenk um seine glänzende Armbanduhr zu betrachten. Er machte plötzlich einen erschöpften Eindruck, aber selbst die dunklen Ringe unter den Augen standen ihm. Er wirkte wie ein melancholischer Poet, drauf und dran ein herzzerreißendes Drama zu schreiben.

„Wir sollten gehen", sagte er. Arnaud nickte, während er ein paar Utensilien einpackte, die er mitgebracht haben musste. Wir hatten definitiv keine Austernsoße im Haus und schon gar keinen frischen Ingwer.

Ich begleitete die Männer zur Tür.

„Erinnere ihn daran, dass Essen im Kühlschrank steht und vielleicht schafft ihr es ja mal selbst zu kochen", schlug Arnaud vor. Ich grinste entschuldigend, er hatte ja keine Ahnung, wie frei von Kochtalent ich war. Tom und ich befanden uns in etwa auf der selben Abhängigkeitsstufe von Lieferdiensten.

Joon warf sich seinen dunkelblauen Wollmantel über, der ihn atemberaubend seriös aussehen ließ und band Arnaud dessen Schal, während dieser eine schreiend grüne Steppjacke über seinem Bauch schloss.

Sie waren schon fast zur Tür hinaus, da drehte sich Joon mit ausgestreckter Hand nach mir um. „Dein Handy!", forderte er, ohne Erklärung. Ich griff in meine Hosentasche und reichte es ihm, als hätte er mir das Gerät nur geliehen. Joon tippte mit geübten Fingern darauf herum und gab es mir zurück.

„Meine Nummer", informierte er mich kurz angebunden und schraubte mich in seinem Blick fest. „Damit ich dich erreichen kann, wenn er wieder so etwas veranstaltet."

Das Smartphone fühlte sich plötzlich schwer in meiner Hand an. Joon hatte mich in den Zirkel derer aufgenommen, die sich um Tom sorgen durften. Ich war Teil einer kleinen Geheimgesellschaft und wurde nun als verantwortlich angesehen. Allerdings wusste ich nicht, ob ich das wollte.

Arnaud umarmte mich herzlich. „Bis bald, Süße!" Joon stand schon halb auf der Straße. Ich sah ihnen nach, wie sie händchenhaltend in der Dunkelheit verschwanden.

Kaum war ich wieder alleine, drehte ich mich auf den Fersen um und schlich zum Toms Zimmer. Ich hielt die Luft an und öffnete die Tür einen Spalt. Das Zimmer war so chaotisch, wie ich es in Erinnerung hatte und fast komplett dunkel.

Die fahle Beleuchtung, welche sich aus dem Flur in den Raum stahl, zeichneten die Kontur des Bettes nach. Ich erkannte nur seinen dunklen Haarschopf, der Rest von Tom war zwischen Decken und Kissen verborgen.

Einen Moment lang beobachtete ich, ob sich das Gebilde hob und senkte, als könnte Tom im Schlaf gestorben sein. Auf leisen Sohlen schlich ich wieder davon.

Später stand ich zum Zähneputzen im Bad. Mein Blick fiel im Spiegel auf die Szenerie hinter mir. Seit ich hier wohnte, waren die Wäscheberge aus der Badewanne verschwunden, aber ich hatte das schlechte Gefühl, dass sie nur auf den Fußboden in Toms Schlafzimmer umgezogen waren. Die Waschmaschine lief gerade leise surrend hinter der Tür und drehte meine Kleidung gehorsam im Kreis. Ich sah Tom regelmäßig mit ordentlich von der Reinigung in Folie verpackten Anzügen heimkommen, aber selten an der Waschmaschine. Unsere Handtücher steckte ich meist mit zu meiner Wäsche. Ich ließ die Zahnbürste sinken und sah genau hin.

Das Bad war nicht schmutzig, aber auch nicht sauber, ebenso der Rest der Wohnung. Wir machten beide keinen großen Hehl aus dem Haushalt, aber alle Indizien und die Mahnung von Joon verstärkten meinen Verdacht, dass Tom nicht alles so gut im Griff hatte, wie er gerne glauben machte.

Im Bett schrieb ich Marina, welchen unverhofften Besuch wir heute gehabt hatten.

*Joon scheint mehr als nur ein Kollege zu sein, wenn sie sich auch privat treffen.* Antwortete sie. *Mir macht nur Sorgen, dass er auch keine Ahnung hat, was mit Tom los war.* Hielt ich dagegen. *Dann frag Tom.* Kam es schlicht von Marina.

*Habe ich ja, aber er meinte ich soll es vergessen. Klang ziemlich wie 'misch dich nicht ein'.* Antwortete ich darauf.

*Dann versuch es noch einmal! Mitten in der Situation, war es vielleicht zu schwierig.* Riet sie mir und ich fand es klang vernünftig, wie immer.

Bevor ich das Smartphone weglegte, las ich Elias' letzte Nachricht zum mindestens zweihundertsten Mal und traute mich wieder nicht zu antworten. Vielleicht war es aber auch mein letztes Fünkchen Verstand, das mich davon abhielt.

Am Dienstag Morgen war ich vor meinem Wecker wach und wild entschlossen zu erfahren, was Tom umtrieb. Mit frischem Kaffee bewaffnet, betrat ich Punkt sechs Uhr sein Schlafzimmer und zog den Vorhang zurück.

Ein unwilliges Brummen kam aus dem Haufen auf dem Bett.

„Guten Morgen, Sonnenschein!", flötete ich fröhlich, wischte den Krimskrams auf seinem Nachtkästchen zur Seite und platzierte die Tasse darauf. „Ich habe Kaffee dabei."

Tom wurde zwischen dem Bettzeug sichtbar und blinzelte unglücklich aus geschwollenen Augen herüber.

„Danke", krächzte er, machte aber keine Anstalten aufzustehen. Ich stemmte meine Hände in die Hüften und formte ein möglichst ernstes Gesicht.

„Raus aus den Federn! Wir kommen zu spät in die Arbeit!"

Ein leidendes Gemurmel, das wie „oh Gott" klang, war alles was ich zur Antwort bekam. Als ich schon dachte, ich müsse ihm die Bettdecke mit Gewalt wegnehmen, setzte er sich endlich auf.

Ich musste mir ein Lachen verkneifen, denn er sah aus wie durch die Mangel gedreht. Mit wild abstehenden Haaren und schiefen Gesichtszügen, als wären sie im Schlaf verrutscht und noch nicht wieder an Ort und Stelle, bot er ein so bemitleidenswertes wie lustiges Bild. Tatsächlich trug er noch immer die Kleidung vom Sonntagabend.

„Kaffee?", fragte er tonlos. Ich zeigte grinsend auf den Nachttisch und öffnete das Fenster, um die stickige Luft loszuwerden. Aus den Augenwinkeln sah ich, wie sich Tom herüber beugte und nach der Tasse griff. Als Nächstes hörte ich das empörte Klirren, als sie umkippte und ihren heißen Inhalt auf den Boden vergoss.

Tom fluchte, ich griff erschrocken nach dem benutzten Handtuch, das achtlos über der Heizung gehangen hatte und tupfte damit flink die Lache auf.

„Tut mir leid, war wohl zu heiß", erfand ich reflexartig eine Entschuldigung für ihn, obwohl ich die Tasse eben noch problemlos gehalten hatte.

Ich spähte vom Boden zu ihm hinauf und ertappte Tom dabei, wie er seine gespreizten Finger anstarrte. Er blickte mit so viel Entsetzten auf seine eigene Hand, dass ich hoffte er würde mich nicht als Nächstes so fixieren. Seine Augen waren im Halbdunkel des Raumes kaum zu erkennen, so tief verborgen lagen sie unter den gerunzelten Brauen. Dann grub er seine Hand schnell in die Decke und schaute mich an, als wäre ich gerade Zeuge eines Verbrechens geworden.

„Alles ok?", fragte ich perplex, noch immer in der Hocke befindlich.

„Das tut mir leid", raunte Tom als habe er mir ein blaues Auge geschlagen. Ich blinzelte verwirrt, erhob mich und wischte den restlichen Kaffee von seinem Nachttisch.

„Macht doch nichts, ich hole dir schnell einen Neuen!", sang ich fröhlich, ohne ihn anzusehen und verschwand mit der leeren Tasse aus dem Raum.

Das war seltsam gewesen und ich hatte keine Ahnung warum.

Ich stand an der Kaffeemaschine und wusste, ich würde mich nicht mehr in sein Schlafzimmer trauen. Trotzdem schenkte ich neu ein und warf so viele Zuckerstücke in das Gebräu, bis es beinahe die Konsistenz von Sirup hatte. Ganz so, wie Tom es mochte.

Ich hatte Glück. Tom fand den Weg in die Küche. Ich wollte ihm die Tasse gerade reichen, als ich erkannte, dass er im Gehen auf sein Telefon starrte. Er blieb abrupt stehen und blickte zu mir. Ich wusste sofort, er hatte mein dumme Nachricht von gestern endlich gelesen und bereute erneut sie gesendet zu haben.

Wir schauten uns einen Moment lang sprachlos an. Beide auf der Suche nach einer Ausrede, einer Rechtfertigung.

„Ich musste es ihr sagen", meinte Tom dann leise.

„Warum?"

„Sie hat mich gefragt, ob ich dir helfe und du weißt selbst am Besten, dass ich sie nicht belügen kann. Über kurz oder lang würde sie es herausfinden und dann hätte sie noch einen Grund mich zu verteufeln."

Natürlich verstand ich das, aber ich wollte es trotzdem nicht wahr haben. Unsere Idylle war zerstört. Jetzt wo Eva davon wusste, würde sie mich nicht mehr in Ruhe lassen.

Tom ließ sich auf einen Stuhl fallen, ich gab ihm vorsichtig den Kaffee. Er nahm mir die Tasse ab und konzentrierte sich ganz offensichtlich darauf, nicht wieder eine Sauerei anzustellen. Diesmal ging es gut, er nahm einen Schluck und stellte die Tasse ab.

„Puh, mit dem Zucker hast du es aber gutgemeint."

„Dein Ernst?", fragte ich sarkastisch. Er grinste frech.

„Er ist perfekt, danke." Dann wurde er sofort wieder ernst, der kurze Moment aus Fröhlichkeit war verwittert und gestorben, wie das Herbstlaub an den Bäumen.

„Eva will dass ich meine Sachen am Wochenende abhole. Kann ich das Auto haben?", fragte ich, nun wo die Stimmung schon wieder sank.

Tom blickte überrascht auf, nickte dann aber zustimmend. „Ich fahre dich."

Die Vorstellung von uns drei, gemeinsam im Haus meiner Mutter, war so erschreckend wie unmöglich und gleichzeitig verführerisch. Es konnte nicht gut ausgehen und trotzdem wollte ich sehen, was passieren würde. Ich antwortete nicht, ließ mir die Möglichkeit offen, es ihm zu verwehren, wenn es soweit war. Ich musste darüber nachdenken.

„Was war eigentlich los mit dir? Ist irgendetwas passiert?" Wenn wir schon so weit waren, dass Tom mich zu Eva begleiten wollte, dann konnte ich auch das fragen. Er nahm ungerührt einen Schluck von seinem Kaffee, dann stand er auf ohne mich anzusehen.

„Ich muss telefonieren."

Gut, das war ein deutliches *ich will nicht darüber reden*. Immerhin konnte ich Marina gegenüber beteuern, dass ich es versucht

hatte. Tom schaute sich suchend um, die Hände nervös in den Taschen seiner zerknitterten Jeans herumfummelnd.

„Die Kippen sind in der untersten Schublade, ich habe sie wieder aufgeräumt."

Tom warf mir einen erschrockenen Seitenblick zu, dann griff er
nach seinem Telefon und verschwand Richtung Terrasse. „Danke,
ich brauche keine", murmelte er.

Ich beobachtete ihn ungeniert, wie er enge Kreise lief, immerhin
hatte er sich diesmal ein altes Paar Sneaker übergestreift. Die Tür
war geschlossen, ich hörte keinen Ton, sah aber wie nervös er war.

Tom presste das Smartphone fest gegen sein Ohr, ließ den Kopf
hängen und hörte mehr zu, als dass er sprach. Ganz anders als am
Sonntag.

Seine freie Hand spielte währenddessen unruhig mit dem
Waschzettel, der unter dem Bund seiner Hose hervorstand. Dafür
dass er es sich abgewöhnt hatte, sah er verdammt danach aus, als
ob er eine Zigarette nötig hätte, um dieses Telefonat zu überstehen.

*Ich brauche keine.*

Von wegen.

Ich räumte unsere Tassen weg und ließ die Spülmaschine laufen. Tom verschwand zwischenzeitlich im Bad, kam rechtzeitig
geduscht und angezogen wieder daraus hervor. Die schwierigen
Themen ruhten vorerst in stiller Übereinkunft.

Er wirkte entspannter, lächelte und hielt mir den modernen
Sensor für das Leihauto hin

„Willst du fahren?"

Ich blickte unentschlossen hinaus, auf den leicht überzuckerten,
grauen Wagen. Tom folgte meinem Blick und sah ehrlicherweise
auch unsicher aus.

„Wenn wir uns beeilen, schaffen wir es noch mit der Bahn",
schlug ich vor.

„Gute Idee."

Der Autoschlüssel blieb auf dem Küchentisch liegen. Wir stapften gemeinsam zur Haltestelle und ich verlor kein Wort über sein

noch feuchtes Haar. Tom hatte wieder keine Mütze auf, ich wunderte mich, dass ihm nicht der Kopf abfror.

Aber ich war nicht Arnaud. Ich sah kein Projekt. Tom war ein erwachsener Mann, wenn auch ein unorganisierter und ich musste keine Entscheidungen für ihn treffen, selbst wenn es mich in den Fingern juckte es zu tun.

## 15

Die Erkältung traf mich aus heiterem Himmel. Ich kam ausgeschlafen und guter Laune ins Büro, aber bis zum Mittag war ich ein Wrack.

Ich las denselben Satz zum dritten Mal, verstand dessen Inhalt aber trotzdem kaum. Meine eigenen Taschentücher hatte ich bereits aufgebraucht. Dank einer edlen Spende von Angie musste ich nicht auf Toilettenpapier ausweichen und konnte mir, den nicht enden wollenden Rotz, halbwegs würdevoll wegschnäutzen. Am Schlimmsten waren aber die hämmernden Kopfschmerzen und das Gefühl des drohenden spontanen Existenzversagens.

„Du siehst beschissen aus." Rebecca war brutal ehrlich, wie immer.

„Das täuscht, mir geht's super."

Ich trompetete lautstark in ein bereits feuchtes Taschentuch. Rebecca wich dezent von meinem Tisch ab, auf dessen Kante sie gesessen hatte. Ihr Gesicht sprach Bände des Ekels.

„Ich bringe dich nach Hause, das kann ja niemand mit ansehen", sagte sie mittels der näselnden Stimme einer Person, die versuchte möglichst flach einzuatmen.

Meine restlichen Kollegen warfen mir zustimmende Blicke über ihre Monitore zu. Da bekam ich das Gefühl, dass sie alle froh wären, wenn die Bakterienschleuder endlich die Segel strich. Ich gab mich geschlagen und schloss sämtliche Programme, mit denen ich arbeitete. Rebecca holte meine Jacke und bugsierte mich hinaus.

„Ich muss erst Michael Bescheid sagen", winselte ich.

„Vergiss doch bitte Michael, ich regel das schon!", befahl Rebecca und tippte zum Beweis auf ihrem Smartphone herum. Ich versuchte, trotz aller geistiger Umnachtung, den Text auf dem Display zu entziffern. Es hätte mich dann doch interessiert, mit wem sie da schrieb. Doch Rebecca gab mir keine Chance. Sie grinste wissend und steckte das Telefon weg.

Der Weg zur Wohnung verschwamm später in meiner Erinnerung. Ich war viel zu kaputt, um mich noch zu orientieren. Rebecca übernahm die Führung. Erst auf der Fußmatte vor unserer

Haustüre schaltete mein Verstand wieder auf Empfang. Ich kramte umständlich den Schlüssel hervor und sperrte auf. Rebecca saugte jedes Detail in der Wohnung gierig auf, ihre scharfen Augen waren überall, das bemerkte selbst ich noch.

Sie half mir aus den dicken Wintersachen und feixte, als sie meine Luftmatratze wiedererkannte.

„Sieht tatsächlich gar nicht so unbequem aus."

Ich weiß noch, dass sie mir Tee brachte, dann schlief ich wie eine Tote.


Wachwerden tat weh. Ich hatte einen unscharfen Traum von Eva gehabt und der Geburtstagsfeier als ich acht wurde. Ich hielt mir den pochenden Kopf und versuchte die Schemen der Erinnerung loszuwerden.

Es war ein Traum den ich schon mehrmals, in leichter Abwandlung, gehabt hatte. Für mich blieb längst im Unklaren, was damals wirklich passiert war und welche Details ich über die Jahre dazu erfunden hatte.

Sicher erinnerte ich nur den Schmerz in meiner Kopfhaut, als Eva mich vor allen meinen Freunden, an den Haaren aus ihrem Schlafzimmer zerrte. Ich hatte Evas echte Perlenkette hergezeigt. Dass meine Mutter so etwas Wertvolles und Hübsches besaß, machte mich stolz. Ich dachte meine Freunde würden sich an dem matten Schimmer genauso erfreuen. Nur leider fand Eva es nicht lustig, dass fünf schokoladenverschmierte Kinder auf ihrer Bettwäsche saßen und in ihrem Schmuck wühlten.

Ich putzte mir die Nase, damit der explodierende Schmerz in meinen Schläfen die Bilder zerstob. Es knackte in den Ohren und jetzt hörte ich Rebecca lachen. Ich sah auf die Uhr, es war Abend geworden und sie war noch immer da?

Ich kroch aus dem Bett und schälte mich in Zeitlupe aus den verschwitzten Sachen. In meinem liebsten Sweatshirt und einer weiten Jogginghose, tapste ich wackelig aus dem Zimmer. Den unangetasteten Tee nahm ich mit.

In der Küche brannte Licht. Rebecca lachte erneut. Ich fand sie am Tisch sitzend, zusammen mit Tom, der ihr gerade ein Glas

Wein einschenkte. Sie wirkten wie auf einem Stockfoto, für den Suchbegriff *Zweisamkeit*.

Da traf mich die Eifersucht, gleich einem Pfeil, mitten in meine Eitelkeit. Wir hatten Wein im Haus? Warum trank Tom den nicht mit mir? Warum saßen wir nie so gemütlich zusammen in der Küche und schwatzten? Warum musste ich ihm jedes Wort aus der Nase ziehen? Warum lebten wir nebeneinander her, anstatt miteinander? Warum hatten wir noch immer kein klärendes Gespräch über unsere Familie gehabt?

Warum? Weil ich nicht Rebecca war. Sie saß nach vorne gebeugt, hatte die Unterarme auf den Tisch gestützt und funkelte regelrecht vor verschenkter Aufmerksamkeit. Tom trug noch Hemd und Krawatte und hatte rote Wangen vom Lachen. Er ließ beinahe das Glas überlaufen, als er mich hinter ihnen bemerkte.

„Hey, du gehörst aber ins Bett!"

Rebecca drehte sich lächelnd herum und zwinkerte mir zu, als hätten wir eine geheime Absprache. „Geht es dir besser? Du siehst noch nicht danach aus."

Danke für das Kompliment. Ich stapfte missmutig auf die beiden zu, entschlossen die gute Stimmung gründlich zu verderben. Ohne mich hatte hier niemand Spaß zu haben!

„Wollte mir nur Tee machen", brummte ich, umrundete den Tisch und riss den Wasserkocher unabsichtlich heftig von seinem Standfuß. Hinter meinem Rücken wurde es still, ich spähte über die Schulter. Tom und Rebecca musterten mich skeptisch.

Mir wurde heiß. Benahm ich mich gerade sehr kindisch? Ich war mir selbst peinlich. Der Raum begann sich langsam zu drehen, die Gedanken wurden zäh...

Tom hielt mich fest und hob mich regelrecht auf den Stuhl, wo er eben noch selbst gesessen hatte. „Das lässt du mal lieber mich machen", beschloss er und werkelte mit Wasser und Teebeuteln drauflos.

Ich stützte meinen dröhnenden Schädel auf die Handflächen. Rebecca beugte sich herüber und fühlte an meiner Stirn.

„Phil, du glühst! Geh lieber wieder schlafen, das ist vielleicht mehr als nur eine Erkältung." Sie klang wirklich besorgt und streichelte meinen Handrücken. Tom brachte den fertigen Tee und beugte sich prüfend zu mir herunter.

„Sie ist weiß wie die Wand", stellte er fest, als wäre ich kein aktiver Teil der Konversation.

Ich blinzelte, weil er mir so nah war, dass ich den Wein in seinem Atem roch und seine Augen mein Blickfeld dominierten. Evas sahen exakt so aus. Fast rötlich braun, wie Kastanien vom Vorjahr, die feucht und nachgedunkelt im Gras lagen.

Der Alptraum von vorhin blitzte kurz in meinem Verstand auf, ich zuckte unmerklich zusammen. Tom hielt meinen Arm fest. „Fall jetzt nicht vom Stuhl!"

Ich wollte gern entgegnen, dass er mich mal konnte! Plötzlich war ich sauer auf ihn, Rebecca und vor allem auf mich selbst und diesen lächerlichen Zustand, in dem ich mich befand, aber mein Mund war so trocken, dass ich ihn kaum öffnen konnte.

„Ich bringe sie zurück ins Bett", hörte ich Tom sagen. Rebeccas Weinglas machte ein stumpfes Geräusch, als sie es mit Nachdruck abstellte.

„So schnell wie möglich, sonst musst du sie tragen."

Tom zog mich hoch, ich sah Rebecca in ihren Mantel schlüpfen.

„Ich melde sie für den Rest der Woche krank, sag ihr das, wenn sie wieder denken kann."

Ich konnte sie hören! Aber keiner schien mich ernst zu nehmen. Rebeccas Locken kitzelten meine Nase, während sie mich zum Abschied umarmte.

„Lass dich verwöhnen. Ich melde mich", raunte sie mir zu, dann war sie weg.

Tom schob mich weiter durch den Flur.

„Deine Kollegin ist nicht ganz ungefährlich", raunte er halb lachend, als könnte er davon ausgehen, dass ich ihn sowieso nicht verstand.

Er half mir beim Hinlegen und verstaute meine Beine unter der Decke, die er mir bis zum Kinn hochzog. „Und jetzt bleibst du da liegen, bis ich dir das Gegenteil erlaube!", befahl er schmunzelnd. Ich sank dankbar in das Kissen und hörte die Welt um mich herum leiser werden, als setze ihr jemand einen Schallfilter auf.

Während der nächsten zwölf Stunden hatte ich einige wache Phasen, oder zumindest ein kurzes Driften, dicht unter der Oberfläche meines Bewusstseins. Noch mehr verworrene Träume jagten mich, bis ich endlich die Augen aufschlug und feststellte, dass ich ein Kissen umarmte, welches mir fremd war.

Ich versuchte mich daran zu erinnern, welche Farbe meine Bettwäsche haben müsste und war mir beinahe sicher, dass es nicht blau sein konnte. Mein Kopf war bleischwer, als ich ihn aus den Tiefen dieses unbekannten Federsacks hob. Ich strengte mich an, meine Umgebung wiederzuerkennen, suchte nach Anhaltspunkten für die Wirklichkeit. Und der Moment kam, als mir endlich klar wurde, dass ich keinesfalls in meinem eigenen Bett lag.

Schlimmer, ich lag in einem *Bett*, einem richtigen Möbel, nicht auf meiner Luftmatratze! Ich wollte schreiend aufspringen, aber mehr als ein unartikuliertes Gurgeln und eine halbe Drehung um mich selbst war unmöglich.

„Na endlich, ich dachte schon, ich muss dich demnächst durch einen Strohhalm ernähren."

Tom saß im Schneidersitz neben mir, den Laptop im Schoß und diverse Papiere um sich ausgebreitet, die leise raschelten, als ich mich nun bewegte.

„Was mach' ich hier?" Meine eigene Stimme klang wie ein Hilferuf, ich räusperte mich.

„Auf einer Luftmatratze stirbt es sich nicht standesgemäß."

Tom riss Witze, aber mich überkam der Verdacht, dass ich wirklich tot und in der Hölle war. Ich hatte einen halben Tag lang in sein Bett gesabbert, während er mich dabei beobachtete.

„Keine Sorge, ich habe in deinem Zimmer geschlafen", warf Tom ein.

Das wollte ich hoffen.

„Ich muss duschen!" Meine Beine waren noch nicht frei gestrampelt, da wurde mir schon schwindelig. Ich blieb, wo ich war. Tom lachte.

„Du musst gar nichts, außer liegen zu bleiben." Er zauberte ein Papiertütchen mit Apothekenwerbung darauf und eine Schüssel bunter Frühstücksflocken, von irgendwo hervor und reichte sie mir. Ich setzte mich vorsichtig auf, um die Milch nicht zu verschütten.

„Die sind für Kinder."

„Mhm."

„Hattest du die neben dem Bett stehen?"

„Mhm." Tom sah nicht von seiner Arbeit weg. Ich erspähte die Cornflakes-Schachtel auf dem Teppich und eine Packung Milch neben seinem Nachttisch. Warum wunderte mich das nicht? Seine Vorstellung von Ernährung für Kranke war aber nicht abenteuerlich genug, um den Schock über meinen Aufenthaltsort zu übertreffen. Ich blickte in die kleine Tüte, sie enthielt eine Packung Ibuprofentabletten und Saft gegen Erkältungssymptome.

„Warst du etwa einkaufen?"

Jetzt schaute er her und schien sehr zufrieden mit sich selbst. „Ich musste ja keine Angst haben, dass du mir währenddessen wegläufst."

Immerhin hatte er dann nicht ununterbrochen neben mir gesessen. Es war ein geringer Trost, aber ich war Willens mich davon beruhigen zu lassen. Ich schlürfte einen Löffel von meinem Kinderessen, zusammen mit einer Ibuprofen und stellte fest, dass zuckersüße Milch mit bunten Knusperkugeln genau das war, was ich brauchte. Es schmeckte köstlich.

Tom tippte seelenruhig weiter in seinen Laptop. Er trug Pyjamahose und ein Shirt. Ich hielt inne und ließ den Löffel sinken.

„Welchen Tag haben wir heute?"

„Du bist krankgemeldet, mach dir keine Gedanken."

„Aber *du* bist nicht krank!"

„Joon hat andere Informationen." Tom klappt den PC grinsend zu und legte ihn zu Seite. „Ich habe ihm gesagt, ich sei fit genug für ein bisschen Homeoffice, aber nicht fürs Büro."

„Was, wenn er uns wieder besucht?"

„Dann ist es um mich geschehen."

Ich musste schmunzeln und nahm noch einen Löffel von meinen mittlerweile matschigen Flocken.

„Aber ich brauche keinen Babysitter."

Tom warf mir einen übertrieben zweifelnden Blick zu und griff nach seinem Telefon. „Nein, aber zumindest jemanden der verhindert, dass du im Schlaf verhungerst. Was willst du sehen?"

„Bitte?"

„Was soll ich streamen?" Er zeigte auf den Fernseher, den er so kunstvoll auf seine Kommode platziert hatte, dass er nur beinahe abstürzte.

„Keine Ahnung, such du etwas aus." Ich reichte ihm die leere Müslischale, er stellte sie ungerührt auf den Boden, als gehöre sie dort hin.

Ich war schon wieder müde, oder noch immer, die Grenze ließ sich nicht sicher ziehen. Draußen schneite es ganz feine Flöckchen, das machte den Innenraum sofort um hundert Prozent heimeliger. Ich ließ mich wieder unter die Decke sinken, sah Tom dabei zu wie er durch seine App scrollte und sich nicht entscheiden konnte. Er saß auf der Decke und wackelte ungeduldig mit den Zehen.

Endlich hatte er etwas gefunden, der Vorspann begann. Ich stellte positiv überrascht fest, dass er *Departed* ausgewählt hatte. Einen Film, den ich seit einer Ewigkeit nicht mehr gesehen und dessen Handlung ich fast gänzlich vergessen hatte. Ich war sofort davon gefesselt, schaute trotz meiner Erschöpfung konzentriert hin, während Tom nur halbherzig folgte und nebenbei auf seinem Smartphone herumtippte.

Langsam störte es mich nicht mehr, in seinem Zimmer und der Situation halbwegs ausgeliefert zu sein. Es war gemütlich, fast wie ein Filmabend mit Marina. Die passte auch nie wirklich auf, was wir schauten.

Etwa nach der Hälfte des Films, ergriffen von DiCaprios feuchten Augen und seiner treffenden Darstellung eines zerrissenen Charakters, bemerkte ich, dass es neben mir verdächtig still geworden war. Tom saß mit geschlossenen Augen an das Kopfteil gelehnt, sein Telefon war ihm aus der Hand gerutscht. Eingeschlafen.

Es war erst Nachmittag. Ich glaubte nicht, dass ihn meine Pflege so auslaugte. Vielleicht bedeutete meine Erkältung eine willkommene Gelegenheit für Tom, auch einmal kürzer zu treten. Ein Grund, den er sich selbst einreden konnte, der wichtiger war als die Arbeit, weil er sonst keinen fand.

Ich wollte den Spieß umdrehen und wach bleiben, aber die Viren waren stärker als mein Organismus. Das Immunsystem zog meinem Hirn den Stecker, weil es alle Energie für sich brauchte, ich nickte ebenfalls wieder ein.

Beim nächsten Erwachen wurde es endgültig dunkel draußen. Der Abspann von *Departed* war abgerollt, der Bildschirm zeigte das Logo der App und fragte, was ich als Nächstes sehen wolle. Tom war verschwunden, ich hörte aber Geräusche und vermutete ihn in der Küche.

Gerade meldete sich mein Blase, ich hatte wohl aufgehört sämtliche Flüssigkeit heraus zu schwitzen und fragte mich, ob ich es alleine bis zur Toilette schaffen würde.

Selbst wenn ich auf dem Bauch zur Schüssel kriechen müsste, ich würde sicher nicht Tom um Hilfe bitten. Das ginge zu weit!

Während ich mir also eine Taktik ausdachte, wie ich meine schwachen Beine zum Funktionieren überreden könnte, tastete ich nach der Nachttischlampe. Es war mehr Licht nötig, als das Schimmern des Fernsehers, um unfallfrei durch Toms Labyrinth aus Gegenständen auf dem Boden zu kommen. Noch dazu in meinem Zustand. Schließlich befand sich dort ziemlich sicher eine offene Packung Cerealien.

Den Schalter hatte ich noch nicht gefunden, da durchfuhr mich der Schreck, mein Herz setzte einen Schlag aus, als neben mir ein elektrisches Brummen ertönte. Ich wirbelte herum und entdeckte Toms Smartphone, dass wild vibrierend und hell leuchtend über die Decke kroch.

Er hatte es liegen lassen. Ich starrte es an.

Blickte zur geschlossenen Schlafzimmertür.

Beugte mich vorsichtig darüber, als könne es mir ins Gesicht springen.

Las den Namen des Anrufers.

*Mama.*

Mehr stand nicht dort. Selbiger Kontakt wurde als graues Symbol angezeigt, kein Foto. Der Bildschirm war nicht gesperrt.

Konnte das wirklich sein? Ich nahm das Telefon zur Hand, spürte sein Vibrieren durch meine Haut, bis in die Knochen fahren. Ich nahm ab.

„Hallo?"

Eine Sekunde des Schweigens folgte, dann bekam ich eine Antwort.

„Tom?"

Sie war wirklich dran. Ich hatte seit fünfzehn Jahren nicht mit ihr gesprochen, aber ihre Stimme kam mir bekannt vor. Zaghaft und zerbrechlich, aber wie in meiner Erinnerung.

„Hier ist Phil."

„Wie bitte?" Sie hustete pfeifend, als strenge sie jedes Wort an.

„Philomena, deine Enkelin."

Wieder ungläubige Stille.

„Das kann nicht sein", flüsterte sie, leise wie knisterndes Papier. Meine Großmutter hörte sich hohl an, morsch wie ein alter Baum, der dem Wind gerade noch standhalten kann.

„Doch, ich bin es! Wirklich!" Jetzt packte mich die Aufregung, ich musste mich zusammenreißen, um leiser zu reden. Mit einem kurzen Blick kontrollierte ich die Tür.

„Was machst du an seinem Telefon, wo ist Tom?" Sie klang ängstlich.

„Keine Sorge, ihm geht's gut!" Zumindest solange er nicht herausfand, dass ich verstohlen und hinterrücks seinen Anruf angenommen hatte.

„Oma", ich konnte kaum glauben, dass ich dieses Wort sagte. „Wie geht es dir? Wir haben so lange nicht gesprochen."

Wieder eine Pause. Länger diesmal. Ich hörte eine Stimme im Hintergrund, jemand war mit meiner Großmutter im Zimmer.

„Kind, kannst du Eva sagen, sie soll kommen? Bitte."

Ich holte Luft, obwohl ich nicht wusste, was ich hätte sagen wollen, aber die Leitung war bereits tot. Sie hatte aufgelegt, oder jemand.

Auch auf meiner Seite des Hörers wurden jetzt Schritte laut. Ich tippte panisch auf das Symbol neben dem getätigten Telefonat und löschte in letzter Sekunde den Verlauf. Das Gerät schlitterte beinahe über die Bettkante, so heftig schob ich es von mir, dann öffnete sich die Tür.

Tom trat herein. Ich lächelte unschuldig. Er erwiderte es ahnungslos.

## 16

Nachdem ich bewiesen hatte, dass ich aufstehen konnte, ohne zusammenzuklappen und mehrere Stunden am Stück wach blieb, durfte ich zum Wochenende hin mein Krankenlager verlassen.

Tom fuhr Freitag Vormittag ins Büro, um zu klären was den Rest der Woche liegen geblieben war und Joons Laune zu besänftigen. Ich blieb alleine zurück.

Wir hatten drei Tage lang quasi in seinem Bett gewohnt, dem Fernseher gehuldigt und ungesunden Mist gegessen, bis uns schlecht war. Toms Fürsorge hatte mir gut getan, trotzdem genoss ich es jetzt genauso, wieder Zeit für mich und meine Gedanken zu haben, während ich die Spuren unseres Lagerlebens beseitigte.

Ich faltete Pizzakartons, sammelte Geschirr vom Boden und begegnete dabei meinem Spiegelbild in der Fensterscheibe. Meine Augen waren noch geschwollen, ich hätte den Schnee vor der Tür mit meiner ungesunden Blässe neidisch gemacht, aber mein Mund lächelte ein bescheuertes, zufriedenes Lächeln.

Die Erkältung hatte geschafft, was ich nicht hatte arrangieren können. Wir waren endlich gezwungen Zeit zusammen zu verbringen und uns zu unterhalten.

Das heimliche Telefonat mit meiner Großmutter verschwieg ich dabei natürlich hartnäckig. Dieser Brocken war zu groß, um ihn zu schlucken, aber das schlechte Gewissen würgte endlich die Fragen aus mir heraus, welche ich längst hatte stellen wollen.

Es fing damit an, dass Tom mir erzählte wo er studiert und sich seit dem überall beruflich herumgetrieben hatte.

„Da war ich in der Zwölften. Man, Differentialrechnung war wirklich nicht mein Ding und Manuel aus der Parallelklasse hat mir das Herz gebrochen", antwortete ich scherzhaft auf Toms Bericht über die zwei Jahre, welche er in den USA verbracht hatte.

„Erzähl mir mehr über diesen Manuel", raunte er grinsend.

„Vergiss es."

Tom lag quer über dem Bett und fischte gerade ein weiteres Stück Pizza aus der Schachtel zwischen uns. Im Hintergrund liefen Nachrichten, wir hatten sie stumm gestellt.

„Das durfte ich als Kind nie." Ich schlürfte im Schneidersitz meine Spaghetti Carbonara.

„Was? Essen?", witzelte Tom und zog den geschmolzenen Käse genüsslich in lange Fäden.

„Das war gerade so erlaubt, aber wenn ich je versucht hätte es im Bett zu tun, wäre ich auf der Stelle exekutiert worden." Es klang lustig, aber Eva hatte diesbezüglich keine Kompromisse gemacht. Ordnung und Sauberkeit standen stets an erster Stelle. Weit vor Spaß haben und Kind sein.

Umso schöner fühlte es sich an mit Tom alle diese Regeln zu brechen, welche schon lange nicht mehr galten. Obwohl ich jetzt einsah, dass es vielleicht einen Grund für Evas Abneigung gab, denn ich lief Gefahr alles vollzukleckern. Trotz der laufenden Heizung fror ich von innen heraus und war dick eingepackt in mehrere Schichten aus Schlafanzug, Sweatshirt, Frotteesocken, Halstuch, Decke und Heizkissen.

Tom passte sich wie üblich gegenteilig ans Raumklima an. Er war barfuß, in Shorts und einem alten Shirt, dass eingelaufen war, weswegen in gestreckter Körperhaltung sein Bauch unter dem Saum hervorlugte. Sein nachlässiger Bartschatten machte ihn älter und gleichzeitig entspannter aussehend.

Er legte den angebrannten Teigrand zurück in die Schachtel.

„War sie immer so streng?"

„Eva? Der Herr beliebt zu scherzen?" Sarkasmus half gegen die Verbitterung. Damit ich nicht anfing zu erzählen, dass ich früher spuren musste wie ein Soldat und auch genauso bestraft wurde.

„Schon komisch, dass sie es nicht ganz anders gemacht hat, als unsere Eltern", murmelte Tom für sich. Er spielte mit einem Zipfel des Pizzakartons.

„Naja, jetzt hab ich es ja hinter mir." Ich zuckte mit den Schultern. Für Mitleid war es zu spät, das Kind war schon in den Brunnen gefallen. Sozusagen.

„Hast du?", fragte Tom in einem Ton, der mich wissen ließ, dass uns beiden klar war wie wenig Wahrheit in der Aussage steckte.

Ich gab keine Antwort und beobachtete, wie er den Karton malträtierte bis dieser einriss. Daraufhin schenkte Tom ihm keine Aufmerksamkeit mehr und nahm sich ein weiteres Stück Pizza.

„Wie war Eva so, ich meine als ihr Kinder wart?" Ich wollte nicht über die Eva reden, welche meine Mutter war, sondern über die Unbekannte von der ich so wenig wusste.

Tom biss ab und ließ sich nach hinten fallen. Er studierte scheinbar die Decke, bis er seine Antwort zurechtgelegt hatte.

„Du vergisst, dass Eva fünfzehn war, als ich ich zur Welt kam." Er sah mich prüfend an, ich ließ die Gabel sinken.

„Wir sind eigentlich zwei Einzelkinder. Eva ist ausgezogen, als ich drei war. Ich habe keine Erinnerung, an eine Familie mit ihr zusammen. Sie kam noch einigermaßen regelmäßig vorbei, weil unser Vater ihr die finanzielle Unterstützung für das Studium entzogen hätte, wenn sie sich nicht mehr hätte blicken lassen."

Ich schwieg und betrachtete ihn wachsam. Wenn ich etwas sagte, unterbräche ich vielleicht seinen Redefluss, also hielt ich den Mund.

„Ich habe sie trotzdem kaum gesehen. Eva kam meistens zu Besuch, wenn ich in der Schule saß, oder bei Freunden spielte. Ich war immer traurig, wenn ich sie wieder verpasst hatte. Heute weiß ich, dass sie es so beabsichtigt hat."

Ich stutzte. „Es war Absicht?" Mein Vorsatz hatte nur kurz gehalten, ich plapperte doch dazwischen. Tom bedachte mich mit einem ernsten Blick, der mir gar nicht gefiel. Er schaute wie Eva, wenn sie mir als Kind etwas nicht erklären wollte, weil es angeblich nur Erwachsene verstehen würden. Darum ahnte ich was auf diesen Ausdruck folgen könnte und versuchte angestrengt ein Ende des Gespräches zu verhindern.

„Du meinst, sie wollte *dich* nicht sehen?", hakte ich also nach.

Tom sprang auf und tigerte am Fuß des Bettes entlang, wie ich es schon von seinen Runden auf der Terrasse kannte. Die Anspannung stieg also.

„Sie ging der ganzen Familie aus dem Weg, aber mir im Besonderen."

„Was hat ihr denn ihr kleiner Bruder getan?" Ich verstand vieles in Bezug auf meine Mutter nicht, aber das war lächerlich.

Tom blieb stehen, runzelte die Stirn und schaute mich mit schmalen Lippen an, als hätte er plötzlich Kopfschmerzen.

„Phil, keine Ahnung, was dir Eva erzählt hat, oder besser was alles nicht, aber ich bin mir sicher, dass sie sauer wäre, wenn wir *darüber* reden."

„Es interessiert mich nicht was sie will!", raunte ich wütend und hob die Gabel, wie ein Schwert. „Ich bin erwachsen und habe dieses Spiel langsam satt! Hast du ernsthaft geglaubt, dass wir dieses Thema für immer auslassen, sobald wir uns kennenlernen?!" Mein Ton wurde vorwurfsvoll, die Gabel zeigte drohend auf Tom, aber es reichte einfach. Immer diese Anspielungen, das viele Nicht-Sagen, die Blicke welche mir bedeuteten, dass ich nicht nachfragen sollte. Von Eva kannte ich das und hatte mich irgendwann, um meines eigenen Frieden Willens, abgefunden.

Aber bei Tom macht es mich unwahrscheinlich sauer. Ihm fehlten der Hass und die Härte, mit der meine Mutter das Schweigegebot durchgesetzt hatte, und die Autorität mich wie ein Kind behandeln zu dürfen.

„Deine Schwester hat mir deine bloße Existenz ein Jahrzehnt lang verschwiegen! Sie hat ihren kleinen Bruder einfach wegrationalisiert! Du hättest genauso gut tot sein können! Erklär mir warum!", forderte ich. Tom gab auf. Ich konnte es sehen, daran wie er kurz die Augen schloss und die Fäuste ballte, um sich zu wappnen. Er drehte mir den Rücken zu und blieb am Fenster stehen. Wenn er mich nicht ansehen wollte, war das in Ordnung. Ich selbst saß wie aus Beton gegossen da und starrte zwischen seine Schulterblätter.

„Wir hatten es beide schwer mit unserem Vater. Er war... streng, aber zusammengeschweißt hat es uns nie. Wahrscheinlich, weil ich der Grund für die meisten Probleme bin, die die Beiden miteinander hatten." Tom machte eine Pause, holte tief Luft ohne sich umzudrehen. Seine Schultern weiteten sich und sanken wieder zusammen. „Eva und ich sind Halbgeschwister, wir haben verschiedene Väter."

„Wie bitte?" Ich war wie vom Donner gerührt.

„Es gab... einen anderen Mann, in der Ehe unserer Eltern."

Das konnte möglich sein, wäre sogar eine gute Erklärung für einen so späten Nachzügler in der Kinderplanung, aber ich wäre nie auf solche Gedanken gekommen.

Meine Mutter hatte immer von ihren strikten, konservativen Eltern gesprochen, die ihr mit altmodischen Ansprüchen und harten Regeln die Luft zu Atmen abgeschnitten hatten. Die Ironie in Bezug auf ihren eigenen Erziehungsstil schien ihr dabei nie aufzufallen.

Eine Affäre passte weder in das Bild von meinem Großvater, dem Nachkriegskind und braven Angestellten, noch zu seinem lieben Frauchen, welches Zuhause bei den Kindern blieb und einen tadellosen Haushalt führte.

Ich hatte ein sepiafarbenes Hochzeitsbild von ihnen im Album meiner Mutter gesehen. Eines dieser alten Fotos mit gezacktem Papierrand. Die Gesichter darauf wirkten wie poliert. Das zurückhaltende Lächeln einer glücklichen Frau, die am Arm eines schicken jungen Mannes hing, der wusste, dass er die Richtige geheiratet hatte.

Das waren keine Leute für Fremdgehen, oder Ausrutscher. Mir schien es als entsprängen sie einer Generation für die moralische Fehltritte in einer Beziehung kaum möglich waren. Damals war alles noch richtig und gut gewesen. Zu einfach und vorgezeichnet, repressiv, aber eben richtig.

„Du bist..."

„Ein Seitensprung." Tom drehte sich endlich herum und zuckte die Schultern, lächelte entschuldigend, als könnte er etwas dafür. Doch da war mehr. Tom war ein so verdammt schlechter Schauspieler, ich sah ihm an was es bedeutete.

„Ok, das ist wirklich... Wow."

„Das große, böse Familiengeheimnis: Ich." Tom breitete die Arme aus, als stünde er auf einer Bühne und erwarte Applaus. Dann winkte er müde ab und setzte sich auf das Fußteil des Bettes.

Ich war vielleicht schockiert, aber vor allem aufgebracht. Was gab es noch alles, was mir meine Mutter nie offenbart hatte? So wie es sich darstellte, musste ich ja wohl mit allem rechnen?! Wer weiß, vielleicht hatte ich selbst noch irgendwo Geschwister, die sie mir verschwieg. Eventuell war mein Vater gar nicht abgehauen, sondern lebte in der Nachbarschaft, ohne dass ich davon wusste? Nichts war unmöglich.

Das Brennen in meiner Brust kam nicht mehr von entzündeten Bronchien und trockenem Husten. Jetzt war ich es, die aufstehen musste um die Spannung mit Bewegung abzubauen. Das Gefühl wollte aus mir heraus und ich versuchte noch es zurückzuhalten. Schlechte Idee.

Mir wurde kurz schwindelig, ich stützte mich an die Wand, bis mein Kreislauf sich erholt hatte. Tom und meine Umwelt hatte ich vergessen. Der Tunnel schloss sich um mich, wie zuletzt in Marinas Wohnung, als ich mit Tassen geworfen hatte. Diesmal war die Nachttischlampe das Nächstbeste in meinem verengten Blickfeld. Sie sah aus als ließe sie sich ausgezeichnet zu Boden schubsen, der Metallfuß würde ein befreiendes Krachen auf dem Parkett machen.

Tom fing meinen Arm rechtzeitig auf.

„Hey, stopp!"

Er lenkte meinen Groll damit nur von der Einrichtung, auf sich selbst ab.

„Lass mich los!"

„Phil, komm schon", wollte er mich beruhigen, folgte meiner Aufforderung aber sofort. Das ließ meinen Ärger tatsächlich verfliegen. Jetzt fehlte mir der Dampf, um weiter zu wüten.

Tom stand mir arglos gegenüber und schien ein wenig überfordert von dem Gefühlsausbruch, sagte aber nichts zu meiner Absicht, diesen an einem Gegenstand auszulassen.

„Was hat es mit dir zu tun? Wofür gibt dir Eva die Schuld?" Wenn sie ihn als Kind schon ignoriert hatte, musste doch noch mehr dahinter stecken. Tom fuhr sich verwirrt durch die Haare.

„Ich weiß es nicht sicher. Unsere Eltern haben sich nicht getrennt, ich bin unter dem Eindruck aufgewachsen, dass wir eine normale Familie sind. So wie wahrscheinlich alle Kinder, bis sie eines Besseren belehrt werden.“

„Wusstest du davon?“

Er schüttelte langsam den Kopf.

„Unser Vater ist gestorben als ich Abi gemacht habe, danach hat es mir meine Mutter erzählt.“

„So spät erst? Keiner hat dir etwas verraten? Hast du nichts gemerkt?“

„Nein, warum auch? Ich sehe meiner Mutter genauso ähnlich, wie Eva. Ich hatte nie Grund etwas anzuzweifeln. Aber glaub mir, er hat mich immer spüren lassen, dass ich nicht sein Kind bin. Auf seine Art und Weiße hat mein Vater es mir jeden Tag gesagt. Und Eva mit ihrem Verhalten auch irgendwie.“

Tom klang enttäuscht und ich fühlte mich schlecht, weil ich ihn zwang über Dinge zu sprechen, die er offenbar genauso gern zu vergessen versuchte, wie seine Schwester. Mir wurde klar, dass ich keine der Personen um die es ging wirklich kannte. Nicht nur meine Großeltern und Tom, auch meine Mutter. Die Eva von damals gab es nicht mehr, ich würde nie eine Chance haben sie zu fragen, was sie quälte, weil die Gegenwärtige es nicht zuließ.

Weiter bohren wollte ich nicht. Nun waren wir beide traurig. Es reichte für einen Tag, ich musste selbst mit der Menge an Informationen zurechtkommen.

Tom ließ die Arme hängen, schaute an mir vorbei ins Nichts. Es war herzzerreißend wie verloren er plötzlich wirkte. Ein erwachsener Mann, der beruflich mit mehr Geld spekulierte als ich mir vorstellen konnte und trotzdem nicht sicher vor der Vergangenheit war.

„Alles lange her und längst egal“, seufzte er, als hätte er meine Gedanken erraten.

„Ist es?“, imitierte ich seine Bemerkung von vorhin und hob die Augenbrauen. Er gluckste plötzlich amüsiert.

„Du kannst ja ein richtiger Arsch sein.“

„Ein paar Eigenschaften hab ich schon von Eva geerbt.“ Ich grinste, froh dass er wieder lachte.

Tom fiel erschöpft auf das Bett. Er schaute zu mir hoch und klopfte neben sich auf die Matratze. Ich legte mich zu ihm auf den Rücken. Jetzt blinzelten wir gemeinsam zu den Spinnweben, welche in der Deckenleuchte hingen.

„Rückblickend weiß ich natürlich, dass es Probleme gegeben haben muss. Meine Mutter hatte ein Kind von einem Anderen, aber sie haben beide so getan, als wäre es nicht wahr. Wir waren sicher keine normale Familie, oder glücklich. Aber wenn du damit aufwächst denkst du es muss so sein und dass alle Väter so distanziert sind."

Damit beschrieb er eine Situation die ich gut kannte. Ich war schließlich auch in Evas Version der Realität groß geworden. Kein Vater. Keine Großeltern. Kein Onkel. Woher hätte ich es anders kennen sollen? Die Fragen kamen erst viel später.

Eltern erfinden eine Welt für ihre Kinder, in der diese sicher sind, vor allem was ihnen selbst wehgetan hat. Aber die Blase platz immer irgendwann. Das Bewusstsein eines Kindes ist ein spitzes Ding.

„Kennst du deinen leiblichen Vater?"

„Nein. Offiziell gab es ihn nicht und meine Mutter hat ihn wohl nie wieder gesehen." Auch das kam mir sehr bekannt vor.

„Ich würde auch gerne Evas Perspektive kennen", fügte Tom zu seiner Erklärung hinzu.

„Du meinst ich muss sie selbst fragen."

„Mit mir redet sie nicht darüber."

„Und du denkst mit mir?" Wir schauten uns ratlos an. „Was für eine Scheiße", ächzte ich.

„Das kannst du laut sagen."

Mein Telefon vibrierte, ich drehte mich von Tom weg und fischte es unter dem Kopfkissen hervor.

„Wirst du vermisst?"

„Rebecca fragt, ob sie vorbeikommen kann."

„Sie will sich wahrscheinlich vergewissern, ob du noch am Leben bist."

„Ich antworte ihr doch."

„Wer weiß, vielleicht hab ich dich längst im Garten vergraben und schreibe ihr auf deinem Smartphone." Tom grinste, ich schluckte. Wenn er wüsste, wer hier wessen Telefon benutzte.

Mit Marina hatte ich bereits gestern telefoniert. Sie schlug vor, dass wir gemeinsam in die Sauna gingen sobald ich gesund war, damit ich mich ein bisschen abhärten konnte. Schließlich war ich den Temperaturen zum Opfer gefallen. Ich schaute auf Toms nackte Füße und verzog missmutig den Mund. Sogar Erkältungsviren waren ungerecht.

Rebecca dagegen wollte sich nicht abwimmeln lassen. Ihr war die Gefahr in meine Bazillenhöhle zu geraten nicht zu hoch. Sie schrieb es ginge um Weihnachtsgeschenke.

„Ist es ok, wenn sie vorbeikommt?"

„Fragst du mich das ernsthaft?" Tom lag weiterhin flach auf dem Rücken, die Augen geschlossen, als warte er darauf, dass ihn jemand aufhob.

„Eigentlich nicht."

„Siehst du." Er klang müde. Ich musterte ihn aufmerksam. Als würde er es spüren, öffnete er die Augen und begegnete mir damit.

„Kopfschmerzen."

„Sag nicht, ich hab dich angesteckt!"

„Ach was." Er winkte ab, machte aber den Eindruck, als würde er gleich einschlafen. Ich griff nach dem Tütchen aus der Apotheke, das mein treuer Begleiter geworden war und warf es ihm auf die Brust.

„Aua. Danke." Er kramte eine Ibuprofen heraus und schluckte die Tablette mit dem Bier, das er sich zur Pizza aufgemacht hatte.

„Sehr gesund."

Tom grinste nur und setzte die Flasche erneut an.


Rebecca wirbelte herein wie ein Schneesturm und umarmte mich mit kalten Händen. Sie war atemberaubend, wie immer. Die Kälte hatte meiner Freundin frische Apfelbäcken verpasst und es stand ihr.

„Na, wie geht es dir?"

„Besser." Ich thronte als verschnupfte Königin in meinem Kokon aus Decken und hielt Hof. Rebecca kuschelte sich zum mir auf das Bett.

„Das glaube ich gerne, bei der Pflege." Sie lächelte verschmitzt. Mir kam der Verdacht, dass sie nicht unbedingt wegen der Sorge um *mich* hier war. Tom arbeitete in der Küche. Das hatte Rebecca wenig davon abgehalten erstaunlich lange zu brauchen, um zwei Tassen Kaffee von dort zu holen.

„Du schläfst in seinem Bett?"

„War Toms Idee, er nimmt solange die Luftmatratze."

„Wirklich aufmerksam von ihm."

„So ist er." Mir gefiel der Ton nicht. Etwas in mir beschloss, Rebecca meine neuesten familienbezogenen Erkenntnisse zu verschweigen.

„Eine weitere Qualität, die du mir enthalten hast", deutete sie an.

„Rebecca?"

„Du hast nie erwähnt, dass dein Onkel so ein Hingucker ist."

„Rebecca!!"

Sie lachte laut über meine Empörung. „Ach komm, das Detail hättest du schon mal fallen lassen können!"

„Um ihn dir schmackhaft zu machen, oder was?!"

„Du tust als wäre er ein alter Sack! Ich darf mir doch ansehen, was mir gefällt, oder?"

„Uha, ich schmeiß dich gleich wieder raus!", drohte ich lachend. Ich war wirklich ein bisschen schockiert von Rebeccas Absicht, aber böse sein konnte ich auch nicht.

„Lass die Finger von dem armen Kerl!", warnte ich.

„Warum?", schnurrte Rebecca, wie eine Katze.

„Weil du einen Freund hast! Oder was auch immer!", hielt ich hilflos dagegen.

„Ach", sie wedelte mit der Hand vor meiner Nase herum, „das heißt doch nichts."

„Nein?"

„Nein!"

„Weil?"

„Lass uns über etwas anderes reden!"

So, so, da war das Thema plötzlich ganz schnell geändert. Ich hätte Rebecca gerne noch ein bisschen getriezt, aber die Gemeinheit dazu fehlte mir.

„Was ist eigentlich mit deinem Elias?", fragte sie dann. Danke für die Retourkutsche. Sie hielt sich nicht an die selben Spielregeln, wie ich. Ich zeigte Rebecca seine letzte Nachricht.

„Und seit dem Funkstille?" Ich nickte.„Belässt du es dabei?"

Die ganze Woche war ich abgelenkt gewesen, von Tom und meiner laufenden Nase, aber Elias hatte immer in meinem Hinterkopf stattgefunden. Er würde mir nicht mehr schreiben. Dafür war er zu stolz und sich meiner zu sicher.

Die Frage war, was würde ich tun?

## 17

Ich wendete den Pullover, beäugte ihn genau und war wenig überzeugt.

„Oh, schau doch bitte nicht, als hätte ich dir den Biomüll von letzter Woche in die Hand gedrückt!" Rebecca war frustriert von meinen abwesenden Shoppingfähigkeiten und der fehlenden Ambition, dies heute zu ändern.

„Ich bin mir einfach unsicher", jammerte ich. Rebeccas scharf gezogene Augenbrauen waren drauf und dran mich zu erdolchen.

„Du sollst keinen Kredit aufnehmen, oder dein Testament verfassen! Nur ein Geschenk kaufen!", schimpfte sie.

Und das war das Problem. Ich hatte nicht nur keine Ahnung, *was* ich kaufen sollte, sondern auch ob ich es überhaupt *wollte*.

Der feuchtwarme, völlig überlaufene Raum tat das Übrige. Es war zu hell, ich wünschte es würden im Dezember auch Sonnenbrillen angeboten, ich hätte eine genommen. Der benebelnde Parfümduft aus der Kosmetikabteilung war nicht zu leugnen und die Anwesenheit der halben Stadtbevölkerung, welche zwei Wochen vor Weihnachten alle wie von der Tarantel gestochen nach Geschenken suchten, machte mich schwindelig. Es mussten mindestens hundertzwanzig Dezibel im Raum herrschen. Ich wollte nur noch weg.

Rebecca war anderer Meinung. Sie hatte mich in die Innenstadt gelockt, mit dem Versprechen eines vergnüglichen Nachmittags nur für uns Mädels. Ich Idiotin hatte ihr geglaubt. Warum auch immer, denn ich ging ungern shoppen. Rebecca war eben ein Ass in Überzeugungsarbeit.

Da standen wir also, in der Herrenabteilung eines renommierten Kaufhauses, während sie versuchte mich zu beraten, was ich Tom schenken sollte. Allerdings hatte ich bis dahin nicht gedacht, dass ich überhaupt etwas für selbigen brauchte.

Meine Weihnachtsvorfreude und Feiertagsstimmung hielten sich neuerdings in Grenzen. Als Kind hatte ich mich auf Spielzeug gefreut, tatsächlich war Eva nie geizig gewesen was das anging. Ich wurde regelrecht damit überschüttet, als müsse sie allein die

Präsente kompensieren, welche ich nicht von anderen Verwandten bekommen würde, weil es keine gab. Sie selbst hatte dabei kaum je etwas erwartet. Nicht aus falscher Bescheidenheit, ich wusste sicher, dass Eva sich wenig daraus machte.

Als Erwachsene hatte ich die letzten Jahre also nur Einem etwas schenken müssen und wollen: Elias. Der war allerdings eine harte Nuss. Ich erinnerte mich mit Schrecken an meine endlosen Suchen nach etwas Speziellem, das sagte *ich liebe dich*, zu einen Mann der bereits alles hatte, einschließlich hoher Ansprüche. Bloß nicht an das Flachmann-Debakel denken...

Und nun: Tom. Der nicht wusste, dass ich wusste, dass er an Weihnachten auch noch Geburtstag hatte! Horror.

Rebecca hatte ich dummerweise davon erzählt und diese mich aus allen Wolken fallen lassen, als sie beschloss, dass ich ihm *nicht nichts* schenken könne.

„Er teilt seine Wohnung mit dir! Du warst auf der Suche nach einer Herberge, wie Maria und Josef. Es ist quasi dein Weihnachtswunder!" Sie betrachtete mich ernsthaft vorwurfsvoll.

„Ich hätte dich nicht für so bibelfest gehalten", spottete ich.

„Einer der Vorteile, meiner katholischen Erziehung", ätzte sie zurück und lächelte ihr unwiderstehlich messerscharfes Lächeln.

„Das ist mir aber neu."

„Ich bin eben vielschichtig, aber darum geht es leider nicht. Der Punkt ist, du bist es Tom schuldig!", fuhr sie fort. Ich stöhnte dramatisch über ihre Gleichnisse und ließ mich darauf ein.

Was dazu führte, dass ich nun den hundertsten Kaschmirpullover ausschlug, ganz abgesehen von Rebeccas anderen Ideen: Italienische Lederschuhe, die mein Budget sprengten und mich vor die Frage stellten, welche Größe Tom trug? Handschuhe aus Kalbsleder, die ähnliche Probleme verursachten. Ein edles Rasierset, dass mir zu altmodisch vorkam und weitere hochpreisige Dinge. Rebecca hatte wahrlich einen guten Geschmack und ein Auge für Details, aber ich konnte nichts von alledem an Tom sehen.

Er trug privat kaum etwas von Wert. Tatsächlich fühlte er sich in Joggingsachen am wohlsten, lief in Sneaker herum, wenn er überhaupt Schuhe trug und schien alles, was mit gehobener Herrenkleidung zu tun hatte, ausschließlich für die Arbeit zu reservieren und selbst dann scheiterte er regelmäßig dran seriös und aufgeräumt zu wirken.

Trotzt aller guter Intentionen von Rebecca, wir waren falsch hier. Leider wusste ich noch immer nicht genug über Tom, um festzumachen welche Interessen er sonst hatte und was ihm fehlen, oder ihn freuen könnte. Ich war aufgeschmissen und peinlich berührt von mir selbst, dass ich nach fast einem Monat so wenig über meinen Onkel sagen konnte.

Schließlich gab selbst Rebecca auf und entließ mich aus der hoffnungslosen Situation.

„Du machst mich wahnsinnig, lass uns gehen!"

Es war längst dunkel. Die Massen schoben sich durch malerisch beleuchteten Straßen. Überall Lichterketten und glänzende Tannen, welche goldenes Licht auf den Schnee warfen, von dem es dieses Jahr so viel gab. Es hätte so schön sein können, aber ich war deprimiert.

„Komm, der Weihnachtsmarkt ist hier um die Ecke. Dann essen wir wenigstens gebrannte Mandeln, bis uns die Zähne ausfallen", schlug Rebecca versöhnlich vor und zog mich in die genannte Richtung. Während wir uns bereits auf den Weg machten, rief mich Joon an. Mir wurde sofort mulmig, er hatte mir seine Nummer für Notfälle gegeben, also würde es sich nicht um belanglosen Smalltalk handeln.

„Ja?", fragte ich vorsichtig.

„Er besteht darauf, dass du dazu kommst!" Joon machte sich nicht die Mühe, mich zu begrüßen. Seine Stimme war klar verständlich, trotz der unruhigen Geräuschkulisse in der Leitung.

„Was meinst du?"

„Wir sind auf dem Weihnachtsmarkt."

„Da wollen wir auch gerade hin." Ich erinnerte mich, dass Tom erwähnt hatte er würde noch mit Joon und Arnaud etwas trinken gehen. Ich hatte meine Pläne mit Rebecca bereits gehabt und war davon ausgegangen, dass wir uns heute nicht mehr sehen würden.

„Gut, wir stehen an der großen Glühweinhütte, direkt vor dem Rathaus." Joon klang genervt, aber ich traute mich zu fragen, warum ausgerechnet *er* mich anrief.

„Weil Tom sein Telefon nicht dabei hat", knurrte Joon in einem Ton, der deutlich machte, wie sehr ihm dieses unverantwortliche Verhalten gegen den Strich ging. Ich glaubte den Delinquenten im Hintergrund lachen zu hören und grinste. Typisch. Mit ein bisschen Glück hatte er auch seinen Geldbeutel vergessen.

Vielleicht läge da eine Möglichkeit für ein Weihnachtsgeschenk. Ginkotabletten für das Gedächtnis, oder eine dieser schrecklichen Schlüsselketten aus den Neunzigern, an der Tom seine Wertsachen befestigen konnte.

„Ich bin aber mit einer Freundin unterwegs", warf ich noch ein, bevor Joon das Gespräch beenden konnte.

„Dann bring sie mit!", konterte er desinteressiert und legte auf.

Ich drehte mich zu Rebecca, die wieder ganz nahe an mir geklebt hatte um mitzuhören, was sie mit erstaunlich wenig Schuldbewusstsein tat. Sie lächelte breit.

„Na, dann los", ächzte ich.

Gleich am Eingang zum Weihnachtsmarkt, zwischen Bratwurstdampf und *All I want for Christmas* in der Luft, wo die Glühweinstände noch nicht in Sicht kamen, hatte ich die rettende Epiphanie vor einer Auslage an Wollsachen. Rebecca war schon mehrere Schritte weiter und kam perplex zu mir zurück, als ich schlagartig stehen blieb.

„Was ist?"

Ich hielt eine Mütze aus weichem Garn hoch, die so dunkelgrün gefärbt war, dass meine erste Assoziation die Nadeln von Weihnachtstannen war. Sie hatte ein akkurates, feines Strickmuster und fühlte sich flauschig, aber gleichzeitig fest an.

„Die sind alle handgemacht, von Mitarbeitern in unseren Werkstätten. Die Wolle ist fair gehandelt, von Kleinbauern aus Irland und Neuseeland." Die alte Dame hinter dem Verkaufsstand der örtlichen Lebenshilfewerkstätten, pries ihre Ware mit leuchtenden Augen an.

„Was willst du damit?", fragte Rebecca skeptisch, die nette Frau komplett ignorierend.

„Die ist perfekt!", hauchte ich.

„Wofür?"

„Für Tom!"

Rebecca betrachtete mich, als hätte ich den Verstand verloren und zuckte dann mit den Schultern, weil mir wohl nicht mehr zu helfen war.

„Wenn du meinst."

Oh ja, ich meinte! Er trug nie eine Mütze, obwohl ihm die Ohren abfroren und er ständig Kopfschmerzen hatte. Vielleicht weil er keine anständige Kopfbedeckung besaß, vielleicht weil er sie vergaß, so wie sein Handy, vielleicht war ihm die Kälte wirklich einerlei, aber das war mir egal. Ich wusste in diesem Moment ganz genau, dass es das richtige Geschenk sein musste.

Mit der Mütze in den Tiefen meines Mantels versteckt, spazierten wir weiter. Rebecca noch immer ungläubig über meine Geschmacklosigkeit. Ich glücklich, dass ich etwas gefunden hatte, was einzigartig war und zu Tom passte.


Arnaud zerquetschte mich zuerst zwischen seinen Armen und reichte mich dann an Tom weiter. Sie waren beide deutlich beschwipst, während mir Joon kühl zunickte und seinen Glühwein entweder nur als Requisite benutzte, oder immun gegen das Alkoholgemisch war.

Ich für meinen Teil, wollte sofort niederknien um unter seinen schwarzen Augen zu Staub zu zerfallen. Joons Wirkung auf mich ließ mit keiner Begegnung nach. Vielleicht ging es dem Glühwein ja ähnlich.

„Wen hast du denn da mitgebracht?", flötete Arnaud und deutete einen ehrfürchtigen Handkuss für Rebecca an. Die kicherte amüsiert, wie ich es noch nie erlebt hatte. Sie ließ sich scheu von mir vorstellen, als wären wir auf einem Debütantinnenball. Arnaud war hoch erfreut.

„Schätzchen, deine Haut ist nicht von dieser Welt, du musst mir unbedingt deine Skincare Routine verraten!", säuselte er und reichte Rebecca eine Tasse, welche er schon im Voraus bestellte hatte. Ich bekam Feuerzangenbowle serviert und spürte, wie die starken Rumdämpfe mich in der Nase kitzelten.

Rebecca und Arnaud verstanden sich auf Anhieb, sie begannen ein angeregtes Gespräch über Beautyprodukte, bei dem Joon nur schweigend seine ebenmäßigen Augenbrauen hob, während ich mich in Toms Schatten versteckte. Der legte mir den Arm um die Schultern und stützte sich auf mich. Mit roten Ohren, ohne Mütze. Nicht mehr lange.

„Arnaud füllt mich schon seit einer Stunde ab, ich kann bald nicht mehr stehen", raunte er schmunzelnd und roch dabei wirklich, wie eine Kneipe nach der letzten Weihnachtsfeier.

„Hast du mich herzitiert, damit ich dich rette?", flüsterte ich zurück. Seine Augen wurden groß. Er schüttelte den Kopf.

„Nein! Ich wollte dich dabei haben!" Die Aussage war so ehrlich, dass ich merkte, wie mein Gesicht heiß wurde, noch vor dem ersten Schluck Bowle.

Rebecca schielte unauffällig zu uns herüber. Zum wiederholten Mal.

„Aber ein bisschen retten schon, oder?", zweifelte ich. Tom blickte in seine leere Glühweintasse, als verstehe er nicht, wohin deren Inhalt verschwunden war.

„Ein bisschen vielleicht, ja", gab er zu.

Wir blieben eine Weile im Getümmel des Weihnachtsmarktes stehen, dicht gedrängt mit unseren dampfenden Getränken und ebenfalls als weiße Wölkchen aufsteigendem Atem. Später beschloss Arnaud uns noch in eines seiner Lieblingslokale zu entführen. Wir landeten ein paar hundert Meter weiter, in einer zum Bersten vollen Bar, wo im Untergeschoss zu dumpfem Bass getanzt wurde, währen man sich oben im Halbdunkel um die Theke scharte und dank der lauten Musik kaum unterhalten konnte.

Ich ließ mich von der ausgelassenen Stimmung und dem Rum in meinem Blut mitreißen. Rebecca und ich tanzten, bis wir nicht mehr konnten, während die Männer oben sitzen blieben. Irgendwann brauchten wir eine Erfrischung, danach war ich in ein Gespräch mit Arnaud vertieft und verlor den Rest aus den Augen.

„Kommt ihr gut zurecht miteinander?", fragte er mich in Bezug auf unsere Wohnsituation.

„Am Anfang war es komisch, aber jetzt ist es, als wäre es nie anders gewesen", kreischte ich über die laute Musik zurück. Arnaud lehnte mir das Ohr entgegen.

„Ich glaube ihr seid euch sehr ähnlich, du und Tom. Gleich und gleich gesellt sich schließlich gern." Arnaud lächelte. Ich mochte ihn. Er sagte was er dachte, ohne Anstoß zu erregen.

Ich entschuldigte mich zur Toilette. Sobald ich wieder kam, erkannte ich durch die Leute hindurch, dass sich nun Joon bei Arnaud in der kleinen Sitzecke befand. Sie redeten nicht miteinander, denn ihre Münder brauchten sie für etwas ganz anderes. Ich wollte nicht voyeuristisch sein und ihnen beim wilden Knutschen zusehen. Noch dazu wurde mir beim Blick in Joons beschäftigtes Gesicht auf eine Art und Weise heiß, die kaum angebracht war.

Der Grad an Leidenschaft, den ich zu sehen bekam, war das Gegenteil zu Joons sonstigem Verhalten und gab mir einen deutlichen Eindruck davon, was unter dieser kühlen Fassade versteckt lag.

Ich zog mich zurück, suchte nach Tom und Rebecca. Die waren schwerer zu finden, aber in einer ähnlichen Konstellation. Rebecca befand sich mehr oder weniger auf seinem Schoß. Tom lächelte sie an, aber seine Augen schwammen unruhig hin und her. Meine Güte, war der betrunken! Ich konnte von hier aus seine Promille zählen und was ich noch erkannte, war Rebeccas Hand, die in seinem Nacken lag und ihn immer näher heranzog. Genau hier würde ich jetzt den Schlussstrich ziehen. Es war dringend Zeit für seine Rettung!

Ich marschierte energischen Schrittes auf die Beiden zu und quetschte mich, ohne zu überlegen, mit auf Toms lange Beine. Rebecca rutschte nach hinten, auf das Polster des Ledersofas. Sie bestrafte mich mit einem wütenden Blick, als sie Tom aus dem Griff verlor. Der schaute erstaunt zu mir hoch, hielt angestrengt den Blickkontakt, als ich nun meinen Zeigefinger in seine Brust bohrte und ihm eine Predigt hielt.

„Für uns wird es Zeit zu gehen! Wir haben morgen etwas vor!", erinnerte ich ihn an das, was wir vor uns her geschoben hatten. Der Besuch bei Eva stand Sonntag an.

Tom war kaum bei Sinnen, aber definitiv nicht abgeneigt. Er nickte und ich erhob mich, um ihn ebenfalls in die Senkrechte zu ziehen. Rebecca hatte ich nicht vergessen.

„Kommst du mit?", fragte ich herausfordernd. Ihre Gesichtszüge ebneten sich, sie fand ihre Kontenance wieder und lächelte, als wäre sie froh um den Vorschlag.

„Natürlich!", erwiderte Rebecca in einem Ton, mit dem sie auch *en garde* hätte drohen können.

Ich schob die Beiden aus der Bar. Von Arnaud und Joon war keine Spur mehr zu sehen. Ich hatte das Gefühl zu wissen, was denen gerade vorschwebte.

Einmal an der frischen Luft, kam auch Tom wieder mit seinen fünf Sinnen klar und fuhr sich durch das schwitzige Haar. „Ab nach Hause!", stöhnte er und dem folgten wir dann auch.

Rebecca begleitete uns bis zur U-Bahn und verabschiedete sich förmlich. Ich wusste, sie war mir beleidigt, weil ich ihr die Tour versaut hatte, aber ich hatte sie gewarnt! Naja, oder so ähnlich. Hätte Tom mir den Eindruck vermittelt, dass ich störte, dann wäre die Situation anders ausgegangen. Nämlich peinlich für mich.

In der U-Bahn kontrollierte ich meine Nachrichten, während Tom neben mir die Augen schloss und sich aufs Atmen konzentrierte. Da war wohl jemandem schlecht.

Meine Mutter hatte mir geschrieben. *Du kannst mich ignorieren, sobald ich tot bin. Bis dahin wäre es nett, wenn du dich zurückmelden würdest, ob und wann du morgen kommst.*

Ich schob mir die Haare aus dem Gesicht und ächzte. Wir waren noch gar nicht dort, aber die Laune war jetzt schon mies.

„Was ist?", murmelte Tom, ohne die Augen zu öffnen.

„Eva ist sauer."

„Weil?"

„Ich mich nicht mehr gemeldet habe, wegen morgen."

„Ich dachte, das wäre längst abgemacht?"

„Ist es auch."

„Hindert sie nicht daran, dir ein schlechtes Gewissen zu machen?"

„Niemals."

Ich lehnte mich in dem unbequemen Schalensitz zurück, bis mein Hinterkopf die Fensterscheibe berührte, damit sich die Vibration der Bahn in meinem Kopf ausbreitete. Leider half auch das nicht Evas Vorwurf zu vergessen.

Der Fußweg von der Haltestelle bis nach Hause dauerte ewig, weil Toms Koordination stetig nachließ und er anfing zu jammern.

„Oh Gott, ich kotze gleich über den Gartenzaun!"

„Untersteh dich! Nur noch ein Block, dann sind wir da!"

„Ich bin zu alt, um so viel zu saufen."

„Ist ja gut Opa, jetzt komm!" Ich verdrehte die Augen und zerrte ihn weiter.

Endlich in der Wohnung angekommen, half ich ihm aus den Schuhen und seinem Mantel, was nicht einfach war, bei jemandem der so viel größer war als ich. Tom wankte in sein Schlafzimmer, während ich mich selbst auszog und die neue Mütze in meinem Kleiderschrank versteckte.

Ich hörte nichts mehr von Tom und schlüpfte in meinen Schlafanzug. Bevor ich mich hinlegte, wollte ich dann doch noch kontrollieren, ob er es bis in sein Bett geschafft hatte, oder womöglich daneben am Boden lag. Nicht dass ich mir morgen Vorwürfe machen müsste, weil er sich den Schädel gebrochen hatte, ohne dass ich etwas davon mitbekam.

Es war ihm gelungen. Tom lag voll bekleidet mitten auf dem Bett. Das Gesicht ins Kissen gedrückt. Ich legte mich neben ihn auf den Bauch und tippte auf seinen Hinterkopf.

„Geh weg", brummte es aus den Tiefen des Kissens.

„Du hättest dich wenigstens umziehen können", tadelte ich. Das Bettzeug war frisch, ich hatte es gewechselt, nachdem wir durch unsere Fressgelage während der Woche, einige Flecken hinterlassen hatten. Und nun saute er es wieder ein, mit seiner Jeans, die nasse Säume vom Schneematsch hatte.

„Lass mich in Frieden sterben und hau ab", grummelte er. Ich grinste. Das machte Spaß.

„In dem Zustand kannst du morgen nicht mit zu Eva."

„Das sehen wir morgen."

Ich verstand nicht, warum er unbedingt mitwollte. Es war sicher keine gute Idee, meiner Mutter einen optischen Beweis dafür zu liefern, dass wir jetzt wirklich Umgang miteinander pflegten. Sie war bereits schlecht auf uns zu sprechen, eigentlich sollten wir keinesfalls Öl ins Feuer gießen.

Ich hatte Lust Tom noch ein bisschen zu piesacken, er konnte sich gerade wenig wehren und das machte es umso witziger.

„Rebecca hätte dich fast mit Haut und Haar aufgefressen", bohrte ich.

„Hättest du sie mal gelassen, dann müsste ich jetzt nicht leiden." Er drehte den Kopf zu mir herum, das rote Gesicht vom Webmuster des Bettlakens verziert.

„Ach so!", ich stützte mich auf den Ellbogen. „Sie gefällt dir!"

„Sie ist sehr hübsch", bestätigte Tom.

„Und charismatisch", fügte ich arglos hinzu. Ich hielt das Messer bereit, wartete bis er hineinlief.

„Und gefährlich", wiederholte Tom, was er schon einmal über Rebecca gesagt hatte.

„Das ist dir dann doch aufgefallen?"

„Mhm." Tom schloss müde die Augen.

„Schlaf nicht ein, während ich dich ärgere!", grinste ich.

„Sei still jetzt, oder hau ab!" Tom versuchte mich zu schubsen, aber seine Hand streifte nur matt mein Knie.

Ich tat ihm den Gefallen und ging ins Bett. Schlafen konnte ich kaum, die nahende Konfrontation mit meiner Mutter löste ein Kribbeln aus, als wären mir alle Extremitäten auf einmal eingeschlafen. Ich ahnte Schlimmes.

## 18

Er war wieder da. Tom hatte den Leihwagen zurückgegeben, stattdessen parkte der reparierte Mercedes, glänzend als wäre nichts passiert, vor der Tür.

Ich hatte das Vergnügen auf dem Beifahrersitz der Schande Platz zu nehmen, da dieser leider nicht ausgetauscht worden war. Tom hätte mich fahren lassen, weil er gerade so ausgenüchtert genug war, aber ihn in dem Sitz sehen zu müssen, hätte mich noch mehr verstört, also gab ich ihm die Schlüssel zurück.

Es schneite ausnahmsweise nicht. Der Himmel war zum ersten Mal seit Wochen klar. Ich staunte, wie hoch und weit sich die Welt anfühlte, sobald man in das verwaschene hellblau hinauf blicken konnte. Die Sonne zeigte ihr blasses Gesicht und streifte zaghaft den Schnee, brachte ihn zum Schimmern wie Diamantenpulver. Selbst die langweilige Wohnsiedlung war plötzlich atemberaubend schön. Überall sah man glücklich lächelnde Spaziergänger, wo es zuvor nur verlassene Gehsteige gegeben hatte.

Zu meiner aktuellen Stimmung passte das Wetter absolut nicht und es konnte sie kaum verbessern. Tom lenkte den Wagen, still auf die Straße starrend, ohne mich auch nur einmal nach dem Weg zu fragen. Er wusste genau wohin er musste. Die Adresse meiner Mutter war ihm offenbar bestens bekannt. Natürlich.

Ich war mir im Vorhinein sicher, dass es nicht gut ausgehen konnte. Wir würden streiten, Eva und ich. Tom würde dabei sein und Eva, wohl oder übel, auch auf ihn losgehen. Die Frage war nur, wie hoch der Grad an Aggression auf beiden Seiten ausfiele.

Ich hatte ihn gewarnt. Tom schwor, dass ihm die Konsequenzen klar seien. Er wollte mit, weil es *irgendwann unausweichlich werden wird*. Nicht ganz das Argument, auf welches ich mich einlassen konnte, aber ich hatte keine Lust mit ihm zu diskutieren.

Da saßen wir also in seinem Auto und waren auf dem Weg zum Richtblock. Mein Nacken kribbelte bereits, in Erwartung der verbalen Axt meiner Mutter, die auf mich hernieder sausen musste.

Tom hatte den Kofferraum leer geräumt, damit wir den eigentlichen Zweck unseres Besuchs auch darin unterbringen konnten.

Es ging nur um ein paar Kisten, aber auch die brauchten Platz. Natürlich hatte Tom ein Sammelsurium aus zerknitterten Sakkos, Ersatzschuhen, Unterlagen, Pfandflaschen und diversen Müll aus dem Hinterteil des Autos gezaubert. Ich hatte ihm kommentarlos geholfen, alles zu sortieren.

Jetzt gerade beobachtete ich ihn unauffällig, wie er konzentriert den Verkehr auf der glatten Umgehungsstraße verfolgte. Was mich umtrieb, seit er mir eröffnet hatte dass er nicht den selben Vater hatte wie meine Mutter, war diesen in Tom zu erkennen. Ich wollte herausfinden, was er von ihm haben konnte. Wo unterschied sich Toms Äußeres von der dominanten Genetik unserer weiblichen Erblinie?

Nach intensivem Studium meines Forschungsobjekts kam ich erneut zur Conclusio:

Nirgends.

Als hätte jemand ein Porträt von Eva gezeichnet und dabei Durchschlagpapier untergelegt, um eine exakte Kopie des Originalmotivs zu bekommen, dass er fünfzehn Jahre später wiederverwenden konnte.

Toms Haare brauchten längst einen Schnitt, sie hingen ihm an den Seiten fast über die Ohren. Er war dauernd damit beschäftigt, sie sich aus der Stirn zu wischen. Je länger seine Haare wurden, desto mehr erinnerten mich diese an die dunklen Naturwellen meiner Mutter.

Sein Profil, mit der geraden Nase und dem auffällig nach vorne zeigenden Kinn, die Augen, der Hautton, das ganze dezent nach Südosteuropa deutende Äußere, war mir seit Kindesbeinen bekannt. Sogar seine Hände, größer und länger als die seiner Schwester, hielten das Lenkrad auf eine Art und Weise fest, welche ich blind hätte beschreiben können. Toms ganzes Wesen, wie er stand und ging und die Stirn runzelte, war eine Pantomime von Eva, obwohl sie wie Einzelkinder aufgewachsen waren. Es lag ihnen in den Genen. Tom wusste das, hörte es aber mit gemischten Gefühlen.

Ich kramte in meiner Tasche und förderte von deren Boden eine zerkratzte Sonnenbrille hervor, die dort seit dem Sommer vergessen gelegen hatte.

„Hier, setzt die auf", bot ich Tom an. Ich konnte nicht länger ansehen, wie er mit zugekniffenen Augen in das gleißend helle Sonnenlicht starrte. Selbst ich bekam Kopfschmerzen davon.

Er versuchte danach zu greifen, ohne von der Straße wegzusehen und fasste ins Leere.

„Warte, ich mach das!", beschloss ich, beugte mich hinüber und fädelte die Bügel hinter seinen Ohren ein. Sein Gesicht entspannte sich sofort, ich war zufrieden mit meinem Werk. Tom warf einen prüfenden Blick in den Rückspiegel und grinste.

„Die steht mir gut."

Ich lachte ebenfalls. Es war ein geschwungenes Damenmodel mit violettem Kunststoffrahmen, welches mir an mir selbst gut gefiel. Wenig überraschend, dass es an Tom nicht gänzlich fehlplatziert wirkte. Wir hatten schließlich auch ähnliche Gesichtszüge.

Er fuhr zufrieden schmunzelnd weiter, ich dagegen versank erneut in unheilvollen Gedanken und blieb am Thema Väter hängen.

„Tom?"

„Ja?"

„Sag mal... wenn du deinen Vater nicht kennst..."

„Mhm?"

„Weißt du dann wenigstens etwas über meinen?"

Das Schmunzeln verschwand, dafür runzelte er wieder die Stirn, diesmal unabhängig vom Lichteinfall.

„Kommt drauf an, was *du* weißt?", fragte er reserviert zurück, ohne herüberzusehen.

„Komm schon, nicht wieder die *ich darf dir nichts sagen, was Eva nicht gut heißt*-Nummer", ätzte ich sarkastisch.

Tom atmete hörbar aus. „Na gut. Ich fürchte aber, du wirst enttäuscht sein."

Ich lehnte mich zurück, schaltete das Autoradio ab und dreht den Kopf in Toms Richtung, bereit seiner Erzählung zu lauschen.

„Ich erinnere mich an Eva, wie sie in der Küche unserer Eltern stand. Hochschwanger, mit dem dicksten Bauch, den ich je gesehen hatte. Ich war alt genug, um zu wissen woher die Babys kommen, aber dass da wirklich ein Mensch drin sein sollte, das hat mich fasziniert." Er lächelte und blinkte, machte eine kleine Pause, während er links abbog.

„Sie hatte einen Mann dabei, ihren Freund. Ich habe ihn nur das eine Mal getroffen. Er hat mir ein bisschen Angst gemacht, wirkte streng mit seinem Bart und den buschigen Augenbrauen, aber ich wäre auch unglücklich gewesen, in seiner Situation. Ich weiß nicht, ob er damals überhaupt ein Wort gesagt hat. In meiner Erinnerung steht er einfach nur an der Tür und schaut ernst, während Eva mit meiner Mutter diskutiert.

Dann weiß ich noch, dass mein Vater nach Hause kam, die Stimmung sofort auf den Gefrierpunkt sank und sie alle vier ins Wohnzimmer verschwunden sind. Ich habe in der Küche meine Hausaufgaben gemacht. Geometrie. Ich erinner mich an das Dreieck in meinem Mathebuch, dessen Winkel ich berechnen sollte, aber ich habe nur verängstigt darauf gestarrt, weil im Nebenzimmer laut gestritten wurde.

An dem Abend habe ich gefragt, was denn los sei, als mein Vater außer Hörweite war. Mama hat sich umgeschaut, ob Papa wirklich nicht zufällig ins Zimmer kommt und meinte ich solle keinesfalls mehr danach fragen. Eva würde einen Mann heiraten, der Papa nicht recht ist und das wäre sehr schlimm."

Hier machte Tom eine kurze Pause und wechselte die Spur. Dann zuckte er mit den Schultern, das Gesicht so neutral wie möglich.

„Ich war elf und wusste, wann ich meinen Mund halten musste, wenn ich nicht wollte, dass meinem Vater die Hand ausrutschte. Ich war froh, dass sein Zorn zur Abwechslung mal meine Schwester traf, anstatt mich, also hab ich mich daran gehalten. Ich hatte ja keine Ahnung, dass ich Eva erst Jahre später wiedersehen würde, nachdem unser Vater gestorben war."

„Und was war so falsch an meinem Vater, dass Eva wegen ihm den Kontakt abgebrochen hat?"

Tom blickte kurz unter der lächerlichen Sonnenbrille zu mir herüber.

„Sie hat den Kontakt nicht abgebrochen, unser Vater hat sie hinaus geschmissen und ihr gesagt sie brauche nicht wiederkommen. Er wollte sein eigenes Enkelkind und seine Tochter nicht wieder sehen und Eva war stolz genug, um ihm diesen Wunsch zu erfüllen."

Das tat mir tatsächlich Leid für meine Mutter. Vom eigenen Vater abgelehnt zu werden, ein Kind zu erwarten, das keine Großeltern haben würde, obwohl sie noch am Leben waren.

„Er hat unserer Mutter ebenfalls den Kontakt mit Eva verboten. Das war das Schlimmste", fügte Tom tonlos hinzu.

„Klingt immer mehr danach, als ob mein Opa kein angenehmer Zeitgenosse war", warf ich ein.

„Allerdings. Ich habe früher nicht kapiert, wo das Problem lag. Erst als Erwachsener habe ich viel von dem verstanden, was damals vorgegangen ist. Dein Großvater war ein stolzer Deutscher, zu stolz könnte man sagen, wenn du verstehst was ich meine. Er war schockiert von Evas Schwangerschaft und wollte ihr verbieten Jan zu heiraten, weil er sorbischer Abstammung war."

Ich zählte eins und eins zusammen und mir blieb der Mund offen stehen.

„Oh. *So einer* war er?"

„Sehr diplomatisch ausgedrückt, aber richtig", pflichtete mir Tom trocken bei.

„Das ist nicht dein Ernst!"

„Leider ja, ich fürchte der alte Mann konnte es nicht verkraften, dass seine Tochter eine Kowar werden sollte und das Enkelkind ebenfalls. Er fühlte sich seinen nationalen Wurzeln verpflichtet, was völlig absurd ist, wenn man bedenkt dass seine eigene Frau ungarische Vorfahren hat und wir alle nach ihr kommen. Ich meine, ist einer von uns blond und blauäugig?" Tom lachte abfällig.

„Das ist völlig bescheuert", war alles was mir dazu einfiel.

„Richtig, aber der Wille des Menschen ist sein Himmelreich und ich fürchte meine Wenigkeit hat auch dazu beigetragen, dass er zunehmen verbittert wurde. Mama redet nicht über meinen leiblichen Vater, aber ich denke der hat damit zu tun. Das Ego deines Großvaters hatte schon einen Knick und Jan Kowar hat ihm einen weiteren Schlag versetzt."

„Warum hat mir Eva das nie gesagt? Ich meine, ich hätte das doch verstanden!"

Tom zuckte wieder die Schultern. „Ich fürchte sie ist ihrem Vater ähnlicher, als sie ahnt. Sie ist genauso wenig zu Kompromissen fähig und fährt immer eine harte, gerade Linie."

Das war eine gute Einschätzung vom Charakter meiner Mutter und machte mich gleichzeitig sehr traurig.

„Sie sagt, mein Vater sei einfach abgehauen. Stimmt das wenigstens?", fragte ich leise.

„Darüber weiß ich nichts, Phil. Was in der Ehe deiner Eltern vorgefallen ist, das ist eine Sache zwischen den Beiden. Ich habe nur mitbekommen, dass es Streit über Geld mit meinem Vater gab und er alles getan hat, um Eva das Leben schwer zu machen. Ich fürchte das war wenig förderlich für eine Beziehung, die bereits unter keinem guten Stern begonnen hatte. Es gehören immer zwei dazu und wer wen verlassen hat, das geht mich nichts an."

„Er ist nie wieder aufgetaucht, weißt du", raunte ich.

„Denk dran, es ist nicht einfach an Eva vorbei zu kommen."

„Du hast es doch auch geschafft."

Ich blickte müde in den Seitenspiegel und sah die strahlend weiße Landschaft hinter uns verschwinden. Dass meine Familie zerbrochen und zerstritten war, wegen lächerlichen Eitelkeiten und rückständigen Gesinnungen, war schwer zu glauben.

„Mein Opa ist gestorben, als ich ein Kind war. Warum gab es danach keinen Kontakt?", fragte ich.

„Meine Mutter war eine brave Ehefrau, die befolgte was ihr Mann verlangte. Das waren noch andere Zeiten. Da hatten die Frauen nichts zu sagen und wenn ich ehrlich bin, glaube ich, dass sie Angst vor ihm hatte. Er wurde immer unberechenbarer. Für Eva war es zu spät, sie hat Mutter nie verziehen, dass sie zu unserem Vater gehalten hat."

„Obwohl sie selbst erleben musste, wie er euch alle behandelte?"

Tom nickte. „Eva kennt nur den Angriff, keine Flucht. Sie konnte nicht akzeptieren, dass unsere Mutter so nachgiebig und gehorsam war."

„Und wie war das alles für dich?"

Tom schwieg, bremste den Wagen vor einer roten Ampel herunter. Wir standen, der Motor summte gleichmäßig. Ich wartete ab.

„Beschissen", antwortete er, als es grün wurde und er wieder Gas gab. Der Mercedes beschleunigte rasant, getrieben von Toms Fuß auf dem Gaspedal.

Die Sonnenbrille ließ ihn nicht mehr weniger ernst aussehen, sie verstärkte den Eindruck eher auf groteske Weise.

„Ohne Eva im Haus war ich schon immer der Boxsack, aber nachdem sie sich zerstritten hatten und meine Schwester nicht mehr auftauchte, wurde es schlimmer. Mein Vater war wütend auf alles und jeden, wahrscheinlich am Meisten auf sich selbst und ich musste es aushalten. Er war niemals fähig seine eigenen Gefühle zu artikulieren, also hat er sie an mir ausgelassen."

Ich brauchte nicht mehr nachzufragen. Ich wusste was das bedeutete, ich hatte es auch erlebt. Das Kranke daran war nur, dass meine Mutter wiederholte, was ihr Vater vorgelebt hatte.

„Hat er Eva auch geschlagen?"

Tom umklammerte das Lenkrad, als wolle er dem Auto wehtun. „Ich glaube nicht, sie war seine Prinzessin, bis sie angefangen hat aufzubegehren. Dann hat er versucht sie zu unterdrücken, wie meine Mutter."

„Das tut mir Leid, Tom. Eva hat nie erzählt…"

„Schon gut. Ich kann es mir denken. Ich sagte ja, Eva ist ihm ähnlicher, als sie glaubt."

Ich schaute in meine Schoß, weil es mir unangenehm war, selbst wenn wir das selbe Leid teilten. Ich fragte mich, ob er auch an den Moment dachte, als ich seiner Hand ausgewichen war, weil ich glaubte er würde mich schlagen. Alte Reflexe, die einmal überlebenswichtig gewesen waren.

Dabei wusste ich heute, dass mich meine Mutter liebte. Sie hatte mein Leben lang alles für mich getan, auf meine Bildung geachtet, mich gut gekleidet, gesund gekocht, Extraschichten geschoben um mir Musikunterricht und Volleyballcamps zu finanzieren. Das waren materielle Beweise für ihre Hingabe. Als Erwachsene konnte ich das rückblickend verstehen, aber da lag auch die Krux. Evas Liebe brannte als wärmendes Feuer – hinter dicker Doppelverglasung. Ich konnte es deutlich sehen, wann immer ich ihr begegnete, aber niemals spüren, wegen all der Probleme und Missverständnisse zwischen uns. Ich stand draußen im Dunkel und wünschte mir sie ließe mich herein. Was brachte mir dieses Gefühl also?

Wenn die Stimmung zu Beginn unserer Fahrt schon schwierig gewesen war, dann hatte ich sie nun endgültig runtergezogen. Wir saßen schweigend im Auto, bis wir den Vorort erreicht hatten, in dem ich aufgewachsen war. Mein letzter Besuch war ewig her, aber es hatte sich kaum etwas verändert.

Ein paar Neubauten, ein Kreisel wo früher die Kreuzung gewesen war, aber sonst ganz der hübsche kleine Stadtteil aus Einfamilienhäusern. Viele alte Bäumen und dazwischen Bäckerei, Kindergarten, Metzger und Postfiliale. Dorfidylle am Busen der Großstadt.

Wir fuhren die Straße entlang, an deren Ende Evas Haus stand. Tom parkte davor und wir schauten über den Jägerzaun, in den Vorgarten voller eingeschneiter Rosensträucher. Ein kaum renovierter Bungalow aus den frühen Achtzigern, mit tiefhängendem Satteldach. Evas ganzer Stolz, den sie sich hart vom Mund abgespart hatte.

Home, sweet Home.

Tom gab mir die Sonnenbrille zurück und rieb sich die Augen.

„Bereit?", fragte er.

Ich sah in sein plötzlich sehr blasses Gesicht, das bereits erschöpft wirkte, aber aufmunternd lächelte.

„War ich noch nie, werde ich nie sein", antwortete ich ehrlich.

Wir stiegen aus, blieben aber unentschlossen am Auto stehen. Tom steckte seine Hände tief in die Hosentaschen und schaute zu mir herunter. Ich zuckte die Schultern, als wüsste ich auch nicht, was in dieser Situation zu tun war, nahm mir aber ein Herz und öffnete das Gartentor. Wir stiefelten über den säuberlich geräumten Gartenweg, auf die zwei Stufen aus Granitplatten zu, welche Richtung Haustür führten.

Oben angekommen spähte ich in das kleine Fenster neben der Tür, erkannte aber nichts, weil durch das altmodische Buntglas nur zu sehen war, ob sich etwas im Schatten dahinter bewegte, oder nicht. Im Moment war alles ruhig.

„Vielleicht hat sie es vergessen und ist gar nicht da?", fragte ich hoffnungsvoll. Toms Blick war so ironisch, wie er nur sein konnte. Er braucht nichts zu sagen, seine Mimik sprach Bände. Natürlich hatte sie es nicht vergessen. Das Wunschdenken ging mit mir durch.

Ich betätigte die Klingel, wir lauschten gespannt während der Ton im Inneren des Hauses verhallte, dann hörten wir das Schlagen einer Tür.

Sie war auf dem Weg zu uns.

## 19

Eva stand nur einen Moment in der Tür. Ihr Blick wanderte von mir zu Tom, verdunkelte sich auf dem Weg zwischen uns kaum wahrnehmbar. Aber ich bemerkte es.

Sie drehte sich wortlos um, ebnete uns den Weg ins Haus. Tom und ich schauten einander ratlos an, dann schob er mich mit beherztem Druck hinter meiner Mutter her, weil meine Beine nicht den Willen fanden, sich von selbst zu bewegen.

Wir folgten Eva gehorsam in das Wohn- und Esszimmer. Ah, die Bühne meiner Kindheit, die Bretter auf denen das Drama so viele Jahre lang erfolgreich aufgeführt worden war. Da lagen sie also und grüßten mich, mit ihrem wohlbekannten Gesicht.

Man konnte den Raum von der Küche aus betreten, oder vom Flur. Er wurde in der Mitte, auf Höhe des Kachelofens, von einer niedrigen Stufe im Parkett zweigeteilt. Das untere Level beherrschten ein Sofa und die Wohnwand. Auf dem Plateau oberhalb thronte der große Esstisch, umringt von seinen Stühlen, wie ein Planet mit sechs treuen Monden aus nachgedunkelter Fichte. Genau wie der Ort um es herum, hatte sich auch das Innere von Evas Haus kaum verändert, ebenso wie meine Gefühle dafür.

„Kaffee?" Eva fragte aus der Küche heraus, als hätten wir zuvor munteren Smalltalk gehalten.

„Gerne", antwortete Tom für uns. Ebenfalls höflich, ebenfalls einsilbig.

Ich nahm an der Seite des Tisches Platz, wo ich immer schon gesessen hatte. Es warteten bereits Tassen und eine Dose mit Zucker auf uns. Die Frage nach Kaffee war eine Scharade, dieser war längst vorbereitet, wir wussten es alle. Tom setzte sich neben mich und reichte mir eine der Tassen. Wir wechselten wieder Blicke, die sagen sollten *wir schaffen das,* aber unser Mantra versagte, ich wurde zusehends nervöser.

Eva kehrte mit einer Kanne zurück und nahm ihren Stammplatz am Kopf des Tisches ein. Sie schenkte wortlos aus und schob eine Packung Milch in meine Richtung. Wir machten großes Bohei aus der Zubereitung unseres Kaffees, um Zeit zu schinden. Tom versenkte selbstverständlich den halben Inhalt der Zuckerdose in seinem Getränk, was meine Mutter mit kritischem Blick beobachtete. Er ließ sich nicht davon aus der Ruhe bringen und rührte gelassen in dem Kaffeesirup. Während Eva also abgelenkt war, nutzte ich die Gelegenheit, um sie mit Tom zu vergleichen.

Es erstaunte mich von der ersten Sekunde an, dass ich nicht erstaunt war. Noch im Auto hatte ich damit gerechnet, durch die Präsenz beider Geschwister im selben Raum, erschlagen zu werden. Das Hanni-und-Nanni Gefühl stellte sich aber nicht ein.

Ja, die beiden glichen sich auf haarsträubende Art. Eva hatte ihr Haar auf Kinnhöhe abgeschnitten, es stand meiner Mutter gut und war damit fast so kurz, wie Toms. Sie war natürlich noch immer klein und rundlich, mit weichen Zügen, die ihren Charakter Lügen straften und dennoch war der große, schlanke Tom ein in die Länge verzerrtes Spiegelbild von ihr.

Während sie im exakt selben Rhythmus in ihren Tassen rührten und dabei das absolut gleiche finstere Gesicht aufsetzten, fand ich plötzlich Details, die Tom und Eva doch zu zwei individuellen Menschen machten.

Es waren nur Kleinigkeiten was das Äußere betraf, aber ein Gegensatz wie Himmel und Hölle, bezüglich meinem Gefühl. Ich spürte genau wo die Grenzen im Raum verliefen. An welchem Punkt meine Zugehörigkeit zu Tom endete und die Abweisung meiner Mutter begann.

Tom warf mir unauffällige Seitenblicke zu, die Augen groß und wachsam, seine Hände immer in meiner Nähe, als müsse er damit rechnen mich festzuhalten. Eva schaute mir nur ins Gesicht, um mich abzutasten wie ein Scanner am Kassenband den Strichcode einer Ware. Was bist du wert? Piep. Nicht genug. Piep.

„Und, wie lange bleibst du diesmal in der Stadt?" Evas Stimme riss mich aus meinen Gedanken. Ich ließ den Löffel vor Schreck in die Tasse fallen, dass es spritzte. Diese peinliche Tatsache und die Flecken auf ihrer Tischdecke, ignorierte mein Mutter ungewöhnlicherweise. Sie hatte ein lohnenderes Ziel als ihre tollpatschige Tochter.

Tom hob den Blick von seiner Tasse, aus der er noch keinen Schluck genommen hatte.

„So lange, wie ich gebraucht werde. Ich weiß es noch nicht."

Eva hob die Augenbrauen gefährlich triumphal, wie sie es nur tat wenn ihr Opfer in die Falle gegangen war.

„Wer braucht dich denn so dringend?", fragte sie so zweischneidig, dass mir schlecht wurde. Egal was Tom darauf antwortete, es war falsch.

„Die Arbeit, vor allem." Er sagte es ruhig, als gäbe es keinen Zweifel an seinen Motiven.

„Die Arbeit. Und danach Philomena. Das wolltest du doch sagen."

„Nein, das ist was *du* denkst."

Oh, das war nicht gut, das war gar nicht gut! Ich rutschte reflexartig zurück, bis ich die Lehne meines Stuhls hart im Rücken spürte. Aus dieser Schussbahn wollte ich mich körperlich entfernen, sonst musste ich um Leib und Leben fürchten, denn Evas Augen waren tödlich.

„Wie schön, dass du so genau weißt, was ich denke! Dann brauchen wir uns ja nicht mehr darüber unterhalten, wie ich es finde, dass du meine Tochter so ausnutzt!"

Evas Pfeile saßen. Jedes Wort eine präzise geschliffene Spitze. Darin war sie gut, darin war sie Weltmeisterin. Tod durch Verbalattacke. Ihre Spezialität.

Ich hielt die Luft an und wollte ab diesem Moment einfach nur noch verschwinden, mich aus der Situation heraus dissoziieren, meinen Körper verlassen, bis es vorbei war.

Nicht so Tom. Er schaute ihr ungerührt ins Gesicht, aber ich sah den Sturm im Wasserglas heraufziehen. Die Falte über seiner Nasenwurzel war die erste Welle auf der Oberfläche.

„Ich. Möchte. Ihr. Helfen." Tom zerbiss jedes einzelne Wort zwischen den Zähnen.

„Wem? Philomena? Wohl eher dir selbst! Du kommst hier an, spielst dich als den guten Samariter auf und ich bin noch so dumm und glaube dir. Aber du hast dich nicht geändert! Niemand tut das, was ich hätte wissen sollen! Du wirst wieder verschwinden, wie immer und auf dem Weg bis zur Tür nimmst du alles mit was du kriegen kannst!"

Eva verschränkte siegesgewiss die Arme, ihr Kaffee wurde ebenfalls unberührt kalt. Ich fand die Vorwürfe ungeheuerlich. Wenn jemand profitierte dann ja wohl ich, aber Tom stieg voll auf ihre Vorlage ein.

„Ich weiß, ich bin an allem Schuld, was falsch läuft auf dieser Welt! Nenn mich Satan, wenn es dich glücklich macht! Aber eines kannst du mir nicht unterstellen! Deine Tochter hast du ganz alleine so von dir entfremdet, dass sie lieber mit jemandem zusammenzieht, den sie kaum kennt, als zurück zu dir!"

Er spuckte ihr jede Silbe vor die Füße. Eva erstarrte blass und kalt wie Eis, vor blankem Zorn.

Das hier brach ganz sicher unseren privaten Eskalationsrekord. Von Null auf Hundert in nur zehn Sätzen. Alle guten Absichten über Bord geworfen, bevor das Schiff überhaupt abgelegt hatte.

Ich vergaß endgültig zu atmen, während sich die Stille wie ein unsichtbarer Stolperdraht spannte, der den Ersten köpfen würde, welcher ihn berührte. Tom stand Eva nun in nichts mehr nach, was die familientypische Mimik aus Hass und Verachtung anging. Der Raum enthielt keinen Sauerstoff mehr, ich wollte wegsehen, um mir selbst zu ersparen, was das alles mit mir machte. Aber es ging nicht. Das Verlies war geöffnet, die uralte Angst darin geweckt und blutrünstig, wie eh und je.

Plötzlich fochten sie nicht mehr mit Blicken, sondern wandten sich mir zu. Um Himmels Willen, nein! Der Blitz möge mich treffen, aber nicht das!

Aber Eva sah mich mit so etwas wie Unglauben an, irgendwo unter der Maske aus Wut, die mich bewegungsunfähig machte. Ich verstand nicht, was sie dazu brachte ihre Deckung zu verlassen und die Waffen mitten in der Schlacht zu senken. Dann fing ich Toms Blick auf, der noch viel seltsamer war.

Er schaute mich an, wie zuletzt als ich erkältet gewesen war. Diese Mischung aus prüfend und mitfühlend, welche eine Pflegekraft an den Tag legt, während sie bereits berechnet, was sie tun kann, gegen Symptome die der Patient selbst noch kaum bemerkt.

Und genau das war es.

In meinem Blickfeld bewegte sich etwas unkontrolliert. Bei genauerem Hinsehen wurde mir klar, dass es meine Hände waren. Sie zitterten, als hätten wir Minusgrade im Raum, oder ich eine Art merkwürdigen Krampfanfall. Meine Arme und Schultern machten mit bei dem Wahnsinn, verkrampften sich, bis sie steif wurden.

„Phil?", fragte mich Tom vorsichtig und versuchte eine meiner Hände zu fangen. Als er es schaffte, hielt er sie fest. Sie fühlte sich klein und kalt an, als wäre sie kein Teil meines Körpers mehr.

„Was ist los mit dir? Bist du krank?", fragte meine Mutter, als könne ich etwas dafür.

„Sie hyperventiliert!", fuhr Tom diese an, als hätte Eva nicht mehr alle Latten am Zaun.

Eva machte große Augen, fing sich aber gleich wieder. „Bist du jetzt auch noch Arzt, oder was?", zischte sie.

„Im Gegensatz zu dir besitze ich so etwas wie Empathie!", knurrte Tom zurück.

Ich konnte nicht fassen, dass sie auch noch Wind in das Segel meiner kleinen Panikattacke bliesen. Ich musste hier weg, oder ich würde ersticken! In meine Ohren begann es zu rauschen, vielleicht könnte mich eine gnädige Ohnmacht befreien.

Doch soweit kam es nicht. Tom hielt meine feuchten Hände fest, befahl mir die Luft anzuhalten und dann langsam durch die Nase auszuatmen. Mit meiner letzten Aufmerksamkeit schaffte ich es, dem zu folgen und von der Kante zur Bewusstlosigkeit zurückzutreten. Ich hatte schon in den Abgrund geschaut und den Schwindel gefühlt, aber ich war nicht gefallen. Tom hatte mich nicht gelassen.

Meine Mutter drückte mir den Kaffee in die Hand. Sie stand auf, um mir Wasser zu bringen. Ich trank beides in hastigen kleinen Schlucken, als wäre ich halb verdurstet.

Meine Hände waren taub, aber sie gehorchten wieder. Ich war noch nicht in der Lage zu verdauen, welch sehenswerte Show eines traumatischen Flashbacks, ich zu meiner Schande gerade hingelegt hatte. Da stand Tom plötzlich auf.

„Wo sind die Kisten?"

Eva hatte sich noch nicht wieder gesetzt und drehte sich nun steif zur Tür. Tom folgte ihr mit einem leisen „gleich sind wir hier raus", an mich.

Sie verschwanden im Keller. Gott weiß, was sie sich da unten antun würden. Ich blieb brav sitzen und versuchte wieder ich selbst zu werden, statt dem verängstigten Kind, welches aus mir herausgebrochen war.

Diesen Verlauf hatte ich wirklich nicht erwartet. Dass Eva und ich uns an die Kehlen und Tom heldenhaft dazwischen gehen würde, um uns zu trennen, war eher meine Vorstellung gewesen. Stattdessen bissen sich die Zwei augenblicklich die Köpfe ab, während ich daneben hilflos japste, wie ein Fisch auf dem Trockenen. Ich hatte noch nicht einmal die Chance gehabt meine Mutter anzukeifen.

Ich hörte die beiden aus dem Keller heraufsteigen und erhob mich mutig von meinem Sitzplatz. Die Beine trugen mich, also stieß ich im Flur zu meiner Mutter, die vom Treppenabsatz aus beaufsichtigte, wie Tom eine der Kisten hoch schleppte. Er machte ein verbissenes Gesicht, ob nun wegen dem Gewicht das er zu tragen hatte, oder seiner Stimmung, war nicht eindeutig.

Ich öffnete ihm wortlos die Haustür. Er nickte mir zu und ich betätigte den automatischen Öffner für den Kofferraum. Das Auto blinkte fröhlich am Straßenrand, seine Heckklappe sprang auf. Die erste Kiste verschwand darin, Tom machte sich daran die Nächste zu holen.

Eva und ich waren stumme Zeuginnen davon, wie er diesen Weg mehrfach hin und her machte.

„Du willst unbedingt auf die Nase fallen", zischte sie, als Tom gerade wieder im Keller war.

„Was meinst du?", fragte ich erschöpft zurück, ohne Eva anzusehen.

„Er kann nicht allein sein. Er tut alles dafür, aber er kann es nicht. Das wirst du noch früh genug merken. Tom ist ein hoffnungsloser Fall, lass dich nicht von ihm runterziehen."

„Kannst du aufhören in Rätseln zu sprechen?"

Eva drehte sich zu mir. „Du willst ihn unbedingt kennenlernen und das wirst du, aber glaub nicht, dass ich dir dann helfe!"

„Immer noch rätselhaft!", knurrte ich ärgerlich zurück.

Eva lächelte mitleidig und strich mir eine Haarsträhne hinter das Ohr, wie sie es früher oft getan hatte. Ich erstarrte unter dieser plötzlichen liebevollen Berührung.

„Vielleicht musst du selber erfahren, warum ich sie alle hinter mir gelassen habe. Du bist erwachsen, ich kann es nicht mehr verhindern. Schade, dass ich mir all die Anstrengungen umsonst gemacht habe."

„Warum das alles überhaupt? Weil mein Opa nicht sein Vater war? Ist das Toms Schuld?!"

Evas Mimik blieb ausgeglichen, keine Regung bezüglich dieser Offenbarung.

„Gut, dass du es weißt. Ich hätte dir das wahrscheinlich sagen sollen, aber ich konnte es nie. Lügen war einfacher."

Ich blickte meiner Mutter ungläubig ins Gesicht, sie war ehrlich und entspannt, wie ich sie lange nicht erlebt hatte. Ganz so, als ginge es Eva wirklich nichts mehr an. Sie ließ mich von der Leine, ich war frei zu tun was ich wollte. Endlich. Ach du Scheiße!

Tom hievte einen vollen Müllsack heran, der meine restlichen Kleider enthielt und stellte ihn schnaufend vor uns ab.

„Das war alles."

Eva und er wechselten undurchschaubare Blicke.

„Dann bedanke ich mich für euren Besuch", bemerkte Eva trocken. Ich war drauf und dran meinen Mantel zu schnappen und schnellstens abzuhauen, bevor sie es sich anders überlegte. Doch Tom blieb an Ort und stelle, mit der unförmigen Mülltüte zwischen ihnen, wie einem geheimen Grenzstein, welchen keiner überschreiten durfte.

„Kommst du sie endlich besuchen?", fragte er tonlos. Eva legte den Kopf schief und zuckte kaum sichtbar die Schultern.

„Nein."

„Warum nicht?"

„Du weißt warum."

„Sie wünscht sich nichts sehnlicher. Warum bist du so grausam?"

„Frag sie."

Tom ächzte genervt und strich sich ungeduldig die Haare aus dem Gesicht.

„Wenigstens einmal Eva! Nur fünf Minuten! Sie hat nicht mehr lange und du brichst dir keinen Zacken aus der Krone, wenn du deiner Mutter entgegen kommst!"

Ich öffnete den Mund zu einem stummen O. Darum ging es hier! Meine Großmutter, die genau diesen Wunsch auch mir gegenüber geäußert hatte.

„Sie braucht mich nicht um zu sterben, das kannst du ihr gerne ausrichten!", zischte Eva kalt. Tom ballte die Fäuste, als wolle er ihr diese gleich näher bringen.

„Sie wünscht es sich!"

Eva schüttelte uneinsichtig den Kopf. „Ich hätte mir auch vieles von ihr gewünscht."

Ich trat einen Schritt vor und sprach, ohne zu überlegen: „Es stimmt!"

Zwei identische Gesichter drehten sich fragend zu mir. War ich verrückt geworden?

„Was?"

„Dass sie... dass Oma Eva sehen möchte."

„Woher weißt du das?", fragte Eva kühl. Tom schien Dasselbe sagen zu wollen. Ich schluckte, jetzt musste ich damit herausrücken.

„Sie hat mich gebeten, es dir auszurichten."

„Du warst bei ihr?", wollte Eva wissen, sah dabei aber ihren Bruder an, als habe er einen Mord begangen. Tom schüttelte den Kopf, er schien die Fähigkeit zu Sprechen verloren zu haben.

Ich wand mich innerlich, aber es machte keinen Sinn noch etwas zu verschweigen.

„Sie hat Tom angerufen, aber ich bin hingegangen." Jetzt war es heraus und der Zwillingseffekt trat doch noch ein. Tom und Eva starrten mich mit dem selben Unglauben an, der ihre dunklen Augen weit und tief werden ließ.

„Du bist an mein Telefon gegangen?" Tom hatte die Sprache wiedergefunden.

Ich nickte schuldbewusst. Eva lächelte schadenfroh.

„Und du hast es nicht für nötig gehalten, mir das zu sagen?", sein Ton wurde drohend, ich zog den Kopf ein. Eva lächelte immer noch.

„Herrlich, ihr beide passt wirklich gut zusammen", kommentierte sie.

„Wann war das? Was hat sie genau gesagt?!" Tom ignorierte Eva und kam auf mich zu. Ich erzählte ihm stammelnd von dem Abend, als er sein Smartphone im Bett hatte liegen lassen.

„Sag bloß, du hattest seitdem keinerlei Kontakt mehr zu ihr?", fragte Eva spitz, „Das macht keinen guten Sohn aus dir."

„Wir gehen!", knurrte Tom, Eva weiterhin nicht beachtend und war mit dem Sack aus der Tür, bevor ich etwas antworten konnte.

Ich folgte ihm stumm. Er warf meine Sachen achtlos ins Auto und stieg ein, der Motor heulte sofort auf. Ich drehte mich noch einmal zu Eva um, mich fragend was ich zum Abschied sagen sollte. Sie erwiderte meinen Blick nüchtern, als wolle sie nichts mit mir zu tun haben. Dann stieg ich auch ein, bevor Tom ohne mich losfuhr, obwohl mir das im Moment fast lieber gewesen wäre.

Wir ließen den Ort rasend schnell hinter uns. Die Stille war greifbar. Ich fixierte meine Knie, traute mich kaum etwas anderes anzusehen. Toms Erregung spürte ich trotzdem in der Art, wie er den Wagen um die Kurven riss, sodass mich seine Fahrmanöver in den Sitz drückten. Davon wurde mir schlecht und von dem, was mir zu Hause wohl bevorstand.

Tom bremste den Mercedes hart vor unserer Wohnung und stieg kommentarlos aus. Ich folgte ihm mit gebührendem Abstand. Er verschwand im Schlafzimmer, dessen Tür er krachend ins Schloss warf. Ich blieb im Flur stehen und lauschte. Er telefonierte.

Ich verzog mich in die Küche. Stand dort sinnlos am Spülbecken. Fühlte mich schlecht und wusste nicht, was ich dagegen tun konnte. Der Himmel war wieder grau, es begann zu schneien.

Tom stand plötzlich hinter mir. Ich erschrak mich zu Tode und wich zurück.

„Ich habe im Heim nachgefragt, die Pflegekräfte wissen nichts von einem Anruf, also hat sie es selbst gemacht."

Im Heim. Meine Großmutter lebte also in einem Heim. Darum hatte ich damals das Gefühl, da sei noch jemand im Raum mit ihr. Ich starrte Tom an, sein ganzer Körper schien wie von Stahlseilen zusammen gezurrt, als wolle er sich nie wieder entspannen.

„Es tut mir leid, ich..."

„Du kannst nicht einfach einen Anruf von ihr annehmen!", wiederholte Tom laut und donnerte die leere Flasche auf den Tisch, welche er die ganze Zeit schon in der Hand gehalten haben musste. Das Glas vibrierte von der Energie, mit der es aufgeladen worden war. Ich glaubte es würde noch in seiner Hand zerspringen, aber die Flasche hielt stand.

Der Knall verursachte ein Echo in meinem Kopf. Wir schauten beide erschrocken auf seine Hand. Dann platzte die Spannung so leicht wie eine Seifenblase und Tom sank auf den nächstbesten Stuhl.

„Sie schafft es normal nicht mehr selbst anzurufen, sie braucht die Assistenz von einer Pflegekraft dafür." Tom sprach leise in Richtung des Tisches, ich musste genau hinhören um ihn zu verstehen.

„Sie muss sehr aufgeregt gewesen sein, wenn sie es alleine versucht hat."

Er redete nicht wirklich mit mir, wiederholte nur hörbar seine eigenen Gedanken. Ich wollte etwas antworten, einen zweiten Versuche mich zu entschuldigen, aber Tom erhob sich ungelenkt, als sei er sehr müde und schloss sich wieder in sein Schlafzimmer ein.

Das war zu viel für einen Tag, ich ertrug es nicht länger. Ich griff nach meinem Mantel und floh nach draußen in die Dämmerung. Wohin ich gehen würde, darüber brauchte ich nicht nachdenken, mein innerer Autopilot lenkte mich bereits durch das Schneetreiben.

## 20

Ich hatte weder angerufen, noch mich sonstig angemeldet. Er war sicher unterwegs. Ich klingelte umsonst. In zwei Minuten würde ich das einsehen und sowohl geknickt, als auch blamiert abziehen. Oder Elias war Zuhause und hatte keine Lust auf mich, weil ich ihn vernachlässigt hatte. Egal welche Option, es lief darauf hinaus, dass ich eine Idiotin war.

Der Summer ertönte und verwirrt wie ich mich fühlte, brauchte ich eine Sekunde um zu verstehen, dass ich die Tür öffnen musste. Als ich oben ankam wartete Elias bereits auf mich. Das Licht aus seiner Wohnung zeichnete ihn als scharfe, dunkle Kontur in mein Blickfeld. Während ich näher kam wurden die Details sichtbar. Sein frisches Shirt, die nassen Haare, das zufriedene Lächeln. Er kam offenbar gerade aus der Dusche, ich konnte mir fast einbilden, er dampfe noch vom heißen Wasser.

Elias zog mich herein. „Was verschafft mir die Ehre?"

Ich hatte keine Antwort darauf. Was hätte ich auch sagen sollen? Meine Mutter ist meine Nemesis, Tom macht mir Angst und das Einzige was ich tue ist mich verängstigt zusammenrollen, wie ein übergroßer Igel? Ich lächelte einfach nur entschuldigend, in der Hoffnung dass er meine fehlenden Textnachrichten übergehen würde.

„Du siehst fertig aus."

Die Untertreibung des Jahres und trotzdem tat es weh, das aus seinem Mund zu hören.

„Es war ein langer Tag."

„Noch länger als die letzte Woche?"

Ich biss mir auf die Wange. Er war also doch angefressen.

„Elias, ich war krank und es wirklich viel los und..."

Er holte mich näher heran, seine Hände warm auf meinem Rücken, seine Augen so blau wie... Ich hörte auf zu denken, als er mich küsste. Das hatte ich gebraucht. Die gehirnwaschende, alles auslöschende Macht seiner Berührung. Elias' Anwesenheit schaltete meinen Kopf auf Durchzug und half zu vergessen.

In der Wohnung war es ruhig. Meine Müdigkeit wog so schwer, ich wollte nur in dieser Umarmung versinken und mich dort verstecken.

Elias löste sich von mir, ich wollte aber nicht dass er aufhörte. Seine Lippen sollten bleiben wo sie waren, auf meinen. Ich protestierte etwas Unartikuliertes und versuchte ihn festzuhalten, aber Elias drehte mich mit einer einzelnen Bewegung herum.

Er schubste mich über die Lehne des Sofas. Erschrocken wollte ich mich aufrichten, aber er drückte mich wieder herunter. Bäuchlings hing ich über dem Möbelstück und spürte, wie Elias meine Hose in einem Ruck herunterzog.

„Elias..!", aber er ließ mich nicht zu Wort kommen. Ich schnappte ungläubig nach Luft, das konnte doch nicht sein was er vorhatte?!

Elias hielt mich im Nacken fest, ich hatte keine Chance mich umzudrehen und ihm ins Gesicht zu sehen. Er packte meinen Oberschenkel. Ohne jede Rücksicht zwang er sich mit einem Mal in mich hinein. Darauf war ich nicht vorbereitet, es tat weh. Ich grub meine Finger in das Polster und biss mir auf die Lippe, um es auszuhalten.

Ich hoffte er würde aufhören, aber Elias bewegte sich grob, wiederholte es immer wieder. Ich ächzte vor Schmerz und Scham, er vor Lust. Er rieb mich wund, es brannte. Mein Rücken rebellierte gegen die unbequeme Stellung. Rotz und Tränen tropften bei jedem Stoß auf meine verkrampften Hände, die alles waren was ich sehen konnte.

Es dauerte eine gefühlte Ewigkeit. Ich versuchte mich nicht gegen seinen Rhythmus zu wehren, alles einfach zu ertragen, weil es irgendwann vorbei sein musste. Schließlich spürte ich wie sein Druck nachließ. Er kam. Ich hielt die Luft an.

Elias zog sich zurück und ließ mich allein. Ich hörte wie sich die Badezimmertür schloss. Endlich konnte ich aufstehen, grapschte nach meiner Hose und zog sie schnell hoch, drückte den Knopf ins Loch, als wäre ich dahinter sicher. Zitternd nahm ich ein Stück Küchenrolle und putzte mir das verheulte Gesicht ab. Ich spürte wie sein Ejakulat in meinen Slip sickerte.

Ich war leer. Phil war nicht in dieser Wohnung anwesend. Ich hätte ausflippen müssen, Gegenstände an die Wand werfen und ihn anschreien, was das sollte?! Warum er sich mir aufdrängte und mich erniedrigte, wenn ich bereits am Boden lag? Oder einfach gehen, solange ich noch die Chance dazu hatte. Nichts davon tat ich. Ich stand in Elias' Küche, wie zuvor in Toms und starrte in die Luft. Unfähig etwas zu fühlen.

Elias kam zurück und zog mich auf das Sofa. Dieses Mal durfte ich darauf liegen, anstatt darüber geworfen zu werden, wie eine fusselige Decke. Er küsste mich, als wolle er mein Gesicht nie wieder hergeben. Ich drückte ihn halbherzig weg. Er lähmte meine Muskeln, als wäre er mein Kryptonit. Elias' Superkraft war mich zu besitzen.

Ich blieb über Nacht.


Die nächsten Tage wurde ich überschüttet von Nachrichten. Marina wollte wissen, wie mein Besuch bei Eva verlaufen war. Joon beklagte sich über Toms Laune und fehlende Arbeitsmoral. Rebecca war mal wieder im Büro abwesend, meldete sich aber persönlich von ihrem Trip an irgendeinen See in Italien, zusammen mit dem großen Unbekannten.

Einzig Elias brauchte mir nicht zu schreiben, denn er sah mich jeden Abend und jeden Morgen. Ich war feige und verletzlich, zwei Eigenschaften die mich zu ihm trieben. Es gestaltete sich einfacher mit Elias zu schlafen und dort zu bleiben, denn wie eine Diebin durch Toms Wohnung zu schleichen, oder noch schlimmer, den Konflikt aktiv im Gespräch zu lösen.

Ich hatte Tom seit Sonntag Abend nicht mehr gesehen und wir schrieben uns nie, hatten es bisher auch nicht gebraucht, also herrschte Funkstille. Dafür hatte ich endlich wieder ein Treffen mit Marina ausgemacht, wir hatten uns so lange nicht gesehen, es wurde Zeit.


„Ah, herrlich!" Marina lehnte sich genüsslich zurück und schloss die Augen. Ich beobachtete sie dabei und wunderte mich, wie sie so sehr entspannen konnte, splitterfasernackt zwischen fremden Leuten.

Die Sauna war ihre Idee gewesen, ich hatte mich überreden lassen. Solange wir in einer Kabine für uns waren fand ich es auch angenehm. Ich hatte kein Problem damit vor Marina nackt zu sein, aber mit den anderen Saunabesuchern war das Gegenteil der Fall.

Im Moment hatten wir Glück, am Mittwoch Abend war der Eintritt in das Wellnesbad zwar vergünstigt, aber wer hatte da schon Zeit für so etwas? Außer uns zwei kinderlosen Herumtreiberinnen ohne Verpflichtungen, waren nur ein paar Senioren anwesend. Trotzdem hielt ich das Handtuch nervös fest, jederzeit bereit es schnell über meine intimsten Teile zu ziehen, sobald ein älterer Herr mit ergrauter Brustbehaarung, aber scharfen Augen, in unsere Nähe kam.

Marina war das alles egal. Sie stolzierte über feuchte Fliesen, breitete sich in jeder Sauna aus und planschte in allen Becken, als gehöre ihr der ganze Laden.

Ich beobachtete die unzähligen gleichmäßigen Schweißperlen, welche sich wie ein glitzernder Panzer auf Marinas Haut bildeten und fragte mich, wann die Erste aufgeben und über ihren schlanken Körper fließen würde. Meine Freundin saß eine Stufe über mir. Ihre Haare explodierten in der feuchtwarmen Luft zu einer wilden, hellblonden Wolke. Sie sah aus wie eine Göttin.

„Phil, du wirkst als würdest du gleich mündlich in Latein abgefragt. Entspann dich doch."

„Ich bin entspannt!", entgegnete ich verbissen. Marina lachte mich aus.

„Nun erzähl schon, wie es bei Eva war."

„Ok, aber dann kannst du die Entspannung gleich wieder vergessen!", warnte ich, berichtete ihr aber alle Kleinigkeiten von der Autofahrt zu meiner Mutter und was dort vorgefallen war. Toms Geständnis bezüglich seines Vaters, webte ich ebenfalls mit ein. Weiter ging ich nicht, von Elias hatte sie keinen Schimmer. Sobald ich fertig war schwieg ich und wartete auf ihre Einschätzung meiner Misere.

Marina wischte sich den Schweiß von der Stirn.

„Puh, ich weiß kaum was mich schwindeliger macht, die Hitze hier drin, oder was bei dir alles falsch lauft."

Ich schnaufte hörbar, ebenfalls nicht sicher, was von beidem mich mehr anstrengte. Marina rutsche zu mir herunter und setzte sich im Schneidersitz neben mich.

„Der heimliche Telefonanruf war wirklich dämlich Phil, da wäre ich auch sauer."

„Ich weiß."

„Wenn er davon so angefasst ist, dann weißt du längst nicht alles. Es klingt ja, als ginge es deiner Großmutter nicht gut und wenn sich Eva nicht dafür interessiert, ist Tom wohl der Einzige, der sich um sie kümmert."

Ich nickte, so sah es aus.

„Schon krass, dass er nur Evas Halbbruder ist. Man kann sich kaum vorstellen, dass die Leute früher genauso beziehungsgestört waren, wie wir." Marina nahm dieses Detail erstaunlich unaufgeregt wahr. „Eigentlich ist es ja irgendwie romantisch."

Naja, nicht wenn man meinen Großvater gefragt hätte.

„Besucht er seine Mutter? Kannst du mal mitfahren?", fragte sie.

„Keine Ahnung, ich weiß nicht einmal wo dieses Heim ist, in dem sie lebt. Er ruft regelmäßig dort an, aber das ist alles."

Marina überlegte und zwirbelte sich ein paar wirre Strähnen hinter die Ohren.

„Ich weiß, ich wiederhole mich, aber du musst mit ihm darüber reden. Es bringt doch nichts um einander herumzuschleichen, während jeder seinen Groll weiter hegt."

Ich ließ den Kopf in den Nacken fallen. „Ich weiß."

„Du möchtest deine Großmutter doch treffen. Mach es besser bald, sonst ist es vielleicht zu spät. Wenn Eva sie schon nicht besucht, dann freut sie sich bestimmt wenn du kommst und Tom genauso."

Sie hatte ja so Recht.

„Ich weiß nur nicht wie ich mit ihm reden soll! Es war gerade so einfach, als ob wir uns schon ewig kennen würden und jetzt ist es noch schlimmer als am Anfang."

„Warum denn?"

„Er war *so* wütend, Marina!" Ich rang die Hände. Marina begann meine feuchten Haare an der Schläfe entlang zu flechten, ich ließ sie machen. Die Berührung fühlte sich gut an und ich wusste, es würde schön aussehen. Marina flocht im Schlaf besser, als ich mit Anleitung.

„Für mich klingt es, als wäre er enttäuscht von dir und wie gesagt, wer weiß wie es deiner Oma geht, wahrscheinlich hat er nur Angst um sie."

Wenn sie es so sagte war alles einleuchtend. Marina sah die Dinge viel klarer als ich und darum kam ich mit meinen Sorgen zu ihr.

„Trotzdem ist das natürlich arschig von ihm, wenn er dir gegenüber so laut wird, dass du dich fürchten musst!"

Ich grinste. Sie war auf meiner Seite und ließ Tom sein Verhalten nicht durchgehen.

„Ich kann mir kaum vorstellen, wie anstrengend es für euch sein muss auf zwei Zimmern zusammen zu wohnen und sich dabei permanent aus dem Weg zu gehen. Ich könnte Stefan nie so meiden", überlegte Marina laut.

„Wie geht es Stefan?", fragte ich schnell, um sie möglichst von diesem Gedanken abzulenken. Zum Glück funktionierte meine Taktik hervorragend. Marina bekam sofort leuchtende Augen und erzählte mit glühendem Eifer von ihrem Freund.

„Wir waren endlich bei seinen Eltern! So liebe Leute! Seiner Mutter geht es wieder besser und sie haben uns für Weihnachten zum Essen eingeladen!"

Ich lächelte zufrieden, ihre Sorgen hatten sich als unbegründet herausgestellt. Marina konnte gar nicht mehr aufhören, von Stefan zu schwärmen. „Der Fachwirt strengt ihn zwar ziemlich an, aber bald sind die Prüfungen vorbei und dann hat er es endlich geschafft."

Stefans berufliche Karriere tangierte mich zwar nur im Promillebereich, aber ich freute mich für Marina. Wenigstens eine Person die ich kannte, welche schlichtweg glücklich in ihrer Beziehung war.

Meine Freundin machte die letzten Handgriffe an dem Zopf und steckte mir das Ende im Nacken fest. Dann hielt sie inne und zögerte damit, die Bewegung zu vollenden. Ich stutze und blickte über die Schulter. Marina schaute fassungslos drein und schob mein Haar bei Seite. Erst da wurde mir klar, was sie entdeckt haben musste. Marinas Augen trafen meine mit Unglauben. Schnell fasste ich nach hinten und breitete die Haare wieder über meine Schultern, der Zopf löste sich auf.

„Sag mir, dass es nicht ist wofür ich es halte!" Marina schüttelte langsam den Kopf. Sie wusste längst dass es stimmte, leugnen war zwecklos. Sie kannte solche Flecken von früher.

Ich zog die Knie an und legte meine Arme darum, verfolgte die Körnchen im Kolben der Sanduhr neben dem Saunaofen.

„Warum, Phil?" Marina klang traurig. Ich konnte ihr nicht ins Gesicht sehen.

„Keine Ahnung."

„Ich dachte du hast verstanden, dass er dich immer unglücklich machen wird!", erinnerte mich Marina. Das hatte ich auch geglaubt und mich selbst belogen. Der Ofen dehnte sich unter seiner eigenen Hitze aus und machte ein hohles, metallenes Geräusch. So fühlte ich mich, genau wie dieses sich Ausdehnen, bis es hörbar weh tut.

„Er darf dich nicht so behandeln!"

„Elias tut mir nichts", wehrte ich ab.

„Das nennst du nichts?!" Marina nahm mein Gesicht in die Hände und zwang mich, sie anzusehen.

„Er ist manchmal schwierig, aber du weißt doch..."

„Verschon mich damit! Nur weil seine Mutter gesoffen hat, kann er seinen Selbsthass nicht an dir auslassen!" Marina war aufgebracht. Eine schwitzender, echauffierter, nackter Racheengel. Ich musste lächeln.

„Nimm mich gefälligst ernst, wenn ich mir dir schimpfe!", empörte sich Marina halb belustigt. Sie legte den Arm um mich, ich spürte wie mir unser gemeinsamer Schweiß den Rücken hinab tropfte.

„Nimmst du überhaupt die Pille?"

„Marina!", empörte mich mich, auf diese mütterliche Frage hin.

„Oh, sag mir bitte, dass ihr verhütet!"

Ich druckste herum. Marina durchbohrte mich mit erwartungsvollem Blick.

„Hab mir die Pille danach geholt", gab ich zu. Eine Erfahrung, die obwohl nicht zum ersten Mal gemacht, wirklich bescheiden gewesen war. Das freundliche und zugleich urteilende Gesicht der stark geschminkten Apothekerin, würde ich nie wieder vergessen.

„Und seit dem?"

„Hatten wir keinen... solchen Sex."

Marina vergrub das Gesicht in den Händen und stöhnte.

„Phil, wenn du von dem Kerl schwanger wirst, dann raste ich aus, das schwöre ich dir!" Sie ließ die Hände sinken und umarmte mich wieder. „Bitte versprich mir, dass du versuchst dich mit Tom zu vertragen, anstatt deine Zeit an Elias zu verschwenden", flüsterte sie mir ins Ohr. Ich nickte. Marinas Freundschaft musste es mir wert sein, ihren Rat zumindest in Betracht zu ziehen.

„Außerdem ist Elias nicht der Einzige, der gut im Bett ist! Andere Mütter haben auch talentierte Söhne." Marina knuffte mich scherzend in den Arm, ich verdrehte die Augen.

„Du tust immer so vernünftig und dann muss ich mich manchmal fragen, was du privat mit dem armen Stefan treibst, wenn du so etwas sagst."

Wir verließen die Sauna lachend als ein Pärchen eintrat, dass uns verstört musterte.

Den Rest des Abend vertrieben wir uns auf dem Weihnachtsmarkt. Marina knabberte unglaubliche Mengen an Magenbrot, während wir herumschlenderten. Meine Laune war dank ihr wieder besser, ich überlegte ernsthaft heute nicht zu Elias zu fahren.

Mein Smartphone machte sich bemerkbar, ich zog Marina in eine ruhige Ecke zwischen zwei Buden, um den Anruf anzunehmen. Es war Tom.

„Ja?", fragte ich unsicher. Marina drückte ermunternd meine Hand und schüttete sich die letzten Krümel aus dem spitzen Papiertütchen in den Rachen.

„Phil..." Ich lauschte gespannt und versuchte die Umgebungsgeräusche auszublenden. „Du warst die letzten Tage nicht zu Hause und mir ist klar warum." Tom klang ziemlich kleinlaut und tat mir sofort leid. Ich konnte mir vorstellen, wie er in seinem verwüsteten Schlafzimmer saß und sich die Haare raufte.

„Ich weiß nicht, ob du überhaupt wiederkommen willst. Deine Kisten sind noch im Auto, ich kann sie dir auch woanders hinbringen."

„Red keinen Unsinn!", ging ich dazwischen. Er suhlte sich in Selbstmitleid und das machte mich ein bisschen sauer. Wir hatten definitiv Grund uns zu unterhalten, aber Tom übertrieb.

„Ich bin mit Marina unterwegs, danach komme ich heim, versprochen."

„Wirst du dann zufällig hungrig sein?"

„Du hast was bestellt?"

„Noch nicht, aber ich habe vor heute noch mehreren Lieferanten Arbeit zu verschaffen."

„Ich will Pizza!", forderte ich lachend.

„Langweilig!"

„Keine Calzone, keine Phil!", drohe ich.

Marina tat so, als müsse sie sich übergeben. Ihre Imitation war sehr bildhaft, ich gab ihr einen Stoß, weil sie mich zum Kichern brachte.

„Bis später!", beendete ich das Telefonat. Marina hängte sich bei mir unter und zog mich mich wieder in den Trubel des Marktes.

„Na, war das so schwierig?", fragte sie, genau wissend, dass sie Recht hatte.

„Nein, aber das Friedensangebot kam auch von ihm."

„Sehr erwachsen von Tom", pflichtete mir Marina bei. „Aber gehört dazu auch, dass ihr wie zwei bescheuerte Teenager redet? Es hätte gerade noch gefehlt, dass ihr einander zum Auflegen auffordert."

Ich hustete verlegen. „War das Vertragen nicht deine Idee?" Da kam mir selbst ein Geistesblitz.

„Komm doch mit! Ich kann Rückendeckung gebrauchen."

„Ich will mich nicht einmischen", winkte Marina ab. Ich legte einen Finger ans Kinn und tat als müsste ich die Situation abwägen.

„Nicht, dass ich dann doch wieder auf dumme Gedanken komme."

„Drohst du mir damit, zu deinem Exfreund zu fahren?" Marina lachte ungläubig.

„Möglich?"

„Du Miststück!"

Marina ließ sich überzeugen, behauptete sie habe nur Hunger und wolle sich durchschnorren, aber ich wurde das Gefühl nicht los, dass sie tatsächlich kontrollieren wollte, ob ich nach Hause ging. Außerdem war Stefan auf Schulung und Marina demnach ebenso einsam wie ich.

Kaum waren wir in Sichtweite des Hauses, öffnete sich die Vordertür und Toms große Silhouette kam zum Vorschein. Ich bremste unwillkürlich ein wenig ab, aber Marina zog mich vorwärts. Mir wurde schlagartig mulmig. In der U-Bahn hatte mich das Plappern mit Marina abgelenkt, aber jetzt wo ich Tom sah, bekam ich doch Bedenken. Was wenn wir ab jetzt immer so kommunizierten, wie Eva und ich es bereits taten?

Meine irrationalen Ängste wurden weggewischt, von Tom, der mich noch in der Auffahrt umarmte. Mein Gesicht verschwand in seinem T-Shirt. Ich bekam keine Luft mehr, aber nach dem ersten Schreck genoss ich es. Er ließ mich los und ich fing einen Blick von ihm auf, der mir Sorgen machte. Tom lächelte, aber dahinter lag eine Traurigkeit, die ich nicht erwartet hatte. Er war so zerzaust und zusammengewürfelt gekleidet wie meistens, aber da existierten dunkle Augenringe und Stressfalten, wo ich noch nie welche bemerkt hatte.

Marina bekam eine ähnlich herzliche Umarmung und dann waren die Zwei sofort in ein lebendiges Gespräch verwickelt.

Ich beobachtet sie und war trotz allem plötzlich sehr, sehr glücklich.

**21**

Wir verteilten das Essen auf dem Tisch im Wohnzimmer, den wir noch nie zuvor benutzt hatten und er bog sich darunter. Tom hatte nicht zu viel versprochen. Ich bekam meine Pizza und zeigte ihr gegenüber keine Gnade, bis im Karton nur noch ein paar So-ßenspuren übrig waren. Marina erwähnte mit keiner Silbe, dass sie von unserem Streit und dessen Gründen wusste und so hatten wir unbeschwerten Spaß zusammen.

Es wurde spät, ich wollte Marina überreden zu übernachten. Wir zogen uns auf meine Luftmatratze zurück, während Tom die Reste des Festessens aufräumte.

„So satt", brummte Marina leise, alle Viere von sich gestreckt. Ich kuschelte mich an ihre Seite. „Nicht drücken, oder ich garan-tiere für nichts", murmelte sie.

„Also bleibst du?"

„Ich muss morgen auch arbeiten, meine Liebe."

„Dann soll dich Tom wenigstens nach Hause fahren", bot ich an.

„Nein, ich bin ein großes Mädchen mit einer Monatskarte."

„Warum nicht?"

Marina drehte sich zu mir herum, wir lagen Stirn an Stirn, so nah dass ich ihr Gesicht kaum mehr fokussieren konnte.

„Er hat Bier getrunken, darum. Außerdem sieht Tom aus, als bräuchte er dringend Urlaub. Ich will ihm nicht zur Last fallen."

„Dann ist es dir auch aufgefallen? Ich dachte schon, ich bilde mir das ein."

„Phil, niemand könnte das übersehen. Er wirkt wie durch die Mangel gedreht."

„Er arbeitet zu viel", mutmaßte ich.

„Wahrscheinlich, aber ist das alles?"

„Worauf willst du hinaus?", fragte ich verwirrt.

„Ich weiß nicht, irgendetwas macht mich einfach hellhörig." Marina tippte mir auf die Nase, sie wusste ich hasste das. Sie grinste.

„Vielleicht interpretieren wir zu viel hinein. Morgen sieht die Welt schon wieder anders aus", summierte sie den Abend gähnend.

„Danke, Marina."

„Wofür?"

„Dafür, dass ich hier schlafen kann."

„Es ist dein Bett, niemand hält dich davon ab darin zu schlafen", scherzte Marina.

„Du weißt was ich meine."

Ich begleitete Marina hinaus und beschwor sie, mich anzurufen, sobald sie sicher zuhause wäre. Marina versprach es und spazierte davon.

Ich dagegen suchte Tom im Wohnzimmer, fand aber nur einen beinahe sauberen Tisch. Während ich das Licht löschte, fiel mir der Haufen Zigarettenstummel draußen am Fensterbrett auf. Wann hatte er die denn alle vernichtet?

Seine Tür war nur angelehnt, dahinter sah ich das wechselnde Farbenspiel des Fernsehers, im ansonsten dunklen Raum.

Ich klopfte leicht an den Türrahmen, bekam keine Antwort und trat trotzdem ein. Tom war bereits im Bett und zuckte zusammen, als er mich bemerkte.

„Schläfst du schon?", fragte ich unnötigerweise

„Beinahe."

„Ok, dann lasse ich dich in Ruhe." Ich versuchte zu verschwinden, aber Tom klopfte neben sich auf die Matratze.

„Komm her."

Ich wollte etwas einwenden, aber er blinzelte so müde, dass ich seine Einladung nicht ausschlagen konnte. Außerdem sah es wirklich gemütlich aus und ich wusste aus Erfahrung, wie viel bequemer sein Bett war als meines.

„Was schaust du da?" Ich setzte mich neben ihn.

„Keine Ahnung, es interessiert mich eigentlich nicht, wollte nur noch nicht schlafen." Er gestikulierte mit der Fernbedienung. Ich nahm sie ihm ab und schaltete durch die Kanäle, bis ich beim Teleshopping angekommen war. Wir machten uns grinsend über die Werbesendung lustig.

„Pass auf, gleich schneidet er einen Nagel mit dem Messer",
spottete Tom.

„Und danach geht es immer noch wie Butter durch eine Toma-
te", legte ich drauf. Er schmunzelte und gähnte herzhaft.

„Ich lasse dich dann jetzt schlafen."

„Nein, warte."

„Was ist?"

„Ich habe mich noch nicht entschuldigt." Tom setzte sich auf
und machte ein todernstes Gesicht.

„Schon ok", winkte ich ab.

„Es ist nicht ok. Ich war...", er hob den Blick zur Decke, als könne er dort eine passende Formulierung ablesen, „...scheiße und
das wollte ich nicht sein. Zu dir."

Mir wurde klar, dass mich noch nie jemand so direkt um Ver-
zeihung gebeten hatte. Das war  zwar traurig, aber das aktuelle
Gefühl war zu gut, um jetzt bestürzt zu sein.

„Entschuldigung angenommen, ich habe schon Schlimmeres erlebt."

„Das bezweifle ich nicht." Tom sah erleichtert aus, runzelte aber
die Stirn über meine lockere Aussage, die alles andere als harmlos
war.

„Außerdem muss ich mich genauso entschuldigen, ich weiß
selbst kaum warum ich an dein Telefon gegangen bin und es verheimlicht habe."

„Es hat sich einfach zu verboten angefühlt?", mutmaßte er
schmunzelnd. Ich verzog das Gesicht.

„Ich fürchte ja."

„Nächstes Mal sag es mir einfach. Ich verspreche, dass ich dann
kein Trottel sein werde."

„Danke."

„Ich dachte schon, ich sehe dich nicht wieder", gab er zu.

„Ach, wo hätte ich denn hin sollen?", fragte ich lachend. Es berührte mich, dass ihm diese Vorstellung unangenehm gewesen
war. Es hätte leicht sein können, dass wir wieder zu zwei Fremden
wurden, wie zuvor.

„Ich weiß nicht, wo warst du denn die drei Tage?"

Eine harmlose Frage, welche mir die Schamesröte ins Gesicht trieb und meine Stimme zum Stottern brachte, wie einen altes Dieselaggregat.

„Bei Freunden", antwortete ich kurz angebunden, um diese Klippe möglichst reibungslos zu umschiffen. Tom schien damit zufrieden.

Ich lehnte mich zurück auf das Kissen. Wir lagen eine Zeit lang nur da. Diesmal durchsuchte Tom das Programm, bis wir an einem schwarz-weiß Film hängen blieben, welchen wir beide nicht kannten. Ich schielte zu ihm hinüber, weil ich glaubte er sei eingeschlafen, aber Tom erwiderte meinen Blick und hielt ihn.

„Was machst du am Wochenende?", fragte er ohne Subtext. Ich überlegte hastig.

„Nichts, denke ich."

„Willst du dann mitkommen?"

„Wenn du mir verrätst wohin?"

„Zu meiner Mutter?"

Ich war sprachlos. Natürlich wollte ich! Oder? Doch, ich war mir fast sicher. Anscheinend spiegelte sich dieser Konflikt in meiner Mimik wider, denn Toms Gesichtsausdruck rutschte von extrem müde, zu extrem müde und unsicher, ob er gerade einen Fehler gemacht hatte.

„Das wäre sehr schön", antwortete ich schließlich. Tom wirkte erleichtert.

„Mama wird sich freuen, aber mach dir nicht zu viele Hoffnungen. Sie hatte mehrere Schlaganfälle, die sie sehr beeinträchtigen. An manchen Tagen ist ein einfaches Gespräch schon zu viel."

Ich erinnerte mich an die zerstreute Stimme meiner Großmutter, die kaum verstanden zu haben schien, wen sie am Hörer hatte. Aber was sie wollte, das hatte Oma genau gewusst. Leider war das Eva egal.

„Das macht nichts, ich will sie nur treffen", bekräftigte ich. Tom nahm sein Telefon zur Hand und öffnete eine Navigations-App. Er zeigte mir was er eingegeben hatte.

„Von hier aus sind es knapp zwei Stunden, aber am Samstag sollte nicht viel Verkehr sein", erklärte er. Ich staunte.

„Warum wohnt sie ausgerechnet dort?"

„Das war ihre Heimat. Sie ist in einem Dorf ein paar Kilometer weiter aufgewachsen und wollte unbedingt wieder dorthin zurück."

„Und du fährst so weit, um sie zu besuchen? Egal wo du gerade arbeitest?"

„Ich versuche es, aber oft bleibt nur Zeit für ein Telefonat. Das Personal dort ist unwahrscheinlich zuvorkommend, ich bin froh dass sich so gut um sie gekümmert wird. Aber manches lässt sich eben nur persönlich regeln und ich will sie ja auch sehen."

„Eva weiß, dass sie dort lebt?" Tom nickte stumm. „Aber sie war noch nie dort?", folgerte ich. Erneutes Nicken.

Zwei Stunden Fahrtzeit wären erträglich, um die eigene Mutter zu sehen, aber für Eva lagen Kontinente zwischen ihr und Anna. Das brachte mich zu der Frage, was ich in Zukunft einmal tun wollte? Wenn Eva nicht mehr für sich selbst sorgen konnte. Ich war ihr einziges Kind. Könnte ich mich genauso kümmern? Würde ich auch nur zwei Kilometer weit fahren, um sie zu besuchen?

Ich räusperte mich, um den Gedanken schnell zu verdrängen, dann sah ich zufällig die Datumsanzeige auf dem Bildschirm.

„Warte, Samstag ist ja schon Weihnachten!", rief ich erstaunt. Ich hatte die Feiertage völlig aus den Augen verloren.

Tom lächelte. „Ich weiß, das passt doch gut. Weihnachten im Heim ist ziemlich traurig, ohne Angehörige. Wir können so aufbrechen, dass wir am frühen Nachmittag dort sind. Mama wird schnell müde, mehr als zwei Stunden hält sie uns eh nicht aus, dann sind wir früh genug zu Hause, um zu Joon und Arnaud zu gehen."

„Wie bitte?" Toms ausschweifende Pläne für Weihnachten überraschten mich und was Joon plötzlich damit zu tun hatte, war mir neu.

„Die Zwei haben uns zum Weihnachtsessen eingeladen."

„Ach und das sagst du mir jetzt erst", moserte ich.

„Warum? Passt es dir nicht? Wolltest du zu Eva?", fragte Tom mit Unschuldsmiene zurück. Ganz sicher wollte ich das nicht und er wusste es genau. Meine Mutter feierte bestimmt wieder mit ihrer besten Freundin, so verhielt es sich seit ich ausgezogen war und mich an Weihnachten anderweitig beschäftigte.

„Wir müssen ein Geschenk kaufen! Wir können schlecht bei Joon und Arnaud auftauchen und nichts mitbringen, wenn sie uns schon einladen!" Ich bekam sofort Panik. Nur noch ein paar Tage Zeit und ich hatte keinen Schimmer, was als Mitbringsel angebracht sein könnte.

„Unsere Anwesenheit ist nicht genug?", scherzte Tom.

„Du bist so ein Blödmann!", schimpfte ich und und gab ihm einen Stoß gegen den Arm, auf welchen er gelehnt lag. Toms Ellbogen rutschte weg, er landete vor Lachen hustend, auf dem Rücken.

„Also steht es fest?", fragte er, nachdem er sich wieder unter Kontrolle hatte. Ich stimmte zu und warf ihm trotzdem noch einen bösen Blick hin, den er weglächelte.

„Ich finde schon was für Joon", versicherte er, gähnte herzhaft und als ich zu ihm hinüberblickte, schien er beim letzten Wort bereits eingeschlafen zu sein.

Ich freute mich auf das Wochenende, es würde besser werden als dieses und ein schöneres Weihnachten, als ich es mir insgesamt vorgestellt hatte. Ich blieb liegen und schaute den Film zu Ende. Tom wurde nicht mehr wach, irgendwann begann er leise zu schnarchen. Ich drehte die Heizung herunter, schaltete den Fernseher aus und ging schlafen.

Am nächsten Morgen waren wir beide ausgeruht, aber spät dran. Ich trieb Tom zur Eile, kniete fertig angezogen am Boden und schnürte meine Stiefel. Da hörte ich ihn fluchen und wollte zu einem Vorwurf ausholen, als er mit losem Hemd um die Ecke kam.

„Kannst du das machen?" Tom hielt mir eine Krawatte hin, die noch in dünnes Zellophan verpackt war, an dem ein Etikett baumelte.

„Was?", fragte ich verdattert.

„Ich bekomme die Verpackung nicht auf!", knurrte er frustriert. Ich wunderte mich, wie man so grobmotrisch sein konnte und friemelte an der Folie, bis die Krawatte befreit war. Tom nahm sie wortlos entgegen und verschwand damit. Endlich anständig gekleidet konnten wir ein paar Minuten später das Haus verlassen.

Die Auffahrt war erneut eingeschneit und ich trietzte Tom damit, dass es Zeit für seine Lieblingsbeschäftigung Schneeschippen sei, aber er ging nicht darauf ein, während wir zum Auto hasteten. Beziehungsweise ich beeilte mich, Tom stakste sehr aufmerksam, jeden Schritt achtsam setzend, darauf zu. Er wirkte ungelenk, als schone er ein schmerzendes Glied.

„Alles in Ordnung?", fragte ich, als er zu mir aufgeschlossen hatte.

„Willst du fahren?", fragte er zurück und drückte mir den Schlüssel in die Hand. Ich schwieg  dazu und stieg ein. Während der Fahrt entspannte er sich, machte wieder Witze. Ich wurde wenig schlau aus ihm und beließ es dabei. Er überließ mir das Auto für den Rest des Tages, auch das war neu, aber kein Grund sich zu beschweren.


Rebecca machte einen beeindruckenden Wirbel daraus, ihren Schreibtisch abzuräumen. Die Anderen versuchten so zu tun, als bemerkten sie nichts und arbeiteten weiter, offensichtlich mit einem Ohr hinhörend. Ich stand in der Tür und war verwirrt.

„Ich dachte du bist die ganze Woche weg?", raunte ich Rebecca zu und hielt ihre Hand fest, die gerade Klebenotizen vom Computerbildschirm riss.

„Das dachte ich auch!", zeterte Rebecca laut. Ich warf misstrauische Blicke auf unsere Kollegen und zog die widerwillige Rebecca in die Teeküche.

„Was hat das zu bedeuten?"

Sie verschränkte ihre Arme und sah aus, als wolle sie vor Verachtung auf den Boden spucken.

„Er hat mir versprochen, dass er seine Frau verlässt! Und weißt du was er statt dessen getan hat?"

Ich spielte mit und hob ahnungslos die Schultern, auf ihre rhetorische Frage.

„Er hat sie geschwängert! Das hat er! Von wegen die Ehe ist vorbei! Er wird jetzt ein Daddy und das ist ihm plötzlich wichtiger als ich!", kreischte Rebecca so derangiert, wie ich sie noch nie erlebt hatte. Ihre Locken flogen in alle Richtungen wie Sturmwolken. Ich bedeutet ihr sie solle leiser sprechen, aber Rebecca war einerlei, ob man uns hörte.

„Das kann er nicht machen! Nicht mit mir!", rief sie mit weit aufgerissenen Augen.

„Beruhig dich!", warnte ich. „Du machst es nur schlimmer, wenn du so herumschreist!"

Rebecca lachte abfällig. „Ich arbeite nicht mehr hier, Phil! Ich bin von meinen Verpflichtungen entbunden. Weißt du auch warum? Weil ich meinem Arbeitsplatz mehrfach unentschuldigt ferngeblieben bin! Er wag es mir einen Strick daraus zu drehen, dass ich ihn gefickt habe! Dieses Schwein hat mich verarscht!"

Das hatte sicher jeder im Büro hinter uns gehört und wahrscheinlich auch der Rest der Firma. Ich wollte Rebecca irgendwie beruhigen, aber sie brach plötzlich in Tränen aus, also nahm ich sie vorsichtig in den Arm. Ganz sicher war ich mir nicht, ob sie in ihrer Wut vielleicht auf mich einschlagen würde.

„Das tut mir leid Rebecca", flüsterte ich ihr ins Ohr. Sie weinte dicke Tränen, die schwer auf meine Schulter tropften.

„Ich bin so dumm", schluchzte sie, „Ich hab es ihm geglaubt und dabei bin ich nicht einmal die erste hohle Nuss, mit der er das abzieht."

Da erstarrte ich, weil mir jetzt klar wurde, von wem Rebecca sprach. Das Gerücht hatte sie mir selbst zugetragen, an meinem ersten Arbeitstag. Dass der Chef der Personalabteilung dafür bekannt sei, nichts anbrennen zu lassen. Meyer. Harmloser Name für einen Schwerenöter der Extraklasse. Ich spürte das spontane Bedürfnis seine Bürotür einzutreten und ihm das silberne Namensschild auf seinem Tisch, in gewisse Körperregionen zu schieben.

Rebecca löste sich von mir, richtete sich auf und zog trotzig die Nase hoch.

„Das wird er mir noch büßen!", drohte sie und stapfte mit harten Schritten an mir vorbei, zurück an ihren Schreibtisch.

Ich half ihre privaten Dinge einzupacken. Während ich alles vorsichtig verstaute, schleuderte Rebecca ihre Sachen in die Schachtel, welche vormals Druckerpapier enthalten hatte, als wäre diese ein Mülleimer.

Bevor sie ging warf sie mir einen ernsten Blick aus geröteten Augen zu. „Kann ich heute Abend vorbei kommen? Ich muss mich weiter auskotzen!"

Ich nickte bestätigend und sah ihr zu, als sie mit hoch erhobenem Kopf das Büro durchschritt, wie eine siegreiche Kriegerin, welche das Schlachtfeld ruhmreich verlässt.

„Auf Nimmerwiedersehen!", warf sie fröhlich in den Raum. Alle Köpfe wandten sich ihr zu.

„Und du lern endlich wie man einen Drucker benutzt! Es ist keine Raketenwissenschaft!", zischte sie Angie im Vorbeigehen zu. Dann war Rebecca fort und wir starrten ihr alle ungläubig nach.

Am Nachmittag war ich in Gedanken noch immer bei Rebecca, als mich ein Anruf von Joon überraschte. Ich nahm mein Smartphone ungeniert zu Hand, heute würde sich im Büro niemand mehr über diesen Regelverstoß aufregen.

„Hallo Joon", grüßte ich höflich.

„Du hast das Auto heute?", fragte er ohne Floskeln. Ach Joon.

„Ja, warum?"

„Du kannst Tom um siebzehn Uhr abholen. Ich habe seinen letzten Termin gecancelt."

„Ok, so früh schon?"

„Ja."

„Gibt es einen Grund dafür?" Ich spürte Besorgnis in mir aufsteigen.

„Wir reden am Wochenende darüber", informierte mich Joon.

„Oh, ja! Danke für die Einladung!"

„Das war Arnauds Idee."

Seine Laune war hervorragend. Ich schmunzelte in mich hinein.

„Dann bis später, ja?"

„Ja." Er legte grußlos auf.

Ich schüttelte den Kopf. Wenn er nicht so verdammt gut aussehen würde, wäre er kaum zu ertragen. Ich entdeckte, dass mich noch jemand kontaktiert hatte. Elias. Mein Daumen schwebte kurz über der Nachricht, aber ich öffnete sie nicht. Nein, nicht heute.

**22**

Das Foyer wirkte völlig verändert auf mich, dabei war mein erster und bisher einziger Besuch kaum einen Monat her.

Die zurückhaltend Stimmung, einzig von den exaltierten Leuchtelementen aus Drahtgeflecht an der Decke durchbrochen, schüchterte mich kaum mehr ein. Ich ließ mich nicht in einem der tiefen Ledersofas parken, sondern marschierte schnurstracks auf den Empfangstresen zu, hinter dem ein junger Mann auf Kunden wartete. Ob er Derselbe war, welcher beim letzten Mal in Joons Strahlen verblasst war? Ich hatte keine Ahnung, seine Züge waren mir nicht in Erinnerung geblieben.

Dieser Empfangsmitarbeiter lächelte jedenfalls einladend und erwartete mich offenbar schon.

„Frau Kowar?", begrüßte er mich mit richtigem Namen. Er war mir sympathisch, ich hatte plötzlich Lust mit ihm zu Schwatzen. Zu meiner eigenen Überraschung, lehnte ich mich auf das polierte Holz zwischen uns und lächelte ihm, unter Einsatz all meiner Vorderzähne, entgegen.

„Die bin ich. Wären Sie so nett, Herrn Karg mitzuteilen, dass ich ihn erwarte?", ich schielte auf das kleine Namensschild, welches an seinem Revers glitzerte, „Milosz?"

Nun war mir klar, warum er meinen Nachnamen so beiläufig benutzte.

„Sehr gerne", erwiderte Milosz und nahm seine auffällig hellbraunen Augen keine Sekunde von meinem Gesicht, während er sich den Hörer unters Ohr klemmte und eine Taste der Telefonanlage drückte. Ich grinste unerschrocken zurück. Da straffte er sich plötzlich und berichtete in reserviertem Ton von meiner Anwesenheit. Ich tippte darauf, dass Joon abgenommen hatte. Milosz nickte mehrfach, bestätigte verstanden zu haben, dann legte er auf und blickte mich mitleidig an.

„Herr Choi bittet Sie hinauf, Frau Kowar."

Der Groschen fiel nur langsam. Ich fragte mich tatsächlich kurz, wer dieser Choi sein sollte. Manchmal war meine Leitung erstaunlich lange.

„Gerne, wo muss ich hin?", fragte ich mit Blick auf die drei Fahrstühle zu meiner Linken.

„In den zwölften Stock. Dort wenden Sie sich linkerhand, die Raumnummer ist 2601. Aber ich denke Herr Choi wird Sie in Empfang nehmen."

„Danke Milosz!", säuselte ich, immer noch berauscht von seiner Aufmerksamkeit. Er lächelte verschwörerisch und ich tänzelte davon, mit der Gewissheit seines Blickes in meinem Rücken.

Die Chefetage meines Arbeitsplatzes war ein feuchter Kehricht, gegen die Masse an glänzenden Steinböden, Glasfronten und dekorativen Kunstgegenständen, welche mir im angegebenen Stockwerk präsentiert wurden. Ich trat mit großen Augen in den Flur und sah Joon tatsächlich schon an der nächsten Ecke stehen, ebenmäßig und in perfekter Haltung, wie eine Marmorbüste. Er wartete gar nicht erst, bis ich ihn erreicht hatte. Joon winkte mich hinter sich her und war schon ein paar Schritte weiter, bevor ich ihn einholen konnte.

Vor einer der dunklen Holztüren blieb er stehen, legte seine Hand auf die Klinke, drückte sie aber nicht. Er blickte mich tadelnd an, als hätte ich etwas verbrochen.

„Nimm ihn mit nach Hause und sorg dafür, dass er sich ausschläft! Morgen ist die letzte Videokonferenz vor den Feiertagen. Ich erwarte, dass er darauf vorbereitet ist!"

Ich nickt mit offenem Mund. Als ob ich Einfluss darauf hätte! Joon stellte sich meine Befugnisse Tom gegenüber anscheinend wesentlich weitreichender vor, als sie tatsächlich waren.

Wir betraten das Büro und mir schwante Böses, doch Tom saß ganz normal vor einem breiten Schreibtisch, nebst einer atemberaubenden Fensterfront, an seinem Laptop und blickte überrascht auf, als wir eintraten. Er wirkte müde, aber das war ja nichts Neues. Akkurat geordnete Papiere und Ablagen reihten sich um ihn in Aktenschränken auf. Ich sah Joons Handschrift darin. Käme es auf Tom an, dann wäre das hier ein Inferno aus Notizzetteln.

„Phil? Ist es schon so spät?" Tom sah zweifelnd auf seine Armbanduhr.

„Du hast jetzt Feierabend, den Rest kannst du morgen remote erledigen!", beschloss Joon und komplimentierte uns beide hinaus. Tom stand auf, streckte sich und warf mir einen fragenden Blick zu, den ich nur ahnungslos zurückgeben konnte. Joon drückte ihm sein Jackett und das Notebook in den Arm.

„Ich schicke dir die Files, um die es morgen geht, tu dir einen Gefallen und mach sie vor den Feiertagen fertig! Herdegen erwartet die Zahlen!", belehrte er Tom.

Der nickte nur wortlos und wirkte plötzlich klein neben Joon, obwohl er ihn um mehr als einen Kopf überragte. Wir fuhren gemeinsam nach unten, Joon blieb im Büro.

„Du wusstest nicht, dass ich komme?", wagte ich zu fragen, nachdem sich die Aufzugtüren geschlossen hatten, sodass wir sicher vor Joons messerscharfen Augen und Ohren waren. Tom schüttelte den Kopf.

„Ich dachte, ich hätte noch einen Termin, aber dem ist wohl nicht so."

„Ist irgendetwas passiert? Joon war noch besser gelaunt als sonst", versuchte ich zu scherzen. Tom runzelte die Stirn und schien zu überlegen, richtete den Blick forschend nach innen. „Nein", antwortete er schlicht.

Ich glaubte ihm kein Wort, kannte Tom jetzt aber gut genug, um zu wissen wann ich mit Fragen nicht weiterkommen würde. Beobachten war aufschlussreicher und nicht besonders schwer, wenn es um Tom ging, der kaum fähig war eine Regung zu vertuschen.

Zuhause beschloss er sich kurz hinzulegen. Mir war es recht, ich erwartete schließlich Rebecca und was die anging war es mir lieber, wenn Tom nicht ins Fadenkreuz geriet.

Ich hatte ihm auf der Heimfahrt erzählt, was sich am Vormittag im Büro zugetragen hatte.

„Das ist ja besser als im Fernsehen!", kommentierte er.

„Mach dich nicht lustig! Rebecca war am Boden zerstört!", rügte ich. Tom schaute mich an, als könne ich eins und eins nicht zusammenzählen.

„Ich bitte dich, Rebecca ist bestimmt kein Kind von Traurigkeit! Die hat ihre Krallen garantiert schon im nächsten Kerl versenkt."

„Kannst du den Machismo in deiner Ausdrucksweise vielleicht ein wenig runter drehen?", bemängelte ich pikiert, dachte aber sehr wohl daran, wie ich die Beiden erst letzte Woche im Club vorgefunden hatte. Tom lachte Tränen.

„Ich wollte Euer Durchlaucht nicht mit meiner profanen Wortwahl irritieren."

„Halt einfach die Klappe."

Während Tom sich ausruhte, brach Rebecca über mich herein, mit all ihrer Wut und dem verletztem Stolz, der um noch kein Mü abgeschwächt war.

Ich hatte sie gebeten nicht zu klingeln, um einen gewissen Jemand nicht zu wecken. Stattdessen ließ ich die Vordertür angelehnt und bezahlte diese Rücksicht damit, dass Rebecca plötzlich und unerwartet hinter mir auftauchte, wie in einem schlechten Horrorfilm. Ich machte vor Schreck ein quiekendes Geräusch und verschüttete meinen Tee. Rebecca hätte ohne jede Maske eine Untote spielen können. Die pechschwarzen Locken hingen ihr in dicken Strähnen über die geschwollenen, rotgeweinten Augen. Ich sah mein zurückliegendes Ich in ihr. Als Elias Schluss gemacht hatte, geisterte ich tagelang genauso durch die Gegend. Arme Rebecca.

Wir setzten uns in der Küche zusammen, sie begann zu erzählen. Ich war nicht ansatzweise gewappnet, für die Ausmaße dessen was ich erfuhr.

Er war verheiratet, aber das hatte ihn wenig davon abgehalten Rebecca während einer Fortbildung in sein Hotelzimmer zu bitten.

„Was soll ich sagen? Er sieht gut aus, er ist charmant und hat Geld."

„Damit sind deine Prioritäten geklärt." Ich nahm schlürfend einen Schluck Tee.

„Werd erwachsen Phil! Ich warte sicher auf keinen Prinzen mit seinem beschissenen Gaul! Frau muss nehmen, was Frau kriegen kann!"

„Ok, ok, entschuldige! Ich wollte dich nicht verurteilen." Wer war ausgerechnet ich schon, ihr Vorwürfe zu machen? „Red weiter", ermunterte ich sie.

„Was gibt es da noch zu sagen? Er hat mich verwöhnt, ich hab es genossen und ihm einen geblasen, wann immer er wollte."

Ich hustete in meine Tasse. Rebecca nahm einfach kein Blatt vor den Mund.

„Aber irgendwann hat es mir nicht mehr gereicht, heimlich mit ihm wegzufahren. Niemandem etwas erzählen zu können, mich immer verstecken zu müssen, als wäre ich eine Verbrecherin. Da hat er angefangen zu behaupten er würde sich scheiden lassen, ich müsse nur noch ein bisschen warten. Und dann noch ein bisschen. Und dann noch ein bisschen."

„Und das hast du ihm geglaubt? Ich meine es ist die älteste Geschichte der Welt und du bist viel zu intelligent dafür!" Ich war empört über so viel lebendiges Klischee und konnte schlichtweg kaum glauben, dass Rebecca das mitgemacht hatte. Ich war so jemand, aber Rebecca doch nicht! Sie war scharfzüngig und durchsetzungsfähig!

„Anfangs hatte ich ehrlich gesagt nur vor den Spaß zu genießen, solange er anhält. Doch dann hat er mich irgendwie rumgekriegt. Ich dachte ich hätte ihn um den Finger gewickelt, aber eh ich mich versah, war ich es die zu viel investiert hatte."

„Du hast deinen Meister gefunden."

Rebeccas Augen wurden hohl. Sie schaute an mir vorbei und entgegen ihrer derben Ausdrucksweise, sah ich wie verletzt sie war. Ich strich ihr aufmunternd über den Arm, wollte gerade tröstende Worte finden, da kippte etwas in ihrem Gesicht und sie war plötzlich wieder die abgebrühte Diva.

„Das lehrt mich nur wieder, dass man keinem vertrauen darf. Schon gar keinen Männern in vorgesetzten Positionen." Sie lachte abfällig.

„Rebecca...", ich wollte nicht, dass sie sich wieder hinter ihrer kühlen Fassade versteckte, aber es war zu spät. Sie erging sich spöttisch darin mir pikante Anekdoten zu liefern, als lästerten wir über jemanden, der nicht anwesend war.

Den Schlüssel zum Beispiel, mit dem sie uns an meinem ersten Arbeitstag Zutritt zur obersten Etage verschafft hatte, der war natürlich von ihm. Weil sie es im Büro der Abteilungsleitung getrieben hatten.

„Warum?", fragte ich entgeistert.

„Es war eben aufregend! Zuhause im Bett kann ich es jeden Tag tun", war Rebeccas schulterzuckende Darlegung.

„Auf ihrem Schreibtisch? Wo wir den Whisky getrunken haben?", fragte ich dezent angeekelt.

„Genau da!", gurrte sie mit diabolischem Vergnügen.

„Der halbe Raum besteht aus Glasscheiben!", gab ich zu bedenken.

„Na und? Da oben sieht keiner rein. Außerdem, gerade du brauchst mir nichts zu erzählen! Wer vögelt denn mitten auf der Straße, im Auto ihres Onkels, mit dem Ex?"

Ich hatte einen Protest im Mund, aber keine Möglichkeit mehr ihn auszusprechen. Tom stand in der Tür. Rebecca hatte laut und deutlich geredet, gut verständlich für alle anwesenden. Toms Gesicht blieb unnatürlich neutral, meines verlor sicher jede Farbe.

„Hallo Rebecca", grüßte er höflich, als diese sich zu ihm umdrehte.

„Hallo", sang sie, die Vokale so betonend, dass das Wort eine ganz neue Bedeutung erhielt. Es machte den Anschein, als bemerke sie nicht, was sie gerade ausgeplaudert hatte.

Ich observierte genau wie Tom herantrat, Rebecca ein paar Komplimente machte, ihr gut gemeinte Fragen stellte und mich dabei keines Blickes würdigte. Ich wusste nicht ob mir die Situation nur peinlich war, oder was das nagende Gefühl sein konnte, welches mich nicht ruhig sitzen ließ.

Rebecca war drauf und dran Tom ganz für sich zu vereinnahmen, während ich wie eine Anstandsdame daneben saß und mir unsicher war, was ich dagegen tun sollte.

„Was ist eigentlich mit dem Wein, den wir das letzte Mal aufgemacht haben?" Rebecca hatte wirklich die Dreistigkeit danach zu fragen. Tatsächlich stand eben diese Flasche noch im Kühlschrank, wir hatten sie nicht mehr angerührt. Also tranken wir den schalen und noch dazu kalten Rotwein. Auch wenn er fürchterlich schmeckte, lockere er wenigstens meine Zunge und ich schaffte es mich am Gespräch zu beteiligen.

Rebecca diskutierte ungeniert mit Tom darüber, warum alle Männer Schweine und ihr Ex-Liebhaber im Besonderen, ein harter Fall war. Tom fand Gefallen daran ihr in jedem Punkt absichtlich zu widersprechen.

„Ich kenne genug anständige Männer", behauptete er.

„Ach? Wen zum Beispiel?", fragte Rebecca zweifelnd und hob ihr Glas.

„Ja? Wen?", bohrte ich, vom Wein mutig gemacht und bitter an Elias erinnert.

Tom lachte und hob abwehrend die Hände. „Ich hab das Gefühl hier bildet sich eine Front gegen mich!"

„Nun sag schon!" Rebecca ließ nicht locker.

„Joon und Arnaud zum Beispiel, die sind sich seit zehn Jahren treu."

„Und schwul!", rief Rebecca augenrollend aus.

„Na und?"

„Das bringt *uns* doch nichts!", lachte ich.

„Ach ihr meint Hetero-Männer? Dann tut es mir Leid, die sind alle unmöglich." Er grinste vergnügt, wir Frauen stöhnten entnervt.

„Du meinst alle, bis auf dich", Rebecca ließ nicht locker, „Du bist doch bestimmt einer von den Guten?"

„Wie definierst du das?", fragte Tom spitzfindig zurück

„Na, dir ist bestimmt schon mal das Herz gebrochen worden?" Rebeccas Stimme sank in konspirative Tiefen. Ich war fassungslos, dass sie sich traute ihn sowas zu fragen. Tom lehnte sich in ihre Richtung und tat als müsse er überlegen.

„Eigentlich nicht, nein", behauptete er mit Unschuldsmiene.

Rebecca lachte laut auf. „Phil, sieh dir diesen Charmeur an!"

Das tat ich bereits und blieb stumm dabei. Die Beiden führten jetzt einen Dialog, der außerhalb meiner Möglichkeiten lag. Ihre Sticheleien bewegten sich in einem Rahmen, dessen Regeln ich nicht beherrschte, also hörte ich nur zu und kaute auf meiner

Lippe. Tom nahm einen großen Schluck Wein und hielt Rebeccas herausfordernden Blick fest. Ich spitze die Ohren.

„Ich war mal verlobt", er setzte das Glas ab und zuckte die Schultern, „also könntest du mich doch zu den Guten zählen."

Ich wiederholte jedes seiner Worte langsam in Gedanken.

„Ein Punkt für dich, aber das *war* lässt mich dann doch zweifeln", antwortete Rebecca.

Tom konzentrierte sich scheinbar ganz auf sie, seine Augen zuckten keine Sekunde zu mir herüber.

„Ich bin abgehauen, bevor es wirklich ernst wurde."

„Also doch." Rebecca sah sich bestätigt und lächelte hinterhältig.

„Also doch", wiederholte Tom dumpf. Er schob die leere Weinflasche in die Mitte des Tisches und stand auf.

„Entschuldigt mich, ich muss morgen fit für die Arbeit sein."

Nicht einmal Rebecca versuchte ihn zurückzuhalten. Wir tranken aus, es war wirklich spät geworden.

„Kann ich hier bleiben?", fragte Rebecca, während wir die Gläser spülten.

„Klar", antwortete ich sofort. Zwar war sie mir nicht so lieb als Übernachtungsgast wie Marina, aber ich war ihr etwas schuldig. Rebecca hatte mich auch aufgenommen, als es mir schlecht ging. Ich hatte mir einen Urlaubstag für Freitag genommen und somit auch keine Ausrede, warum sie nicht bleiben könnte.

Ich lieh ihr eine Zahnbürste und ein Shirt. Wir kuschelten uns auf meiner Matratze zusammen. Von Tom sahen und hörten wir nichts mehr.

„Das Ding verliert doch Luft", mokierte Rebecca, während sie versuchte eine bequeme Postion zu finden.

„Hör auf so rumzuwetzen!", schimpfte ich. Bei jeder ihrer Drehungen warf mich Rebecca fast aus unserem wackeligen Bett. Als sie endlich Ruhe gab, dachte ich schon sie wäre eingeschlafen, aber dann fragte sie doch noch etwas.

„Was macht ihr an Weihnachten?"

„Essen bei Joon und Arnaud." Von meiner Großmutter brauchte sie nichts zu wissen, das ging nur Tom und mich etwas an.

„Klingt gut."

„Und du?"

„Muss zu meinen Eltern fahren. Meine jüngere Schwester bringt ihr bescheuertes Baby mit. Von mir wird erwartet, dass ich den Schreihals ganz entzückend finde."

„Klingt anstrengend."

„Darauf kannst du wetten."

Ich wusste kaum etwas über Rebeccas Familie, sie war relativ verschwiegen, was das anging. Ganz anders als bei ihren Männergeschichten.

„Du hast es gut, weil du nicht zu deiner Mutter, oder deinem Vater fahren musst, nur wegen den Feiertagen, wenn alle einmal im Jahr auf glückliche Familie machen, obwohl sie sich die restlichen 364 Tage nicht ausstehen können."

„Hmh", gab ich zur Antwort. Meine Familie machte nicht einmal für Weihnachten diese Ausnahme. Ich war mir nicht sicher ob ich mich deshalb glücklich schätzen konnte.

Kurz darauf schlief ich mit sich bereits anbahnenden Kopfschmerzen ein.

Am nächsten Morgen lag keine Rebecca mehr neben mir. Die ganze Wohnung war insgesamt verdächtig still. Ich fühlte mich kein bisschen ausgeruht, aber die Migräne hinderte mich am Weiterschlafen.

Darum brach ich mir lieber beinahe den Hals, beim Versuch mit Hilfe eines Hockers aus dem Regal im Bad eine Ibuprofen zu fischen und schluckte sie anschließend mit Leitungswasser aus Toms Zahnputzbecher.

Sein Schlafzimmer erschien leer, die Tür stand offen, das Bett war zerwühlt. Ich nahm seinen Bademantel, den ich ihn noch nie hatte tragen sehen, aus dem Schrank. Er war viel zu groß, ich verschwand fast darin und musste die Ärmel hochkrempeln, um meine Hände nutzen zu können. Fühlte sich an wie eine Höhle zum Anziehen. Herrlich.

So ausgerüstet schlich ich auf der Suche nach Kaffee zur Küche. Auf halbem Weg schickte mich beinahe ein Herzinfarkt in mein frühes Grab, als ich plötzlich Schritte hinter mir hörte.

„Du bist schon wach", stellte Tom fest. Die Haustür fiel hinter ihm zu und drückte einen Schwall kalte Luft herein. Ich schaute aus brennenden Augen zu ihm auf, konnte nicht fassen, dass er komplett gekleidet und offenbar so früh schon unterwegs gewesen war. Tom hatte mehrere Tüten dabei, von denen eine den Duft frischer Backwaren verströmte.

„Ich habe Frühstück mitgebracht."

Ich wähnte mich noch im Traum. Der echte Tom stand nicht am Remote-Freitag vor der Zeit auf, um zum Bäcker zu gehen. Wer war dieser Mann?

Er warf die Tüten auf den Küchentisch und begann auszupacken.

„Was ist? Willst du kein frisches Croissant?", fragte er lächelnd und wedelte mit einem davon in meine Richtung. Meine Henkersmahlzeit wäre ein frisches Croissant, natürlich wollte ich eines haben! Ich schnappte es ihm wortlos aus der Hand und biss hinein. Buttriges, knuspriges Versprechen vom Himmel! Mümmelnd setzte ich mich und sah ihm beim Kaffeekochen zu.

„Ich habe ein Geschenk für Joon und Arnaud besorgt", sprudelte es aus Tom heraus. Er öffnete, zwischen Kaffeepulver abmessen und Wassertank befüllen, eine edel aussehende Verpackung.

„Den hier wird Arnaud lieben und Joon liebt alles was Arnaud liebt, also ist er perfekt."

Ich bestaunte das exquisit glänzende Etikett der Weinflasche und versuchte nicht an den Wein von gestern zu denken.

„Der sieht teuer aus."

„Meine Kreditkarte hat gelitten", bestätigte Tom und packte ihn zufrieden wieder ein.

„Und darum bist du extra so früh schon los? Ich hätte mich später auch darum kümmern können." Ich fühlte mich nutzlos. Tom winkte ab.

„Die Tatsache, dass wir unbedingt etwas mitbringen müssen, hat mich nicht mehr schlafen lassen."

Ja, bestimmt. Ich hob zweifelnd die Augenbrauen, aber er bemerkte es nicht.

„Rebecca ist weg."

„Sie ist vor mir gegangen, meinte sie muss einen Zug erwischen", erklärte er und verschüttete dabei Kaffee auf der Anrichte. Ich war erstaunt, wusste aber wohin sie unterwegs sein musste. Tom stellte mir eine Tasse vor die Nase und war noch längst nicht fertig mit seinem blinden Aktivismus.

„Ich hab die Kisten aus dem Auto geholt, stehen alle im Flur."

Aus den Augen aus dem Sinn. Ich hatte mich so an meinen minimalistischen Lebensstil gewöhnt, dass mir meine Sachen nicht einmal gefehlt hatten und wir sie eine Woche lang im Kofferraum durch die Gegend gefahren hatten.

„Danke", brummte ich und versteckte mich hinter meiner Tasse. Das Auto. Sollte ich aufgreifen, was unausgesprochen im Raum stand? Ich wusste ich müsste, aber ich war immer noch schlecht, im Nennen von unangenehmen Fakten.

„Ich werden den Rest des Tages hinter meinem Laptop verbringen müssen und so dachte ich, hast du Zeit endlich auszupacken."

Es war wirklich nett von Tom, er hatte mitgedacht, aber ich fühlte mich komisch. *Er* fühlte sich komisch an. Tom schwirrte herum, wie eine Motte auf der Suche nach Licht. Von einer inneren Unruhe getrieben, die ihn am frühen Morgen aus dem Haus trieb, Croissants kaufen und Kisten schleppen ließ.

„Wegen dem was Rebecca gesagt hat...", begann ich und schaute dabei in die schwarzen Untiefen meines Kaffees. Wenn er heute seltsam drauf war, dann konnte ich es auch sein und mich trauen mein Verhalten zu erklären.

Tom hielt endlich still, nahm seine Tasse von der Anrichte und musterte mich.

„Ist es derselbe Exfreund, der meinte zu wissen, welchen Job du machen sollst?", fragte er ruhig.

Diese Tatsache war so ziemlich das Einzige, was ich ihm je über Elias verraten hatte. Ich nickte.

„Rebecca hat vielleicht doch Recht in Bezug auf Männer", meinte Tom ernster, als es mir recht gewesen wäre.

„Ich hoffe sie irrt sich", murmelte ich und grinste schief, aber er erwiderte mein Lächeln nicht. Ich wusste genau, etwas war bei

Tom in Unordnung geraten, aber ich konnte den Finger nicht darauf legen. Tom war ein offenes Buch, aber eines dessen Schrift ich gerade kaum entziffern konnte.

Er legte den Kopf schief. „Ist das mein Bademantel?"

Ich war froh, dass wir das Thema wieder wechselten und machte auf Unschuldslamm.

„Vielleicht? Ich wollte ihn mir nur leihen."

„Er steht dir. Behalt ihn." Tom verließ die den Raum und wuschelte mir im Vorbeigehen durch meine bereits unordentlichen Haare. „Betrachte ihn als Weihnachtsgeschenk."

Ich blieb tief in dem Mantel versunken sitzen und nippte meinen Kaffee langsam leer.

**23**

Das Wochenende begann mit trübem Tauwetter, welches den Schnee in schweren Batzen von Bäumen und Dächern rutschen ließ und überall grauen Matsch produzierte. Die Vorfreude auf weiße Weihnachten verwandelte sich in die alljährliche Frustration, über das unbeständige Wetter.

Tom verbarrikadierte sich in der Küche, hinter seiner Arbeit. Ich versuchte ihn so wenig wie möglich zu stören, während ich meine Kleidung in den Schrank sortierte und mich wunderte, wie viele gleichfarbige Shirts ich eigentlich besaß? Gelangweilt lud ich meinen Laptop auf, der aus einer Kiste aufgetaucht war und streamte eine Serie, die ich schon zweimal durchgeschaut hatte. Dieses Nichtstun brachte mich auf dumme Gedanken, darum schickte ich Elias einen entschuldigenden Text, weil ich plötzlich nicht mehr aufgetaucht war. Er las meine Nachricht. Keine Antwort. Mit klopfendem Herzen steckte ich mein Smartphone wieder weg. Ich war so dämlich. Ab jetzt würde ich keine ruhige Minute mehr haben, bis er mir antwortete. Wenn er antwortete.

Der Tag tröpfelte so dahin. Wenn mich der Hunger, oder ein anders Bedürfnis, aus meiner Höhle trieb, bekam ich jeweils einen Blick auf Tom, der mit Knopf im Ohr in ein Gespräch vertieft am PC saß, oder rauchend auf der Terrasse stand. Ich überlegte ob ich ihm lieber einen Aschenbecher zu Weihnachten schenken sollte.

Erst als es draußen schon wieder zu dämmern begann, fand ich ihn auf dem Sofa liegend, mehr tot als lebendig.

„Endlich fertig?" Ich setzte mich neben seinen Kopf, über den er einen Arm gelegt hatte. Tom brummte nur und rührte sich nicht.

„Hunger?"

„Nein. Nur müde."

„Ich bestelle was bei dem Inder, den du so magst."

„Ok."

Während ich mich durch die Liefer-App wühlte, ließ Tom den Arm sinken und schaute mit überstrecktem Nacken zu mir auf.

„Hast du den Bademantel seit heute früh mal ausgezogen?"

Ich schüttelte den Kopf und versuchte mich nicht ablenken zu lassen, erst nachdem der Warenkorb bezahlt war, antwortete ich.

„Wie geht's dir?", fragte ich, anstatt auf die Bemerkung zu antworten. Sein Grinsen verschwand.

„Warum fragst du?"

Ich beugte mich über Tom und musterte seine geröteten Augen.

„Weil du in letzter Zeit nicht gut aussiehst." Ich musste ihn darauf ansprechen, denn von selbst gab er es ja keinesfalls zu.

„Danke für das Kompliment", schmunzelte er. Ich ging nicht auf seinen Scherz ein. Mein wortloses Starren kochte ihn weich, ein Trick den ich mir merken musste.

„Mach dir keine Sorgen, die Arbeit war einfach anstrengend, zum Jahresende ist das normal."

Tom war beinahe überzeugend. Man wollte ihm gerne alles glauben, wenn er so nonchalant eine Erklärung aus dem Ärmel zog. Ich war noch nicht fertig mit ihm, eigentlich fand ich gerade erst das Selbstvertrauen, um dieses Gespräch dorthin zu bringen, wo ich es haben wollte. Wo ich *ihn* haben wollte. Aber ich war noch neu in diesem Geschäft und so schaffte Tom es problemlos, mich wieder von meinem Vorhaben abzubringen.

„Ich gehe duschen, bevor das Essen kommt!", rief er aus und erhob sich so plötzlich, dass wir nur knapp einen Zusammenstoß unserer Köpfe vermeiden konnten. Der Schreck lenkte mich ab und ich hörte das Wasser laufen, bevor ich verstand, dass er sich aus der Affäre gezogen hatte.

Ich legte die Füße hoch und wartete geduldig auf den Lieferanten. Also doch wieder zurück zum stillen Observieren und Schlüsse ziehen.

Wir hatten zehn Uhr vereinbart. Es war zehn Uhr.

Ich hatte bereits draußen gestanden, aber der einsetzende Schneeregen trieb mich wieder ins Haus.

„Tom?!", rief ich vom Flur aus, meine nassen Stiefel wollte ich weder ausziehen, noch damit durch die Wohnung laufen.

Ich war nervös, meine Güte war ich nervös! Es war Weihnachten, Toms Geburtstag, den er mir völlig verschwieg und wir würden gleich zu meiner Großmutter fahren. Meine eine Gelegenheit sie überhaupt kennen zu lernen! Wir sollten längst unterwegs sein, aber Tom hielt uns auf.

„Tom!" Meine Stimme erreichte eine Tonlage, die sich bereits in Nachbarschaft von ernsthaftem Kreischen befand. Endlich tauchte er auf, zog sich gerade einen dunklen Pullover über sein T-Shirt und gestikulierte in meine Richtung.

„Schon gut, schon gut! Schrei nicht das ganze Viertel zusammen!" Er schlüpfte gehetzt in seine alten Sneaker.

„Willst du wirklich *die* tragen?"

„Ich dachte wir haben es eilig? Und meiner Mutter wird es herzlich egal sein!"

Wir tauschten genervte Blicke. Ich war nicht die Einzige, die unser anstehendes Vorhaben dünnhäutig machte. Dabei wollte ich vermeiden, dass es wieder im Streit endete, wie letzte Woche. Tief durchatmen. „Gut, sind wir dann soweit?"

Tom nickte und gab mir die Schlüssel. Das war zur Gewohnheit geworden.

„Den Weg kenne ich nicht", argumentierte ich lahm.

„Ich werde dich navigieren."

„Es wäre doch viel einfacher, wenn du fährst!"

„Phil, ich habe Kopfschmerzen und möchte uns deswegen nicht umbringen, ok?"

Ok. Er wollte definitiv nicht fahren. Nachricht angekommen. Immerhin wäre es mir dann unmöglich während der Fahrt alle paar Minuten mein Smartphone nach einem Lebenszeichen von Elias zu kontrollieren.

Also setzte ich mich ans Steuer und konzentrierte mich auf seine Anweisungen, die den Großteil unserer Unterhaltung, für die nächsten zwei Stunden ausmachten.


Das Heim lag mitten im Ort, in einer hübschen Gartenanlage und bestätigte keine meiner Vorstellungen davon, wie so eine Einrichtung auszusehen hatte, selbst bei regnerischem Winterwetter.

Kein hässlicher alter Bau, der ursprünglich für etwas anderes gedacht gewesen und aus der Notdurft heraus zu einem Pflegeheim umgebaut worden war. Kein Krankenhausflair, kein Duft von Desinfektionsmittel und abgestandenem Essen. Keine fensterlosen Flure und deprimierenden, immer gleichen Zimmer ohne Schmuck. Ich hatte noch nie ein Pflegeheim betreten und stellte fest, dass ich Vorurteile hegte. Das echte Leben war eben manchmal doch kein Klischee.

Das Gebäude wirkte modern und lichtdurchflutet. Alles war in fröhlichen, hellen Farben gestrichen, wenn auch zu bunt für meinen Geschmack. Es wurde dominiert von offenen Wohnbereichen mit einem wilden Mix aus geradlinigem skandinavischem Stil und schweren, beinahe antik aussehenden, dunklen Massivholzteilen. Als hätte man ohne Rücksicht auf Verluste, eine Studentenbude mit dem Häuschen einer alten Dame fusioniert. Es brachte mich zum Schmunzeln. Irgendwie verströmte die Einrichtung fröhliche Nostalgie und gleichzeitig das Bewusstsein, dass die Zeit auf niemanden wartete.

Tom kannte sich natürlich aus, wir mussten klingeln und uns an der Gegensprechanlage identifizieren.

„Sie wissen ja wohin, Herr Karg. Gehen Sie einfach durch", bot uns die gut gelaunte Stimme aus dem Lautsprecher an.

„Das Gelände ist komplett abgeschlossen, damit sich die desorientierten Bewohner frei bewegen können, ohne verloren zu gehen", erklärte Tom, während sich die automatische Tür für uns öffnete. Ich folgte ihm durch den pitschnassen Vorgarten ins Haus und bestaunte dabei dessen ungeahnte Atmosphäre.

Uns begegneten Mitarbeiter in farbigen Kitteln, alle lächelten und grüßten freundlich, obwohl sie schwer beschäftigt wirkten. Auf den Gängen war um die Mittagszeit wenig los. Wir passierten einen großen Wintergarten, der als Speisesaal diente und voll besetzt war. Senioren in allen erdenklichen Altersstufen saßen auf Stühlen und speziellen Lehnsesseln. Sie aßen selbstständig, oder wurden dabei von Pflegekräften unterstützt. Es wirkte lebendiger, als ich es je vermutet hätte. Dort wurde gelacht, das Essen sah nicht aus wie graue Pampe.

Ich bekam langsam den Verdacht, dass das hier kein normales Altenheim war, sondern eine Premium-Version, die man nur mit viel Geld erkaufen konnte. Ich starrte auf Toms Hinterkopf und fragte mich, was er sich das hier alles kosten ließ.

In einem hellen Atrium trafen wir auf einige alte Damen, die mit ihren Rollatoren in einer Sitzgruppe Platz genommen hatten und sich schnatternd unterhielten, wie Schulmädchen. Sie trugen durchweg bonbonfarbene Strickjäckchen und blickdichte, hautfarbene Strümpfe in ihrem Pantoletten. Die Farbpalette der Dauerwellen reichten von reinweiß, über naturbraun bis hin zu bläulich-lila. Ich grinste. Da fand ich also doch noch ein kleines Klischee.

„Tom!", rief die Dame in der Mitte erfreut aus. Wir wurden herangewunken und folgten brav.

„Wie schön, dass Sie mal wieder hier sind!" Alle fünf Damen lächelten und nickten zu dieser Aussage.

„Ich kann mir Weihnachten ohne Sie und ihren Bridge-Club, nicht vorstellen, Hettie", schmeichelte Tom ungeniert und drückte die fragile Hand der Dame, welche sie ihm königlich hinhielt. Ich erkannte Hettie sofort als die Rädelsführerin dieser Ladys. Wir wurden genaustens unter die Lupe genommen, von fünf bebrillten, aber äußerst aufmerksamen Augenpaaren.

„Wollen Sie uns nicht Ihre hübsche Freundin vorstellen, Tom?", fragte die Kleinste der Frauen, welche derart gebückt saß, als hätte man sie hingebogen wie eine kaputte Büroklammer.

Ich hatte mich halb hinter Tom unsichtbar gemacht und ihn mit dieser Gang sprechen lassen, aber nun musste ich ins Scheinwerferlicht treten. Tatsächlich war ich eingeschüchtert von der Zahl an Lebensjahren, die mir gegenüber saßen und dabei überhaupt nicht senil wirkten.

„Das ist meine Nichte, Philomena", berichtigte Tom lächelnd die Vermutung der Frauen.

„Oh! Evas Tochter!", rief Hettie aus. Die ganze Gruppe begann aufgeregt zu murmeln.

„Das hätten wir uns denken können! Sieh sie dir an!", warf die violett toupierte Dame ein. Alle nickten erneut zustimmend. Ich grinste schief und wollte im Boden versinken. Ich hatte keine Ahnung, wie man sich vor einer Gruppe forscher Seniorinnen behauptete, die jeden Gedanken laut aussprachen und außerdem alles über mich zu wissen schienen.

„Oh, wie reizend, dass du deine Großmutter besuchst, Kind. Sie wird sich sehr freuen", wandte sich Hettie an mich. Ich nickte nur stumm.

„Sie hat heute einen guten Tag, die liebe Anna", richtete sie anschließend das Wort an Tom.

„Danke, Hettie, dann wollen wir Sie nicht länger aufhalten", versuchte Tom uns aus der Situation zu bergen.

„Ach, Tom! Sie halten uns doch nicht auf! Wir sind immer froh, wenn uns junge Männer besuchen, stimmst?" Alle Damen gackerten wie auf Kommando frivol drauf los. Ich spürte dass ich rot wurde. Tom lächelte nur noch breiter und verabschiedete uns erneut, dann zog er mich schnell weiter.

„Was war das denn?", flüsterte ich, „Dein Fan-Club?"

Tom lachte. „Hettie und ihre Bridge-Truppe. Die sind fitter als wir zwei. Alle noch selbstständig und nur zum betreuten Wohnen hier. Ziehen regelmäßig die anderen Senioren beim Kartenspielen ab." Tom grinste. Ich auch. Immerhin hatten diese Omis unsere angespannte Laune gelockert.

Wir passierten Türen, beschriftet mit den Namen derer Menschen die dahinter wohnten. Viele alte Vornamen, welche unter jungen Eltern gerade wieder modern wurden und in knapp achtzig Jahren, erneut an diesen Zimmern prangen würden.

Schlussendlich blieb Tom stehen und ich las ihren Namen.

Anna Karg. Meine Großmutter. Direkt hinter diesem Stück lackierter Pressspanplatte.

Tom warf mir einen Blick zu, der alles bedeuten mochte. Ich war so aufgeregt, dass ich ihn nicht interpretieren konnte. Er trat ein und füllte mein Blickfeld, bis ich mich traute ihm zu folgen. Der Raum war ruhiger eingerichtet, nicht so bunt. Nur die nötigsten Möbel und hier traf mich die harte Realität, in Form von Hilfsmitteln und medizinischen Geräten, welche im öffentlichen Bereich des Heims kaum aufgefallen waren.

Neben dem Fenster stand ein Bett an der Wand, auf dessen Kante sich Tom bereits niedergelassen hatte. Er verdeckte die Gestalt, die darin lag, aber ich hörte ihre Stimme. Dieselbe wie am Telefon, nur leiser, schwächer. Tom antwortete genauso sanft, als dürfe er das vorgegeben Niveau nicht überschreiten. Ich war unkonzentriert, versuchte den Moment klar aufzunehmen und verstand nicht, was die Beiden sagten. Doch ich spürte genau, dass ich einem intimen Moment beiwohnte, so privat um sofort den Rückzug antreten zu wollen. Stattdessen fror ich an Ort und Stelle fest, bis sich Tom nach mir umdrehte.

„Was stehst du da herum? Komm her!" Er lächelte aufmunternd. Ich stolperte auf ihn zu. Er erhob sich und zog mich in der selben Bewegung auf seinen Platz am Bettrand.

Meine Großmutter wirkte blass, ihr Gesicht faltig und eingefallen, inmitten eines Kranzes aus grauem Haar, der auf dem Kissen ausgebreitet lag. Und dennoch sah ich die verwitterte Erinnerung an zwei Gesichter die ich gut kannte, in ihren Zügen. Das war definitiv die Mutter von Eva und Tom. Sie lächelte zaghaft, der dünne Sauerstoffschlauch unter ihrer Nase fiel kaum auf.

„Oh, wie schön! Ich habe nicht mehr geglaubt, dass ich das noch erleben darf!" Ihre Stimme war brüchig, aber die Freude echt.

„Hallo, Oma", brachte ich heraus. Ihre dunklen Augen schwenkten über meine Schulter, zu Tom.

„Das ist das beste Weihnachtsgeschenk, danke mein Junge."

Toms Lächeln wurde noch breiter. „Ich werde mal sehen, ob ich jemanden finde, der sich über dein Betragen ausfragen lässt. Du bist solange in guten Händen." Er zwinkerte mir zu und ließ uns allein.

Damit hatte ich nicht gerechnet, nun saß ich da, stocksteif am Bett meiner pflegebedürftigen Großmutter und war sprachlos. Sie musterte mich, ihre Augen waren das Einzige an ihr, dass nicht kraftlos wirkte. Sie betrachtete mich klar und aufmerksam.

„Du siehst Jan ähnlich."

Dass sie sofort meinen Vater erwähnte gab mir den Rest. Ich atmete zitternd ein, versuchte mich zu fassen.

„Wie war er so?", fragte ich mit kieksender Stimme.

„Jan? Nicht gesprächig, aber wenn er etwas sagte, dann hatte es Hand und Fuß, hat sich nicht von deinem Großvater einschüchtern lassen. Ein netter Junge."

Ich schmunzelte darüber, wie sie offenbar jeden erwachsenen Mann, den sie im Alter überbot, als Jungen bezeichnete. Irgendwie stand es ihr ja zu.

„Auch wenn er nett war, ist er trotzdem abgehauen."

Sie nickte und sagte nichts weiter dazu. Genau die vage Antwort, welche ich immer wieder so gerne bekam. Darauf konnte ich mich verlassen, genau wie ein Stück Brot auf die Marmeladenseite fiel.

„Erzähl mir von dir. Was macht meine Enkelin?"

Also beschrieb ich eine Zusammenfassung der letzten Monate meines Lebens. Anna hörte aufmerksam zu, ließ mich reden und zwinkerte nur überrascht bei dem einen oder anderen Detail.

Dass ich meinen Exfreund für gelegentlichen Sex frequentierte, ließ ich aus und so sehr ich sie löchern wollte, ob sie wusste was in letzter Zeit mit Tom los war, ich verkniff es mir. Ich wollte sie nicht belasten.

„Wie geht es Eva?", fragte sie am Ende meines Berichtes. Ich wand mich. Was sollte ich dazu sagen?

„Ich weiß, du hättest dir gewünscht, dass sie dich besucht, ich bin nur der Ersatz", plapperte ich nervös drauflos. Meine Großmutter schmunzelte und nahm endlich meine Hand. Sie war kühl und trocken, fühlte sich zerbrechlich an, ganz so wie der Rest von ihr unter der dicken Wolldecke erschien.

„Sie wird also nicht kommen. Damit muss ich mich wohl abfinden."

„Vielleicht wenn ich mit ihr rede...", begann ich, wurde aber von Annas Kopfschütteln unterbrochen.

„Mach dir keine Mühe, sie hat beschlossen mich auf diese Weise zu bestrafen."

„Wofür?", fragte ich erschüttert von der Endgültigkeit in ihrer Stimme. Anna räusperte sich trocken und drückte meine Hand.

„Für Tom. Für den Zorn deines Großvaters."

Ich nickte. „Tom hat es mir erzählt."

„Gut, aber er hat nur die Hälfte verstanden."

„Was meinst du damit?"

Sie überlegte einen Moment. „Dein Opa war ein guter Ehemann, es hat mir an nichts gefehlt, aber ich habe ihm genauso gehört, wie die hübschen Kleider und teuren Haushaltsgeräte, die er bezahlte." Sie machte eine kurze Pause, um zu Atem zu kommen. Ich war überrascht, wie sehr ein paar Sätze Menschen erschöpfen konnten.

„Er hat mich von meiner Familie isoliert, mir alle meine Freunde ausgeredet. Ehe ich mich versah, hatte ich niemanden mehr, außer ihm."

Das kam mir irgendwie bekannt vor. Warum klang es so sehr nach Elias und mir?

„Und dann hast du jemanden kennen gelernt?", mutmaßte ich neugierig. Sie nickte langsam.

„Er war Gastarbeiter." Sie schmunzelte und ich grinste verschwörerisch. „Erst da merkte ich, wie einsam ich im eigenen Haus war. Keine Kontakte, außer meinem Mann und meiner Tochter, die ganz nebenbei damals schon schwierig war."

Darüber musst ich leise schmunzeln.

„Es ging nicht lange gut, ich war dumm genug mich auf ihn einzulassen und quasi sofort schwanger." Sie hustete trocken.

Ein Schuss, ein Treffer. Dachte ich, war aber anständig genug das zu verschweigen.

„Und du hast ihn wirklich nie wieder gesehen?"

„Ich wusste ja kaum mehr als seinen Vornamen und war froh dass mich mein Mann nicht aus dem Haus gejagt hat. Damals gab es noch keine Computer und diese Dinger auf euren Telefonen."

„Social Media?"

Anna nickte, hustete erneut und musste wieder zu Atem kommen. „Hast du nach Jan gesucht?", fragte sie.

Nun hatte sie mich. Nein, ich hatte nie aktiv versucht meinen Vater zu finden, von dem ich nur wusste, dass er seine Tochter bei Eva zurückgelassen und sich nie wieder gemeldet hatte. Meine Mutter hatte mir eingebläut, dass es sinnlos war. Ich war feige und mit jedem Tag der verging, wurde die Idee absurder. Gleichzeitig blieb ich hungrig nach jeder Information über ihn. Es war zum Verzweifeln.

Ich schüttelte den Kopf, Anna machte noch eine Pause. Ich entdeckte ein Wasserglas, mit einem Strohhalm, auf ihrem Nachttisch und reichte es ihr. Sie nahm dankbar einen winzigen Schluck.

„Und was davon ist nun der Grund für Evas Verbohrtheit?", fragte ich.

„Dein Großvater hat uns gezwungen es zu verschweigen."

Ich blinzelte verwirrt.

„Ich glaube das habe ich Tom nie erklärt. Keiner wusste von meinem Fehltritt. Frank konnte den Gedanken nicht ertragen, dass mein dicker Bauch der Beweis dafür war, wie man ihm Hörner aufgesetzt hatte, noch dazu von einem Ausländer. Er wollte in der Öffentlichkeit nicht als der betrogene Ehemann dastehen. Also behauptete er nach außen, es wäre sein Kind. Eva und ich mussten mitspielen."

„Eva wusste es und musste so tun, als wäre alles gut?"

„Alle beglückwünschten sie zu ihrem süßen Geschwisterchen. Eva musste lächeln und den Mund dazu halten."

Ich konnte mir vorstellen, dass die Eva die ich kannte, sich lieber die Zunge abgebissen hätte, als fröhlich von ihrem Bruder zu schwärmen, dessen Existenz ihre Familie entzweit hatte. Leider würde das heute für Tom auch keinen Unterschied mehr machen.

„Ihr habt euch niemals getraut, etwas dagegen zu tun?"

Anna schüttelte träge den Kopf.

„Aber er ist längst tot, ich verstehe immer noch nicht, warum du und Eva euch nie ausgesprochen habt?"

Anna brauchte ein paar Atemzüge, bis sie wieder antworten konnte.

„Ich habe gute Miene zum Bösen spiel gemacht, um meine Kinder zu behalten. Eva hat nur Schwäche gesehen. Sie hat erlebt wie grausam wir beide hinter verschlossenen Türen behandelt wurden, während Frank nach draußen den stolzen Vater mimte und ich alles tat, um ihm zu helfen dieses Bild aufrechtzuerhalten. Sie hat es damals nicht verstanden."

„Aber jetzt müsste sie das doch."

„Es ändert nichts mehr. Die Verletzung ist da und Eva lässt sie nicht heilen."

Ich schüttelte verständnislos den Kopf. Anna schloss müde die Augen, sprach aber leise weiter. „Sie ist ihrem Vater sehr ähnlich. So stur, so schwer umzustimmen, überzeugt von ihrer Sicht auf die Dinge. Es war nicht leicht, mit keinem der Beiden. Tom kommt mehr nach mir. Er war ein ruhiges Kind, hat nie Schwierigkeiten gemacht. Ich frage mich bis heute, womit ich ihn verdient habe."

Ich grinste. Ihre Beschreibung eines engelsgleichen Sohnes passte nicht hundertprozentig zu dem vergesslichen, kettenrauchenden Chaoten, mit dem ich zusammen wohnte, aber ich verstand was sie meinte. Sie war erschöpft und hielt weiter meine Hand, während sie einschlief. Anna hatte ausgelassen, was Tom sehr bildlich als körperliche Ausschreitungen beschrieben hatte. Vielleicht wollte sie diesen Teil vergessen, ich hatte kein Recht ihr mit Fragen danach wehzutun.

Hinter mir quietschte die Tür leise. Ich musste mich nicht umdrehen, um zu wissen dass Tom wieder da war. Er zog einen Stuhl heran und setzte sich zu uns. Ein teuflisch heißer Einwegbecher voll Kaffee wurde mir überreicht.

„Ich hab dich gewarnt, sie wird schnell müde." Er lächelte, aber ich bekam einen sehr harten Klumpen in der Magengegend, als ich Tom nun anschaute. Mein Stirnrunzeln deutete er falsch.

„Stimmt etwas nicht? Worüber habt ihr geredet?"

„Das frage ich dich, du siehst aus als hättest du einen Geist gesehen." Tom war blass und hatte eine beunruhigend steile Sorgenfalte auf der Stirn.

Er atmete tief durch, schaute aus dem Fenster, als erwarte er dort die Lösung für alle seine Probleme und erhob sich schließlich.

„Komm, lass und draußen reden."

## 24

Wir streunten den Flur hinab, zu dem Atrium welches zuvor von Hetties Club okkupiert gewesen war. Tom klappte auf einem der Stühle zusammen und lehnte sich zurück, ließ den Kopf in den Nacken fallen, bis es unbequem aussah. Seine Beine reichten so weit in den Korridor, ich konnte nur hoffen, dass keine gangunsichere ältere Person in diesem Moment vorbei kommen würde, um die Chance zu nutzen darüber zu fallen. Ich setzte mich daneben und nahm ihm seinen Kaffee ab, bevor er ihn ausschütten konnte.

Ich wartete, er wollte mir etwas sagen und brauchte einen Moment.

„Sie steht seit zwei Wochen nicht mehr auf."

„Und das ist schlecht?", fragte ich ehrlich ahnungslos.

„Allerdings. Ich habe mit ihrem Pfleger geredet. Bisher ist sie wenigstens noch ein paar Schritte mit Hilfe gelaufen und zumindest zwei Stunden am Tag in ihrem Sessel gesessen, aber jetzt fehlt ihr die Kraft."

Ich wusste rein gar nichts über alte Menschen, darüber wie man sie pflegte, oder ihre Möglichkeiten richtig einschätzte. Schließlich hatte ich nie jemanden in meinem Leben gehabt, der älter war als meine noch sehr agile Mutter. Aber so wie er es sagte, die Art in der Tom hoffnungslos über diesem Stuhl hing und die Decke anstarrte, machte mir klar dass es ernst um meine Großmutter stand.

„Was kann man dagegen machen?", fragte ich. Tom drehte sich zu mir.

„Nichts. Sie stirbt. Langsam, aber sehr sicher." Er sprach das aus, als ginge es um die Steuererklärung. Nüchtern, mit desinteressiertem Blick, der durch mich hindurch ging. Darauf gab es keine richtige Antwort. Ich war nicht gut darin Dinge anzusprechen, aber ich wusste, wann es unnötig wurde es zu versuchen.

Ich stellte unsere Becher beiseite und angelte stattdessen nach Toms Hand. Er starrte auf das riesige Aquarium, welches die andere Seite des Flures einnahm. Die silbernen Skalare darin schwebten anmutig auf und ab. Toms Finger waren warm und hielten meine fest.

Ich erinnerte mich an den Abend, als er sein Telefon vor Wut in den Schnee gepfeffert hatte. Es war also um Anna gegangen, er war danach hier gewesen. Seinen rauen Ton von damals hatte man ihm hier offensichtlich verziehen. Tom hing an seiner Mutter mit einer Intensität, die mir unvorstellbar war.

„Dann lass uns doch zurück gehen und ihre Gegenwart genießen, solange wir noch können", schlug ich vor. Es war auch für mich bitter. Gerade hatte ich sie kennengelernt, da musste ich mich vielleicht schon bald wieder von Anna verabschieden.

Tom lächelte und dieses Mal war es echt.


Letztendlich blieben wir nicht mehr lange. Anna schlief, während wir uns leise unterhielten, aber selbst nachdem sie wieder erwacht wach, konnte meine Großmutter nur noch wenig zu unserem Gespräch beitragen. Sie war zerstreut, kaum fähig uns zu folgen, lächelte nur und hörte zu.

Ein riesenhafter Pfleger, vor dem ich Todesangst gehabt hätte, wenn ich ihm auf der Straße begegnet wäre, komplimentierte uns irgendwann hinaus, weil wir seine Patientin zu sehr auslaugten. Tom kannte ihn und ließ sich entgegen meiner Erwartung, von dem Mann nach Hause schicken. Der sprach ruhig, vermittelte den Eindruck, dass man bei ihm sicher sein konnte. Elmir war ein Hühne, berührte Anna aber so leicht, als hätten seine muskulösen Arme kein Gewicht. Ich verließ meine Großmutter mit dem guten Gefühl, dass sich um sie gekümmert wurde.


„Findest du den Weg zurück?", fragte Tom, sobald wir ins Auto stiegen.

„Ähm, ich glaube schon", murmelte ich abwesend, während ich mich anschnallte.

„Dann macht es dir nichts aus, wenn ich kurz die Augen schließe?"

Jetzt sah ich Tom an und fand, dass er noch kaputter wirkte, als die letzten Tage, aber ich verstand dass ihn Annas Zustand mitnahm.

„Kein Problem, das Auto kennt den Weg wahrscheinlich besser als du", scherzte ich und aktivierte das integrierte Navigationssystem. Ein paar halb verschluckte Flüche später, hatte ich mich durch das Menü getippt und war mir fast sicher, dass uns der Mercedes nach Hause führen würde. Tom saß still neben mir, eine Hand über dem Gesicht.

„Kopfschmerzen?", fragte ich.

„Rasende."

„Warum nimmst du keine Tablette?"

„Elmir hat mir was gegeben, aber es hilft nicht."

„Vielleicht wäre ein Kinnhaken mit seiner massiven Hand wirkungsvoller gewesen, dann wärst du zumindest bewusstlos."

Tom verzog den Mund. „Bitte bring mich nicht zum Lachen."

Das war gut, er hatte immerhin seinen Humor noch, dann konnten die Schmerzen kaum so schlimm sein. Ich startete den Motor und fuhr vorsichtig vom Parkplatz, es begann wieder zu regnen und die verflixten Scheibenwischer schmierten.

Das Navi testete mein Geduld mit hundertfachen Wiederholungen derselben Richtungsangabe, als wäre ich unfähig links von rechts zu unterscheiden, aber wir kamen gut voran und erreichten die Stadt schneller als gedacht. Tom saß die ganze Zeit mit geschlossenen Augen neben mir, aber es war klar dass er nicht schlief. Seine fest geballten Fäuste verrieten ihn.

Während die abgehakte Stimme des Navis prophezeite, dass unser Ziel in zweihundert Metern auf der Linken Seite lag, öffnete Tom die Augen.

„Home, sweet Home", säuselte ich.

„Scheiße", stöhnte Tom.

Ich bremste das Auto vor unserer Adresse und blickte überrascht zu ihm hinüber. Er blinzelte angestrengt, rieb sich die Augen und legte die Stirn in Falten.

„Nein, nein, nein!", ächzte Tom und barg das Gesicht in den Händen. So nach vorne gebeugt blieb er sitzen. Ich lehnte mich hinüber und legte ihm die Hand in den Nacken. Sie war kühl und besänftigte vielleicht seine Kopfschmerzen.

„Willst du das Essen bei Joon lieber absagen?", stellte ich eine Mutmaßung an. In dem Zustand wäre er keinesfalls für einen geselligen Weihnachtsabend mit dem angetrunkenen Arnaud gewappnet.

Tom setzte sich langsam auf. Sein Blick war unstet, als wolle er mich ansehen, könne mein Gesicht aber nicht fokussieren, seine Hände zitterten jetzt.

„Kennst du die Uniklinik, auf der anderen Flussseite?", fragte er krächzend.

„Ja?" Ich war mir nicht sicher, was die Geographie eines Krankenhauses mit unserer Situation zu tun hatte. Noch nicht.

„Dann bringst du mich jetzt dorthin."

„Was? Warum?" Ich starrte ihn fassungslos an.

„Ich erkläre es dir, aber jetzt fahr bitte einfach." Die Dringlichkeit mit der Tom es herauspresste und sein offensichtlich schlechter Allgemeinzustand, entfesselten eine plötzliche Nervosität in mir.

„Ok, wohin genau?"

„Notaufnahme."

Ich fragte nicht mehr nach, wendete das Auto und fuhr so schnell, wie ich es mir zutraute, während meine Gedanken rasten. Was hatte das zu bedeuten? Erst saß er zwei Stunden still neben mir und kaum waren wir zuhause, wollte er in die Notaufnahme gebracht werden?

Die Liste meiner ersten Male an diesem Tag wurde um einen Punkt reicher, als ich nach mehrfachem falschen Abbiegen, die Auffahrt zum Klinikgelände nahm und den roten Schildern folgte, welche den Weg für Notfälle markierten. Ich hielt in einer Parkbucht vor den hell erleuchteten Toren, aus denen eben ein gemütlich wackelnder Rettungswagen fuhr, der seine Arbeit wohl getan hatte.

Tom blinzelte in die Außenbeleuchtung, welche die beginnende Dämmerung zurückhielt.

„Hilf mir aussteigen, ok?"

„Was ist los?!" Das hier wurde immer schlimmer.

„Phil, bitte!"

„Warum steigst du nicht selbst aus?!"

„Weil ich nicht kann!", schnauzte Tom und schlug dabei auf die Mittelkonsole. Ich hüpfte vor Schreck ein Stück zur Seite, mein Ellbogen schlug gegen die Fahrertür. „Weil ich nicht kann", wiederholte er leise. Ich war sprachlos. Meine Lippen fühlten sich an wie mit Klebstoff versiegelt und bildeten zusammen mit meiner Zunge einen trockenen Klumpen, der sich kaum mehr bewegen ließ. Nur mein Augen taten noch ihren Dienst. Ich riss sie weit auf und vergaß zu blinzeln. Dann zog ich den Schlüssel ab, stieg aus, umrundete den Wagen und öffnete die Beifahrertür.

Tom holte tief Luft, als habe er einen Marathon vor sich, dann fädelte er ein Bein aus dem Fußraum, das Zweite wollte nicht nachfolgen. Er hielt sich mit einer Hand am Fahrzeugrahmen fest und starrte auf seine Beine. Ich reichte ihm meinen Arm, wollte ihm helfen hochzukommen, aber es war aussichtslos. Er war zu groß und zu schwer für mich, um ihn ohne sein Zutun in die Senkrechte zu bewegen. Ich wollte fluchen, ihm befehlen, er solle sich gefälligst anstrengen, aber mir wurde klar, dass er es bereits tat. Und da bekam ich wirklich Angst. Was passierte mit ihm? Er war nicht mehr in der Lage seinen Körper zu koordinieren. Was war das? Ein Schlaganfall? Mir wurde schwindelig, ich atmete zu schnell, zu flach. Ich durfte jetzt nicht ohnmächtig werden, also hielt ich die Luft an, zählte bis zehn und redete mir ein, dass es mich beruhigte. Ich erinnerte mich wo wir waren.

„Ich hole jemanden der uns hilft", schlug ich vor.

Tom nickte, er mied meinen Blick. Ich ließ ihn also im offenen Auto sitzen und hastete ins Innere der Notaufnahme.

Eine ellenlange Schlange am Schalter der Anmeldung erwartete mich. Gestresste Eltern mit weinenden Kindern, ein junger Mann der sichtlich angetrunken war, eine ältere Dame welche ein blutiges Geschirrtuch um ihre Hand gebunden hatte, und und und...

Ich wusste nicht, ob ich das Recht hatte mich an ihnen vorbei zu drängen. Hatte es mein Notfall nötiger, als der alte Mann im Rollstuhl vor mir, so dünn dass ich fast durch ihn hindurchsehen konnte, mit Haut so gelb wie eine Butterblume? Im Gegensatz zu ihm war Tom das blühende Leben.

„Wem gehört das schwarze Auto in der Auffahrt?", rief eine Damen von der Aufnahme. Ich streckte reflexartig den Arm in die Luft. Sie winkte mich näher an ein kleines Sprechfenster in der Plexiglasscheibe, die uns unwürdige Bittsteller von ihr trennten. Sie war jünger als ich, aber mit der strengen Miene einer Mutter Oberin gesegnet.

„Ihr Auto steht dort im Weg, Sie müssen es wegfahren!", wurde ich gescholten.

„Mein Onkel kann nicht aussteigen, es geht ihm so schlecht", piepste ich wie ein Kind. Zu meinem Schrecken merkte ich, dass mir die Augen feucht wurden und meine Unterlippe zitterte. Großartig, ich würde gleich vor versammelter Mannschaft anfangen zu weinen.

„Was fehlt Ihrem Onkel?" Jetzt war die junge Frau ganz Ohr.

„Keine Ahnung, er hat Kopfschmerzen und kann sich nicht richtig bewegen."

Die Dame verlor keine Zeit, nahm ihr Telefon zur Hand und sprach ein paar kurz angebundene Sätze hinein.

„Haben Sie seine Versichertenkarte dabei?"

„Nein, ich meine, ich weiß nicht."

„Dann klären wird das später. Gehen Sie zurück zu Ihrem Wagen, es kommt sofort jemand."

Ich nickte dankbar und rannte hinaus.

Tom saß erschöpft in seinem Sitz versunken, wie ich ihn zurückgelassen hatte. Ich konnte kaum die guten Nachrichten ausrichten, da schoben mich auch schon zwei Pflegerinnen resolut zur Seite und zogen Tom mit geübten Griffen aus dem Auto. Sie hatten einen Rollstuhl dabei, in den verfrachteten sie ihren hilflosen Patienten.

„Parken Sie das Auto um und dann gehen Sie in den Wartebereich!", wies mich eine der Frauen an. Ich wagte keinen Widerspruch und sah ihnen zu, wie sie Tom mit hinein nahmen.

Das Parkhaus befand sich gefühlt auf dem Mond. Bis ich es erreicht und den Wagen abgestellt hatte, ohne ihn vor Nervosität anzufahren, verging eine Ewigkeit. Ich hastete zurück und fand den Wartebereich so voll wie zuvor.

Verunsichert ob ich nochmal nachfragen sollte, suchte ich mir einen Stuhl mit Blick zum Aufnahmeschalter. Der Fernseher über dem Eingang zeigte das tonlose Programm eines Nachrichtensenders. Ich las alle am Bildschirmrand durchlaufenden Schlagzeilen mit, bis ich sie auswendig kannte. Waldbrand in Kalifornien, Anschläge in Israel, Klimawandel unvermeidbar. Business as usual. Die Welt ging eben unter. Nichts davon lenkte mich nachhaltig von meiner eigenen kleinen Katastrophe ab.

Ich sah aufs Smartphone und realisierte, dass meine Ewigkeit erst eine Stunde dauerte. Unsere Verabredung mit Joon und Arnaud rückte trotzdem näher. Zeit zu überdenken, ob ich jetzt bereits absagen sollte. Tom war schließlich im Krankenhaus, keine Chance dass wir noch ein handelsübliches Weihnachten haben würden. Oder? Und was sollte, oder durfte ich den beiden als Grund nennen?

Ich warf einen hilfesuchenden Blick in die Runde der Wartenden. Jeder schien in seinen eigenen Sorgen zu simmern, wir teilten alle das Schicksal von verdorbenen Feiertagen durch einen unverhofften Besuch in der Notaufnahme, aber keiner wollte mehr Kontakt aufnehmen, als durch verschämte Seitenblicke.

Rebecca war längst bei ihrer Familie. Marina weilte mit Stephan bei seinen Eltern. Elias tat Gott weiß was. Ich wollte jemandem meine Sorgen aufbürden, hatte dafür aber ausgerechnet den Abend gewählt, an welchem alle Bewohner der westlichen Hemisphäre genau das strickt vermieden: Sorgen.

Also blieb ich damit allein und zersägte mir den Verstand, mit allem was ich je im Fernsehen über Notfallbehandlungen gesehen hatte. Womit quälte man Tom wohl gerade? Hatte er Schmerzen? Ging es ihm vielleicht schlechter? Würde er auf Intensivstation landen, an piepende Geräte angeschlossen, mit einem Schlauch in seiner Lunge? Ich stellte mir vor, wie ernst dreinblickende Ärzte um sein Bett standen und hoffnungslos die Köpfe schüttelten. Oder lag Tom längst auf einem OP-Tisch, steril und gleißend hell ausgeleuchtet, während man ihn aufschnitt? Tatsächlich waren mir die üblichen Vorgänge unklar, obwohl ich früher für ein Krankenhaus gearbeitet hatte. Aber nur für dessen Verwaltung, in einem separaten Gebäude, das mit der direkten Patientenversorgung keine Berührungspunkte hatte. Ich kannte nur die Zahlen hinter alldem hier.

Mein Telefon bot die nötige Zerstreuung, als meine Mutter schrieb. Sie wünschte mir frohe Weihnachten, wie jedes Jahr. Zu spät. Froh war vorbei.

Ich war so händeringend auf der Suche nach jemandem, der mich anlog und behauptete wie alles gut werden würde, dass ich sie anrief ohne nachzudenken. Es knackte in der Leitung.

„Mama?" Ich flüsterte im Bewusstsein, dass der ganze Raum mithören konnte.

„Philomena? Ich habe gar nicht mit einem Anruf von dir gerechnet."

„Ich habe deine Nachricht bekommen."

„Und?" Ihr Unverständnis war nicht verwunderlich. Normalerweise ignorierte ich das Meiste was sie mir schrieb und einen Großteil ihrer Anrufe, auch an Weihnachten. Ich begann einen sinnlosen Wortsalat zu stammeln, bis mich meine Mutter ungeduldig unterbrach.

„Was ist los mit dir?"

„Ich bin im Krankenhaus mit Tom." Endlich ein richtiger Satz, auch wenn meine Stimme bereits wieder versagte.

„Was ist passiert?"

„Ich weiß es noch nicht. Wir waren bei Anna und dann ging es ihm plötzlich schlecht."

„Ach so." Eva klang tatsächlich erleichtert.

„Wie bitte?"

„Ich dachte *du* bist krank." Ihre theoretische Sorge um mich war beinahe herzerwärmend.

„Nein, es geht um Tom!"

„Ihr wart also bei meiner Mutter?" Sie kam sofort wieder auf die Fakten zurück, welche sie interessierten. Ich hatte mich verplappert und es nicht einmal gemerkt.

„Ja, aber darum geht es nicht!"

„Und wie war es? Was hat sie dir Schönes erzählt?"

„Tom ist in der Notaufnahme!"

„Das habe ich schon verstanden", kam es nüchtern zurück.

„Mama, bitte... Ich hab Angst und bin hier ganz alleine." Ich musste betteln. Natürlich musste ich betteln, aber ich war so weit, dass es mich nicht mehr störte. Lieber das, als sich endgültig in Tränen aufzulösen.

Ich hörte eine Stimme hinter Eva in der Leitung, sie entschuldigte sich und sprach nach einer kurzen Pause weiter.

„Wie lange bist du schon dort?"

„Zwei Stunden ungefähr."

„Man hat dir noch keine Informationen gegeben? Du hast ihn nicht gesehen?"

„Nein", murmelte ich. Es klang als würde es darauf hinauslaufen, dass ich einen Fehler gemacht hatte.

„Ok, du gehst jetzt zum Personal dort und bestehst höflich darauf, zu Tom gebracht zu werden."

„Aber..."

„Kein Aber! Du wirst bis morgen da sitzen, wenn du dich nicht bemerkbar machst. Dort hat keiner Zeit sich auch noch um deine Belange zu kümmern!"

„Und wenn sie mich nicht reinlassen?"

„Dann bleibst du hartnäckig! Philomena, setz dich in Gottes Namen einmal in deinem Leben durch!"

Ich schluckte. Sie sagte das so leicht, schließlich hatte ich mein Selbstbewusstsein an ihr schleifen müssen und es war bis heute stumpf geblieben.

„Soll ich vorbei kommen?"

„Nein!"

Sie lachte. „Dann mach es selbst! Du kannst das."

Ich nickte, obwohl sie mich nicht sehen konnte.

„Es wird alles wieder gut, du wirst schon sehen. Ich muss jetzt zurück zu meinen Freunden."

„Ok, danke."

„Richte ihm gute Besserung von mir aus."

Damit legte Eva grußlos auf, wie sie es immer tat. Ich nutzte die Energie dieses winzigen Trostes, stand auf, straffte mich zu meiner vollen Größe und ging auf die junge Frau zu, welche noch immer hinter dem Schalter saß. Die Schlange hatte sich beinahe aufgelöst. Ich gab an zu wem ich gehörte und fürchtete, sie würde mich ohne Umschweife, wieder auf meinen Platz verweisen.

Stattdessen nickte sie, wandte sich ihrem PC zu und scrollte eine Liste entlang.

„So wie es aussieht war er gerade im CT und müsste jetzt wieder im Untersuchungszimmer sein. Einen Moment bitte." Sie griff zum Telefon.

Ich wusste was eine Computertomographie war und bekam sofort wieder dieses Flattern im Magen, dass mir Übelkeit bereitete. Eine so aufwendige Untersuchung hieß sicher nichts Gutes.

„Celia, hier ist eine Angehörige zu Karg. Ja, danke." Die Mitarbeiterin sah zu mir auf. „Meine Kollegin bringt sie gleich nach hinten."

Und tatsächlich funktionierte der Rat meiner Mutter einfach so. Ohne mich dafür schier zweiteilen zu müssen, bekam ich was ich wollte. Eine hübsche Pflegerin, mit langem blondem Pferdeschwanz, zerknittertem Kittel und müden, aber freundlichen blauen Augen, holte mich ab und führte in die Tiefen ihres geheimnisvollen Arbeitsplatzes.

Wir durchquerten einen langen Flur mit verwirrenden bunten Linien am Boden. Er war zu beiden Seiten mit automatisch öffnenden Stahltüren bestückt. Jede Türe besaß farbige Lämpchen über dem Rahmen, die wichtig blinkten. Überall hörte ich Menschen sprechen, Geräte Alarm geben, Plastikverpackungen rascheln. Das Personal hatte es mehr als eilig. Alles wirkte einschüchternd und ich vergaß beinahe warum ich hier war, bis die Pflegerin vor einer Tür stehen blieb, deren Schild eine ellenlange Nummer und die simple Beschreibung *Untersuchung* zum Besten gab. Er war also noch hier, keine Intensivstation, keine Not-OP.

„Da sind wir. Gehen Sie ruhig rein, im Moment ist alles in Ordnung. Ich komme später wieder vorbei." Sie lächelte und ließ mich stehen.

Ich drehte mich nach ihr um, aber sie war bereits in einem an-grenzenden Flur verschwunden. Da war ich nun und versuchte mich zu wappnen, aber ich war leer und wollte Tom nur noch in einem Stück wiedersehen.

**25**

Ein sehr leerer Raum, ohne Fenster und zu heller Beleuchtung.
Nur das Waschbecken und ein mobiler Computerarbeitsplatz, aus
dessen Labelprinter lange Reihen schief bedruckter Etiketten hingen. So viel weniger Hightech, dafür reichlich mehr reale Ge-
brauchsspuren, als im Fernsehen. Ein einzelner Patientenmonitor
nahm die Wand zu meiner Rechten ein. Er malte zackige, bunte
Linien wie auf Kinderzeichnungen, an der Seite wuchs ihm ein
verknoteter Wust aus Kabeln, welcher hinunterreichte bis zu Tom.

Er sah aus wie vor zwei Stunden. Seine Schuhe und der Pullover lagen in einer Mülltüte neben ihm am Boden, aber der Rest
war unverändert. Mit Ausnahme der Elektroden, die im Ausschnitt seines Shirts verschwanden, aber darüber konnte ich hin-
wegsehen. Meine alptraumartigen Erwartungen lösten sich in Luft
auf.

Es gab keinen Stuhl, also nahm ich vorsichtig auf der Kante der
Liege Platz, auf welcher er ausgestreckt lag. Ich nahm seine Hand.
Warm. Lebendig. Tom öffnete die Augen und sah mich mit dem
selben ziellosen Blick an, wie im Auto. Davon hatte ich mir schon
eine Veränderung erhofft.

„Hey, willkommen in der Wellnessoase." Er grinste breit.

„Warum bist du denn so gut drauf?" Ich war verunsichert, wie
ich seine Laune deuten sollte. Er lag bewegungslos da, wie ein auf
Grund gelaufenes Boot, das man zum Rosten zurückgelassen hatte und fand es offenbar lustig.

„Die haben hier das wirklich gute Zeug gegen Schmerzen."

„Bist du high?" Jetzt musste ich doch schmunzeln. Ich war so
froh, dass Tom noch Tom war und kein bewusstloses Stück Fleisch
voller Nadeln und Schläuche. Wobei ein transparenter Schlauch
von der Plastikflasche über unseren Köpfen, bis unter das Pflaster
in seiner Ellenbeuge führte. Ich folgerte dass die Flüssigkeit, welche geduldig in Tom hineintropfte, das *gute Zeug* sein musste.

„Tom?"

„Mhm?"

„Erklär mir, warum wir hier sind."

Er blinzelte, ich sah ihm an, dass er noch einen Witz reißen wollte. Dagegen hob ich die Hand in seine Richtung und schüttelte abwehrend den Kopf.

„Ernsthaft! Sag mir, was mit dir los ist!"

Er stöhnte ergeben. „Halb so wild. Drei Tage Kortison und ich bin wie neu." Er zeigte auf die Infusion.

Langsam wurde ich sauer. Ich hatte gute Lust es mit Gewalt aus ihm herauszuholen. Tom war mir ausgeliefert, ich hatte durchaus Chancen ihn jetzt in den Schwitzkasten zu nehmen.

Hinter uns flog die Tür auf. Eine winzige, aber resolut aussehende Ärztin, deren Oberweite ihren blauen Kittel an seine Grenzen brachte, stürmte herein und stellte als Erstes das mobile Stehpult herunter, bis sie bequem am PC arbeiten konnte. Ich war aufgesprungen und stand still neben Toms Liege, wie ein Soldat dessen Vorgesetzter den Raum betreten hatte.

„So, Herr Karg, da bin ich wieder! Dann sehen wir uns mal ihre Befunde an", verkündete die Ärztin, nach einem prüfenden Blick auf den Patientenmonitor. Erst dann schien ihr aufzufallen, dass ich mich im Raum befand. „Und Sie sind?", fragte sie misstrauisch.

„Meine Nichte, sie kann dabei bleiben", warf Tom ein. Das grußlose Eintreten der Ärztin schien ihn nicht zu wundern, oder zu stören.

„Wie Sie wollen. Mal sehen." Sie begann zu klicken und zu scrollen. „Ihr Labor ist der Situation entsprechend normal, im CT konnten wir eine akute Blutung, oder einen Tumor soweit ausschließen. Für die Beurteilung der Entzündungsherde bräuchten wir ein MRT, aber das ist heute nicht mehr möglich, ebenso wie die augenärztliche Beurteilung."

Ich verstand nur Bahnhof, Tom nickte zustimmend zu allen Punkten der Aufzählung.

„Ich habe hier nur einen Vorbefund, der über zehn Jahre alt ist. Das war Ihre Erstdiagnose?So lässt sich der Progress natürlich nur schwer einschätzen. Waren Sie in der Zwischenzeit in einem anderen Haus zur Behandlung?"

„In diversen", bestätigte Tom. Der strenge Blick der Ärztin zwang ihn sich zu rechtfertigen.

„Ich bin häufig umgezogen."

„Ich gehe nicht davon aus, dass Sie externe Befunde dabei haben?"

„Nein."

„Na gut. Dass Sie einen weiteren schweren Schub erlitten haben, muss ich Ihnen sicher kaum erklären. Wir werden Sie ein paar Tage hier behalten müssen. Haben Sie schon eine Interferon Therapie in irgendeiner Form vorgenommen?"

„Nein."

„Sie sollten darüber nachdenken. Wann war der letzte Schub?"

„Vor einem Jahr."

„Dann erst Recht. Welche Dauermedikation nehmen Sie?"

„Teriflunomid, vierzehn Milligramm."

„Wie lange zeigen sich die Symptome schon?"

Tom warf einen Blick zu mir. Dieses routinierte Frage-Antwort-Spiel beobachtete ich fassungslos. Ich verstand kein Wort, aber mir wurde klar, dass Tom mehr vor mir verheimlicht hatte, als ich mir vorstellen konnte. Die Ärztin tippte jede seiner Antworten in Windeseile ab und wurde jetzt ungeduldig, als ihr Workflow von Toms Zögern gebremst wurde.

„Ich weiß, Sie haben im Moment Schwierigkeiten sich zu konzentrieren, aber bitte bleiben Sie bei mir. Ich habe nicht viel Zeit."

Tom räusperte sich und folgte ihrer Anweisung.

„Ähm, lassen Sie mich nachdenken. Die Taubheit und die Missempfindungen in den Händen seit vielleicht zwei, drei Wochen, die Kopfschmerzen auch. Die Füße sind erst seit ein paar Tagen so schlimm geworden und das Auge erst seit heute."

„Leistungsfähigkeit und Kognition sind auch seitdem beeinträchtigt?"

Tom nickte. Damit schien seine Ärztin fürs Erste zufrieden, sie tippte stumm weiter. Wir rührten uns nicht und warteten auf ihre nächste Fragensalve. Ich spießte Tom derweil mit den Augen auf, er hatte die Dreistigkeit ein Schulterzucken anzudeuten. Mein

Blick drohte ihm wohl nicht deutlich genug mit dem nahenden Tod.

„Ok, dann habe ich vorerst alles!", rief die Ärztin aus und wir zuckten leicht zusammen. „Sie sind sicher, dass Sie die Lumbalpunktion ablehnen?"

„Ganz sicher." Tom lächelte sein *ich kann kein Wässerchen trüben*-Lächeln, bekam aber nur ein Stirnrunzeln zurück, welches ihn in die Schranken wies. Mit dieser Frau war nicht zu Spaßen.

„Die Pflegekräfte machen ab hier weiter, von meiner Seite aus sind Sie fertig für die Station, aber es wird wohl noch etwas dauern, das Haus ist voll. Noch irgendwelche Fragen?"

Oh, ich hatte mehr Fragen, als sie hätte mitschreiben können! Aber natürlich mimte ich weiter brav den stummen Soldaten. Tom bedankte sich höflich für ihre Arbeit, dann war die Ärztin auch schon verschwunden.

„Das war die effizientestes Neurologin, die ich seit Jahren erlebt habe."

„Lass die Scherze, ich bin stinksauer!"

Tom winkte mich heran, ich setzte mich widerstrebend. Er würde eine Charmeoffensive versuchen und wir wussten beide, dass ich nicht immun dagegen war, wie die Ärztin.

„Ich weiß, es klingt schlimm, aber ich verspreche dir, nach den Feiertagen bin ich wieder fit, ok?" Er hielt meine Handgelenke fest, als helfe das mich zu überzeugen. Gegen meinen Willen musste ich feststellen, dass es Wirkung zeigte. Ich wollte ihm glauben, wünschte mir, es sei nur eine Bagatelle die sich nach ein paar Tagen von selbst löste, wie eine Grippe.

„Tom...", begann ich.

„Ich hab dir Angst gemacht, aber -"

„Ja, verdammt! Das hast du! Wann genau wolltest du mir sagen dass du krank bist und was genau hast?!"

Er schloss die Augen, offenbar konnte Tom mich wieder einmal nicht ansehen und es gleichzeitig aussprechen.

„MS."

„Wie bitte?"

„Multiple Sklerose." Es klang als verhänge er ein Urteil. Ich hatte den Begriff schon einmal gehört, aber keine Definition parat.

„Eine chronische Entzündung des Nervensystems, tritt in Schüben auf. Die meiste Zeit geht's mir gut und dann schlägt die MS eben wieder zu und ich bekomme Symptome. Lässt sich behandeln", erklärte Tom bemüht beiläufig.

„Aber nicht heilen", fügte ich hinzu. Soviel hatte selbst ich der ärztlichen Untersuchung entnommen. Tom schwieg. Auch das war eine Antwort.

Mir dämmerte, warum er mich die letzten Wochen immer hatte Autofahren lassen.

„Was ist mit deinem Auge?" Dass seine Koordination und Bewegungen eingeschränkt waren, dass er Kopfschmerzen und taube Gliedmaßen hatte verstand ich, aber nicht was es mit seiner Sehkraft zu tun hatte.

„Der Schub hat den Sehnerv entzündet, ich sehe rechts fast nichts."

„Scheiße!", entfuhr es mir erschrocken. Das Sehvermögen zu verlieren fand ich beängstigender als alles andere, wie konnte er da so ruhig bleiben?

„So kann man es auch sagen." Tom grinste wieder.

„Geht das wieder weg? Ich meine, wirst du wieder sehen können?"

„Normalerweise schon, also beruhig dich. Keine Panik, ok?"

Normalerweise? Keine Panik? Wovon sprach dieser unverschämte Arsch da? Ich sollte mich beruhigen, nachdem ich einen Schreck fürs Leben bekommen hatte und mir stundenlang Horrorszenarien ausmalen musste? Nur weil er seinen verdammten Mund nie auf bekam?

„Unfassbar, dass du mir das alles verheimlicht hast!", schimpfte ich. Toms aufgesetzte Sorglosigkeit fiel plötzlich von ihm ab.

„Mach mal halblang, ich bin nicht dazu verpflichtet meine Diagnose auf einem Schild um den Hals zu tragen und jedem auf die Nase zu binden!"

Er wollte also wütend werden. Auf mich. Gerne. Konnte er haben. Ich war absolut in der Stimmung für einen Streit!

„*Jedem*? Oh danke dafür! Wer bin ich? Der Postbote?!"

„Du weißt genau was ich meine!"

„Ja, tue ich! Du erzählst mir von der Leber weg, dass du Evas *Halb*bruder bist, aber *das* hast du ausgelassen?"

„Werd jetzt nicht unfair!"

„Oh bitte, nutz du die Zeit hier lieber, um nachzudenken wer von uns unfair ist!"

Ich stand auf und machte mich daran zu gehen. Ich hatte die Nase voll von ihm und diesem Krankenhaus, dem Wetter draußen und den beschissenen friedlichen Feiertagen!

„Warte, wo gehst du hin?"

„Wir haben eine Verabredung, zu der ich bereits zu spät bin, vergessen? Ich habe vor sie wahrzunehmen. Ein bisschen von Arnauds ehrlicher Art ist genau was ich jetzt brauche!"

Das saß und es war mir egal. Ich wollte ihm weh tun.

„Sag Joon nichts", bat Tom dringlich. Ich war schon fast draußen und schaute doch noch einmal zu ihm zurück. Das hätte ich besser gelassen. Ich hätte mit meiner heißen Wut im Bauch davon stürmen und das Gefühl für mich nutzen sollen.

Stattdessen würde ich den verlorenen Anblick mitnehmen, den er bot. Tom konnte mir nicht folgen. Seine Beine, die Monitorkabel und der Infusionsschlauch hinderten ihn effektiv daran, aber sein Gesichtsausdruck versuchte mich festzuhalten. Ich ging trotzdem.

Der Fluss schob sich als trübes, graues Band durch das Viertel. Dahinter begann der Park, welcher jetzt trostlos und tot wirkte, ohne Laub, matschig und verlassen. Auf dieser Seite baute sich das Wohnhaus über mir auf, von dem man einen phantastischen Blick haben musste.

Arnaud lauerte mir bereits auf, als ich aus dem Fahrstuhl trat und schloss mich sofort in seine Arme. Ich war direkt von der Klinik hergefahren und hatte Joon geschrieben, dass ich verspätet und ohne Tom eintreffen würde, darum gab es erst einmal keine verwunderten Fragen.

„Komm rein, du siehst ganz verfroren aus!" Arnaud schob mich in die Wohnung, zerrte mir den Mantel von den Schultern und plötzlich hatte ich, wie durch Zauberei, eine Tasse Glühwein in der Hand. Ich starrte auf seinen Strickpullover mit einem rotnasigen Elfen darauf.

„Ich muss noch fahren!"

„Papperlapapp!"

Na schön. Mir war alles egal. Der Stöpsel am Grund meiner Sorgen war gezogen worden und nun strömten sie alle hinaus. Diese Leere ließ sich gut mit Alkohol auffüllen. Joon war nirgends zu sehen. Arnaud führte mich erst einmal durch die Wohnung.

Ich hatte kühle Effizienz erwartet. Moderne Möbel, so geradlinig, dass man sich an den Kanten beinahe schneiden konnte, aber dem war nicht so. Alles war hell und gemütlich eingerichtet. Jede freie Fläche an den Wänden mit Gemälden und Kunstdrucken, aus allen erdenklichen Epochen gepflastert. Bei der Inneneinrichtung war offenbar Arnaud federführend gewesen. Joons Einfluss spürte man nur durch die absolute Sauberkeit und kompromisslose Ordnung. Jeder Bilderrahmen stand im perfekten Winkel zu seinem Nachbarn, Staub war nicht existent. Ich hätte mich als Schmutzpartikel auch keinesfalls getraut Joon in die Quere zu kommen.

Arnaud sprudelte nur so vor Freude und erklärte mir jedes Bild. Ich saugte stumm alles auf.

„Das hier ist mein Liebling", erklärte er mir am Ende des Flurs, wo der offene Wohnbereich begann. Mir stockte der Atem. Ein überwältigendes Portrait, großformatig, den Blick unwiderstehlich auf sich ziehend. Joons übermenschliche Züge sahen mir kühl entgegen. Genau der Ausdruck, mit dem er sein Gegenüber zu fi letieren pflegte. Eingefangen in erstaunlich wenigen, abgehakten Pinselstrichen. Gerade genug Farbe, um ihn damit abzubilden.

Da wurde mir klar, dass ein Großteil der Bilder in der Wohnung nicht gekauft war.

„Hast du das gemalt?", fragte ich erstaunt.

„Mein Meisterwerk, aber Joon will dass ich es verkaufe." Arnaud gluckste belustigt, als wäre die Vorstellung völlig wahnsinnig.

„Stell dir vor dein eigenes Gesicht sieht dir jeden Tag auf zwei Quadratmetern entgegen." Joon stand mit verschränkten Armen hinter mir, aber er beachtete das Bild nicht. Seine echten Augen durchbohrten mich, während mir die Gemalten nun im Rücken saßen.

Ich wusste schon was er fragen wollte.

„Hi, Joon. Frohe Weihnachten", versuchte ich eine höfliche Begrüßung.

„Migräne, ja?" Es war keine Frage, viel mehr eine Feststellung seines Unglaubens. Mir war klar, dass ich ihm mit der billigsten Ausrede aller Zeiten keinen Bären aufbinden konnte, aber ich würde Joon nicht die Wahrheit über Tom sagen. Dazu hatte ich kein Recht, auch wenn ich es aus reiner Bosheit gerne getan hätte. Also nickte ich nur.

„Sei ehrlich, hat er ein Alkoholproblem?" Joon nagelte mich ohne Gnade fest. Er ließ mir nicht einmal die vage Möglichkeit mich herauszureden.

„Joon!" Arnaud flüsterte empört und legte mir schützend den Arm um die Schultern.

Ich musste mich erst sammeln, diese Unterstellung brachte mich komplett aus der Spur.

„Was? Nein!", beteuerte ich lahm.

„Sicher?"

„Wie kommst du gerade darauf?"

„Tom wäre nicht der Erste in diesem Metier, glaub mir! Ganz ehrlich, er war zuletzt zu nichts mehr zu gebrauchen. Ich hätte genauso gut einem Kleinkind die Tabellen vorlegen können! Immer unkonzentriert, müde und gleichzeitig nervös, wie ein Teenager der Pornos unterm Bett versteckt! Hat in den Pausen nur noch geraucht, anstatt mal etwas zu essen und niemand hat so zittrige Hände, der kein Problem hat! Tom hat es abgestritten, aber das tun sie alle!"

Joon war kein Detail entgangen, im Gegensatz zu mir, aber er lag daneben. Ich schüttelte den Kopf und lächelte besänftigend. „Ich schwöre, kein Alkoholproblem. Er hat versprochen, dass er nach den Feiertagen wieder der Alte ist."

„Und das soll ich glauben? Meinetwegen. Andernfalls wird er mich kennenlernen!" Damit zog Joon beleidigt in die Küche ab und rumorte mit den Kochtöpfen, aus denen es verlockend duftete. Nicht eingeweiht zu werden enttäuschte Joon.

Arnaud musterte mich prüfend. „Bist du ok? Du musst niemandem erklären was los ist, aber du siehst ziemlich fertig aus. Solche Komplimente sind normalerweise Joons Aufgabe, aber..."

Es tat gut, dass er mich danach fragte. Arnaud interessierte es wirklich und allein das half schon.

„Alles in Ordnung. Den schlimmsten Teil des Tages habe ich hinter mir, ab jetzt will ich feiern!"

Arnaud war erfreut über diese Aussage. „Das musst du mir kein zweites Mal sagen! Joon hat Gyeongdan gemacht. Ich kann es kaum erwarten, mir damit den Magen zu verderben!" Arnaud grinste mit dem Elf auf seinem Pulli um die Wette.

Im Wohnzimmer beherrschte ein buschiges Monstrum von Weihnachtsbaum, der schwer an den Massen von glitzerndem Schmuck trug, die eine Hälfte des Raumes. Daneben hatten wir gerade noch so Platz. Wir saßen am Boden um den niedrigen Tisch, der original aus Korea importiert war und sahen dabei zu, wie Joon eine Schüssel nach der anderen brachte, bis man die Tischdecke darunter nicht mehr erkennen konnte.

„Er hat für zwanzig Personen gekocht!" stellte ich fest, während Joon den Sekt holte. Arnaud nickte wissend. „Wir werden noch tagelang die Reste essen, aber sag ihm das und er köpft dich! Gäste füttern bis sie platzen gehört zu seinem Stolz."

Also aß ich von den hundert Köstlichkeiten, bis ich wirklich Bauchschmerzen bekam. Dabei fragte ich Arnaud über sein Leben als freischaffender Künstler aus. Der erzählte leidenschaftlich von einer Ausstellung und spielte seine liebste Playlist kitschiger Weihnachts-Popsongs ab, über die Joon seine schönen Augen verdrehte. Anschließend stritten sie sich liebevoll darum, wer zuerst seine Geschenke auspacken durfte. Ich überreichte ihnen den teuren Wein, welchen Tom gekauft hatte. Arnaud gingen die Augen über, als er die Flasche zu Gesicht bekam.

„Das ist nicht sein Ernst!" Tom hatte Recht damit behalten, dass Arnaud sein Geschenk lieben würde, aber ich war doch ein erstaunt von dieser heftigen Reaktion. Joon nahm ihm die Flasche ab und schüttelte lächelnd den Kopf.

„Was ist?", fragte ich.

„Der Wein kommt aus dem Städtchen in Südfrankreich, wo ich geboren bin! Es gibt dort einen kleinen Winzer, der ausgezeichneten Wein keltert und diese Flasche ist fast so alt wie ich!" Arnaud schien den Tränen nahe. „Sowas bekommt man nicht einfach überall."

Von wegen noch schnell besorgt. Tom musste sich längst darüber im Klaren gewesen sein, was er schenken wollte und diese Flasche bestellt haben. Hätte er mir ja verraten können. Idiot.

Ich freute mich über Arnauds beseeltes Lächeln. Joon reichte mir eine schmale Schachtel, die in Einhorn-Papier gewickelt war.

„Mir ist das Weihnachtsgeschenkpapier ausgegangen", entschuldigte sich Arnaud. Ich lachte. Als ob das nicht egal wäre!

„Ihr braucht mir doch keine Geschenke machen!"

„Halt den Mund und mach es auf, undankbare Göre!", schimpfte Arnaud augenzwinkernd und leerte seinen Glühwein. Mein Geschenk war ein Roman, der mich seit Langem interessierte. Ich war nie dazu gekommen ihn mir zu kaufen. Nur Tom hatte ich davon erzählt und er es sich gemerkt. Andernfalls wüssten die Beiden nicht davon.

Sie gaben mir auch ein kleines Päckchen für Tom. Joon bestand darauf, dass dieser es selbst auspacken sollte, sobald er wieder gesund war. *Gesund* betonte Joon ernst.

Ich stellte fest, dass ich Tom mein Geschenk nicht gegeben hatte, das war untergegangen, wie sein Geburtstag im Allgemeinen.

Hallo schlechtes Gewissen, komm nur rein, die Tür steht offen.

„Bevor ich es vergesse, ich habe noch etwas für dich!" Joon stand auf und holte einen dünnen Ordner, welchen er mir reichte.

Ich blickte ratlos auf den gelben Schnellhefter, voll akkurat sortierter Ausdrucke.

„Was ist das?"

„Exposés, die ich für dich rausgesucht habe."

„Wovon?"

„Wohnungen", antwortete Joon irritiert. „Tom hat darum gebeten, mich ein bisschen für dich umzusehen. Nicht dass es zu meinen Aufgaben gehört, aber über die Firma lässt man eben seine Beziehungen spielen." Er verzog schnippisch den Mund.

„Oh. Danke", flüsterte ich tonlos. Davon wusste ich nichts.

Hallo Zurückweisung, komm rein, die Tür ist ausgehängt.

**26**

Ich wachte im Gästezimmer auf, mit Blick auf das explizite Gemälde eines nackten Mannes in leuchtenden Rottönen. Stöhnend drehte ich mich zur Seite und versank noch tiefer in dem traumhaft weichen Bett. Es fühlte sich an, als befände ich mich in einem exklusiven Hotel. Alles war für mich bereit gelegt, vom Gästepyjama bis hin zu eigenen Handtüchern und Schlappen. Joon ließ wirklich nichts aus, wenn es um Gastfreundschaft ging.

Ich schleppte mich ins angrenzende Bad und duschte. Meine Kleidung vom Vortag lag ordentlich gefaltet am Waschbeckenrand. Ich schlüpfte hinein und roch misstrauisch daran. Blütenduft statt Schweiß und Essensgeruch. Joon war ein Magier und hatte nicht alle Tassen im Schrank.

„Iss dein Congee!", wies er an und stellte mir den glasigen Reisbrei in feiner Designer Porzellanware hin. „Hilft gegen Kater und schont den Magen." Er drehte sich zur Küchentheke und beachtete mich nicht weiter. Ich betrachtete heimlich seinen sorgfältig ausrasierten Nacken, der vom Kragen eines weißen Shirts eingerahmt wurde. Der Kontrast seiner Haut zu dem hellen Hemd war praktisch surreal. So sehr mich seine kühle Art oft einschüchterte, Joons Körper verfehlte dabei nie das Ziel mich zu faszinieren.

„Hast du meine Sachen gewaschen?"

Joon zerteilte mich mit einem Blick, als sei ich nicht bei Verstand.

„Schon mal etwas von Trocknertüchern gehört? Solltest du dir anschaffen", rügte er.

Daher also der frische Duft. Gehorsam schlürfte ich mein Frühstück, während Joon Essensreste von Gestern sauber in einzelne Frischhaltedosen umfüllte und im Kühlschrank stapelte. Arnaud schien noch seinen Glühweinrausch auszuschlafen. Das Letzte woran ich mich erinnerte war, wie er mit rotem Kopf laut *Last Christmas* mitsang.

„Ich muss los." Die leere Schale schob ich von mir.

Joon nickte und stellte das Porzellan ins Spülbecken.

Er folgte mir wie ein Schatten zur Tür und reichte mir das Buch, welches ich sonst vergessen hätte. Das und den Ordner.

„Danke für alles."

Joons dunkle Augen durchleuchteten mich. Ich war sofort nervös, weil niemand diesen Test je bestanden haben konnte. Außer Arnaud vielleicht. Ich hatte allen Grund durchzufallen und schaute schnell weg.

Er nahm mich in den Arm. Ganz kurz. Kaum spürbar. Es war vorbei, bevor ich realisierte was passierte. Ich erstarrte reflexartig. Das Einzige was mir blieb war sein Geruch. Wie konnte ein Mensch so gut riechen? Als bestünde er aus diesen verflixten Trocknertüchern!

„Sag ihm gute Besserung." Joon lächelte. Er lächelte. Mich an.

Damit war er schon der Zweite, der mich diesen Gruß ausrichten ließ. Wurde Zeit, dass ich es auch umsetzte.


Im Auto fand ich Toms Mobiltelefon und seinen Geldbeutel im Fußraum. Hatte er sie gestern einstecken wollen und stattdessen fallengelassen? Wie auch immer, ich hatte ihn sitzen lassen, nur mit dem was er am Körper trug, das war mir jetzt klar. Das würde so bleiben, solange ich meinen Hintern nicht hochbekam.

Ich nahm mein eigenes Telefon zur Hand und gab *Multiple Sklerose* in eine Suchmaschine ein, öffnete verschiedene Webseiten und las geduldig mehrere Artikel über die Krankheit. Dabei erfuhr ich genug, um mir Sorgen zu machen, genug um Angst zu bekommen, vor Toms Zukunft.

Ich sank in den Ledersitz des Wagens, starrte auf die blinkenden Anzeigen seines Displays, die mich zu fragen schienen, ob ich nun endlich losfahren wollte? In meinem Mantel steckte die Mütze. Es war noch Vormittag, am ersten Weihnachtsfeiertag. Durfte man zu dieser Zeit schon Besuche im Krankenhaus machen? Ich zupfte zerstreut am eingerissenen Nagelbett meines Daumen. Wann war das passiert? Mein Finger begann zu bluten, ich steckte ihn schnell in den Mund. Der Geschmack meines eigenen Blutes erinnerte mich an Evas Ansage. *Setzt dich durch!* Hatte gestern funktioniert, würde es bestimmt auch heute tun.

Es stellte sich heraus, dass niemanden interessierte, ob und wen ich besuchen wollte. Der Herr am Informationstresen gab mir gelangweilt einen rosa Zettel mit der Angabe für Stockwerk und Station, nachdem ich ihm Toms Namen genannt hatte.

Mit einem unguten Kribbeln im Magen stand ich im Aufzug. Mit handfester Übelkeit betrat ich die Station. Ich wollte die Diskussion vom Vorabend ungern wieder aufnehmen. Das schlechte Gewissen hatte mich im Griff, aber was dagegen tun?

Ich staunte nicht schlecht. Die Krankenstation sah aus wie frisch renoviert. Alles in dezenten Farben gehalten, die Architektur so gewählt, damit einem beinahe nicht auffiel, dass man sich in einem Krankenhaus befand. Aquarelle mit Preisschildern an den Wänden, Blumenbouquets auf Beistelltischen, indirekte Beleuchtung. Ich hatte schon wieder das Gefühl als sei ich in einem Hotel.

Eine freundliche Dame in weißem Kittel fing mich ab und fragte wohin ich wolle. Sie sah ganz anders aus, als die müden, angespannten Pflegekräfte, welche ich in der Notaufnahme erlebt hatte. Diese Frau machte einen ausgeglichenen Eindruck. Das Namensschild saß perfekt auf ihrer Brust, ein Dect-Telefon lugte aus ihrer Tasche. Ich zeigte den rosa Zettel vor wie einen Beweis, dass ich hier sein durfte. Sie beäugte ihn, als könne ich etwas gefälscht haben. Mir wurde deutlich vermittelt, dass ich störte. Blöde Kuh. Ich blieb hartnäckig.

„Ich möchte zu meinem Onkel, bitte." Mit Betonung auf Bitte.

„Selbstverständlich, aber er hat gerade sein Mittagessen bekommen."

Na und? Was wollte sie mir damit sagen? Als hätte ich ihn noch nie sein Essen hinunterschlingen sehen. Seit wann war eine Mahlzeit so privat, dass man dabei nicht gestört werden wollte?

Die Pflegerin brachte mich trotzdem zu seinem Zimmer. Ihr Lächeln ging mir auf den Zeiger. Sie öffnete die Tür für mich und wollte mit eintreten, aber ich kam ihr zuvor.

„Danke." Damit schloss ich die Tür mit Nachdruck, direkt vor ihrer Nase.

„Das war unhöflich", stellte Tom trocken fest.

„*Sie* war unhöflich."

Er saß in einem Wust blütenweiß bezogener Kissen auf seinem Bett und hatte ein schwenkbares Tischchen über die Knie geschoben. Im riesigen Flachbildfernseher Tom gegenüber, lief ein tschechisches Weihnachtmärchen, das jedes Jahr mehrfach ausgestrahlt wurde. Wir schauten uns eine Millisekunde unentschlossen durch den Raum hinweg an.

„Hunger?" Tom deutete auf das Essenstablett vor ihm. Ich nahm einen Stuhl aus der kleinen Sitzgruppe am Fenster und setzte mich dazu.

„Das Hühnchen ist wirklich gut." Er hielt mir seine Gabel hin, ich probierte davon. Es schmeckte ausgezeichnet und war ansprechender angerichtet, als ich es in manchen Restaurants erlebt hatte. Ich warf einen kritischen Blick auf sein Zimmer, das genauso nobel daherkam, wie der Rest der Station.

„Bist du zufällig ein saudischer Prinz, oder so?", versuchte ich zu scherzen.

„Nein, aber dumm genug für eine Privatversicherung zu zahlen."

„Scheint sich zu lohnen."

„Nur bis du die Rechnung siehst."

Wir witzelten herum, wie wir es immer taten, aber es war ein vorsichtiges Abtasten des jeweils Anderen. Tom war blass, wirkte aber dennoch agiler als gestern. Nicht so ausgebremst und abwesend, auch wenn ihn der Bartschatten ein wenig verwahrlost aussehen ließ.

„Wie geht's dir?"

„Viel besser. Wirklich! Das Kortison hilft. Nur mein Auge braucht noch Zeit." Die Infusion gehörte jetzt zu ihm, ich sollte mich wohl an das Bild von dem Schlauch in seinem Arm gewöhnen. Ich nickte und zupfte an Toms offenen Flügelhemd.

„Steht dir", ich grinste. Es war ihm viel zu weit und rutschte beinahe über seine Schulter.

„Das ist hier der letzte Schrei", grinste er zurück, „Aber ernsthaft, kannst du mir einen Jogginganzug bringen? Ich glaube Schwester Andrea gefällt meine Rückansicht ein bisschen zu gut."

Er verzog das Gesicht. Ich lachte schallend, versprach aber alles Nötige von Zuhause zu holen und händigte ihm Smartphone sowie Geldbeutel aus. Tom kontrollierte sofort seine Anrufe in Abwesenheit, ich wusste es brannte ihm in den Fingern das Heim anzurufen und sich nach seiner Mutter zu erkundigen. Selbst wenn man uns geschworen hatte, dass sich sofort jemand melden würde, sofern sich ihr Zustand änderte.

„Wie war die Feier?" fragt er stattdessen. Ich berichtete wahrheitsgemäß vom köstlichen Essen, der lustigen Stimmung und den Geschenken, was mich daran erinnerte, dass ich auch noch etwas dabei hatte. Ich zog die unverpackte Mütze hervor und reichte sie ihm.

„Alles Gute nachträglich zum Geburtstag."

Tom war überrascht. „Woher weißt du das?"

Ich zeigte verschmitzt auf das dünne Plastikarmband mit dem Kliniklogo, an seinem Handgelenk. In gut lesbaren Lettern waren darauf sein Name und Geburtsdatum vermerkt.

„Oh, stimmt." Er lachte über seine eigene Naivität.

„Um ehrlich zu sein, habe ich es auf deinem Ausweis gelesen", gab ich zu.

„Und mir ein Geschenk gekauft? Ich hatte leider keine Ahnung was ich dir geben könnte." Gut zu wissen, dass es ihm da ähnlich ging wie mir.

„Ich hab doch den Bademantel." Und das Buch, welches er garantiert auch zu verantworten hatte.

„Den verbuchst du ernsthaft als Geschenk?" Tom probierte die Mütze an. Mir gefiel was ich sah.

„Komm her!", er winkte mich zu sich. Sein Bewegungsradius war von der Infusion eingeschränkt, also musste ich mich selbst in Toms Umarmung manövrieren und lag schließlich halb über dem Bett. Tom roch anders, das Krankenhaus färbte auf ihn ab.

„Gute Besserung von den Jungs und Eva", murmelte ich. Er ließ mich langsam los.

„Eva?"

„Ich hab sie gestern angerufen, tut mir Leid. Ich hatte nur so Schiss und musste mit irgendjemandem darüber reden."

„Schon gut, sie hat... naja zumindest eine Ahnung von meiner Diagnose." Er zog sich die Mütze noch tiefer ins Gesicht und drückte mir die Gabel in die Hand.

„Hier iss, ich habe eigentlich keinen Appetit."

Ich stocherte in seinem Teller herum. Tom runzelte die Stirn.

„Du willst wissen woher, oder?", fragte er resigniert. Woher mein Mutter etwas von seiner MS wissen konnte? Ja, das hätte mich dann doch interessiert, weil sie es nie erwähnt hatte. So viel Integrität hätte ich ihr eigentlich nicht zugetraut.

Tom rieb sich das rechte Auge und kniff es unwirsch zu, dann ließ er sich in die Kissen sinken.

„Es war unvermeidbar, schließlich war Eva damals zur Hochzeit eingeladen, die dann plötzlich nicht stattfand. Keine Ahnung, ob sie wirklich vor hatte zu kommen. Nadija musste trotzdem alle Gäste anrufen und ich glaube sie hat Eva etwas erzählt."

Die Wendung dieser Geschichte machte mich platt, mir blieb kurz die Spucke weg. Seine Verlobung, die er einmal nebenbei erwähnt hatte, war also nur knapp geplatzt. Nadija klang sehr schön, ich fragte mich wer diese Frau gewesen war.

„Was hat das mit der... MS zu tun?", ich tat mich schwer es laut zu sagen.

„Ich hatte meinen ersten richtigen Schub drei Monate vor der Hochzeit und als dann die Diagnose kam, naja... da habe ich vielleicht falsch reagiert."

Ich scheute mich nachzufragen, was er damit meinte. Fakt war, dass es diese Nadija nun nicht mehr gab. Tom erzählte von selbst weiter.

„Ich war so alt wie du jetzt und dachte mein Leben sei vorbei, wozu dann noch heiraten? Naja, ich war ein bisschen overly dramatic." Er lächelte müde. „Meiner Mutter habe ich bis heute nicht von der MS erzählt, sie denkt ich hätte einfach kalte Füße vor der Ehe bekommen." Das sah ihm ähnlich, Anna seine Krankheit zu verschweigen.

„Bereust du es?", fragte ich leise und schaute auf das halb gegessene Menü.

„Wie könnte ich nicht?"

Die Infusionsflasche war leer, ich sah Luftblasen im Schlauch und zeigte alarmiert darauf.

„Soll ich Schwester Andrea holen?"

Tom verzog das Gesicht zu einer tragischen Grimasse. „Du siehst mich gerne leiden, ja?" Er fasste nach der orangen Rollklemme und drehte das Rädchen komplett herunter, bis der Schlauch verschlossen war. Tom kannte sich aus. Kein Wunder.

Ich verstand was er meinte, damit dass sein Leben zu Ende schien. Kaum vorzustellen wie ich reagieren würde, wenn man mir von einem Tag auf den Anderen eine solche Tatsache vor den Latz knallte.

Ich bemerkte dass er wegdämmerte, wieder einmal und sehr schnell. So gut wie er tat, stand es also doch noch nicht um ihn. Ich wollte Tom die Mütze abnehmen, aber er schob brabbelnd meine Hand weg und drehte sich zur Seite. Das Hemd entblößte seinen Rücken. Eine Reihe kleiner Muttermale kletterte seine Wirbelsäule hinauf, wie ein fiktives Sternbild. Ich konnte nachvollziehen, warum Schwester Andrea den Anblick schätze und dass Tom deshalb seine eigene Kleidung haben wollte.

Die Frage nach den Exposés ließ ich aus. Es fühlte sich zu gut an, so wie es gerade war. Ich wollte nicht streiten und fürchtete, dass wir es darüber tun könnten. Weil es mich verunsicherte, weil es mir einen Stich versetzt hatte.

Ich schaltete den Fernseher aus, auf dem ein Prinz gerade durch den Schnee ritt und nahm das Tablett mit nach draußen.

Zuhause erwartete mich unsere Wohnung mit dem latenten Chaos, in dem wir sie zurückgelassen hatten. Nicht ahnend, dass wir beide am selben Abend nicht zurückkommen würden.

Ich ließ alles stehen und liegen und machte zuerst einen starken Kaffee. Der Ordner leuchtete mir vom Küchentisch aus hellgelb entgegen und verhöhnte mich. Ich nahm seine Herausforderung an. Stück für Stück blätterte ich die Inserate durch.

Sie waren passend, durch die Bank. Gut gelegene Zwei-Zimmer-Wohnungen mit praktischem Grundriss. Neuwertig oder renoviert und zu Preisen, die ich mir beinahe leisten konnte. Joon hatte gleich mehrere Stecknadeln im Heuhaufen gefunden, eigentlich ein ganzes Nadelkissen. Eine davon lag ganz in der Nähe von Elias. Die fiel also gleich wieder raus, so viel Selbstsabotage wollte nicht einmal ich riskieren. Ich kontrollierte meine Nachrichten. Nichts von ihm. Kein Wunder. Dafür von Eva, ich solle sie anrufen.

Ich ließ den Ordner zuklappen und starrte ihn hilflos an. Tom meinte es sicher nur gut, er hatte keinen Grund mich loswerden zu wollen, oder? Wie lange blieb er noch in der Stadt? Weder er noch Joon hatten dazu je einen Kommentar fallen lassen. Würde seine Arbeit hier bald beendet sein und er traf nur Vorkehrungen dafür? Ich hätte ihn fragen sollen. Jetzt saß ich da und stellte Vermutungen an, anstatt Klarheit zu haben.

Erstmal kam ich dem Wunsch meiner Mutter nach und rief sie an. Es dauerte bis Eva dranging, ich wollte fast wieder auflegen und mich dafür beglückwünschen, dass ich es immerhin versucht hatte.

„Ja?" Mist, sie nahm doch ab.

„Ich sollte dich anrufen?"

„Bist du Zuhause?"

„Ja, warum?"

„Ich wollte nur sicher gehen, dass du nicht immer noch im Krankenhaus bist", erklärte sie.

Ich verschwieg, dass ich es bereits *wieder* gewesen war. „Ich habe deinen Gruß ausgerichtet."

„Dann geht es ihm soweit gut?" Eva fragte ganz nüchtern, als erkundige sie sich nach dem TÜV für ihr Auto.

„Tom wird wieder." Ich hatte das Bedürfnis seinen Namen zu nennen, weil Eva es absichtlich nicht tat.

„Schön."

„Du hast es mir nicht verraten", fügte ich hinzu.

„Dazu hatte ich kein Recht." Sie wusste sofort was ich meinte. Danach entstand eine kleine Pause. „Philomena, bitte werd jetzt nicht gleich wieder sauer, ich möchte dir nur sagen, was mich umtreibt."

Das war eine Ankündigung, die mich nervös aufrichtete, als zöge Eva an den Fäden, mit denen sie mich tanzen ließ.

„Er läuft davor weg."

„Was meinst du?"

„Tom hat damals seine Verlobung aufgelöst, dabei hatte seine Freundin kein Problem mit der Diagnose, nur er. Sie war verständnisvoll, aber er hat sie einfach aus seinem Leben geschnitten. Seit dem macht er diesen Job, der ihn wie einen Herumtreiber durchs Land schickt, damit er nirgends lange bleiben muss."

„Ist das deine Einschätzung, oder seine eigene?"

„Es ist offensichtlich. Toms einzige Konstante ist unsere Mutter, aber die wird nicht mehr lange da sein, so wie es klingt."

„Du weißt es also?"

„Ja."

Ich bat sie nicht mehr darum Anna zu besuchen, es wäre sinnlos.

„Ich will dir nur sagen, dass du dich nicht an ihn gewöhnen darfst. Tom wird entweder anfangen dich als seinen neuen Rettungsring zu nutzten, oder verschwinden."

Ich schielte auf den Ordner und glaubte ihr Letzteres zumindest zum Teil. Er bereitete sich, oder besser mich, schon darauf vor.

„Ich habe befürchtet, dass ihr euch gut versteht. Ihr seid euch ähnlich. Aber ich bin mir auch sicher, dass mein Bruder sich wenig geändert hat, verstehst du?"

Eva hatte das B-Wort noch nie in meiner Anwesenheit ausgesprochen, es verfehlte seine Wirkung nicht. Ich glaubte zu erahnen, wie sie ihre schräge Art der mütterlichen Fürsorge dahinter versteckte. Aber Evas Sorgen gründete auf einem generellen Misstrauen ihrer Familie gegenüber. Es war nur ein Vorurteil

„Ich bin jetzt so alt, wie Tom als er die Diagnose bekam", lenkte ich ab. „Ich habe gelesen, es kommt innerhalb von Familien gehäuft vor, besonders unter Frauen?" Diese Vermutung hatte sich bei meiner Onlinerecherche am Morgen ergeben. Dieses Schicksal wollte ich nicht teilen. Eva lachte leise am anderen Ende der Verbindung.

„Du brauchst dich nicht zu fürchten, auf unserer Seite der Familie gibt es keine MS. Tom ist der Einzige und das legt die Vermutung nahe, dass er es von seinem Vater haben muss, aber sicher weiß das natürlich keiner."

Ich biss mir auf die Innenseite meiner Wange. Das klang plausibel und machte es umso bitterer. Das Stigma alleine reichte nicht, seine Herkunft bestrafte Tom doppelt.

Eva seufzte. „Naja, das wollte ich dir nur sagen und dass du weißt, wo du mich findest, falls du Hilfe brauchst."

„Ja, ich weiß."

Eva beendete das Gespräch. Ich begann die Wohnung aufzuräumen, um meine Hände zu beschäftigen, während die Gedanken rasten, als wollten sie einen Rekord brechen.

Toms Zimmer war natürlich die größte Katastrophe, aber das ließ sich kaum ändern. Ich öffnete seinen Schrank und ging die zerfledderten Stapel aus Shirts und Hosen durch, bis ich zusammengesucht hatte, was er wohl brauchen würde. Anschließend packte ich alles in eine Sporttasche, welche in der Ecke lag und öffnete das Fenster um den stickigen Raum zu lüften. Es war ein abstrus milder Tag, draußen roch es beinahe nach Frühling.

Ich schüttelte Toms Bettzeug auf und dabei flatterte mir etwa entgegen. Ich bückte mich um aufzuheben, was unter seiner Decke herausgefallen war. Es dauerte einen Moment, bis mir klar wurde, was ich in der Hand hielt. Das ausgeleierte, graue Hemdchen gehörte mir. Zuerst wunderte ich mich, wie es hier hingekommen war, doch dann traf mich die Erkenntnis wie zweihundertzwanzig Volt.

Dieses Shirt hatte ich Rebecca geliehen, als sie bei mir geschlafen hatte. Oder sollte ich besser sagen, bei Tom? Das lieferte die einzige Erklärung, weshalb ich es in seinem Bett fand. Darum war sie spurlos verschwunden, ohne sich zu verabschieden. Darum war Tom an dem Tag so früh unterwegs und so grundlos nervös gewesen, dass er sich mit Erledigungen ablenken musste.

Die Vorstellung, wie sie sich zu ihm schlich, während ich nichtsahnend schlief, war grotesk. Wie dumm war ich eigentlich, dass ich nicht selbst darauf kam? Ich traute Rebecca viel zu, wusste sie war aufgewühlt gewesen, mehr als sie zugeben wollte. Sie hatte Tom schöne Augen gemacht, aber dass sie sich so ablenken würde, denn mehr als das konnte es kaum sein, machte mich sprachlos.

Und Tom? Ließ es sich gefallen und tat so als wäre nichts gewesen?! Er hatte doch selbst noch Witze über Rebecca gemacht und darüber, dass sie schnell ein neues Objekt der Begierde finden würde? Und dann bot er sich selbst dafür an?

Ich fühlte mich von beiden betrogen und konnte nicht zugeben, dass es lächerlich war. Denn was hätte ich ernsthaft einzuwenden gehabt? Was ging es mich an? Welches Argument konnte ich vorbringen, außer dass es mich schockierte?

Ich ließ den Raum wie er war. Das Fenster stand noch offen, das Shirt lag wieder am Boden, wie der Beweis für ein Verbrechen. Ein Tatort, den ich gestört hatte.

## 27

Es war viel zu kalt um auf einer Metallbank zu sitzen. Mein Hintern wurde längst taub, aber ich fühlte bereits genug, mein Körper hatte sich hinten anzustellen was das anging.

Die Stadt wirkte wie leergefegt. Weihnachten eben. Alle fuhren zu den Verwandten aufs Land, oder flogen über die Feiertage in den Süden, wo einem das Schmuddelwetter nichts anhaben konnte. Nur ich saß hier, in der kleinen Grünanlage, die während den warmen Monaten sehr hübsch sein musste. Ringförmig angepflanzte Büsche, die einen Zierbrunnen in ihrer Mitte einrahmten. Der Brunnen war abgeschaltet und mit Holztafeln abgedeckt worden, zum Schutz vor der Kälte. Die Büsche standen kahl im trüben Tageslicht. Die Bank, wie gesagt, kalt.

Hinter mir ragte die Uniklinik auf und leuchtete vielsagend aus ihren unzähligen Fenstern. *Hier wird Ihnen geholfen. Hier sind Sie sicher. Egal ob Weihnachten, oder Weltuntergang, wir sind für Sie da.*

Ich hatte die Tasche auf der Station abgegeben und war sofort wieder gegangen. Das allein bedeutete schon mehr Freundlichkeit als Tom verdient hatte, mehr als ich eigentlich aufbringen konnte. Sehen wollte ich ihn nicht. Rebecca schreiben konnte ich genauso wenig, denn was außer kindischen Vorwürfen hätte ich formuliert? Jeden Satz den ich mir im Kopf zusammenbaute, hörte ich Rebecca sofort auseinandernehmen. Sie würde sich von mir kaum kleinmachen lassen, ich hatte jede Diskussion mit ihr schon im Vorfeld verloren. Also ließ ich es bleiben.

Nach Hause wollte ich genauso wenig. Die Wohnung zu betreten war nicht mehr möglich. Es reichte schon, dass ich mir die Vorgänge jener Nacht immer wieder vorstellte. Die Räumlichkeiten, in welchen es passiert war real um mich zu haben, nein danke.

Aber wohin dann? Ich würde auf dieser Bank festfrieren und morgen als tragischer Kältetod in der Zeitung stehen. So tief war ich noch nicht in meinem Selbstmitleid versunken.

Marina schrieb mir, sie sei noch bis Montag bei Stefans Eltern. Die wohnten in einem Kaff, weit außerhalb der Stadt. Keine Opti-

on also. Selbst wenn sie um die Ecke gelebt hätten, Stefan allein
war schon fad genug. Ich wollte nicht wissen wie die Menschen
waren, die ihn produziert hatten. Mir kamen ein Fliesentisch und
Teller voll selbstgebackener Vollkornplätzchen in den Sinn, von
denen jeder nur eines nehmen durfte. Wegen der Gesundheit,
Papa hat ja Cholesterin. Dann lieber der Erfrierungstod.

Joon und Arnaud wollte ich keinesfalls belästigen, auch wenn
ich ihr flauschiges Gästebett noch an meinen Körper geschmiegt
fühlen konnte.

Elias war die Option, welche als Schatten im hintersten Winkel
meines Verstandes wartete, ich versuchte nur nicht hinzusehen,
obwohl ich genau wusste, dass er da war.

Ich hatte keinen Schimmer wie er Weihnachten feierte. Seine Eltern waren beide längst gestorben und da ich meine im geistigen
Sinne für ebenso tot ansah, hatten wir die Feiertage während der
Jahre unserer Beziehung immer zu zweit verbracht. Ich wählte seinen Namen auf meiner Kontaktliste und lauschte gespannt dem
Rufton. Mein Atem stieg als weiße Wölkchen in den Himmel und
löste sich unterwegs auf. Als er endlich abnahm hielt ich die Luft
an.

„Phil? Was ist?" Das klang wenig einladend. Elias sprach leise
und gepresst, als wäre er an einem Ort, wo Telefonieren nicht ge-
stattet ist. Ich schluckte meine Unsicherheit hinunter und versuchte beiläufig fröhlich zu klingen.

„Frohe Weihnachten erst mal."

„Ja. Frohe Weihnachten." Er wiederholte meinen Gruß, als wolle er ihn möglichst schnell ausspucken. Weiter sagte er nichts, ich
musste das Gespräch mühevoll vor mir hertreiben.

„Was machst du über das Wochenende?" Ohne mich? Wollte
ich gern hinzufügen.

„Warum willst du das wissen?"

Mein bloßes Interesse schien ihm gehörig auf die Nerven zu gehen, als dürfe ich nicht einmal danach fragen. Plötzlich war ich
mir selbst unsicher, ob ich eine Erlaubnis dazu hatte. Ich zitterte
vor Kälte und Anspannung. Warum saß ich hier draußen und telefonierte ausgerechnet mit Elias?

„Nur so, ich bin heute alleine und dachte dir geht es vielleicht genauso."

„Und?"

„Und du möchtest Gesellschaft?" Ich hörte selbst, wie dumm ich klang. Er hatte offensichtlich so gar keine Lust auf mich, aber ich biederte mich trotzdem an. Meine eigene Verzweiflung schlug mir hart ins Gesicht.

„Ich habe bereits einen Gast, also nein."

„Oh."

„Hör mal Phil, du kannst nicht immer bei mir aufschlagen, wenn dir langweilig ist, oder sonst keiner Zeit für dich hat. Wir haben nicht umsonst Schluss gemacht, du musst das endlich verstehen!"

„Ah."

„Die Anrufe und Besuche müssen aufhören! Meine Freundin ist über Weihnachten bei mir und ich habe keine Lust auf Drama von meiner Ex!"

Freundin. Ich verstand sehr gut, dass er mich loswerden wollte, aber sonst nichts. Seit wann hatte er diese Freundin, wo war sie gewesen, als ich letzte Woche noch bei ihm geschlafen hatte?

„Elias...", begann ich, ohne zu ahnen was ich sagen wollte.

„Nein, Phil. Es reicht! Ich dachte du brauchst den Kontakt, damit dir die Trennung leichter fällt, damit der Cut weicher ist und du es selbst einsiehst, aber ich kann das nicht länger für dich mitmachen. Lass mich in Ruhe!"

Damit legte er auf. Ich starrte auf das Display. Es zeigte an, dass der Anruf beendet worden war. Fünfundzwanzigster Dezember, sechzehn Uhr vier. Der Moment als Elias beschloss mich nicht mehr teilhaben zu lassen, endgültig. Ich könnte jetzt zu ihm fahren, sturmklingeln bis er die Tür öffnen musste. Mich in die Wohnung drängen und seiner Neuen brühwarm auftischen, dass ihr ach so toller Freund mich letzte Woche noch auf dem Sofa gefickt hatte, auf dem sie gerade saß. Elias wusste, dass er sich davor nicht fürchten brauchte, weil ich den Mut dazu nicht besaß. Darum erzählte er mir so unverhohlen, wer gerade bei ihm war.

Ich fragte mich, ob er sich für das Telefonat ins Bad verdrückt hatte, damit sie nicht lauschen konnte, oder er demonstrativ vor seiner Freundin mit mir gesprochen hatte. Seine Stimme hatte Ersteres vermuten lassen, seine Wortwahl Letzteres. Warum machte ich mir darüber Gedanken? Es war einerlei und änderte wenig an der Konsequenz des Gespräches.

Ich blieb sitzen, bis die Dämmerung mich beinahe verschluckte. Dann fuhr ich das Auto in ein Parkhaus, nahe dem Ausgehviertel meiner Wahl und suchte mir eine Bar, die schon offen hatte. Ich war noch nie an Weihnachten außer Haus gewesen, aber es gab immer Leute die feiern wollten und auf solche war ich nun aus. Zu meinem Erstaunen musste ich nicht lange warten bis sich die Lokale entlang der Straße füllten. Ich hatte erst meinen zweiten einsamen Drink intus, da waren plötzlich alle Tische besetzt und die Menschen standen sich zuprostend auf den Gängen. Die Musik wurde laut gedreht, bis auf unterhaltungsmordendes Niveau und der Abend konnte richtig beginnen.

Das wolle ich jetzt. Sinnlos trinken, bis ich mich selbst nicht mehr kannte, mit Fremden zu eng tanzen und über die Musik gebrüllte Gespräche führen. Einen Abend lang die sich stapelnden Probleme ignorieren. Ich bekam alles was ich mir wünschte. In meiner dunklen Jeans und dem schwarzen Longsleeve fiel ich zwischen dem teils festlich, teils leger gekleidetem Partyvolk kaum negativ auf.

Ein hübscher, dunkelhaariger Mann, den ich jünger als mich selbst schätzte, gab mir etwas mit zu viel Wodka darin aus, erzählte dass er hier studierte und fragte all die Belanglosigkeiten, mit denen man eine flüchtige Bekanntschaft eben kennenzulernen versucht.

Er gefiel mir auf Anhieb. Felix war sein Name, wie er mir mit breitem Lächeln verriet. Natürlich fragte er wofür Phil die Abkürzung sei und war, wie die meisten Leute, überrascht weil ihm mein voller Name noch nie untergekommen war.

„Er bedeutet *die Mut Liebende*", grinste ich, vom Alkohol bereits locker geworden.

Felix griff diese Vorlage sofort auf und wir drehten uns um die Frage, was ich denn noch alles liebe? Ich lachte laut und verriet ihm zu viele Details, die stimmten. Am Liebsten aber wollte ich laut losschreien, dass ich nicht mehr wusste was, oder wen ich liebte.

Felix hatte neugierige dunkle Augen, die mich nicht losließen, ich folgte ihm zu dem Tisch, an welchem seine Kommilitonen saßen. Er machte mich mit allen bekannt, ich vergaß aber wie üblich sofort sämtliche Namen. Ich war längst zu betrunken, um mir mehr als *Felix* zu merken.

Die Männer gaben großzügig Getränke aus, die zwei anderen Frauen am Tisch genossen deren Aufmerksamkeit. Ich spürte sofort zwischen wem die Funken sprühten, auch wenn angeblich alle Anwesenden *nur Freunde* waren. Mhm, redet euch das nur ein.

Sie neckten sich gegenseitig bezüglich ihrer Studienfächer. Eine der Frauen war ein Drittsemester Psychologie und wurde aufgefordert dem Kerl, den sie ganz offensichtlich anhimmelte, einen handfesten Narzissmus zu diagnostizieren. Ich lachte mit ihnen und schlug mich auf die Seite des jungen Mannes, der sich vehement verteidigte. Er war eine Unschuld vom Lade, die große Sprüche machte, mehr nicht. Ich sagte ihnen allen, sie müssten meinen Exfreund kennenlernen, da hätten sie ein gutes Beispiel. Das war eine dumme Idee gewesen, denn nun löcherten sie mich alle bezüglich Elias und weil ich meine Selbstkontrolle längst verloren hatte, erzählte ich ihnen die Wahrheit.

Alle fünf waren sichtlich schockiert über meine Ehrlichkeit und das was ich preisgab.

„Das ist ja mal ein ordentlicher Wichser!", meinte die Unschuld vom Lande und bestellte mir ein weiteres Bier, um auf das Vergessen anzustoßen.

„Halt dich lieber an Felix, der ist anständig", die hübsche Blondine, welche im Hauptfach Wirtschaft studierte, grinste mir verschwörerisch zu. Felix verdrehte die Augen und legte den Arm um mich. Seine Hand lag warm auf meiner Hüfte und ich hatte so gar nichts dagegen.

Ich schloss mich ihnen an, auf den Weg in einen Club, wo man *anständig tanzen* konnte, wie der kleine Jurastudent, mit den dick trainierten Oberarmen versicherte. Nichts lieber als das!

Die beiden Frauen waren auf der Tanzfläche und gaben alles, bevor ich mich überhaupt umgesehen hatte. Die Männer nahmen erst einmal eine Sitzgruppe im hinteren Bereich des verrauchten Raumes ein. Der wummernde Housebeat drückte mir auf die Ohren, ich hörte meine eigenen Gedanken kaum noch, aber Felix' Hand auf meinem Rücken war präsent, als brenne sie sich durch den dünnen Stoff des Shirts. Er sagte etwas das ich nicht verstand, ich lächelte und gesellte mich zu den Tanzenden. Die Blondine war der Wahnsinn, ich konnte mich nicht ansatzweise so bewegen wie sie, aber es kam kein Neid auf. Ich betrachtete sie nur ebenso bewundernd und verstohlen, wie die Männer. Sie nahm mich lachend in den Arm und ich kreiste meine Hüften zusammen mit ihren.

Jemand zog mich aus ihrer Umarmung. Felix spielte den Beleidigten und warf der Blondine vor, sie wolle mich ganz für sich haben. Die lachte nur, gab ihm einen freundschaftlichen Stoß und nahm sich als Nächstes den Jurastudenten vor, der nur darauf gewartet zu haben schien.

Ich beachtete sie ab da nicht mehr. Felix hielt mich fest, als könnte ich ihm davon laufen, was ich nicht vorhatte. Mir war angenehm schwummrig vom Trinken. Meine Umwelt war gleichzeitig weiter weg und ein bisschen näher als normal.

„Du bist so schön", raunte er in mein Ohr und löste den Gummi aus meinen Haaren. Ich kicherte und glaubte ihm kein Wort.

Wir fanden sofort einen gemeinsamen Rhythmus, als hätten wir das Vollkontakttanzen schon lange bis zur Perfektion geübt. An Reden war nicht mehr zu denken. Nicht nur wegen der Lautstärke. Er schwitzte. Ich schwitzte. Meine Hände gruben sich zwischen die nassen Stoppeln in seinem Nacken. In diesem Moment hatte ich noch nie etwas aufregender oder attraktiver gefunden, als das. Ich zog sein Gesicht heran. Er war kaum größer als ich, wie für mich gemacht. Sein Mund schmeckte nach dem Bier, das er zuletzt getrunken hatte. Und ein bisschen salzig vom Schweiß.

Ich nahm nur noch seinen Körper wahr, der sich an meinen presste.

Ich weiß nicht wie lange wir so weitermachten, oder wohin die Anderen verschwunden waren. Irgendwann gingen wir nach oben an die frische Luft. Ich fror in meiner feuchten Kleidung, Felix dampfte regelrecht. Ich hatte Durst, aber was ich noch viel mehr wollte als ein Wasser, war der Mann welcher mich festhielt. Das sagte ich ihm und er nickte, ging wieder hinein, holte unsere Jacken und zog mich dann die Straße hinunter.

Es stellte sich heraus, dass er in einer WG mit dem dritten Kerl aus ihrer Gruppe wohnte, über den ich nur noch hätte sagen können, dass er blonde Haare hatte. Hauptsache er war nicht anwesend und wir konnten uns ungestört die Kleider vom Leib reißen.

Felix war wirklich einer von den Guten. Er packte mich mit Kraft, tat mir aber nicht weh dabei. Er benutzte ein Kondom, ohne dass ich ihn in meinem Rausch noch daran erinnern musste. Felix drückte mich mit seinem Gewicht in das schmale Bett und fragte zwischen zwei Küssen tatsächlich, ob ich das wollte. Ich war ein wenig gerührt, so hatte sich noch nie ein Mann meines Willens versichert. Gleichzeitig hatte ich kaum noch genug Selbstbeherrschung, um ein einfaches „Ja!" herauszupressen. Dann schlang ich meine Beine um ihn und genoss den selben Rhythmus, den wir schon beim Tanzen so leicht gefunden hatten.

Was genau mich geweckt hatte, fand ich erst heraus, nachdem ich mich unter Felix' Arm hervor gerollt hatte und im Dunklen auf den Flur getapst war. Mein Kopf dröhnte, der Mund schmeckte schal. In meinen Leisten zog es bei jedem Schritt, vielleicht vom Tanzen, oder naja, anderen Tätigkeiten.

Ich machte Licht. Meine Jacke lag neben der Haustür am Boden, wo ich sie im Eifer des Gefechtes hingeworfen hatte. Das Smartphone in deren Innentasche, war der lautstarke Übeltäter. Ich bückte mich schwankend, stützte mich am Boden ab und fischte es heraus.

Das Gerät verkündete mir zwei Fakten: Es war halb vier Uhr morgens und meine Mutter rief mich an.

„Was zum...?", murmelte ich und zögerte kurz, bevor ich auf das Display drückte, um den Anruf entweder anzunehmen, oder abzulehnen. War ich wirklich wach, oder noch im alkoholisierten Erholungsschlaf? Die wellenförmige Übelkeit, welche meine Kehle hinaufstieg, überzeugte mich davon, dass ich nicht träumte. Dadurch bekam der Moment einen brenzligen Beigeschmack. Welchen Grund hatte Eva, mich mitten in der Nacht erreichen zu wollen?

„Mama?", krächzte ich schließlich in das Telefon. Ich dankte allen guten Mächten, dass mein Kopf klar genug war, um gerade Sätze zu bauen.

„Warum gehst du nicht ran? Das ist mein vierter Versuch!" Sie klang angespannt.

„Tut mir Leid, was ist denn?"

„Das Pflegeheim hat mich angerufen, weil sie Tom nicht erreichen können. Anscheinend hat er ihnen meine Nummer gegeben, ohne mich darüber zu informieren." Sie war sauer, aber nicht auf mich, immerhin etwas.

„Was?"

„Anscheinend geht es Mutter schlechter. Das Heim wollte Tom informieren, aber er meldet sich nicht."

„Er hat sein Telefon bei sich", beteuerte ich, als gäbe es einen Grund sich zu rechtfertigen.

„Wie auch immer. Weck Tom auf und sag es ihm!"

„Aber er ist noch im Krankenhaus."

Eva stöhnte entnervt. „Dann ruf ihn dort an."

Meine Gedanken rasten. Unter normalen Bedingungen hätte es so einfach sein können. Ich würde die Beine über den Rand meiner Luftmatratze werfen und mit ein paar Schritten wäre ich bei ihm, könnte Tom aus dem Schlaf schütteln und ihm mitteilen was los war. Aber ich befand mich nackt in einer fremden Wohnung, irgendwo abseits der Innenstadt, war weit entfernt von nüchtern, hatte kaum Geld bei mir und Tom lag mit einer Nadel im Arm, im siebten Stock der Uniklinik.

„Ich weiß nicht, ob man mich mitten in der Nacht zu ihm durchstellen wird", gab ich zu bedenken. Ich dachte an das Verhalten der Pflegerin auf der Privatstation. Sie hatte so getan als sei Tom eine Berühmtheit, die ich nicht stören dürfe. „Ich fahre selbst hin und sage es ihm."

„Red keine Unsinn, das dauert viel zu lange!"

„So schlimm?"

„Die rufen kaum zum Spaß an", kommentierte Eva trocken.

Tom würde zu seiner Mutter fahren. Definitiv. Ich fragte mich ob es Eva in dieser Situation ähnlich ging. Spürte sie eventuell doch die Anziehungskraft des endenden Lebens, von dem sie einen Teil geschenkt bekommen hatte?

„Kommst du auch?", fragte ich ganz einfach, weil ihr klar sein musste, was ich dachte.

„Nein. Philomena, ich habe längst einen Schlussstrich gezogen. Ich musste, verstehst du? Jetzt kann ich nicht mehr zurück."

Ich konnte nicht behaupten, dass ich sie verstanden hätte, aber zum ersten Mal schmeckte ich eine Ahnung dessen auf der Zunge, was meine Mutter dazu bewogen hatte mit ihrer Familie zu brechen. Ich verlor es im selben Moment wieder aus den Augen, wie eine Bewegung die man nur aus dem Augenwinkel wahrnimmt. Wie ein schwacher Duft, den der Wind davonträgt, sobald er eine Erinnerung angestoßen hat.

„Sag ihr, dass ich an sie denke. Das ist nicht gelogen." Eva legte auf. Ich erhob mich langsam, meine Waden brannten, weil ich während des gesamten Telefonats in der Hocke geblieben war.

Felix schlief noch immer ungestört, er sah so unschuldig aus wie man nur sein konnte. Das wenige Licht aus dem Flur umriss ihn grob. Einen Arm hatte er um sein Kissen geschlungen, die Lippen leicht geöffnet. Ich hob sein Telefon vom Boden auf und hoffte dass es sich entsperren ließe. Gesichtserkennung. Funktionierte das auch im Schlaf? Bingo! Tat es!

Meine Nummer speicherte ich ein, weil ich nicht wie eine Diebin verschwinden und ihn ahnungslos zurücklassen wollte. Felix hatte mehr verdient als das.

Ich klaubte meine klammen Kleider zusammen, schlüpfte hinein, ekelte mich davor und verließ die Wohnung. Ich musste Tom erreichen und ihm das Auto bringen.

**28**

Erst am U-Bahn Gleis ging mir auf, dass mein Plan hirnrissig war. Sobald ich auf der Straße gestanden und mich orientiert hatte, wo genau Felix' Wohnung eigentlich lag, war mir klar geworden, dass ich nicht Auto fahren durfte, auch wenn das Parkhaus fußläufig erreichbar lag. Selbst wenn mir die rechtlichen Konsequenzen einer Trunkenheitsfahrt egal gewesen wären, mir war schwindelig, meine Hände zitterten und ich konnte kaum geradeaus schauen. Es war keinesfalls dran zu denken, sich hinter das Steuer zu setzen.

Sinnvoller Tom erst einmal ans Telefon zu bekommen, gemeinsam würden wir eine Lösung finden. Zitternd suchte ich die Nummer der Uniklinik heraus und hoffte, dass man mich auf die Station verbinden würde. Dem Rufton lauschend, marschierte ich schlotternd Richtung Parkhaus, denn hierbleiben hätte auch keinen Sinn gemacht. Ich war alleine auf der glatten Straße und fühlte mich unangenehm an den Abend erinnert, als ich aus Elias' Wohnung geflohen und ziellos herumgeirrt war.

In der klirrenden Kälte drängten sich mir beunruhigende Gedanken auf. Warum war Tom nicht erreichbar? Ging es ihm wieder schlechter? Ich wusste nicht einmal ob das Personal dort meine Nummer hatte, um mir Bescheid zu geben. Was wenn meine Horrorvisionen doch noch wahr geworden waren?

Mein Anruf wurde angenommen. Eine professionell klingende Stimme, fragte nach meinem Anliegen. Ich erklärte, auf Grund eines familiären Notfalls, mit meinem Onkel verbunden werden zu wollen. Hoffentlich klang ich astrein nüchtern, sonst wären meine Chancen verspielt.

„Bitte warten Sie einen Augenblick", bat die Dame von der Vermittlung. Meine Geduld wurde durch eine nervtötende Warteschleifenmelodie auf die Probe gestellt. Es knackte in der Leitung und eine andere Stimme antwortete mir ebenso höflich.

„Neurologische Privatstation, was kann ich für Sie tun?"

Ich atmete tief durch und zwang meine schwere Zunge, so geordnet wie möglich Silben zu bilden. Auch dieser Pflegerin erklärte ich mein Problem.

„Herr Karg schläft. Soll ich ihm lieber später Bescheid sagen, damit er Sie zurückruft?"

Ich biss die Zähne zusammen.

„Nein! Es ist wirklich dringend, es geht um seine Mutter! Bitte holen Sie ihn ans Telefon!" Es folgte eine winzige Pause, während der ich die Abwägungen der Frau beinahe erahnen konnte. Sollte sie ihren Patienten wecken und dessen Unmut riskieren, oder lieber meinen? Konnte es wirklich so dringend sein, dass sie einen Fehler beginge, wenn sie mich ignorierte?

„Wie Sie wollen. Einen Moment."

Genau. Sie sollte tun was ich wollte, es galt keine Zeit zu verschwenden! Ich hörte Knistern und Rauschen, dann die leise Stimme der Pflegerin und Tom, welcher ihr verschlafen antwortete. Dann endlich war er in der Leitung.

„Ja?" Tom klang noch nicht wirklich wach.

„Ich bin's!", rief ich aufgeregt und erleichtert zugleich. Vergessen, dass ich böse auf ihn gewesen war.

„Phil? Was ist los?"

„Das Heim hat versucht dich anzurufen, aber dein Telefon scheint aus zu sein, also haben sie es bei Eva versucht und die hat mir Bescheid gegeben!" Ich hoffte, dass er meine verschwurbelte Erklärung verstand.

Etwas klapperte, dann erscholl ein leiser Fluch. „Der Akku ist leer!", keuchte Tom. Er wirkte fassungslos und mir wurde klar, dass ich ihm kein Ladegerät gebracht hatte.

„Wir haben Kabel hier, wenn Sie eines brauchen", meinte die Pflegerin aus dem Hintergrund. Sie war also immer noch im Zimmer und versuchte zu helfen.

„Dafür ist es jetzt zu spät", antwortete Tom resigniert. „Phil, ich rufe das Heim aus der Klinik an, danke."

Ich wollte ihm noch beichten, dass ich fahruntüchtig war, aber er hatte schon aufgelegt. Ich erreichte das Parkhaus und blieb unentschlossen davor stehen. Noch bevor ich mir in irgend einer

Weise Gedanken machen konnte, was ich als Nächstes tun sollte, rief mich Tom schon zurück.

„Phil, hol mich sofort ab, ich muss zu ihr!" Das hatte ich befürchtet.

„Kann nicht", gab ich kleinlaut zu. „Ich habe getrunken."

„Was? Wo bist du?", jetzt klang er gereizt. Ich nannte ihm die Adresse des Parkhauses.

„Gut, dann bleib da, ich bin unterwegs!" Wieder legte er auf, ohne mich zu Wort kommen zu lassen.

Ich fühlte mich hundeelend. Die Geschichte wiederholte sich. Ich stand hilflos an der Straße und Tom kam mich abholen, mit dem gleichen Wortlaut wie damals.

Kälte und Angst krochen mir immer tiefer in die Knochen und trieben den Rausch langsam aus. Ich begann mich endlich zu fürchten, mitten in der Stadt, allein vor einer schlecht beleuchteten Parkgarage. Also duckte ich mich in den Schatten der Einfahrt und zuckte bei jedem Geräusch zusammen. Halb aus Furcht vor zwielichtigen Gestalten, halb in der Hoffnung dass es Tom sein könnte.

Vierzig Minuten vergingen, die mir wie ein halbes Leben vorkamen. Dann hörte ich ein Motorengeräusch und die dazugehörige Mercedes Limousine bog um die Ecke. Ich blinzelt verwundert, bis ich begriff, dass sie elfenbeinfarben war und ein gelbes Taxi Schild trug.

Die Beifahrertür sprang auf, Tom kam mit langen Schritten auf mich zu. Er trug den Jogginganzug, welchen ich ihm gebracht hatte und darüber seinen Mantel. Die Haare standen ihm zu Berge, er war blass. Es war deutlich, dass ich ihn aus dem Schlaf gerissen hatte. Meine Mütze hatte er nicht dabei. Tom musterte mich stumm. Ich wollte nicht wissen, was für ein Bild ich abgab.

„Wo steht er?", fragte Tom schlicht und streckte die Hand aus. Ich übergab die Autoschlüssel. Er bezahlte das Parkticket und folgte mir. Die Nummer der Parkbucht hatte ich mir glücklicherweise gemerkt. Wir stiegen wortlos ein, Tom startete den Motor und erst da fragte ich mich, ob er überhaupt schon wieder fahren konnte. Tom wirkte ganz normal, fast als hätte er keine Einschränkungen mehr, aber das musste nichts heißen. Vielleicht war es dem Adrenalin zuschulden, dass er plötzlich wie ausgewechselt war.

„Sollten wir vielleicht lieber ein Taxi nehmen?", traute ich mich zu fragen, immerhin war er damit aufgetaucht und diese Option erschien mir sicherer.

„Nein, ich fahre selbst!", grollte Tom und startete den Motor. Damit war das geklärt und ich schwieg, bis er wieder das Wort an mich richtete.

„Ich lasse dich zu Hause raus." Das sagte er ganz selbstverständlich.

„Nein, ich will mitkommen!"

Tom warf einen prüfenden Blick herüber, bevor er abbog.

„Du bist betrunken."

„Du kommst aus dem Krankenhaus! Wahrscheinlich bin ich genauso fahrtüchtig wie du!" Jetzt hatte ich es doch angesprochen. Toms Stirn legte sich in Falten.

„Ich muss zu ihr, es kann nicht warten!" Er leugnete es also gar nicht, redete nur darum herum. „Du solltest dich besser ausschlafen", fügte er hinzu.

„Nein, ich werde nicht aussteigen! Dann musst du mich schon mit Gewalt aus dem Auto holen!" Ich war unvernünftig und aufgekratzt, außerdem immer noch sauer auf ihn.

Wieder ein Seitenblick und dieses Mal wirkte Tom, als überlege er sich ernsthaft meine Andeutung in die Tat umzusetzen. Ich fürchtete er könne tatsächlich soweit gehen. Tom schien beherrscht, fast schon zu ruhig für die Situation, aber seine Finger knöchel am Lenkrad traten weiß unter der Haut hervor.

„Wie du willst, aber das wird kein netter Ausflug", warnte er mich. „Und kotz ja nicht ins Auto!"

Ich wollte etwas Geistreiches erwidern, aber in dem Moment erreichten wir die Stadtautobahn und er gab so heftig Gas, dass ich nur hart Schlucken konnte, um meinen Magen im Griff zu behalten.

Wir schossen mit beängstigender Geschwindigkeit aus der Stadt hinaus. Ich hoffte er würde uns nicht umbringen. Das Tempo war selbst für einen Gesunden, der alle Sinne beieinander hatte, halsbrecherisch. Die Stille im Fahrzeuginneren dehnte sich unangenehm aus.

„Warst du feiern?", fragte Tom tonlos. Ich nickte nur. „Alleine?" Ich zuckte die Schultern. „Stimmt irgendetwas nicht?"

Darauf gab ich keine Antwort, starrte nur beleidigt aus dem Fenster und fühlte mich lächerlich.

„Phil? Warum finde ich dich in... diesem Zustand, alleine irgendwo in der Stadt?"

Ging ihn einen feuchten Dreck an! Ich fühlte mich in die Ecke gedrängt und konnte nicht mehr klar denken. Mein Schutzmechanismus aus totaler Ablehnung war automatisch aktiviert worden.

„Hat es mit diesem Exfreund zu tun?", fragte er weiter.

Jetzt reichte es mir! Diese väterliche Tour brauchte er nicht fahren!

„Warum hast du mit Rebecca geschlafen? Womit hat *das* zu tun?", zischte ich. Tom erstarrte für einen Augenblick. Der Mercedes warnte ihn piepsend davor, dass er den Seitenstreifen befuhr.

„Weil mir danach war", antwortete er mühsam beherrscht und brachte den Wagen wieder in die Spur.

„Ach, dir war danach. Sicher, das ist eine gute Erklärung, warum du heimlich mit meiner Freundin schläfst, die bei uns übernachtet. Wie praktisch!"

„*Sie* ist zu *mir* gekommen!", knurrte Tom und starrte weiter auf die Straße.

„Großartig, dann ist es Rebeccas Schuld, ja?"

„Ich weiß nicht was dein Problem ist? Kann ich nicht schlafen mit wem ich will? Ich habe auch dazu geschwiegen, dass du mein Auto zu deinem Vergnügen benutzt, oder?"

Glaubte er, nur weil er wie ein Märtyrer im entweihten Beifahrersitz gesessen hatte, war ihm alles verziehen?

„Du machst es dir gern einfach!", warf ich ihm vor. „Elias und mich verbindet eine lange Geschichte, er ist nicht nur irgendein Aufriss!"

„Nein, er ist dein *Ex*freund! Das sollte dir deutlich machen, was falsch läuft!", ätzte Tom zurück. Ich hielt empört die Luft an und wollte zurückschlagen, möglichst unter die Gürtellinie, aber plötzlich ging mir der Dampf aus. Meine Aggression fiel in sich zusammen, wie ein alter Heliumballon, unter der Decke eines Kinderzimmers.

„Keine Sorge, es ist ein für alle Mal vorbei! Das hat er mir heute klar gemacht!", flüsterte ich und hatte es gar nicht sagen wollen. Tom sollte weder wissen, was ich dachte, noch was ich fühlte. Er hatte sein Recht darauf verwirkt.

„Vielleicht ist es besser so?", fragte Tom ruhig. Ich wollte seinen plötzlich so versöhnlichen Ton nicht hören. „Du warst bei ihm, als ich dich damals an der Kirche abgeholt habe und die drei Tage nach unserem Streit auch, stimmt's?", vermutete er ganz richtig. Ich biss mir auf die Lippe und versank in trotziger Stille. Warum war der so einsichtig? Ich reagierte wie ein Kleinkind, das merkte ich selbst.

„Ich habe mir etwas in der Richtung gedacht. Du hast so eisern geschwiegen und warst in einer seltsamen Stimmung und dann Rebeccas Bemerkung... Ich kenne das, glaub mir." Tom drehte die Heizung herunter und spähte dabei zu mir herüber.

„Er hat mich dastehen lassen, als wäre ich verrückt und selbst schuld", murmelte ich.

„Das bist du nicht."

Ich nickte, aber ich war noch nicht bereit es gut sein zu lassen. Tom bemerkte meinen stechenden Blick und schüttelte langsam den Kopf.

„So toll war es nicht, du kannst Rebecca danach fragen. Aber sie hat es dir ja schon erzählt."

„Nein, ich habe ihr Shirt gefunden."

Tom ächzte. „Sie hat mich in einem schwachen Moment erwischt und selbst wusste sie auch kaum, was in der Situation gut für sie gewesen wäre."

„Das ist eine billige Ausflucht."

„Ich weiß, aber ich kann es nicht rückgängig machen."

Wir schwiegen wieder einen Augenblick. Die Dunkelheit der Nacht löste sich am Horizont ganz leicht in hellem Grau auf, als wäre der Himmel ein altes Tuch, dass an den Rändern schon fadenscheinig wird. Der Morgen brach an. Das fahle Licht machte Tom älter, die Augenringe tiefer, die Sorgen realer.

„Warum stört es dich? Ich hatte nicht den Eindruck, dass dir Rebecca derart nahe steht."

Ich schaute weg, verfolgte das Vorbeihuschen der unendlich scheinenden Leitplanke. Das fragte ich mich auch. Warum juckte es mich so dermaßen? Rebeccas Sexualleben war mir eigentlich einerlei, es hatte vornehmlich Unterhaltungswert.

Tom reagierte unüblich auf meine Wortlosigkeit und plapperte weiter. „Es war eine einmalige Sache, ok? Ich schäme mich auch so schon dafür." Er lachte entschuldigend.

Machte es das besser, wenn es ihm Leid tat? Ich konnte den Finger nicht darauflegen. Der Grund für meine Aufregung entzog sich mir, sobald ich zu fest darüber nachdachte. War ich wütend auf Rebecca? Nein, ihr Verhalten war mir egal. Ich war enttäuscht von Tom und mir fiel mit Entsetzten auf, dass ich einen Besitzanspruch auf ihn hegte, der mir wohl kaum zustand. Wenn ich es gegen mein zweites aktuelles Desaster abwog, Elias' heimliche neue Freundin, dann erschien es mir fast als hätten mich beide gleichermaßen betrogen. Der Schmerz war erstaunlich ähnlich.

„Du brauchst dich nicht zu schämen", gab ich zu.

„Leicht gesagt."

Ich schaute zu ihm hinüber. Tom warf mir ein schnelles Lächeln zu, bevor er sich wieder auf den Verkehr konzentrierte. Die Art Lächeln, mit dem er mich immer milde stimmte, als habe er einen Scherz gemacht, den er nicht so meinte. Als wolle er sagen, *du kennst mich doch.*

Er nahm die nächste Ausfahrt, ich erkannte die Route wieder.

„Wir sind fast da", stellte ich fest. Tom schwieg. Ich bemerkte, wie er sich immer mehr anspannte.

„Wie schlecht geht es ihr wirklich?" Mir fiel wieder ein, warum wir überhaupt diskutierend im Auto saßen. Toms Kiefer bewegte sich mechanisch, als er mir antwortete.

„Sie hat vielleicht nur noch bis morgen, meinte der Pfleger."

„Was?!" Warum redeten wir über irgendwelches Firlefanz, wer mit wem, wo geschlafen hatte, wenn meine Großmutter tatsächlich im Sterben lag? Ich hatte gedacht es ginge ihr schlechter, nicht dass es unumkehrbar zu Ende ging.

„Ich hatte gehofft sie schafft es noch ins neue Jahr", flüstere Tom und kurbelte das Lenkrad herum. Ich schwieg den Rest der fahrt, zu erschüttert um meine Gedanken noch zu äußern. Tom fuhr zügig weiter.

Das Gelände lag in der kühlen Stille eines Wintermorgens, ohne Vogelgezwitscher oder sonstige Anzeichen von Leben. Raureif kroch an jedem festen Gegenstand empor, der sich ihm bot. Die unnahbare Atmosphäre griff direkt in meine Brust und hinterließ ihren kalten Handabdruck, selbst noch als wir das Gebäude betreten hatten. Diesmal kam eine Mitarbeiterin persönlich und entsperrte die Eingangstür für uns. Sie warf zuvor einen prüfenden Blick durch das Glas, als könnten wir Hochstapler sein die Schlaftabletten und Kompressionsstrümpfe stehlen wollten. Tom nickte ihr zu und setzte seinen Weg kommentarlos fort. Ich eilte hinter ihm her, durch das stumme Innere des Komplexes. So früh war noch niemand auf den Beinen, selbst die bettflüchtigen Senioren nicht. Die Beleuchtung war gedimmt, grüne Notausgang Schilder glommen auffällig aus dem heimeligen Halbdunkel am Ende der Flure.

Das mächtige Aquarium plätscherte unter einer bläulichen Neonröhre, die Skalare schillerten darin gemächlich auf und ab, wie tanzende Discobesucher im Schwarzlicht.

Eine große Pflegekraft mit dickem Zopf, in dem sie ihre dichten Locken zu verpacken suchte, erwartete uns kurz hinter dem Atrium. Sie lächelte herzlich, aber ihre Augenbrauen hatten den falschen Schwung. Sie hielt eine Patientenakte in den Armen, wie ihr liebstes Kuscheltier, welches ihr Mut gab. Ich ahnte, dass die Maske aus freundlichem Entgegenkommen zu dieser Uhrzeit wenig Gutes Bedeuten konnte.

„Es tut mir leid, dass wir Sie nicht eher erreichen konnten, Tom."

Sie war gut. Nahm mit dieser Formulierung allen Schuldzuweisungen, jedem Gewissensbiss, sofort die Grundlage. Plötzlich war es kein menschliches Versagen mehr, keine Nachlässigkeit, sondern höhere Macht. Ein Schicksal, welches wir annehmen mussten, wie einen Meteoriteneinschlag. Sie legte Tom die Hand auf den Arm. Offenbar kannten sie sich.

„Das macht nichts, Michaela, jetzt sind wir ja hier." Tom lächelte so versichernd, als sei er unverwundbar. Nur eine Kleinigkeit, ein Missgeschick. Es tat nicht weh, es bereitete keine Angst vor dem Zuspätsein.

Die Pflegerin namens Michaela, warf einen milden Blick auf mich, ihre braunen Augen schmolzen regelrecht über mir.

„Vielleicht wartet Ihre Nichte kurz und wir beide gehen hinein", schlug sie vor. Tom stimmte zu und ich fühlte mich entmündigt, als hätten meine Eltern gerade entschieden, dass ich nicht mit auf die Klassenfahrt durfte. Wie alle hier, wusste sie schon wer ich war. Ich wünschte, ich hätte etwas einwenden können, aber Tom legte mir die Hand mit sanftem Nachdruck zwischen die Schulterblätter. Als wäre das meine Achillesferse, zerbrach mein Widerstand. Ich ließ mich in Richtung der Sitzgruppe schieben und beobachtete sie wortlos beim Eintreten.

Dort saß ich, die Arme um die Knie geschlungen, die schmutzigen Schuhe unter dem Stuhl abgelegt und beobachtete durch das gläserne Dach des Atriums, die Geburt eines neuen Tages. Er wollte ein Schöner werden. Der Himmel strich sich die Wolkenfetzen aus dem Gesicht, damit wir sein tiefes Blau bewundern konnten und das Strahlen der Sonne, die heute nur ihm gehörte. Mir war schlecht, ich wünschte mir sehnlichst ein Wasser, aber ich wusste nicht wo es welches gab.

Das Licht im Aquarium sprang automatisch auf Tagesbeleuchtung um, jetzt sah ich die Tropenfische messerscharf, wo vorher nur glänzende Schemen gewabert hatten. Ein paar junge Leute, die in ihren Kitteln aussahen wie für Fasching als Erwachsene verkleidet, huschten entschuldigend lächelnd an mir vorbei. Auszubildende, riet ich. Mit ihnen kam langsam Leben in das Haus.

Sie arbeiteten sich mit zwei weiteren Pflegerinnen von Tür zu Tür den Flur hinunter, einen Laptop und den Wagen voll Tablettenschachteln mit sich schiebend.

An jedem Zimmer wurde geklopft, überschwänglich gegrüßt, laut verkündet dass nun der Blutdruck gemessen werden würde und gefragt, wie man denn geschlafen hatte?

Ich verfolgte diese Routine, welche allen beteiligten in Fleisch und Blut übergegangen sein musste, als habe sie hypnotisierende Wirkung. Niemand beachtete mich, ich war ein unsichtbarer Zuschauer. Darüber vergaß ich die Zeit und verstand erst dass etwas nicht stimmte, als die Pflegekräfte das Zimmer meiner Großmutter ausließen und mich plötzlich zu bemerken schienen. Sie warfen mir mitfühlende Blicke zu, die ich nicht verdient hatte. Oder?

Sie klopften am benachbarten Raum und machten unbeirrt mit ihrem Durchgang weiter, wurden sofort wieder fröhlich.

Aus dem Augenwinkel sah ich eine Bewegung. Michaela mit den weichen Augen stand vor mir. „Tom möchte, dass Sie jetzt auch dazukommen."

Erleichtert, weil ich insgeheim befürchtet hatte ausgeschlossen zu werden, bedankte ich mich und schlüpfte in meine Schuhe. Nach dem langen Stillsitzen musste sich das Blut anstrengen den Aufstieg in meinen Kopf zu schaffen. Es drehte mich kurz unangenehm. Pflegerin Michaela hatte sich schon weggedreht und ersparte mir damit die Blamage vor ihr unsicher herumzuwackeln.

Die Tür schien plötzlich weit weg. Ich musste einen Gewaltmarsch bewältigen, um sie zu erreichen, mein Herz hämmerte Nägel aus Angst zwischen meine Rippen. Die Übelkeit meines Katers war zurück und lachte hämisch. Hatte ich wirklich gedacht sie sei fort? Anfängerfehler.

Tom saß am Bett seiner Mutter, wie vor zwei Tagen erst. Ich hatte ein deutliches Déjà-vu von der Szene. Die Schatten fielen anders, die Stimmung war verändert, das Bild dasselbe.

Ich trat langsam auf seinen Rücken zu, der gekrümmt erschien, nicht so breit wie sonst. Als verschlucke ihn der weite Jogginganzug gierig.

Tom drehte sich zu mir herum. Seine Augen trafen mich hart, wie der Boden wenn man hinfällt und sich nicht abstützen kann. Sie waren gerötet, dunkel und weit, wie ein klarer Nachthimmel ohne Sterne, wenn alle Himmelskörper abstürzten. In diesem Augenblick verstand ich und wollte sofort wieder vergessen. Diese Augen nahmen mir alle Zuversicht, welche ich noch gehabt hatte. Ich wünschte ich hätte mich umgedreht und wäre weggelaufen.

**29**

Ich hatte noch nie eine Tote gesehen, außer schlecht geschminkte Schauspieler im Fernsehen, welche die Luft anhielten. Meine Großmutter lag im Bett, wie ich sie in Erinnerung hatte, unter der rosa Wolldecke. Sie war still, aber sie schlief nicht, das war ganz klar. Wer behauptete, Tote sähen aus als würden sie schlafen, der belog sich selbst. Ihr fehlte etwas. Ganz eindeutig war der entscheidende Teil von Anna für immer fort. Ihr Mund stand einen Spalt breit offen, die Gesichtszüge waren eingefallen, ihre Haut gelblich wie altes Kerzenwachs. Jede Puppe hätte lebendiger gewirkt.

Ich stand neben Tom am Bett und konnte nicht fassen was meine Augen sahen, aber sich abwenden war ebenso unmöglich. Wie ein Unfall Gaffer anzieht, so war auch der Leichnam meiner Großmutter etwas, das angestarrt werden wollte, musste. Wir waren zu spät. Trotz allem.

Tom sagte etwas, aber ich konnte ihn kaum verstehen. Als er meine Hand berührte, brach der Zauber und plötzliche Übelkeit schoss meinen Hals hinauf. Ich wirbelte herum und rettete mich in das zum Zimmer gehörende Bad. Über der behindertengerechten Toilette erbrach ich die wilde Mischung aus Bier und Cocktails, die noch in meinem System gärte. Es war ein Segen, dass ich wieder Pferdeschwanz trug, ansonsten wäre die Sauerei unvorstellbar geworden. Mein Kopf platzte beinahe von dem Druck in meinem Magen, den der Brechreiz unbarmherzig weiter durch meinen Körper jagte, obwohl ich längst nichts mehr heraufwürgen konnte. Ich war einer Ohnmacht nahe. Mir wurde schwarz vor Augen. Meine Umwelt rückte in weite Ferne, das Bewusstsein zog sich in sich selbst zurück.

Jemand hob mich vom Boden auf und hielt mir einen Becher Wasser an die Lippen, aber ich konnte noch nichts zu mir nehmen und stöhnte nur voll Selbstmitleid. Langsam wurde ich wieder klar und erkannte Tom, der mich festhielt.

„Kannst du laufen?", fragt er, aber mein Mund war trocken und schmeckte nach Essig, ich war unfähig zu sprechen. Ohne auf eine

Antwort zu warten, bugsierte er mich aus dem Raum. Tom trug mich mehr, als dass ich selbst lief und plötzlich wurde es eiskalt. Wir befanden uns in einem kleinen Garten, der von alten Bäumen eingerahmt und noch immer vom Reif bedeckt war. Die schwache Morgensonne hatte noch nicht hierher gefunden. Der Gebäudekomplex umarmte die kleine Grünanlage. Teils schon erleuchtete Fenster strahlten uns warm entgegen, die hinter welchen es noch dunkel war, spiegelten den klaren Morgenhimmel. Die alte Holzbank war feucht und unbequem, aber sitzen war so viel einfacher als stehen. Dankbar sackte ich darauf zusammen und begann sofort vor Kälte zu schlottern. Ich hatte getrunken, getanzt, meine Kleidung durchgeschwitzt, Sex gehabt, kaum geschlafen, mich erbrochen und den Tod kennen gelernt, das alles in einer Nacht. Meine Ressourcen waren aufgebraucht.

Tom setzte sich neben mich, zog seine Sweatjacke aus und wickelte sie um meinen Oberkörper. Er trug nur ein T-Shirt darunter, aber wie immer schien es ihm nichts auszumachen. Der Stoff roch nach ihm und seinem Deo, ich fühlte mich sofort wohl, als habe mir Tom seinen Schutzpanzer geliehen, weil meiner gerade zerbrochen war.

„Besser?", fragte er leise. Ich nickte langsam, weil ich fürchtete Gefahr zu laufen, mich erneut zu erbrechen. Da saßen wir also. Anna war gestorben und ich konnte weniger damit umgehen, als Tom. Ich hatte mich nur einmal mit ihr unterhalten. Tom hatte sie geliebt. Sie war seine Mutter gewesen. Das war alles falsch. Er sollte weinen und ich ihn heldenhaft trösten, stattdessen hielt er mich im Arm wie ein Kind, zog meinen Kopf auf seine Schulter und strich mir über den Rücken. Ich weinte in sein Shirt, mit stummen heißen Tränen und war unsicher, worüber ich sie am Meisten vergoss.

Ein weiterer Teil meiner Familie war weggebrochen, kaum dass ich ihn erreicht hatte. Jetzt waren wir nur noch zu dritt und der Einzige der mir nahe war, im wahrsten Sinne der Wortes, war Tom.

Elias wollte keinen Kontakt mehr, Felix war bloß ein One-Night-Stand und Tom suchte mir eine Bleibe, damit er auch wieder verschwinden konnte. Ich hatte Angst vor dem Alleinsein. Seit Tom da war, hatte ich jemanden zum Streiten, der mir hinterher auch verzieh. Er war ein Anlass meine Mutter anzurufen und sie ein winziges bisschen besser zu verstehen. Ohne ihn würden wir wieder in alte Muster zurückfallen, da war ich mir sicher.

„Jetzt hast du keinen Grund mehr zu bleiben", murmelte ich heiser.

„Was meinst du?" Er schaute verständnislos zu mir herunter. Alles was ich denken konnte war, wie wenig ich jetzt noch Eva in ihm erkannte.

„Du wirst wieder woanders hingehen, oder? Wie lange bleibst du noch in dieser Firma?"

Er spähte in die Krone des kahlen Baumes über uns. Wie immer suchte er in der Ferne eine Antwort.

„Bis Anfang Februar bin ich wahrscheinlich fertig."

„Wohin gehst du danach?"

„Ich weiß es noch nicht." Er klang erstickt, als versuche er Staub zu schlucken. „Aber du bist ja auch noch da", fügte er hinzu.

„Du hast Joon nach Wohnungen für mich suchen lassen."

„Natürlich, du kannst dort nicht bleiben, wenn ich... weg bin." Also gab er es zu.

Ich schwieg, drückte mein Gesicht nur tiefer in seine Armbeuge. Dort wollte ich bleiben.

„Phil... Du hast völlig vergessen, dass unsere WG nur ein Provisorium ist. Du hast dich nicht einmal mehr nach etwas umgesehen." Wo er Recht hatte, hatte er Recht. Seit ich bei ihm untergekommen war hatte ich keine Wohnung besichtigt, nicht einmal ein klitzekleines bisschen nach einer gesucht. Ich hatte es vergessen, oder vielleicht absichtlich ignoriert und darum kam mir sein völlig rationales Vorgehen so hinterrücks vor. Er betrog mich nicht, so wie ich mich selbst.

„Willst du wieder hier und da bei Freunden unterkommen? Du brauchst etwas Eigenes!" Noch ein Punkt der stimmte und den ich nicht hören wollte, mich interessierte etwas anderes.

„Wann ist sie gestorben?"

Tom räusperte sich, seine Hand blieb auf meinem Hinterkopf liegen.

„Eine Stunde vor unserer Ankunft"

Wir hatten unser Ziel also weit verfehlt. Anna war alleine gewesen. Weder ihr Sohn, noch ihre Tochter oder Enkelin hatten sie begleitet.

„Tut mir leid."

„Was?"

„Dass wir zu spät.... dass ich..."

„Hey", Tom wischte mir ein paar lose Haarsträhnen aus der Stirn, „Niemand ist schuld daran, so ist das Leben." Beim letzten Wort brach ihm die Stimme und er legte sein Kinn auf meinen Scheitel. Wir schwiegen und sahen dem Garten beim Aufwachen zu.

Ich behielt seine Jacke an und versteckte mich darin. Sobald die ersten gehfähigen Bewohner die Gänge unsicher machten, stahl ich mich aus dem Atrium davon. Ich hatte Tom bei Anna gelassen. Er brauchte noch Zeit, aber ich konnte das Zimmer nicht wieder betreten.

Ich hatte Angst, dass sich die Neuigkeiten bereits verbreitet hatten und wollte von niemandem darauf angesprochen werden, also setzte ich mich ins Auto. Dort war ich geborgen und nickte erschöpft ein.

Tom fuhr uns schließlich nach Hause, langsam diesmal. Ich verschlief die Hälfte der Fahrt und wurde erst vor der Haustür wirklich wach.

„Du musst doch zurück in die Klinik?", fragte ich verdutzt.

„Ah, ich weiß nicht, ob die mich so schnell wiedersehen möchten." Er wollte wohl spöttisch lächeln, aber seine Mundwinkel widersetzten sich.

„Tom?" Ich runzelte die Stirn.

„Eventuell habe ich einen winzigen Terz veranstaltet, als ich mich einfach so mitten in der Nacht selbst entlassen wollte."

Erst da fiel mir das Pflaster in seiner Ellenbeuge und darunter der Verschluss des venösen Zugangs auf.

„Du hast die Nadel noch im Arm?!"

„Kein Problem, ich weiß wie man die entfernt", winkte Tom leichtfertig ab.

„Brauchst du nicht noch Medikamente? Ich meine, ist die Therapie überhaupt abgeschlossen?" Ich war fassungslos, wollte ihn aber nicht schimpfen, in Anbetracht dessen, was er gerade verkraften musste.

„Hör zu, ich hole später meine Sachen und rede mit dem Arzt, ok? Dann spendiere ich der Station noch ein saftiges Trinkgeld für die Kaffeekasse und alles ist vergessen."

Das war nicht exakt die passende Antwort auf meine Frage, aber ich ließ ihn damit durchkommen. Er wollte es wieder verdrängen. Der Schub war vorbei und die Krankheit bekam in seiner Wirklichkeit keinen Platz mehr zugestanden.

Wir schleppten uns ins Haus, ich duschte zuerst und stopfte unsere Kleidung in die Waschmaschine. Eine Menge Schweiß und Tränen mussten heraus gewaschen werden. Nur Toms Sweatjacke verschonte ich und streifte sie über meinen Schlafanzug. Es war fast Mittag, aber für uns fühlte es sich an wie Mitternacht.

Die Nadel war verschwunden, sobald er aus dem Bad kam. Ein winziger blauer Fleck in seiner Armbeuge zeugte noch von ihrer ehemaligen Existenz. Tom blinzelte aus kleinen Augen in sein Zimmer, kickte Rebeccas Shirt, das ich dort hatte liegen lassen, unters Bett und öffnete die Schublade des Nachtkästchens. Zwei zerknitterte Tablettenschachteln holte er daraus hervor und drückte ungeschickt auf den Blistern herum, welche schon halb leer waren. Da hatte er sie also versteckt. Ich war ihm gefolgt um sicher zu gehen, dass er sich wirklich hinlegte und ausruhte. Nun nahm ich ihm das Plastik ab und quetschte die Tabletten heraus, welche er brauchte. Tom schluckte sie ohne Wasser, an Ort und Stelle und ließ die Schachteln wieder verschwinden.

Dann legte er sich quer über das Bett und warf die Arme über den Kopf, sodass seine Hände über den Rand baumelten. Er schloss erschöpft seine Augen und ich legte mich neben ihn. Tom atmete flach, es war kaum zu erkennen, ob sich der Stoff seines

Shirts spannte. Ich wartet auf eine Reaktion, einen Ausbruch, oder zumindest ein Beben, aber es kam nichts.

„Was passiert jetzt?", fragte ich. Tom verstand, er antwortete routiniert.

„Sie hat alles schon vor Jahren organisiert und bezahlt. Sie wird kremiert und neben meinem Vater bestattet werden." Der nicht sein Vater war, dachte ich, rutschte näher zu Tom und kuschelte mich unter seinen Arm, wie schon zuvor.

„Wird es eine Trauerfeier geben?"

„Denke schon", murmelte Tom und drehte sich zu mir. So brauchte ich keine Decke, er war warm genug.

Die unwirklichen Tage zwischen Weihnachten und Neujahr begannen. Diese eine Woche, welche nicht im Kalender stehen müsste, weil sie nur aus ereignislosem Stillstand gestrickt ist. Die letzten Tage des Jahres, die keiner mehr zählt, weil jeder auf einen Neuanfang hofft und auf ein Feuerwerk.

Tom ging zu seinem betont unbeschwerten, normalen Ich über. Alles war ohne Aufregung vonstattengegangen. Annas Urne wartete im Bestattungsinstitut darauf, dass wir sie im Januar zu Grabe tragen würden. Zwischen den Jahren fanden keine Beerdigungen statt und Tom hatte es nicht eilig. Der Vertrag mit dem Heim wurde gekündigt, das Testament hatten er und meine Mutter schon gekannt und sie waren einverstanden mit dessen Bedingungen. Anna hatte wenig hinterlassen, selbst für Eva gab es nichts, worum es sich zu streiten lohnte. Ich hatte sie angerufen und gebeten zur Beerdigung zu kommen. Sie sagte, sie würde es sich überlegen. Immerhin.

Draußen schneite es so heftig, als wolle der Winter nachholen, was er über Weihnachten verpasst hatte. Bald stand der Schnee fast knietief in der Einfahrt, das Auto war ein weißer Hügel am Straßenrand. Tom sah nicht ein den Schnee zu entfernen. Er beobachtete die Nachbarn vom Küchenfenster aus dabei, wie sie sich abmühten und murmelte: „Die können mich mal!"

Rebecca schrieb mir. Sie war nach Weihnachten zu ihrer Schwester gefahren, offenbar fand sie das Baby doch ganz niedlich. Ich erwähnte ihr gegenüber nicht, was ich wusste und antwortete freundlich, aber unbeteiligt. Der Gedanke an sie versetzte mir keinen Stich mehr. Meine Mutter verhielt sich auffällig ruhig. Marina lud mich ein vorbeizukommen, aber ich sagte ab. Wir hatten kurz telefoniert, sie wünschte mir aufrichtiges Beileid und wollte mich ablenken, aber ich blieb lieber zu Hause bei Tom.

Wir ließen uns bereitwillig vom Wetter einigeln, hatten Lust auf die bewölkt graue Stimmung und das Drinnenbleiben. Wir hatten nichts zu tun, es gab keinen Grund sich Schuhe anzuziehen, oder Pläne zu machen. Tom trug seine ausgewaschenen Shirts und Pyjamahosen, ich lebte quasi in seinem übergroßen Bademantel.

Die Tage verbrachten wir mit Cornflakes in seinem Bett und alten Disney Filmen. Die Abende mit Pizza in der Küche und dem Kartenspiel, das Joons und Arnauds Geschenk an Tom gewesen war. In die zugehörige Karte hatte Joon mit seiner akkuraten, schwingenden Handschrift *Such dir ein Hobby!"* notiert.

Ich gewann beinah jede Runde, weil Tom kein Pokerface besaß und ich alle seine Spielzüge bereits vorausahnte. Die Nächte brachten wir wieder in seinem Bett zu, mit Wein und Klassikern des Horrorgenres, über deren platte Handlung ich mich amüsierte, während Tom auffällig oft eine Ausrede fand, um den Raum zu verlassen, wenn Blut spritzte und Körperteile abgetrennt wurden. Irgendwann hatte ich Mitleid mit ihm und schlug stattdessen BBC-Dokumentationen vor, die Tom begeistert verfolgte. Wer hätte gedacht, dass ein erwachsener Mann so viel Freude am Great Barrier Reef haben konnte?

„Das würde ich gerne sehen, bevor es komplett zerstört wird", murmelte Tom in seinen Dreitagebart, während er die Lautstärke hochdrehte, um Sir David Attenboroughs bedeutsames Timbre besser verstehen zu können.

„Dann flieg doch hin." Ich saß neben ihm ans Kopfteil gelehnt, meine Beine über seine gelegt und wackelte mit den Zehen. Meine Häschen-Socken baumelten mit ihren angenähten Ohren. Tom hatte sie von einer Einkaufsfahrt mitgebracht, die er nur unternommen hatte um unseren Vorrat an süßen Frühstücksflocken aufzustocken.

„Da musste ich gleich an dich denken!" Mit diesem Kommentar hatte er sie mir grinsend überreicht. Ich verzog das Gesicht, in Anbetracht der kitschigen rosa Fellknäule, in denen ich kaum würde laufen können. „Soll das ein Kompliment sein, oder eine Beleidigung?"

Trotzdem trug ich sie jeden Tag, weil Tom sich darüber amüsierte und er lachte nicht mehr so oft in letzter Zeit, zumindest nicht ehrlich.

Jetzt neigte er mir fragend das Gesicht entgegen. „An das Reef?"

„Klar, wenn es dir gefällt?"

„Hmh." Er starrte auf den Bildschirm voller Clownfische und Korallen, als wäre er noch nie auf die Idee gekommen Urlaub zu machen. Ich fürchtete, dass dem auch wirklich so war.

„Was soll ich schon alleine in Australien?" Er schüttelte den Kopf über die abwegige Vorstellung.

„Ich würde mitfahren", warf ich ein. Eine Falte entstand zwischen Toms Augenbrauen.

„Ernsthaft?"

„Natürlich. Wenn du bezahlst." Ich lächelte verschmitzt. Das war kein Scherz, ich könnte es mir nie leisten. Allein der Flug kostete ein kleines Vermögen und Tom verdiente diese Summen sicher ganz nebenbei, auch wenn es sein Lebensstil wenig erahnen ließ.

Er nahm einen Schluck aus der Weinflasche, die wir uns teilten wie zwei Penner. Wir hatten es aufgegeben die langstieligen Weingläser zu verwenden, weil sie nicht in den Geschirrspüler passten und jeder zu faul war, sie per Hand zu spülen. Ich nahm ihm die Flasche ab und trank ebenfalls. Er lachte leise.

„Wenn dem so ist, dann wäre es wirklich eine Überlegung wert."

„Siehst du, mit mir macht eben alles mehr Spaß!", witzelte ich.

„Das stimmt allerdings", bestätigte Tom. Ich wollte etwas antworten, da zog er seine Beine unter meinen heraus und sprang auf. „Ich geh' eine Rauchen."

Weg war er. Ich hörte die Terrassentür quietschen und wusste, Tom würde in Badeschlappen im Schnee stehen, die Kippe hastig inhalieren und mit feuchten Füßen wiederkommen.

In letzter Zeit waren die Zigaretten zur festen Gewohnheit geworden, mehr als nur ein gelegentlicher Stressausgleich. Tom stand häufig draußen und hatte es jedes Mal eilig, als wolle er es gar nicht genießen. Er saugte den Rauch schnell ein, so achtlos wie er seine Tabletten nahm.

Tom war oberflächlich gut gelaunt, aber wenn sein Telefon klingelte, sah ich ihn jedes Mal kurz stocken und sich dann entspannen, als könne das Heim wieder anrufen. Dann wurde ihm klar, dass das Zimmer seiner Mutter bereits neu vergeben war. Manchmal schaute Tom zwar auf den Fernseher, aber er nahm nicht wahr was lief, dann ging sein Blick in die Ferne und ich holte ihn nur selten zurück. Es stand ihm zu.

Wir redeten selten über Anna. Die Beerdigung war gefühlt weit weg im nächsten Jahr und so taten wir, als wäre nichts. Das war Toms bevorzugte Bewältigungsstrategie für so ziemlich alles und mir war es gerade recht, ich war ja genauso.

Ich machte mir Sorgen, wenn seine Hand zitterte, er an Möbeln hängen blieb oder über die Türkante stolperte, aber es war nie ein ernstes Anzeichen dabei, dass der plötzliche Verlust ihn wieder in einen Schub rutschen ließ.

Ich hatte heimlich weiter recherchiert.

Stress, ob körperlich oder psychisch, stand im Verdacht eine bestehende MS zu triggern, Schübe auszulösen, oder zumindest wahrscheinlicher zu machen. Das und Rauchen. Jeder Arzt hätte ihm wahrscheinlich tadelnd die Kippe aus dem Mundwinkel geschnippt. Ich sprach es einmal an, aber Tom lachte nur sein *mach dir keine Gedanken um mich* Lächeln und stapfte zum Zigarettenautomaten.

Kein Urlaub und immer nur Arbeiten, häufige Ortswechsel. Das alles war nicht gut für Tom, aber ihm egal. Ich fragte mich, ob er die Konsequenzen nur nicht wahrhaben wollte, oder er heimlich versuchte sich absichtlich zu Grunde zu richten. Das machte mir Angst, verursachte ein Brennen in meinem Hals, als gurgle ich mit purem Alkohol. Denn dass er bewusst, oder unterbewusst, dazu in der Lage war sich selbst zu schaden, hatte er bewiesen. Tom tat so als wären die Schübe unangenehme Störungen, die sich einfach beheben ließen wie ein Stromausfall. Danach musst du vielleicht die Uhr am Backofen neu stellen, aber ansonsten ist alles wieder wie vorher.

So funktionierte seine Krankheit aber nicht. Man verglich sie gerne mit einem Eisberg, dessen wahres Ausmaß unter der Wasseroberfläche versteckt lauerte. Die Schübe traten häufiger auf, heilten langsamer ab und nicht mehr vollständig. Es blieben Stück, für Stück, immer mehr Schäden übrig, die sich summierten und irgendwann unübersehbar werden würden. Auch für ihn. Tom hatte pures Glück, dass sich sein Auge wieder voll erholt hatte. Schwere MS-Formen zwangen ihre Opfer irgendwann in den Rollstuhl oder das Pflegebett, die Aussichten waren trüb.

Als er wiederkam war ich gerade dem Reflex gefolgt meine Nachrichten zu kontrollieren. Nichts von Elias. Der meinte es ernst, aber ich noch nicht. *Können wir reden?* Schrieb ich ihm und schämte mich. Schnell ließ ich das Telefon unter der Decke verschwinden. Tom schubste mich zur Seite, um mehr Platz zu haben und fing sich dafür ein Kissen im Gesicht ein. Seine Haut war für Sekunden so kalt wie die Nachtluft, als er er sich wieder an mich lehnte. Ich wedelte demonstrativ mit der Hand nach ihm, als könne ich den Rauchgeruch aus seinen Haaren damit verscheuchen. Er schüttelte absichtlich den Kopf und ich begann gespielt zu hüsteln.

Es wurde spät, ich war hundemüde vom Nichtstun und dachte an meine Matratze, die stetig Luft verlor und in der Mitte fast bis zum Boden durchhing. Ich schlief schon lange nicht mehr darin. Genau genommen, seit wir von Annas Sterbebett zurückgekommen waren.

Damals war ich bei Tom geblieben, weil ich mich aufgebrochen fühlte, wie eine morsche Walnuss. Halbiert wie ein Regenwurm, dessen Kopfhälfte versuchte sich wieder im schützenden Boden zu vergraben, um zu heilen. Ich brauchte die Nähe, das Atemgeräusch, die Wärme, um wieder Eins zu sein. Tom ging es wohl genauso. Am nächsten Abend holte er selbst mein Bettzeug und brachte es in sein Schlafzimmer. Ich verstand das als Einladung dauerhaft zu bleiben und nahm sie wortlos an.

Jetzt rollte ich mich unter meiner Decke zusammen und wandte ihm den Rücken zu.

„Ich schaue noch ein bisschen", flüsterte er. Ich brummte müde und drückte mein Gesicht in das Kissen. Toms Hand lag auf meinen dicken Kokon, bis ich eingeschlafen war.

## 30

„Komm schon, du musst mal wieder raus, es ist Silvester!" Marina klang überzeugend euphorisch bezüglich ihrer Partypläne. Ich hielt das Telefon zu fest ans Ohr gepresst.

„Weiß nicht..." Meine Begeisterung war begrenzt. Eine Kollegin von Marina plante jedes Jahr ein beispielloses Fest in den Firmenräumen ihrer Eltern, die den Jahreswechsel traditionell in der Dominikanischen Republik verbrachten und sich nicht darum scherten, was derweil zu Hause passierte, solange die Spuren bis zum ersten Geschäftstag des neuen Jahres beseitigt waren.

„Du brauchst dir nichts denken, sie lädt jeden ein den sie kennt und alle sollen per Mundpropaganda dafür sorgen, dass die Bude voll wird."

„Sind wir nicht schon zu alt für sowas?", zweifelte ich. Partys von fremden Leuten in irgendwelchen Privaträumen, die man besuchte ohne jemanden zu kennen, aber mit dem Versprechen auf freie Getränke ohne Kontrolle. Klang zu sehr nach u18 für mich.

Marina lachte lauthals in den Hörer und brauchte mehrere Anläufe für ihren nächsten Satz.

„Genau das hat mich Stefan auch gefragt!", gluckste sie. Ich biss die Zähne zusammen. Damit wollte sie mich nur aus der Reserve locken. Es funktionierte. Ein bisschen.

„Ich denke darüber nach, ok? Es hört sich nicht schlecht an, aber..."

„Du kannst Tom auch mitnehmen, das ist keine Ausrede!", fiel mir Marina ins Wort. Verdammt. Sie wusste genau was ich dachte.

Alleine lassen wollte ich ihn keinesfalls, aber mitnehmen wäre auch seltsam. Tom war nicht wesentlich älter als ich, oder der wahrscheinliche Rest der Gäste und wirkte definitiv jünger als er war.

Aber.

Trotzdem war er mein Onkel und wenn ich mir das klar machte, fühlte es sich komisch an. Ich war bescheuert, wie immer. Sonst machte ich mir auch keinen Kopf deswegen und lebte mit ihm zusammen, als wären wir alte Freunde. Die Bezeichnung *Onkel* kam mir dabei wenig in den Sinn. Jetzt stand sie plötzlich im Raum wie der sprichwörtliche Elefant im Porzellanladen.

„Ich frage ihn."

„Lass es Phil, du musst nicht auf ihn aufpassen."

Ich hatte Marina nur gesagt, dass Tom in der Klinik gewesen war, aber nicht warum. Sie war höflich genug auf Nachfragen zu verzichten. Marina besaß mehr Pietät im kleinen Finger als Rebecca im ganzen Körper. Der Vergleich ärgerte mich selbst. Warum kam ich auf Rebecca?

„Ok." Eine Antwort auf alles und nichts.

„Ich erwarte dich, oder euch, spätestens um acht dort. Die Adresse schicke ich dir." Sie meinte es gut. Marina hatte mehrmals versucht mich aus meiner Höhle zu locken, mit Spaziergängen, Kaffee trinken, Mädelsabend. Ich hatte mich ihr entzogen und kaum von Tom loseisen lassen.

Der hatte wieder begonnen zu arbeiten. Das Büro blieb noch zu, aber online und am Telefon gab es bereits genug zu tun. Nicht alle Welt machte sich so viel aus Weihnachten und Silvester, wie wir Mitteleuropäer.

Joon wusste offenbar Bescheid. Er schrieb mir eine einzelne Nachricht. *Kann er wirklich schon wieder arbeiten?* Seine kurz angebundene Art Mitgefühl auszudrücken. Ich schickte Joon eine beschwichtigende Antwort. Er würde den Jahreswechsel mit Arnaud in Frankreich verbringen und sollte sich lieber darum kümmern.

Ich steckte mein Telefon zurück ans Ladekabel und spähte heimlich durch die angelehnte Küchentür. Tom saß mit Kopfhörern und gekrümmtem Rücken über seinen Laptop gebeugt. Er runzelte angestrengt die Stirn, während er tippte. Der Kaffee, den ich ihm gemacht hatte, stand unberührt neben dem Computer. Tom trug ein sauberes Hemd und dazu seine karierte Schlafanzughose. Bereit für Videokonferenzen, so wie es aussah. Frisch rasiert schaffte er das Kunststück ohne Bart älter und ernsthafter zu wirken, als mit.

Tom hatte die silberne Spange vergessen, welche ich ihm seit Neuestem lieh, weil ihn seine Haare bei der Arbeit störten. Er steckte sich damit völlig uneitel die lang gewordenen Strähnen hinters Ohr. Vor einem chinesischen Geschäftspartner würde das vielleicht seltsam wirken. Ich schob mich durch den Türspalt, umrundete vorsichtig den Tisch und löste die Klammer aus seinem Haar. Tom bemerkte mich erst, als er die Berührung spürte und zuckte erschrocken herum. Ich zeigte auf die Spange und grinste, seine Augen wurden weit, er verdrehte sie über sich selbst. Die Kamera war aus, aber Tom lauschte offenbar einem Gespräch. Ich verzog mich schnellstens wieder und schloss lächelnd die Tür.

Mit meinem eigenen Computer auf den Knien und dem Ordner von Joon machte ich es mir im Bett gemütlich. Ein Exposé nach dem Anderen arbeitete ich ab. Es war einfach. Joon hatte alle Kontaktinformationen farblich markiert und Notizen wie *unbedingt persönlich anrufen!* hinzugefügt. Den Teufel würde ich tun, Mails mussten genügen! Ich versuchte mir mich selbst in den abgebildeten Wohnungen vorzustellen, googelte die Straßen welche ich nicht kannte und suchte nach Vorteilen, außer der Nähe zu meinem Arbeitsplatz. Die Erste lag am Fluss, eine weitere Wohnung direkt gegenüber des beliebtesten Einkaufszentrums der Stadt. Trotzdem bekam ich kein Herzklopfen, kein ungeduldiges Hinfiebern auf eine Besichtigung, null Ideen welche Möbel ich mir zulegen würde. Stattdessen sah ich mich in dem vollgestopften Raum um, wo ich mich aktuell befand.

Die Unordnung war mein Zuhause geworden. Ich hatte mich daran gewöhnt, dass der Schrank immer ein wenig offen stand und Toms zerknitterte Kleidung ausspuckte, dass man nie ein passendes Ladekabel fand, oder den Raum verlassen konnte, ohne auf etwas Hartes zu steigen und fluchend auf einem Bein davon zu hopsen. Ich mochte unsere gemeinsamen Unzulänglichkeiten.

Keiner konnte kochen und wir versuchten es erst gar nicht. Tom und ich waren keine Frühaufsteher und zwangen uns doch gegenseitig dazu. Wir räumten nur so viel auf wie sein musste und genossen unser Lotterleben. Mittlerweile fuhr ich gerne Auto und Tom ließ mir dabei meistens den Vortritt. Er bezahlte diskret alle unsere Nebenkosten. Tanken, Essen, Streaming, selbst das Waschmittel. Ich tat so als fiele mir das kaum auf, obwohl ich ihn jedes

Mal beobachtete wenn er zufrieden die Kreditkarte zückte, als kaufe er mir ein Geschenk. Nicht weil Tom sich gerne in der Rolle des Gönners sah, wie Elias. Tom war Geld völlig einerlei, er gab es aus, als ob er es hasse. Tom las keine Rechnungen, kontrollierte nie Kassenzettel. Bezahlte einfach, als wolle er das Geld ohnehin loswerden. Als wäre es so störend, wie der Schnee in der Auffahrt, den er nicht räumen wollte. Ich wünschte ich wäre in einer ähnlichen Position.

Die langen Ferien machten mir zum ersten Mal klar, wie wenig ich meinen Job vermisste. Der Gedanke nach den Feiertagen wieder arbeiten zu müssen, bereitete mir fast mehr Bauchschmerzen als die nahende Beerdigung. Vielleicht würde ich eine neue Kollegin bekommen, Ersatz für Rebecca. Aber eigentlich wollte ich doch lieber meine scharfzüngige Freundin dort haben, egal was sie sich erlaubt hatte. Ohne ihre Boshaftigkeiten würde das Büro kaum erträglich sein. Das eintönige Arbeiten in dem schmucklosen Raum, mit den farblosen Menschen war mir ein Graus, ich wollte es nur nicht zugeben. Ich hasste alles daran. Müsste ich noch einmal Angie den Kopierer erklären, dann könnte es sein dass ich Amok liefe. Noch ein belehrendes Vieraugengespräch mit Michael, über meine Brüche seines Handyverbotes und er würde den Tag nicht überleben.

Als sich Tom wieder an die Arbeit machte, wollte ich von ihm wissen woher er die Motivation dafür nahm.

„Ich vergesse die Zeit." Er sagte das, als wäre es die einzig mögliche Antwort. Ich kratzte mich ratlos am Hinterkopf und schaute auf die Uhr, als meine er jetzt gerade eben.

„Wenn man so konzentriert an etwas arbeitet, dass einen nichts ablenkt und du dann merkst was du alles geschafft hast, das ist doch... geil." Er verzog amüsiert das Gesicht über seine eigene Aussage.

„Naja, ich kann nicht behaupten, dass es mir oft so geht. Meisten habe ich das Gefühl die Uhr läuft rückwärts."

„Dann machst du vielleicht nicht das Richtige", meinte Tom beiläufig und scrollte auf seinem PC herum, während ich ihm Tee trinkend gegenüber saß.

„Wie bitte?"

„Wenn dich dein Ex zu dieser *tollen* Stelle gedrängt hat, dann wird es möglicherweise Zeit sich etwas anderes zu suchen." Er hob die Augenbrauen und fixierte mich über den Rand des Bildschirmes, als wolle er dass ich zwischen den Zeilen las. Wir hatten schon einmal darüber gesprochen, seine Meinung war unverändert. Mein Zeigefinger schmierte verlegen in einem feuchten Fleck auf dem Tisch herum. Ich wusste schon was er andeuten wollte.

„Was könntest du dir vorstellen? Sag mir nicht, dass Rechnungsprüfung dein Traumberuf ist, dafür bist du nicht langweilig genug."

„Ich bin langweilig?!"

„Ist es wirklich das, was du heraushörst?" Tom lachte, klappte den Laptop schwungvoll zu und lehnte sich darüber hinweg.

„Schau dir Marina an. Die hat sich völlig umorientiert und scheint glücklich damit. Von dem was sie mir erzählt hat, ist sie sehr zufrieden."

Ich nickte. Marina liebte ihre Arbeit, den Sinn dahinter Menschen in Notlagen zu helfen, ihnen zu verschaffen was sie brauchten, zu beraten und zu ermutigen, obwohl Marina etwas anderes studiert hatte. In meiner Arbeit lag wenig Sinn, außer der Krankenkasse Kosten zu ersparen.

„Worüber könntest *du* die Zeit vergessen?", fragte Tom. Ich sah ihn an und dachte nur, *hier bei diesem Gespräch.*

Darüber hinaus... nichts. Ich hatte keine Ahnung was ich lieber arbeiten wollte. Zu meinem Beruf war ich gekommen, wie die Jungfrau zum Kinde. BWL studiert, weil ich das konnte und es sich anbot. Ich war orientierungslos gewesen und hatte nach dem erstbesten Halt gegriffen. Dann die Stelle in der Klinik und der Wechsel hier her. Alles war irgendwie so passiert, nichts hatte ich angestoßen. Es war eine Welle auf der ich dahingetrieben war, bis sie mich an einem unbekannten Ufer anspülte. Jetzt drohte sie zu verebben und ich bekam zum ersten Mal wirklich Panik davor, wie ich dann weiterkommen sollte.

„Fang doch von vorne an. Geh studieren, mach etwas ganz anderes."

„Ich kann doch jetzt nicht nochmal studieren!", wehrte ich ab.

„Warum? Weil du so steinalt bist?" Tom lachte mich halbherzig aus. „Du hast doch alle Zeit der Welt."

„Aber kaum das Geld! Eva würde mir einen Vogel zeigen und ich hätte keine Lust nebenher noch Kellnern zu gehen, um mir damit wieder ein Leben in der Vierer-WG zu finanzieren."

Tom zuckte mit den Schultern. „Ich hab neuerdings was übrig, wenn du willst."

Mir blieb der Mund offen stehen. Er streifte so ganz nebenbei Annas Tod und die obsoleten Kosten für das Pflegeheim und bot mir an, dieses Geld in Zukunft für mich aufzubringen.

„Du spinnst!", rutschte es mir heraus.

„Nicht mehr als sonst." Er rieb sich müde die Augen. „Wenn du weißt was dich begeistert, ist es die besten Investition, die ich mir vorstellen kann."

Ich schüttelte fassungslos den Kopf. „Warum?"

„Warum nicht? Lass dir helfen. Wenn du willst, sieh es als Wiedergutmachung."

Nun konnte ich ihm nicht mehr folgen. „Wofür denn?"

„Für die Jahre, als ich für niemanden greifbar war."

Er meinte etwas anderes. Wir waren einmal zu oft falsch abgebogen, während dieses Gesprächs. Plötzlich ging es nicht mehr um meine berufliche Zukunft, aber was es stattdessen war konnte ich genauso wenig benennen.

„Ich will nichts geschenkt bekommen!" Eine raue Ablehnung bohrte sich ihren Weg aus meinem Innersten nach draußen. Ich würde mich damit wieder abhängig machen. Elias hatte das ausgenutzt. Nicht dass ich Tom dasselbe unterstellen würde, aber mein Misstrauen war geweckt. Gebranntes Kind scheut das Feuer. Ich würde nicht mehr darauf warten, dass ein Prinz die Dornenhecke niedermäht und mich wach küsst.

Tom schmunzelte schwach. „Du Dickschädel." Er stand langsam auf, zu langsam. Ich registrierte jeden zitternden Muskel und legte alles fein säuberlich in die Waagschalen meiner Ängste. Er nahm täglich brav seine Tabletten, die er mittlerweile offen auf dem Tisch liegen ließ, kein Grund mehr sie zu verstecken.

„Ich mache eine kurze Pause."

Daraufhin schlief er zwei Stunden so tief, dass ihn selbst das Klingeln an der Tür nicht weckte, als die Zeugen Jehovas mit mir über Gott sprechen wollten. Ich jagte sie ärgerlich davon und kehrte auf meinen Posten am Ende des Sofas zurück, von wo aus ich Tom mit Argusaugen beobachtete. Ich war sauer auf sein großzügiges Angebot und machte mir gleichzeitig Sorgen um ihn. Was für eine beschissene Mischung.

In der Gegenwart starrte ich seit geraumer Zeit auf die selbe halb fertige Email und hing meinen Gedanken nach.

Tom polterte herein und zog den verdunkelnden Vorhang zur Seite.

„Sieh dir das an!" Er freute sich wie ein Kind über die Aussicht. Ich streckte meine eingeschlafenen Beine und humpelte zu ihm hinüber. Man erkannte nur einen schmalen Ausschnitt der Welt durch die engen Häuserschluchten des Viertels, aber selbst von hier aus war das goldene Licht des frühen Sonnenunterganges zu erkennen. Wie Honig überzog es die unberührten Schneedecken auf Dächern und Baumwipfeln. Es floss in jeden Spalt und ließ das vorherrschende Schwarz-Weiß des Winters im Gegensatz noch härter und kontrastreicher erscheinen.

„Lass uns rausgehen", schlug Tom vor und war schon dabei sich Socken über die bloßen Füße zu streifen. Wir hatten sicher längst einen gravierenden Vitamin-D-Mangel von unserem Höhlenleben, also stimmte ich zu.

Es herrschte klirrende Kälte. Solange die tief stehende Sonne noch unsere Wangen streichelte war dort ein warmer Abglanz zu spüren. Ich war dick eingepackt, meine Füße schwebten durch den Schnee, in gut isolierten Moonboots. Tom hatten kaum eine Jacke über sein Hemd geworfen, aber zumindest mein Weihnachtsgeschenk aufgesetzt. Der Pulverschnee wirbelte um unsere Beine, während wir den letzten Sonnenstrahlen folgten. Tom leitete mich zu der kleinen Parkanlage am Ende unserer Häuserzeile. Dort erhob sich ein kaum nennenswerter Hügel, hinter einem sanierungsbedürftigen Spielplatz, aus altersschwachen Schaukeln und rostiger Rutsche.

„Da hinauf!", kommandierte Tom fröhlich und zerrte mich den rutschigen Abhang empor. Ich zerkratzte mir das Gesicht im dichten Gebüsch und verfluchte Tom lauthals, aber er ließ sich nicht davon abbringen. Oben angekommen sah man durch einen Spalt in den Büschen wirklich erstaunlich weit. Die Häuser waren wie Fossilien eingegossen, im Bernstein des Sonnenlichts.

„Schön", murmelte ich. Der Atem stand uns als hartnäckige kleine Wolken vor den Gesichtern. Meine Hände waren taub, ich hatte die Handschuhe vergessen. Tom legte den Arm um mich und lächelte in den Horizont.

„Hat sich doch gelohnt, mich einen dämlichen Vollidioten zu schimpfen", wiederholte er meine Verwünschungen vom Aufstieg.

„Allerdings, würde ich wieder so machen."

Tom grinste, nahm den Blick aber nicht vom Abendrot. Er steckte sich eine Zigarette an und inhalierte tief. Die Sonne machte sich erschreckend schnell aus dem Staub. Das Dunkel kroch aus der Erde wie Nebel, kletterte an uns hinauf und streckte sich in den Himmel, als verbünden wir es mit der Nacht.

„Lass uns zurück gehen, bevor wir uns im Finstern die Beine brechen", riet ich nach einem Moment des Schweigens. Tom nickte, warf die Kippe weg und schlitterte vor mir her den Hang hinunter. Er hielt meine Hand fest, als würde es im Ernstfall etwas bringen, aber die Geste war beruhigend. Ich hatte kaum Halt in den flachen Stiefeln und rutschte am Fuß des Hügels in ihn hinein.

„Langsam, nicht dass du dir wirklich wehtust." Tom schob mich vor sich den Trampelpfad entlang, welchen wir auf dem Herweg selbst im Schnee geschaffen hatten. Ich war froh, als wir den Gehsteig erreichten, dort war wenigsten gestreut worden. Der Abend verdunkelte den Himmel nun rasch und wir streunten langsam durch die Dämmerung.

„Lass uns essen gehen", meinte Tom aus dem Nichts heraus.

„Wir haben noch was im Kühlschrank."

„Bäh, Frühlingsrollen und Tempura von Vorgestern."

„Ich hab dir gesagt, bestell nicht so viel!"

Tom machte eine beleidigte Grimasse, die mich zum Lachen bringen sollte. Natürlich traf er sein Ziel damit mühelos.

„Du bist mir noch eine Pizza schuldig, wenn ich so darüber nachdenke", meinte er dann und mir blieb das Lachen im Hals stecken. Ich hatte versucht diese Episode zu vergessen.

„Willst du mir etwas vorwerfen, was zwei Monate her ist?", fragte ich spitz.

„Ich sage nur, dass es um Pizza geht." Er zwinkerte mir zu.

„Na gut, aber du gräbst das Auto aus!"

„Nicht nötig. Ich kenne einen Laden, den erreichen wir von hier auch zu Fuß."

Wir hatten einen Umweg genommen und waren noch ein gutes Stück von zu Hause entfernt. Mir wurde klar dass er jetzt sofort meinte, so wie wir waren.

„Du hast einen halben Pyjama an!"

„Na und?"

Ich trug zumindest eine Jeans, im Gegensatz zu Toms Homeoffice Outfit, aber auch meine Haare unter der Wollmütze waren platt und ungekämmt. Mir war unwohl damit, so in ein Restaurant zu gehen. Tom war es völlig egal, er fand seine eigene Idee ausgezeichnet.

Seine plötzlich euphorische Stimmung verunsicherte mich. Immer wenn er so drauf war, schubste Tom mich aus meiner Komfortzone. Die Straßenlaternen sprangen flackernd an und ich sah sein Gesicht im pissgelben Licht der altersschwachen Lampen. Tom hatte einen kleinen Schnitt vom Rasieren am Kinn und einen großen Cut in seinem Lächeln. Ich konnte mich nur wundern was in ihm vorging und stimmte zu. Meinetwegen, wenn es ihm egal war, dann würde mich die Peinlichkeit unseres Aufzug auch nicht tangieren.

Die Pizzeria war winzig und uralt. Ein Relikt aus den frühen Neunzigern, mit karierten Tischdecken und dunklen Holzmöbeln, die klarmachten dass dies einst eine traditionell deutsche Gastwirtschaft gewesen war, bevor sie der aktuelle Inhaber in *La Cucina* umbenannt hatte. Italienisch, aber nicht zu abgehoben, auch die dümmste Kartoffel konnte ohne Langenscheidt Sprachführer verstehen, was es bedeuten mochte.

Trotz des gewöhnungsbedürftigen Charmes in dem engen Gastraum, der genauso gelblich ausgeleuchtet wurde wie die Straßen draußen, waren fast alle der kleinen quadratischen Tische besetzt. Es roch so intensiv nach frisch gebackenem Hefeteig, dass mir augenblicklich das Wasser im Mund zusammenlief. Tom nahm unaufgefordert am einzig freien Tisch, direkt neben der Tür Platz. Er zerrte seine Mütze herunter und wuschelte sich durch die platten Haare. Ich zog zwar den Mantel aus, aber meine Kopfbedeckung schob ich mir nur ein wenig aus der Stirn. Ich würde meine ungewaschene Matte niemandem zumuten.

„Hier hat man mich während des Studiums vor dem Verhungern bewahrt." Tom schaute mit nostalgisch glänzenden Augen in die Runde. Ich bugsierte ein benutztes Glas, welches von den vorherigen Gästen stammte, zur Seite und hob auffordernd die Brauen. Darauf hatte er gewartet.

„Der Vater meines Kumpels Marco war damals der Besitzer und ich durfte so viel umsonst essen, wie ich konnte. Im Austausch habe ich ihm die Steuererklärung gemacht."

„Du hast ihn also in den Ruin getrieben", bemerkte ich in Anbetracht der Mengen die Tom essen konnte, wenn er wirklich hungrig war und meinen Zweifeln an der steuerrechtlichen Expertise seines damaligen Ichs.

„Das waren noch Zeiten", seufzte er und verstummte abrupt. Der Kellner trat an den Tisch und noch während ich ihm dankend die Speisekarten abnahm, entschuldigte sich Tom zum Rauchen. Er blieb auffällig lange draußen. Ich saß alleine mit der Melancholie am Tisch, die Tom zurückgelassen hatte. Die anderen Gäste lachten, ein Pärchen küsste sich verliebt über die Mitte seines Tisches hinweg. Ich reagierte mit der masochistischen Gewohnheit Elias' Nachrichten zu kontrollieren. Nichts.

Um mich herum wurde gelebt, aber ich konnte es nur beobachten. Tom hatte die Pausentaste gedrückt. Er hatte mich an den Ort einer sentimentalen Erinnerung geführt. Dorthin wo alles noch gut und leicht und vielversprechend gewesen war. Anders als heute.

Ich wollte es ihm gönnen. Einen Abend in einer Realität ohne MS, ohne Fehltritt der Mutter und ihren Tod, ohne die Einsamkeit, die er selbst gewählt hatte. Ich holte tief Luft und lächelte mit absichtlichem Nachdruck, sobald er wieder an den Tisch trat.

## 31

Ich blieb auf der Toilette sitzen, obwohl ich längst fertig war. Mein Höschen rutschte bis auf den Boden, was mir normalerweise einen Schauder des Ekels vor den schmutzigen Fliesen bereitet hätte, aber ich war zu betrunken um mich daran zu stören. Stöhnend hielt ich mir den Kopf, um das Schwanken zu beenden. Es half nicht. Die Musik dröhnte sogar bis hier herein. Zwei Mädels die sich am Waschbecken schminkten, redeten laut und fahrig, aber ich verstand kaum etwas. Meine Ohren waren dicht verschlossen vom Alkohol und dem hämmernden Bass. Ich war jenseits von Gut und Böse, aber eines verstand ich instinktiv, dass es zu viel war, dass ich wieder übertrieben hatte.

Ich hangelte mich in die Senkrechte, brachte meinen Slip an Ort und Stelle, rückte den Rock zurecht und zog die Nase hoch. Das bisschen Schnaps konnte mir doch nichts anhaben! Auf ins Getümmel! Es war kaum Mitternacht!

Marina war nirgends zu entdecken, Stefan glücklicherweise ebensowenig. Warum sie ihn dabei hatte blieb mir ein Rätsel, er hasste es ganz offensichtlich. Aber als Paar hatte man Silvester eben zusammen zu verbringen, komme was wolle. Ich war neidisch.

Ein Autohaus, ein vermaledeites Autohaus! Die teuren Neuwagen waren aus den Showroom entfernt und durch eine Bar und ein DJ-Pult ersetzt worden. Die Dekoration aus flimmerndem goldenen Girlanden und Ballons war gelungen, das musste man der Gastgeberin lassen. Ich fühlte mich als träte ich in das Innere einer Christbaumkugel.

Die Feier befand sich bereits in vollem Gange als ich eintraf, selbst die vernünftige Marina war schon angetrunken und nahm mich überschwänglich in die Arme. Ihre feinen Löckchen waberte wie Engelshaar um ihr Gesicht. Stefan war stocknüchtern und das sah man ihm an. Wir setzten ihn an der Bar ab, wo er missmutig an einem Wasser nippte und uns beim Tanzen beobachtete, als wäre er der Papi welcher uns zur Sperrstunde in seinen Van stecken und nach Hause befördern musste. Marina störte sich nicht an seinem Verhalten und mir war Stefan von Haus aus egal. Also amüsierten wir uns prächtig in dem gesteckt vollen Raum. Die Menge verhielt sich so feierwütig als gäbe es kein Morgen. Frauen warfen die Haare zurück und ließen ihre Reize sprechen, Männer grölten laut alle Lieder mit und übersahen das Angebot nicht. Je später der Abend, desto mehr Pärchen bildeten sich, die ungeniert übereinander herfielen. Damit wollte ich nichts zu tun haben. Ich musste tanzen, trinken und mich verlieren. Anders als beim letzten Mal, würde mich ein Mann heute dabei stören, ich wollte nur mich selbst spüren, sonst niemanden.

Marina fragte nicht nach Tom als ich alleine ankam. Ich hatte ihn gestern beiläufig gefragt, was er am kommenden Silvesterabend machen wollte.

„Am Besten die ganze Misere einfach verschlafen." Er gähnte und ging sich die Zähne putzen. Ich folgte ihm ins Bad, begann ziellos Handtücher und Wäschestücke aufzusammeln und in die Maschine hinter ihm zu stopfen.

„Willst du wirklich zu Hause bleiben?"

Tom spuckte aus und blickte mich durch den Spiegel an. „Ich bin kein Fan von Fondue und gezwungener Fröhlichkeit und von Feuerwerk schon gar nicht, tut mir leid." Damit war das Thema für ihn geklärt. Je näher der Jahreswechsel rückte, desto in sich gekehrter wurde er. Wir versteckten uns gemeinsam vor der Welt, aber langsam begann Tom sich auch von mir zu distanzieren. Die Beerdigung war in fünf Tagen geplant und ich erahnte sie wie ein Damoklesschwert über ihm, über uns.

„Marina hat mich auf eine Feier eingeladen."

„Soll ich dich hinfahren?"

„Oh... Ja, danke."

Und das tat er dann auch. Tom hatte mir kein Gegenangebot gemacht, nicht vorgeschlagen lieber ihm Gesellschaft zu leisten, wie sonst. Mit dieser Freiheit konnte ich nichts mehr anfangen, sie war erzwungen und hinterließ mich unkontrolliert flatternd, wie ein losgerissenes Segel im Wind.

Dabei war ich erleichtert, dass ich Marinas Kollegen unseren Verwandtschaftsgrad nicht erklären müsste und maßlos enttäuscht, weil ich der Überzeugung war, dass es mir ohne Tom kaum gefallen konnte. Während ich nun durch die Menge wankte und Marina suchte, spürte ich plötzlich wie sehr das stimmte. Ich kannte keine der Personen hier, die mir alle lachend auswichen. Marina war sicher inmitten ihrer Kollegen, zu denen ich keinen Zugang gefunden hatte, obwohl sie alle nett zu mir waren. Ein paar Kerle versuchten mich anzusprechen, aber ich hatte erschrocken alle Gespräche abgewürgt.

Nicht einmal Stefan konnte ich entdecken, selbst ihn hätte ich lieber gesehen, als gar kein bekanntes Gesicht. Wenigstens hatten wir unsere konstante gegenseitige Abneigung füreinander. Besser als nichts. Ich erreichte die Bar, bestellte aus der Verzweiflung heraus irgendwie wieder zu Sinnen zu kommen, ein Wasser und konnte es kaum schlucken, weil mir so elend zumute war. Über unseren Köpfen hing die große Digitaluhr, welche zum Zwecke des Countdowns gut sichtbar befestigt worden war. Halb zwölf. Ich wollte plötzlich nicht mehr hier sein, wenn die volle Stunde schlug. Alles trieb mich weg von hier. Zog mich woanders hin.

Meine Jacke war verschwunden, darum nahm ich einfach eine andere. Draußen auf dem Hof knirschte der Streusplitt unter meinen Stiefeln. Der fast volle Mond schien gütig sein blaues Licht auf den Schnee. Tom ging nicht an sein Telefon.

Ich rief meinen Nachrichtenverlauf mit Elias auf und war schwer in Versuchung ihn zu fragen wo er sich aufhielt. Mit zusammengebissenen Zähnen steckte ich das Telefon weg. Das war falsch, alles falsch. Ich konnte nicht mehr denken, nur ein großes hohles Gefühl des Alleinseins spannte sich wie eine Blase um mich. Eine feuchtkalte Hand berührte meine Schulter. Marina.

„Ich hab dich gesucht", lallte sie und drückte mich, als wäre ich monatelang verschwunden gewesen. Ihr Mascara war verschmiert. „Hey, warum weinst du?"

Gute Frage. Wusste ich nicht. War einfach so. Fühlte sich scheiße an.

„Ich will nach Hause", war alles was ich herausbrachte und es störte mich wenig, wie elend und lächerlich ich klang. Genau wie damals mit Acht, als ich zum ersten Mal bei einer Freundin übernachten sollte und mich mitten in der Nacht von der wutschnaubenden Eva abholen ließ, weil ich es in dem fremden Haus kaum ertrug.

„Is was nich in Ordnung, Süße?" Marina schob mir die Haare hinters Ohr und streichelte meine Wange. Sie war auf einen Schlag nüchtern und kümmerte sich um mich. Ihr schmales kleines Gesicht war so ehrlich und offen besorgt, dass ich eine Wahrheit auf der Zunge schmeckte, die mir neu war. Ich wollte etwas zugeben, was ich selbst nicht wusste.

Da ging die Tür hinter Marina auf und Stefan trat zu uns. Er bekam große Augen, als er meine Tränen wahrnahm. Es war ihm unangenehm, aber wir hatten ihn schon entdeckt.

„Kannst du Phil nach Hause bringen?"

Stefan nickte und zog bereits den Autoschlüssel aus der Hosentasche.

„Soll ich mitkommen?" Marina würde es tun, die Party sausen lassen, ihre Kollegen versetzten, für mich. Ich schüttelte den Kopf und stieg zu Stefan ins Auto.

„Ich bin um zwölf wieder da", versprach dieser an Marina gewandt. Die warf ihm einen Kussmund zu und winkte uns nach.

Ich machte mich auf dem Rücksitz klein, aber Stefan ließ mich im Rückspiegel kaum aus den Augen. Wahrscheinlich hatte er Angst ich würde ihm den geleasten Audi vollkotzen.

„Keine Sorge, mir ist nicht schlecht", krächzte ich abwehrend.

„Was ist es dann?" Stefan fragte ruhig und neutral, als berate er einen seiner Kunden.

Ich war sprachlos. Niemals hätte ich gedacht, dass ausgerechnet er nachfragen würde.

„Ich weiß nicht, war alles etwas viel in letzter Zeit."

Stefan nickte. Er wusste Bescheid über Anna und dachte das allein wäre der Grund.

„Das geht vorbei", riet er mir ganz rational.

„Ja. Bestimmt."

Wir schwiegen für den Rest der Fahrt und ich war mir sicher, dass es nicht vorbei gehen würde. Nicht bis ich zuhause wäre.

Stefan wartete nicht bis ich ihm Haus war, er hatte es eilig. Zehn vor Zwölf.

Während ich die Schlüssel aus meiner Handtasche kramte, versuchte ich die aufgekratzte Nachbarschaft zu ignorieren. Die meisten Leute standen schon auf der Straße, begannen ungeduldig mit den ersten Böllern und Raketen zu zündeln und entkorkten Sektflaschen. Es herrschte ein fröhliches Hallihallo, wohin ich auch sah.

Ich taumelte auf die Haustür zu und erkannte, dass alle Fenster unserer Wohnung dunkel waren. Tom schlief also wirklich schon. Schnell schlüpfte ich hinein und sperrte die gelöste Stimmung aus. Es war still und dunkel. Ich stemmte mich aus meinen Stiefeln und zerknüllte die fremde Jacke auf der Kommode im Flur. So leise es einer Betrunkenen möglich war, schlich ich in meinen Nylonstrümpfen zum Schlafzimmer. Ich wollte Tom nicht wecken, nur einen versichernden Blick hineinwerfen, bevor ich duschen ging und mich dann dazu legte. Der Vorhang war offen und ließ das Mondlicht herein.

Das Bett war leer. Ich drückte perplex auf den Lichtschalter und blinzelte mehrfach ungläubig in das Zimmer. Tom war abwesend. Als Nächstes durchsuche ich den Rest der Wohnung, schaute sogar in mein Schlafzimmer und auf die Terrasse. Nichts. Niemand.

Ich versuchte es erneut auf seinem Telefon und hörte den Klingelton leise aus dem Schlafzimmer kommen. Sein Smartphone war hier, Toms Jacke und die Sneaker fehlten, wie ich mit einem Blick in die Garderobe feststellte. Ich hastete zurück zum Eingang. Hatte das Auto noch unter seiner Schneedecke am Straßenrand gewartet, als ich heim gekommen war?

Nein, ein prüfender Blick zeigte den dunklen Fleck Asphalt, wo zuvor ein weißer Hügel gewesen war.

Ich stand ratlos mitten im hell erleuchteten Flur, als draußen Jubelgeschrei und Donnerkrachen losbrachen. Das alte Jahr war Vergangenheit, ein Neues stieg aus dem beißenden Rauch des Schwarzpulvers hervor. Und ich? Stolperte zurück zum Fenster und sah die Nachbarn sich umarmen und beglückwünschen,

Sternwerfer schwenken und kreischend vor startenden Raketen flüchten.

Ich blieb allein. Alles drang gedämpft zu mir. Ich beobachtete eine Aufnahme der schillernden Wirklichkeit durch meinen einsamen Filter. Meine Füße wurden kalt auf den Fliesen, mein Kopf dröhnte. Ich hatte keine Ahnung wo Tom war, konnte ihn nicht erreichen. Musste ich mir Sorgen machen, oder sollte ich wütend sein? Gab es eine Verabredung, welche er mir verschwiegen hatte, oder war etwas passiert?

Mein Telefon vibrierte jetzt frenetisch. Jeder der mich kannte schickte mir Nachrichten, Bilder lustige Gifs mit Glückwünschen zum neuen Jahr. Jeder nur Tom und Elias nicht, das war sicher. Ich ignorierte es und ging stattdessen Duschen. Unter dem heißen Wasserstrahl kam ich wieder zu mir, am Liebsten wäre ich für immer darunter stehen geblieben, damit er alle Sorgen und widersprüchlichen Gefühle von mir abwusch.

Kurz vor Eins lag ich in Toms Bademantel gewickelt im Bett, starrte durch die Dunkelheit und hoffte auf Schlaf, der nicht kommen wollte. Die Einsamkeit blieb. Ich schaute alle paar Atemzüge auf mein Telefon, aber alles blieb gleich. Das Jahr begann zäh, die Minuten krochen dahin wie erkaltende Lava, nach der plötzlichen Eruption des Hochgefühls um Mitternacht. Tom kam nicht nach Hause und *es* ging nicht vorbei, wie Stefan versprochen hatte. Ich blieb unerlöst, wartete auf ein Gefühl das ich kaum definieren konnte.

Im Spiegel sah ich eine Frau ohne Farbe. Ein lebendiges schwarz-weiß Foto. Mein blasses Gesicht von langen, dunklen Haaren eingerahmt. Die graue Satinbluse war mir zu weit, ich wirkte darin knochig, als hätte ich ungesund viel abgenommen. Ein trauriges Bild für einen traurigen Anlass. Genügend Taschentücher hatte ich eingesteckt, in der Hoffnung sie nicht zu brauchen.

Tom saß bereits seit einer halben Stunde im Auto. Er war viel zu früh fertig gewesen, dabei nervös durch die Wohnung geschlichen und mir auf die Nerven gefallen. Er hatte mich dreimal gefragt wo

der Autoschlüssel sei und ihn trotz meiner Anweisungen nicht gefunden. Letztendlich hatte ich ihn Tom persönlich in die Hand gedrückt und diesen dann aus der Wohnung zitiert, bevor ich aus
der Haut fuhr. Schließlich war ich selbst nervös, mir fehlten die
Ressourcen, um nachsichtig mit Tom zu sein.

Es war bitter, wie gut ihm der schwarze Anzug stand. Tom
wirkte noch größer und schlanker als sonst. Das Hemd war so
finster, dass man keine Falte erkennen konnte. Es spiegelte seine
dunklen Augenringe, die Tom eine mysteriöse Aura verpassten,
anstatt ihn ausgelaugt wirken zu lassen, was er eigentlich war.
Wenn er schon sonst nicht gut damit umgehen konnte, wenigstens
würde ihm niemand den Vorwurf machen, dass er schlecht ausse-
he. Mit meinem eigenen Erscheinungsbild war ich weniger zufrieden, aber ich musste schließlich nicht auf den Laufsteg, sondern
an ein offenes Grab.

Tom fuhr unkonzentriert, ich musste ihn an die richtige Ausfahrt erinnern, obwohl ich es war, die den Friedhof nicht kannte.
Dort war ich noch nie gewesen, der Beisetzungsort meiner Vorfahren hatte bisher keine Rolle gespielt. Wir parkten vor dem schmie-
deeisernen Tor und machten uns wortlos auf den Weg.

Wieder einmal wunderte ich mich, wie gefrorenes Wasser einen
trübsinnigen Ort zum märchenhaften Schauplatz verwandeln
konnte. Der Schnee feilte die Kanten der alten Grabsteine rund,
strich die Wege glatt, verdeckte ungepflegtes Grün und vergessene Kränze. Alles Kahle und Beängstigende verschwand unter einem wohlwollenden Tuch aus weißem Puder.

Tom trottete so langsam, als wolle er den Moment maximal
hinauszögern. Ich ging steif an seiner Seite, hielt meine Handtasche fest umklammert und richtete den Blick starr auf das Ende
der Gräberreihe. Dort stand meine Mutter, in einem adretten
dunklen Kostüm und einem neuen schwarzen Mantel. Sie war gekommen. Nie hätte ich geglaubt, wie sehr mich ihr Anblick am
Grab meiner Großmutter erleichtern würde. Evas Gesicht war unbewegt, genau wie das des Marmorengels am Mausoleum hinter
ihr. Hart und beinahe nüchtern. Sie nickte Tom zu. Der wirkte, als
habe er sie zur Begrüßung umarmen wollen und es sich nicht ge-

traut. Sein Arm hing kurz in der Luft, dann stellte er sich Eva gegenüber an die schmale Öffnung in der Erde. Ich blieb neben ihm und lächelte meiner Mutter unerwidert zu. Sonst kam niemand mehr, wir waren die einzigen Trauergäste.

Ich hatte noch keiner Bestattung beigewohnt. Das Familiengrab war gerade so weit geöffnet worden, dass das Gefäß hinuntergelassen werden konnte. Ich blickte mit der Faszination des Schreckens in das scheinbar bodenlose Rechteck. Der Rand des Lochs war mit einem grünen Tuch abgedeckt, das wohl künstlichen Rasen darstellen sollte, was völlig aberwitzig aussah, im Winter auf der umgegrabenen bloßen Erde. Ein kleiner Bagger stand unweit hinter einer Weide versteckt.

Ich entzifferte die Lebensdaten meines Großvaters auf dem angelaufenen schwarzen Stein und die seiner Eltern, deren Namen ich noch nie gehört hatte. Waren das die Menschen gewesen deren Existenz ich mein eigenes Leben zu verdanken hatte? Fremde. Tote. Asche.

Anna war katholisch gewesen und hatte die Zeremonie noch zu Lebzeiten bestimmt. Ein Pfarrer in schwarzer Robe und ein Ministrant im Daunenmantel standen bereit, um die passenden Rituale durchzuführen. Weihrauch und Weihwasser, eine würdevolle Ansprache, Fürbitten an Jesus Christus. Ich verstand kaum was das alles bedeuten sollte. Die Blicke meiner Mutter, welche mich und Tom abwechselnd streiften, interessierten mich viel mehr, auch wenn ich versuchte ihnen nicht direkt zu begegnen. Tom schwieg schon seit der Herfahrt hartnäckig und verfiel nun in eine katatone Starre, die wohl das Einzige war, was ihn vor der Situation schützen konnte. Während Eva aufmerksam der Zeremonie folgte, als betrachte sie das Theaterstück von ambitionierten Schulkindern, war Tom kaum mehr anwesend. Ich blieb irgendetwas dazwischen.

Die schlichte, weiße Urne trug ein goldenes Kreuz auf der Vorderseite und verschwand langsam im Boden. Jeder von uns Drei warf eine Hand voll Erde hinterher und damit war es vollbracht.

Der Pfarrer schloss sein Gebetbuch, nickte allen höflich zu und winkte seinem Ministranten zum Gehen. Wir blieben zurück. Als die Stille zu drückend wurde, drehte ich mich aus einer Ahnung heraus um und entdeckte Marina ein paar Gräber weit hinter uns. Sie lächelte mir aufmunternd zu. Wie lange sie schon beigewohnt hatte, konnte ich nur raten. Ich trat erleichtert auf sie zu und bekam die Umarmung, die ich so dringen brauchte.

„Du hättest nicht kommen müssen", murmelte ich in ihre Haare.

„Ich hatte das Gefühl du brauchst mich." Marina ließ mich los und sah in die Runde. „Ist alles in Ordnung, zwischen euch beiden?"

Ich drehte mich automatisch nach Tom um und kontrollierte, ob er uns hören konnte. Der redete leise mit Eva, keiner achtete auf uns. Ich zuckte die Achseln.

„Passt schon."

„Sicher? Ich weiß nicht was Silvester mit dir los war, aber ich sehe euch seit einer halben Stunde dabei zu, wie ihr euch ignoriert. Dabei klebt ihr sonst zusammen wie Pech und Schwefel. Wirkt ungewohnt auf mich, gerade heute."

Was vorgefallen war hatte ich Marina nicht erzählt. Es gab wenig zu erklären. Tom war am Vormittag des ersten Januar aufgetaucht und hatte kein Wort darüber verloren, wo er gewesen war. Ich hatte beschlossen dass es mich dann auch nicht interessierte und er tun sollte was er wollte. Anschließend waren wir beide kommentarlos in unseren Arbeitsalltag abgetaucht. Ich hatte die pure Langeweile im Büro kaum ertragen, weil sie die ganze Woche nicht genügend Ablenkung bot, um weder die Zeit noch Toms Verhalten zu vergessen.

Marina sah ein, dass ich ihr keine Antwort geben würde und wandte sich meiner Mutter zu. Sie reichte Eva höflich die Hand und überbrachte ihre Kondolenz. Tom nickte Marina freundlich entgegen. Dann kam sie zurück zu mir.

„Wo ist Stefan?"

„Im Auto. Er erträgt keine Trauerfeiern, fängt an zu heulen wie ein Schlosshund." Marina lächelte belustigt. Ich machte ein ungläubiges Gesicht.

Aus den Augenwinkeln bemerkte ich eine weitere Person, hielt sie erst für die unbeteiligte Besucherin anderer Gräber und drehte mich dann doch erstaunt um, als sie direkte auf uns zusteuerte.

„Wer ist das?", fragte Marina so atemlos, wie ich mich selbst fühlte. Das wusste ich nicht, aber dass ich mich an diese Frau erinnern würde, wenn ich ihr schon einmal begegnet wäre. Ebenmäßiges, strahlendes Gesicht, voller Jugend und Gesundheit. Dichte, kastanienbraune Locken, die unter ihrer Mütze hervorquollen. Schlank, elegant und trotzdem menschlich, echt, nahbar. Ich war sofort verliebt in ihr Lächeln. Sie schob einen grauen Kinderwagen vor sich her und machte damit direkt bei Eva und Tom halt. Ich registrierte deren Gesichter. Eva lächelte wohlwollend und ließ sich von der Fremden in den Arm nehmen. Tom sah aus, als wäre gerade noch jemand gestorben. Trotzdem bückte er sich leicht, als die Frau den Arm als Nächstes nach ihm ausstreckte und umarmte sie vorsichtig, als sei sie aus hauchdünnem Glas. Eva guckte neugierig in den Kinderwagen. Die Fremde bekam rote Wangen, als sie nun von meiner Mutter beglückwünscht wurde. Tom sah weiterhin zu, als hätte man ihm eine Schreckensnachricht überbracht.

„Ich bin zu spät, tut mir Leid", hörte ich die Schönheit sagen. Was Eva ihr antwortete, verstand ich nicht, aber sie lächelte immer noch. Dann sagte auch Tom ein paar Worte, die ich auf die Entfernung kaum hören konnte. Die Frau strahlte ihn an, er wirkte als wolle er zerbrechen.

Marina versuchte mich in die Richtung der Drei zu schieben, aber ich schüttelte den Kopf und blieb bei ihr. Ich hatte das Gefühl nicht dazu zu gehören, es würde nur noch seltsamer werden, wenn ich mich vorstellen müsste. Die Schönheit nahm ihren Kinderwagen und drehte sich wieder zum Gehen. Es war eiskalt, sicher wollte sie ihr Baby nach Hause bringen. Sie drückte Tom und Eva noch einmal kurz und verabschiedete sich. Wir starrten ihr alle hinterher, bis sie zwischen den Bäumen in der Ferne verschwunden war. Dann erst traute ich mich wieder in die Nähe meiner Familie, als wäre ein Bann gebrochen.

Und lief direkt in einen handfesten Streit hinein.

„Was fällt dir ein?", fauchte Tom gerade.

„Sie haben sich sehr gut verstanden, darauf warst du doch immer so stolz?!", giftete Eva zurück.

„Ich bitte dich! Das ist ewig her. Sie hatte nichts mehr mit Mutter zu tun!"

„Das hast du nicht zu entscheiden! Ich habe sie eingeladen und sie wollte kommen!"

„Oh, ja, du hast mir alle Entscheidungen überlassen, die letzten zehn Jahre, danke dafür übrigens! Aber *das* ist jetzt plötzlich deine Sache?!"

„Spiel dich nicht so auf, sie war auch meine Mutter, ich kann einladen wen ich für richtig halte!"

„Gib doch zu, dass Nadija nur Mittel zum Zweck ist, um mir eins reinzuwürgen!" Tom baute sich drohend zu seiner vollen Größe auf, als würde er Eva für ihre nächste Entgegnung erwürgen, egal was der Wortlaut war.

„Tu uns allen einen Gefallen und nimm dich selbst weniger wichtig!" Eva flüsterte beinahe, aber sie fixierte mich dabei, als wären ihre Worte eine Warnung. Tom knurrte etwas zurück, aber ich hörte nur noch Rauschen. Der Boden begann zu schwanken. Entweder ein Erdbeben, oder ich verlor mal wieder die Kontrolle über meinen Körper. Eva keifte Tom an, der gab wieder etwas zurück. Marina tauchte hinter mir auf und zog mich aus der Schussbahn. Sie führte mich ein Stück den verschneiten Weg hinunter, weg von den beiden Streithähnen.

„Ganz ruhig durchatmen", ermahnte sie mich.

„Es war Nadija", japste ich erstickt.

„Wer?" Marina schaute zurück auf den Punkt, an dem diese zuletzt zu sehen gewesen war, als würde sie auf die Nennung ihres Namens hin wieder erscheinen.

„Sie waren mal verlobt."

Marinas Gesicht weitete sich erstaunt. „Wow. Ok. Dann verstehe ich, was da gerade abgeht", sagte sie mit Blick zurück auf Tom und Eva. „Phil, das ist nicht dein Streit, du musst dich nicht mit hineinziehen lassen."

Ich nickte, als wäre ich ganz ihrer Meinung und spürte gleichzei-

tig die Empörung meiner Mutter und den Schmerz meines Onkels, so genau dass mir klar war wie weit ich längst in alledem
drinsteckte.

## 32

Ich saß schon wieder auf der Rückbank von Stefans schnöseligem Auto. Marina hatte mich noch auf dem Friedhof überredet mit zu ihr zu kommen, bis sich die Situation beruhigte. Nachdem Eva wutschnaubend die Szenerie verlassen hatte, traute ich mich nicht den versteinerten Tom auch nur anzusprechen. Er blieb mit dem Rücken zu uns am Grab stehen, während ich Marina folgte.

„Wir haben noch ganz ausgezeichnete Plätzchen von Stefans Mutti zu Hause!" Marina drehte sich im Beifahrersitz zu mir um und lächelte, als müsse sie mich mit vielversprechenden kulinarischen Genüssen locken. Ich nickte nur, als würde ich mich darauf freuen und versank in meinen Gedanken.

Die Wohnung der beiden hatte ich noch nicht besucht, obwohl mich Marina mehrfach eingeladen hatte. Ich hatte stets etwas Besseres zu tun gehabt und nun verschlug es mich in meiner emotionalen Not hier her. Ich war so eine vorbildliche Freundin.

Marina wirbelte vor Freude über meine Anwesenheit um mich herum. Ehe ich mich versah, stand ich im zweiten Stock auf der Fußmatte und streifte meine Schuhe ab. Stefan verschwand in seinem Arbeitszimmer, kaum dass die Tür offen war.

„Komm, wir machen es uns gemütlich!", freute sich Marina und zog mich in den offenen Wohnraum. Und das war es dann auch: gemütlich. Die Wohnung war hell und voll mit den Gegenständen aus Marinas alter Bleibe, von denen ich gemutmaßt hatte, dass sie für immer in den Umzugskisten verrotten würden. Aber ihre bunten Sofakissen, die selbst gehäkelte Decke und der Sisalteppich hatten auch hier ihren Platz gefunden. Sie bildeten eine überraschende Symbiose mit Stefans überdimensionalem Flachbildfernseher und seiner Ledercouch, auf der sich Thetis gerade räkelte. Marinas Bücher über alternative Lebensführung schmiegten sich im Ikea-Regal an Stefans Skandinavien-Krimis, als wäre es nie anders gewesen.

Marina kochte Kaffee und stellte einen Plätzchenteller zusammen, der mir die Augen übergehen ließ. So viele Sorten selbstgebackener Leckereien hatte ich noch nie gesehen und das alles sollte eine Frau alleine gemacht haben? Marina versicherte mir, dass Stefans Mutter eine Meisterbäckerin sei und brachte ihm seinen Anteil ins Büro. Sie blieb länger als es brauchte um einen Teller abzustellen, ich hörte sie kichern. Urgs. Verliebte.

Als sie mit diesem unverkennbaren Strahlen in den Augen wiederkam, schmolz mein hartes Herz dahin. Marina war immer noch glücklich mit diesem Bezirkswahlplakat von einem Menschen und das freute mich ehrlich für sie, auch wenn ich es nie nachvollziehen können würde.

Den Rest des Nachmittags holte mir Marina ein Detail nach dem anderen aus der Nase. Ich wollte mich unbedingt bei ihr ausweinen, hatte aber nicht die Absicht meinen ganzen Ballast bei Marina abzuladen, als sei sie eine mentale Müllkippe. Daraus resultierte, dass ich ihr letzten Endes trotzdem so ziemlich alles erzählte, was die letzten zwei Monate in und mit mir vorgegangen war, aber ich gab es nur häppchenweise und auf bohrende Fragen zu.

Dass Tom und Rebecca miteinander geschlafen und Elias mich so wenig kavalierhaft am Telefon in die Wüste geschickt hatte, bildete die Eckpfeiler für Marinas Empören.

„Das kann doch nicht wahr sein!", kreischte sie über beide Tatsachen ungläubig, womit sie selbst Stefan kurz aus seiner Höhle lockte, weil ihm das Geschrei nicht ganz geheuer war. Nachdem er sich kopfschüttelnd wieder verzogen hatte, wetterte Marina weiter.

„Also dieser Rebecca hätte ich deinen Erzählungen nach ja schon viel zugetraut, aber dass sich Tom darauf einfach so einlässt! Also manche Männer brauchen wirklich keine Rechtfertigung für gar nichts! Und Elias ist sowieso die Höhe, aber dass er sich herausnimmt so mit dir zu reden, ist selbst für ihn ein neuer Tiefpunkt!"

Ich spürte eine Wärme in der Magengegend, die von Marinas Loyalität zu mir herrührte, sich aber von der angenehmen Radiation langsam zum beißenden Säurebrennen ausweitete, als sie nun Elias und Tom in einen Topf warf. Letzteren wollte ich dort nicht haben.

„Ist schon in Ordnung, ich kann ihm nicht vorschreiben mit wem er sich abgibt."

Marina musterte mich mit misstrauisch geschmälerten Augen.

„Wen von den Zweien versuchst du gerade zu verteidigen?"

Ich neigte den Kopf und beobachtete meinen eigenen Atemrhythmus, wie sich meine Brust hob und senkte. Egal wie verwirrt ich war, das hörte nie auf. Mein Körper lebte einfach weiter, machte sein eigenes Ding, unabhängig von meinen Problemen.

„Phil, Phil, Phil..." Marina nahm mich in den Arm. „Du bist so blöd!", tadelte sie liebevoll.

„Merkst du eigentlich, dass du vom Regen in die Traufe geraten bist?" Sie ließ ein wenig locker und schaute mir aus nächster Nähe in die Augen. Ich erwiderte ihren Blick schuldbewusst. Mir war auch schon aufgefallen, dass ich mein Leben unter der absoluten Kontrolle eines Mannes, der dieses Privileg ungeniert ausnutzte, getauscht hatte gegen das mit einem, der nicht mal sich selbst im Griff hatte und mich trotzdem in seinem Orbit mitriss. Ich hatte ein sicheres Händchen für Katastrophen mit Y-Chromosom.

Marina ließ mich jammern und rechtfertigen, beteuern und schimpfen und versuchte nicht unfair zu sein, in der Beurteilung meiner Dummheiten. Als es längst Abend geworden war, schauten wir mit Thetis zusammengekuschelt die Wiederholung eines Feiertagsklassikers, während unsere Unterhaltung zu keinem Ende kam.

„Willst du übernachten?", bot Marina mit einem Blick aus dem Fenster an. Es war Freitag also sprach wenig dagegen.

„Ich weiß nicht", sagte ich und meinte es auch genauso. Ich wusste wirklich nicht was gescheiter war. Mich hier zu verstecken, oder Tom und seiner wankelmütigen Laune entgegenzutreten?

Ich nahm mein Telefon zu Hand. Keine Nachrichten, keine Anrufe. Es enttäuschte mich kaum, weil es nicht Toms Art war. Trotzdem hätte es mir bei der Entscheidung geholfen. Ich dachte an Silvester, wollte es ihm heimzahlen und fürchtete gleichzeitig, dass er meine Abwesenheit nicht einmal bemerken und ich mich somit vor mir selbst blamieren würde. Marina erriet meine Gedanken offenbar, denn sie meinte: „Er hat es verdient, dass du hier bleibst. Schalt das Telefon aus!"

Ich musste grinsen. Marina hielt normal an keinem Groll fest, führte nie Bilanz über *er hat* und *sie hat*. Doch in meinem speziellen Fall machte sie eine Ausnahme. Ich nahm ihr Angebot an, was Stefan auf das Sofa katapultieren würde, denn Marina wollte nicht zulassen dass ich nochmal ihre Gastfreundschaft ohne ein richtiges Bett genießen sollte. Außerdem konnten wir so die ganze Nacht ungestört weiter quatschen.

Am Frühstückstisch zeigte ich Marina ein paar der Wohnungen welche Joon für mich gefunden hatte. Zwei Makler hatten bereits auf meine Mails geantwortet. Marina bröselte auf Stefans Laptop, den sie herbeigeschleppt und auf dem Tisch zwischen Kaffee und Toast platziert hatte. Stefan saß uns gegenüber und verzog in stummer Pein das Gesicht, bei jedem Krümel welcher auf der Tastatur landete.

„Das Bad ist zwar kein Highlight, aber es hat alles was man braucht!", kommentierte Marina gerade meinen aktuellen Favoriten. „Und das zu *dem* Preis und in *der* Lage!", fügte sie aufgeregt hinzu.

„Ich weiß, die möchte ich wirklich gerne haben und die Maklerin bietet mir tatsächlich eine Privatbesichtigung an."

„Wie bitte?!" Marina fiel fast der Bissen aus dem Mund. Stefan zuckte kurz nach vorne, als wolle er den halb gekauten Toast auffangen, bevor er auf seinem Computer landen konnte. Doch Marina schluckte hinunter, während ich erklärte, wie ich durch das Vitamin B von Toms Arbeitsplatz dazu gekommen war. Man kannte sich und tat einander eben Gefallen.

„Das ist so widerlich wie einmalig!" Marina war schockiert, ermutigte mich aber trotzdem diese Möglichkeit nicht ungenutzt zu lassen. „Das Leben ist kein Ponyhof und wenn du endlich mal die Nase vorne hast, weil dein Tom die Augen bei der Berufswahl offen hatte, im Gegensatz zu Idioten wie mir, dann greif zu!" Marina verschränkte bestimmend die Arme, als wäre es beschlossene Sache. Ich schmunzelte, weil ich Stefans Bänker-Einfluss in dieser

Aussage regelrecht heraushören konnte. Er würde doch nicht eine eiskalte Kapitalistin aus Marina machen? Ich warf dem Verdächtigen einen Blick zu. Stefan grinste zufrieden zurück, als denke er dasselbe und zum ersten Mal hatte ich einen Funken Sympathie für diesen blasierten Arsch.

„Aber dann muss ich Tom auch mitnehmen", wandte ich ein.

„Wenn das kein Grund ist ihm den Kopf zu waschen und sich zu vertragen, dann weiß ich auch nicht." Marina stopfte sich den restlichen Toast in den Mund. „Glaub mir, du sitzt am längeren Hebel, der braucht dich mehr als du ihn", prophezeite sie und feixte Stefan zu, als wäre er gemeint. Der zuckte mit den Mundwinkeln und verschluckte sich fast an seinem Kaffee. Ich lachte hinter vorgehaltener Hand. Vielleicht war Stefans Einfluss auf sie mehr von Marina kalkuliert als er glaubte.

Ich war alleine in Marinas und Stefans Schlafzimmer, hörte sie in der Küche reden und lachen, während ich in die frischen Sachen schlüpfte, die mir Marina lieh. Ich setzte mich an die Bettkante, Thetis strich mir neugierig um die Beine. Mein Smartphone lag als tiefschwarzes Rechteck am Nachttisch und schwieg. Ich nahm das Gerät mit klopfendem Herzen zur Hand und startete es wieder. Wann ich es das letzte Mal eine ganze Nacht lang abgeschaltet gelassen hatte, konnte ich mich nicht erinnern, aber es hatte gut getan. Vielleicht sollte ich das öfter machen.

Mein Smartphone vibrierte sanft, ich betrachtete das bunte Farbenspiel auf dem Display, während es hochfuhr. Das Hintergrundbild von Marina und mir, im Freibad letzten Sommer, erschien wieder und ich gab den PIN ein. Eine lange Liste von Benachrichtigungen rollte den Bildschirm herab. Acht Anrufe in Abwesenheit. Alle von Tom. Mein Magen knautschte sich zu einem harten Klumpen zusammen, ich rieb mir dir plötzlich brennenden Augen.

„Marina!", rief ich noch während ich aus dem Zimmer hastete. „Ich muss nach Hause!"

Sie warfen mich auf dem Weg zu Stefans Mutter, an der Abzweigung zu unserer Straße raus. Ich wollte noch ein paar Schritte gehen, um den Kopf frei zu bekommen.

„Phil, sei nicht zu nachsichtig, ok?", warnte mich Marina mit besorgtem Blick. Ich lächelte vielsagend, gab ihr einen Kuss und stieg aus.

Das Viertel lag ruhig da. Die Schneemänner der Nachbarskinder beobachteten mich aus den Vorgärten, während ich zügig vorbei schritt. Ich hatte nicht zurückgerufen, mich nicht angekündigt. Das wäre kaum genug, ich musste hier sein, hatte Stefan gedrängt endlich loszufahren. Ich sperrte ungeduldig auf und ließ die Tasche mit meiner Kleidung von gestern im Flur auf den Boden fallen. Toms schwarzes Sakko hing in der Garderobe, die Anzugschuhe lagen achtlos darunter am Boden, ich stellte meine dazu. Die Wohnung öffnete sich totenstill vor mir. War er nicht zu Hause? Ich hätte doch anrufen sollen. Es war kalt im Flur und zog. Ich ging in meinem Mantel durch die Küche und sah die Terrassentür offen stehen. Aha. Gefunden!

Toms Badelatschen standen auf dem Fußabstreifer vor der Tür, ich schlüpfte hinein und schlitterte über den platt getretenen Schnee, um die Ecke des Hauses. Die Gartenmöbel hatten wir nie hereingeholt, oder abgedeckt, aber das Dach stand weit genug über die Terrasse hinaus, damit sie schneefrei blieben.

Dort saß er, wie ich ihn schon einmal gefunden hatte. Tom trug nur Socken, aber immerhin ein langes Sweatshirt und meine Mütze. Eine halb gerauchte Zigarette glomm zwischen seinen Fingern und ich fragte mich, wie lange er hier draußen schon zu Eis erstarrte.

„Hey", flüsterte ich. Er schaute mich an, als könne ich keinesfalls echt sein. Wir verharrten einen Augenblick so, dann streckte er die Hand nach mir aus und die Kippe segelte rauchend zu Boden. Ich folgte seiner stummen Aufforderung, setzte mich auf seinen Schoß und umarmte ihn fest, zog sein Gesicht in meine Halsbeuge. Tom seufzte, als habe er lange die Luft angehalten. Der Stoff seiner Mütze war klamm an meiner Wange, seine Haut kalt. Ich schloss die Augen und atmete selbst tief durch. Die Spannung löste sich. Das was mich seit dem Silvesterabend umtrieb, die Sicherung die mir durchgebrannt war, alles war wieder an Ort und Stelle.

Wir blieben so, bis mir die Kälte unter den Mantel kroch und ich zu zittern begann. Ich wollte es unterdrücken, weil nichts den Moment aufbrechen sollte, aber es hatte keinen Sinn. Tom ließ mich los und rieb sich die Augen. „Du frierst. Gehen wir rein." Er schob mich vorsichtig von sich herunter und wir balancierten gemeinsam zurück ins Haus. Tom schloss die Terrassentür und drehte die Heizungen auf, ich hängte meinen Mantel weg und bemerkte dabei, dass dessen Kragen feucht war.

Toms Hände zitterten, während er Kaffee kochte. Seine Stirn lag in Falten, er konzentrierte sich. Ich sah ihm zu und sagte nichts. Tom hatte die Mütze abgenommen und ich erkannte, dass seine Haare plötzlich deutlich kürzer waren. Wir saßen gemeinsam am Küchentisch, die Heizung pollerte leise. Ich zählte fünf Zuckerstücke ab und versenkte sie nacheinander in Toms Tasse. Er lächelte und gab mir die Milch aus dem Kühlschrank.

„Das war also Nadija", begann ich das Gespräch, als hätten wir den Friedhof nie verlassen. Es fühlte sich richtig an, sie anzusprechen. Wir waren zusammen eingegossen in eine Atmosphare ohne Tabus und Hindernisse. Nur wir beide. Tom nickte.

„Du Vollidiot", stellte ich unmissverständlich fest. Er grinste traurig. „Ich weiß."

Selbst ich hätte diese Frau heiraten wollen, beim ersten und einzigen Mal dass sie mir begegnete. Sie passte wie angegossen zu ihm. Ein schones Paar. Hätten sie sein können.

„Sie hat einen Sohn." Tom schaute in seine Tasse. Es klang wie ein Geständnis, eine abschließende Tatsache zu seiner Vergangenheit mit ihr. Ich brauchte nicht zu fragen, hatte gestern gesehen, wie er sie anstarrte. Tom hatte einen Fehler gemacht, vielleicht *den* Fehler überhaupt und er bereute es bis heute.

Er fragte nicht, wo ich gesteckt hatte. Ich ihn nicht, warum er so oft angerufen hatte, oder warum er Silvester verschwunden war. Wir wussten, was wir wussten und der Rest war kaum mehr von Belang.

„Ich hab mich lächerlich gemacht", stöhnte er. „Meiner Mutter hat es das Herz gebrochen, dass wir nicht geheiratet haben. Sie hat Nadija geliebt wie eine Tochter. Eva hatte Recht ihr Bescheid zu geben."

„Sie hätte es dir vorher sagen müssen, du warst überrumpelt."

„Sei doch nicht so verdammt verständnisvoll, hau mir lieber eine rein."

„Wenn du unbedingt willst." Ich schnippte ihm gegen die Stirn. Tom lachte und fing meine Hand aus der Luft. „Ernsthaft, ich hab's verdient. Ich war... mit mir selbst beschäftigt und... ich weiß wie ich dann sein kann."

Abwesend und ausschließend? Ungreifbar? Das konnte ich kaum leugnen. Nadija würde mir wahrscheinlich zustimmen, aber ich hatte ihm schon verziehen. Genau das wovor mich Marina gewarnt hatte. Ich blickte auf unsere Hände, die verschränkt auf dem Tisch lagen.

„Ich habe eben eine Schwäche für Idioten."

„Sag das nicht." Sein Blick hing traurig an mir.

Draußen krachte die Fehlzündung eines vorbeifahrenden Autos, Tom drehte sich reflexhaft danach um. Ich beobachtete wie er den Nacken anspannte, die Augen weitete. Er würde immer so bleiben. Gut aussehend, einer der die Menschen mit seinem Charme für sich einnahm, aber zu verunsichert um jemanden zu halten. Und ich würde das immer mögen, weil ich diese Befangenheit kannte. Wir hatten sie von der selben Familie eingepflanzt bekommen. Ich verstand, was es nicht zu verstehen gab. Ich liebte das, was uns gleich kaputt machte.

„Ich habe Rückmeldungen von ein paar Maklern bekommen. Hast du nächste Woche Zeit für eine Besichtigung?"

„Ähm, lass mich nachsehen." Tom wischte auf seinem Telefon herum, durchsuchte den Kalender nach einer freien Stelle.

„Ich könnte Joon bitten, er soll mich Mittwoch Nachmittag freischaufeln, ok?"

„Sehr gut, dann mache ich das fest." Ich holte meinerseits das Smartphone heraus und schrieb dem Makler zurück. Tom beobachtete mich still während ich tippte, ich spürte es genau.

„Warum willst du mich dabei haben?"

Ich sah auf. „Warum nicht? Außerdem bekomme ich diesen Termin nur, weil ich dich kenne, also hilft es sicher, wenn ich diesen Herrn Karg auch mitnehme."

„Wohl wahr." Tom lehnte sich zurück und streckte den Rücken durch, dass es knackte. Ich erhob mich, um unsere leeren Tassen wegzuräumen. Seitlich hinter ihm stehend, hatte ich eine ungewohnte Perspektive auf Tom. Die Haare waren kürzer als ich es bisher an ihm erlebt hatte. So ließen sie ihn ordentlicher und jünger wirken, trotz der verräterisch grau schimmernden Stoppeln an seinem Hinterkopf. Ehe ich mich versah, fuhr ich mit der Hand darüber.

„Wann hast du dir die Haare schneiden lassen?"

Tom hielt still, seine Schultern sanken herab.

„Ich war gestern Abend bei Joon und Arnaud, der konnte es nicht sein lassen und mir war das recht." Er schloss die Augen.

„Das hat er sehr gut gemacht", lobte ich. Tom hatte es also nicht alleine Zuhause ausgehalten. Ich konnte mir vorstellen mit welchem Vergnügen sich Arnaud über Toms Mähne hergemacht haben musste. Wenn ich an Joons perfekt frisiertes Haar dachte, hatte er sicher die nötige Übung.

Ich lächelte, pustete ein paar lose Härchen aus Toms Nacken und fuhr mit der flachen Hand noch einmal darüber. Er lehnte seinen Kopf in meine Hand. Womit hatte es zu tun, dass es sich so gut anfühlte? Was machte die Faszination daran aus, über kurz rasiertes Haar zu streichen? Mir fehlte eine Erklärung, aber ich tat es gleich noch einmal, um sicher zu sein, dass ich Recht hatte. Tom wehrte sich nicht dagegen.

„Ich bin so müde", murmelte er, rührte sich aber keinen Zentimeter und ließ die Augen zu, als wolle er an Ort und Stelle einschlafen. Ich schaute auf die Uhr, der Nachmittag war alt geworden. „Dann leg dich hin", riet ich ihm. „Ich bestelle uns später etwas zu Essen." Meine Hand wanderte auf seine Schulter und drückte sie.

„Trag mich." Er blinzelte flehentlich. Der Blick gefiel mir zwar, aber ich lehnte dankend ab. „Na komm, beweg dich!" Ich zog

Tom hoch und er ließ sich von mir auf das Sofa im Wohnzimmer schieben. Während sich Tom zusammenrollte, kam mir ein Gedanke. „Hast du die Badewanne eigentlich schon mal für etwas anderes benutzt, als Wäsche darin liegen zu lassen?"

„Nicht dass ich wüsste", gähnte Tom. „Dafür sind die doch gemacht, oder?"

Ich grinste. „Dann weihe ich sie jetzt ein!" Mir war nach einem heißen Bad mit viel Schaum, ich brauchte Entspannung.

„Geh nicht unter, sonst komme ich dich retten."

„Untersteh dich!"

Tom schmunzelte und dann glätteten sich seine Züge, er hatte so plötzlich das Bewusstsein verloren, wie immer. Es erinnerte eher an eine Ohnmacht, als an herkömmlichen Schlaf.

Ich ließ ihn in Ruhe und versuchte mir eine kleine Oase im Bad herzurichten. Toms Jeans mussten zuerst aus der Wanne entfernt werden, dann ließ ich sie volllaufen und drückte die halbe Flasche seines Duschgels hinein, in Ermangelung eines anderen Badezusatzes, welcher anständig schäumte. Dafür roch es nach Eukalyptus und irgend etwas „männlichem", so wie Tom eben.

Das Wasser war so warm, dass die Fensterscheiben beschlugen und kondensierte Feuchtigkeit die Fliesen herab tropfte. Ich stieg vorsichtig hinein und zog scharf die Luft ein. Es war brühend heiß, aber ich gewöhnte mich langsam daran und glitt schließlich komplett unter die Oberfläche. Ich tauchte ab, hörte meinen eigenen Herzschlag dröhnen und das Schwappen des Wassers, bis nichts anderes mehr in meinem Kopf Platz hatte. Ich hatte keine Uhr und blieb einfach liegen, bis sich der Schaum langsam auflöste und ich meinen eigenen Körper wieder durch das Wasser schimmern sah. Ich biss mir auf die Wange. Meine Handfläche kribbelte.

Es gab einen Weg, das zu vergessen. Meine Hand wanderte nach unten und schlüpfte zwischen meine Oberschenkel. Ich kannte meinen Körper, wusste wie ich ihn dorthin bekam, wo ich ihn haben wollte. Es war ganz einfach, es ging schnell. Meine Gedanken rasten meinem Puls voraus, das Wasser gurgelte. Mir war egal, ob man es draußen hören konnte. Ich hielt mich am Wannenrand fest und sah meiner Brust zu, als sie keuchend durch die Oberfläche brach. Meine gerötete Haut glänzte, wie mit klarem Lack überzogen. Ein hohes Japsen entkam mir, als es so weit war. Ich presste die Beine fest zusammen, um es auszuhalten. Ich hatte es zu weit getrieben, der Orgasmus schüttelte mich wie ein Fieber.

Danach brauchte es lange bis ich wieder bei Atem war und mein Herz nicht mehr versuchte sich ein Loch nach draußen zu schlagen. Ich kletterte aus der Wanne und trocknete meinen aufgewühlten Körper ab. Ich hatte versprochen mich um das Essen zu kümmern. Meine Hand kribbelte immer noch.

## 33

Ich blickte unglücklich die Fassade des sanierten Altbaus hinauf. Die Sonne blendete, ich machte einen Schritt zurück in den Schatten der Seitenstraße und kollidierte fast mit einem Fahrradkurier, der mir einen misogynen Fluch da ließ.

„Du mich auch!", murmelte ich frustriert und starrte die Straße hinunter. Tom war zu spät. Wir hatten uns vor einer dreiviertel Stunde auf einen schnellen Kaffee treffen wollen, bevor wir die Besichtigung machten.

Auf meine Nachrichten hatte er nicht geantwortet, anrufen traute ich mich mich kaum, weil ich mir einbildete das könnte Tom im Büro in Verlegenheit bringen. Joon hätte ich auf ihn hetzten können, aber so grausam war ich nicht. Mir wurde langsam mulmig, die Maklerin würde gleich hier auftauchen und mich mit Tom zusammen erwarten. Was für eine fadenscheinige Erklärung würde ich dann für seine Abwesenheit haben? Mein Telefon vibrierte. *Bin gleich da.* Na, das wollte ich doch hoffen!

Er schaffte es geradeso rechtzeitig. Das Auto ließ er dreist im Halteverbot stehen. Tom hetzte über die Straße. Während er auf mich zukam, lag mir schon der erste Vorwurf auf der Zunge. Den atomisierte er allerdings mühelos, indem er mich auf der Stelle erst einmal umarmte, bevor er sich keuchend entschuldigte.

„Ich weiß! Sag nichts! Es tut mir so leid!"

„Das war knapp", brummte ich.

„Jetzt bin ich ja da."

Ich nickte in die Richtung, aus der er gekommen war. Die Maklerin stöckelte uns beschwingten Schrittes entgegen. Tom grinste über sein eigenes Glück und tat so, als ob er meinen Knuff in seine Seite nicht bemerkt hätte. Die Maklerin trug einen auffällig teuren Mantel und tiefrote High Heels, die sicher nicht aus dem Schlussverkauf stammten. Sie war im mittleren Alter, aber so gekonnt geschminkt, dass man sie für jünger halten mochte. Ihre blonde Mähne ergoss sich beeindruckend voluminös über die Schultern.

Tom straffte sich und sah ihr einladend lächelnd entgegen.

„Herr Karg! Was für eine Freude!", rief die Frau aus.

„Ganz meinerseits!" Sie reichten sich die Hände, wie alte Freunde. Die Maklerin stellte sich namentlich vor und ich bemerkte genau, wie sie Tom musterte und dachte, dass dies der beste Teil ihres Tages werden würde.

Meine Laune wurde nicht unbedingt von der Tatsache gehoben, dass sie mich komplett ignorierte. Tom war so lieb auf meine Anwesenheit hinzuweisen, was mir ein halbherziges Lächeln einbrachte, dann folgten wir der Frau ins Haus. Die Wohnung lag im ersten Stock, mit Blick in den begrünten Innenhof.

Die Maklerin machte eine große Show aus dem Öffnen der Wohnungstür. „Sehens Sie, das ist wahrscheinlich das erste Mal, dass Sie ihr neues Zuhause betreten!" Sie malte meine Zukunft in diesen vier Wänden in den leuchtendsten Farben aus. „Hier muss man sich einfach wohlfühlen!"

Tatsächlich gefiel mir was ich sah. Frisch renoviert, mit neuen Holzböden, viel Licht und gut geschnitten. Es gab kaum etwas dass ich auszusetzen hatte. Dafür fiel Tom plötzlich umso mehr ein. „Sind die Böden nicht sehr empfindlich?"

„Nein, wo denken Sie hin! Das ist Hartholz mit modernster Versiegelung! Da können Sie jeden Tag Tango drauf tanzen, ohne dass es je Spuren hinterlassen wird!"

Ich maß Tom mit einem skeptischen Blick. Zuhause scherte er sich einen Dreck um den Boden und lief mit Straßenschuhen herum, wenn ich ihn nicht davon abhielt.

Unsere Maklerin öffnete ein Fenster und ließ die kühle Luft des Januartages herein. Die Sonne brachte die frisch gestrichene Anlage zum Strahlen.

„Dreifachverglasung für optimale Energieeffizienz und Lärmschutz!" Pries die Maklerin strahlend.

„Und was ist mit Schimmelbildung, wenn alles so dicht ist?" Tom spähte an die Decke, als könne er bereits erste schwarze Flecken erkennen.

„Auf keinen Fall, es gibt eine automatische Lüftungsanlage!" Die Maklerin lächelte immer noch hochprofessionell, aber mittlerweile schien es sie anzustrengen. Tom forderte sie bei jedem Punkt der Besichtigung heraus und wurde langsam vom Eye Candy zum Problem. Ich ertappte mich dabei, wie ich begann der Maklerin zu helfen und Toms kritische Aussagen abzumildern, in dem ich Phrasen wie „Ach, das macht doch nichts" oder „Mir gefällt das" benutzte. Ich versuchte seine Aufmerksamkeit mit eindeutigen Blicken unauffällig auf mich zu lenken, aber er sah konstant über mich hinweg.

Ich verstand nicht woher seine Kritik kam. Bei einem Mann der alles am Boden warf, die Wanne als Wäschetonne nutzte, sich nie um kommunale Pflichten wie Schneeschippen kümmerte, außerdem ständig Fenster und Türen offenstehen lies, war kaum zu erwarten gewesen, dass er so kleinkariert reagierte. Ich wollte diese Wohnung doch haben! Sie war perfekt!

Zum Schluss ließ uns die Frau alleine, sie würde draußen warten, damit wir Zeit hatten uns zu besprechen. Das war auch bitter nötig.

„Was ist los mit dir? Warum redest du alles schlecht?" Ich stützte ärgerlich die Hände in meine Hüften. Nun musste Tom mich endlich ansehen.

„Ich frage nur nach, du kannst doch nicht alles glauben, was dir die Maklerin erzählt!" Tom verschränkte die Arme und war sich keiner Schuld bewusst.

„Na hör mal! Du hast bemängelt, dass die Tür der Dusche in die falsche Richtung aufgeht! Wen zum Teufel interessiert das?"

„Du darfst schon ein bisschen kritisch sein, immerhin bezahlst du dann dafür! Du musst nicht das Erstbeste mieten, nur weil es sich gerade anbietet."

„Oh, Tom." Ich schaute gen Himmel, als bräuchte ich göttlichen Beistand, um diesen Mann zu ertragen. „Das hier ist ideal! Joon hat sich selbst übertroffen! Es ist kein Rattenloch dass ich aus der Not heraus einfach nehme!"

„Schon gut! Trotzdem ist es nicht ratsam die Maklerin in Sicherheit zu wiegen. Die glaubt nur weil sie uns das Objekt privat besichtigen lässt, ist der Deal schon gemacht!"

„Dann lass sie das glauben, wenn ich die Wohnung dafür bekomme!"

Wir wurden uns nicht einig. Es war immer einfach ihn anzu-
starren, aber schwer auszuhalten, wenn er so eigensinnig zurück
schaute.

Ich ächzte und gab das Blickduell auf. „Lass uns runter gehen,
bevor die Arme auf dem Gehsteig festfriert."

Ich verabschiedete mich herzlich von der Maklerin und beteuerte mein Interesse, während Tom schmollend hinter mir wartete
wie ein böses Omen. Zumindest spiegelte sich dieser Eindruck
ihm Gesicht der bemitleidenswerten Maklerin, die erleichtert von
Dannen zog.

„Ich muss nochmal ins Büro", knurrte Tom auf dem Weg zum
Wagen. Er zupfte ungerührt den Strafzettel vom Scheibenwischer
und stopfte ihn in seinen Mantel.

„Viel Spaß. Ich werde Joon berichten, wie *super* unsere Besichtigung lief", drohte ich. Toms finsterer Blick sollte mir wohl sagen,
dass ich es kaum wagen würde. Tja, mal sehen wie sadistisch ich
heute sein wollte.

„Steigst du nicht ein?" Er stand in der offenen Autotür und
wartete, aber ich hatte mich schon halb weggedreht.

„Nein, danke. Ich bevorzuge die U-Bahn", rief ich aufgesetzt
fröhlich und stapfte grußlos davon. Der Motor des Mercedes röhrte beleidigt auf, ich drehte mich nicht danach um.

Auf dem Heimweg biss ich meine Zähne zusammen, während
die Bahn an der Haltestelle die Türen öffnete, welche zu Elias'
Wohnung führte. Nein, ich konnte mich nicht derart erniedrigen.
Wenn ich klingelte und seine Freundin machte mir auf, würde ich
mich vor Scham an Ort und Stelle spontan selbst entzünden.

Mittlerweile hatte er mich auf allen sozialen Medien blockiert.
Ich hatte keinerlei Einsicht mehr, konnte mir aber trotzdem einreden, dass es die Freundin vielleicht gar nicht gäbe und er sie nur
erfunden hatte, weil er wusste dass er mich damit loswurde. Als
ob es dieser Gedanke irgendwie besser machte. Die automatischen Türen schlossen sich seufzend und ein Ruck ging durch das
Abteil, wir rasten weiter durch den Tunnel.

In den Tiefen meiner Steppjacke vibrierte es. Ich las die Nachricht, während ich an der nächsten Haltestelle mit einer Herde anderer Passanten auf die Rolltreppen zu trabte. Sieh da, Rebecca! Nachdem ich fast vergessen hatte, dass es sie gab und es ihr umgekehrt wohl ebenso ergangen war, meldete sie sich plötzlich wieder bei mir. Ich stolperte auf den Gehsteig und spazierte langsam nach Hause, beim Versuch gleichzeitig zu lesen und kein Opfer des Straßenverkehrs zu werden.

*Ich bin wieder in der Stadt, hast du Zeit dich zu treffen? Ich brauche unbedingt jemanden zum Reden.*

Ich verzog unwillkürlich das Gesicht. Das klang als gäbe es etwas, dass sie bei mir abladen wollte. Irgendein neues Drama, welches sie teilen musste. Ich zweifelte aber ob ich es wirklich wissen wollte. Was es auch war, ich würde mir sicher tagelang Gedanken machen und dabei hatte ich doch schon genug eigene Probleme. Wenn ich nur gewusst hätte wie treffend diese Ahnung war.

Wie sollte ich jemanden abwimmeln, die ich trotz allem noch als Freundin deklarierte? Ich war nicht hartherzig genug um mir eine Ausrede einfallen zu lassen, oder schlichtweg nein zu sagen. Meinen ersten Vorschlag, sie solle zu mir kommen, lehnte Rebecca ab. *Schau du lieber bei mir vorbei.*

Da sollte noch einer sagen, sie hätte kein Gewissen und es wäre ihr egal, wenn sie Tom in meiner Anwesenheit begegnete. Na meinetwegen, ich hatte früher Schluss gemacht, wegen dem Termin und sonst wenig vor, also drehte ich auf den Hacken um und fuhr mit dem nächsten Bus zu Rebecca.

Sie öffnete mir und ich spürte sofort, dass irgendetwas aus dem Lot war. Rebecca sah so hübsch aus wie ich sie in Erinnerung hatte. Sie war gut gelaunt und zog mich mit einer Umarmung herein. Und doch. Spannung lag in der Luft, wie ein fauler Geruch, dessen Ursprung man nicht ausmachen konnte. Ich versuchte zu erraten was der Grund war, aber Rebecca verhielt sich wie immer. Sie lotste mich in ihr Wohnzimmer und bediente mich auffällig zuvorkommend mit Tee und Keksen, als sei ich eine kritische Schwiegermutter, die ihre hausfraulichen Qualitäten beurteilen würde.

„Und was gibt es Neues?", fragte Rebecca strahlend, während sie sich endlich zu mir aufs Sofa fallen ließ.

„Ähm... Meine Großmutter ist gestorben." Ich rührte befangen in meinem Tee. Toller Gesprächsbeginn.

„Oh, das tut mir Leid! War es sehr schlimm?" Rebecca wirkte ehrlich bedauernd.

„Schon gut. Reden wir über was anderes."

Sie nickte lächelnd. Ich war ihr dankbar dass sie den Krater meiner Dialog-Granate so elegant umging.

„Wie läuft es im Büro?"

„Alles wie immer, kannst froh sein, dass du da raus bist."

„Naja, noch bin ich arbeitssuchend, das ist auch nicht so toll, wenn ich hieran denke", sie machte eine ausladende Geste, die ihre ganze Wohnung einschloss.

„Wie schaffst du das jetzt?"

„Rücklagen und die Hilfe meiner Eltern, in erster Linie. Mein Weihnachtsgeschenk sind zwei Monatsmieten, aber ich habe schon eine Stelle bei der Konkurrenz in Aussicht, keine Sorge." Rebecca lächelte verschmitzt. Sie würde obenauf schwimmen, da war ich mir sicher. Rebecca ging nicht so einfach unter.

„Ist sonst was passiert bei dir?", fragte sie erneut. Ich nahm einen Schluck Tee und fragte mich ob Rebecca wusste, was ich wusste. Ich hatte den Gedanken an sie und Tom erfolgreich verdrängt, bis zu diesem Augenblick. Vielleicht sah Rebecca meiner Mimik an, wie das nun in mir hochkam. Wollte sie wirklich auf mein Leben hinaus oder war sie scharf auf Informationen über Tom? Ich beschloss, Rebecca nicht entgegenzukommen.

„Ich habe heute eine Wohnung angesehen, die ich hoffentlich bekomme."

„Oh, das freut mich, aber... ich meine, ziehst du dann bei Tom aus?"

Und nun waren wir doch beim Corpus Delicti angekommen.

„Tom wird bald eine neue Stelle antreten, ich muss auf eigenen Beinen stehen, wenn er weggeht."

„So, so, dann ist er nicht mehr lange in der Stadt?"

„Nein... Wieso?"

Rebecca wand sich, jetzt war es ganz klar. Sie hatte gemeint, es gäbe etwas zu bereden, doch bisher hatten wir nur höflich an der Oberfläche gekratzt, nun kamen der wahre Grund für unser Treffen langsam zum Vorschein.

„Es ist nur... naja." Sie atmete hörbar durch und festigte den Griff um ihre Tasse. „Am Besten ich sage es einfach." Da horchte ich auf, nun wurde es interessant.

„Ich war nach Weihnachten nicht bei meiner Schwester, ich war hier."

„Warum hast du mich dann angelogen?"

„Es gab ein Problem, das ich lösen musste. Ich wollte es für mich behalten, du solltest glauben ich sei fort, damit ich Zeit habe."

„Wofür?"

„Ich war schwanger, Phil."

Ich blinzelte. Schluckte und blinzelte erneut. „Wie bitte?"

„Ich habe es um den Jahreswechsel bemerkt und sofort entschieden, dass ich es nicht bekommen werde. War nur schwieriger als ich dachte. Das ist mit viel Bürokratie verbunden." Sie lächelte entschuldigend, als hätte sie das wissen müssen. Ich verstand noch immer Bahnhof, mein Blick flirrte kurz zu ihrer Körpermitte und wieder zurück.

„Du hattest also einen... einen Schwangerschaftsabbruch?"

„Richtig, ich habe es abtreiben lassen. Das war ungeplant und ich kann in meiner momentanen Situation kein Kind bekommen, mal abgesehen davon dass ich es schlichtweg nicht will. Keine Ahnung ob ich überhaupt je Kinder haben möchte, aber sicher nicht jetzt."

Das verstand ich. Mich verstörte schon die Nachricht von Rebeccas Schwangerschaft so derart, dass ich mir kaum vorstellen wollte, was wäre wenn ich selbst einen Test mit zwei Streifen in der Hand hielte. Ich dachte an Elias und die Pille danach. Bloß nicht vorstellen, was hätte passieren können.

„Hat es weh getan?" Die banalste Frage aller Zeiten, aber sie kam mir zuerst in den Sinn.

„Nein, es war völlig unkompliziert. Nur einen Arzt zu finden und sich vorher durch die Mangel drehen zu lassen, bis man die Erlaubnis und den Termin dafür hat, das war anstrengend. Vor allem über die Feiertage. Das und die Heimlichtuerei, als beginge ich eine Straftat." Rebecca schüttelte traurig den Kopf.

„Geht's dir dann jetzt gut?" Ich traute mich nicht zu fragen, ob sie Gewissensbisse hatte, oder es vielleicht bereute.

„Auf jeden Fall, ich bin so erleichtert! Es war die richtige Entscheidung!" Sie wirkte wirklich heilfroh und lächelte entspannt.

„Hast du es dem Meyer gesagt? Ich meine, seine Frau bekommt bald ihr Kind." Ich ging davon aus, dass der Personalchef wenig Lust auf ein Balg von seiner Affäre haben würde. Rebecca ließ den Kopf hängen, schaute auf ihre pink lackierten Zehennägel in den Hausschlappen. Ihre Stimme war nur noch ein Murmeln.

„Nein, ich habe es niemandem gesagt, du bist die Erste. Es wäre auch schwierig geworden, den Vater einzuweihen, weil ich nicht sicher bin wer es war."

Verwirrtes Blinzeln war wirklich meine größte Stärke in diesem Gespräch. Ich musterte Rebecca und versuchte zu verstehen. Sie hatte die Affäre mit dem Personalvorstand ja erst kurz vor Weihnachten beendet, das hätte noch ausgereicht. Dann fiel mir ein, wen sie meinte. Natürlich! War ich denn völlig bescheuert? Es gab einen, mit dem sie nur zwei Tage später auch geschlafen hatte, offenbar ungeschützt, wie ich jetzt erfuhr. Mir blieben die Worte weg. Ich konnte nicht ausdrücken, was ich fühlte und dachte. Dafür gab es keine Formulierung, es war unaussprechlich.

„Du weißt es, stimmt's?" Rebecca deutete mein versteinertes Gesicht richtig. Ich nickte kaum merklich.

„Es tut mir wirklich leid, Phil!"

Ja, das sagten sie beide in Bezug darauf. Ich glaubte Rebecca, denn sie hatte dafür büßen müssen. Ich glaubte Tom, weil er mich nicht anlog. Trotzdem machte es das kaum leichter.

„Es wäre doch für ihn auch nicht die richtige Situation, ich meine wenn es so gewesen wäre, oder? Außerdem kennen wir uns kaum."

Wieder nickte ich und dachte daran, wie Tom von Nadijas Kind gesprochen hatte. *Sie hat einen Sohn.* Als wäre er gern der Vater *dieses* Kindes gewesen. Aber wer weiß, ich konnte mich irren, ich schätzte wohl weiterhin vieles falsch ein, was ihn anging und meine übrigen Mitmenschen. Man sollte mir die Erlaubnis zur Sozialisation entziehen, vielleicht wäre ich als Eremitin auf einem einsamen Berggipfel besser aufgehoben.

So, oder so, alles blieb Spekulation, niemand würde es je sicher wissen. Es lag kein Sinn darin, sich den Kopf darüber zu zerbrechen.

„Bist du mir böse?" Rebecca flüsterte jetzt, kaum hörbar. Sie sank in sich zusammen, wie ich sie nur am Tag ihrer Trennung erlebt hatte. Wer war ich um zu urteilen? Mich hätte dasselbe Schicksal mit Elias ereilen können, wir waren genauso unverbesserlich. Ich nahm Rebecca in den Arm und sie hielt mich sehr fest, als würde unser Körperkontakt alles wieder gut machen. Ich musste ihr verzeihen, weil ich es auch für Tom getan hatte. Sie hatte in dieser Situation das selbe Recht auf meine Absolution, wie er.

„Pass in Zukunft besser auf, ja?", raunte ich in ihre Haare. Sie nickte und schniefte leise

„Du wirst es ihm nicht verraten, oder?"

„Wenn du es nicht willst, nein."

„Danke!"

Wir schafften es noch, über Unverfängliches zu sprechen, wie zwei normale Freundinnen an einem beliebigen Mittwochnachmittag. Rebecca erzählte von ihrem Neffen, den sie ganz ok gefunden hatte, solange er sie nicht mit Milch bespuckte. Ich berichtete von meinem verkorksten Silvester, tat aber so, als wäre einzig der Alkohol daran schuld gewesen. Tom und das unvermeidliche Ende unserer Wohngemeinschaft, ließen wir wohlweislich weiterhin aus.

Ich verließ Rebecca mit dem guten Gefühl, dass wir Freundinnen bleiben konnten. Auf dem Heimweg hatte ich aber damit zu kämpfen, was ich jetzt wusste. Tatsachen, die ich lieber umgangen hätte. Ich hätte gern weiterhin über das dünne Eis getanzt, unter dem sie lauerten, ohne mir der Gefahr bewusst zu sein. Nun war ich eingebrochen und konnte mich nicht mehr befreien. Die Erkenntnis sickerte in meine Gedanken, wie Eiswasser.

Ich fragte mich, wie ich mit Tom umgehen sollte. Wie ich es verheimlichen konnte, weil ich es musste. Ich hatte keine Wahl und er durfte es nicht merken. Ich konnte keinesfalls die faulige Aura des Verdachtes aus Rebeccas Wohnung mitbringen. Ich musste die Phil von davor spielen, damit er die Phil von danach übersah.

An der Wegkreuzung kotzte ich in den Schneematsch vor einem Gartenzaun, als unser Haus in Sichtweite kam.

## 34

Ich bekam die Wohnung.

Wider Erwarten hatte die Maklerin mich empfohlen und der Privateigentümer stimmte zu. Ich war gerade dabei gewesen im Büro heimlich Jobbörsen nach guten Angeboten zu durchsuchen, ohne dass es einer meiner Kollegen mitbekam. Angie war krank und somit die größte Gefahr gebannt, denn außer ihr hatte keiner Interesse an daran was ich an meinem PC wirklich tat. Als der Anruf des Eigentümers kam versteckte ich mich in einem Zwischenflur, wo selten jemand vorbei ging, um zu verbergen dass ich privat telefonierte.

„Doch natürlich! Ich freue mich sehr!", presste ich mit angehaltenem Atem in das Telefon. Wir vereinbarten einen Termin, ich sah mich im Geiste schon den Vertrag unterschreiben.

„Philomena!" Michael zischte wie eine wütende Mutter, die ihr Kind beim Naschen vor dem Mittagessen erwischt hatte. Ich riss das Telefon von meinem Ohr und drehte mich ertappt zu ihm um. Hier war sonst niemand, warum schlich er ausgerechnet jetzt in diesem Korridor herum?

„Ich dachte wirklich, wir sind uns einig was die Vorschriften im Büro angeht!"

Ich ließ den folgenden Monolog scheinbar schuldbewusst über mich ergehen.

„Denk daran, du bist noch in der Probezeit! Das wirft kein gutes Licht auf dich!", erinnerte mich Michael, bevor ich verschwinden durfte. Am Liebsten hätte ich ihm ins Gesicht gesagt, dass er mich mal konnte und ich sowieso vor hatte bald zu kündigen.

Schnell zurück zu meinen Stellenanzeigen. Doch ich konnte mich kaum konzentrieren, weil mich der Gedanke an die Wohnung ablenkte. Was für ein Glücksfall! Seltsam war nur, dass ich mich nicht vollständig freuen konnte. Etwas hinderte mich daran. Ich sah die Freude durch ein fest verschlossenes Fenster. Da war sie, bunt und leuchtend tanzte sie vor meiner Nase, aber so viel ich mich danach ausstreckte, die Scheibe zwischen uns blieb massiv und unbeeindruckt.

Tom überraschte mich zu Hause im Flur mit der Tatsache, dass er vor mir hier war und keines seiner üblichen beiden Outfits, zwischen Anzug und Pyjama trug.

„Warum bist du schon da?" Ich schlüpfte schwerfällig aus meinem feuchten Mantel.

„Soll ich lieber wieder gehen?" Er grinste und knöpfte sich dabei das dunkle Freizeithemd zu.

„Red keinen Unsinn."

„Das kann ich doch am Besten."

Meine Güte, Tom war also in *dieser* Laune... Das konnte kaum etwas Gutes heißen, zusätzlich zu der Jeans und dem Hemd, was bedeutet er war dabei außer Haus zu gehen.

„Hast du noch was vor?", schmollte ich, weil ich seine Pläne nicht kannte.

„Joon hat uns zum Essen eingeladen, also hopp hopp, mach dich vorzeigbar, sonst wirft er mir vor, dass ich mich nicht gut genug um dich kümmere." Daher also der frühe Feierabend, Tom hatte vom Meister persönlich die Erlaubnis dafür bekommen.

„Was soll dass denn heißen? Ich bin ein Abbild der Frische!", schimpfte ich pikiert, bückte mich wie eine alte Frau nach meinen Stiefeln und spürte genau, wie blass und müde ich wirkte. Tom musterte mich zweifelnd, als wüsste er nicht, ob er darüber einen Scherz machen, oder mich lieber beschwichtigend in den Arm nehmen sollte. Er tat weder noch und ich war beinahe enttäuscht darüber. Ein scharfes Hungergefühl rumorte in meinem Magen. In der Erwartung von Joons Essen sammelte sich Speichel in meinen Mund. Ich hatte zwar auf einen faulen Abend vor dem Fernseher gehofft, aber das war eine willkommene Alternative.

„Wie ist der Dress Code?", fragte ich scherzeshalber. Tom zeigte an sich herab.

„Aha, also langweilig, verstehe." Ich schlüpfte in mein Zimmer, bevor er mir einen Schuh nachwerfen konnte.


Toms Laune war aggressiv fröhlich, nicht einmal Arnaud schaffte es heller zu strahlen. Joons Blick wurde sehr finster, während die beiden in der Küche neugierig über seine Schulter schauten. Er befehligte sie hinaus, Tom und Arnaud trollten sich lachend.

„Du bleibst hier und hilfst mir!", ordnete Joon mit einem Fingerzeig auf mich an. Ich schlich vorsichtig an die Küchenzeile heran und wurde dazu verdonnert Frühlingszwiebeln in gleichmäßige Ringe zu schneiden.

„Das kannst du doch?"

Ich nickte zaghaft und nahm das mörderisch scharfe japanische Messer aus gefaltetem Stahl zur Hand. Damit würde ich mir den Daumen abhacken und in der Notaufnahme landen, ich sah es bereits geschehen. Joon musste die selbe Vision haben, denn er nahm meine Hände und formte die Eine zum Krallengriff, während er der Anderen half das Messer zu führen. Das zarte Grün der Stängel bog sich kaum unter dem Gewicht der Klinge, sie fuhr ohne Widerstand hindurch und kam fast geräuschlos auf dem Holzbrett nieder.

„So, siehst du?", fragte Joon und bemerkte nicht wie ich, hypnotisiert von seiner Nähe, versuchte meine Gänsehaut zu unterdrücken. Sein symmetrisches Gesicht mit den stechend schwarzen Augen war so nah, dass ich mir bereitwillig einen Finger abgetrennt und ihm geopfert hätte, wenn er es jetzt verlangen würde.

Ich schaffte es mich auf das Schneiden zu konzentrieren, während wir die beiden anderen im Wohnzimmer lachen hörten.

„Die sind gut drauf", bemerkte ich so phantasielos, als wolle ich auf dem Abiball Smalltalk mit meinem Schwarm aus der Oberstufe machen.

„Zu gut", bestätigte Joon, ohne aufzusehen. Da waren wir also einer Meinung, aber mehr sagte er nicht dazu.

„Danke für die Einladung", versuchte ich das Gespräch noch einmal zu reanimieren.

„Es war Arnauds Idee, er ist vernarrt in euch zwei."

Klang zwar kaum so, aber ich wusste es war auf Joons Seite ähnlich. Er mochte Tom und machte sich Gedanken um ihn. Trotzdem drillte Joon ihn normalerweise seine Bürozeiten einzuhalten. Ein früher Feierabend plus Essenseinladung war sicher auf einem Hintergedanken gewachsen. Nur verriet Joon mir diesen nicht.

Auf dessen Anweisung trug ich den ersten Gang ins Wohnzimmer. Der mächtige Weihnachtsbaum war bereits entfernt worden und so hatten wir etwas mehr Platz um den niedrigen Tisch.

Arnaud wartete bereits mit freudiger Erwartung auf das Essen, Joon kam hinter mir aus der Küche und half die Speisen zu arrangieren. Er sank anmutig auf die Knie und ich versuchte es ihm nachzumachen. Tom haderte damit seine langen Beine unter den Tisch zu bekommen.

„Dieses Ding ist nicht zu fassen!", schimpfte er und fing sich einen maßregelnden Blick von Joon ein, der ihn zum Schweigen brachte.

Das Essen war ausgezeichnet, Joon hatte selbstverständlich noch mehrere Gänge parat. Arnaud öffnete eine Flasche Wein nach der anderen. Die Stimmung war gut, ich entspannte mich. Tom hatte sichtlich Spaß, ich war gleichzeitig froh darüber und etwas erstaunt, denn seit der Besichtigung war er kurz angebunden und mürrisch gewesen, was er auf Nachfrage meinerseits stets dementierte.

Außerdem war Tom die letzten Tage immer so früh zur Arbeit aufgebrochen und noch später wieder heim gekommen, dass ich ihn kaum lang genug gesehen hatte, um überhaupt mit ihm zu reden. Immerhin blieb mir so jede Gelegenheit erspart, um Rebeccas Geheimnis aus Versehen zu verraten, oder mir vorzustellen wie Tom auf eine unverhoffte Vaterschaft reagiert hätte. Ich warf einen Blick auf Joon. War das vielleicht der Hintergedanke? Tom aus dem Büro herauszulocken, weil er sich momentan darin verschanzte? Zuzutrauen war es Joon.

„Wie läuft es mit der Wohnungssuche?", fragte Arnaud und auch Joons Kopf hob sich dabei interessiert. Ich schluckte vor Schreck einen ungekauten Dumpling im Ganzen hinunter und glaubte meine Speiseröhre müsse platzen. Wahrscheinlich traten mir die Augen aus dem Kopf, wie bei einer überzeichneten Comic-Figur, denn Tom schaute alarmiert und klopfte mir vorsichtig auf den Rücken.

„Gut", hustete ich schließlich, als der Brocken in meinem Magen gelandet war und ich wieder Luft holen konnte. Ich tupfte mir mit der Serviette die tränenden Augen ab und spürte Toms Hand beruhigend zwischen meinen Schulterblättern. Dafür schenkte ich ihm ein dankbares Lächeln und fügte dann mutig hinzu: „Ohne Joons Hilfe könnte ich heute nicht stolz verkünden, dass ich eine Zusagen habe."

Toms Hand zuckte, blieb aber wo sie war. Er lächelte. „Das wusste ich ja noch gar nicht."

„Überraschung!", ich grinste. „Habe heute Nachmittag den Anruf bekommen!"

„Darauf müssen wir anstoßen!", verkündete Arnaud glücklich. Joon wollte sofort wissen um welche der Wohnungen es sich handelte. Während wir also unsere Gläser wieder füllten, besprach ich alle Details mit Joon, der ein auffälliges Interesse an dem Thema hatte, dafür dass es angeblich nicht seine Angelegenheit war und er Tom den Gefallen nur widerwillig getan hatte. Arnaud forderte uns auf anzustoßen und hielt eine sentimentale Rede über mein Flüggewerden, als zöge ich zum ersten Mal von zu Hause aus.

„Dann musst du deine Wäsche in Zukunft wieder selbst waschen!", scherzte Arnaud in Toms Richtung. Der lächelte die ganze Zeit und stieß fröhlich mit an, aber ich spürte genau, dass er unzufrieden damit war, wie sich die Dinge darlegten. Ich wollte diese Wohnung, Tom hatte es selbst veranlasst und nun schien er dagegen zu sein.

Sobald Joon in der Küche und Arnaud auf der Toilette war, nutzte ich die Gelegenheit den Raum für uns zu haben.

„Ist irgendwas?", fragte ich leise, nachdem das Gespräch abgestorben war, sobald wir alleine dasaßen. Tom drehte sein Weinglas ziellos zwischen den Fingern und schaute auf den feuchten Ring, den dessen Fuß auf dem Tisch malte.

„Ich habe ein neues Stellenangebot", murmelte er und schaute mich dabei endlich an. Noch eine Neuigkeit also, die bisher keiner kannte.

„Oh. Schön. Wo?"

„Großbritannien. Ich war dort schon einmal für die Tochterfirma desselben Konzerns tätig."

„Das ist... weit weg."

„Mhm." Tom presste die Lippen fest zusammen, als dürfe ihm kein weiteres Wort entkommen. Wir blickten beide auf sein Glas und hingen kurz unseren Gedanken nach.

„Nimmst du sie an?", fragte ich mit einer Unsicherheit, welche ich selbst nicht verstand.

„Kommt drauf an."

„Auf was?"

Seine Augen waren wieder bei mir, er öffnete den Mund, ich hörte wie er Luft holte.

„Zeit für das Dessert!", flötete Arnaud, als er wieder in den Raum platzte und uns unterbrach. „Was schaut ihr denn so überrascht? Dachtet ihr wirklich es gäbe keines?" Arnaud lachte laut, aber ich glaubte dass er sehr wohl etwas von der Spannung bemerkte, die zwischen uns zitterte, wie ein Faden der gleich zerreißt. Den Rest des Abends gaben wir uns beide redlich Mühe nicht komisch zu sein. Selbst Joon schien gelöst und zufrieden, während er den angeheiterten Arnaud mit weichen Augen dabei beobachtete, wie er gestikulierend erzählte und Witze machte.

Wir verabschiedeten uns sehr spät. Ich bekam die Schlüssel zum Auto, weil ich nach dem zweiten Glas Wein auf Wasser umgestiegen war. Tom sank in seinen Sitz, lehnte den Kopf zurück und schaute mir mit der bemühten Aufmerksamkeit eines Betrunkenen zu, wie ich meine Tasche auf den Rücksitz warf, das Kleid richtete, mir die Haare aus dem Gesicht wischte, den Rückspiegel verstellte und die Zündung startete. Ich war mir seines Blickes bewusst, versuchte aber es mir nicht anmerken zu lassen.

„So, haben wir alles?", fragte ich prüfend, wie ich es mir angewöhnt hatte, weil Tom immer irgendetwas Wichtiges liegen ließ. Er nickte nur, beobachtete mich weiter, während ich in den Rückwärtsgang schaltete und mittels der Heckkamera verfolgte, wie sich das Auto vorsichtig aus der Parklücke manövrierte. Ich kurbelte das Lenkrad herum, mein goldenes Armkettchen klimperte leise dabei. Es war das einzige Geräusch in der Fahrgastzelle. Ich konzentrierte mich auf den Verkehr, die Scheinwerfer schwangen mit der Bewegung des Wagens über die Außenwelt. Straße,

Schnee, Hauswand, mickrige Büsche, Ampel, Fußgänger. Ich versuchte ihn zu ignorieren, aber im Auto gab es nur eines was ich bemerken konnte: Toms Blick. Toms Blick. Toms Blick. Ich sah ihn aus den Augenwinkeln und wartete darauf, dass er etwas sagte. Zu der Wohnung. Zu seiner Stelle.

„Kannst du Skifahren?"

Ich bremste etwas zu abrupt an der nächsten Ampel, meine Stirn ruckte gefährlich nah zum Lenkrand, Tom hielt sich reflexartig an der Mittelkonsole fest.

„Wie bitte?"

„Ob du schon einmal Ski gefahren bist?"

Ich starrte ihn ungläubig an. Wie kam er denn jetzt darauf? Tom sah aus, als wäre das in dieser Situation die normalste Frage überhaupt. Skifahren, natürlich, was sonst? Ich überlegte, wie viel Wein er getrunken hatte? Offenbar zu viel.

„Ähm, nein. Ich bin noch nie Ski gefahren." Die Ampel schaltete um, ich fuhr langsam an.

„Wie wäre es dann mit einem kleinen Ausflug?", fragte Tom ganz nebenbei.

„Ich verstehe nicht?"

„Ich war seit Jahren auf keiner Piste mehr, weil ich immer zu weit weg gewohnt habe, um spontan in die Berge zu fahren, aber wir könnten das morgen machen. Der Schnee ist ausgezeichnet."

„Aber ich kann es wie gesagt nicht", erinnerte ich verdattert.

„Na und? Du kannst auf der Hütte entspannen und einfach nur gut aussehen. In St. Moritz machen das alle Damen so." Tom grinste böse, aber ich ließ mich nicht provozieren.

„Soll das heißen, ich würde den ganzen Tag in der Sonne sitzen, das Panorama genießen und auf deine Rechnung Prosecco schlürfen, während du freiwillig Sport machst?"

Sein Grinsen wurde breiter. „Genau."

Ich wusste nicht woher das gerade kam, welcher Teufel Tom da ritt, aber dieser Gedanke machte mehr Spaß, als jener an drohende Veränderungen und die Gespräche darüber. Wir waren Vize-Weltmeister im gemischten Doppel der Disziplin *Verdrängen*. Mindestens. „Na, meinetwegen", stimmte ich zu.

Zuhause begann Tom sofort damit seinen Schrank nach Sportkleidung zu durchsuchen, von der er glaubte sie zu besitzen. Ich ging derweil duschen, weil ich seine Hektik nicht ertrug. Als ich mit feuchten Haaren wieder kam, hatte er seinen blinden Aktionismus schon verbraucht und weilte, in sein Telefon vertieft, quer auf dem Bett. Ich legte mich neben ihn auf den Bauch und schielte mit auf den Bildschirm. „Da willst du hinfahren?"

Tom scrollte durch die Seite eines Skigebietes, das mit prächtigen Aufnahmen weißer Berge und glücklicher Menschen auf Skiern warb. Er legte das Smartphone vor uns auf die Matratze und seinen Arm um mich.

„Da habe ich Skifahren gelernt." Tom rief eine Kartenansicht auf und zeigte mir wo sich der Berg befand.

„Warst du mit Oma und Opa dort?" Ich konnte mir die Beiden kaum auf einer Piste vorstellen. Tom gluckste leise.

„Auf keinen Fall! Mein Vater hätte das für Geldverschwendung gehalten, besonders an mich."

Ich lehnte meinen Kopf an seine Schulter, weil es bequemer war. Die Feuchtigkeit aus meinen Haaren sickerte in sein Hemd.

„Eva hätte sicher dasselbe gesagt. Ich kenne auch sonst niemanden der Ski fährt."

„Es ist teuer, stimmt schon."

„Wie hast du's dann gelernt?" Jetzt wollte ich es wissen. Tom lächelte verschmitzt in den Bildschirm.

„Ich hatte während des Studiums eine Freundin, die angehende Biathletin war."

Ich nahm ihm das Telefon weg, damit er mich stattdessen ansah.

„Du hast es also nur für sie gelernt?" Ich grinste verschwörerisch und Tom erwiderte es.

„Ich habe es *von* ihr gelernt. Sie war gnadenlos, ich dachte ich würde niemals wieder ohne Muskelkater leben."

„Ah, aber es hat dir gefallen", mutmaßte ich einen gewissen Grad an Masochismus.

Tom lachte und kniff verschämt die Augen zu.

„Ich fürchte ja. Ich wollte unbedingt mit ihr mithalten können. Sie war ständig beim Training und auch in der Freizeit immer auf dem Berg. Diese Begeisterung für den Sport hat mich angesteckt und nur so konnte ich überhaupt Zeit mit ihr verbringen."

„Klingt als hätte sie dich ganz schön abgehängt."

„In jeder Hinsicht", gab er zu. „Sie hat Karriere gemacht und dann war ich abgeschrieben. Wenn mir die Frauen nicht weglaufen, dann fahren sie eben auf Skiern davon."

Ich wollte eine passende Bemerkung machen, dass er es mir folglich besser nicht beibringen sollte, aber sie blieb mir im Hals stecken. Wir waren brenzlig nahe daran, in Metaphern über unserer eigene Situation zu sprechen.

„Rebecca hast du erzählt, du hättest noch nie einen Korb bekommen!" Ich biss mir auf die Lippe. Gute Idee gerade sie zu erwähnen, aber Tom bemerkte meine Reaktion kaum.

„Das war vielleicht gelogen." Er nahm das Telefon wieder an sich und schaute auf dessen Uhr. „Zeit zu Schlafen, wir müssen morgen früh raus!", prophezeite er und warf sich auf den Rücken, nicht ohne mich weiter festzuhalten.

„Dann zieh dich um!", schimpfte ich und sammelte meine Haare aus seinem grinsenden Gesicht. Tom ächzte theatralisch und half mir meine langen Strähnen zu ordnen.

„Wie kann man nur so schwarze Haare haben?", fragte er, als sähe er sie das erste Mal.

Ich befreite mich aus seinem Arm und schob Toms Hüfte mit dem Fuß über die Bettkante. Er fand einen Schlafanzug auf dem Boden und begann an seinem Hemd zu nesteln. Ich wandte ihm den Rücken zu und lauschte auf das Rascheln von Stoff, bis das Bett wieder unter Toms Gewicht nachgab.

„Wann klingelt der Wecker?", fragte ich, ohne mich umzudrehen. Sein Arm tauchte in meinem Blickfeld auf und hielt mir das Telefon vor die Nase. Die Wecker-App zeigte fünf Uhr dreißig an. Nun war ich es die frustriert stöhnte. Ich hörte Tom hinter meinem Rücken lachen.

## 35

In der Gondel fiel mir wieder auf, dass ich mich in großer Höhe nicht wohlfühlte. Eine Tatsache mit der ich im alltäglichen Leben kaum konfrontiert wurde.

Die Sonne strahlte, der Himmel war so klar, dass man glaubte bis an die Erdkrümmung blicken zu können. Hinter mir erhob sich drohend die Felswand des Berges, unter mir winkten die Wipfel der Fichten, über die wir schwebten. Die Gondel pendelte leicht zur Seite. Musste sie aus so viel Glas bestehen? Ich wollte den gähnenden Abgrund nicht sehen, klammerte mich an den Sitz und versuchte einen festen Punkt am Horizont zu fixieren.

Tom kramte in der Innentasche seiner wetterfesten Skijacke, die er sich zusammen mit dem Rest seiner Ausrüstung im Geschäft an der Talstation geliehen hatte. Die Dame am Schalter hatte ihn aufopferungsvoll beraten und von Kopf bis Fuß in einer Kombination aus Schwarz und Neongrün eingekleidet.

„Hier, das lenkt ab. Gleich sind wir oben." Tom reichte mir eine zerknitterte Packung scharfer Minzpastillen und obwohl ich sie nicht mochte, griff ich zu. Mein Mund zog sich zusammen, ich schluckte und hustete, die Zunge wurde taub. Widerlich, aber hilfreich. Vor lauter Brennen und Ekel vergaß ich die Angst vor der Höhe. Tom schob die Packung zufrieden lächelnd wieder ein und spähte sehnsüchtig an mir vorbei zum Gipfel.

Was war ich froh, als ich endlich aus dem schwebenden Gefängnis stolpern konnte und festen Grund unter den Füßen hatte! Tom trug seine Ski mit einer Hand, als wögen die langen Bretter nichts. Er hatte es eilig. Mit jedem Zentimeter den wir der Piste näher gekommen waren, stieg seine Ungeduld. Ich folgte Tom aus der Bergstation hinaus, weg vom Lärm der Motoren, die das Seil antrieben. An die frische Luft, welche hier oben ungehindert strömen konnte. Nur wattige Schönwetterwolken befanden sich über uns, sonst nichts.

Das Panorama war phantastisch, ohne den Schwebezustand konnte ich es endlich erkennen und genießen. Ich stand auf der

Spitze der Welt und beobachtete das weit entfernte Wuseln im Tal, wie ein Kind einen Ameisenhaufen.

„Der Ausblick ist es wert, oder?", fragte Tom von der Seite.

Ich nickte überwältigt. So hoch im Gebirge war ich noch nie gewesen und überrascht, dass das Gefühl so weit oben zu stehen, viel mehr bedeutete als man auf bloßen Bildern sehen konnte. Trotzdem machte ich ein Foto und schickte es an Marina und Rebecca. Sie sollten meine Zeugen sein, für diese urgewaltige Schönheit.

Die Hütte, von der Tom erzählt hatte, entpuppte sich als noble mehrteilige Blockhaus-Anlage mit zwei Terrassen und einem Wintergarten. Hier sollte ich es mir gutgehen lassen. Ich wusste auf den ersten Blick, dass es nicht schwer werden würde.

Ich suchte mir einen Platz auf der Sonnenseite des Hauses mit Aussicht zur Balustrade, auf den steil abfallenden Felsvorsprung, über dem das Gebäude balancierte. Tom nahm die Karte zur Hand und verzog anerkennend den Mund.

„Moet-Frühstück", las er vor, „das lässt sich aushalten."

„Dann weiß ich schon, was ich will", schmunzelte ich. Tom griff in seine Jacke und drückte mir das Portemonnaie in die Hand.

„Lass es krachen."

„Dir ist klar, dass das ein Fehler ist?"

„Weder der Erste, noch der Letzte." Er lachte, setzte sich den Helm auf und richtete die Skibrille.

„Ich komme mittag wieder her, versuch bis dahin nicht alles auszugeben."

„Du hast dein Telefon dabei?", versicherte ich mich. Tom klopfte auf seine Brusttasche, zum Zeichen, dass es dort steckte, dann eilte er zu seinen Skiern, welche schon im Schnee bereit lagen. Er stieg schwungvoll in die Bindungen. Ich dachte Tom müsse sich schwer tun, weil er so lange nicht gefahren war. In wie fern ihn die MS dabei behinderte, hatte ich vermieden zu fragen. Er musste selbst wissen, was er sich zutraute. Darum beobachtete ich Tom von meinem Platz aus genau, weil ich jetzt schon fürchtete er könne sich verletzten. Tatsächlich machte er ein paar kleine Schritte auf der Stelle, hob die Skispitzen prüfend an und im nächsten Moment war Tom mit einer einzigen, glatten Bewegung über die Kuppe und die Piste hinuntergerast. Ich blieb erstaunt zurück und starrte einen Moment auf den sauber präparierten Schnee, wo er eben noch gestanden hatte.

Was sollte ich zum Rest des Vormittages sagen? Es gab Schlimmeres. Ich öffnete meine Daunenjacke ein wenig, weil die Sonne bereits Kraft besaß, setzte die alte Sonnenbrille auf, welche ich Tom mal geliehen hatte und legte die Füße trotz Moonboots ungeniert hoch. Wir waren pünktlich zur Öffnung des Liftes da gewesen, darum befanden sich außer mir kaum Gäste auf der Hütte, ich hatte die Aussicht noch für mich. Gerade als ich mich zufrieden seufzend zurücklehnte, wurde ich bedient.

Ein Kellner mit hellblonden Locken, die im Gegenlicht der Morgensonne leuchteten als stünden sie in Flammen und der niedlichsten Stupsnase, welche ich seit Langem gesehen hatte, kam auf mich zu. Er trug eine schicke weinrote Weste, auf die der Name der Lokalität gestickt war und positionierte sich mit einladendem Lächeln an meinem Tisch.

„Guten Morgen! Ich bin Toni. Haben Sie schon entschieden, was ich Ihnen bringen darf?"

Ich schenkte ihm ein ebenso strahlendes Lächeln, das ihm deutlich zeigen dürfte, wie angetan ich war. Toni war maximal so alt wie ich, verbreitete die unschuldige Fröhlichkeit eines Menschen, der von Natur aus zufrieden mit sich selbst war und das auch seine Mitmenschen spüren lassen wollte. Ich hätte ihn gerne gefragt, was er eigentlich mit seinem Leben vor hatte, während er am Wochenende hier arbeitete. Von *Medizinstudent der eines Tages bei Ärzte ohne Grenzen einen echten Unterschied machen möchte*, bis hin zu *ich übernehme die Traditionsschreinerei meines Großvaters*, war alles möglich. Außerdem hatte er bezaubernde Sommersprossen.

„Hallo Toni", gurrte ich und tat so, als blicke ich in die Karte. „Ich glaube, ich nehme das Champagner-Frühstück." Tom war selbst schuld, dass er mich darauf gebracht hatte.

„Eine ausgezeichnete Wahl! Darf ich Ihnen dazu den Kaffee aus unserer hauseigenen Rösterei empfehlen?"

Rösterei auf – was? Tausendachthundert Metern? Je dekadenter desto besser, also immer her damit! Toni nickte entzückt und eilte davon, um mir meine Wünsche zu erfüllen. Daran könnte ich mich gewöhnen.

Das Essen war ausgezeichnet, das Wetter wie aus dem Bilderbuch und Toms Kreditkarte ohne Limit. Ich schämte mich diesmal nur noch ein bisschen, während ich seinen Ausweis und Führerschein beäugte, die Karten durchblätterte, welche sich sonst noch im Geldbeutel befanden, Toms alte Kassenzettel auffaltete und großzügige Trinkgelder an meinen Kellner verschwendete, der dienstbeflissen um mich kreiste wie ein Satellit. Damit in all dem Luxus keine Langeweile aufkam, hatte ich den Roman dabei welchen mir Joon und Arnaud geschenkt hatten. Endlich Zeit in Ruhe zu lesen und welche Kulisse wäre besser dafür geeignet?

Gegen Mittag begann sich die Hütte zu füllen. Alle Skifahrer wollten eine Stärkung an der frischen Luft genießen. Ich zog mit der Sonne ums Haus und sicherte mir einen Platz auf der Südseite, bevor dort alles besetzt war. So begann ich die nächste Runde Faulenzen für Privilegierte. Toni half freundlicherweise dabei und trug mir meinen halb getrunkenen Aperol hinterher.

„Tut mir Leid, ich nehme dich ganz schön in Anspruch", entschuldigte ich mich, während er meinen Lehnstuhl zurechtrückte.

„Das macht nichts. Ich habe selten so angenehme Kundschaft." Er lächelte breit und beugte sich vielleicht ein wenig zu weit herunter, während er mir das Glas reichte.

„Ich sehe, es wird sich gut um dich gekümmert." Tom war hinter Toni aufgetaucht, dieser erschrak sichtlich. Der arme Kerl richtete sich auf und versuchte ein professionelles Lächeln. Es erlosch wie ein Streichholz, in Anbetracht von Toms wölfisch gefletschten Zähnen, die kaum mehr als Ausdruck der Freude gelten konnten. Mein lieber Toni entmaterialisierte auf der Stelle, dafür warf sich Tom schwer in den Sessel neben mir, dass die Terrassenbohlen ächzten.

„Toll, jetzt hast du ihn verscheucht", beschwerte ich mich und legte meine Sonnenbrille auf den Tisch. Tom warf mir einen seltsamen Blick zu. „Der kommt wieder, wenn er noch etwas verdienen will", brummte er unversöhnlich.

„Das würdest du nicht sagen, wenn du wüsstest, wie viel Trinkgeld du ihm heute schon gegeben hast." Ich schob Tom seinen Geldbeutel zu und grinste. Davon ließ er sich erweichen.

„Dich kann man nicht aus den Augen lassen." Er drehte sich nach den Kellnern um und winkte Toni wohlwollend heran. Der blieb stocksteif, traute sich aber wieder an den Tisch und nahm Toms Bestellung wortlos entgegen.

Während wir auf die unmenschlichen Mengen an Kohlehydraten warteten, welche er gerade geordert hatte, nahm Tom endlich die Handschuhe ab und legte seinen Helm bei Seite. Er zündete eine Zigarette an und rieb sich über das Gesicht, welches Abdrücke von der Skibrille hatte. Natürlich zog er sofort die Jacke aus, blieb nur mit Shirt in der kühlen Luft sitzen und inhalierte tief. Toms Rücken war nass, mehr als nur von ein bisschen Schweiß. Ich machte ihn darauf aufmerksam, aber er winkte ab.

„Ach, ich hatte Schnee im Kragen, der ist geschmolzen."

„Ich habe ja nicht viel Ahnung, aber der Schnee sollte doch unter den Skiern sein, statt in deiner Jacke?"

Die Getränke kamen, Tom leerte die Hälfte seiner Cola mit wenigen Schlucken. Dazwischen murmelte er etwas, das klang wie *bin gestürzt*.

Ich horchte auf und zwang ihn, das Glas abzustellen. „Alles in Ordnung?"

Tom tätschelte meine Hand auf seinem Arm. „Alles gut, das gehört dazu." Er grinste und bekam große Augen, als er die Platte voll Kaiserschmarren kommen sah, welche er vor hatte sich einzuverleiben. Tom stopfte, als wäre es seine Henkersmahlzeit, doch nach der Hälfte wurde er langsamer und reichte mir die Gabel.

„Hilf mir", bat er und lehnte sich zufrieden zurück. Ich tat mein Bestes, aber wir schafften es nicht die gesamte Portion zu vernichten. Die Reste wurden kalt, aber wir störten uns kaum daran, fläzten nebeneinander in der Sonne und genossen. Die bunt gekleidete Masse glücklicher Menschen um uns herum, vor dem Bild des gleißend weißen Bergmassivs, erinnerte tatsächlich frappierend an die Fotos der Website und ich fühlte mich ausnahmsweise nicht außen vor. Ich war eine dieser strahlenden Personen und wenn ich zu Tom hinüber spähte, dann sah ich eine weitere. Er hatte die Augen geschlossen, eine Hand hing locker über die Armlehne. Ich rückte meinen Stuhl näher an Tom heran und griff danach.

„Schläfst du schon wieder?" Er brummte nur leise und drückte meine Hand. Ich beschloss ihm zehn Minuten zu gönnen. Währenddessen bestellte ich zwei doppelte Espressi und eine Extraportion Zuckerwürfel. Toni brachte beides und schlich dabei um Tom herum, als wäre es lebensgefährlich ihn zu wecken. Ich zwinkerte Toni aufmunternd zu, aber er lächelte wesentlich schüchterner als zuvor. Schade. Meine zwanglosen Flirtversuche funktionierten nicht mehr. Tom war das Tröpfchen Seife welches die Oberflächenspannung zwischen uns brach. Ich nahm für einen Moment mein Buch wieder zur Hand.

Der Kaffee wurde kalt. Toms Nase und Wangen bekamen einen hellroten Schimmer von der Sonne. Es war Zeit ihn zu wecken. Ich beugte mich hinüber und bohrte Tom einen Finger unbarmherzig zwischen die Rippen. „Aufwachen!"

Er legte die Stirn in Falten und blinzelte mich aus schmalen Augen an.

„Du willst doch nicht den Rest des Tages verschlafen, oder?", belehrte ich ihn und reichte Tom den Espresso. Er rieb sich die Augen und rührte so viel Zucker in den Kaffee, bis die Lösung gesättigt war.

Während er an seinem Sirup nippte, beantwortete ich Nachrichten von Marina und Rebecca, die wissen wollten wo ich war. Keine von beiden hatte ich über unseren Ausflug informiert und vor allem Marina war überrascht, dass ich mich auf einen Berg hatte schleppen lassen. *Wie hat er das geschafft? Ich habe dich noch nicht einmal auf das fünf Meter Brett im Freibad hoch bekommen!*

Tja, so ganz wusste ich selbst nicht, warum ich zugestimmt hatte, ohne die unmittelbaren Konsequenzen zu überdenken. Rebecca war begeistert von dem Bild meines Champagnerglases vor der Bergkulisse, das war nach ihrem Geschmack. Anschließend prüfte ich alle Kanäle, auf denen ich etwas von Elias hätte erfahren können. Das hohle Gefühl ihm Bauch welches sich dabei bildete, sollte mir längst einerlei sein, aber leider traf mich sein Neglect immer noch, als hätte ich mir den Magen verdorben.

„Warum schaust du so?" Tom lehnte sich argwöhnisch herüber und wollte auf den Bildschirm gucken. Ich zog das Telefon schnell aus seinem Blickwinkel. Warum hatte ich den Abstand unserer Sessel nochmal auf Null reduziert?

„Ach, nichts", wehrte ich ab.

„Genau", erwiderte Tom sarkastisch, „Sag schon." Er gab mir einen freundschaftlichen Stoß und lächelte sein *ich bin's doch* Lächeln.

„Elias meint es wirklich ernst", seufzte ich vielleicht ein wenig zu dramatisch. Toms Gesicht verfinsterte sich. „*Was* meint der Kerl ernst?!"

Viel hatte ich Tom nicht gestanden, von dem was Elias und mich betraf, aber er hatte seine eigenen Schlüsse gezogen, welche relativ treffend waren.

„Halb so schlimm", winkte ich beruhigend ab. „Er ignoriert mich eben."

Tom hob fragend die Augenbrauen, aber der Rest seiner Mimik blieb unnachgiebig.

„Nicht schlimm? Phil, du verarscht mich!?" So deutlich wurde er selten und es wirkte. Ich spürte wie sich meine Gesichtsmuskulatur zerknüllte. Ich war ein großes Mädchen und konnte damit umgehen, wenn mich jemand nicht mehr mochte! Es gab keinen Grund oberhalb der Baumgrenze die Nerven deswegen zu verlieren! Ich schluckte den Rotz hinunter.

„Ich weiß, ich müsste längst mit ihm fertig sein, aber..."

„Es geht nicht", vervollständigte Tom meinen Satz. Ich nickte traurig.

„Ziemlich unfair, wenn man vor unvollendeten Tatsachen sitzen gelassen wird", folgerte Tom.

„Ich schaffe es nicht einmal seine Nummer zu löschen."

„Das ist ganz einfach. Gib mal her!" Tom wedelte nach meinem Smartphone, ich reichte es ihm zögernd. Tom öffnete meine Kontaktliste, suchte Elias heraus und warf mir einen absichernden Blick zu. Die beiden rivalisierenden Stimmen meines Unterbewusstseins begannen im Kanon zu kreischen. Die Eine wollte es, die Andere wehrte sich. Ich nickte kaum merklich. Tom drückte auf *löschen* und gab mir das Telefon zurück. Ich starrte darauf, als hätte ich vergessen, wozu das Gerät da war.

„Das wird sich ein paar Tage richtig scheiße anfühlen, aber danach bis du frei und fragst dich, warum du es nicht früher getan hast."

„Du klingst wie ein Profi", witzelte ich schwach. Ich traute mich kaum laut zu sprechen, als mache es das erst wirklich und unumkehrbar.

„In der Hinsicht bin ich das leider."

„Danke", nuschelte ich.

„Unsinn! Du machst das Gleiche jetzt in Social Media, na los!"

Und das tat ich. Alle Verbindungen kappen, die Brücken einreißen und Verstecke ausräuchern. Elias austreiben wie einen Dämon. Der Exorzismus der Philomena Kowar. Ich grinste, als ich fertig war. Es fühlte sich jetzt schon fast gut an.

Tom schien ebenfalls zufrieden und wollte sich zur Belohnung gerade die nächste Zigarette anstecken, aber diesmal tat ich, was mir stets vorschwebte wenn ich ihn dabei beobachtete. Ich nahm Tom die Kippe aus der Hand und schüttelte den Kopf. Er steckte sie kommentarlos wieder in die Schachtel und lies diese verschwinden. Wir waren uns einig über das, was wir für den Anderen entscheiden durften.

Die Tische leerten sich langsam, alle zog es wieder auf die Piste. Tom blieb sitzen, als habe er plötzlich keine Eile mehr. Er kontrollierte ein paar Mails und spielte mit dem winzigen Zuckerlöffel, der zum Espresso gehörte. Ich rutschte meinen Po zurecht, bis ich wieder bequem saß und machte die Beine lang. Meinen Kopf lehnte ich an Toms Oberarm und dann gönnte ich mir auch einen Moment Ruhe für meine Augen. Tief einatmen, den Augenblick speichern, in meinem Album für schlechte Tage. Es geschah selten, dass mir im Trubel des Alltag überhaupt klar wurde, wann ich glücklich war. Diese kurzen Gelegenheiten wenn einem plötzlich auffällt, wie sehr man vom Schicksal bevorzugt wird.

Ich war gesund, mir tat nichts weh, niemand spukte mehr unangenehm in meinen Gedanken herum. Keine Termine, keine Sorgen die zu Hause auf mich warteten. Ich war einfach nur hier, spürte die Sonne auf der Haut, hörte den Schrei eines Greifvogels über uns und das Klimpern von Geschirr, welches abgeräumt wurde. Hinter mir saß Tom und übertrug seine Wärme auf meinen Nacken. Es hätte kaum besser sein können. Ich musste mir das bewahren, damit ich auf das Gefühl zurückgreifen konnte, wenn ich es dringend brauchte.

„So könnte es immer sein", murmelte Tom, als lese er meine Gedanken.

„Mhm."

Es folgte eine Pause und ich dachte, er würde die Bemerkung so stehen lassen, doch dann spürte ich wie er Luft holte.

„Ich meine, wir könnten dafür sorgen, dass es immer so ist."

Das war mein Stichwort, um die Augen wieder zu öffnen. Vorbei war die Minute der Schwerelosigkeit, ich kam unsanft im hier und jetzt auf.

„Soll heißen?" Noch drehte ich mich nicht nach Tom um, schaute hinüber zum benachbarten Gipfel, wo sich die Schirme von ein paar Paraglidern im Aufwind tummelten. Ich ahnte etwas. Nicht *was*, aber *dass* er etwas sagen würde, was mich aufwühlen könnte. Mein Herzschlag nahm das zum Anlass um gleich mal ein paar Umdrehungen draufzulegen.

„Angenommen, ich trete die Stelle in London an... dann könntest du mitkommen."

Ich blieb ungerührt sitzen. „Könnte ich?"

„Du würdest sicher einen Job in der Firma bekommen. Die Qualifikation dafür hast du."

„Und die Beziehungen. Sag es ruhig."

„Und die Beziehungen", wiederholte Tom schmunzelnd.

„Ich soll einfach alle Zelte abbrechen? Meine Freunde hier lassen und..."

„Und Elias und Eva. Du könntest neu anfangen, ohne Altlasten."

Das war verlockend. Ich würde nicht abstreiten, wie sehr mir der Gedanke zusagte. Eine neue Stadt, weit weg, mit einem Meer zwischen hier und dort. Ich könnte mich neu erfinden. Die Phil hier lassen, welche sich selbst im Weg stand. Doch das Aber war groß.

„Das wäre viel Aufwand und jetzt habe ich hier gerade die Wohnung bekommen. Ich habe keine Vorstellung, wie schlimm der Immobilienmarkt in London ist."

Tom setzte sich auf, ich konnte mich nicht länger anlehnen und musste mich zu ihm umdrehen. Er musterte mein Gesicht.

„Darum kümmert sich die Firma. Wir müssen nur die Sachen packen, den Rest erledigt man für uns. Wir könnten eine schönere Wohnung haben, als hier."

Wir.

Tom benutzte das Wort so selbstverständlich, als sei ihm die Bedeutung überhaupt nicht klar. Er sah uns dort zusammen, als wäre das ganz einfach. Ich wusste, in London kennt uns niemand. Es gab keinen Grund zur Rechtfertigung. Keiner würde uns für Verwandte halten. Wir hatten nicht einmal denselben Nachnamen! Das verursachte ein Kribbeln in meinem Kopf, als bekäme ich eine Migräneaura. Bunte Lichtpunkte tanzten über Toms angespanntes Gesicht vor mir. Das Ausmaß der Möglichkeiten wurde mir bewusst und ich konnte es kaum auf einmal fassen.

„Das klingt gut, aber ich kann das nicht jetzt entscheiden." Ich musste mich irgendwie aus der Affäre ziehen, bis ich Zeit zum Nachdenken hatte.

„Natürlich." Tom lächelte, aber es fiel ihm schwer. Er sah auf seine Uhr, als bräuchte er auch Ablenkung.

„Ich mache mich mal wieder auf, bevor der Schnee zu weich wird."

Ich sah Tom zu wie er, plötzlich geschäftig geworden, die Ausrüstung anlegte und zu seinen Brettern stapfte.

Wir.

## 36

Meine Periode kam viel zu früh. Ich krümmte mich über der Kundentoilette des Möbelhauses, wohin ich mich gerade noch so hatte retten können, bevor es zu spät war. Für eine weitere Woche hatte ich weder mit den Krämpfen, noch der Menge an Blut gerechnet, welche jetzt in die Toilette tropfte. Sonst hatte ich meinen Zyklus gut im Blick, aber heute verpassten mir die Hormone einen ungeahnten Schlag in die Körpermitte, der mich wohl daran erinnern sollte, dass ich Probleme hatte vor denen ich nicht weglaufen konnte. Danke dafür Körper.

In meiner Tasche suchte ich verzweifelt nach einem Tampon und fand keines. Das konnte nicht wahr sein! Wie sollte ich den Blutstrom auf Horrorfilmniveau davon abhalten weiter zu plätschern und mir in der Öffentlichkeit die Hose zu besudeln? Ich liebäugelte bereits mit dem Toilettenpapier, als endlich Rettung kam.

„Phil? Geht's dir gut?" Marina hatte mich gefunden.

„Nein! Hast du ein Tampon?"

„Natürlich!"

Sie reichte es mir über die Tür und ich sank aufatmend auf den Toilettensitz. Sicher war ich die einzige Endzwanzigerin der Welt, die ohne Notfalltampon aus dem Haus ging und dann nicht einmal daran dachte ihre Freundin einfach anzurufen, damit sie ihr eines brachte. Immerhin waren wir gemeinsam hergekommen. Marina freute sich so sehr über meine Aussicht auf die gewünschte Wohnung, dass sie sofort vorschlug sich abends bei einer großen Einrichtungskette zu treffen.

„Da können wir was essen und uns gleich ein paar Wohnideen holen!"

Klang gut. Der Haken war nur, dass der Mietvertrag Zuhause lag, aber ich noch nicht unterschrieben hatte. Tom bemerkte den Blätterstapel auf dem Küchentisch und schwieg eisern dazu. Er sprach seinen Vorschlag nicht mehr an, aber ich spürte die Erwartung in jedem Blick. Selbst wenn ich und Tom noch im Unklaren blieben, wie ich mich entscheiden würde, Marina gegenüber hatte ich wohl den Anschein gemacht, als wäre ich schon fast in die neue Wohnung eingezogen. Bisher wusste sie nichts von Toms Angebot, ich musste ihr heute erzählen was mich umtrieb.

Vorerst sorgte ich dafür, dass das Stück gepresste Baumwolle mich dicht hielt und wankte erleichtert aus der Toilettenkabine. Marina band am Waschbecken ihren Zopf neu und beobachtete mich im Spiegel, während ich mir die Hände gründlich wusch.

„Brauchst du eine Ibu? Oder geht's? Wir können auch nach Hause fahren."

„Alles gut, es war schon schlimmer." Ich lächelte tapfer. Wenn wir jetzt gingen, würde ich mich vielleicht nie mehr trauen, mit ihr darüber zu sprechen.

„Dann lass uns erst mal was trinken."

Marina ging wie immer darin auf sich zu kümmern. Ich musste mich an einen der klapprigen Tische setzten und warten, bis sie mit einem Tablett voll Fleischbällchen, Preiselbeeren und Limo aus der Zapfanlage zurück kam. Dann musste ich zugreifen und brav alles aufessen. Tatsächlich fühlte ich mich danach besser. Anschließend flanierten wir durch die verschiedenen Abteilungen. Doch jedes Möbel welches mir Marina vorschlug, quittierte ich nur mit emotionslosem Schulterzucken.

Sofas und Beistelltischchen. Marina fragte mich über die Wohnung aus. Ich erzählte von der Besichtigung.

Esstische und Küchenzubehör. Marina fragte nach unserem Ausflug. Ich schwärmte von der Schönheit der Berge.

Betten und Matratzen. Marina fragte nach Elias. Ich gab zu, dass Tom seine Nummer für mich gelöscht hatte.

Schließlich verloren wir uns zwischen den Schranksystemen aus den Augen. Ich fand mich wieder in einem Labyrinth matt lackierter Holzkästen, die ihre Umgebung drohend überragten. Alles beengte mich. Das schlechte Licht, der enge Durchgang, die Aussichtslosigkeit eine Entscheidung treffen zu müssen. Ich sah mich im Spiegel einer Schrankwand, aber wer war zu erkennen? Tief liegende dunkle Augen in einem blassen Gesicht, das die Sorgen verschatteten, als stünde ich stets außer Reichweite jeder Lichtquelle. Meine Haare waren zu lang und glanzlos. Glatt wie

Pech flossen sie um meinen Hals, wie ein billiger Rahmen für ein schlechtes Foto. Ich wollte Mitleid haben mit dieser Frau, hatte aber keine Gefühle mehr für sie übrig.

Marina fand mich ein zweites Mal.

„Phil?" Sie nahm meine Hand, wie von einem Kind das zu nah am Straßenrand stand. „Du siehst nicht gut aus. Willst du dich kurz hinlegen?"

Ohne auf Antwort zu warten, zog sie mich auf eine Polsterbank in der Nähe. Ja, meine Periode tat ihr Übriges, aber Marina spürte, dass sie nicht der Grund für mein Verhalten war. Ich klemmte meine Hände zwischen die Knie und starrte auf diese. Marina erlaubte ich nur den Blick auf mein Profil. Sie studierte meine abweisende Haltung.

„Was ist los? Du bist so komisch." Das war schwer abzustreiten.

„Tom hat eine Stelle in London in Aussicht." Damit war es gesagt. Marina war anzusehen, wie sehr es sie positiv überraschte. Natürlich, wer würde nicht sagen: „Wow, das ist ja toll!" Aber sie blieb ruhig und analysierte mich. „Du bist unglücklich darüber?"

„Er will, dass ich mitkomme."

Das entlockte Marina dann doch ein verblüfftes Ächzen. „Ginge das denn so einfach?"

„Ich könnte dort eine Stelle bekommen und bei ihm wohnen."

„Wahnsinn, so ein Angebot bekommt man nicht jeden Tag!"

Ich nickte. Marina wartete auf eine weitere Reaktion, als keine kam deutete sie stattdessen mein Schweigen.

„Ich bin traurig, wenn du so weit wegziehst, aber was hält dich zurück? Es wäre eine Verbesserung an jedem Aspekt deines Leben, oder nicht? Ich meine London! Stell dir vor, wo du leben und arbeiten könntest!" Marina zeigte jenen Enthusiasmus, den ich haben sollte. Ich schüttelte den Kopf. Marina zog sanft an meinem Ohrläppchen, wie sie es als Kind immer getan hatte, um mich zu ärgern. „Wo ist das Problem?"

„Ich habe Angst."

„Wovor?"

„Vor Tom."

„Wie bitte!?" Marina riss alarmiert die Augen auf. Meine Aussage vermittelte den falschen Eindruck. Ich räusperte mich und schüttelte vehement den Kopf. Das war so nicht gemeint.

„Davor mit ihm zu gehen. Davor, dass er mit mir dort ist." Was brabbelte ich für ein sinnloses Zeug? Doch Marina verstand mich. Nach jahrelanger Übung konnte sie meinen Unsinn dechiffrieren.

„Ihr lebt doch jetzt auch zusammen, warum soll es dort nicht genauso funktionieren?" Das war ein fairer Punkt. Aber ich wusste genau warum.

„Ihr versteht euch doch? Willst du mir plötzlich sagen, dass es ganz anders ist? Tom hat keine Scheiße gebaut, oder!?" Marinas Stimme war leise, aber scharf.

„Nein, du hast Recht, wir verstehen uns. Er hat seine Macken, aber wir sind uns so ähnlich, dass wir immer irgendwie auf einen Nenner kommen."

„Also, was hindert dich? Eva?"

„Nein."

„Die Wohnung?"

„Nein, ich habe den Vertrag noch gar nicht unterschrieben!"

Ich hörte selbst, wie trotzig das klang. Marinas Blick war fragend. Sie hatte keine Ahnung worauf ich hinaus wollte. Ich wand mich. Wie sollte ich aussprechen, was ich kaum denken wollte?

„Ich fürchte mich davor, dass wir uns *zu gut* verstehen."

Marina runzelte die Stirn und legte forschend den Kopf schief, um mir besser ins Gesicht sehen zu können.

„Wie kann man sich denn zu gut...?" Sie ließ den Satz unbeendet. Ich schloss die Augen, weil ich nicht sehen wollte, wie sie zu einer Erkenntnis kam und knetete meine feuchten Hände.

„Phil..."

Ich versteckte mich hinterm Dunkel meiner Augenlider, unfähig etwas zu erwidern.

„... du hast Angst vor einer Vaterfigur. Das bist du nicht gewohnt, aber wenn Tom eine für dich sein kann, das ist doch schön, daran stört sich niemand."

Ich schluckte. Sie irrte sich.

„Es ist viel mehr als das...", versuchte ich Marina klarzumachen und erwiderte ihren Blick. Marina lächelte unbeschwert, sie machte sich kein Urteil, weil sie es nicht wollte.

„Ja, er kümmert sich um eine Wohnung und dann eifert er plötzlich, sobald du wirklich ausziehen möchtest. Tom nimmt dich überallhin mit und auf seine Art hilft er dir sogar deinen dämlichen Ex loszuwerden. Er fühlt sich eben verantwortlich für dich, da ist doch in Ordnung."

„Das mag sein, aber ich... ich traue mir selbst nicht mehr."

„Fürchtest du dich vor der Veränderung, oder davor, dass euer Kontakt sonst wieder abbricht? Das ist ein bisschen viel hineininterpretiert, oder?" Marina lächelte milde.

Ich presste meine verschränkten Fäuste gegen die Stirn, um mich zu fokussieren.

„Nein, Marina. Wenn es mir jetzt so geht, wie soll dass in Großbritannien werden? Hier gibt es wenigstens... Hindernisse..." Ich kam nicht weiter, meine Argumentation war ein Trümmerfeld.

„Du übertreibst!" Marina lachte heiter. „Wenn es dir zu viel ist, dann sag ihm einfach ab. Tom wird schon nicht eingeschnappt sein!"

Ich gab auf. Wir redeten aneinander vorbei. Marina nahm mich nicht ernst, weil es ihr Weltbild zu sehr verschoben hätte. Sie schützte sich, indem sie meine Befürchtungen trivialisierte und absichtlich falsch auffasste. Es versetzte mir einen Stich, weil ich nun ausgegrenzt war. Ich stand im Abseits mit meiner Angst. Marina blockte mich ab.

„Ok", flüsterte ich und beließ es dabei.

Wir schwiegen, beschwert vom Gewicht des Themas, bis ein junges Pärchen um die Ecke kam, das sich laut über die Vorzüge von Schiebetüren unterhielt. Marina schielte genervt zu ihnen hinüber.

„Lass uns Kerzen und Servietten kaufen, die niemand braucht! Das bringt dich auf andere Gedanken." Sie lächelte aufmunternd. „Solange du nicht weißt was du willst, macht das hier keinen Sinn."

Marina war mir, zum ersten Mal überhaupt, keine Hilfe gewesen. Doch mir stand an diesem Tag noch eine steilere Hürde bevor, welche ich keinesfalls vorausgesehen hatte.

Meine Mutter hatte sich lange nicht gemeldet, aber auf dem Heimweg war es soweit. Ich telefonierte ungern mitten in der S-Bahn, aber sie wegzudrücken würde es nur noch schlimmer machen. Also griff ich die Haltestange fester, stemmte mich gegen das Ruckeln der Bahn und hob ab.
„Ja?"
„Du lebst also noch."
„Ha. Ha."
„Auch wenn dein Vorsatz für dieses Jahr zu sein scheint, dich unsichtbar zu machen, wäre es dir vielleicht möglich diese Woche vorbeizukommen?"
„Warum?"
„Brich nicht gleich in Begeisterungsstürme aus! Ich muss dir etwas geben."
„Was?"
„Hast du verlernt ganze Sätze zu bilden?"
„Nein."
Eva stöhnte genervt. Ich verkroch mich in meinem Widerwillen.
„Wann kannst du kommen?"
Ich überlegte, ob das nächste Jahrtausend ein passender Vorschlag wäre, aber mir war klar, dass ich es hinter mich bringen musste und sie meinen Humor nicht duldete.
„Morgen nach der Arbeit, ok?"
„Gut."
Wir legten auf und ich wunderte mich nicht einmal, was es sein konnte dass mir meine Mutter unbedingt persönlich geben wollte. Es reichte wenn ich das morgen erfuhr, ich hatte keine Kraft mir darüber auch noch Gedanken zu machen. Mir wurde schlecht von der gleichmäßigen Bewegung und dem Geruch der Menschen um mich herum. Ein Kerl im Sitz gegenüber lächelte mich auf eine Art an, die es nur noch schlimmer machte. Ich drehte mich weg und hoffte, dass ich bald aussteigen konnte.

Zuhause wusste ich nichts mit mir anzufangen. Ich saß am Küchentisch und blätterte den Mietvertrag zum hundertsten Mal durch. Langsam konnte ich ihn auswendig, aber den Kugelschreiber zur Hand nehmen und meinen Namen auf den Strich ganz am Ende setzen, das blieb unmöglich. Ich überlegte, ob ich mich Rebecca anvertrauen sollte. Sie hatte sicher weniger Berührungsangst mit einem kontroversen Thema. Nein, Rebecca würde sich daran festsaugen, sie lebte von solchen Geschichten, wie ein Blutegel. Noch dazu hatte sie schon zu viel von Tom gehabt. Ich gönnte ihr meine Gedanken zu ihm nicht.

Ich erschrak, als das Auto draußen vorfuhr. Tom hatte zwei Tüten voller Take Away dabei und schleuderte gut gelaunt seine Schuhe in die Garderobe.

„Bin da!", rief er, obwohl er das Licht im Haus gesehen haben musste. Tom wusste, ich saß in der Küche. Sein fröhliches Lächeln wich Skepsis sobald er mich entdeckte. Selbst ohne Marinas weibliche Intuition war wohl deutlich zu sehen, wie es mir ging. Auch Tom musterte mich als würde ich gleich vom Stuhl kippen. Er ließ das Essen achtlos auf den Tisch fallen und ging vor mir in die Hocke.

„Halb so wild! Ich hatte nur einen anstrengenden Tag!" Mich nervte seine Besorgnis, ich versuchte sie im Voraus abzublocken, weil ich ihm gegenüber nicht zugeben wollte, wie es in meinem Unterleib zuging. Tom roch nach Zigarettenrauch und auch das machte mich sauer. Konnte er es nicht sein lassen?

„Bist du sicher? Du siehst -"

„Ich weiß, ich sehe beschissen aus, aber es geht schon, ok?!" So wütend war ich lange nicht gewesen, ohne dass ich den Grund dafür hätte nennen können. Der Tunnel aus Zorn fühlte sich nun besonders eng an. Ich sah nur Toms Gesicht an dessen Ende und wollte ihm am Liebsten eine verpassen.

„Komm schon Phil, ich meine es nur gut." Tom streckte die Hand nach mir aus, aber ich hatte genug, schob den Stuhl zurück und stand ruckartig auf. Mein Uterus hielt das für eine schlechte Idee und rebellierte, aber ich war so geladen, dass ich den erneuten Krampf ignorieren konnte. Halt dich da raus, Körper!

„Das tue ich auch, Tom! Aber dich interessiert es schließlich genauso wenig!"

Er blinzelte verständnislos zu mir hoch, richtete sich dann langsam auf, bis das Verhältnis wieder stimmte und ich erbost auf seinen Hemdkragen starrte.

„Ich kapier's nicht. Was willst du mir sagen?"

Ich sah auf seine Hände, die unmerklich zitterten.

„Lass mich in Ruhe!" Ich schob ihn grob zur Seite und stürmte aus der Küche. Tom ließ es zu. Ich wusste, wenn er wollte könnte er mich festhalten und zum Reden zwingen. Beinahe wünschte ich mir genau das. Beinahe.

Ich verschanzte mich im Bad, schluckte eine Ibuprofen und verbrachte die nächste halbe Stunde auf der Toilette, in der Hoffnung die Tablette möge irgendwann helfen. Ihre Wirkung setzte nur langsam ein und mehr als eine mäßige Linderung der Schmerzen schaffte das Mittel auch nicht, aber es war genug um mich zitternd zu erheben. Ich wusch mir das Gesicht mit kaltem Wasser, als es an der Tür klopfte.

„Phil?"

„Geh weg!"

Es dauerte einen Moment, dann hörte ich wie sich seine Schritte entfernten. Solche Szenen hatte ich mir zuletzt mit Eva geliefert, als ich ungefähr vierzehn war. Ich schob es auf die Hormone und wusste selbst, dass es kein wasserdichtes Alibi für mein dummes Verhalten bot. Ich war mehr als die Summe meines Stoffwechsels, soviel Sinn für Feminismus sollte selbst ich besitzen.

Sobald ich sicher sein konnte, dass die Luft rein war, verzog ich mich ohne Abendessen mit meinem Heizkissen ins Bett. Ich schrieb eine Mail an Michael, um mich für den morgigen Tag krank zu melden, dann schaltete ich das Gerät ab. Ruhe.

Ich vergrub mich tief unter meiner Decke und schlief tatsächlich erschöpft ein.

Wach wurde ich erst wieder, als mich etwas am Scheitel berührte. Es war warm in meiner Deckenhülle, mein Gesicht im Kissen vergraben, weich und dunkel. Da war die Berührung wieder. Fingerspitzen auf meiner Kopfhaut.

„Ich muss in die Arbeit."

Tom gab mir eine Chance zu antworten, aber ich ließ sie verstreichen.

„Bleibst du hier?"

Ich nickt in mein Kissen hinein. Seine Hand lag auf meinem Hinterkopf.

„Können wir reden, wenn ich heimkomme?"

Ich hielt still. Hörte ihn enttäuscht durchatmen. Tom strich noch einmal über meinen Kopf. Es kroch mir bis ins Rückgrat.

„Ruh dich aus."

Damit war er weg. Ich blieb liegen, wie er mich zurückgelassen hatte. Die Krämpfe kamen nicht wieder und so döste ich nochmals ein.

Mein Telefon weckte mich erneut. Ich grapschte blind danach, berührte es an der Kante und schubste das Gerät vom Nachttisch. Grummelnd drehte ich mich herum und suchte am Boden weiter. Ich erwischte das Smartphone und schielte auf die Nummer. Kam mir bekannt vor, war aber nicht eingespeichert.

„Kowar?", nuschelte ich in den Hörer.

„Hallo, ich rufe Sie wegen dem Mietvertrag an."

Gerade noch unter der Decke eingemummelt, stand ich nun beinahe im Bett. Der Eigentümer meiner Wohnung war dran. Oh nein.

„Frau Kowar, Sie haben mir den Vertrag noch nicht zukommen lassen. Sind Sie überhaupt noch interessiert?" Er war richtig angefressen.

„Ich... natürlich...ja! Ich meine, ich hatte nur noch keine Zeit mich darum zu kümmern."

„Es gibt noch andere Bewerber, das muss Ihnen klar sein. Ich brauche Ihre Zusage schwarz auf weiß bis Montag, sonst vergebe ich die Wohnung anderweitig."

„Oh, ja sicher. Das verstehe ich! Montag ist gut, bis dahin haben Sie den Vertrag, das verspreche ich Ihnen!" Ich stotterte wie eine Erstklässlerin, die an der Tafel vorrechnen sollte.

„Dann einen schönen Tag noch." Damit war das Telefonat beendet.

Sicher. Es würde ein phantastischer Tag werden. Er hatte mir
gerade die Daumenschrauben angelegt. Ich setzte mich auf und
scrollte durch meine Nachrichten. Da fiel mir meine Verabredung
mit Eva wieder ein und ich seufzte. Zur Arbeit würde ich nicht gehen, also konnte ich bis zum abgemachten Zeitpunkt prokrastinie-
ren, oder es früher hinter mich bringen.

Toms Schlafshirt hing über der Türklinke. Ich schmunzelte. Wie
um alles in der Welt war es da hingeraten? Er wollte mit mir reden. Dann sollte ich bis heute Abend vielleicht wissen, wo ich
stand. Denn es würde kaum um das Wetter gehen.

Ich stand endlich auf und war froh, dass mein Tampon mich
über Nacht nicht im Stich gelassen hatte. Auf dem Weg ins Bad
fischte ich Toms Shirt vom Türgriff und faltete es ordentlich zusammen. Ich legte es auf den Wannenrand und wagte einen Blick
in den Spiegel. Es half ja alles nichts. Der Tag kam unweigerlich
auf mich zu und ich musste es mit ihm aufnehmen.

## 37

Mit den Kopfhörern auf voller Lautstärke fühlte ich mich gut gewappnet, um die lange
S-Bahn Fahrt bis hinaus zu Eva überstehen zu können. Während die Haustür hinter mir ins Schloss fiel und ich meinen Schlüsselbund einsteckte, wurden sie bereits obsolet.

Ich starrte auf den Mercedes, der feucht vom dichten Nebel, im Schneematsch der Einfahrt stand. Er hatte mir das Auto dagelassen? Sofort begann das Gedankenkarussell. War Tom mit der Bahn gefahren weil er dachte, dass ich den Wagen brauchen würde? War es nur ein Gefallen, oder hatte er sich nicht getraut zu fahren? Gab es erneut einen physischen Grund für Tom, die Hände vom Steuer zu lassen? Ich dachte an seine zitternden Hände und die vielen Zigaretten. Wollte er mir etwa das sagen, wenn er heim kam? Dass es wieder schlechter wurde? Mein Magen zog sich zusammen, meine Brust, mein Kopf. Alles wurde eng und band mir eine Sekunde lang die Luft ab. Dann zwang ich mich zu atmen und schob die Gedanken an das Krankenhaus beiseite. Ich nahm die Kopfhörer ab und lauschte der vormittäglichen Stille. Das alles musste bis heute Abend warten.

Evas unsterblicher verschrammter Mitsubishi bekam also Gesellschaft von unserer protzigen Nobelkarosse. Mir schien es als plustere sich das alte Auto trotzig auf, als wäre der Mercedes ein ungebetener Gast, bösartige Konkurrenz, die der wackere Japaner in seinem Revier nicht dulden wollte.

Ich drückte auf die Klingel und spürte alle Resilienz in mir zusammenfallen. Ich verlor Luft, wie ein platter Reifen, sobald ich mich mit meiner Mutter konfrontiert sah. Sie war der rostige Nagel, auf den ich sehenden Auges fuhr.

Es dauerte zu lange, also klingelte ich noch einmal und spähte durch die Fensterscheibe ins Haus.

„Was machst du schon hier?!" Ich zuckte zusammen und hielt mich an der Türklinke fest, um nicht rückwärts die zwei Treppenstufen hinunterzustürzen.

Eva stand hinter mir im Vorgarten. Sie war um die Ecke des Hauses getreten und betrachtete mich mit roten Wangen und gerunzelter Stirn, über ihren dunklen Augen. Es war so schön willkommen zu sein.

Meine Mutter trug ihre alte Lammfelljacke, an die ich mich schon aus frühester Kindheit erinnern konnte. Ein buntes Kopftuch hielt ihre Haare im Zaum, Gummistiefel und geblümte Gartenhandschuhe machten deutlich, dass sie nicht ihm Haus gewesen war. Sie hielt ein Bündel Schnittwerk und eine Astschere an ihre Seite gepresst.

„Es ist Mitte Januar, was machst du im Garten?", fragte ich gereizt zurück. Wir lieferten uns sofort das gängige Frage-Gegenfrage-Gefecht. Sie hatte mich erschreckt. Zusätzlich zu meiner grundlegenden Nervosität, wurde ich davon noch dünnhäutiger.

Eva winkte mich ungeduldig zu sich. „Der schwere Schnee hat die Magnolie geknickt."

Es taute seit Tagen, tatsächlich bog sich die Natur allerorts unter dem nassen Schneematsch. Sie betrieb also Schadensbegrenzung. Eva war stolz auf ihren gepflegten Garten, den hatte ihr das Wetter nicht kaputtzumachen.

Ich balancierte vorsichtig durch das rutschige Gras auf sie zu und spürte trotzdem, wie mir die Nässe durch die Sneaker drang. Definitiv die falsche Schuhwahl.

„Ich dachte du kommst erst am Abend?", wiederholte Eva ihre erste Frage.

„Überraschung", knurrte ich widerstrebend.

„Das ist es allerdings, du hättest Bescheid geben können!"

„Ich haue mit Vergnügen wieder ab."

„Sei nicht so dramatisch! Musst du nicht arbeiten?"

„Bin krankgemeldet."

Eva musterte mich mit einem Blick, der mir deutlich zu verstehen gab, dass ich fit genug aussah um an einem Schreibtisch sitzen zu können, aber sie verkniff sich einen weiteren Kommentar.

„Gehen wir rein", war alles was sie vorschlug, also wateten wir durch den Matsch um das Haus und ließen unsere Schuhe auf der Terrasse stehen. Drinnen war es erfreulich warm, die feuchtkalte

Luft hatte längst versucht mir in die Jeans zu kriechen. Eva zog sich um und machte unaufgefordert eine Kanne Schwarztee, ich roch es sofort. Sie müsste wissen dass ich den hasste. Ich nahm mir trotzdem eine Tasse und verdünnte das Gebräu mit so viel Milch wie möglich. Wir blieben in der Küche sitzen, kein Grund extra im Wohnzimmer zu decken.

„Also, warum bin ich hier?" Ich wollte es hinter mich bringen. Eva nahm einen alten Pappkarton zur Hand, der hinter ihr auf der Anrichte gestanden hatte.

„Das sind ein paar Sachen von meiner Mutter."

Ich beobachtete sie überrascht, während Eva eine alte Schmuck-schatulle mit Perlmuttbeschlägen aus der Kiste holte und öffnete. Innen war sie mit bleichem Samt ausgeschlagen und mit verschie-denstem Schmuck gefüllt. Ich sah goldene Ohrringe, Ketten und Broschen voll kleiner Steine. Was wollte sie damit?

„Ich habe den Schmuck geerbt. Tom hat ihn mir freundlicher-weise zugestanden." Der Seitenhieb war natürlich nötig.

„Du sollst ein paar Stücke haben, ich trage kaum Schmuck und du bist eher der sentimentale Typ für so etwas." Auch dieser un-verhohlene Spott war unumgänglich und leider hatte sie Recht. Ich nahm die Schatulle zur Hand und kramte darin. Das meiste lag lose herum, nur ein paar abgegriffene Schachteln waren dabei, die kleine Ohrstecker und Ringe enthielten. Ich kannte keines der Schmuckstücke, aber sie waren alle schön und echt. Kein billiger Modeschmuck aus der Drogerie, wie ich ihn ab und zu trug.

„Nimm dir was du willst. Ich behalte nur die Eheringe und die Brosche, die ihr Papa zur Silberhochzeit geschenkt hat." Eva zeig te auf den Vogel aus feinen Golddrähten, mit einem schillerndem Muster farbiger Edelsteine darauf. Ein Pfau. Fast zu romantisch für etwas, das mein Großvater gekauft haben sollte.

Ich griff hinein, spielte mit den Perlen und Anhängern und war fasziniert von dem Gedanken wo, wann und weshalb Anna diese Schmuckstücke getragen haben mochte.

„Er geht also."

Ich tauchte verwundert aus meinen Gedanken auf und sah in das abwartende Gesicht meiner Mutter.

„Wie bitte?"

„Mein Bruder. Er hat es mir gesagt, als er die Sachen vorbei gebracht hat."

Sie wusste es also. Ich nickte.

„Siehst du." Eva stellte damit erneut alles fest, was sie mir schon prophezeit hatte. Ja, ich sah und ich wollte es nicht zugeben. Eva schien zufrieden, damit dass sie Recht behalten hatte. Ich wollte ihr dieses Gefühl wegnehmen.

„Er nimmt mich mit."

Ihre Augenbrauen trafen sich über Evas Nasenwurzel. „Was soll das heißen?"

„Tom will, dass ich mit ihm nach London komme." Ich genoss jedes Wort und beobachtete ihre Reaktion. Evas Gesicht blieb unverändert.

„Aber du bleibst hier."

„Ich weiß nicht."

„Lass den Unsinn, du kannst nicht mit ihm ins Ausland gehen!" Nun bröckelte ihre beherrschte Fassade. Ich zuckte lächelnd die Schultern. Das machte Spaß.

„Philomena! Du wirst doch nicht so dumm sein, und ihm nachlaufen!" Das echte Entsetzten in der Stimme meiner Mutter verunsicherte mich. Sie meinte es ernst.

„Ich habe längst bereut, dass ich ihm den Kontakt zu dir erlaubt habe! Glaub mir, ich habe gesehen wie sehr du an ihm hängst! Ich bin deine Mutter, ich kenne dich! Aber dass es so schlimm wird..." Nun gingen selbst ihr die Anschuldigungen aus.

Ich erstarrte. Mein Mund war trocken, der bittere Geschmack des Tees klebte auf meiner Zunge. War ich wirklich derart durchschaubar? Konnte Eva mir ansehen, was ich vor Tom verbergen wollte? Die Scham kroch mir den Hals hinauf, meine Augen brannten. Eva wetterte weiter.

„Ich weiß, ich bin schuld, dass du keinen Vater hattest, aber das geht zu weit! Er kann ihn dir nicht ersetzten! Du bist erwachsen, meine Güte! Willst du jetzt noch nach einem Ersatz suchen!?"

Ich atmete zitternd ein. Sie hatte mich nicht ertappt. Evas Pfeil ging knapp daneben. Oder? Erlag ich einem Vaterkomplex? Marina hatte etwas ähnliches gemeint. War es das? Ich überlegte fieberhaft, was darauf hindeuten könnte. Die Beziehung zu meiner Mutter war ein Trümmerfeld. Eindeutig. Aber keiner meiner Exfreunde war auffällig älter gewesen als ich. Elias trennten nur zwei Monate von mir und ich hatte nie das Gefühl gehabt, irgendwo ein Loch in Vaterform stopfen zu müssen. Oder? Plötzlich machten meine vergangenen Entscheidungen keinen Sinn mehr. Es war kompliziert sich selbst retrospektiv zu hinterfragen.

„Ich weiß nicht wovon du redest! Hast du eine Ahnung, was für eine berufliche Chance er mir bietet?" Ich musste mich erst einmal rechtfertigen und von mir ablenken.

„Das mag sein, aber dann bist du genauso abhängig von ihm, wie er von dir! Willst du dich alleine im Ausland um Tom kümmern, wenn er wieder einen Schub hat? Glaubst du etwa es wird besser werden? Du hast nur einen erlebt, was machst du beim Nächsten und Übernächsten?"

„Das ist unfair!", antwortete ich lahm und erschrak heimlich über diese Tatsache, welche ich selbst ignoriert hatte.

„Unfair ist, dass Tom dich kaufen will! Offenbar hat er langsam doch Angst davor alleine zu enden und jetzt will er dich als Absicherung, weil ihm alle anderen davonlaufen! Nur weil ihr verwandt seid, kann er sich das nicht herausnehmen!"

„So ist das nicht!"

„Was ist es dann?!"

Ja, was? Ich war mich unsicher. Sowohl was mich, als auch Tom anging. Doch ich wollte keinesfalls glauben, das Eva richtig liegen könnte. Ich hatte genug.

„Ich nehme die Kette." Ich angelte das schlichte Collier aus einfachen weißen Süßwasserperlen aus der Schachtel. Eva beobachtete mich genau.

„Tom wird auch dort nicht lange bleiben. Lass dich nicht in sein Vagabundenleben mit hinein ziehen! Geh nicht mit. Bitte."

Ich biss die Zähne fest zusammen. Warum sagte sie das? Sie erpresste mich mit dem Einzigen, was sie hatte: Der bedingungslosen Zuneigung eines Kindes zur Mutter. Eva konnte so schroff zu mir sein, wie sie wollte. Ich konnte mir täglich einreden, dass ich sie hasste. Letztendlich machte es keinen Unterschied. Mutter ist das Wort für Gott, auf den Lippen und in den Herzen der Kinder. Zumindest in meinem Fall stimmte das kitschige Zitat aus *Jahrmarkt der Eitelkeiten*.

„Ich muss gehen, habe noch etwas vor", stammelte ich und stand auf. Die Kette schob ich in meine Hosentasche.

Das Haus verließ ich wieder über die Terrasse. Eva folgte mir bis zur Tür. „Es wäre schön, wenn du öfter kommen würdest."

Unbedingt! Solche vertrauten Mutter-Tochter Gespräche brauchte ich dringend regelmäßig! Ich schwieg und band verbissen meine Schnürsenkel.

„Wirst du mir sagen, wie du dich entschieden hast?"

„Mhm."

„Danke."

Ich ging ihrem Blick aus dem Weg und rettete mich, in dem ich schnell um das Haus marschierte und in den Mercedes flüchtete. Erst auf dessen Sitz fühlte ich mich wieder sicher. Körperlich war ich erschöpft, wie immer nach einer Begegnung mit Eva, aber ich hatte einen Entschluss gefasst, ohne zu bemerken, wann es passiert war.


Ich war noch immer unterwegs, als mir die Idee kam ihm zu schreiben. Ich wollte nicht zu Hause auf Tom warten, wie auf die Inquisition. *Soll ich dich abholen? Wir könnten essen gehen?*

Ich hoffte er würde es überhaupt rechtzeitig lesen, aber bevor ich das Telefon weglegen konnte, sah ich schon dass er antwortete. *Gerne! Joon sagt, ich darf um 18:15 gehen, wenn ich brav bin.*

Schmunzelnd sah ich auf die Uhr. Noch vierzig Minuten. Es brauchte nur zwanzig, um durch den Feierabendverkehr zu kommen. In der Eingangshalle begegnete mir eine Schar schick gekleideter Mitarbeiter, die es alle nach Hause zog. Keiner nahm besondere Notiz von mir, bis auf Milosz, den ich am Empfangstresen wiedererkannte.

„Guten Abend, Frau Kowar." Er grinste.

„Hallo, Milosz!" Ich lächelte zurück und stützte mich auf die Theke, die uns trennte.

„Kommen Sie Ihren Onkel abholen?"

Er kannte also unseren Verwandtschaftsgrad und sprach es so förmlich aus, dass ich beinahe rot wurde und mir auf die Zunge biss. Es war absurd, dass ein Fremder die Tatsachen beim Namen nannte und ich mich dabei ertappt fühlte, als verrate er ein Geheimnis.

„Allerdings. Kann ich hochfahren?"

„Ich denke schon. Soll ich bei Joon nachfragen?"

Milosz nannte ihn diesmal beim Vornamen. Schien so, als wäre er in dessen Gunst gestiegen.

„Keine Umstände bitte, ich hole mir seinen Anschiss lieber persönlich ab."

Wir lachten beide, ich zog Richtung Fahrstühle ab. Der Mittlere spuckte in dem Moment Joon und Tom aus. Ich trat lächelnd auf die Beiden zu. Der Halbgott im Maßanzug und der verlotterten Kerl mit lockerer Krawatte daneben. Letzteren umarmte ich, aus einer spontanen Laune heraus, an Ort und Stelle. Tom lachte überrascht, ich spürte wie es in ihm vibrierte. Plötzlich war ich wieder glücklich. Joon warf mir einen beinahe angeekelten Blick zu, sobald ich Tom losließ.

„Komm nicht auf die Idee, das auch mit mir zu machen!" Er fuhr sich über den Kragen seines nachtblauen Sakkos, als könne ich vorhaben es mit meiner Berührung zu zerknittern. Ich zwinkerte ihm scherzhaft zu. Tom studierte derweil mein Gesicht.

„Geht's dir besser?"

Ich nickte mit Nachdruck und lächelte zum Beweis. Joon musterte mich erneut argwöhnisch, als könnte ich ansteckend sein. Tom schüttelte nachsichtig den Kopf und schob mich an Milosz vorbei zum Ausgang.

„Ciao, Milosz!" Ich winkte ihm kokett zu. Der erwiderte die Geste vorsichtig grinsend. Tom drehte sich beim Hinausgehen nach ihm um.

Wir brachten Joon nach Hause. Ich spürte dessen kritischen Blick die ganze Fahrt über an meinem Hinterkopf. Den Rückspiegel mied ich so gut ich konnte, um seinen tödlichen Augen zu entgehen.

„Versuch weniger Kurven zu schneiden, dann erhöhst du deine erwartbare Lebenszeit deutlich", zischte Joon beim Aussteigen. Tom gluckste gut gelaunt, während ich wieder Gas gab, sobald Joon die Tür zufallen hatte lassen.

„Und jetzt?", fragte ich an der nächsten Ampel.

„Das fragst du mich? Du sitzt am Steuer!"

„Ach? Wenn ich auf die Autobahn fahre und bis Bologna keinen Halt mehr mache, dann ist das unser Plan für heute Abend?"

Tom lachte leise. „So lange hält der Tank nicht mehr."

„Spiel gefälligst mit!", empörte ich mich feixend.

„Warum ausgerechnet Bologna?"

„Weil es da ausgezeichnetes Essen gibt."

„Das kannst du über ganz Italien sagen."

„Wohl wahr, aber Bologna ist berühmt dafür und weniger überlaufen." Ich fuhr ziellos weiter, grob in Richtung des äußeren Rings, während wir diese ebenso konzeptionslose Unterhaltung weiter plätschern ließen.

„Dann warst du schon mal dort?" Tom lehnte entspannt in seinem Sitz und lächelte erwartungsvoll.

„Mit Eva, nach dem Abi. Als Belohnung für meinen Fleiß. Wir waren mit dem Zug in Rom, Bologna und Florenz", berichtete ich.

„Klingt als ob es ein schöner Urlaub war?" Seine Stimme wurde sehr weich, als teile Tom meine Gefühlsduselei für diese Erinnerung.

„Mhm, wir haben uns eine Woche lang kaum gestritten. Als ob das nur zu Hause wirklich möglich wäre."

Tom sah aus dem Fenster, als fühle er sich selbst auch an etwas erinnert.

„Ich habe Eva heute besucht. Sie hat mir Annas Schmuck gezeigt." Ich griff mit einer Hand in meine Jeans und holte die Kette heraus, ohne uns in den Gegenverkehr zu lenken.

Tom nahm sie mir ab. „Ich glaube die hat sie zu ihrer Konfirmation geschenkt bekommen."

„Oh." Es überraschte mich, eine Geschichte zu dem Schmuckstück zu erfahren, die ich für verloren geglaubt hatte. „Sie hat mir am besten gefallen."

„Gute Wahl." Er machte eine kleine Pause, die Kette baumelte von seiner Hand. „Freut mich, dass sich Eva dafür entschieden hat, dir ein Andenken zu geben."

Das und noch viel mehr, woran ich zu knabbern hatte. Der Verkehr wurde zäher, die zahllosen Scheinwerfer leuchteten hell im Halbdunkel der Stadt, ich bremste den Wagen herunter. Tom beugte sich zu mir herüber. Ich konzentrierte mich auf die dicht auffahrenden Autos, konnte die Augen nicht von der Straße abwenden. Als er die Kette um meinen Hals fädelte und verschloss zuckte ich unmerklich.

Ich griff mit einer Hand danach, die Perlen lagen kühl auf meinem dünnen Pullover.

„Steht dir", meinte er. Ich brauchte nicht hinsehen, um Toms Gesichtsausdruck zu kennen.

„Du wolltest reden?", erinnerte ich ihn an seine Bitte.

„Nur, wenn du auch willst."

Ich nickte. Es war unausweichlich. „Tut mir leid, wegen gestern. Ich hatte einfach einen schlechten Tag."

„Mach dir keinen Kopf. Solche Tage habe ich auch oft genug." Sein Telefon vibrierte, Tom fummelte es umständlich aus seiner Jackentasche und ließ es beinahe fallen. Ich warf einen alarmierten Seitenblick auf ihn, den er nicht bemerkte. Tom tippte langsam eine Nachricht, sein Daumen gehorchte nur stockend. Ich schluckte trocken.

„Fahren wir lieber nach Hause, es ist noch Essen von gestern da", schlug ich vor.

„Wie hast du es nur geschafft, mit leerem Magen zu schlafen?" Tom steckte das Telefon ächzend weg und streckte sich. Seine Hand stieß gegen meine Schulter.

„Hey, nicht den Fahrer ablenken!"

Wir blödelten herum, bis ich das Auto vor unserer Wohnung parkte. Beide hatten wir die überdrehte Stimmung, welche ernsten Vorhaben manchmal vorausgeht.

Ich wärmte das Essen auf, welches Tom gestern mitgebracht hatte, während er duschte. Wie es aussah, hatte er das Chicken Korma selbst kaum angerührt. So viel zum Thema hungrig schlafen gehen. Seine Schritte kam über den Flur. Ich legte für jeden eine Gabel auf den Küchentisch.

Tom stand im Türrahmen. Es war soweit.

## 38

Er trug das Shirt, welches ich am Morgen noch gefaltet hatte. Tom blieb in der Tür stehen, als wüsste er nicht ob er willkommen war. Auf mein einladendes Lächeln hin setzte er sich zu mir. Seine Haare waren nass, er roch nach Duschgel. Ich schaute sicherheitshalber auf meinen Teller und probierte.

„Ist noch verzehrbar", attestierte ich dem indischen Essen.

„Kompliment an den Koch", stimmte mir Tom nach dem ersten Bissen zu und zwinkerte, als wären meine Aufwärmkünste dafür verantwortlich.

Es hätte beinahe eines unserer normalen Abendessen sein können, wie wir sie seit Monaten zelebrierten. Aber da lag mehr als nur der Duft von Koriander und Kurkuma in der Luft. Tom war nervös, seine nackten Füße gaben kein Ruhe unter dem Tisch. Ich dagegen fand mich in einem seltsam entrückten Zustand wieder. Als befände ich mich am Grund eines Sees, tief im kalten Wasser. Ich beobachtete Tom wie von Ferne, während er in seinem Reis stocherte und kaum etwas aß. Tom sah müde aus, wie so oft und gleichzeitig wirkte er hibbelig. Ich legte das Besteck zur Seite. Er merkte, dass ich ihn musterte und erwiderte mein Starren.

„Also?", fragte ich ruhig.

Tom holte Luft. „Mein Angebot steht noch."

Ich nickte langsam.

„Und?" Er beäugte mich, als bestünde die Möglichkeit, dass ich mich in Luft auflöste.

Ich sah ihm direkt in die Augen, wie ich es mich selten traute. Obwohl sie denen meiner Mutter wirklich genau glichen, fühlte ich mich nicht mehr an sie erinnert. Es hatte mich schon mehrmals gewundert, wie meine anfängliche unterschwellige Ablehnung sich zum Gegenteil gedreht hatte. Tom war mehr als Evas unheimlicher Schatten, keine jüngere Kopie, die mich mit jeder Geste an sie erinnerte. Tom war Tom und sonst niemand. Ich mochte diese Person, die sich herauskristallisiert hatte. Obwohl ich ihn in vielerlei Hinsicht noch immer nicht durchschaute und mir seine Krankheit zugegebenermaßen Angst machte.

„Warum willst du mich mitnehmen?"

Tom lehnte sich zurück und blickte kurz zur Seite, als lenke ihn etwas ab, das er aus dem Augenwinkel erahnen konnte. Aber da war nichts. Er hatte offenbar keine Ahnung, was er mit seinen zitternden Händen anstellen sollte, also verschränkte er die Arme, um sie ruhigzustellen.

„Es würde dir sicher gefallen."

„Das war nicht meine Frage." Wenn ich jetzt nachgab, würde ich ihn für immer vom Haken lassen. Seine Unruhe war spürbar und zu wissen, dass ich der Grund dafür war, machte etwas mit mir.

„Eva denkt, du hast Angst alleine zu sein. Sie ist immer noch der Meinung, du nutzt mich aus." Es war einfach ihre Befürchtungen zu wiederholen, ohne erkennen zu lassen, dass es vielleicht auch meine waren. Offenbar traf ich damit tief, denn Toms Mundwinkel zuckten verdächtig. Er räusperte sich mühevoll. „Nein."

Ich wartete ab, da musste noch mehr kommen. Er hatte dieses Gespräch gesucht und nun brachte er kaum heraus, was er hatte sagen wollen. Das Essen wurde kalt, wir hatten keinen Appetit mehr.

„Ich... lass mich kurz nachdenken." Damit erhob er sich und flüchtete auf die Terrasse. Ich ließ ihn gehen, räumte den Tisch ab, ohne zu fragen ob er noch etwas essen wollte. Die Abgeklärtheit, die sich wie kaltes Wasser anfühlte, war noch immer da. Ich spülte das Geschirr, als wäre es eine Meditationsübung. Es brauchte nur ein bisschen Geduld, bis Tom es nicht mehr aushielt.

Mein Telefon lag auf dem Tisch. Ich überprüfte ohne echtes Interesse meine Nachrichten. Rebecca hatte mir ein paar Belanglosigkeiten geschrieben. Ich lächelte still in mich hinein. Ausgerechnet sie war mir eine Entscheidungshilfe gewesen. Ich legte das Gerät mit dem Bildschirm nach unten ab.

Der Geruch des Zigarettenrauches stahl sich in Haus. Ich trat an die Tür und beobachtete Tom, wie er mit geradem Rücken in die Dunkelheit stierte. Ich ließ ihn nicht aus den Augen, bis er die Kippe ausdrückte und sich umdrehte. Erst als er auf mich zukam, sah ich dass er ohne Schuhe draußen war.

„Warum machst du das?!" Ich war augenblicklich sauer und deute auf seine bloßen Füße. Das war es dann mit meiner Zurückhaltung. Sie verpuffte spurlos an ihm.

„Ist doch egal." Er winkte ab. „So spüre ich sie wenigsten richtig."

„Wird es wieder schlimmer?"

„Es war nie besser."

„Hat Eva also Recht!? Willst du nur nicht damit alleine sein?"

Tom schob mich rückwärts ins Haus, ich stolperte und wurde von der Wand in meinem Rücken aufgefangen. Eine Sekunde lang war ich erschrocken von seiner abrupten Reaktion, von der Kraft mit der er mich wegdrückte, als wäre ich nur ein Grashalm. Aber ein Blick in sein Gesicht zeigte, dass ich keine Angst haben musste, weil Tom sie bereits spürte.

„Scheiß doch auf die MS! Darum geht es nicht!", knurrte er und rang die Hände. Jetzt war es soweit. Er knickte ein, im wahrsten Sinne des Wortes. Denn als Nächstes hielt sich Tom den Kopf und sackte stöhnend auf den Boden.

„Tom!?", das war mir dann doch unheimlich.

„Alles gut", nuschelte er, „nur schwindelig."

Ich löste mich von der Wand und ging vor Tom in die Hocke. Ich kannte ihn gut genug, er hatte wieder höllische Kopfschmerzen.

„Brauchst du deine Medikamente?" Selbst ich hörte, wie verunsichert das klag.

„Die helfen ja doch nicht", krächzte er. „Es geht vorbei, versprochen."

Ich hob Toms Gesicht an, um mich zu versichern, dass es wirklich halb so wild war. Er kniff die Augen zu, seine Stirn schmerzhaft in Falten gelegt. Ich tat ihm zusätzlich weh, dabei hasste ich meine Machtlosigkeit und seine falsche Tapferkeit. Tun konnte ich nichts, außer Tom in die Arme zu nehmen. Das ließ er sich gefallen, er zog die Knie an und hielt mich fest. Ich legte meine Hand in seinen Nacken und wartete bis Toms Atemrhythmus gleichmäßig wurde.

„Besser?", fragte ich vorsichtig.

„Mhm. Es ist immer besser, wenn du da bist", murmelte er an meiner Schulter.

„Was?"

„Alles."

Das kam einer Antwort auf meine ursprüngliche Frage wohl am nächsten. Ich traute mich seinen Haaransatz zu streicheln. Es fühlte sich immer noch gut an. Dann zog ich scharf die Luft ein. Toms Hand war eiskalt auf der bloßen Haut über meiner Lendenwirbelsäule. Er ließ sie dort unter meinem Pullover liegen. Wir spürten beide, wie sie sich langsam an mir aufwärmte. Ich schloss die Augen und flüsterte ihm ins Ohr.

„Ich würde gerne bei dir bleiben."

Sein Griff wurde fester, er zerdrückte mich bald. Ein irrationales kleines Lachen blubberte in meiner Brust. „Aber du weißt so gut wie ich, dass es nicht so weitergehen kann."

Toms Gesicht lehnte gegen meinem Hals. Ich spürte seine Lippen, als er mir antwortete.

„Gar nichts weiß ich!"

Ich wollte das hören. Natürlich wollte ich das. Die Gänsehaut auf meinem Rücken bestätigte mir, dass ich es auch spüren wollte. Wir hatten ein Problem, welches keiner von uns lösen konnte. Da führte nur ein Weg damit umzugehen und ich erkannte ihn immer dann, wenn ich aus Versehen an Rebeccas Beinahe-Baby erinnert wurde. Dann schoss es mir heiß durch alle Nervenenden. Das war eine Konsequenz, die mich zur Räson brachte. Selbst jetzt, wenn sich Tom an mich schmiegte, als wolle er in mich hinein kriechen. Wir waren längst daran gewöhnt zu zweit zu sein. Zusammen. Aber das reichte kaum mehr. Wenigstens einer von uns musste zu verhindern wissen, dass wir weiter gingen.

„Ich habe den Vertrag heute abgegeben."

Tom hielt still.

„Ich habe ihn unterschrieben und direkt zum Vermieter gebracht. Ich nehme die Wohnung und bleibe hier."

Nach dem Besuch bei Eva war ich wie ferngesteuert nach Hause zurückgekehrt und hatte meinen Namen auf das Papier gekritzelt. Die Blätter hatte ich eingesteckt und war quer durch die Stadt gefahren, bis zur angegeben Adresse. Weder der Post, noch mir selbst, traute ich genug um noch länger zu warten, also stopfte ich den Vertrag eigenhändig in den Briefschlitz des Vermieters. Damit war es endgültig.

Tom atmete hörbar auf. „Soll ich London absagen?" Er war so leise, dass ich es kaum verstehen konnte, aber ich spürte das Kitzeln an meinem Hals. Ich fuhr durch seine annähernd trockenen Haare.

„Nein. Nimm es an."

Seine mittlerweile warme Hand zuckte. Ich hielt die Luft an.

„Du willst, dass ich gehe?"

Ich deutete ein Kopfschütteln an. „Du musst."

Wir blieben so am Boden sitzen. Eine Weile sagte keiner mehr etwas. Ich genoss diesen einen Moment, den ich mir noch mit Tom gönnen durfte und atmete tief durch. Mehr als das war nicht erlaubt, aber keiner konnte mir verbieten, das Gefühl seiner Hand auf meiner Haut abzuspeichern.

Irgendwann entspannte Tom sich und seine Hand rutschte wieder unter meinem Pullover hervor. Ich hob den Kopf und zwang ihn, mich anzusehen. Seine Wange hatte einen Abdruck von meinem Ohrstecker. Er wirkte erschöpfter als ich ihn lange erlebt hatte. Tom ließ mich sehen wie sehr ich ihn enttäuschte, weil er hoffte, dass es mich vielleicht noch umstimmen könnte. Leicht zu ertragen war es jedenfalls nicht.

„Meine Beine sind eingeschlafen." Ich lächelte, als wäre es mir ganz beiläufig möglich. Tom zog mich mühelos hoch, obwohl er selbst wirkte, als bereite ihm jede Bewegung Schmerzen. Er hielt sich an mir fest, sobald wir standen.

„Machen wir etwas falsch?", fragte Tom, als verstehe er die Welt nicht mehr.

„Was sind *wir*? Kannst du mir das erklären?"

Er hatte keine Antwort darauf.

„Ich geh noch mal raus", murmelte Tom stattdessen abwesend und drückte mich. Ich bohrte mein Gesicht sehnsüchtig in seine Brust und dann ließ ich ihn los. Er warf seinen Mantel über und verließ das Haus. Ich hatte kein gutes Gefühl dabei ihn mit dem Auto fahren zu lassen, aber ich hielt Tom nicht auf.

Gleichzeitig so erleichtert und besorgt, hatte ich mich noch nie gefühlt. Es war entschieden. Er ging, Ich blieb hier. Wir brachten die Anzahl an Meilen zwischen uns, welche nötig war, damit wir uns nicht eines Tages fragen mussten, was wir angerichtet hatten. Eva schrieb ich, was nun beschlossen war, dann ging ich mir den Schmerz abwaschen.

Nach der Dusche legte ich mich auf Toms Seite des Bettes und versuchte angestrengt nichts mehr zu denken. Es dauerte lange, bis ich einschlief. Tom kam in dieser Nacht nicht mehr nach Hause. Irgendwann erwachte ich, vom Blinken meines Handydisplays aus einem leichten Schlaf. Joon hatte mir geschrieben.

*Was hast du gemacht?*

Das Richtige.

Ich legte das Telefon weg. Zumindest beruhigt, zu wissen wo Tom war.


Es hallte bei jedem Schritt, wie in einem leeren Saal. Ich musste mir definitiv Vorhänge anschaffen, die den Schall schluckten. Ich kramte in der Kiste, welche laut Beschriftung meinen Laptop enthalten sollte. Wo war das verflixte Ding abgeblieben?

„Ich bin dann fertig, probieren Sie mal aus, ob alles funktioniert." Der Mann von der Telekom kam aus dem Flur zu mir in den Wohnraum. Wir prüften gemeinsam, ob meine Endgeräte das WLAN störungsfrei empfingen, dann verabschiedete er sich freundlich und zog die Tür hinter sich zu.

Nun war ich wirklich alleine. In meiner Wohnung. Ich setzte mich auf das neue Sofa, welches bereits gestern geliefert worden war und streichelte das weiche Veloursleder. Recht viel mehr konnte ich mir noch nicht leisten. Immerhin eine Sitzgelegenheit. Meine Luftmatratze hatte ich mitgenommen, sie diente mir vorerst erneut als Bett.

Ich dachte daran, wie ich meine wenigen Sachen wieder in dieselben Kartons gestopft und in den Mercedes gepackt hatte. Marina hatte mir geholfen, obwohl es kaum Arbeit für Einen gewesen war, aber sie wollte unbedingt mit anpacken. Marina schenkte mir auch den ausrangierten Beistelltisch und einen Satz hässlicher Handtücher, die Stefans Mutter gekauft hatte. Außerdem nahm ich den Bademantel mit.

Tom verzog sich an jenem Nachmittag unter einem Vorwand, wie meistens. Seine eigenen Sachen sollte eine Umzugsfirma für ihn abholen und nach London schicken. Er würde sie dort wiederfinden, wenn er den Schlüssel in seinem neuen Apartment zum ersten Mal herumdrehte.

„Er nimmt es nicht sonderlich gut auf, oder?" Marina erwähnte nie wieder, was ich ihr im Möbelhaus zu gestehen versucht hatte, aber diese Frage traute sie sich doch.

„Nein, aber das wird schon wieder." Ich sortierte meine Kleidung und schaute dabei wissentlich an Marina vorbei. Tom entwischte mir seit unserem Gespräch ständig. Wie eine Schneeflocke, die man versucht mit der Hand zu fangen. Ich wollte mich versichern, dass ich ihn nicht im Stich ließ, mein Gewissen beruhigen, aber er gab mir keine Chance.

Sobald ich für uns entschieden hatte, liefen die Uhren plötzlich wie im Zeitraffer. Meine Wohnung war bezugsbereit, Toms Stelle frei und so löste sich unsere bisherige Realität abrupt auf, wie das Eis auf den Straßen. Wir gingen so unvermittelt auseinander, wie wir uns gefunden hatten. Es fühlte sich an, wie in den ersten Wochen, als wir uns gerade kennenlernten und noch als Fremde umeinander herumschlichen. Das machte mich traurig, aber wenn es nur so ging, dann musste ich es eben aushalten. Ich versicherte mir jeden Tag, dass ich es konnte.

Gestern hatte ich alle Schlüssel auf die Kommode im Flur gelegt und die Tür hinter mir zufallen lassen, während Tom in der Arbeit war. Der Mercedes hatte einen freundschaftlichen Patscher auf die Motorhaube bekommen, er würde bald an jemand anderes geleast werden. Morgen wollte Eva vorbei schauen und mir beim Streichen helfen. Meine Mutter konnte das sehr gut, sie hatte ein besseres Auge als ich und besaß Sinn für Farbkompositionen. Sie war froh, dass ich in der Stadt blieb und hatte von sich aus angeboten zu helfen. Ich spürte eine leere Stelle in mir und war sentimental genug, um ihr die Chance zu geben, diese zu füllen. Wir würden uns schon nicht gegenseitig mit Pinsel und Farbroller erschlagen. Hoffte ich zumindest.

Ich ließ mich auf den Rücken fallen und starrte an die Decke, aus der noch lose Kabel hingen, wo eines Tages Lampen baumeln würden.

Ich hatte meine eigene Wohnung, Elias war seit Wochen kein Thema mehr, auch dank Tom. Ich wartete auf Antwort von der Uniklinik, wo er behandelt worden war. Dort hatte ich mich beworben. Alles in Allem erschien mir die Zukunft rosig.

Trotzdem. Das Schlimmste war, dass Tom mir schon fehlte, obwohl er noch hier war. Ein paar Kilometer weit die Straße hinunter und ich könnte ihn anfassen. Ich fragte mich, ob London weit genug weg war, oder zu weit? Scheiß drauf! Ich griff nach meinem Telefon und drückte so hart auf das Display, als wäre das Gerät an allem schuld. Er ging sofort hin.

„Ja?"

„Ich bin's."

Tom lachte leise. „Ich weiß, du Spinner."

Ich grinste. Es brauchte keine peinlichen Pausen, kein Herumdrucksen, keinen Smalltalk, wir konnten etwas, das mir mit jedem anderen schwer fallen würde.

„Wann fliegst du?"

„Übermorgen."

„Oh, so bald schon?" Warum erschreckte mich das? Ich dumme Kuh.

„Man hat mir einen früheren Flug gebucht, anscheinend können sie mich in UK kaum erwarten." Ich verstand, dass er einen Scherz machte, aber der konnte mehrere Bedeutungen haben. Eine war vielleicht für mich gemeint. Sollte mich nicht wundern.

„Hoffentlich Business Class?", gab ich sarkastisch zurück.

„Natürlich! Ich bin doch kein Tier!"

„Du verwöhnter Schnösel."

Tom lachte wieder und ich biss die Zähne zusammen, weil es mir weh tat. Ich konnte jetzt nicht heulen! Also anderes Thema.

„Hast du bei diesem Arzt angerufen?" Tom hatte versprochen sich bei einem bekannten Spezialisten vorzustellen, wenn er schon in London war. Er seufzte. Ich wusste, ich drängte ihn zu etwas, das er lieber ignorieren würde, aber es war das einzig Gute was ich jetzt noch für ihn tun konnte.

„Die warten in dieser Praxis nicht gerade auf mich, das kannst du dir ja denken. Ich habe vorerst einen Termin für Ende Mai."

Mein erster Gedanke war, ob er solange überhaupt dort sein würde, aber vielleicht hatte er das ja vor. „So spät erst?!", echauffierte ich mich laut.

„Mit ein bisschen Glück habe ich vorher einen Schub, dann kann ich mich für die Notfallsprechstunde anmelden."

„Sag sowas nicht!" Sein kruder Humor bezüglich der MS bereitete mir weiterhin Unbehagen. Ich konnte keine Witze darüber machen.

„Entschuldige. Es ist gut zur Zeit, ehrlich."

Ich glaubte ihm sogar, aber die Einschränkung *zur Zeit*, machte klar worauf es hinaus lief. Tom reagierte mit einem Ablenkungsmanöver auf mein anhaltendes Schweigen.

„Wie geht es dir? Wie ist die Wohnung?"

„Leer vor allen Dingen, aber es wird schon." Diese Antwort passte auf seine beiden Fragen.

„Lass mich dir etwas kaufen!" Er hatte das mehrfach angeboten. Tom wollte mir Möbel finanzieren, Geräte, irgendetwas. Wenn ich ihn nur ließe. Als helfe es, dass er nur weiterhin sein Geld für mich aus dem Fenster schmeißen dürfte. Ich lehnte jedes Mal ab. Ich wollte neu anfangen. Einen Tisch, an dem ich ihn im Geiste sitzen sah, konnte ich nicht brauchen.

„Nein, ich kann das selbst", war alles was ich dazu sagte und er schluckte es widerstandslos.

„Ist Joon noch sauer auf mich?", fragte ich. Der glaubte ich wäre ausgezogen, weil wir uns gestritten hatten und offenbar ergriff Joon Partei für Tom. Ich wollte nicht wissen, in welchem Zustand dieser an besagtem Abend bei den Jungs aufgeschlagen war, aber es hatte gereicht um Joons Mitleid für Tom zu wecken.

„Ach, der tut doch nur so. Arnaud will unbedingt, dass du sie bald besuchst, das sollte ich dir ausrichten."

„Gut, ich will die Beiden nicht auch noch verlieren." Das hätte ich nicht sagen sollen. Ein Moment der Unachtsamkeit und mir entschwanden gefährliche Wahrheiten. Tom räusperte sich. „Soll ich mich melden, wenn ich angekommen bin?"

„Unbedingt!"

„Gut, dann... bis dann."

Wir beendete das Gespräch rechtzeitig, bevor es zu einfach wurde. Alles was mit ihm zu tun hatte war noch immer ein heißes Eisen, ich musste vorsichtig bleiben. Trotzdem war es unvorstellbar den Kontakt abzubrechen. Ich musste wissen wie es ihm ging. Ich musste.

Das Telefon hielt ich noch ans Ohr gepresst, obwohl er längst aufgelegt hatte, da summte es erneut.

Ich warf einen müden Blick auf die unbekannte Nummer, welche mir einen Text hinterlassen hatte. *Ich habe gerade erst bemerkt, dass du mir deine Nummer eingespeichert hast! Ich dachte du wärst einfach verschwunden. Felix.*

Dafür hatte er aber lange gebraucht, stellte ich lächelnd fest. Er schrieb mir das sicher nicht umsonst, aber ich legte das Telefon zur Seite. Vielleicht würde ich ihm später schreiben, vielleicht nie.

Zum ersten Mal war ich allein und frei. Ich glaubte zu verstehen, warum meine Mutter sich von allen losgesagt hatte. Ihrer Familie und vielleicht auch meinem Vater.

Es gab niemanden um den ich mich kümmern musste, keinen dem ich Rechenschaft schuldig war. Kein auf und ab, kein hin und her. Kein, *was will er? Was braucht er? Was, um Himmels Willen, meint er damit?*

Nur mich und meine Belange. Ich wollte das ausprobieren, nicht sofort wieder abhängig werden vom nächsten Mann. Auf meinen eigenen Beinen hatte ich noch nie stehen müssen und es wurde Zeit ihnen das zuzutrauen.

Draußen wurde es finster. Ich sah zu, wie sich das letzte Licht im Raum langsam auflöste. Die Konturen der wenigen Einrichtung verwischten.

Ich ruhte in mir, wie lange nicht und dieses Gefühl hielt ich in der einsetzenden Dunkelheit fest.

# DANKSAGUNG

Um dieses Projekt zu verwirklichen, hat es viel Zeit und Durchhaltever-
mögen gebraucht und die Unterstützung von
**BookClub5Ever**: Kate, Lari, Mary und Melli.
Danke, dass ihr an mich und *Burning House* glaubt.